图书在版编目(CIP)数据

陈子展文存 / 陈子展著；徐志啸编. —上海：
上海古籍出版社，2018.7
（复旦中文先哲丛书）
ISBN 978-7-5325-8732-2

Ⅰ.①陈… Ⅱ.①陈… ②徐… Ⅲ.①陈子展—文集
Ⅳ.①C53

中国版本图书馆 CIP 数据核字(2018)第 032971 号

复旦中文先哲丛书

陈子展文存

（全二册）

陈子展 著
徐志啸 编

上海古籍出版社出版发行

（上海瑞金二路 272 号 邮政编码 200020）

(1) 网址：www.guji.com.cn
(2) E-mail: guji1@guji.com.cn
(3) 易文网网址：www.ewen.co

常熟新骅印刷有限公司印刷

开本 890×1240 1/32 印张 39.5 插页 14 字数 1,058,000
2018 年 7 月第 1 版 2018 年 7 月第 1 次印刷
印数：1—1,800
ISBN 978-7-5325-8732-2
Ⅰ·3243 定价：168.00 元
如有质量问题，请与承印公司联系

教育部人文社会科学重点研究基地复旦大学中国古代文学研究中心重大项目"复旦学派前辈遗著整理与研究"前期成果

本书获上海文化发展基金会图书出版专项基金资助

陈子展先生二十世纪五十年代末留影

陈子展先生工作留影

（一九八一年）

陈子展先生与家人合影
（一九五一年）

陈子展先生与研究生徐志啸合影
（一九八〇年）

陈子展先生手迹——八十生日预立遗嘱（一九七八年）

志啸兄：

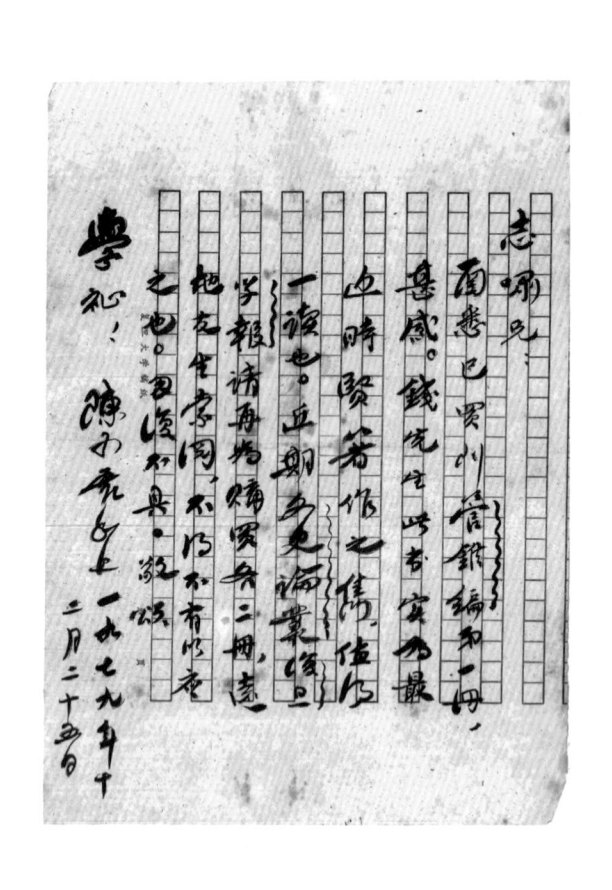

面悉已贯彻省锦编初一册，恳感。钱先生此书实为最近晴贤著作之俦。俟后一读。近期无复论丛后一学报请再烦贯兵二册，递他友生家阅，不消不布以应之也。匆复不具，敬颂

学祺，

陈子展上 一九七九年十二月二十四日

陈子展先生手迹——致徐志啸短札
（一九七九年）

陈子展先生的学术人生
——纪念陈子展先生诞辰一百二十周年(代序)

徐志啸

湘沅遗风泽畔吟,楚狂傲骨见精神。
诗骚直解堪千古,等价文章百世名。

这是华东师范大学中文系许杰教授(已故),在得悉陈子展先生不幸去世后写下的七绝诗,以此表达对这位学人的崇敬与缅怀之情。全诗的二十八个字,字字珠玑,形象而又精准地勾勒出了陈子展先生的一生,特别是他的生平个性与学术成就。

一

陈子展,原名炳堃,子展是他的字。一八九八年四月十四日,他出生于湖南省长沙县青峰山村一户农民家庭,幼年就读于私塾,后入长沙县立师范学校,毕业后任小学教师。

五四运动后,陈先生曾在东南大学教育系进修二年,一九二二年因病辍学,回到湖南,寄住于长沙船山学社及湖南自修大学,此后相继在湖南多所中学及湖南省立第一师范学校任教。因为在湖南长沙多年,使他有机会结识了一批共产党人,如李维汉、李达、何叔衡、谢觉哉等。也正因此,一九二七年"马日事变",陈先生遭反动派通缉,不得不携家属逃往上海。

其时,幸应田汉之邀,陈先生入南国艺术学院任教授,开始了新生活。一九三一年曾旅居日本一年。一九三二年,他应朋友力邀,开始担任复旦大学中文系教授,一开始为兼职,一九三七年起被聘为专职教授,同时兼任中文系主任。一九五〇年,他卸任系主任一职,之后便一直担任复旦大学中文系教授,直至因病谢世。

二

陈先生早年因生活所迫,大部分时间从事报刊写作,借此获取稿费,卖文为生,这期间问世了大量的杂文,以及短论和诗歌作品,其中尤以杂文驰名二十世纪三十年代的中国文坛。先生的杂文大多短小精悍、泼辣尖锐、刺中时弊,其辞锋之犀利、讽刺之辛辣、识见之广博,在当时文坛堪称翘楚。

这些杂文发表时,多以楚狂、楚狂老人、湖南牛、大牛等笔名行世,读者可在当时的《太白》《新语林》《中流》《论语》《人间世》《芒种》《涛声》《现代》《文学》《立报·言林》《中华日报·动向》《大晚报·火炬》《青年界》等报纸杂志副刊上经常见到,其中尤以黎烈文主编的《申报·自由谈》、陈望道主编的《太白》、谢六逸主编的《立报·言林》、林语堂主编的《人间世》、曹聚仁等主编的《芒种》等报刊为主。

陈先生也由此成为二十世纪三十年代文坛上著名的杂文名家。有学者认为,陈先生的杂文主要以两种风格行世,其一为"鲁迅风",即内容常涉世事,文笔犀利,充满调侃和讽刺,酷似鲁迅的杂文风格,是投向当时社会的匕首与投枪;其二为"知堂体",类同知堂文风,草木虫鱼、乡土风俗、歌诗土语,随手拈来,涉笔成趣,显示了他的渊博学识与幽默文风。

在《申报·自由谈》刊登的杂文中,有个《蓬庐絮语》专栏,是陈先生专用文言文撰写的杂文园地,而当时能用文言文撰写杂文并开设专栏的,至少在《申报·自由谈》,他是唯一一个。现代文学史家唐弢先生在《申报·自由谈》合订本"序"中曾写道:如要写现代文学史,从《新青年》开始提倡的杂感文,不能不写;如要论述《新青年》后杂感文的发展,黎烈文主编的《申报·自由谈》不能不写,它对杂文的发展起了重要作用,而陈子展先生正是这个报纸副刊的经常撰稿人,他的《蓬庐絮语》专栏当时很受读者欢迎。据《申报·自由谈》主编黎烈文说,这个副刊付给作者的稿酬,依据文章质量和社会影响,最高者是鲁迅和陈子展两位。林语堂办《人间世》,最欣赏两位作者——曹聚仁和陈子展,理由是,两位作者书读得特别多,写出的文章特别耐读,自然特别受读者欢迎。

三

陈先生是我国现代最早重视近代文学研究,并于二十世纪初出版近代文学史著作的少数学者之一(其他学者有胡适、郑振铎、阿英等)。他的两部近代文学研究著作《中国近代文学之变迁》和《最近三十年中国文学史》,于二十世纪二十年代末问世后,广受好评。学界人士只要提到近代文学研究,必定讲到这两部开山之作。

这两部同以近代文学为主题的研究专著,堪称异曲同工之产品,集中阐发了自一八九八年至一九二八年三十年间中国文学的发展及其演变。在陈先生这两部书问世之前,胡适已发表了《五十年来之中国文学》。陈先生没有人云亦云地照搬胡适所言,而是别创一说,且对胡适论著中有所忽视的近代时期出现的旧体诗词创作及其作者群——宋诗运动、"同光体"代表诗人、近代四大词人等,作了专门论述,体现了他的独家风格。

对于为何定一八九八年为近代之开端,陈先生有自己的主见,他认为,中国在一八九八年开始,才有了一点近代的觉悟,中国文学才有了变迁——从这个时候开始,人民才知道要废八股文,文人们才从八股文中解放出来;在这个时候,中国才开始接受外来影响,才开始倡导"新文体",也才产生了"诗界革命"乃至文学革命。

那么,历史为何偏偏到了一八九八年才会有这一系列的变革呢?陈先生以为,这关键在于甲午战争,甲午一战,中国居然败给了日本,这对中国人的刺激太大了,它促使中国人真正惊醒,由此便导致文坛发生了根本变化,中国文学开始真正从传统走向了近代。

陈先生的两部近代文学研究著作,刚一问世旋即获得好评。赵景深先生评价:"这本书是我极爱读的。坊间有许多文学史的著作,大都是把别人的议论掇拾成篇,毫无生发,而造句行文,又多枯燥。本书则有他自己的研究心得,并且时带诙谐。书中文笔流畅,条理清楚,对文学大势说得非常清楚,读之令人不忍释手。"唐弢先生在谈到《申报·自由谈》时,特别提到了这两部近代文学专著,称陈子展先生是近代文学的研究专家。

二十世纪三十年代后半期,应友人力邀,陈先生开始在复旦大学中文系任教,自此,一直在复旦大学任职。当时,为教学工作需要,他将学术研究的方向定位在了中国古代文学。开始阶段是中国古代文学史,这促使他编写出版了《中国文学史讲话》上、中、下三册,以及《唐代文学史》、《宋代文学史》(后合编为《唐宋文学史》行世)。

应该说,这些都是中国文学史研究领域比较早问世的学术著作,对于文学史的教学与研究无疑均有参考价值。与此同时,他还撰写了多篇古代文学方面的学术论文,如《唐代诗人苦吟的生活》《南戏传奇之发展及其社会背景》《古文运动之复兴》《关于中国文学起源诸说》《八代的文字游戏》等,由此也奠定了其作为中国古代文学研究专家的影响和地位。

与此同时,陈先生在复旦中文系授课过程中,还曾专门开设中国文学批评史课程,并为此专门编写讲义,此讲义在时间上要早于国内不少著名文学批评史家的批评史论著。他从事古代文学史和文学批评史研究,一个显著特点就是,绝不人云亦云,所言多有自己的独到见解,因而这些论著的发表或传播,无疑在中国早期文学史领域起了某种先导作用。

陈先生的一些单篇研究论文,常言人所未言,多有独家之说,如《关于中国文学起源诸说》一文,系统梳理了历来对文学起源的多种说法,并一一作了评骘。又如《八代的文字游戏》一文,看似阐述八代的文字游戏,实则是对八代文学创作,从文体形式与内在意蕴作了精到的阐释,具有谐中寓庄的特色。

四

陈先生毕生用力最多、体现功力最深、成就最大的,首先是《诗经》研究,其次是晚年的楚辞研究,他曾说,自己"一生所在,唯此两书"——《诗经直解》《楚辞直解》,两部《直解》可谓他毕生学术研究成果的结晶。

陈先生之所以会花大力气于这两部《直解》,根本原因在于,他认为,历代许多学者都没能科学正确地认识和诠解这两部上古时代的诗歌集子,为此,他花费了自己后半生的全部时间和精力,投注于这两部《直解》的著述之中,孜孜不倦,乐此不疲,终于向学界和世人奉献了两部厚重的大著。

陈先生的《诗经》研究大致可分为三个阶段:第一阶段,问世于二十世纪三十年代的《诗经语译》。第二阶段,五十年代出版《国风选译》与《雅颂选译》;第三阶段,八十年代集大成的《诗经直解》出版。

总体上看,先生的《诗经》研究大致分为上述三个阶段,但实际上,他为研究工作所做的各项准备,却早在青年时代即已开始。先生对自己的研究风格曾说过这样一句话:不读遍世上所有关于这个问题的资料,决不妄下结论。他的这种有目的的广泛阅读,为他正式着手研究《诗经》打下了厚实的基础,而他的沙里淘金的治学态度,使他的研究结论,更能逼近文本的客观实际,更符合历史和社会的真实。

陈先生认为,《诗经》三百多篇作品从各个不同角度和层面反映表现了上古时代的社会生活,是上古社会和历史的一面镜子。对于历来争议较大的一些疑难问题,如孔子删《诗》说、采《诗》说、《诗》序作者、风雅颂定义等,陈先生都旗帜鲜明地表述了他自己个人的看法,绝不人云亦云。对于两千年来陆续问世的历代《诗经》注本,陈先生指出,它们虽然都有参考利用价值;却也不免门户之见和宗派情结,给本来就难以"确诂"的《诗经》蒙上了层层迷雾,使人真伪难辨、不知所从。鉴于此,陈先生态度十分明朗,不惟古人所说是从,不做"毛(亨、苌)郑(玄)佞臣"、"三家媚子"、"朱子信徒",也不对古人成说一概否定、全盘抛弃,而是一切从客观事实出发,是即是,非即非,明确弃取,毫不含糊,关键看是否合乎诗旨本义。为此,他既要和古人"抬杠子"——指谬正讹、去芜存精,也要和今人作辩论——辨必有据、辨伪求真。比较典型的例子之一,如对待《诗》序的态度。古人唯儒家说教为尚,自然将汉代问世的《诗》序奉若圣旨,而近期不少学者受左倾思潮影响,认为《诗》序是封建贵族阶级为维护本阶级立场利用《诗经》所作的儒家说教,全属牵强附会之说,应一律予以删汰弃之。而陈先生不然,他虽也认为《诗》序乃儒家说教,在解诗中他较多地取用了"三家《诗》"说,但他并不对《诗》序采取一棍子打死的方法,而是在具体的解析作品过程中,凡《诗》序解释合理,言之成理、持之有故者,他都明确表述为"《诗》序不误",而且他还在《诗经直解》一书中每一篇诗的开首,引录了相应篇章的《诗》序,供读者参照,这表现出他与近世诸多学者的迥然相异。当然,对《诗》序所言有误者,他自然会毫不客气地一针见血指出其弊病,这充分体现了他"实事求是,无征不信"的客观认真态度。

陈先生诠释《诗经》有一个很大的特色,即为了解析诗篇本义,特别是其中可能涉及的历史与社会的多学科广博知识,他都会予以详尽的引证,而这些引证的材料,很可能要涉及天文、地理、历史、风俗、生物、考古、农业、军事、经济等多学科、多层面,他都会不厌其烦地加以阐释和说明,这方面比较典型的案例,如《曹风·蜉蝣》《小雅·信南山》《小雅·宾之初筵》《周颂·良耜》《周颂·潜》等诗篇。

需要指出的是,与古人及今人各种注本相比,陈先生的《诗经直解》,有着独特的体式:原诗与译诗上下并列,便于对照阅读;译文力求正确、畅达,努力保存原始风味与民间习气,不苛求再创造;注释汇集前人成说,兼采近人新见,博观约取;解题("今按")尽力切近诗本义,扼要评述"《诗》序"与"反《诗》序"诸说;"韵部说明"方便读者了解诗韵。陈先生之所以如此精心安排体式,乃是取了历代注家的长处,体现其兼顾普及与提高的良苦用心:既使一般读者借助本书的今译、注释,能读懂、弄通《诗经》,了解其内容与风格特色,又可使研究人员省却翻检之劳,借助本书可获得较多参考资料,便于参酌对照,从中获得启示,甚有助于进一步深入研究探讨。

再看楚辞研究。陈先生的楚辞研究开始于二十世纪六十年代,那时他已年逾花甲,一千多年来蒙在楚辞研究领域的层层迷雾,促使他下决心要作一番爬梳剔抉的工作,努力还世人一个近真的楚辞原本面目。为此,陈先生翻遍了历代的楚辞注本,认真系统地研读了马克思、恩格斯和西方许多理论家关于人类历史及社会发展的论著,参考了大量的上古时代历史、文化、风俗、天文、地理、政治、军事等出土文物资料和历代文献,其目的在于还屈原与楚辞的历史真面目,同时对历来的楚辞研究诸说作出实事求是的评价。尤其突出的是,陈先生在研究中有意识地将马列主义理论与人类社会发展的历史相结合,融入了人文科学、社会科学,乃至自然科学的多学科——历史、神话、考古、文化、地理、政治、军事、天文、动植物等学科,在此基础上,阐发了属于他个人独立研究和思考的独到见解,其治学特点真正体现了他自己所奉行的宗旨:不苟同,不苟异,不溢美,不溢恶,实事求是,无征不信。他提出,自己不愿无据而否定史有屈原其人,也不愿无据而肯定屈原的任何作品,凡古今人士所揭出的疑问,他都广搜前人成说,并经过自己的独立思考,予以一一爬梳澄清。他的《楚辞直解》一书,明确提出了属于他个人独立研究的论见——屈原二十五篇诗歌作品,集中体现了屈原的人格、志向、理想、追求,是屈原个人真实心声的吐露,而屈原的思想,乃是兼摄了先秦诸子各家(包括儒家、道家、法家、阴阳家、方术家、纵横家等),而又体现了他个人独特风格特色的一家。不仅如此,陈先生还将对屈原认识的视野,置于了世界文学史的高度,认为,屈原的作品堪与古希腊荷马史诗、意大利但丁《神曲》、莎士比亚戏剧、歌德《浮士德》等世界一流大家作品相媲美,这充分体现了陈先生高屋建瓴的深邃目光和宏微结合的真知灼见。

陈先生在阐释屈原及其作品的过程中,特别提倡历史唯物主义,他指出,我们研究古典文学,必须以当时当地客观现实、时代思潮、历史背景,以及作者个人的特殊条件,作为创作源泉的反映论,才能对其作出相应的客观评价,如只是从作者的主观情趣和灵感、个人想象和幻想、无目的的抒写和纯审美的渲染角度看问题、作阐释或解说,就会难以说通,也就难以令人信服。这充分体现了陈先生实事求是、无征不信的研究立场和态度。

可以说,集楚辞全部作品注、释、笺、译、论之大成的《楚辞直解》一书,确立了陈先生在现代楚辞学界的地位和影响,他自然被聘为了中国屈原学会的学术顾问,并被列为二十世纪楚辞研究八大家之一。

可见,无论从研究的深度和广度两个维度,还是从兼顾普及与提高两个层面看,陈先生的《诗经》研究都达到了时代的最高层,他毫无疑问堪称二十世《诗经》研究大家。许杰先生用"诗骚直解堪千古"来赞誉陈先生研究《诗经》和楚辞的杰出成就,来概括他毕生的辉煌学术业绩,应该说实在是言符其实的。

回顾陈先生这一生,早年的杂文创作,使他驰名文坛;中年的近代文学研究,让他赢得了学界美誉;中晚年的古代文学研究,特别是《诗经》、楚辞研究,奠定了他在学术界的崇高地位,并因此驰誉海内外。除了教学工作(从中等师范教师到大学教授)以外,可以说,陈先生把毕生的精力和心血几乎都奉献给了他钟爱的文学创作和学术研究事业。他为教育、为文学、为学术的一生是充实的,他丰硕的文学创作、学术研究成果,永远值得后人学习和借鉴。

目　录

陈子展先生的学术人生
　　——纪念陈子展先生诞辰一百二十周年(代序)………… 徐志啸　1

上编　论文与随笔

青木正儿的支那近世戏曲史 ……………………………… 3
张说一千二百年忌 ………………………………………… 7
民间戏曲之研究 …………………………………………… 12
唐代诗人的苦吟生活 ……………………………………… 23
古兰经——回教的经典文学 ……………………………… 36
《九歌》《招魂》《大招》皆为楚国王室所用巫歌考 ………… 40
最近所见之敦煌俗文学材料 ……………………………… 44
清人杂剧 …………………………………………………… 56
两宋词人与诗人与道学家 ………………………………… 63
古文运动之复兴——论宋代古文 ………………………… 71
南戏传奇之发展及其社会背景 …………………………… 77
汉唐之间百戏 ……………………………………………… 89
论李后主及其词 …………………………………………… 97

由诗到词发展的径路 …………………………………… 102
大众语与诗歌 ………………………………………… 118
关于折扇考及其他 …………………………………… 133
谈花鼓戏 ……………………………………………… 136
中国人吸烟考(上) …………………………………… 149
唐代女诗人 …………………………………………… 162
诗经语译序 …………………………………………… 175
湖南的民间戏曲 ……………………………………… 185
谈"古文与八股之关系" ……………………………… 205
六朝之《孝经》学 ……………………………………… 210
六朝的裸体运动 ……………………………………… 226
青年读经与中国文化 ………………………………… 229
《孝经》存疑 …………………………………………… 232
关于中国文学起源诸说 ……………………………… 236
两宋外祸史料 ………………………………………… 245
唐人木刻 ……………………………………………… 248
《孝经》在两汉六朝所生之影响 ……………………… 252
我为什么写文言文(《蘧庐语业》序) ………………… 283
湖南的戊戌维新运动(近代史话) …………………… 289
鲁迅与章太炎 ………………………………………… 298
宋学之先驱(《宋元学术史稿》之一章) ……………… 301
八代的文字游戏 ……………………………………… 318
由周作人谈到辽金时代的汉奸文人 ………………… 331
谈到联语文学 ………………………………………… 339

中编　杂文与旧诗

孔子与戏剧 ································· 371
 一　孔子与优人女乐 ···················· 371
 二　关于"子见南子"的一场官司 ········ 373
 三　读《子见南子》 ····················· 383
 四　圣人与偶像 ························· 385
 五　孔子——孙中山 ···················· 386
 六　无可无不可主义 ···················· 389
 七　"丑末脚色"与"丧家之狗" ·········· 392
 八　从八股文说到宋杂剧中之孔子 ······ 396
 九　关于孔子的神话或传说 ············· 397
 十　唱本或鼓词中之孔子 ··············· 402
 十一　石盘（拟狂言） ···················· 410
 十二　孔门弟子 ························ 414
 十三　孔子与女人 ······················ 417
 十四　孔子时代的"蜡"与"傩" ········· 419
 麒麟（小说）　谷崎润一郎作　田汉译（存目）
 附录 ·································· 423
  一　矮奴、侏儒、小丑之类 ············ 423
  二　文人与俳优 ······················ 426
  三　打芦花（剧本）（存目） ············ 429

《申报·自由谈》未收录专集之杂文 ·········· 431
 反攻 ·································· 431
 花鼓戏之起源 ·························· 432
 再论花鼓戏之起源 ······················ 434

关于放屁文学	434
旧戏锣鼓论	435
再论锣鼓	437
短视非病说	439
锣鼓之尾声	440
谈温柔乡	441
道统之梦	442
谈"昭君变"	443
一场变文官司	445
辞赋与小说	447
再谈孔乙己	448
文人与虱	450
再谈《丑妇赋》	451
文坛龙头论	452
彭家煌挽歌	453
胃病	454
范成大与刘大白	455
李赤与王观	458
文统之梦	459
鸦片输入中国之始	460
谈重修孔庙	461
佛教社会主义	463
"韦编"出处考	464
再谈鸦片	465
论刘克庄的诗	467
黄庭坚与江西诗派	469
谈鱼塞漏舟	469

陈炯明与致公堂	470
烟草与鸦片	471
谈"盲肠炎"	472
再论《文选》	474
文人相轻	475
三论花鼓戏	477
小说评点家李卓吾	477
《新师说异议》之异议	479
到底推荐给谁呢?	480
"笔名"与"芳名"	481
再谈烟草与鸦片	482
谈汤为牺牲	483
叶德均《关于"花鼓戏"》按语	484
何谓选学?	484
曲藏与儒藏	485
我也谈金圣叹	486
汤显祖及其《还魂记》	487
《水浒传》的作者	490
我也谈纳兰成德	491
谈《潜书》	492
蘧庐诗话	494
说谎与湖南人的笨	496
略谈文艺	497
皇帝瘾	498
梁任公在湖南	499
梁任公在湖南(二)	502
梁任公在湖南(三)	504

蘧庐诗话	506
伪满洲国之留日学生	508
蘧庐诗话	509
文言——白话——大众语	510
小星与东方未明	512
吊刘复先生	515
挥汗读书	518
西瓜	520
旧货新谈——从历史上看大众语文学	521
大众语文学史的追溯(上)	523
大众语文学史的追溯(下)	524
"香港脚"(上)	525
"香港脚"(下)	526
谚语的记录	529
蚌壳生罗汉	532
跋《蚌壳生罗汉》	534
蟹粉包子	535
再谈《吴下谚联》	537
再谈《一法通》	541
再跋《蚌壳生罗汉》	543
谈"钟伯敬"	545
现代名家演词	546
六朝之《汉书》学(一)	549
六朝之《汉书》学(二)	550
六朝之《汉书》学(三)	552
我也来谈谈卫生臭豆腐干	554
钞书	555

蚊子 559
　　素食 561
　　再谈蚊子 563
　　谈"橘" 565
　　谈"橘"(中) 567
　　谈"橘"(下) 569
　　楚狂与孔子 570

旧体诗钞 575
　　忆岳麓旧居(一九二七) 575
　　酬太如汉口见赠之作即次元韵(一九二七) 575
　　题太如全唐情诗汇钞(一九二七) 575
　　听《搬夫曲》——赠冼星海(一九三六) 576
　　赠徐懋庸(一九三六) 576
　　再赠懋庸(一九三六) 577
　　论冯焕章上将诗(一九三八) 577
　　赠郭鼎堂二首(一九四一) 577
　　寿茅盾五十(一九四五) 578
　　贺熊瑾玎六十寿二首(一九四五) 579
　　论学诗(三组) 579
　　　(一)龟历歌——为鲁实先教授新著《〈殷历谱〉纠诬》而作
　　　　... 579
　　　(二)题鲁实先史记会注考证驳议——兼寄杨遇夫、潘硌基
　　　　... 582
　　　(三)再题鲁实先驳议仍呈遇夫先生 583

下编　专著选编

中国文学史讲话 …………………………………………… 587
马援 ……………………………………………………… 1145
林则徐 …………………………………………………… 1171
郑和 ……………………………………………………… 1205
复旦大学中国文学批评讲义（存纲要）………………… 1233

整理后记 ……………………………………… 徐志啸　1241

上编 论文与随笔

青木正儿的支那近世戏曲史

自王国维氏酷好元曲，以为可与楚骚、汉赋、六代骈语、唐诗、宋词相继，皆为一代文学，后世莫能及，元曲的价值算由他重新予以相当之估定了。王氏更就元曲而考索它的渊源变化，上溯至唐宋辽金文学，写成《宋元戏曲史》一书。他以为："世之为此学者自余始。其所贡于此学者，亦以此书为多。非吾辈才力过于古人，实以古人未尝为此学。"他这话并非夸大，因为中国之有戏曲史，实以他这部书为嚆矢。他这部书论元曲一部分，自然有它的不可磨灭之价值；即论宋之杂剧，金之院本，也费了相当的工力。不过关于古初至五代之戏剧一部分，他虽于第一章即从此开端，还嫌写的太略。比如他虽已说出戏剧起源于巫优，而巫又远在优前，可是他并不曾说明何以巫的发生会早于优？何以宗教的艺术（巫舞），会早于世俗的艺术（俳优）？而且，何以前者是民众的，后者是贵族的？再，他于巫优的关系，优人与乐人的关系，戏曲与音乐与礼仪的关系，都欠说明。还有，从汉魏到隋唐之间的戏那一大段历史，他也没有详细论列。至于中国戏剧的发展曾受了四夷之乐，胡人奇幻之戏先后输入的影响，他更不曾提到了。总之：他这部书恰如其书名所示，只是宋元戏曲史而已。从古初到五代那一部分，是须再有人写成一部古代戏曲史的。明清以迄现代，是须再有人写成一部近代戏曲史的。这样，整部的完善的一部《中国戏曲史》才有出现的一天罢。

《中国古代戏曲史》，吾友黄衍仁先生有志把它写成，可是他又常常忙着别的事要做，仅只写了两三章，曾在《南国月刊》上发表。我们倘要看到他这部书的完成，就须耐烦地等着他了。

《中国近代戏曲史》，还没有看到或听到有人专力从事这项工作。虽然，郑振铎的《文学大纲》里面，于明清两代的传奇也曾论及一些，但他似为全书体例所限，也只能论及这些。好了，日本东北帝国大学教授青木正儿先生的《支那近世戏曲史》于今年出版了。算由邻国的一个学者暂时代替我们弥补了这个缺憾。

青木正儿的这部书，据他自己说，有志继王国维的《宋元戏曲史》而作的。他想题为《明清戏曲史》，为着易入他本国人的耳目，乃题今名。所以称为近世者：他以为中国戏曲唐以前无足论，至宋而稍发达，至元而勃兴，至明清而益盛。又以为元明之间也有差异可以分划，即元代北曲杂剧盛，明以后则南曲传奇全盛。且以为王氏之书，划宋以前为古剧，以与元剧区别，他就想以元代当戏曲史上之中世，而把明代以来称为近世。

他为了要研究中国近代戏曲，曾一度至北京考察皮黄戏之王都。他虽不曾听到古典的昆曲之遗响，而有昆曲衰亡之叹，可是他已饱聆所谓皮黄梆子的激越俚鄙之音了。他又曾两游上海，有暇辄至徐园，去听苏州昆剧传习所的僮伶演习之昆曲。他以为中国专演昆剧者，现在唯此一处，虽所演以属于南曲者为主，间亦存有北曲之遗音。

当他游北京的时候，曾访王国维氏于清华园。王氏问他游学北京的目的。他说："想考察戏剧。《宋元戏曲史》有了先生的名著，已完备了；惟明以后，还没有人动手，想于此尽其微力。"王氏冷然答道："明以后无足取。元曲活文学。明清之曲死文学。"他在当时，默然无以答，可是王氏之说并不能沮他研究之心。他以为明清之曲虽为王氏所唾弃，然谈戏曲者要不可缺。况在今之歌场，元曲久已死灭，明清之曲尚有存者，那末，元曲倒是死剧，明清之曲为活剧了。所以他还是要著成这本书。他以为倘能起王氏于九原，得见这本书，未必不破颜一笑哩！

他这本书的内容目次,略如下述:第一篇——南戏北剧之由来:第一章宋以前戏剧发达之概略,第二章南北曲之起源,第三章南北曲之分歧。第二篇——南戏复兴期(元之中叶至明之正德):第四章南戏之复兴,第五章复兴期之南戏,第六章保有元曲余势之杂剧。第三篇——昆曲昌盛期(明之嘉靖至清之乾隆):第七章昆曲之兴隆与北曲之衰亡,第八章昆曲勃兴时代之戏曲(嘉靖至万历初年),第九章昆曲极盛时代(前期)之戏曲(万历年间),第十章昆曲极盛时代(后期)之戏曲(明之天启至清之康熙初年),第十一章昆曲余势时代之戏曲(康熙中叶至乾隆末叶)。第四篇——花部勃兴期(乾隆末至清朝末):第十二章花部之勃兴与昆曲之衰颓,第十三章昆曲衰落时代之戏曲。第五篇——余论:第十四章南北曲之比较,第十五章戏场之构造及南戏之脚色,第十六章沈璟之《南九宫十三调曲谱》与蒋孝之"九宫""十三调"二谱。此外有附录两种,一为《明清戏曲作者地方分布表》,一为《曲学书目举要》,都很重要。其书首《自序》叙述作书的本旨和研究戏曲的经过,也很有趣。

他这部书是由他的两篇论文,一《南北曲源流考》,一《从昆曲到皮黄调之推移》,扩大组织而成。所以它的精彩所在,也只在这两部分。他虽时引王国维、吴瞿安、欧阳予倩诸氏之说,究有他自己新得的材料和新的见解。不过,青木正儿也如我国文人一样,易犯贵古贱今之见,这在他的书中可以常常遇到的。南北曲在文学上自有其相当的价值,至今不泯,但在艺术上它已走入没落之途,而不能恢复其原有的地位。那是必然的。皮黄调代昆曲而兴,虽缺乏文学上的价值,但在艺术上至今尚能保其余势,而未至于销歇。青木正儿认它为"活剧",那是不错的。倘若仅用文学的眼光来鄙视皮黄,那便错了。青木正儿以为乾隆末期后之戏剧史,实即雅部(昆曲)花部(昆曲以外之曲,如高腔、梆子、西皮、二黄之类。)二者之兴亡史,也即是雅部花部二者之王霸迭兴史。从明之万历到乾隆中叶,其间好比西周时代,昆腔恰如周室,君临剧界,能保其尊严。到了乾隆末期,就像春秋之世,昆曲的威令渐渐不行,大权落于西秦南弋之手。不过还知道昆曲之可尊。道光以还,还像战国之世,花部诸腔,各树一帜,互争雄长,昆曲虽有若无。到了咸丰同治之间,皮黄一统之业已告成功,差不多有子孙万世为剧界王之势焰了。青木正儿叙述这一时期的戏曲变迁之迹,即昆曲皮黄盛衰变迁之迹,总算很为详尽精当。至于皮黄何以会代昆曲而兴?他的说明是:一、厌旧喜新的倾向,二、观众趣味的低落,三、北京人听不惯昆曲。这样的说明自然不够。这当然要推究当时的社会背景了。总之:他这部书虽还有些缺点,但在目前,就不能不算为叙述中国近代戏曲之变迁的第一部好书。

(原书正价日金七圆,又禁汉译。东京弘文堂发卖。)

一九三〇,九,二五。

(原载《现代文学》第一卷第六期,一九三〇年)

张说一千二百年忌

张说生于唐代,他是代表一个时期的文学家,今年是他的一千二百年忌。现在我们要提起他,就该重估他在文学史上的位置,至少也该知道他在当时文坛上的位置。

唐有天下三百年,文章无虑三变:初唐王(勃)杨(炯)为一变,盛唐苏(颋)张(说)为一变,以后韩(愈)柳(宗元)为一变,这是根据《新唐书·文艺传序》说的。实则王杨一般人,还是沿江左余风,饰章绘句,虽然有时才气纵横,不可衔勒,究竟还不好算做怎么一变。不过唐既统一南北,北朝苏绰、李谔诸人的复古运动,到了这个时期,就更渐渐抬头了。这也是当时的事实。陈子昂便是从事这个运动的人。他曾有"文章道弊五百年"的慨叹。他死了,他的友人卢藏用叙他的集子,也说是:"道丧五百岁而得陈君,……卓立千古,横制颓波,天下翕然,文质一变。"可是他的文章,惟有论事书疏之类,淡朴近古,其他表序等文,也还是不脱偶俪卑弱之习。而且他的官位也不高,又死得早,所以他于当时的影响并不算怎么大。至于苏张,他们的影响就比较要大了。他们都曾做过宰相,又都是"润色王言"的人,当时号为"大手笔"。所谓"手笔",殆系沿南北朝以来文笔分科之俗。于是散体文辞就渐见重于当时,文章之风为之一变了。

张说字道济,一字说之。洛阳人。永昌中(公元六八九)武后策贤良方正,说所对第一。授太子校书郎,转右补阙。擢凤阁舍人。以忤旨配流钦州。中宗立，召为兵部员外郎，累转工部、兵部侍郎，修文馆学士。睿宗时，拜为中书侍郎，知政事，监修国史。开元初，进中书令，封燕国公。寻出刺相州，坐累徙岳州。召拜兵部尚书，知政事。敕令巡边。后为集贤院学士，尚书右丞相，迁尚书左丞相。卒谥文贞。他一生在政治上的经历如此。他生于唐高宗乾封二年（公元六六七），死于玄宗开元十八年（公元七三〇），年六十四。

他在当时，不曾明白的提倡散文。他的文章也还未脱出整体的型范。可是他以碑文墓志叙事之文见称当世。而他的文章也很可以拿来代表那时文体由整到散的这一过渡。例如《梁国公姚崇神道碑铭》的开端一段：

八柱承天，高明之位定；四时成象，亭毒之功存。画为九州，禹也，尧享鸿名；播时百谷，弃也，舜称至德。由此言之：知人则哲，非贤周义；致君尧舜，何代无人。有唐元宰曰梁文贞者，位为帝之四辅，才为国之六翮，言为代之轨物，行为人之师表，盖维岳降神，应时间出者也。

又如《广州都督岭南按察五府经略使宋公遗爱碑颂》的开端：

维唐御天下，九十有八载。苍生贲乎海隅，玄泽漫乎荒外。天子念穷乡之僻陋，徼道之修阻，吏或不率不驯，人或不康不若。乃命旧相广平公宋璟镇兹裔壤，式是南州。笃五管之政教，总三军之旗鼓，幅员万里，驯致九泽，诏书下日，靡然从风。曷由臻斯，威名之先路也。

这就算是他所作的碑志文中顶整瞻的段落了。姚崇、宋璟都在当时做过宰相的，也正要他这样典丽裔皇的大手笔，才足以显示极盛的封建时代权威的社会意识。他前后三秉大政，掌文学之任凡三十年，朝廷大述作，多出其手，也就正因为他的文章能把握当时的社会意识的缘故。自然,他于当时文坛上有不小的权威,有不少的影响。

一千年来,韩柳一派的古文占了文坛上最重要的位置。至今文人习知韩柳文起八代之衰,以为韩柳复古。实则韩柳以复古为解放,要从八代靡丽之文里解放出来。这一解放,自是文学上一大变革。可是我们要知道在韩柳的复古运动之前二三百年间,就不断地有人对于当时偶俪浮华之文表示不满了。最显著的如裴子野、颜之推,都有此等议论。他如北周苏绰、卢辩,为文糠秕魏晋,宪章虞夏,就直倡复古了。至于隋朝,文帝开皇四年(公元五八四)普诏天下,公私文翰,宜用实录。泗州刺史司马幼之且以文表华艳,付所司治罪。李谔上书,请矫文弊。这个时候,竟想运用政治力量促进文体的变革了。有唐代隋,张说显贵于开元盛时,他在政治上的地位,很足以抬高他在文学上的地位。所以他能主一时坛坫,开一时风气。(比他稍前一点,陈子昂虽很有意变革当时文弊,而影响不大,已如前述。)他在文学上虽不曾有若何明白主张,而宋初《新唐书》却把他列在王杨和韩柳之间,作为由王杨变到韩柳的一个过渡时期的代表人物。这自然是他的幸运了。

以上论张说的文,以下论他的诗。

宋祁说张说的诗在谪岳州后,更见凄婉,为得江山之助;不错,他的诗只有在岳州时所作的饶有情致,才有动人之力。我最爱他这一首:

送梁六自洞庭山作

  巴陵一望洞庭秋,日见孤峰水上浮。闻道神仙不可接,心随湖水共悠悠。

还有一首我也喜欢:

和尹从事懋泛洞庭

  平湖一望上连天,林景千寻下洞泉。忽惊水上光华满,疑是乘舟到日边。

这都很能写出洞庭湖的情景的。再举一首：

南中别蒋五岑向青州

老亲依北海，贱子弃南荒。有泪皆成血，无声不断肠。此中逢故友，异地送还乡。愿作江枫叶，随君度洛阳。

这几首诗在他的诗集中都算是不可多得之作。他谪居岳州，从政治上言，自是他的不幸；从文学上言，却是他的大幸。不过，他只看重政治上的生命，不惜牺牲文学上的生命，换取政治上的生命。这时他在岳州，很想恢复他的政治活动。看见友人苏颋正作宰相，因作《五君咏》献颋。其一咏颋之父瓌，候瓌忌日投颋。颋见诗流涕，便对玄宗说他"忠謇有勋，不宜弃外"。因此，他后来就得入朝为相了。

他，其余的诗，不是奉和应制，就是乐舞歌词，（如《封泰山乐章》、《享太庙乐章》、《破阵乐词》、《舞马千秋万岁乐府词》、《舞马词》、《十五日夜御前口号踏歌词》、《苏摩遮》之类都是。）都是襃轩太平盛世、揄扬圣主贤臣之作。正和他的那些诔生颂死之文同其性质。本来这个时代也只需要这一种供奉文学；不然，便得不到皇帝的豢养，也就不能见重于当时了。《旧唐书·张说传》就载有这一件事：

当承平岁久，志在粉饰盛时，其封泰山，祠睢上，谒五陵，开集贤，修太宗之政，皆说偶首。……时中书舍人徐坚自负文学，常以集贤院学士多非其人，所司供膳太厚，尝谓朝列曰："此辈于国家何益，如此虚费。"将建议罢之。说曰："自古帝王，功成则有奢纵之失，或兴池台，或玩声色。今圣上崇儒重道，亲自讲论，刊正图书，详延学者。今丽正书院，天子礼乐之司，永代规模，不易之道也。所费者细，所益者大。徐子之言,何其隘哉!"玄宗知之,由是薄坚。

我们看了这件故事,就可知道当时君主重用文人的心理。因为"当承平岁久,志在粉饰盛时",不兴台池,不玩声色,就不能不用文学为娱乐,就不能不重用文学侍从之臣。徐坚不明白这个道理,他虽自负文学,也没有用处;他为玄宗所轻视,也就不是偶然的了。原来唐代自李渊开国,承南北朝丧乱之后,隋炀帝淫暴之余,统一中国,胡越一家。人民也就乐得休养生息,安于一种小康的状态。直到玄宗,百年之间,其中虽不断地遭遇水旱蝗螟等灾荒,一经赈给,便又相安无事。而且玄宗开元时代,累岁丰稔,东都米斗十钱,青齐米斗五钱,这就真算是所谓太平盛世了。这时候的君主臣僚,都只知道歌舞太平,铺张盛世,怎样的表彰功德,怎样的夸耀权威,张说生于其时,他的文学恰足以代表这个时代统治阶级的意识。而为他们的代言人,所以能够见重一时,称为大手笔。

总之,张说的文学,从文一方说,他的文固可以代表由王杨变到韩柳的这一过渡;从诗一方说,他的诗也可以代表由王杨变到李杜的这一过渡。他生于唐代由盛到衰的一个过渡时期,他的文学恰反映出这一个时代。

一九三〇,九,十八——十九。

(原载《现代文学》第一卷第六期,一九三〇年)

民间戏曲之研究

一 何谓民间戏曲

十年以来，随着新文学运动而来的民间文艺运动，总算具有相当的力量，已经引起学术界尤其文艺界的一点注意了。从来为士大夫阶级看不起的民间文艺，视为鄙俚粗野的东西，到了现在，已经有不少的学者文人很辛勤地很郑重地从事于这种东西的搜集、传写、整理、研究了。甚至国立大学里面，对于这种东西也作为一种专门学术而从事研究，有特设的研究学程，有特设的研究团体。(如北京大学的歌谣研究会，如广东中山大学的民俗学会。)截至最近，我们已经看见他们关于这种研究的出版物有了好几十种了。其他个人研究的出版物还不在内。在这些出版物之中，有歌谣、谚语、神话、传说、故事等等，尤以关于歌谣的为最多，其次就算故事。此外对于古代俗文学的研究、考证、辑佚、翻印，也有不少的人很辛勤地很郑重地从事于这种工作。总而言之，我们不能不承认十年以来的民间文艺运动具有相当的力量，得到相当的成绩。

不过，民间文艺的领域很宽，还有许多不曾为人注意的，现在我所要说下去的"民间戏曲"，就是其中之一。

何谓"民间戏曲"？这是我们首先就要弄个明白的问题。

我所说的"民间戏曲",自然不是供奉帝王贵族公卿大夫的玩好,而由他们扶植豢养而成长发达的昆曲京戏;也不是流行于各地都市间的道地的大戏,如汉戏、粤曲、徽调、秦腔之类;乃是流行于各地农村间而由农民自己创造自己享乐的一种戏曲。这种戏曲的最大部分为所谓"花鼓淫戏",而演唱这种戏曲的叫作"花鼓班子"。因此,其他不属于所谓淫戏的戏曲也就通通被称为"花鼓"了。这种戏曲,既不能供宫廷里的赏玩,又为士君子所排斥,还要遭官府的严禁,完全是野生的民间的,我以为给他一个"民间戏曲"的嘉名,倒是十分相宜的。

民间戏曲和花鼓的关系已经说过了,究竟花鼓是怎样来的?因着向来没有人注意到这个问题,没有保存或记述这个问题的文献,(也许是有的,还未被我们发见。)我们就很不容易找出它发展的历史,对于它作充分的研讨。我只看见欧阳予倩氏有过一个这样的说法。他说:

  ……从前宋朝就有所谓"迓腔戏",曲牌中也有所谓"村里迓鼓",花鼓戏大约就是迓腔戏之遗也未可知。我所见"迓腔"这个名字,就不免联想到"迓鼓"上去,但是没有事实和记载的证明,不敢断定。可惜实在没有余暇去作这番考据的功夫,只好俟诸异日。(《汉口的戏剧》,《南国》不定期刊第六期。)

他说宋朝就有所谓"迓腔戏",关于这个,我却不知道。我只知道宋朝确有所谓"讶鼓戏"。据宋无名氏《续墨客挥犀》(卷七)说:

  王子醇初平熙河,边陲宁静,讲武之暇,因教军士为讶鼓戏,数年间遂盛行于世。其举动舞装之状,与优人之词,皆子醇初制也。或云子醇初与西人对阵,兵未交,子醇命军士百余人,装为讶鼓队,绕出军前,虏见皆愕眙,进兵奋击,大破之。

又据《朱子语录》(卷一百三十九)说：

> 如舞讶鼓，其间男子妇人、僧道杂色，无所不有，但都是假的。

究竟现在的花鼓戏是不是由讶鼓戏蜕化而来？单凭这点证据，似乎还不好十分确定。我还以为宋朝的"打夜胡"，也极像现在的打花鼓，尤其像那游行乡村、演唱讨钱的"地花鼓"。宋孟元老《东京梦华录》(卷十)说：

> 十二月，即有贫者三数人为一火，装妇人神鬼，敲锣击鼓，巡门乞钱，俗呼为"打夜胡"。

宋朝不仅止有"讶鼓戏"、"打夜胡"，它是各种戏剧都已经逐渐发展要到成熟的时代。因为从周秦时代就早有了歌舞的"巫"，调谑的"优"。(当时所谓俳儒、乐人，皆属之。)到了汉代，又有了"角抵百戏"，或角力竞技，或化装假面，或敷衍故事。魏时也有"百戏"。晋时石勒使俳优扮参军，以耻笑贪赃的馆陶令周延，成为后来的"参军戏"。北齐有着假面的"兰陵王入阵曲"，又有丈夫着妇人衣的"踏摇娘"。这个时候，西域龟兹、天竺等等四夷之乐输入的不少，所谓胡人的"拨头戏"也输入了。北齐、北周都曾盛行过"百戏"。隋炀帝的"百戏"规模更阔大了，"百戏"已经登峰造极了。到了唐代，除了"代面"、"拨头"、"踏摇娘"、"参军戏"等因袭前代外，更有了脱离歌舞、注重语言动作的"滑稽杂戏"，中国戏剧的发展到了这个时期，关于构成戏剧的各种基本要素都已大致定备了。至于宋朝，戏剧杂艺愈为发达起来，这是我们从宋人笔记如《东京梦华录》、《武林旧事》、《都城纪胜》等书里可以看得到的。那时的戏剧有"滑稽杂戏"、"小说演史"、"官本杂剧"、"大曲"、"傀儡"、"影戏"(当时又称"影人"，或称"乔影戏"。)等等。因为凭借前代已有的基础，各种戏剧已发展要到成熟的时期了。现今中国固有的戏剧，或类似戏剧的顽意儿，要是笼统的说，都和宋代的那些戏剧杂艺有直接或间接的亲属关系,自然没有什么不可;可是一定通通都要明明白白的找出它们的这种关系,如修家谱,世系井然,那就有些困难了。因此,我以为要说现今的花鼓戏出于宋代的"讶鼓戏",或是"打夜胡",恐怕终于是一种极难或是不能证明的假设。

我记不清楚在一部什么笔记里,看得有"花鼓"一条,大意说是在清初时候,江北遭水,凤阳人民逃难,以打花鼓漂流四方。可惜现在无从查考原书了。我还在前年的《申报·自由谈》里,剪下这么一条:

> 凤城北门外三里许,田野间有硕大无比之大铁镬五。相传昔遭兵燹,荒歉连年,皖北饥馑,明帝眷念民困,乃饬吏于此施粥赈灾,铁镬即前时用以煮粥者。据云每一镬粥足供五百人果腹,可见其容积之大矣。

凤阳曾遭过很严重的灾荒,历史上似乎确有其事,不过这里说在明朝,和前面说是清初,时代更要提前了。又据《缀白裘》上《花鼓》一出里所说:

> 〔凤阳歌〕说凤阳,话凤阳,凤阳元是好地方。自从出了朱皇帝,十年倒有九年荒。(打锣鼓介)大户人家卖田地,小户人家卖儿郎,惟有我家没有得卖,肩背锣鼓走街坊。(打锣鼓介)

凤阳遭荒,似乎确是在明朝了,——假如"自从出了朱皇帝,十年倒有九年荒",那句话不是不敢直指当今皇帝的托词。这么说来,我们说是花鼓起于二百年以前,那是不会错的。现在再把那出《花鼓》钞下一段罢。

> 〔仙花调〕身背着花鼓,(净持锣跳上)(旦)手提着锣,夫妻恩爱称不离它。(合)咱也会唱歌,穿州过府,两脚走如梭。逢人开口笑,宛转接讴

歌。(净)咚咚搭鼓上长街,引动风流子弟来。(贴)看得他人心欢喜,银钱铜子滚出来。

花鼓戏最初发生的地域是不是凤阳,我以为纵然不能十分确定,但是要说凤阳是花鼓戏的一个有名的产地,这是无疑的了。(按《王三卖肉》一戏里有花鼓大姐也说"家住凤阳府,学得唱歌文",可为一证。)那时候的凤阳人遭着饥荒,有的穷得连儿女也没有可卖,只好出门卖艺,度着吉朴西Gypsy似的生活,(编者按:关于吉朴西的生活,请参看本志本期《漂泊世界的吉朴西民族》一文。)他们携着娇妻,去打花鼓,穿州过府,卖弄风流,这真可以说:

"这是为钱财没奈何!"

不然,人谁不爱面子?谁肯把自己拥抱的娇妻去引动人家的风流子弟?花鼓之所以被人看作淫戏、与夫人家之所以打花鼓,原来是这样的,"银钱铜子滚出来",所谓礼教或道德的里衣也脱给人家看了。

二　民间戏曲之特色

民间戏曲和别种戏曲的异点是什么?它自己的特色是什么?现在就我所见一百六十多种民间剧本来试答这个问题。

第一,民间戏曲是来自田间的,是带有极浓厚的土气息、泥滋味的。它既不能够到宫廷里讨赏赐,又不希望到城市里出风头。剧本中的人物固然是描写得土头土脑,或是有土气的语言呢,又是土话土白;唱法呢,也是土腔土调。(咬一句文,就是:"乐操土风,不忘本也!")因为农民真是所谓"地之子",他们是彻始彻终忠于地的。他们真像照着上帝所吩咐:"汝由泥土而生,死后仍归泥土。"他们不避免、也许免不掉泥土气味。所以土气息泥滋味透过了他们的血管,直表现在他们的戏曲上。

第二,民间戏曲反映着农民最低的生活,是农民不自觉的自己表现。在这里,表现着他们的意识感情,表现着他们潜伏的力,和美、和道德的观念。他们不会做关心民瘼,勤求民隐的官样文章;也不会做赞美园林风景,歌颂农家快乐的田园文学;更少演述历史上的大人物。他们只是出于情不自己的为自己做戏,只是不自觉的为自己写照,为自己叫喊。

第三,民间戏曲许多是由山歌复杂化组织化音乐化而成的,仍然保存一些山歌原来的形式。每句的音数或长或短,或七或五或三,大都和山歌一样,那是不待说了。唱起来,有些调子也和山歌差不多,虽然它已经是由山歌变化而来的新声了,和伴奏的乐器——锣鼓、二胡相配合。关于这个,欧阳予倩氏也说得好。他说:

> 花鼓戏起源于一种牧歌,但是与其说牧歌,不如说山歌。牧歌是牧者唱的歌,山歌不限于牧。我们那边的山歌,只有秧歌和采茶歌两种,牧歌从来没有听过。采茶种秧,都是在春夏之多。那个时候,男男女女大家唱着恋歌,互相吸引以求安慰。唱来唱去,唱成一种新调,加以戏剧的组织,便变成了花鼓戏。

山歌被戏曲采用的,尤其是"对歌"。(互相赠答的歌,或称"斗歌",在湖南,"对""斗"音相近。农夫牧童,彼此歌唱,谁先唱尽所有,便算谁负。)"盘歌"(或称"谜歌",但不尽为猜谜,许多是彼此盘问民间故事或古典的,例如《小放牛》、《小尼姑下山》等戏,还保存这种"盘歌"的形式。)因为它的本身已经接近戏曲了。山歌与戏曲二者间的关系,这在《山伯访友》、《李三娘过江》等戏里可以看得很明显的。此地暂不絮说了。

第四,民间戏曲既包含花鼓戏,而花鼓戏就是被认为伤风败俗的淫戏的。这种戏的剧材,大半属于民间男女相悦的 Romance。关于这个,欧阳予倩氏也说的好。他说:

花鼓戏的剧材,大半都是描写乡下人原始的恋爱和野合一类的事情。有许多就是演一种村女爱城中人,譬如《十打——》《十条手巾》之类。都是在城里做工的伙夫一类的人,他们往往夸其见闻之广,或是提起些都会的珍品来打动村女的心。演的时候,异常偏于肉感的,粗俗在所不免,真挚痛快,也深有可取。譬如"郎脱布衫姐垫背,姐攀竹叶郎遮阴"。这是何等浓艳的情景?又如"郎坐东来妹坐西,二人好像是夫妻,唉……只要是相好的!"意谓只要相好,不定要作夫妻,诸如此类的恋歌,不无可采。

采茶戏里头完全没有历史上的大人物,除了《张三盘姐》、《李四反情》、《扯笋》、《采茶》之外,有些是取材于传说的:如"吴艳花"(这个传说在浏阳乡下非常的普遍,别处没有听见过。)《梁山伯祝英台》、《蓝桥汲水》之类,这也无非是些男女相悦之事。

从来一班圣人之徒,以为一说到男女间床笫之事,中冓之言,就是非礼,就是不道德。私通、淫奔、野合,不待说,是圣人的礼教上所不许的。不过相传"曾经圣人手"的《诗经》上,尤其《国风》那部分,就不少这种性质的诗,如歌咏着城阳之盟、桑中之会、溱洧之游、蔓草之乐,这一类的诗都是。而且照《史记·孔子世家》上所说,孔圣人就是由叔梁纥与颜征在"野合"而生的。还亏得几个腐儒呕尽心肝,替它作迂回不通的解释。但在民间,虽然也属礼义之邦的领土,一说到男女相悦之事,就觉得没有什么稀奇。因为在号称礼教的社会,弄得男女间的关系不圆满,就不能不别求反礼教的解决方法。这种方法在老百姓用之,并不觉得其不道德,不过不自觉的扔开圣贤的道德——礼教,代以"百姓的道德"而已。

第五,民间戏曲中的宗教思想,或鬼神观念,与其说是佛教的,不如说是道教的。他们的所谓神,大都不是纯灵性的、超人间的,而是具有人性的、富于人间味的。这可以叫作"百姓的神"。例如常常变化下凡的太白金星,贪酒好色的吕纯阳,九度妻子的韩湘子,戏蟾耍金钱的刘海,都是这种神的代表。

三　民间戏曲之演出

民间戏曲是怎样演出的？现在就我所知道的来作一点答复。

我们已经知道民间戏曲是被统治阶级一律视为花鼓淫戏，禁止演唱的东西了。它的演出的先决问题，当然是如何逃避这种压迫。查他逃避的方法有好几种：一是属于时间的，就是要逢过年过节，尤其是新年，大家有暇娱乐的时候，才来演这种戏。因为在这一期间，平日犯禁的，如赌博、如龙灯、如花鼓，都可以说是"金吾不禁"了。至于平时，也有利用晚间免得张扬，秘密演戏的。一是属于地方的，就是躲在偏僻的地方，或是利用两不管三不管的交界的地方，瞒着乡绅——官府的耳目，来演一回戏。一是属于金钱的，就是贿买地方土豪劣绅，倚仗他们的庇护来演戏。但是遇着所谓正绅也者，要出来维持风化，不是罚钱罚酒席，就要送官。结果，总是戏子吃亏。所谓正派绅士以及官府，还是和土豪劣绅一道的。如果得到绅士们的许可而公开演戏，那吗，照例是要为他们跳几回加官，喊几句"某某老爷加官"的。实则所谓维持风化的绅士老爷，没有几个不欢喜看这种戏，就是他们自己装样子不看，家里的男女大小是没法禁止去看的。有些青年男女真是看得留连忘返，欢喜发狂，记得我的幼年时候曾看过这种戏，听说那次某家姑娘看戏，因为坐湿了凳子，不敢起身，传为笑柄，欧阳予倩氏说有女子看戏看疯了的，煮饭的时候口里唱着，拿油倒在饭锅里；有的拔下自己的簪环掷到台上去赠给旦角，那也想是实情。

这种戏班——花鼓班子，大都是临时组合的、没有把演戏做一种比较永久的职业。因此，没有正式装备的行头和道具。男的行头大半不消借用，女的就全然要借用了，好在一般妇女听得有戏给她们看，大都争先恐后的愿借。他们的化装法也极简单，真是只要有粉墨，敷上几笔，就可登场。旦角要搽胭脂,乡下不容易找到,就是几文钱的上圣纸(一种红纸),浸湿了也可代替。演者的姿势与动作,有时在某种意义上,不免要说它粗鄙、过火,可是自然真实、深刻、痛快,却也是他们常有的长处。他们唱的腔调,我已经说过有些很和山歌差不多了。关于这个,我是外行,有好些说不出它的曲名,或调名,也形容不出它的声调或韵味。只好介绍欧阳予倩氏的说素,虽然,他所说的偏于他的故乡湖南浏阳一方面。他说:

> 浏阳的采茶戏和别县的大致相同,腔调也差不多一样。浏阳的我看过,别县的我只听过。它的腔调有的我说不出名字,有名字的如《阳雀歌》之清锐,《十匹绸》之柔慢,我都很喜欢。其余如《十条手巾》《十杯酒》《十送郎》之类,都别有一种滋味。

我的幼小时候,曾在长沙西乡看过这种戏,记得有一种腔调叫作"扇子调"的,很摇曳飘荡,具有一种魅惑人性的吸引力。不知欧阳予倩氏可曾听到过没有。欧阳予倩氏还说:

> 湖南的花鼓戏虽加些大戏的排场,还没有离山歌的地位,没有成一个结构。湖北的花鼓戏却已经有独立的资格了。湖北的花鼓戏,腔调和湖南的不同,自不必说,音乐也不同。湖南的花鼓戏用锣鼓和一个二胡,湖北的花鼓戏除一套锣鼓外,完全不用别的乐器。唱的时候有如高腔似的,一个人唱到逢断的地方,场面上的人齐声和一个底腔。湖南是完全不用帮腔的。

可是我在长沙看过的宁乡班子演戏是用帮腔的。帮腔既起,锣鼓继之,有时还杂以唢呐。欧阳予倩氏又说:

> 湖北花鼓戏的腔调分四种,谓之"四平"、"纽丝"、"悲腔"、"迓

腔",这四种里面,各种都有紧唱慢唱的不同。"四平"和二黄戏的"四平调"——又名平板的不同;完全是另外一种东西。"纽丝"在二黄的锣鼓里有这个名字,又"探亲相骂"的戏名叫"银纽丝",都不是花鼓戏的"纽丝"。其中在历史上命名上有甚么关系,或是内容有甚么共通之点,我还没有仔细研究过。"悲腔"完全是模仿湖北女人的哭。有一天早晨,我听见一个女人哭丈夫,那种整然的旋律就和花鼓戏的"悲腔"一样。至于"迓腔",我觉得来源甚古,从前宋朝就有所谓"迓腔戏"。……

湖南、湖北的民间戏曲唱法及其伴奏的音乐大致如此。别一地方的怎么样,我们还不知道,这不能不期待于别一地方的人了。总之,这种戏曲,腔调有限,音乐简单,表演朴素,还未脱原始的戏曲形式,这是无可讳言的。

要说到民间戏曲的舞台——戏台方面了。乡间演戏,在寺庙里演酬神的大戏,大半是有现成的戏台的。即是临时建筑的戏台也还坚实宽大,还有一点相当的装潢,这个固然因为要媚神邀福,实则也因为寺庙大半积有相当的财产——土地同时,那些管庙的首祀值年,或总管绅董之类,每每藉酬神演剧,挨家按户,摊派钱文。所以他们对于这种戏台的装置,一方面要表示神权的威严,一方面要表示神权之下奴隶们献纳的敬畏心理。那演唱民间戏曲的戏台就不然了。因为这是民间自己创造,自己享乐的东西,既不要讨神们的欢喜,也不要统治阶级的欢喜,所以不妨本色。他们是最低廉的工值取得者,演起戏来,也只能用最低廉的舞台,这个正反映着他们最低廉的生活。这种舞台固然离开宫殿庙堂太远,也不会和公馆别墅相配。这是建造在野外的,或在山坡之上,或在小林之中。每每利用隆起的山坳作台基,利用自然的树木作台柱。台顶大抵盖以晒谷用的竹簟,台面大抵铺以尚未刮光的木板。不用布景,也无幕布。夜间演戏,光用火把或油蜡,材料极其单纯,构造极其简陋。不过在这种单纯简陋之中,虽然说不到美幻的理想,修饰的写真,却自有其质朴的自然,而且这种利用自然的背景之舞台,是三面可以给观众看的,和观众的接触面很大,这也是它的一种优点。

有人说:"戏剧是综合的艺术",这个说素推之于民间戏曲,也是说得通的。因为民间戏曲正是民间的文学、音乐、舞踊、绘画、建筑等等综合而成的一种艺术。不过这种艺术不曾供奉到象牙之宫里,还是生长在田野之间罢了。

本文暂时于此结束。还有《介绍几种民间戏曲》、《民间戏曲之将来与民众剧之建设》两文,留待将来有机会再为发表与读者相见了。

(原载《社会杂志》第一卷第二期,一九三一年)

唐代诗人的苦吟生活

赵景深先生的《中国文学小史》论到唐代苦吟诗人,他说:

> 中唐诗人很有几个是一生潦倒而形之于诗的,这就是刘长卿、韩愈、孟郊、贾岛。

赵先生的意思似乎以为凡是一生潦倒而形之于诗的,就可叫作苦吟诗人了。记得《诗经》上两句诗道:

> 君子作歌,维以告哀。

又司马迁也有两句话道:

> 《诗》三百篇,大抵圣贤发愤之所为作也!

我还仿佛记得"诗,穷而后工",这句话是韩愈说的。这样说来,好像自有诗歌就是给人告哀、泄愤、哭穷、诉苦似的。自然,汉魏六朝这类的诗也不少见。那吗,不是在赵先生所论唐代苦吟诗人以前,老早就有无数的所谓苦吟诗人了吗?

我以为唐代诗人的所谓"苦吟"应该含有两个意义，一是赵先生所说的"一生潦倒而形之于诗"，一是吟诗而下苦工夫后一意义尤为重要，这是我们略为考察唐代诗人的苦吟生活便可知道的。

唐代诗人第一个过着苦吟的生活似乎要从那位"语不惊人死不休"的老杜说起。《旧唐书·杜甫传》说道：

〔李〕白自负文格放达，讥甫龌龊，而有饭颗山之嘲诮。

原来李白曾有一首《戏赠杜甫》的诗：

饭颗山头逢杜甫，头戴笠子日卓午。借问因何太瘦生？总为从来作诗苦！

可见在这位痛饮狂歌、飞扬跋扈的天才诗人李白眼中的杜甫只是一个苦吟诗人的印象。杜甫既是一生潦倒而形之于诗，又是竭其生命全力而用苦功，于语句之奇、诗律之细的，就这两点而说，无疑的他可被称为苦吟诗人了。

赵先生所说中唐四位苦吟诗人——刘、韩、孟、贾，凡他说过的话，此地无须重复地来说。我所要补说的是中唐诗人的苦吟风气一时极盛，韩愈正是这一群诗人的领袖人物；而孟、贾又是韩派诗人中的名家，尤其是贾岛为许多苦吟诗人所称道，直到晚唐五代，这种风气还不曾衰歇。还有自谓诗"胆大如天"的刘叉，韩愈称为"怪辞惊众谤不已"的卢仝，也都属韩派诗人。至于自称"病骨伤幽素"、"庞眉入苦吟"的李贺，和韩愈为忘年之交，就苦吟一点而说，也可以说是属于韩派。或许他因苦吟之故，像他母亲说的"呕心"而致短命的罢。又有姚合虽与韩愈同时，但从他们两人留下的文字看不出他们有何关系。不过姚和韩派文人张籍、王建、贾岛之流都有交谊，尤其他和贾的交谊最深，诗的风格也极相近似。他是宰相姚崇的曾孙,由武功尉做到了秘书小监,不像贾岛那样一生穷苦,所以穷愁也不及贾岛那样深。诗家称他为姚武功,其诗派称为武功体。论者以为他的诗刻意苦吟,冥搜物象,务求古人体貌所未到。南宋四灵诗派奉以为宗,流于琐屑偏僻。这一位苦吟诗人在后来诗坛上的影响真是不小!至于和他同时而受他的影响莫过于他的女婿李频。"只将五字句,用破一生心"的李频,算是直接承受了他的苦吟的衣钵了。

关于孟郊、贾岛的苦吟生活,我还有要补说的:

孟郊是一个再三下第的贫苦的诗人,五十岁才登进士第。他有《登科后》一诗道:

　　昔日龌龊不足嗟,今朝放荡思无涯。春风得意马蹄疾,一日看尽长安花。

平生愁苦,一朝得意,真是所谓"一朝快活敌千年"了!故不觉欢喜之态,形之于诗。但他登第以后,过了四年,才做溧阳尉。郑余庆为京都留守,署他为水陆转运判官。他止做过这样芝麻绿豆般的小官,在当时的俗见,在他的心里,自是一种不幸。从他的诗里可以想见其为人。他说:

　　食荠肠亦苦,强歌声无欢。出门即有碍,谁谓天地宽? ——《赠别崔纯亮》
　　万事有何味?一生虚自囚! ——《冬日》

可见他的生活之苦。总之,他是一生潦倒而形之于诗的人。他还有诗道:

　　夜学晓未休,苦吟鬼神愁。如何不自闲,心与身为仇? ——《夜感自遣》

这就可见他的苦吟工夫了。他的苦吟在诉出个人的苦辛,实则也在诉出人间的苦辛。人间的苦乐悲欢由于社会制度的不平,经济上的贫富不均,他似乎已经深深地感觉到了。他说:

  夷门贫士空吟雪,夷门豪士皆饮酒。酒声欢闲入雪销,雪声激切悲枯朽。悲欢不同归去来,万里春风动江柳! ——《夷门雪赠去人》

社会上这种贫富不均悲欢不同的现象是怎样来的?他没有明白告诉我们,不过他有一首诗道:

  愁与发相形,一愁白数茎。有发能几多,禁愁日日生?古若不置兵,天下无战争。古若不置名,道路无欹倾。太行耸巍峨,是天产不平。黄河奔浊浪,是天生不清。四蹄日日多,双轮日日成。二物不在天,安能免营营! ——《自叹》

细玩诗意,他似乎在诅咒社会的不平,而主张废弃一切权威、名位、财富。这只是诗人的一种愤慨!

  从来的批评家每每拿孟郊、贾岛并论。如苏轼说:"郊寒岛瘦",元好问说:"郊岛两诗囚。"原来郊、岛是朋友,作风又相近。贾岛初为和尚,名无本。韩愈有《送无本师归范阳》一诗,说是"无本于为文,身大不及胆。吾尝示之难,勇往无不敢"。又说:"狂词肆滂葩,低昂见舒惨。奸穷怪变得,往往造平淡。"这就可见贾岛在文学上所受韩愈的影响定然不小。据王定保《摭言》所载,贾岛和韩愈于驴背马上论"推敲"二字的故事,贾岛为了斟酌一字一句,至于精神迷惘而不自觉,真可以说是"诗迷"!苦吟至于如此,真可以说是"叹观止矣"!孟郊会写贫,为着无钱而诅咒;贾岛会写病,为着有病而呻吟。我们读了《贾长江集》,就知道他一病经年,一卧累月,幸亏他的老师韩愈屡屡馈送衣服食物给他。他常自比于"病鹤",所作《病蝉》《病鹘吟》也是借物自况的。他说:"不缘毛羽遭零落,马肯雄心向尔低!"可见虽是病鹘,也不同凡鸟了!当他从长江主簿迁普州司仓参军的时候,那位缺唇诗人方干有诗寄他说:

乱山重复叠,何处访先生?岂料多才者,空垂不第名。闲曹犹得醉,薄俸亦胜耕。莫问吟诗苦,年年芳草平。

原来方干也是一位不得志的苦吟诗人。他有一次去见钱塘太守姚合,姚合见他面貌不扬,不肯理他。等待看了他的诗卷,才"骇目变容",留他打住数日,陪他登山临水,尽宾主之欢。他死后十多年,宰臣张文蔚奏名儒不第者五人,请赐一官以慰其魂,他便是其中一个。他曾有一首诗道:

所得非众语,众人那得知?才吟五字句,又白几根髭。月阁歌眠夜,霜轩正坐时。沉思心更苦,恐作满头丝。

可以想见他的苦吟生活,无怪乎他能了解贾岛之为人,对于贾岛有无限同情的寄与。贾岛死了,僧可止有诗哭他说:

燕生松雪地,蜀死葬山根。诗癖降今古,官卑误子孙。冢栏塞月色,人哭苦吟魂。暮雨滴碑字,年年添藓痕。

这于贾岛已经有相当的故意。可是不及,后来唐诸王孙李洞模仿贾岛做诗,至于替贾岛铸一座铜像,供奉如神,常常念着"贾岛佛"。并且为贾岛墓立碑祭奠,有诗以记其事:

一第入皆得,先生岂不销?位卑终蜀士,诗绝占唐朝。旅葬新坟小,魂归故国遥。我来因奠酒,立石用为标。

我想李洞是已经破落了的贵族阶级，又苦于不得一第——应试时有诗句道："公道此时如不得，昭陵痛哭一生休！"——所以对于那位一生潦倒的苦吟诗人贾岛才这样同情，这样崇拜。

还有和贾岛同时，又同为当时直到五代一般诗人乐为称道的一位苦吟诗人——刘得仁。他的母亲是一位公主，弟弟老婆也是一位公主，兄弟都做大官。可知他是出身特权阶级，和贾岛出身知识阶级者不同。贾岛死了，他有诗悼惜道：

　　白日只如哭，黄泉免恨无！

后来他自己死了，僧栖白有诗哭他道：

　　为爱诗名吟至死，风魂雪魄去难招。直须桂子落坟上，生得一枝魂始消。

这首诗很痛惜他生前不得一第。原来他不肯凭借已有的阶级或阀阅的优越地位，想由科第起家。不幸他出入试场三十年，竟无成就，直弄到"家似布衣贫"而死，所以最能引起一般诗人的同情。《全唐诗》录刘得仁诗二卷。他的诗几乎首首是写他的苦吟生活。《池上宿》一诗云：

　　事事不求奢，长吟省叹嗟。无才堪世弃，有句向谁夸？老树呈秋色，空池漫月华。凉风白露夕，此境属诗家。

这首诗写他秋夜吟诗的情前景不坏。我看他是惯于夜里吟诗的，尤其是在秋夜，每每吟诗至于通宵达旦，这在他的诗里常常说到的。例如：

　　省学为诗日，宵吟每达晨。——《寄无可上人》

永夜无他虑,长吟毕二更。——《秋夜寄友人》
吟苦晓灯暗,露零秋草疏。——《云门寺》
偶与山僧宿,吟诗坐到明。——《中秋宿邓逸人居》
照吟清夕月,送药紫霞人。——《上姚谏议》
吟身坐霜石,眠鸟握风枝。——《冬日喜同志宿》
到晓改诗句,四邻嫌苦吟。——《夏日即事》
病多三径塞,吟苦四邻惊。——《病中晨起即事》
吟兴忘饥冻,生涯任有无。——《多携酒访崔正字》

他因夜里高声吟诗之故,至于惊醒四邻而为邻人所嫌,也不顾及,可以想见他的苦吟的兴趣。大约因为他脱离了贵显的家庭而孤身独居之故罢,他的吟伴就只有一只白鹤了。他说:

恨无人此住,静有鹤相窥。——《冬日骆家亭子》

这一只白鹤死了,他更不胜其寂寥惆怅之感,这在他的先后《忆鹤》二诗里可以见到的:

白丝翎羽丹砂顶,晓度秋烟出翠微。来向孤松枝上立,见人吟苦却高飞。

自尔归仙后,经秋又过春。白云寻不得,紫府去无因。此地空明月,何山伴羽人?终期华表上,重见令威身!

这真是一件趣的事!他死了以后,有一个比他后进的名"鹤"的诗人——杜荀鹤有一首诗哭他:

贾岛还如此,生前不见春。岂能诗苦者,便是命羁人?家事因吟失,时情碍国亲。多应衔恨骨,千古不为尘!

相信佛家"尼陀那"说的人,或许会要说刘得仁和"鹤"有什么缘,生前和名"鹤"的鸟有缘,死后又和名"鹤"的人有缘。丰子恺先生爱说的那句"这是很奇怪的缘",似乎在这里可以用得着了吗?

说到杜荀鹤,他也是一个苦吟诗人。他于屡次下第之后,最后才以第一人及第。这时唐室快要亡了,兵戈遍地,他的诗颇多乱离之感。他有《酬张员外见寄》一诗道:

分应天与吟诗老,如此兵戈不废诗。生在世间人不识,死于泉下鬼应知。啼花蜀鸟春同苦,叫雪巴猿昼共饥。今日逢君惜分手,一枝何校一年迟。

他在别一首诗里尚有"九土如今尽用兵,短戈长戟困书生。思量在世头堪白,画度归山计未成"的话,那是伤心人的苦语。可知乱世给与这位诗人的影响。他虽有过一时官到翰林学士,知制诰,但因侮慢同僚之故,几乎被杀。总之,他的一生长在坎坷不幸里,所以只好寄情于诗,说:"是乍可百年无称意,难教一日不吟诗。"又说:"吾道在五字,吾身宁陆沈!"他把他的诗歌看得比生命还重要,正和贾岛相似。还有《自述》一诗说:

四海欲行遍,不知终遇谁。用心常合道,出语或伤时。拟作闲人老,惭无识者嗤。如今已无计,只得苦于诗。

他所以要躲在苦吟里讨生活,原来只是无办法的办法!而且《苦吟》一诗说得好:

世间何事好,最好莫过诗。一句我自得。四方人已知。生应无辍日,死是不吟时。始拟归山去,林泉道在兹。

做好一句诗便可名闻四海,这真是世间最好的事。隐居终南山里,为尚时成名捷径?躲在苦吟生活里,他是当时成名捷径?难怪我们这位诗人要说"始拟归山去,林泉道在兹"了!上面两首诗说他所以苦吟之坟,下面再举他两首诗叙述苦吟时的情形及其结果:

吟尽三更未著题,竹风松雨共凄凄。此时若有人来听,如觉巴猿不解啼。

这首诗写秋夜苦吟的情境,凄清已极!

多惭到处有诗名,转觉吟诗僻性成。渡水却嫌船著岸,过山翻恨马贪程。如仇雪月年年景,似梦笙歌处处声。未合白头今已白,自知非为别愁生。

这首诗写苦吟的入神,至于"渡水却嫌船著岸,过山翻恨马贪程",真是所谓"神游诗府"了!疲精费神至于如此,难怪"未合白头今已白",不觉容颜易老呢!

正和杜荀鹤同时,而比贾岛、刘得仁后进一点的苦吟诗人着实不少,周朴便是我要为先说到的一个。《全唐诗话》卷六记周朴道:

朴,唐末诗人,寓于闽中僧寺,假丈室以居。不饮酒茹荤,块然独处。诸僧晨粥卯食,朴亦携巾盂,厕诸僧下,毕饭而退,率以为常。郡中豪贵设供,率施僧钱,朴即巡行拱手,各丐一钱,有以三数钱与者,朴止受其一耳。得千钱,以备茶药之费,将尽复然。僧徒亦未尝厌也。

朴性喜吟诗，尤尚苦涩。每遇景物，搜奇抉思，日旰忘返。苟得一联一句，则欣然自快。尝野逢一负薪者，忽持之，且厉声曰："我得之矣！"樵夫瞿然惊骇，掣臂弃薪而走。遇巡徼卒，疑樵者为偷儿，执而讯之。朴徐往告卒曰："适见负薪，因得句耳！"卒乃释之。其句云："子孙何处闲为客，松柏被人伐作薪。"

　　闽有一士人，以朴僻于诗句，欲戏之。一日，跨驴于路，遇朴在旁。士人乃欹帽掩头，吟朴诗云："禹力不到处，河声流向东。"朴闻之，忽遽随其后。士但促驴而去，略不回首。行数里，追及，朴告之曰："仆诗'河声流向西'，何得言流向东？"士人颔之而已。闽中传以为笑。……

　　黄巢至福州，求得朴。问曰："能从我乎？"答曰："我尚不仕天子，安能从贼？"巢怒，杀之。

这一般文字记周朴的苦吟生活很好，我就不再说什么了。

　　其次，我要说到曹松、裴说、贯休、崔涂、卢延让那一群诗人。

　　曹松学贾岛为诗，久困名场。至天复初年（西元九〇一），杜德祥主试才放他和王希羽、刘象、柯崇、郑希颜五人及第。因五人年皆七十余，时号"五老榜"。他有《言怀》诗云：

　　冥心坐似痴，寝食亦如遗。为觅出人句，只求当路知。岂能穷到老？未信达无时。此道须天付，三光幸不私。

他说："为觅出人句，只求当路知。"可知他忘寝废食，苦吟如痴的目的何在。结果七十岁也得登第了。又裴说有《寄曹松》一诗云：

　　莫怪苦吟迟，诗成鬓亦丝。鬓丝犹可染，诗病却难医。山暝云横处，星沉月侧时。冥搜不可得，一句至公知。

"冥搜不可得,一句至公知",这是一般苦诗者所希望的目的。这首诗似乎也是说曹松的苦吟,不过裴说自己也是过着这样的苦吟生活。他有句云:"苦吟僧入定,得句将成功。"又句云:"是事精皆易,唯诗会却难。"可以知道他的诗风是怎样的倾向了!唐代故事,举子先把自己的作品投于公卿,叫作"行卷",裴说的行卷只有十九首。到了来年秋试,他的行卷还是这十九首,有人讥笑他。他说:"只这十九首由苦吟来的诗还没有人识货,用得着别的行卷吗?"可知他是很自负的。他有诗赠僧贯休云:"总无方是法,难得始为诗"因为贯休也是和他一样以苦吟诗得为工的吟人。贯休的《苦吟》一诗云:

河薄星疏雪月孤,松枝清气入肌肤。因知好句胜金玉,心极神劳特地无。

可以想像在一个晴雪的月夜,松树之下有位清癯的和尚在那里心极神劳地苦吟。

崔涂大概和方干有些关涉罢。他有《读方干诗因怀别业》一诗,诗中说是"把君诗一吟,万里见君心"。又有《过长江贾岛主簿旧厅》一诗云:

雕琢文章字字精,我经此处倍伤情。身从谪宦方沾禄,才被椎埋更有声。过县已无曾识吏,到厅空见旧题名。长江一曲年年水,应为先生万古清。

他于贾岛的苦吟生活也是极其同情的。他有《苦吟》一诗道:

朝吟复暮吟,只此望知音。举世轻孤立,何人念苦心?他乡无旧识,落日羡归禽。况住寒江上,渔家似故林。

他所以朝夕苦吟原来是望知音,希望有人知道他的苦心。结果,他比方干幸运,总算生前得登一第了。

卢延让于唐室亡后,依蜀王建,授水部员外郎,累迁给事中,给刑部员外郎。他的一生不算怎么不幸,可是他是一个苦吟诗人。他的《苦吟》一诗道:

> 莫话诗中事,诗中难更无。吟安一个字,捻断数茎须。险觅天应闷,狂搜海亦枯。不同文赋易,为著者之乎。

所谓"苦吟"原来是吟诗肯下苦工夫,这首诗说的明白极了。这么说来,皮日休所赞美的那位"雕金篆玉,牢奇笼怪,百锻为字,千炼成句"的刘言史,也就是一位苦吟诗人。还有刘昭禹论诗道:

> 五言如四十个贤人,著一字如屠沽不得。觅句者若掘得玉合子,有底必有盖。精心求之,必获其宝。

又他咏《风雪》,有句道:

> 句向夜深得,心从天外归。

可知他也是一位苦吟诗人。再,郑綮有题《老僧》的诗道:

> 日照西山雪,老僧门未开。冻瓶粘柱础,宿火陷炉灰。童子病归去,鹿麑寒入来。

他自己常说这首诗属对可以衡秤。有人问他道:"相国近有新诗否?"他说:"诗思在灞桥风雪中驴子背上,此何以得之?"这位做了相国的滑稽诗人"歇后郑五",他曾那样苦心精思地属对觅句,无疑的他也是一位苦吟诗人,而且在无数苦吟诗人之中,只有他是最幸运的了。

以上略述唐代诗人——中唐以至晚唐许多诗人的苦吟生活已完。我想肯用心思的读者或许要发生这样的疑问:"何以中唐、晚唐之间许多诗人都欢喜过着苦吟的生活,一时成为风气?"

请大家想一想,怎样解答这一问题。

(原载《微音月刊》第一卷第九、十期,一九三一年)

古 兰 经
——回教的经典文学

回族为组成我国的五族之一。回教盛行于国境西北,尤其是新疆、甘肃二省;其势力所播,遍于全国各地通都大邑;至今屠牛一业,差不多都操于彼教中人。可是国人注意回疆问题的,研究回族语言文字宗教风俗的,竟没有几个人,也没有几本书,这真是可为太息的事!

前见郑振铎氏《文学大纲》第五章《东方的圣经》,说及回教的经典文学,可是语焉不详。他的参考书目里所说"《可兰经》也有中文的译本",究竟何人所译? 何处出版? 他没有告诉我们。直到最近,我才读到了《可兰经》的译本了。

《可兰经》(The Koran)近译《古兰经》,为回教的圣书,相传为回教的创始者穆罕默德(Mohammed 五七〇——六三二)所述,凡三十卷,六千六百六十六节。据说欧人穆罕默德阿里有译本,日人坂本健一也有译本。其在我国,向由彼教"阿衡"递相诵习,视为珍秘,不肯示人,故无汉译。曾有彼教中人金陵刘介廉氏译著《天方性理》、《天方典礼》、《至圣实录》诸书,可是不曾译及《可兰》。云南马复初氏动译《可兰》,已成二十卷,可惜不戒于火,仅存五卷,未刊。还有王静斋氏用语体译《可兰》,虽然闻已脱稿,未见传本。回教学会哈德成氏陆续译述多章,仅散见于月刊。又北平铁铮氏有译文刊本,或云根据日译,与原书不无出入。《可兰经》的由原文完全译成汉文，而它的本子又容易购得，就不能不感谢那位侨居上海英籍的犹太富翁哈同氏的多金与宏愿了。哈同倡译此书，始自丁卯五月，讫于己巳五月（一九二七——一九二九），亘两年之久。据书首所题参与译事的人物，审定者哈同夫妇，总纂姬觉弥，阿文参证李廷相薛天辉，英文参证钟绂华罗友启，日文参证攀炳清胡毅，汉文参证费有容书，于今年（一九三一）春季出版，不久，而哈同氏死了。

"可兰"这个字据说就是"应读之书"的意思，实则这部书也真该一读。我们读过了《天方夜谈》那样美妙的故事，就不妨一读这样朴质的天方经典。我们读过了基督教的圣经，也应该一读与基督教关系很深的回教的圣经。我们要了解这种犷悍成性的回回民族，尤其不能不读这部以犷悍为教的回教经典。夏寿田氏的《汉译古兰经序》里说："穆氏之于天方，非徒悬一大而无当之空名愚其民而束缚驰骋之也，实能为之制礼教，定法律，启梼昧，止淫僻，冠昏丧祭，养生送死，于是大备。立一法，立一教，赏一士，戮一人，必称天以临之，毋亦所谓聪明明威达于上下者耶？宜天方之民生而安之，死而思之，世守以至今日，莫之敢畔也。"这些话大致还不错。我们要了解回民的性格心理风俗习惯，这就真是一部必读的书。因为回民信仰《可兰》为天书，当作行为的标准，而不敢怀疑。比如回民的好杀善战，视死如归，这在《可兰经》，就是屡屡以此垂教的。如《讨白章》第十四段（二二）说：

> 主自穆民间购其生命资财，彼等有卫真道而战者，或杀敌，或被杀，应许其永享乐园，其约实载《挑拉特》与《引支勒》与《古兰》诸经中。

又如回民的排斥异教，不与异教通婚，这也是根据《可兰经》的。如《百革赖章》第二十七段（二二一）说：

异教之女，非俟其信从，勿娶之，纵悦其美，娶异教女，不如娶穆民婢。未信从者，勿嫁以女，纵悦其美，嫁异教男，不如嫁穆民仆。彼等诱汝入火狱，主特导汝入于乐园，俱加恩恕，明降天经，俾汝感化。

再如回民爱好清洁，不吃猪肉和死物，《可兰经》里也是屡屡说及的。如《百革赖章》第二十一段（一七二——一七三）说：

吁，穆民，余以美洁诸品为汝辈食禄。汝辈拜主，当知感主。主禁汝辈食自死物与血与豕肉，与不诵主而妄杀者；若为势所逼，非甘背叛，食不过度者，俱不为罪；主固至恕而至慈。

回教徒不吃猪肉，屠牛为食，这在《可兰经》里也有故事可寻的。如《百革赖章》第八段（六七——七一）说：

曩者母撒告其民众曰："主命汝辈屠牛。"

民众曰："汝言戏余耶？"

曰："余乞主庇，不沦为愚氓。"

民众曰："汝为余请示于主，牛作何状者为宜？"

曰："主谕之矣，其牛之齿。非犊非特，厥为壮者，汝辈宜遵所命。"

民众又曰："汝为余请示于主，牛作何色为宜？"

曰："主亦谕之矣，其牛色黄而纯，观者咸悦。"

民众又曰："汝为余请示于主，牛多类是者，余辈混淆莫辨，果为主所欲者，余辈宜获指导。"

曰："主亦谕之矣，是牛不驯，不犁田，不灌园，然健全而非斑驳者。"

民众曰："汝今道其实矣，彼若无能为者。"遂相率而屠牛。

我们从《可兰经》里可以知道一些关于回教的戒律,如禁止饮酒、赌博、剥取重利之类,他如婚姻、借贷、施舍、遗产之类,也都有规定。极端信仰主(上帝),主宰制一切。赏罚善恶,则有使人恐怖的火狱,使人歆羡的乐园。主的万能可于《百革赖章》第三十五段(二五八——二六〇)所述的一种神话见其一斑。

汝不见易卜腊欣之往事耶?其与人(奈木鲁德国王)诘难,谓王国乃主所授者。(王则辩为自主)易卜腊欣曰:"惟主能死生人。"

彼曰:"余亦能死生人。"(谓宰杀)易曰:"主命日升于东,汝能令西出邪?"辩者默然。主固不导邪者妨正。

又有人(吴则勒圣人)经行城市(即白土本幹代思),见其屋宇倾圮尽矣。请于主曰:"主灭此地,将复兴之邪?"主令其人死逾百载,然后复苏,谕之曰:"汝居此几何时?"曰:"殆崇朝欤?抑半日欤?"主谕曰:"经百载矣。视汝饮食,犹未变色。惟视汝驴,当为汝示显迹于世,汝视余若何聚其骨,若何傅其肉,而俾之苏。"迨视者了然,乃曰:"余知之矣。"主固能于万物者。

其时易卜腊欣曰:"呜呼,余主奚能复苏死者,盍示于余?"主曰:"汝犹疑那?"曰:"唯!惟欲求宁余心。"主曰:"汝试取飞禽四,脔割而聚合、于四山各掷其一,然后呼其名,四禽皆迅集于汝。"当知主固至刚至明。

我们读了上面所引的各段,就可以略略知道《可兰经》的内容,和爱俪园译本的文字了。

(原载《现代文学评论》第二卷第三期,一九三一年)

《九歌》《招魂》《大招》皆为楚国王室所用巫歌考

楚辞的远源出于《三百篇》，近源则为楚国固有的巫歌。楚辞与巫歌有关系的话，这是老早就有人说过的，不过仅限于《九歌》。如汉王逸说："昔楚国南郢之邑，沅湘之间，其俗信鬼而好祠，其祠必作歌乐鼓舞以乐诸神。屈原放逐，窜伏其域，怀忧苦毒，愁思沸郁。出见俗人祭祀之礼，歌舞之乐，其词鄙陋，因为作《九歌》之曲。"后来朱熹也说："……蛮荆陋俗，词既鄙俚，而其阴阳人鬼之间，又或不能无亵慢淫荒之杂，原既放逐，见而感之，故颇为更定其词，去其泰甚。"他们既相信《九歌》是屈原所作，又这样认定与巫歌有关。到了胡适之先生，他的《读楚辞》里就说："《九歌》与屈原的传说绝无关系，细看内容，这九篇大概是最古之作，是当时湘江民族的舞歌。"接着雪林女士作《九歌》与河神祭典的关系，她把《九歌》与宗教的关系说得更清楚。她以为《九歌》中一切言情分子都是人神恋爱，人神恋爱又由于人牺的变形。《史记·滑稽列传》里说的河伯娶妇，《后汉书·宋均传》里说的山神娶妇，都是她的好佐证。照她的说法去读《九歌》，关于宗教舞歌中何以会说及恋爱一点，就比较好懂得多了。

可是我也有一个说法，并不必要像她那样绕弯子；我是直接从《九歌》本身上推究出来的。陈本礼《屈辞精义》里说："《九歌》之乐，有男巫歌者，有女巫歌者，有巫觋并舞而歌者，有一巫倡而众巫和者。"他虽没有一一具体的证明，但细心读《九歌》的人似乎可以感觉得到。比如湘君、湘夫人为女神，就用男巫主歌舞；其他为男神就用女巫主歌舞。再《九歌》中说及巫的歌舞情形也有好几处。如《东皇太一》里说：

扬枹兮拊鼓，疏缓节兮安歌，陈竽瑟兮浩倡。灵偃蹇兮姣服，芳菲菲兮满堂。五音纷兮繁会，君欣欣兮乐康。

我们可以想像是怎样的衣服漂亮，芳香四溢的女巫，在那里委婉歌舞，还配以五音繁会的乐器，希望神灵的欣欣乐康。又如《东君》里说：

缅瑟兮交鼓，箫钟兮瑶簴，鸣篪兮吹竽，思灵保兮贤姱，翾飞兮翠曾，展诗兮会舞。应律兮合节，灵之来兮蔽日。

这比上面一节的情形似乎更加热闹。漂亮的女巫有好几个在那里像翠鸟一般的飞，歌诗合舞，等候神灵的到来。至灵保和灵的解释，王国维《宋元戏曲史》里说得好。他说："楚辞之灵，殆以巫而兼尸之用者也。其词谓巫曰灵，谓神亦曰灵。盖群巫之中必有象神之衣服形貌动作者，而视如神之所凭依，故谓之曰灵，或谓之灵保。"又《礼魂》说：

成礼兮会鼓，传芭兮代舞，姱女倡兮容与。春兰兮秋菊，长无绝兮终古。

这是礼毕送神的时候，有许多漂亮的女巫，在那里从从容容更番迭进的歌舞，而且表示希望和神灵再见。记得《说文》巫字下云："巫祝也，女能事无形以舞降神者也。象人两袖舞形，与工同意。"我以为古代的人相信神也与人一样，有饮食男女的大欲，所以要用漂亮的女巫以舞降神；或者巫觋相杂，歌着恋爱的曲子，使神欢喜。（现在湖南境内师公"卫㘸"敬神,还有唱得很猥亵的地方,不过已经不用女巫了。)这也许就是所谓人神恋爱,不一定另有所谓变形的人牺,像河伯娶妇一样。后来的人不懂得古代的宗教的心理,就不会懂得祭歌中何以杂些言情的分子,或误以为这是人和人相爱的恋歌了。

我还以为《九歌》和《大招》、《招魂》都是楚国王室所用的巫歌。我提出这个大胆的假定,并不是没有根据的。一、严可均辑《全后汉文》十三《桓子新论》云:"昔楚灵王骄逸轻下,简贤务鬼,信巫祝之道,斋戒洁鲜,以祀上帝,礼群神。躬执羽绂,起舞坛前。吴人来攻,其国人告急,而灵王鼓舞自若,顾应之曰:'寡人方祭上帝,乐明神,当蒙福祐焉。'不敢赴救。而吴兵遂至,俘获其太子及后姬。"二、《左传》(哀公六年)说:"初昭王有疾,卜曰:'河为祟。'王弗祭。大夫请祭诸郊。王曰:'三代命祀,祭不越望。江汉雎章,楚之望也;祸福之至,不是过也。不穀虽不德,河非所获罪也。'遂弗祭。"三、《国语》十八载有楚昭王问观射父关于巫觋祭祀的话。四、《吕氏春秋·侈乐篇》说:"楚之衰也,作为巫音。"五、《汉书·郊祀志下》谷永说成帝拒绝祭祀方术云:"楚怀王隆祭祀,事鬼神,欲以获福,助却秦师。"我们看了以上五点,就可以略略知道楚国王室实有重视巫觋祭祀的事。再就《九歌》所祀的神而论,有《东皇太一》、《云中君》、《湘君》、《湘夫人》、《大司命》、《少司命》、《东君》、《河伯》、《山鬼》、《国殇》十篇,除《国殇》外,诸神不出诸侯所祀天地三辰山川的范围;而《国殇》又是"以死勤事则祀之"的国家祭典。据观射父对楚昭王论祭祀的话:"天子遍祀群神品物,诸侯祀天地三辰及其土之山川,卿大夫祀其礼,士庶人不过其祖。"可知《九歌》所祀的神不是士庶人的神,而是诸侯的神。那末,《九歌》就不能指为楚国民间所用的巫歌,只能说是楚国王室所用的巫歌了。而且假若仅是民间所用的巫歌,而非国家的巫史所掌,恐怕没有人保存流传下来。至于后人把它列在屈宋之作一起,那是因为文体相似的缘故,不待言了。

何以我要说《招魂》、《大招》也是楚国王室所用的巫歌呢? 这个还有其他的理由的。《大招》一说屈原作,一说景差作,王逸的时候就说疑莫能明,至为何人而招,就更不明白了。何谓大招？也无人明白。《招魂》一说屈原为招自己而作,一说宋玉为招其师屈原而作。我看都不是。篇中大夸饮馔声色之美,宫室珍宝之盛步骑步乘之多,都是王者所有。比如说:"九侯淑女,多迅众些;盛鬋不同制,实满宫些。"这是臣民可以有的吗？《大招》也是一样盛夸归来有怎样怎样的享乐。篇末还说:"名声若日,照四海只,德誉配天,万民理只。"又说:"雄雄赫赫,天德明只,三公穆穆,登降堂只。诸侯毕极,立九卿只。"这都是对国王说的。或疑上文有"室家盈庭,爵禄盛只"的话,说是也可以指招人臣,这是不确的。因为爵禄二字正承接上文室家盈庭而来的,指国王的家族,非指国王。不过我看《招魂》似乎专为某王而作,系招生魂；《大招》系通用的招魂之词,似招亡魂。这样说来,《招魂》《大招》也是王室所用的巫歌了。

我想《九歌》至早作于灵王或昭王之时,至迟作于怀王以前。《国殇》云:"操吴戈兮被犀甲,车错毂兮短兵接。"按吴楚相仇,楚灵王时为甚。灵王三年以诸侯兵伐吴,十一年会诸侯于申,执徐子以代吴。十二年吴王伐楚,灵王失败而死,又《左传》(定公四年)云:"楚自昭王即位,无日不有吴师。"《国殇》或系灵王、昭王之时为追悼伐吴死事者的祭歌。至于《招魂》、《大招》,或系作于怀王之时,或更在其后,正所谓"楚之衰也,作为巫音。"屈原的《离骚》、《九章》所受巫歌的影响最显然的是《九歌》,不是《招魂》、《大招》。如《九歌·云中君》与《九章·涉江》同有"与日月兮齐光"的话。《九歌·东君》说"驾龙辀兮乘雷,载云旗兮委蛇",《离骚》也说"驾八龙之蜿蜿兮,载云旗之委移",这似乎不是偶然的类似。其他相类似的地方还很多。因此我要说楚辞的近源出于巫歌了。

附记 此为拙作《中国文学史》第二篇《楚辞与汉赋》第一章中之一节。李赞笔先生约为撰文,一时无以应命,姑以此先之。

(原载《现代文学评论》第二卷第三期,一九三一年)

最近所见之敦煌俗文学材料

　　这里所谓敦煌俗文学，系指三十年前甘肃敦煌石室所发见之唐人写本中关于俗文学材料之一部分。这种俗文学材料大都随着许多别种写本为英人斯坦因 Sir Aurel Stein 携回伦敦英国博物院，法人伯希和 M. Paul Pelliot 携回巴黎国立图书馆；国人所可得见的，我只知道有罗振玉氏辑印之《敦煌零拾》及《沙州文录》两种。此外，我就只看见王国维、胡适之、郑振铎、汪馥泉几位先生几篇关于敦煌俗文学之论文或译文，我曾在拙著《最近三十年中国文学史》里论过了，此地不再谈它。

　　最近刘复先生把他从巴黎国立图书馆所藏敦煌写本中录出的关于民间文学的材料先行印出来了，书名《敦煌掇琐》（上辑），编为国立中央研究院历史语言研究所专刊之二。书中共有小说十四种，杂文七种，小唱八种，诗五种，经典演绎十一种，艺术一种（舞谱），一共四十八种。蔡元培先生序云："唐代文词据我们平常所见的，不但韩昌黎、柳柳州的文集本来号为复古，就是《虬髯客传》、《霍小玉传》等小说也还是字锻句炼，不是寻常的语言。不但杜少陵的诗说是读书破万卷，字字有来历，就是元微之、白香山所作的虽当时说是轻俗，或说是老妪都解，然而也还不是民间文学。读是编所录一部分的白话文与白话五言诗，我们才见到当时通俗文词的真相。就中如五更转孟姜女等小唱，尤可以看出现今通行的小唱来源独古。"这是不错的，我们倘要考索唐代白话文学的真相,或是要寻找现今民间文学的来源,除了《敦煌零拾》、《沙州文录》两书以外,这一部书就不可少了。不过这些东西有十之七八是残缺不全的,又多见俗文别字,脱误之处亦不少,这是叫读者颇为闷头的事。我曾费去了整整的两天工夫才把这一部书看完,现在就把我所见的几点来谈谈罢。

一　所谓"昭君出塞"

唐代诗人以昭君故事为题材的很多,这是读过《全唐诗》或《乐府诗集》的人都知道的事。同时民间关于昭君的传说或歌唱也很流行,我们从《全唐诗》也可找出一点证据。王建有《观蛮妓》的一首诗:

欲说昭君敛翠蛾,清声委曲怨于歌。谁家年少春风里,抛与金钱唱好多。

这是说一个蛮族女子以歌唱昭君故事为生活,有一个风流少年听得她那种清声委曲的歌,攒眉诉怨的歌,抛给她不少的钱,她更唱得有劲儿了。还有一个人有一首这样的诗:

妖姬未著石榴裙,自道家连锦水溃。檀口解知千载事,清词堪叹九秋文。翠眉嚬处楚边月,画卷开时塞外云。说尽绮罗当日恨,昭君传意向文君。

这首诗刊在《全唐诗》里是没有几个人会注意到它的,因为作者是一个世次爵里都无甚可考的诗人,而他的姓名叫做吉师老又是这么的生僻;看他的题目"看蜀女转昭君变",骤见也似乎有些费解。好在这首诗的意思是极明了的,大意说是有一个不曾穿裙仅是小家打扮的娇艳的女郎,她自己说是蜀人,她是很会讲说史书的。她讲起昭君出塞的故事来。还张着昭君出塞的图画,讲得极其哀怨亲切,好像昭君曾经亲自告诉过她似的。

这两个歌唱昭君故事的女郎,一称"蛮妓",一说"蜀女"。我想王建为颍川人,北方人至今尚称南方人做蛮子,王建所称的蛮妓也许就是蜀女罢,不然,也就是荆楚的女子。我想那时关于昭君的故事怕是最流行于蜀人或楚人之口的,因为昭君生地近蜀,至今归州秭归县城门口还竖有"汉昭君王嫱故里"的碑,县境还有昭君村的遗迹。

至于所谓"昭君变",我以为这个"变"字正和唐人孟棨《本事诗》里所云"目连变"的"变"字同其意义。《本事诗》里说:

  诗人张祜,未尝识白公,白公刺苏州,祜始来谒,才见白,白曰:"久钦籍,尝记得君款头诗。"祜愕然曰:"舍人何所谓?"白曰:"'鸳鸯钿带抛何处,孔雀罗衫付阿谁。'非款头何耶?"张顿首微笑,仰面答曰:"祜亦尝记得舍人目连变。"白曰:"何也?"祜曰:"'上穷碧落下黄泉,两处茫茫皆不见。'非目连变而何耶?"

又王定保《摭言》里也说:

  张祜《忆柘枝》诗曰:"鸳鸯绣带抛何处,孔雀罗衫属阿谁。"白乐天呼为"问头"。张祜曰:"明公亦有目连经。《长恨》词云:'上穷碧落下黄泉,两处茫茫皆不见。'此不是目连访母耶?"(上引两书,均用《唐代丛书》本。)

还有唐人张彦远的《历代名画记》,所记两京外州寺观画壁,有西方变、金刚变、净土变、维摩变等,这也是故事画,不过属于宗教的,稍与昭君变不同。我想昭君变是一种有说有唱,而以歌唱为中心的一种东西,和敦煌石室发见的维摩诘经唱文且连缘起一样。

再要研究的,便是:"蜀女转昭君变"的那个"转"字究竟是什么意义?《高僧传》说:"天竺方俗,凡是歌咏法言,皆称为呗。至于此土,咏经则称为转读,歌赞则号为梵音。"大约那个"转"字就是"转读"的意义,把字句吟咏出音调节奏来。这有唐人朱湾《同清江师月夜听坚正二上人为怀州转法华经歌》一诗可证。诗云:

若耶溪畔云门僧,夜闲燕坐听真乘,莲花秘偈药草喻,二师身住口不住。凿井求泉会到源,闭门避火终迷路。前心后心皆此心,梵音妙音柔软音。清冷霜磬有时动,寂历空堂宜夜深。向来不寐何所事,一念才生百虑息。风翻乱叶林有声,雪映闲庭月无色。玄关密迹难可思,醒人悟兮醉人疑。衣中系宝觉者谁,临川内史字得之。

我们读了这首诗,就知这两个和尚转法华经是在歌唱,所以朱湾才有"梵音妙音柔软音"的话。因此,我们可以推想蜀女转昭君变是怎样的一种情形了。

昭君变的原文究竟如何?现在我们无从确切知道。但我们既已知道它是可以歌唱的东西,而歌唱的是女子,就不妨推想它和现今的弹词鼓词差不多。不过在唐代从事这种歌唱的为南方女子,现在唱大鼓的多为北京、山东姐儿,这是二者间的不同。好了,如今我们从敦煌写本里找得唐人关于昭君出塞的一种有说有唱的东西了,这无疑的是弹词一类的东西,是弹词的原始的一种形式。全文分上下两卷,上卷前有缺损,从缺损处看起,是七言韵文,大意说昭君出塞的途中情景,一路衰草流沙,愁肠百结。既至单于居处,所见游牧社会的山川人物风俗习惯全与内地不同:

既至牙帐(帐)，更无城廓(郭)，空有山川，地僻多风。黄羊野马，日见千群万群，卹口虓虤，时逢十队五队。似(以)语(?)丹为东界，吐番作西邻，北倚穷荒，南临大汉。当心而坐，其富如云。毡裘之帐(帐)，每日调弓；孤格之军，终朝错箭。将閗(鬭)战为业，以猎射为能。不螢(蚕)而衣，不田而食。既无谷麦，啖肉充粮；少有丝麻，织毛为服。夫突厥法用贵杜(壮)贱老，憎女爱男。怀鸟兽之心，负友(犬)戎之意。□天逐暖，即向山南；夏月寻源，便居山北。……

　　（括符内系作者所加注释，下同。）

单于见昭君不乐，便拜她为"胭脂皇后"：

　　　　传闻突厥本同威，　　　每唤昭军(君)作贵妃。
　　　　呼名更号烟脂氏，　　　犹恐他嫌礼度微。
　　　　牙官少有三公子，　　　首领多饶五品绯。
　　　　毛(手?)下既称张毳幕，　临时必请定门旗。
　　　　捶钟击鼓千军敹(瞰?)，　叩角吹螺九姓围。
　　　　澣(瀚)海上由鸣夏夏，　阴山的是撮危危，
　　　　罇前校尉歌杨柳。　　　坐上将军无乐辉。
　　　　乍到未闲胡地法，　　　初来且著汉家衣。
　　　　冬天野马从他瘦，　　　夏月牧犇(犁)牛任意肥。
　　　　边云忽然闻此曲，　　　令妾愁肠每意(忆)归。
　　　　蒲桃未必朦春酒，　　　毡怅(帐)如何及彩纬。
　　　　莫怪适下频下泪，　　　都为残云度岭西。

　　上卷就是这样完了，下卷接叙：明妃既策立，元来不称本情。……单于见他不乐，又传一箭，告报诸蕃，非时出猎，围绕烟脂山，用昭君作心，万里攒军，千兵逐兽。昭君既登高岭，愁思便生，遂指天叹帝乡……道：

单于传告报诸蕃，　　　　　各自排兵向北山。
左边尽著黄金甲，　　　　　右件(伴)芬云(纷纭?)似锦团。
黄羊野马捻枪拨，　　　　　鹿鹿从头吃箭川。
远指白云呼且住，　　　　　听奴一曲别乡关。
妾家宫苑住秦川，　　　　　南望长安路几千。……
烟脂山上愁今日，　　　　　红粉楼中念昔年。
八水三川如掌内，　　　　　大道青楼若眼前，
风光日色何处度，　　　　　春色何时度酒泉。……
衣香路远风吹尽，　　　　　朱履途遥躐蹬漳。
假使边庭突厥宠，　　　　　终归不及汉王怜(憐)。
心惊恐怕牛羊吼，　　　　　头痛生曾(憎)乳酪膻。
一朝愿妾为红鹗，　　　　　万里高飞入紫烟。……

以下接叙：

　　慈母只今何在，君王不见追来。当嫁单于，谁望喜乐。良由画匠，捉妾陵持。遂使望断黄沙，悲连紫塞。长辞赤县，永别神州。昭军一度登山，千回下泪。……恨积如山，愁盈若海。……因此得病。渐加羸瘦，单于虽是蕃人，不那(犹言无奈)夫妻义重，频多借问。明妃遂作遗言，略叙平生。……

妾嫁来沙漠，　　　　　经冬向晚时。……
□□□□□，　　　　　每怜岁寒期。
今果连其(旦?)病，　　　容华渐渐衰。……
月华来映塞，　　　　　风树已惊枝。
炼药须岐伯，　　　　　看方要巽离。
此间无本草，　　　　　何处觅良师。……
□□□□□□□，　　　龙剑非人常忆雌。

妾死若留故地葬， 临时晴(请?)报汉王知。

单于答曰：

忆昔辞鸾殿， 相将出雁门。
同行复同寝， 双马覆双奔。
度岭看玄兔， 临行望覆盆。
到家蕃里重， 长愧汉家恩。
饮食盈帔按， 蒲桃满頡樽。
元来不向口， 交命若何存。
奉管长休息， 龙城永绝闻。
画眉无若择， 泪眼有新恨(痕)。
愿为宝马连长带， 莫学孤蓬翦断根。
公主时亡仆亦死， 谁能在后丧孤魂。

从昨夜已来，明妃渐困，应为异物，多不成人。单于重祭山川，再求日月，百计寻方，千般求术。……怜至三更，大命方尽。单于脱却天子之服，还着庶人之裳，披发临丧，魁渠并至，骁(晓)夜不离丧侧，部落岂敢东西，日夜哀吟，无由蹔掇(辍)。

昭军昨夜子时亡， 突厥今朝发使忙。
三边走马传胡命， 万里非(飞)书奏汉王。
单于是日亲临哭， 莫舍须臾守看丧。
解剑脱除天子服， 披头还着庶人裳。
衙官坐位刀离面， 九姓行哀截耳珰。
□□□□□□□， 架上罗衣不重香。
可惜未殃(央)宫里女， 嫁来胡地碎红妆。
首领尽如云雨集， 异口皆言斗战场。
寒风入帐声犹苦， 晓日临行哭未殃。
昔日同眠夜即短， 如今独寝觉天长。
何期远远离京兆， 不忆(意)冥冥卧朔方。

早知死者埋沙里,　　　　　　悔不教君还帝乡!
单于令知葬事一依蕃法,不取汉仪。棺椁穹庐,更别方圆。千里之内,以代醮(樵)薪。……单于亲降,部落皆来,倾国成仪,乃葬昭军。……

单于是日亲临送,　　　　　　部落皆来引仗行。
睹走羆罴(黑)千里马,　　　　争来竞逞五军兵。
牛羊队队生埋圹,　　　　　　仕女芬芬(纷纷)耸入坑。
地上筑境犹未了,　　　　　　泉下惟闻叫哭声。
蕃家法用将为重,　　　　　　汉国如何辄肯行。
若道可汗倾国葬,　　　　　　焉知死者绝妨生。
黄金白玉连车载,　　　　　　宝物明珠尽库倾。
昔日有秦王合国葬,　　　　　校料昭军亦未平。
坟高数尺吴(号)青冢,　　　　还道军人为立名。
只今葬在黄河北,　　　　　　西南望见受降城。

故知生有地,死有处,可惜明妃,奄从风烛。……后至孝哀皇帝,然〔后〕发便(使)和蕃。遂差汉使扬少征技(仗)节来吊。……单于闻道汉使来吊,倍加喜悦。……

明明汉使达边隅,　　　　　　禀禀(凛凛)蕃王出帐趋。
大汉称尊成命重,　　　　　　高声读敕吊单于。
昨咸来表知其向,　　　　　　今叹明妃奄逝殂。
故教使臣来吊祭,　　　　　　远道兼问有所须。
此间虽则人行义,　　　　　　彼处多应礼不殊。
附(驸)马赐其千匹彩,　　　　公主子仍留十斛(斛)珠。
虽然与朕山河隔,　　　　　　每每怜卿岁月孤。
秋末既能安葬了,　　　　　　春间暂请赴京都。
单于受吊复含涕(涕)。　　　　汉使闻言悉以悲。
丘山义重恩难舍,　　　　　　江海虽深不可齐。……

闲时净(静)坐观羊马，　　闷即徐行悦鼓鼙，……
乍可阵头失却马，　　　　那堪向老更亡妻。
灵仪好日须安历(厤)，　　葬事临时不敢稽。
莫怪帐前无扫土，　　　　直为涕多旋作泥。

汉使吊讫，……行至蕃汉界头，遂见明妃之冢。青冢寂辽(寥)，多经岁月，使人下马，设乐沙场。……宣哀帝之命，乃述祭词：

维年月日，谨以清酌之奠，祭汉公主王昭军之灵。惟灵天降之精，地降之灵。……黑山杜(壮)气，抚攘凶(匈)奴，猛(猛)将降丧，计竭穷谋。漂遥(票姚)有惧于检枕(狉犹)，卫霍怯于强胡，不稼(嫁)昭军紫塞，难为运策定单于。……嗟乎身殁于蕃里，魂兮岂忘京都。空留一冢齐天地，岸兀青山万载孤。

这篇颇有悲剧意味的昭君故事诗于此完结。原本不见题目，伯希和氏与日人羽田亨氏题为《明妃传》，胡适之先生则题为《明妃曲》，刘复先生的《敦煌掇琐》里又题为《昭君出塞》。我以为这篇东西"说"与"唱"交互地进行着，颇像弹词或鼓词；也许就是唐代诗人王建的《观蛮妓》一诗里蛮妓所歌的昭君；或是吉师老的《看蜀女转昭君变》一诗里蜀女所"转读"的昭君变；因此，我以为不如题作《昭君变》较有根据。质之胡、刘两先生，未知以为然否？

《敦煌掇琐》里还有《丑女缘起》，《伍子胥西征记》三种的文体组织和所谓昭君出塞差不多，也是弹词似的东西，此刻无暇多谈了。

二　王梵志的白话诗及其他

《敦煌掇琐》里的白话诗都是五言的，第一种五十二首，第二种四十六首，都是无名氏之作。这些诗都没有几多的文学价值，只是些有韵的劝世

文,含有教训的格言诗。第一种里的诗脱误都很多,没有几首可读的,兹选录一点比较明白的而又有意思的如下:

人间养男女,直成鸟养儿,长大毛衣好,各自觅高飞。奴富欺郎君,婢富富娘子。鸟饥缘食亡,人能为财死。暂时自来生,暂时还即死,(死)后却还家,生时寄住鬼。天心遣我生,地母收我子,生死不由我,我是长流水。

第二种里比较多有几首可读的也选录一点如下:

自生还自死,煞活非关我。续续生出来,世间无处坐。若不急抽却,眼看塞天破。

有钱惜不吃,身死由妻儿,只得纸钱送,欠少元不知。门前空言语,还将纸作衣。除非梦里见,触体更何时?独守深泉下。寞寞长夜饥,忆相(想)平生日,悔不着罗衣。

身如大店家,命如一宿客,忽起向前去,本不是吾宅。吾宅在荒丘,园林出松柏,邻接千年冢,故路来长陌。

身卧空堂内,独坐令人怕,我今避头去,抛却空闲舍,你道生时乐,吾道死时好,死即长夜眠,生即缘长道。生时愁衣食,死鬼无釜灶,愿作掣拨鬼,人家偷吃饱。

身如内架堂,命似堂中烛,风急吹烛灭,即是空堂屋。家贫无好衣,造得一袄子,中心襽(镶)破毡,还将布作里。清贫常便乐,不用浊富贵,白日串项行,夜眠还作被。

见有愚痴君,甚富无男女,不知死急促,百方更造屋。死得一棺木,一条衾被覆,妻嫁他人家,你身不能护。有时急造福,实莫相疑误。

这些诗颇含有一点哲理。这种人生观念,看似达观,实极悲感;看似滑稽可笑,实极沉痛可哭。从这种流行民间的文学里可以窥见当时惨苦的民生,惨苦的社会。我们生在这样的乱世,读了这种诗最能引起我们的同情共鸣,不能不承认它是好诗!

上面所论是无名氏的诗。还有知道作者姓名为谁的,那便是王梵志的诗。王梵志,卫州黎阳人,生当隋唐之际。《敦煌掇琐》里所录王梵志的诗较胡适之所录的颇有出入,胡先生所录的在这里没有的有好几首。胡先生的《白话文学史》中录过的这里不录了。现在把《敦煌掇琐》里所见的选录一点如下:

> 耶娘年七十,不得远东西,出后倾危起,元知儿故违。
> 亲中除父母,兄弟更无过,更莫相轻贱,无时始认他。
> 尊人同席饮,不问莫多言,纵有文章好,留将余处宣。
> 坐见人来起,尊亲尽远迎,无论贫与富,一概总须平。
> 欲得儿孙孝,无过教及身,一朝千度打,有罪更须嗔。
> 养儿从少打,莫道怜不笞,长大欺父母,后悔定无疑。
> 有儿欲娶妇,须择大家儿,纵使无姿首,终成有礼仪。
> 有女欲嫁娶,不用绝高门,但得身超后,钱财总莫论。
> 借物索不得,贷钱不肯还,频来论即斗,过在阿谁边。
> 贷人五斗米,送还一硕粟,算时应有余,剩者充白直。

我们向来只知道唐朝的和尚寒山、拾得有白话的五言诗,自从敦煌写本中发见了王梵志的诗,才知道寒山、拾得还生在王梵志之后。这类诗的文学价值自然不算很高,但我们要考索当日的人情世故,谚语格言,这就不能不算是一种很有用的材料了。

此外,我本还预备有三个论题接续做下去的,一为"赋体小说",论及《韩朋赋》、《晏子赋》、《燕子赋》、《茶酒论》等篇;二为"小唱",论及孟姜女五更调等篇;三为"当时佛教与俗文学之关系";只因上面两题占了不少的篇幅,剩下的就只好留待将来有机会再和读者相见了。

一九三一,八月九日写毕。第三女出世之第三日。

(原载《现代文学评论》第二卷第三期,一九三一年)

清 人 杂 剧

　　真是像老天爷特意安排好了一样，预知二十世纪的中国文学会要变点新鲜花样儿，就于满清一代，从十七世纪中叶到十九世纪末叶二三百年间给中国古文学有一个光荣的结局。你看两三百年来，中国文坛上虽无异军突起而足以表现这一时代特征的新兴文学，可是在已往历史上有过一时期权威的文学哪一样没有？哪一样不显示它的最后之光荣？不仅研究上的收获，继长增高，要突过前人；就是创作上的成绩，踵事增华，也可追踪前人而无愧色。不说别的，只说从来人家不大注意的满清一代文人余事所及的杂剧，就足以使我们惊异了。据王国维先生《曲录》所载，清人杂剧仅有八十四本。可是最近数年间，郑振铎先生所搜集的清人杂剧已有二百六十多种。他拟编为《清人杂剧》四集，初二两集各四十种，三四两集各一百种。今年他已把初集四十种先行影印出来。郑先生有此宏愿，艺林有此快事，这又是足以使我们爱好文艺的人引为欣幸的一件事了。

　　《清人杂剧初集》的内容如下：

作　家	剧　　　目
吴伟业	《临春阁》《通天台》
嵇永仁	《续离骚》四种：《扯淡歌》《泥神庙》《笑布袋》《骂阎罗》

续 表

作　家	剧　目
尤　侗	《西堂乐府》五种：《续离骚》《吊琵琶》《桃花源》《黑白卫》《清平调》
裘　琏	《明翠湖亭四韵事》四种：《昆明池》《集翠裘》《鉴湖隐》《旗亭馆》
张　韬	《续四声猿》四种：《霸亭庙》《蓟州道》《木兰诗》《清平调》
桂　馥	《后四声猿》四种：《放杨枝》《投溷中》《谒府帅》《题园壁》
曹锡黼	《桃花吟》《四色石》四种：《雀罗庭》《曲水宴》《滕王阁》《同谷歌》
石韫玉	《花间九奏》九种：《伏生授经》《罗敷采桑》《桃叶渡江》《桃源渔父》《梅妃作赋》《乐天开阁》《贾岛祭诗》《琴操参禅》《对山救友》
严廷中	《秋声谱》三种：《判艳》《谱秋》《洛城殿》
附记：右共作家九人，杂剧四十种。		

在上面这几个作家中，最为我们所熟知的人物，有与钱谦益、龚鼎孳并称为"江左三大家"的清初大诗人吴伟业，有经天子亲口称赞的"老名士"、"真才子"尤侗，有乾嘉间"硕儒老师"之一的桂馥，有收毁几万卷所谓"淫词小说"的卫道者石韫玉。其余五人，就都不是很著名的人物了。在上面这些杂剧中，所用题材，前代文人的遗闻逸事居绝大部分。本来这种文人剧，是清代杂剧作家之拿手好戏。这种风气是继续明人而加甚焉的。明清两代以八股文取士。科名的丰啬得失迟早，士子的穷达荣辱祸福，都像演剧似的一出一出在这一时代的舞台搬演着。总之，这一时代的舞台里所有的重要脚色大都是学士大夫，而非英雄好汉。生息于这一时代氛围里的一些文人，或借古人的酒杯而浇自己的块垒，或感当世之事而发思古之情，就用杂剧的形式，填写古代文人的遭遇，成为文坛上的一种风气了。

在这四十种杂剧中，我固然欢喜桂馥的《后四声猿》，吴伟业的《通天台》和《临春阁》，也还喜欢尤侗的《西堂乐府》，可是最喜欢的只有嵇永仁的《续离骚》。据郑振铎先生跋语云："永仁字留山，别号抱犊山农，无锡人，吴县生员。范承谟总督福建，延入幕中。耿精忠叛清，系承谟于狱，并执永仁等，在狱三年，与承谟同时被害。永仁在狱中，尝与同系诸人唱和为乐，无从得纸笔，则以炭屑书于纸背或四壁皆满。乱平后，闽人录而传之，《续离骚》即其狱中作之一。"据嵇永仁《续离骚引》说："屈大夫行吟泽畔，忧愁幽思而《骚》作。语曰：'歌哭笑骂，皆是文章。'仆辈遘比陆沉，天昏日惨，性命既轻，真情于是乎发，真文于是乎生，虽填词不可抗《骚》，而续其牢骚之遗意，未始非楚些别调云。"《续离骚》的作者是在这么样忧患里的一个人，创作的动机又是发乎这么样的一种真情，可知他的作品的成功就不是偶然的了。

《续离骚》包含杂剧四种：第一种《刘国师教习扯淡歌》，第二种《杜秀才痛哭泥神庙》，第三种《痴和尚街头笑布袋》，第四种《愤司马梦里骂阎罗》。歌哭笑骂，各得一种。他把自己的歌哭笑骂的情感，寓于这种歌哭笑骂的文章中。他说："歌哭笑骂者，情所钟也。文生于情，始为真文；情生于文，始为真情。"真是《离骚》之后，难得有此真情，又难得有此真文哩！现在把他这四种杂剧依次述之如下。

第一种关于"歌"的，简称为"扯淡歌"。写明初那位致仕归田的国师刘基（伯温）和来访的叫作颠仙的张三丰饮酒，谈到他隐居的生活，当告以"眼前世界，不过是两袖清风，一轮明月"。颠仙怪他"忒煞看破了！"他便命子弟们将闲时学习的把古古今今都看破在内的《扯淡歌》逐段唱来。一共九段，历叙三皇五帝一直到"后来大明取大元"，许多历史上的大事件大人物，而归结于"算来都是精扯淡"。每一段唱毕，颠仙就说："其实好扯淡也！"拍手大笑起来。末了，刘基还唱道："我见世间扯淡歌，我也跟着去扯淡，早辰扯淡直到晚，天明起来又扯淡。扯的钱财过北斗，临死拿的那一件？冷了问我要衣穿，饥了问我要吃饭。有人识破扯淡歌，每日拍手笑呵呵。遇着作乐且作乐,得高歌处且高歌。古今兴废及奔波,一总编成扯淡歌。"颠仙听了,笑道:"好一个扯淡的世界也!且待俺浮一大白,快活则个!"颠仙醉了,要去了,刘基因叹不知后会何时。颠仙就用刘基的扯淡哲学,而谈"人生聚散不常,光阴有限"的道理。彼此大笑而别。剧中曲白虽说袭用刘基《扯淡歌》本文,而剧情组织,可见作者的技巧。

第二种关于"哭"的,简称为"泥神庙"。写和州落第秀才杜默,一日沽酒江村,偶然薄醉,来到乌江岸边的项王庙,不免进去凭吊一番。他入庙半揖了神像,乘醉独语,起先数说项王一生的好处。他的结论说:"你获太公而不烹,仁也;宴汉王而不杀,义也;以亚父事范增,礼也;破釜沉舟而解赵围,智也;屡战屡胜而未尝败北,勇也。"接着说到项王的错处,而痛惜其霸业之不成。他以项王的一个知己自命,一面吊古,一面自伤。他说:"大王!你自楚汉到今,偌多朝代,今日撞着杜默,也算你一个知己。独有小生落落人间,栖栖牖下,前程无路,归隐无山,这个知己,今生料寻不出。兀的不苦杀俺也!兀的不痛杀俺也!"因此大哭起来。这一段唱白字字凄紧,悲凉慷慨,十分动人。

(杏花酒)呀餐藜藿,鬓蓬松。(又)伴四壁寒蛩,诉半夜哀鸿,泣孤客雕虫。盲世界精金变作铜,鬼窟穴热气冷呵风。呀赴"滕王"扯逆蓬;赴"滕王",扯逆篷。(踞神座攀颈抱哭介)大王!大王!宇宙之间亏负你我两人了!英雄如大王而不能成霸业,文章如杜默而进取不得一官,岂不可哀!岂不可伤!小生呵乞儿般,没蛇弄。大王呵土神样,杀鸡供。小生呵,靠笔砚,代耕农。大王呵与波浪,管梢工。小生呵盼青云,黑漆曚。大王呵傍乌江,晚烟封。小生呵万千苦,半生穷。大王呵七十战,一场空。小生呵饥驱得,脚西东。大王呵妆饰得,庙崇隆。呀却不道,两无功。(端详泥神介)原来大王也流下泪来了,这的是三条银蜡夜烧红,抵多少单枪匹马战争中,尽做了千秋棋局五更钟,不由你不心恸。俺待睁开醉眼问天公。

这一段唱白吊古自伤,对比写照,往复回荡,语调辛酸。真是泥塑的神灵也该流下泪来了。正是"流泪眼观流泪眼,断肠人哭断肠神"。庙祝听见哭声而至,见一官人扳着神道的颈子抱头而哭,怕他忤慢神灵,获罪不小,叫他下来。他愈高声大哭。庙祝只好哄他有热酒在此,请下来润一润喉咙再哭。他才稍停哭声下来。全剧以项王神灵出现作起结,衬出暮夜的时分,失意的哭诉,情景极为阴惨。作者的手腕不能说是不高。

第三种关于"笑"的,简称为"笑布袋",写一个捎布袋的痴和尚,整日在十字街头,扯开了一张口儿呵呵的笑个不住。惹得街众老少都来环绕着他,问他究竟笑甚么。这痴和尚先说人生短促、及时行乐的道理,听众不能理会,就再一层层问他。他也就一层层答复,凡"违背忠孝,败坏节义","恋酒贪花守财使气之徒","奸盗诈伪诡谄妒害之徒",以及"阴错阳差颠三倒四的",他都说"俺也没口儿笑他"。听众只好再问他:"和尚!你左不笑,右不笑,端的这破布袋里藏着些甚么跷蹊的古怪笑话么?"这和尚就又大笑来赞他这布袋。听众以为他在此打谜,还是要请他自家说过明白。末了,他才说出他的一篇大道理来。他笑的原来是什么所谓圣君贤相,忠臣高士,以及老聃、释迦、宣尼一流人物,还有所谓"天上的玉皇,地下的阎王,与那古往今来的万万岁。"换言之,他笑的都是那些上层的人物鬼物,不是那些下层的可怜虫,"过去的骷髅","眼前的蝼蚁"。他看破了这些上层的人物鬼物所以为上层的人物鬼物之伎俩,这是他不免要呵呵大笑的所以了。正是:

  袋内乾坤不计年,笑他笑我总徒然。始知误踏红兰路,卖甚机关值甚钱。

这一剧的思想较之"扯淡歌"更为大胆。比如说:"笑那宣尼氏絮叨叨,说什么道学文章也,平白地把那些活人儿都弄死。"这些话就叫这个革命时代倡圣学修孔庙的人听了,也当大吃一惊!何况作者是生在十七世纪的人呢!

第四种关于"哭"的,简称为"骂阎罗"。写一个穷途落魄的饱学秀才司马貌,听得来访之客叫作乌老的,魂游地府,亏得金银纸钱买托回阳,不觉愤怒,大骂阎罗。因为他只道阳间人爱钱钞,原来阴司地府也是恁般混浊。才知世上穷通寿夭生死贫富都没有一定的天理,天命也不足信了。正是:

  一陌纸钱便还魂,公私随处可通神。富家有力能超劫,贫者无缘出狱门。

他不能不指着鬼门,大骂阎罗天子的欠公道,太糊涂了。乌老怕又得罪阴司,不肯听他作个干证,辞去。这时司马相公假官寐一刻,便有阎罗遣来的鬼卒前来拿他。他还自恃清清白白,强项得很。鬼卒说明来意,他才同去。他说:"既阎罗天子正要见俺,俺也要见他,一吐胸中之不平。"阎罗看见拿到了他,拍案大怒道:"狂生,狂生!你睁开眼看,俺殿上榜联却不道'是是非非地,明明白白天'?俺阴曹有甚亏负于你,却在乌老前题诗讪骂,不怕俺拔舌地狱么?"司马相公便指摘地府阴曹的一些差错。

  (挂玉钩)夷齐让国却反遭饥饿,盗跖食肝有结果。颜命夭,彭寿多,范丹穷苦石崇乐。岳少保忠良丧,秦太师依旧没灾祸。这都是你轮回错,欠停妥,只恐怕辜负了地府君王座。

这个时候,阎罗天子被他说服了,下座相见,和他扳话。阎罗说:"秀才须知阴阳一理,报应分明。那元凶巨恶能漏网于阳间,不能漏网于地狱。善人君子便吃亏于世上,终不吃亏于天堂。"司马相公说:"地狱之设,以待阳间漏网之恶人,此种立法极善。至若天堂之设,以待世上吃亏之善人,尚非确典。……眼前有响有应,人心也知慕知趋。如听其遭险蒙难,不保躯命,恁般吃亏,仅以虚无身后之天堂了其善果,不独难服善人之心,兼且愚人眼目只道为善无益,反懈其相观好修之念。此一条还求天子转奏玉皇,更改一更改。令善人现世受报,化凶为吉,转难成祥,俾向上者知所效法,改过者亦能自新,乃万世无弊之道也。"阎罗嘉纳,并留司马相公暂停阴曹,判结几件大案。剧情于此结束。地狱天堂之说,善恶报应之理,本属无稽之谈,作者在此罹凶蒙难之日,而作此剧,不过藉以一吐胸中不平之气而已。

司马迁有言:"夫天者人之始也,父母者人之本地。人穷则反本,故劳苦倦极,未尝不呼天也;疾痛惨怛,未尝不呼父母也。"屈原的《离骚》固是这种呼吁的文学,嵇永仁的《续离骚》也是这种呼吁的文学。而《续离骚》却用杂剧的形式为之,正所谓续其牢骚之遗意,并非从来摹仿《离骚》之作求其貌似者可比。他的《词目开宗》中有云:

撇下文章粉饰,惟留取血性天真。

惟其能够留取血性天真,所以他的文章才有生命,才有价值。这就是我读《清人杂剧初集》,独取他的《续离骚》的所以了。

一九三一,六,九,子展燕居申申之际。

(原载《青年界》第二卷第三号,一九三二年)

两宋词人与诗人与道学家

我们已经知道五代只有许多词人，没有几个值得怎样称述的诗人了。可是到了两宋三百年间（九六〇——一二八〇），不但出了许多伟大的词人，同时还出了许多伟大的诗人。而且这些大诗人没有不兼为词人的，他们以词为一种新的诗体，自成一种"诗人的词"。比如大诗人苏轼就是以诗为词的。所以他的朋友陈师道说：

> 退之以文为诗，子瞻以诗为词。如教坊雷大使之舞，虽然天下之工，要非本色。（按雷大使为雷中庆，宣和中尚以善舞隶教坊，见蔡絛《铁围山丛谈》。）

晁补之也说：

> 东坡居士词，人谓多不谐音律，然横放杰出，自是曲子内缚不住者。

晁补之又评黄庭坚的词说：

> 鲁直间作小词，固高妙，然不是当行家语；自是著腔子唱好诗。

后来女词人李清照说：

> 晏元献、欧阳永叔、苏子瞻学际天人，作为小歌词，直如酌蠡水于大海，然皆句读不葺之诗尔！又往往不协音律。

可见当时有许多大诗人都是以诗为词，而且这些词不必可歌。虽然据杨守斋《作词五要》说，两宋词家，每作一词，起先按月择律，其次按腔择谱，再次按律定韵，最后按谱填词。我想当日应制词人如周邦彦、晁端礼、万俟雅言、康与之一流，自然如此。其他词人和几个大诗人作词，恐怕未必都这样顾到音律罢。苏轼的词有一部分如《贺新郎》、《哨遍》、《江城子》、《采桑子》之类，从他的题序里可以知道他是为着歌唱而作，其他就未必可歌。陆游说：

> 世言东坡不能歌，故所作乐府词多不协。晁以道谓绍圣初，与东坡别于汴上，东坡酒酣，自歌《古阳关》。则公非不能歌，但豪放不喜裁剪以就声律耳。试取东坡诸词歌之，曲终觉大风海雨逼人。

其实，苏轼或者只认词为诗之一体，尽管豪放，不协音律，那也是无妨的。

两宋大诗人如欧阳修、王安石、苏轼、黄庭坚、陆游、范成大、杨万里、刘克庄，同时兼为词人，虽然词是他们的余事。大词人如张先、柳永、周邦彦、李清照、辛弃疾、姜夔，却不一定都能做诗。只有张先、姜夔略有诗名，然而张先的诗集二十卷失传；姜夔《白石诗集》仅只两卷，《白石歌曲》却有六卷之多。辛弃疾于词虽和苏轼、陆游齐名，却不工诗。叶德辉先生所藏清嘉庆间辛启泰辑刻《永乐大典》本《辛忠敏集》，其中有诗一卷，备体而已，不能追踪苏、陆。总之，这几个大词人虽有诗流传，也只算诗是他们的余事。其他一般词人兼能作诗的自然还有，但都不算什么大作家，这里无暇提到他们了。

还有两宋道学家也大都是诗人,兼为词人的却极少。只见晚清江标《灵鹣阁汇刻名家词》收有朱熹《晦庵词》,又吴昌绶《双照楼汇刻诗》收有魏了翁《鹤山长短句》。又《绝妙好词选》有真德秀的词几首。真德秀、魏了翁固然大有道气,但在《宋史》里他们都只列入儒林,还不是《道学传》中的人物。朱熹算是纯正的道学家了,他却了解孔圣人删《诗》不废淫奔之诗。似乎他是认为偶用管弦冶荡之音填词,只要守着孔圣人"思无邪"的诗教,那也是无妨的。不过朱熹究竟是圣人之徒,遇有机会卫道,他总是挺身出来卫道的。据罗大经《鹤林玉露》说,那位慷慨上书,请诛秦桧的胡铨,流放吉阳军十年,孝宗才把他召回。他饮于湘潭胡氏园,有侍妓梨倩侑酒。他高兴极了,有诗道:"君恩许归此一醉,旁有梨颊生微涡。"后来朱熹看见了他这两句诗,很为他这点白璧微瑕惋惜,也题诗一首道:

十年浮海一身轻,归见梨涡却有情。世上无如人欲险,几人到此误平生!

又据周密《齐东野语》和洪迈《夷坚志》说朱熹提举浙东,听了陈亮的话,奏参台州守唐与政(仲友)与营妓严蕊相狎,捕蕊下狱。两月之间,蕊虽备受钳楚,而一语不及唐。后来岳霖提点刑狱,颇哀怜严蕊,命她作词自陈,她就应声口占一词道:

不是爱风尘,似被前缘误。花落花开自有时,总赖东风主。去也终须去,住也如何住?若得山花插满头,莫问奴归处!

《卜算子》

岳霖因判她从良。其实,这一桩公案,说来很好笑。陈亮虽和朱熹一样讲学,他自己却不废狭邪之游,而且他的《龙川词》又有很多纤丽的。他和唐与政都跟严蕊相狎,因而有隙,所以他就假朱熹之手报复。朱熹为他所卖,还不自知。我为什么不惮烦地提到这桩公案呢?一则我们要知道那个时候的所谓官妓或营妓,不仅有好的歌喉,还有能够自己动手填词的,严蕊便是这样一个。《齐东野语》、《夷坚志》、《古今词话》以至《词苑丛谈》,所载宋时妓女能够作词的还很多。二则我们要知道南宋虽是道气弥漫的时代,也是敌气披猖的时候,贵族,官僚,乃至颇有道气的学者如陈亮其人,都不免挟妓酣歌。南宋之初,几于国破家亡,宗室赵彦端还和京口角妓萧秀、萧莹、欧懿、刘雅、欧倩、文秀、王婉、杨兰、吴玉九人相狎,作《鹧鸪天》十阕,歌以侑酒。又陈正晦《遁斋闲览》载词人毛开为郡,因陈牒妇人立雨中,而作《清平调》,词颇媟亵。岳飞算是有志规复中原,报仇雪耻的大将了。据李弥逊《筠溪乐府》有《鹏举座上歌姬唱夏云峰》一首,可知精忠报国如岳飞,当戎马倥偬之际,有时还不免酣沉声伎。辛弃疾、范成大不离声伎,那是不足怪的。叶绍翁《四朝闻见录》载韩侂胄喜陆游附己,至出所爱四夫人号满头花者索词,游有"飞上锦裀红绉"之句。韩侂胄本是一位颟顸的大官僚,纵情声色,固不足怪;爱国诗人陆游却也替他作这样的词,真是习俗移人,贤者不免了。还相传有这样一段趣话:道学家陆象山的弟子谢希孟,也是一个词人,少年豪放,酣沉声色,和一个妓女陆氏相好。象山知道了,不免责备他,他也不顾。又有一日,他为陆氏建造一座鸳鸯楼,象山再去责问他,他很干脆地答道:"非特造楼,且为作记。"象山本来欢喜他的文章,不觉问他:"楼记云何?"他就口占起笔道:"自逊、抗、机、云之死,天地英灵之气不钟于男子,而钟于妇人。"这显然是在调侃他的陆先生不及一个姓陆的妓女了。陆先生听了,只好相对默然。可见在道学极盛的时候,受了道学洗礼的人还不免有时破戒,其余的人酣沉声色又算做什么一回事呢!

若是回头说到北宋,那时道学初起,道气还不曾弥漫,许多文人远承南朝李唐五代士大夫风流放浪的结习,狎妓酣歌,更不算怎样得罪名教。大官僚如晏殊、寇准、韩琦、宋祁,乃至谥为文正的范仲淹,号为理学名儒的司马光，都有艳词绮语流传。此外，不仅柳三变一生常过着倚红偎翠、浅斟低唱的生活。其余词人自然常和妓女们厮混一起，他们的词多为歌妓舞姬侍儿家僮而作。他如刘敞本不甚措意于词，有时也不免自托风雅。当他知永兴时，惑于官妓，得惊眩疾。张耒也不甚措意于词，当他官许州时，却为了营妓刘淑奴而作《少年游》：

  含羞倚醉不成欢。纤手掩香罗。偎花映烛，偷传深意，酒思入横波。 看朱成碧心迷乱，翻脉脉、敛双蛾。相见时稀隔别多，又春尽、可奈何？

不待说，他的朋友秦观更多淫媟的词，最为歌妓舞姬所爱。相传秦观死于藤州，丧还长沙，有妓殉情自缢。至于黄庭坚于小妓杨姝、衡阳妓陈湘，周邦彦于名妓李师师、岳楚云，也都有风流佳话。尤其是苏轼在杭州，似乎是受了白居易的影响，狎妓酣歌，豪放已极。我们只须举出他和名妓秀兰的一段韵事就得。他的《贺新郎》一词序云：

  余倅杭日，府僚湖中高会，群妓毕集。惟秀兰不来，营将督之再三，乃来。仆问其故。称曰："沐浴倦卧，忽有叩门声急，起询之，乃营将催督也。整妆趋命，不觉稍迟。"时府僚有属意于兰者，见其不来，恚恨不已，云必有私事；秀兰含泪力辩，而仆亦从旁冷语，阴为之解，府僚终不释然也。适榴花开盛，秀兰以一枝藉手献座中，府僚愈怒，责其不恭。秀兰进退无据，但低首垂泪而已。仆乃作一曲，名《贺新郎》，令秀兰歌以侑觞，声容妙绝。府僚大悦，剧饮而罢。

这样，你就不难想像苏轼在杭州是一个怎样风流自赏的小官僚。而且他的词有许多自己注明是为歌妓侍儿小鬟家僮而作。还有和他同时的一位道学家程颐，有一次听到人家读晏几道的词："梦魂惯得无拘检，又踏杨花过谢桥。"连忙呼道:"鬼语,鬼语!"可见受了戒的人也怕邪魔外道魅惑的,难怪那位隐逸的高士陈烈老先生遇着绮筵艳曲,竟至跳墙而逃了!在这样的社会环境里,自非道气十足,如程颐、陈烈之流,难免不为习俗所移,就是那位"蓄道德,能文章"的欧阳修,亦复如此。赵令畤《侯鲭录》载欧阳修居汝阴时有挟妓事,并载其诗。令畤和修同时,又是朋友,当然不会说谎。何况《六一词》、《醉翁琴趣外篇》许多曲子是在"好妓好歌喉"的生活里产生出来的呢!

总之,我以为词在两宋所以发展,有两个重大的意义。一则因为同时道学家的逐渐发展,不仅思想界大受影响,文学上也沾染了不少的道气。有道学的诗人,有道学的古文家,邵雍、朱熹可为代表。只有词毕竟是翦红刻翠、滴粉搓酥的东西,本来就只有富贵气,勉强可以有一点蔬笋气;却不许你有头巾气,——或说道气,腐气。所以尽管有道学家偶然填词,也不能不稍入情语,而不能成立一种道学的词。正因为词的本质如此,所以它就能够在被道气侵袭的文坛里保存最后的一角,作为文学上避难的桃源,也就在无形之中替被压抑的"人欲"留了一条出路。因而就发生了严守"诗教"的诗人兼为"语涉淫亵"的词人,满口"天理流行"的道学家不废"人欲横行"的词体,现出这种似乎不可解的矛盾。再从它的社会根据来说,词在两宋适应统治阶级生活上的要求,而表现了他们的姿态,正继续着五代而没有两样。不过五代是一个大乱的时代,两宋是一个苟安的时代。尤其是在北宋盛时,除掉北方契丹民族建立的辽国占据了燕云十六州(今属北平、山西的北境)以外,中国本部还算保持了一种统一的局面。直到女真民族强大起来,建立了金国,并吞了辽国,宋朝君臣还抱着苟安的态度,过着歌舞升平、酣恣享乐的生活。这在《宣和遗事》以及蔡絛《铁围山丛谈》等书可以看得到的。南渡以后,虽然那位皇帝词人——徽宗赵佶——早已被金人掳去,重演了南唐李后主一样的悲剧,可是当时君臣宴安的生活依然如故。高宗洞达音律,尝自制曲,命小臣赋词,俾内人歌以侑觞。康与之就以会做谄谀粉饰的应制歌词而得到高宗的宠眷。孝宗也和高宗一样,《齐东野语》载孝宗内宴,酒酣,内人以帕子从曾觌乞词。曾觌、吴琚、张抡、王千秋一流词人都以会做应制酬贺的歌词有名于当时。南渡以来号为三大奸相的秦桧、韩侂胄、贾似道,他们的门下都搜罗了一些贡谀献媚的词人。例如朱希真依附秦桧,陆游依附韩侂胄,吴文英依附贾似道,贤者如此,其他可知了。醇酒,妇人,歌唱之外,再加谄谀,这是两宋词坛的风气所以异于五代的地方。在粉饰太平的苟安的社会,统治阶级的生活上要求享乐,也要求谄谀。何况粉饰太平,歌功颂德,更足以掩饰他们自己的罪恶,和他们不能抵御外侮的耻辱呢!

在当时的社会环境里产生的词如此,诗呢?代表"人欲"的词和代表"天理"的道学同时发展的关系如此,诗和道学的关系呢?自然,被"诗教"支配了的诗,和道学最为接近。有许多诗人的作品就免不了发空论,谈哲理。所以前人评论宋诗,总要加它一个"腐"字。说到这里,我要举出宋末诗人乐雷发的一首《乌乌歌》:

莫读书,莫读书!惠施五车今何如?请君为我焚却《离骚赋》,我亦为君劈碎《太极图》。渴来相就饮斗酒,听我仰天呼乌乌!深衣大带说唐虞,不如长缨系"单于"。吮毫搦管赋《子虚》,不如快鞭跃的卢。君不见前年贼兵破巴渝,今年贼兵屠成都?风尘澒洞兮豺虎塞途,杀人如麻兮流血成湖。眉山书院嘶哨马,浣花草堂巢妖狐。何人答中行?何人缚可汗?何人丸泥封函谷?何人三箭定天山?大冠若箕兮高剑拄颐,朝谈回轲兮夕讲濂伊。绶若若兮印累累,九州博大兮君今何之?有金须碎作仆姑,有铁须铸作蒺藜。我当赠君以湛卢青萍之剑,君当报我以太乙白鹊之旗。好杀贼奴取金印,何事区区章句为?死诸葛兮能走生仲达,非孔子兮孰却莱夷!噫!歌乌乌兮使我心不怡。莫读书,莫读书!

这位诗人眼见蒙古兵骎骎南下,社会里死气沉沉。他不仅骂倒道学家和诗人都属无用的废物,他简直深恶痛绝一切文人,要高唱"莫读书,莫读书"了!不久,宋朝也就亡了!

(原载《文学》第一卷第一期,一九三三年)

古文运动之复兴
——论宋代古文

说起古文运动,我们总该不会忘记那位"文起八代之衰"的韩愈和柳宗元。也不会忘记韩愈为文既好奇好古,他的朋友弟子李观、李翱、樊宗师、李汉、沈亚之,降而至于孙樵、刘蜕一流的文章就更僻涩难读,号为"难文"。因此,引起了反动,骈俪之文复活,有温庭筠、李商隐一派的"今体"或称"三十六体",流行一时。直到五代,骈俪之文更盛。大史学家刘昫修《唐书》,不废骈俪。他于唐代文人很推崇苏、张、陆贽,却不称许韩、柳的古文。大官僚冯道为文常常挟着徐庾体的《兔园策》,当时文坛上的风气本来是这样的。仅有一个马胤孙学韩愈为文章,却没有什么成绩表见。五代时候,古文运动算是中绝了。

北宋开国,五代文人归宋的,只有南唐降臣徐铉(九一六——九九一)最有名。他是晚唐五代以来最后又最重要的一个骈文作家。这个时候,古文复兴运动已经开始了。柳开就是倡导这个运动的第一人,他的朋友高锡、梁周翰、范杲,也是参加这个运动的重要人物,当时有"高梁柳范"之称。

柳开(九四五——一〇〇一),字仲涂,大名人。初慕韩愈、柳宗元为文,自名肖愈,一名肩愈,字绍元。既而更改名字,以"开圣道之涂"自命,可知他也是和韩愈一样的圣人之徒了。《铁围山丛谈》记他在陕右做刺史,喜欢生吃人肝,被郑文宝所劾,幸赖徐铉救了他。不料这位圣人之徒的古文家竟会吃人!他在《应责》一文里说:"古文者非在辞涩言苦,令人难读诵之;在于古其理,高其意,随言长短,应变作制,同古人之行事,是谓古文也。"其实,他的文章恰是词涩言苦,令人难读。他还脱不了中唐、晚唐之间"难文"习气。他的朋友范杲作文,也是"深僻难晓",不过如今不传了。

柳开古文一传为张景、高弁,再传而为石延年、刘潜,但是他们不能把这个古文运动扩大起来。同时晚唐温、李一派的骈文大有死灰复燃之势,我们已经知道宋初摹仿李商隐号为西昆体的诗了。西昆体的代表诗人杨亿(九八三——一○二○),还是一个骈文大家。算他替所谓"宋四六"做了奠基的工作,得和气焰逼人的古文在文坛上分占一角位置。有一个和他同时的穆修(九七九?——一○三二),却是很重要的古文家。穆修《答乔适书》说:"今世士子习尚浅近,非章句声偶之文辞不置耳目。其间独敢以古文语者,则与语怪者同也,众又排诟之,罪毁之,不目以为迂,则指以为惑,谓之背时远名,阔于富贵。"可以想见那时从事古文运动要遇到怎样的困难。穆修古文传于尹洙(一○○一——一○四六),再传而为欧阳修。邵伯温《闻见录》称:"钱惟演守西都,起双桂楼,建临园驿,命欧阳修及尹洙作记。修文千余言,洙止五百字,修服其简古。"又称:"修早工偶骊之文,及官河南,始得洙,乃出韩退之之文学之。"可见欧阳修作古文,实在受尹洙的影响不小!我还以为那时有两个颇有道气的学者—孙复(九九二——一○五七)、石介(一○○五——一○四五),他们都于古文运动尽了相当的力。苏辙作欧阳修的墓碑,载欧阳修的话:"于文得尹师鲁、孙明复,而意犹不足。"欧阳修又曾作石介的墓志,很推许石介。石介《徂徕集》中就很推许柳开,并作《怪说》排斥杨亿,现在引一段和古文运动有关的。他说:"昔杨翰林欲以文章为宗于天下,忧天下未尽信己之道,于是盲天下人目,聋天下人耳,使天下人目盲不见有周公、孔子、孟轲、扬雄、文中子、吏部(韩愈)之道,使天下人耳聋不闻有周公、孔子、孟轲、扬雄、文中子、吏部之道。俟周公、孔子、孟轲、扬雄、文中子、吏部之道灭,乃发其盲,开其聋,使天下唯见己之道,唯闻己之道,莫知其他。今天下有亿之道四十年矣。今欲反盲天下人目,聋天下人耳,使天下人目盲不见有杨亿之道,使天下人耳聋不闻有杨亿之道。俟杨亿道灭,乃发其盲,开其聋,使目唯见周公、孔子、孟轲、扬雄、文中子、吏部之道,耳唯闻周公、孔子、孟轲、扬雄、文中子、吏部之道。"石介究竟是一个道学家,论文必先讲道。恰好韩愈《原道》一文说过尧、舜、禹、汤、文、武、周公、孔、孟相传的一个"道统",他就把这个道统归给韩愈。他替古文家争得了道统,就向骈文家进攻,杨亿就是他当前一个顶大的目标。杨亿一派的骈文被打倒了,他又替古文家争得了"文统",只有古文才是文学正宗。从此古文家道学家论到文和道的关系,虽然纠缠不清;可是我们要知道石介在他那个时候的古文运动上演了一个怎样重要的剧目。

  文统——广义的解释就是道统——这一说,从韩愈到石介,算已成立了。苏洵(一〇〇九——一〇六六)《上欧阳内翰第二书》说:"自孔子没百有余年而孟子生。孟子之后数十年而至荀卿子。荀卿子后乃稍阔远,二百余年而扬雄称于世。扬雄之死不得其继,千有余年而后属之韩愈氏。韩愈氏没三百年矣,不知天下之将谁与也!"又说:"洵一穷布衣……于四子者之文章诚不敢冀其万一。"老苏言外之意,不难推测他是把孟、荀、扬、韩四子的文统推给欧阳修。还有苏轼《上梅直讲书》说:"今天下有欧阳公者,其为人如古孟轲、扬雄之徒。"苏辙《欧阳文忠公神道碑》也说:"自汉以来,更魏晋,历南北,文弊极矣,惟韩退之一变复古。自退之以来,五代相承,天下不知所以为文。及公之文行于天下,乃复无愧于古。自孔子至今千数百年,文章废而复兴,惟得二人焉。"可见三苏都把欧阳修上配韩愈,继承文统。其实,欧阳修自己论文也常有"难得其人"之叹,隐然以文统自任。李廌《师友谈记》说:"东坡尝言,文章之任,亦在名世之士相与主盟,则其道不坠。方今太平之盛,文士辈出,要使一时之文有所宗主,昔欧阳文忠常以是任付于某,故不敢不勉。异时文章盟主,责在诸君,亦如文忠之付授也。"可见欧阳修既把文统传给苏轼,放此人出一头地;苏轼又想把文统传给苏门几个文人。陆游《老学庵笔记》说:"建炎以来,尚苏氏文章,学者翕然从之,而蜀士尤盛。有语曰:苏文熟,吃羊肉;苏文生,吃菜羹。"因为三苏文章长于议论,所以南宋士子大家揣摩,以备程试之用。就是苏门几个文人的文章也为当世所重,有《苏门六君子文粹》七十卷流行一时,相传这书是陈亮撰集的。

欧、苏而外,曾、王是大家。曾巩(一○一九——一○八四),字子固,南丰人,官至中书舍人。《宋史》(三百十九)称他"为文章,上下驰骋,愈出而愈工。本原《六经》,斟酌于司马迁、韩愈。……少与王安石游,安石声誉未振,巩导之于欧阳修。及安石得志,遂与之异"。他的《与王介甫第三书》论到古文。他说:"……是道也过千载以来至于吾徒,其智始能及之,欲相与守之。然今天下同志者,不过三数人尔!"可见曾、王互相推许,以继承文统自任,正不让于欧、苏。不过王安石是大政治家,道气比较欧、曾最少,也不同于三苏好为空文。他论文章不离政治,主张适用。这在他的《上人书》里可以见到。他说:"尝谓文者,礼教治政云尔。"再说:"所谓文者,务为有补于世而已矣。"又说:"所谓辞者,犹器之有刻镂绘画也。诚使巧且华,不必适用;诚使适用,不必巧且华。要之,以适用为本,以刻镂绘画为之容而已。"和他同时的司马光,在《答孔文仲司户书》里也说:"古之所谓文者,乃所谓礼乐之文,升降进退之容,弦歌雅颂之声,非今之所谓文也。今之所谓文者,古之辞也。孔子曰'辞达而已矣',明其足以通意斯止矣,无事于华藻弘辩也。"他们在政治上的主张大不相容,论文却是近于一致。当时还有一个政治家李觏(一○○九——一○五九),比他们早死。李觏《上李舍人书》也说:"贤人之业莫先乎文。文者,岂徒笔扎章句而已,诚治物之器焉。"李觏、王安石论政主张功利,论文主张适用,而且以为文不离"政",这和欧、曾论文侧重"道",三苏论文侧重"文",可谓三说鼎立了。

不过我们要知道欧阳修是韩、柳以后第一个古文大师,他领导了这一时代的古文运动，三苏、曾、王都是在他领导之下成功的古文家。至于司马光（一〇一九——一〇八六），宋庠（九九六——一〇六六），宋祁（九九八——一〇六一），刘敞（一〇一九——一〇六八），刘攽（一〇二二——一〇八八），虽与欧阳修同时，可是他们都是深通史学或经学的学者，不必争什么道统文统。大刘还曾讥笑过欧九不读书。三宋最长馆阁之作，正像盛唐燕许大手笔。小宋撰《新唐书》，雕琢劓削，艰深奇险，可称"难史"，但事繁文省，却是长处。这部书和欧阳修的《新五代史》，司马光的《资治通鉴》，同为历史名著，而又具有文学价值。《通鉴》虽偏于政治一方面，只算帝王宰相教科书，但他贯串十七史，已粗具通史的规模，确是中国史学上一大巨制，仅就文学而论，也是后来许多文人诵习的书。从此以后，史书有文学价值而投给文坛以若何影响的，还不曾有过。所以我们研究古文学的人，对于宋以后的史书可以不必多费工夫理它了。

司马、二宋、二刘诸家的文章固然不屑摹仿孟轲、韩愈，竞争文统；还有李觏就大胆宣言他和那时摹仿孟韩的古文家不同。他在《答黄著作书》里说："今之学者，谁不为文？大抵摹勒孟子，劫掠昌黎。若为文之道，止此而已，则但诵古文数十篇，拆南补北，染旧作新，尽可为名士矣；何工拙之辨哉？觏之施为，异于是矣！"读古文几十篇就成名士，他这话骂得何等刻毒！这算是给了柳开以至欧阳修一般从事古文运动的人一个深刻的教训。同时我们不要忘记李觏是那时一个有眼光有抱负的思想家政治家。

还有陈亮（一一四三——一一九五）、叶适（一一五〇——一二二三），都算南宋有眼光有抱负的思想家政治家，可以上配北宋的李觏、王安石。他们都自负有经济才，作为文章，藻思英发，才气超迈。尤其是陈亮敢谈国事，议论风生。他曾有一次被诬"不轨"下狱，打得体无完肤，幸赖孝宗皇帝还不算是压迫言论，残杀文人的独夫民贼，说是"秀才醉后妄言，何罪之有？"赦免了他。要做文学家不是难事，做文章有气魄，做人更有气魄,中国文学史上却不多见这种人!朱熹正和陈、叶同时,也会做古文,不减北宋欧、曾,但道气更足。此外,南宋时代就没有什么值得称述的古文家了。

(原载《青年界》第三卷第四号,一九三三年)

南戏传奇之发展及其社会背景

　　元明之际,北曲杂剧快要没落了,南戏传奇已有取而代之的情势。所谓南戏,王国维以为"当出于南宋之戏文",吴梅则以为"南词之兴,当在宋光宗朝"。实则论到南戏的起源,明朝的戏曲学者已经感觉困难。明嘉靖间,徐渭编《南词叙录》,著录宋元旧篇南戏名目六十多种。他以为宋人所作《王魁》、《赵贞女》当是南戏之滥觞,号曰永嘉杂剧,这显然是根据叶子奇、祝允明二人之说而来的。明初叶子奇《草木子》说:"俳优戏文始于《王魁》,永嘉人作之。"祝允明《猥谈》说:"南戏出于宣和之后,南渡之际,谓之温州杂剧。予见旧牒,其时有赵闳夫榜禁,颇述名目,如《赵贞女》、《蔡二郎》等,亦不甚多。"又《张协状元》第一出作者自述的词中道:"《状元张协传》,前回曾演,汝辈搬成。这番书会,要夺魁名。占断东瓯盛事,诸宫调唱出来因。……"东瓯正指温州。大约南戏很流行于南渡之际,而以温州为发源地,如《王魁》、《赵贞女》之类都出于温州永嘉人之手,所以又叫温州杂剧或永嘉杂剧。我以为南北曲都和诸宫调大有关系,南曲更为密切,所以《张协状元》作者有"诸宫调唱出来因"的话。至于徐渭《南词叙录》论南曲,他以为:"其曲则宋人之词,益以里巷歌谣,宫调不协,故士夫罕有留意者。"可知南曲的起头原是士大夫不愿意的民间俗戏,和那时的官本杂剧偏士为统治阶级服务者大不相同。

　　至于《草木子》说:"元朝南戏盛行,及当乱,北院本特盛,南戏遂绝。"

大约他生在南戏复兴的初期,眼见北曲的势力还不小,南戏未足以君临于当时的剧坛,所以不免发出和事实相反的谬论。其实,南戏中绝,正在元朝盛时;南戏复兴,乃在元朝末叶。当蒙古民族崛起北方,进而统治全中国,同时北曲杂剧也随着统治者的势力而侵入南方来,盛行于江浙之间。而且到了后来,杂剧家大都为南方人,杂剧的中心地已经不是北方的大都,而是南方的杭州了。这个时候,北曲已渐渐衰微下去,南戏乃渐渐复兴起来。元黄雪蓑《青楼集》说:"龙楼景丹墀秀皆金门高之女,俱有姿色,专工南戏。"可见当时南戏流行于娼门。周德清《中原音韵》于《作词起例》说:"……逐一字调平上去入,必须极力念之,悉如今之搬演南宋戏文,唱念声腔。"可见当时搬演南戏是大家常见的事。还有钟嗣成《录鬼簿》著录当时几个兼工南戏的曲家,都是杭州人,这是很可注意的。于范居中,说是"有乐府及南北腔行于世";于沈和,说是"以南北合腔自和甫始";于萧德祥,说是"凡古文俱隐括为南曲,街市盛行,又有南曲戏文等。"周德清、钟嗣成都是元朝末叶人,从他们的笔谈里可以探出当时南戏复兴的消息,在南方人的北曲作家中有兼工南戏的,而且似乎因为对于北曲的厌倦,有企图南北合腔的了。

本来最初南北曲是同出于一源的,都是从唐宋词、大曲、唱赚、诸宫调等古典蜕变而来。不过南曲保存古曲的分子更多,试就沈璟《南九宫谱》计算,南曲五百四十三章中出于古曲者凡二百六十章,差不多占全数二分之一,而北曲之出于古曲者只能举出三分之一。再就《中原音韵》及大约和它同时成书的《十三调南曲音节谱》两书所见的曲牌和词型比较起来,曲牌相同的很多,只有句格多半不同,这就可以考见南北曲虽然同出于一源,到后来各自转变,或采取些本地的歌曲,或添加些新制的歌曲,遂分化而为南北曲,不难于想像了。况且南北曲所用的乐器,据说自元朝以来便不同。北曲以弦索琵琶为主,南曲以管箫鼓板为主。乐器性质不同,是要影响于曲情的。加以南人之俊秀柔媚和北人之朴讷刚健,正如南北的自然风景一偏于优美一偏于壮美一样,他们所表现的乐声是各有其地方的气质,好像无以外的。于是南北曲的曲调曲情也大异其趣了。所以王世贞《艺苑卮言》说:"大抵北主劲切雄丽,南主清峭柔远。……北字多而调促,促处见筋;南字少而调缓,缓处见眼。北则辞情多而声情少,南则辞情少而声情多。北力在弦,南力在板。北宜和歌,南宜独奏。北气易粗,南气易弱。此吾论曲三昧语。"王氏这说无疑的出自昆曲鼻祖魏良辅的《曲律》。关于南北曲音乐上的分别,魏良辅算是阐发无遗了。日人清木正儿近著《中国近世戏曲史》,第十四章《南北曲之比较》,也可以说是择焉而精,语焉而详的罢。

倘若我们更就南北曲戏文的体制结构来考察,那么,南曲继北曲而起,后来居上,着实进步了不少。第一,杂剧一本四折,绝少例外,可以说是一种单纯谨严的短剧。王实甫的《西厢记》,吴昌龄的《西游记》,算是很长的创格了,但前者应作四本来看,后者应作六本来看,虽然各本前后连续,每本还是可以独立的,不出一本四折的通例。这种联本的杂剧,当然可以说是杂剧与传奇之间一种过渡的体裁。倘若有人竟把《西厢记》认作二十出的传奇,那也还是错误的。传奇则不限出数,二三十出固然不少,四五十出也不算多。这是一种繁复浩大的长剧,用得着复杂错综的题材,用得着曲折详尽的描写。第二,杂剧每折限一宫调,并且不许换韵;又限一人,(正末或正旦)始终独唱。传奇则每出无一定的中调,韵脚可以变换;一人独唱固然可以,另来一人接唱也可以,两人至数人同唱或中途合唱也可以,每人都可以有唱有白,曲调的配置和唱白的配置都很自由变化。以上二者都是南曲比较北曲大为进步的地方。不过北曲规律谨严,篇幅狭小,剧情易见警策;而且每剧不必勉强以团圆收场,常有激昂雄壮的悲剧。这却是北曲的长处、南曲所不及的地方。所以当传奇发达的时代,杂剧还是被人作为短剧而流行不绝的,虽然已经不必都能上演了。

论到传奇发达的时代,最简便地说,当然就是明朝,在这三百年间,传奇发达的盛况,除了从现存传奇的数量去推测以外,留下来的文献虽然不大多,却大半给清儒焦循的《剧说》搜罗去了。我们从这些仅存的文献里不但可以看出传奇在当时是怎样的盛行,而且同时可以考察传奇是在怎样的社会背景里发达起来的。

明姚福《青溪暇笔》说:"元末永嘉高明避世鄞之栎社,以词曲自娱。见刘后村有死后是非谁管得,满村都听蔡中郎之句,因编《琵琶记》,用雪伯喈之耻。国朝遣使征辟不就。既卒,有以其记进者,上览毕,曰:'《五经四书》在民间,如五谷不可缺;此记如珍羞美味,富贵家其可无耶!'……"又田艺蘅《留青日札》,黄溥言《闲中今古录》所记略同。多谢他们留下这一点文献,我们才知道传奇的起来,实为适应当时的富贵家——统治阶级贵族官僚(包括君主诸王士大夫)以及大地主大腹贾享乐生活上的需要,而于民间贫苦的农民手工业者绝少接触的机缘。《琵琶记》就是常常出演于大明新朝宫廷的传奇,而为贵族官僚服务的。不过第一位皇帝朱元璋大为赞赏《琵琶记》,宁献王朱权还曾自作《荆钗记》,又成祖朱棣时敕撰《永乐大典》,收录传奇戏文至三十三种之多。这都可证当时他们统治阶级对于传奇的喜爱与提倡,原来前代富贵家士大夫不甚留意的出自民间的南戏,从此一变而为他们生活上不可缺的一种艺术了。他们利用农民暴动,从蒙古民族之手夺回了政权,削平了割据的群雄,镇住了农村的骚乱。他们为了夸耀权威,歌舞升平,北曲南戏当然都是他们生活上所需要的,不过"北曲不谐南耳",南人久已厌倦了。

我们要知道嗜好戏曲,竟是那时士大夫间的一种风气。虽是理学纯儒,也不免见猎心喜。王守仁(一四七二——一五二八)南曲《仙吕入双调归隐》云:

(仙吕入双调步步娇)宦海茫茫京尘渺,碌碌何时了?风掀浪又高,覆辙翻舟,是非颠倒。算来平步上青霄,不如早泛江东棹。

(沉醉东风)乱纷纷鸦鸣鹊噪,恶狠狠豺狼当道,费竭民膏。怎忍见人哀号,举疾首蹙额相告!簪笏满朝,干戈载道,等闲间把山河动摇。

（忒忒令）平白地生出祸苗，逆天理那循公道。因此上把功名，委弃如蒿草。本待要竭忠尽孝，只恐怕狡兔死，走狗烹，做了韩信的下梢。……

这还是含有教训意味的曲子。我想这是在他平了宸濠之乱以后所作，很有持盈保泰、居安思危的思想。和他同时而年辈较大的琼山丘濬（一四二〇——一四九五），也是一位理学名臣，更见嗜好戏曲，曾作《五伦全备》、《投笔记》、《举鼎记》、《罗囊记》等传奇四种。但当时有人说他《五伦全备》迂腐俚浅。相传丘琼山有一次到一佛寺，看见四壁都是画的《西厢》故事，不觉诧异，便问一老和尚道："空门那得有此？"老和尚道："老僧于此悟禅。"啊呀！这个时候不仅理学家要借戏曲传道，老和尚还要从《西厢》悟禅，这真是大笑话。本来《西厢》在当时是最流行的戏曲。《剧说》（卷六）云：

相传明弘治末，泉州府学教授某，南海人，颇立崖岸。一日，设宴明伦堂，搬演《西厢杂剧》。翌日，有无名子书一联于学门云：
斯文不幸，明伦堂上除来南海先生；
学校无光，教授馆中搬出《西厢杂剧》。
某出见之，赧然，故态顿去。

这一位理学先生不提防明伦堂搬演《西厢》露出了他的假面具。《剧说》（卷六）又云：

唐荆川半醉作文，先高唱《西厢》惠明不念《法华经》一出，手舞足蹈，纵笔伸纸，文乃成。见《操觚十六观》。

这一位"文以载道"的古文家也要先唱完《西厢》一出才能下笔。可知仅仅《西厢》一剧，就风魔了当时许多人。还有许多风流自赏的诗人对于戏曲更多兴趣。《剧说》（卷六）引《明诗综注》云：

> 李于田纵横声伎，放诞不羁。女伶登场，至杂伶人中持板按拍，主人知而延之上座，恬然不为怪。
> 胡白叔幼而颖异，以狐旦登场，四座叫绝。

这两位诗人，或杂女伶中持板按拍，或以狐旦登场，真是兴致不浅。当时极端的复古派诗人有所谓"七子"，其中康海（一四七五——一五四〇）、王九思两人最相得，也都最爱弄弄戏曲。《艺苑卮言》说：

> 王敬夫将填词，以厚赀慕国工，杜门学按琵琶三弦，习诸伎艺而后出之。康德涵于歌弹尤妙，每敬夫曲成，德涵为奏之，即老乐师无不击节叹赏。

他们为了作曲填词，竟至预先学好歌弹伎艺。《剧说》（卷三）云：

> （康）对山尝与妓女同跨一蹇驴，令从人赍琵琶自随，游行道中，傲然不屑。敬夫、德涵同里同官，以（刘）瑾党放逐沂东鄠杜之间，相与过从谈讌，征歌度曲，以相娱乐。

同书又云：

> 对山性孝友，亲族待而举火者不可胜数。因救李空同与刘瑾酬酢，遂罹清议。被放后，肆意词曲，有《沉醉东风》曰：
> 装几车儿羊毛笔管，载几车儿各样花笺。凤阳墨三两房，天来大三台砚。孔门弟子三千，一夜离情写半年，添砚水尽都是离情泪点。

原来他们失意后，才更留心戏曲，过着颓废的生活。他们自己作的还是杂剧，到了列名"后七子"的王世贞（一五二六——一五九〇）就有意作传奇，相传《鸣凤记》就是他和他的门人共同制作的。《剧说》（卷三）云：

> 《弇州史料》中《杨忠愍公传略》与传奇不合。相传《鸣凤》传奇弇州门人作，惟《法场》一折是弇州自填。词初成时，命优人演之，邀县令同观，令变色起谢，欲亟去。弇州徐出邸抄示之曰：嵩父子已败矣。乃终宴。

《鸣凤记》的本事以杨继盛弹劾严嵩为"凤鸣朝阳"，这是一部采用时事，攻击当局的传奇，难怪胆小的县令怕因此得祸。却说明初开国，朝廷忌讳很多，屡兴文字之狱。一般文人吟诗作文，动辄得咎，自己还不知道。比如诗中用了殊域，他就说你骂他是"歹朱"，文中用了"大德曰生"，"万邦作则"，他就以为你骂他是由"僧"和"贼"出身。总之，你在朱元璋那位皇帝面前是很难下笔的，你要准备小罪被贬，大刑被杀，虽如刘伯温、高青邱等开国元勋，也都不能幸免。要下笔，只要戏曲搬演古事，或是无中生有，不关时政，比较安稳。可是到了康海、王九思以及王世贞一般复古派文人，他们拿戏曲作为失意时候泄情寓意的东西，就开始攻击当局，指摘时政了。《剧说》（卷三）云：

> 何良俊（元朗）《四友斋丛说》谓："汉陂《杜甫游春》杂剧，虽金元人犹当北面，何况近代？"按文人之意往往托之填词。王九思《杜甫游春》指李西涯、杨石斋、贾南坞三相，康对山之《中山狼》则指李空同，李中麓之《宝剑记》则指分宜父子，王辰玉之《哭倒长安街》则指建言诸公。相传汤若士之《紫箫》亦指当时秉国首揆，才成其半，即为人所议，因改为《紫钗》。

可证当时士大夫从政讲学，党同伐异的风气，竟影响到了戏曲。而且前后七子倡导"文必秦汉，诗必盛唐，"那种伪古典的偏见，也有影响到了戏曲，邵文明、郑若庸、梁辰鱼、梅鼎祚一派骈曲俪白的传奇先后出来了。好在这一艺术真正的赏鉴家是贵族官僚，典雅富丽之曲文，正是他们所能感受而且欢喜的。

在当时君主诸王的宫廷邸舍里，常有教坊优伶献技，正和以前的朝代一样，那是不待说了。大官僚的府第里，也每豢养著称为"家僮"、"家优"的伶工一部。《剧说》（卷一）云：

> 嘉、隆间松江何元朗畜家僮习唱，一时优伶俱避舍。然所唱俱北词，尚得蒜酪遗风。何又教女鬟数人，俱善北曲，为南教坊顿仁所赏。顿随武宗入京，尽传北方遗音，独步东南；暮年流落，无复知其技者。

何元朗不过以岁贡授翰林院孔目，其弟良傅也不过由进士历礼部郎中，都不算大官僚，就能豢养家僮演唱戏曲了，这不能不多谢他们先人大地主的余荫。至于和他们同时的严嵩，以及后来的阮大铖，就算是大官僚家中豢养优伶的好例了。《剧说》（卷六）云：

> 海盐有优者金凤，少以色幸于严东楼，昼非金不食，夜非金不寝也。严败，金亦衰老，食贫里中。比有所谓《鸣凤记》，金又涂粉墨，扮东楼矣。阮大铖自为剧，命家伶演之。大铖死，优儿散于他室。李优者，但有容命演阮所为剧，辄辞不能，复语其同辈勿复演。询其故，曰："阿翁姓字不触起，尚免不得人说；每一演其剧，笑骂百端，使人懊恼竟日，不如辞以不能为善也。"

又清宋荦《西陂类稿》云：

侯朝宗与贵池吴应箕、宜兴陈贞慧善。阮大铖者，故魏阉义儿，屏居金陵，谋复用。诸名士共为檄，檄大铖罪，应箕、贞慧实主之。大铖愧且恚，然度无可如何。诇知朝宗与二人者相厚善也，私念得结交侯生，因侯生以结交于二人，事当已。乃属其客阴交欢朝宗，朝宗觉之，谢客不与通。而大铖家故有伶一部，以声伎擅名，能歌所演剧号《燕子笺》者。会诸名士以试事集金陵，朝宗置酒高会，趣征阮伶。大铖心窃喜，立遣伶往，而使他奴诇之。方度曲，四座互称善，奴走告，大铖心益喜。已而抗声论天下事，箕踞叫呶，语稍及大铖，遂戟手詈骂不绝口。大铖闻之，乃大怒，而恨三人者尤刺骨。

又《流寇长编》云：

周延儒被召，阮大铖以家优来演自所作《赐恩环》传奇，跪泣求昭雪。延儒以逆案难翻，而问"君意中人为谁？"大铖以马士英对，遂于戍籍荐起为凤阳总督。

可知阮大铖家的优伶比严嵩家的更有名；他自己作了传奇，即付家里的优伶上演，自家欣赏之外，兼作官场应酬结纳之用。因为这一时代公侯缙绅之家，每蓄优伶，所以许多新制的传奇，都是朝由作家脱稿，夕付伶人上演的，不仅阮大铖一人的传奇如此。《剧说》（卷五）云：

叶宪祖……生平至处在填词。……古澹本色，街谈巷语亦化神奇，得元人之髓。如《鸾鎞》借贾岛以发二十年公车之苦，固有明第一手。吴石渠、袁令昭词家名手，石渠院本求公讹诃然后敢出，令昭则檞园弟子也。花晨月夕，征歌按拍，一语脱稿，即令优人习之，刻日呈伎，使人犹见唐宋士大夫之风流。檞园，公填词别号也。

《剧说》（卷三）又云：

> 袁箨庵作《瑞玉》传奇，描写逆珰魏忠贤私人巡抚毛一鹭及织局太监李实构陷周忠介公事甚悉。甫脱稿，即授优伶唱演。是日诸公毕集，而袁尚未至。优人请曰："李实登场，尚少一引子。"于是诸公各拟一调。俄而袁至，告以优人所请。袁笑曰："几忘之。"即索笔书《卜算子》云："局势趋东厂，人面翻新样。织造频添一段忙，待织造迷天网！"语不多而句句双关巧妙，诸公叹服，遂各毁其所作。一鹭闻之，持厚币倩人求袁改易，袁易一鹭曰"春锄"。

可见叶槲园、袁箨庵的传奇，就是一面脱稿，一面付伶人排演的。至于以戏曲为官场集会应酬之用，也不始于阮大铖。《剧说》（卷六）云：

> 《徐文长集》载：李衮善歌，名动京师。崔昭入朝，密载而至。乃广延宾客以为"盛会"。衮喉转一声，众大惊曰："李八郎也！""盛会"之名实本于此。

这一时代官场演戏娱客的所谓"盛会"，似乎始于明初崔昭。明顾起元《客座赘语》云：

> 万历以前，公侯与缙绅及富家，凡有燕会小集，多用散乐，或三四人或多人唱大套北曲。若大席则用教坊打院本，乃北曲大四套者（按即杂剧），中间错以撮垫圈，观音舞，或百丈旗，或跳坠子，后乃变而尽用南唱。歌者止用一小拍板，或以扇子代之，间有用鼓板者。今则吴人益以洞箫及月琴，益为凄惨，听者殆欲下泪。大会则用南戏，其始止二腔，较海盐更为清柔而婉折也。

我们从这段记载里不仅可以想见这一时代的贵族、官僚、大地主、大腹贾，凡有宴会小集就用清唱散乐，若是大席大会就搬演戏文；还可以看出南北曲的一盛一衰，互为消长。明蒋一葵《尧山堂外纪》云：

> 杨邃翁寿日，嘉定沈练塘（按即著《千金记》的沈采）作《还带记》以侑觞。曲中有"昔掌天曹，今为地主"等语，邃翁喜，圈此八字。

当时文人不仅欢喜为阔人做寿诗寿文，还居然有特制的寿曲！至于演戏来祝贺新贵的官僚上任，那更是常有的事了。《剧说》（卷六）云：

> 周忠介蓼洲先生初释褐，选杭州司理，杭人在都者置酒相贺，演岳武穆事。至奸相东窗设计，先生不胜愤怒，将优人捶打而退。举座惊骇，疑有开罪。明日，托先生友人问故。先生曰："昨偶不平打秦桧耳！"

同书又云：

> 张南垣精于垒石，而善滑稽。吴梅村起用，士绅饯之，演《烂柯山》传奇，至张石匠，伶人以南垣在座，改为李石匠。梅村以扇确几曰："有窍！"哄堂一笑。及演至买臣妻认夫，唱"切莫提起朱字！"南垣亦以扇确几曰："无窍！"满堂为之愕眙。而梅村失色。事见《黄梨洲文集》。

吴传业生于明清之际的前半，传奇还在隆盛的时期，所以当他出仕新朝，一般士绅演传奇来饯送他。王士祯《古夫于亭杂录》云：

> 掖县张大司寇北海忻夫人陈，大学士文安公端母也。张与胡中

丞为姻家。胡故有优伶一部,一日,两夫人宴会,张谓胡曰:"闻尊府梨园最佳。"胡古朴不晓文艺,辄应曰:"如何称梨园,不过老枣树几株耳!"同人因号胡氏班为"老枣树班。"

可见清初大官僚的家里还有豢养优伶的,一般士大夫不改前朝嗜好戏曲的风气。不过传奇的时代快要过去了。

(原载《青年界》第三卷第四号,一九三三年)

汉唐之间百戏

　　此予十年前旧作,读史札记之一,而储为戏曲史之资料者也。尝以绝粮故,托礼吾兄为介于左君胥之,询某杂志可以刊登否,索值三十元,竟不售。后托景深兄投诸某大书肆之某杂志,又遭白眼,可见卖文骗饭之难。顷来聚仁兄属为《涛声》撰文,大病新愈,惮于执笔,姑以此不祥之文应之。《文心雕蛇》之著者见之,得毋笑谓在年轻人面前摆古文架子,不亦太可笑耶?

一九三三,四,四。

　　角抵百戏,肇自六国秦时。《史记·李斯列传》载二世在甘泉,作觳抵优俳之观,裴骃《集解》引应劭曰:战国之时,稍增讲武之礼,以为戏乐,用相夸示,而秦更名曰角抵。角者,角材也;抵者,相抵触也。至于汉武,而角抵之戏益盛。元封三年春,始作角抵戏。① 是时,武帝方数巡狩海上,乃悉从外国客,大都多人则过之,散财帛以赏赐,厚具以饶给之,以览示汉之富厚焉。于是大觳抵,出奇戏诸怪物,多聚观者。行赏赐,酒池肉林,令外国客遍观各仓库府藏之积,见汉之广大,倾骇之。及加其眩者之

---

① 《前汉书·武帝纪》。

工。而觳抵奇戏岁增变甚盛,益兴,自此始。① 初,汉使至安息,安息以黎轩善眩人献于汉,汉为角抵奇戏,益加其眩者之工,此则中土百戏与胡人奇幻之戏最初有关者也。② 汉以角抵诸戏倾骇四夷,而胡人以善眩之术贡奇上国,迹其初意,欢娱之外,别有用心,踵事增华,寖失原恉。西京平乐观之盛,不过装点太平而已。洎乎元帝,初元五年,以关东连遭灾害,饥寒疫疾,夭不终命,诏罢角抵。③ 顾至后汉,张衡之赋西京,李尤之赋平乐观,犹艳称之。大抵终汉之世,角抵奇戏,时或行之欤?④ 或曰:角抵之作,侈乐先之。夏桀、殷纣,作为侈乐,大鼓钟磬管箫之音,以巨为美,以众为观,俶诡殊瑰,耳所未尝闻,目所未尝见。⑤ 至谓桀有女乐三万人,皆服文绣衣裳。⑥ 求倡优侏儒狎徒而为奇伟戏者,造烂熳之乐。⑦ 而纣大聚乐戏于沙邱。以酒为池,悬肉为林,使男女倮逐其间,为长夜之饮。⑧ 师延乃奏迷魂淫魄之曲,以欢修夜之娱。⑨ 顾桀、纣无道,天下之恶皆归之,凡兹所陈,殆未可信。矧夏、殷之时,人文初进,盛张乐戏,无此宏模。亡国之音,后人虚托。盖必有武帝之雄略,树大汉之声威,乃始创为侈伟之乐戏,以夸耀中外,倾骇臣虏,理固然也。

讫于有魏,明帝青龙三年,大治洛阳宫,起昭阳太极殿,筑总章观。通行谷水过九龙殿前。为玉井绮栏,蟾蜍含受,神龙吐出。使博士马均作司南车,水转百戏。岁首,建巨兽,鱼龙曼延,弄马倒骑,备如汉西京之制。⑩

---

① 《史记·大宛列传》。
② 同上。
③ 《前汉书·元帝纪》。
④ 《宋书·乐志》。
⑤ 《吕氏春秋·侈乐》。
⑥ 《管子·轻重篇》。
⑦ 《列女传》。
⑧ 《史记·殷本纪》。
⑨ 《拾遗记》。
⑩ 《三国志·魏书》卷三。

齐王芳嘉平六年，司马师等奏太后废帝，谓帝曰延小优郭怀、袁信等，建始、芙蓉殿前，裸袒游戏。又于广望观上，使怀、信等于观下作辽东妖妇，嬉亵过度，道路行人掩目。① 是则魏之总章观、广望观一如汉之平乐观，为盛陈角抵百戏之所。不过在汉时视为国家盛典，在魏时视为人君丑德，此其异也。

晋受魏禅，武帝咸熙二年，禁乐府靡丽百戏之技，视与雕文游畋之具同科。② 成帝咸康七年，除乐府杂伎。③ 散骑侍郎顾臻表曰：末世之伎，设礼外之观。逆行连倒，头足入笞之属，皮肤外剥，肝心内摧。敦彼行苇，犹为勿践，矧伊生灵，而不凄怆！加四海朝觐，言观帝庭，耳聆《雅》、《颂》之声，目睹威仪之序，足以蹋天，头以履地，反天地之至顺，伤彝伦之大方。今夷狄对岸，外御为急。兵食七升，忘身赴难；过泰之戏，日禀五斗；方扫神州，经略中甸，若此之事，不可示远。诸伎而伤人者，皆宜除之。于是除《高縆》、《紫鹿》、《跂行》、《鳖食》，及《齐王卷衣》、《笮儿》等乐，又减其禀。④ 盖晋武既以乐府百戏为侈靡而禁之，此时又以诸伎乖人道，伤彝伦，而外御为急，乃除此过泰之戏。其后，复尚《高縆》、《紫鹿》。⑤ 史家以为晋之中朝，元会设卧骑倒骑颠骑，自东华门驰往神虎门，此亦角抵杂戏之流也。⑥

刘宋少帝，于大行在殡，宇内哀惶，至乃征召乐府，鸠集伶官，优倡管弦，靡不备奏。以此见废，可谓事出有因矣。⑦ 讫于萧齐，则苻坚败后，所

---

① 《三国志・魏书》卷四。
② 《晋书・武帝纪》。
③ 《晋书・成帝纪》。
④ 《晋书・乐志》。
⑤ 同上。
⑥ 《南齐书・礼志》。
⑦ 《宋书・少帝本纪》。

得关中檐橦胡伎,进于太乐,犹有存者。① 武帝永明六年,赤城山云雾开朗,见石桥瀑布,从来罕睹,山道士朱僧标以闻。帝遣主书董仲民案视,以为神瑞。太乐令郑义泰案孙兴公赋造"天台山伎",作莓苔石桥,道士扪翠屏之状。② 此亦百戏之类也。要之,魏晋讫江左,犹有夏育扛鼎,巨象行乳,神龟抃舞,背负灵岳,桂树白雪,画地成川之乐焉。③

其在北朝,百戏弥盛。魏天兴六年冬,诏太乐总章鼓吹,增修杂伎,造五兵、角觝、麒麟、凤皇、仙人、长蛇、白象、白虎,及诸畏兽、鱼龙、辟邪、鹿马仙车、高絙百尺、长趫、缘橦、跳丸、五案,以备百戏。大飨设之于殿庭,如汉、晋之旧也。太宗初,又增修之,撰合大曲,更为钟鼓之节,则侈逾汉晋矣。④ 北齐文宣,尝以功业自矜,肆行淫暴。或躬自鼓舞,歌讴不息,从旦通宵,以夜继昼。或袒露形体,涂傅粉黛,散发胡服,杂衣锦彩,拔刃张弓,游于市肆。征集淫姬,分付从官,朝夕临视,以为娱乐。⑤ 至于幼主,则盛为无愁之曲,自弹胡琵琶而唱之,侍和之者以百数,人间谓之无愁天子。⑥ 之二主者,纵情恣欢,所谓桀纣侈乐,不是过也。暨乎北周,明帝武成二年春正月朔,大会群臣于紫极殿,始用百戏。⑦ 宣帝大象元年,初复佛像及天尊像。帝与二像俱南面而坐,大陈杂戏,令京城士民纵观。十二月,御正武殿,集百官及宫人内外命妇,大列妓乐。又纵胡人乞寒,用水浇沃为戏乐。帝于散乐杂戏鱼龙烂漫之伎,常在目前。好令京城少年为妇人服饰,入殿歌舞,与后宫观之,以为喜乐。⑧ 是则隋炀之先导也。

---

① 《南齐书·乐志》。
② 《南齐书·乐志》。
③ 《宋书·乐志》。
④ 《魏书·乐志》。
⑤ 《北齐书·文宣纪》。
⑥ 《北齐书·幼主纪》。
⑦ 《周书·明帝纪》。
⑧ 《周书·宣帝纪》。

隋既混一南北,高祖始令太常散乐并放为百姓。禁杂乐百戏。① 始,齐武平中,有鱼龙烂漫,俳优侏儒,仙车巨象,拔井种瓜,杀马剥驴等奇怪异端,百有余物,名为百戏。周时,郑译有宠于宣帝,奏征齐散乐人并会京师为之,盖秦角抵之流者也。至是皆罢之。② 其时柳彧,见近代以来,都邑百姓,每至正月十五日,作角抵之戏,递相夸竞,至于糜费财力,上奏请禁绝之。略谓:窃见京邑,爰及外州,每以正月望夜,充街塞陌,聚戏朋游。鸣鼓聒天,燎炬照地。人戴兽面,男为女服。倡优杂技,诡状异形。以秽嫚为欢娱,用鄙亵为笑乐,内外共观,曾不相避。高棚跨路,广幕凌云。袄服靓妆,车马填噎。肴醑肆陈,丝竹繁会。竭赀破产,竞此一时。尽室并孥,无问贵贱。男女混杂,缁素不分。秽行因此而生,盗贼由此而起。非益于化,实损于民。请颁行天下,并即禁断。诏可其奏。③ 吾人得知彼时百戏之盛,幸赖此篇之存,而其流弊所臻,亦于焉概见矣。

炀帝继统,弥好淫奢。御史大夫裴蕴,揣知帝情,奏征周齐梁陈乐工子弟及人间善声调者凡三百余人,并付太乐。倡优獶杂,咸来萃止。其哀管新声,淫弦巧奏,皆出邺城之下,高齐之旧曲也。④ 大业二年,突厥染干来朝,炀帝欲夸之,总追四方散乐,大集东都。初于芳华苑,积翠池侧,帝帷宫女观之。有舍利先来戏于场内,须臾跳跃,激水满衢,鼋鼍龟鳖,水人虫鱼,遍覆于地。又有大鲸鱼喷雾翳日,倏忽化成黄龙,长七八丈,耸踊而出,名曰黄龙变。又以绳系两柱,相去十丈,遣二娼女对舞绳上,相逢切肩而过,歌舞不辍。又为夏育扛鼎,取车轮石臼大瓮器等,各于掌上而跳弄之。并二人戴竿,其上有舞,忽然腾透而换易之。又有神鳌负山,幻人吐火,千变万化,旷古莫俦。染干大骇之。自是皆于太常教习。每岁正月,

---

① 《隋书·高祖纪》。
② 《隋书·音乐志》。
③ 《隋书·柳彧传》。
④ 《隋书·音乐志》。

万国来朝,留至十五日。于端门外,建国门内,绵亘八里,列为戏场。百官起棚夹路,从昏达旦以纵观之,至晦而罢。使人皆衣锦绣缯彩。其歌舞者多为妇人服,鸣环佩,饰以花雕者殆三万人。初课京兆河南制此衣服,而两京缯锦为之中虚①。又,大业三年,帝西巡次燕支山,高昌王伊吾设等及西蕃胡二十七国谒于道左。裴矩皆令佩金玉,被锦罽,焚香奏乐,歌舞喧噪。复令武威张掖士女盛饰纵观,骑乘填咽,周亘数十里,以示中国之盛。帝见而大悦。竟破吐谷浑,拓地数千里,并遣兵戍之,每岁委输,巨亿万计。诸蕃慑惧,朝贡相续。帝谓矩有绥怀之略,进位银青光禄大夫。其冬,帝至东都。矩以蛮夷朝贡者多,讽帝令都下大戏,征方四奇技异艺,陈于端门街。衣锦绮,珥金翠者,以十数万。又勒百官及民士女列坐栅阁而纵观焉,皆被服鲜丽,终月乃罢。又令三市店肆,皆设帷帐,盛列酒食。遣掌蕃蛮夷与民贸易,所至之处,悉令邀延就坐,醉饱而散。蛮夷嗟叹,谓中国为神仙。② 大业五年六月,上御风行殿,盛陈文物,奏九部乐,设鱼龙曼延。宴高昌王吐屯设于殿上以笼异之。其蛮夷陪列者三十余国。③ 大业六年,诸夷大献方物。突厥启氏以下,皆国主亲来朝贺。乃于天津街盛陈百戏。自海内凡有奇伎,无不总萃。崇侈器玩,盛饰衣服,皆用珠翠金银锦罽绤绣,其营费巨亿万。关西以安德王雄总之,东都以齐王雄总之。金石匏革之声闻数十里外。弹弦搣管以上,一万八千人。大列炬火,光烛天地。百戏之盛,振古无比,自是每年以为常焉。④ 炀帝之为百戏,虽则纵其骄奢之欲,亦以威吓蛮夷,揆其用意,差与汉武同。第其规模之宏,富丽之极,则东都远胜于西京。盖隋既混一区宇,蛮夷慑伏,振七代之衰,雪百王之耻,华夏之声威复震,国内之富庶日臻,人文蒸蒸,艺术孟晋。百戏之

---

① 《隋书·音乐志》。
② 《隋书·裴矩传》。
③ 《隋书·炀帝纪》。
④ 《隋书·音乐志》。

盛,正足以表现此际之时代精神,亦即此一时代权威的社会意识之反映也。

有唐代隋,惩隋之失,首除百戏,昭示新猷。高祖武德元年,孙伏伽上谏,以为百戏散乐,本非正声,有隋之末,大见崇用。此谓淫风,不可不改。近者,太常官司于人间借妇女裙襦五百余具,以充散妓之服,拟五月五日于玄武门游戏。臣窃思审,实损皇猷,亦非贻厥子孙,谋为后世法也。① 迨高宗显庆元年,又禁胡人为幻戏者。② 大抵散乐杂戏多幻术,幻术皆出西域,天竺尤甚。汉武帝通西域,始以善幻人至中国,前既言之。安帝时,天竺献伎,能自断手足,刳剔肠胃。自是历代有之。高宗恶其惊俗,敕西域关令不令入中国。睿宗时,婆罗门献乐舞,人倒行,而以足舞于极铦刀锋;倒植于地,低目就刃,以历脸中;又植于背下,吹筚篥者立其腹上,终曲而亦无伤。又伏伸其手,两人蹑之,旋身绕手,百转无已。③ 以此言之,自汉以来,百戏之中,固有西域胡人奇幻之戏在也。惟在唐时,四夷之乐已大输入。东夷乐有高丽百济,北狄有鲜卑吐谷浑部落稽,南蛮有扶南天竺南诏骠国,西戎有高昌龟兹疏勒康国安国,凡十四国之乐。而八国之伎列于十部乐。④ 玄宗既知音律,又酷爱法曲。选坐部伎子弟三百教于梨园,声有误者,帝必觉而正之,号"皇帝梨园弟子"。开元二十四年,升胡部于堂上。而天宝乐曲皆以边地名,若凉州伊州甘州之类。后又诏道调法曲与胡部新声合作。⑤ 盖自是而后,中土已重胡乐而轻胡伎。华乐与胡乐融合而有新声。音乐之发达,至全与百戏分离,而独立存在矣。如霓裳羽衣曲、破阵乐、合生歌等,其尤著者也。其独立发展为戏剧者,有大面(代面)、拨头(钵头)、踏摇娘(苏中郎,苏郎中)、参军戏、樊哙排君难戏

---

① 《旧唐书·孙伏伽传》。
② 《新唐书·高宗本纪》。
③ 《旧唐书·音乐志》。
④ 《新唐书·礼乐志》。
⑤ 同上。

(樊哙排闼剧)、窟礧子等歌舞戏,①尚有不合歌舞之滑稽杂戏。其他诸伎,唐承前代而尚存者:如汉之橦木伎;又有盘舞,晋世加之以杯,谓之杯盘舞。乐词诗云:"妍袖陵七盘",言杯用盘七枚也。梁谓之舞盘伎。梁有长跻伎、掷倒伎、跳剑伎、吞剑伎,唐时并存。又有舞轮伎,盖唐之戏车轮者。透三峡伎,盖唐时透飞梯之类也。又有高絙伎,或即唐之绳伎或"戏"险竿欤? 梁有猕猴幢伎,唐有缘竿,又有猕猴缘竿,未审何者为是。又有弄椀伎、丹珠伎。② 凡此所陈,皆百戏之遗也。他为中宗、睿宗时之泼寒胡戏、拔河戏、灯戏,③以及德宗时之水嬉,④亦为百戏之旁支。至穆宗尝陈百戏于丹凤门,⑤敬宗尝陈百戏于宣和殿。⑥ 宣宗宴群臣,亦备百戏,⑦是则乐府百戏之尾声,前代盛典之残余也。盖百戏至于隋炀,固已登峰造极,无以复加。自是诸伎分化,如音乐、戏剧,其他杂耍,至与文学、绘画、雕塑,同其水准,各自发展,蔚成有唐一代艺术之盛。各种艺术分途进步,而百戏亡矣。此治中国艺术史者不可不知也。要之:有唐三百年为中国艺术突飞跃进时期,亦即中国文化灿烂成熟时期,虽时见藩镇称兵,农民暴动,究得免于低级文化民族之蹂躏侵陵。而中国民族乃得绰有余裕,发挥其固有智能,兼以教化其他民族,尤以蕞尔日本为最得唐代文化之赐。此治中国文化史者不可不知也。

(原载《涛声》第二卷第十四期,一九三三年)

---

① 《旧唐书·音乐志》。
② 同上。
③ 《旧唐书·中宗睿宗本纪》。
④ 《旧唐书·顺宗本纪》。
⑤ 《旧唐书·穆宗本纪》。
⑥ 《旧唐书·敬宗本纪》。
⑦ 《新唐书·音乐志》。

论李后主及其词

　　此亦予旧作之一，七年前遇礼吾兄于沪上，倾谈及词，因持以相示，辱书谓为甚善。维时礼吾方任职西湖图书馆，于李后主之事迹及其作品，搜讨甚勤，自负不浅，乃以甚善许人，善谦谦君子之道也。来书于"江南江北"一时力辨后主之作，予有答书相榷语，惜不忆其作何语矣。兹将拙文及礼吾来书发布于此，非有敝帚之爱，聊志丽泽之迹而已，前年以绝粮故，编文学史，至李后主词，于此旧文未采一字；今付《涛声》铅印，庶不梨嗟枣怨也乎？

子展题记一九三三，四，七。

　　词始于唐，而盛于五代，几取五七言古今体诗而代之。其时以词著称者，在中原有李存勖（后唐庄宗）、和凝，在西蜀有韦庄、牛峤，在南唐有二主、张泌、冯延巳，尤以南唐后主为一时之冠冕焉。

　　盖南唐自烈祖开国，求遗书，礼贤士，无所爱吝；而二主承其余泽，益壮其波澜。君臣燕饮赋诗，每至流连酬畅；论学论才之举，至与国运同其始终。故虽偏国短世，干戈未遑；而国主之游心典籍，爱士好文，蔚然一时，斯亦难已！江南地腴民秀，金陵六朝所都。塔寺相望，浮屠之教深入人心；金粉堪夸，儿女之情发为歌咏。且自典午以来，中原频遭丧乱，甚或一时沦为蛮夷窟宅之区。于时江表稍完，人文往往而萃。洎乎五代，士之避乱失职者，群以南唐为归。而南唐君主自以为大唐苗胤，中原文物之所寄；其于提倡文学，培植士类，风外中外，未始无政治作用存乎其间。其在二主，好学能文，出自天性。观其父子兄弟，大半富于文艺天才，遗传之理非虚，优生之说益信。至于后主，践阼于败军蹙国之际，固未易情槃乐恣，欢赏忘劳；迫苟全于违心事敌之余，岂忘夫瑶殿玉楼，春花秋月？况复追怀内宠，歌舞当年；情爱所钟，偏多磨折，后主不幸而生此残败之王家，一沾豪侈之余馋。钟山在望，未偿隐逸之遐思；泪眼难干，已度降奴之日夕。然亦幸而赖有此种政治上无不挽回之局面，人性上难于濡忍之生涯，得以苦其心志，浚其性灵，俨为词中之南面王，成其万古不磨之伟业。

自来论后主者，颇多异辞。徐铉尝以乃弟为数阕歌而易中书舍人，欲为痴绝；后主事固不侔，或无比论。然以功利眼光侮视文艺，由来已旧；此种传统见解，亟待揨除。赵匡胤云："李煜若以此作诗工夫治国事，岂为吾禽？"此则敌国豪主自鸣得意之辞，未足深怪。史家或求媚时主，或示警后王，故不深惟时代之递嬗因果，国家之消长隆污，了然于北宋之所以兴，南唐之所以灭。既于后主政治之施布，无可诋諆；乃欲以嗜浮屠，好文学，而定其亡国之谳。实则自六朝以来，嗜浮屠，好文学，江南寖已成俗。南唐开国之主，何尝不然？持此而言，是固不得为后主亡国罪！然国亡以后，谬论斯兴，正如鄙谚所谓"官司输，道理出"，其为可笑，自不待言。至后世迂腐之士，习知后主为亡国之君，既爱其深情孤愤之辞，又刺取一二首绮丽之作，深致其亡国之罪，以示其持论之纯。或见其《破阵子》"最是仓皇辞庙日，教坊犹奏别离歌"之句，而云仓皇辞庙，不挥泪于宗社，而挥泪于宫娥，宜失其业；或读其《玉楼春》"归时休放烛花红，待踏马蹄清夜月"之句，而云侈纵已极，那得不失江山；是则徒诵其词，读其书，未足以语于知其人，论其世。小儿强作解语，昭明所以见讥；腐儒而谈《诗经》，《国风》几被删削。信口雌黄，千古一例，可胜观哉！

以上诸论，对于后主莫不轻肆诋诃，远违真际，故严为正之，以为可以不陈。果如所言，则不若径言君主不宜从事文学；既从事矣，亦不当有人间儿女情思之辞,尤为直截了当也。呜呼!多情种更眈酒歌,伤心人别有怀抱,自非慧眼,孰能辨之? 近人王国维论词,谓:"尼采言,一切文学,余爱以血书者:后主之词真所谓以血书者也。宋道君皇帝《燕山亭词》亦略似之。然道君不过自道身世之戚,后主则俨有释迦、耶苏担荷人类罪恶之意。"又谓:"词自李后主而眼界始大,感慨遂深,遂变伶工之词而为士大夫之词。周介存置诸温、韦之下,可谓颠倒黑白矣。'自是人生长恨水长东','流水落花春去也,天上人间','金荃浣花能有此气象耶?'"能注意其词之本身,而重估其在文学上之价值,一洗前人谬论,始可谓之知言矣。

　　人间愁恨,与生俱来,沛塞苍冥,呼吸莫外,虽因秉彝处境之异,而有久暂深浅之差;但在血气之伦,孰非情感之辈? 呼吁诅咒,哭泣呻吟,发之于口,已自感物动人;写之成文,真可通神泣鬼。斯世岂无多情之种,自古不乏能文之材;求其善写愁恨,后主实为圣手。试检其现在所存寥寥四十几首词中,欢愉之辞,不过数首,余皆摅愁写愿。且愁恨之极,无可排遣,或苦泪独弹,或一饮至醉。又愁恨之余,辄忘现实,或嗟人世无常,直如梦寝;或贪回忆幻想,而避当前。盖其失国北迁也,满腔愁恨,旁礴郁积,无可言宣;惟有泄之于词,略舒愤懑。故其为词,或引曼声,或奏急节,一吞一咽,一字一珠,皆擅极回肠荡气之妙。论其开拓词中未有之境界,吁诉人间共感之烦冤,不惟独步一时,洵足雄视千古。至其《却登高文》一篇,忏悔言尤,抽绎悲感,亦极真挚,极沉痛。而其胸襟坦白,真可质诸天地鬼神,非其他帝王虚伪之罪己诏所可比拟。王国维所谓俨有释迦、耶苏担荷人类罪恶之意,斯尤近之。又观其所谓诗,如《渡中江望石城泣下》云:"江南江北旧家乡,三十年来梦一场,吴苑宫闱今冷落,广陵台殿已荒凉。云笼远岫愁千斤,雨打归舟泪万行。兄弟四人三百口,不堪闲坐细思量。"亦甚凄恻动人,但不及其词之深情曲致感人尤多矣。

　　后主嗣位于宋建隆二年,属丧师削地之后,贻奉朔降号之羞;宗邦有累卵之危,敌国具统一之势。后主处此艰危之时会,曷尝不思奋发有为? 如在东宫时,即开学文馆以招贤;居大位后,更置澄心堂以待士。又尝会诸司四品至九品无职事者,日二员待制于内殿;命两省侍郎、谏议、给事中、中书舍人、集贤殿勤政殿学士更直光政殿,召对咨访,率至夜分;旰食宵衣,亦不是过。其《浪淘沙》云:"金剑已沉埋,壮气蒿莱",又《望江南》云:"心事莫将和泪说",《浣溪纱》云:"天教心愿与身违",可知后主固未尝无远大之怀抱。且嗣位之初,即以爱民为急。蠲征息役,以裕民力;论决死刑,多从末减,亦不失为仁明之主。宋太宗尝诏徐铉撰《后主神道碑》,铉文有云:"东邻构祸,南箕扇疑,始劳因垒之师,终后涂山之会。""孔明罕应变之略,不近成功;偃王躬仁义之行,终于亡国。"虽欲贡媚于新主,究不加罪于故君,盖故君之德泽入人若是之深也!藉令处统一承平之世,汉之文景,或可庶几;隋炀唐玄,未足比数。迨其归宋以后,追怀故国,悲愤填膺。其《与故宫人书》云:"此中日夕,只以眼泪洗面",惟求同情于旧宠,索解人于闺中,天下伤心之事,宁有甚于此者!乃阴狠之主,犹恶其悲愤不平,激昂作态,直以其不能帖然如安乐公之此间乐不思蜀,而酖杀之,以成此历史上终古不磨之悲剧,是则至可哀已!

附录:曹礼吾先生来书

居湖上二年余,曩日友朋,徒劳梦想。自故里饱经丧乱,益切依驰。过沪上时,得与我兄相见,为乐何如也!承示论李后主词,甚善,甚善,唯"江南江北"一诗,实非后主作品。前读马书《宗室传》,《景迁传》云:

> 楚王景迁,烈祖第二子,元宗母弟也。……蚤死,无子。故后主诗:兄弟四人三百口,谓元宗、景遂、景逿、景达也,而景迁不与焉。……

当时以为后主赋诗,称父及诸父为兄弟,实不近情理,曾据陆书《后妃诸王传》以驳之云:

元宗十子：弘冀、弘茂、后主、从善、从镒、从谦、从庆、从信，凡八人可见。而从庆、从信失其官封，又二人并佚其名。钟皇后生弘冀、后主、从善、从谦。自弘茂以下皆不知其母。而弘冀显德五年为储副，未几卒。庆王茂，保大五年七月卒。韩王从善，后主降时，早已被留于宋。邓王从益，吉王从谦，并从后主降。则后主降时，兄弟可考者仅四人，其他佚其官封名字者当系早死。故兄弟四人三百口之句，实后主指一己之兄弟而言。

及检《江表志》、《五国故事》、《江南余载》诸书，始知此诗实吴让皇溥所作。所谓兄弟四人者，盖指其兄杨渥、杨渭、杨濛及自身而言。宋龙衮《江南野史》晚出，误以为后主诗，马书以讹传讹，至明末徐大焯《烬余录》，犹以为后主作。中国载籍之工于造谣，往往令人莫可究诘，皆此类也。我兄近日如有所作，能示我数行否？春寒，伏维珍摄，十七年三月二十七夜午。弟群顿首，展兄足下，并祝寿昌兄潭福。

（原载《涛声》第二卷第十五期，一九三三年）

由诗到词发展的径路

词是怎样起源的？由诗到词发展的径路如何？诗和词的关系究竟怎样？这在我们讲到词的历史的时候必得触及的问题，而且是从来有许多分歧的解答，迄无定论的问题。

我认为词是可歌的诗，因此首先略为考察诗和乐的关系，同时也可看出诗和词的关系，然后词的起源也就容易寻找了。

由《三百篇》而《楚辞》，而汉魏六朝乐府，而唐人律绝，大都是入乐或可以入乐的诗。其间由《楚辞》而演化的汉赋虽不可歌，却仍可以诵，所以当时的人有"不歌而诵谓之赋"的话。我看诵也还是诵出声调节奏来（参看《汉书·王褒传》）。由乐府而演化的五言诗，如汉魏之际三祖、七子所作，则大都可歌，为魏晋乐所奏，正所谓"文或不工，而韵入歌唱。"到了齐梁之际，文人言志之作较晋宋时候更多，而且受佛教咏经歌赞的影响，更加讲究声韵。当时关于诗的声律运动已经勃兴，而音乐一方还在清商时期，没有若何显著的变化和这种运用新的声律的诗相适应，诗多不可歌。所以当时钟嵘在《诗品》里说："今既不备管弦，亦何取于声韵？"不过稍后一点，徐陵撰录汉、魏以至当时的艳歌，成为《玉台新咏》，看他《自序》里所说许多关于诗歌与音乐的话，好像他还是以当时可歌与否为标准而选集下来的。直到李唐建立了一个一统的大帝国，音乐方面承受了北朝吸收胡乐的影响，又采取了民间的俗乐扩大了隋之九部乐而为十部乐——

燕乐伎,清乐伎,西凉伎,天竺伎,高丽伎,龟兹伎,安国伎,疏勒伎,高昌伎,康国伎,——凡大宴会,则设十部乐以夸示华夷,正反映着这个大帝国胡越一家的权威的意识。不过这个时候新声繁兴,古曲沦缺,太常徒设虚官,音乐上的实权都握在教坊乐人手里。所以《旧唐书·音乐志》说:"自长安以后(七〇〇——),朝廷不重古曲,工伎转缺。能合于管弦者,唯《昭君》、《杨伴》、《骁壶》、《春歌》、《秋歌》、《白雪》、《堂堂》、《春江花月夜》等八曲。"又说:"自开元已来(七一三——),歌者杂用胡夷里巷之曲。"开元时人崔令钦的《教坊记》所载三百二十多曲可以考见当时所用胡乐俗乐的曲目。《乐府诗集》卷七十九到八十二所录《近代曲辞》则可以考见唐人曲辞的一斑。其中乐曲长的分许多部分,如"歌"、"入破"、"排遍"、"彻"之类,各部都以绝句组成,《水调歌》、《凉州歌》、《伊州歌》、《陆州歌》等曲便是。乐曲短的大都是律绝一首,中唐以后才渐有长短句的词。可见当初乐曲或是有曲无辞,伶官乐人谱取时人的诗入乐,后来就渐渐有依曲作辞的了。

从唐代诗人的传记逸话,及其现存的作品,可以确然考定为当时入乐的诗辞还是不少。现在略依时代的先后顺序地说下去,直到词的成立时期为止,这样,或者可以解答我们在上面打头就提出的问题。

唐朝开国时候所用的燕乐如《英雄乐》、《景云》、《河清歌》等那种显然夸示权威意味的曲辞已经无从考见了。李百药有《火凤词》五律二首,《破阵乐》七绝六律各一首,想是当时仅存的乐章罢。此外就止武后时候有几种入乐的诗辞存在。武后自作《商调曲·如意娘》:

> 看朱成碧思纷纷,憔悴支离为忆君。不信比来长下泪,开箱验取石榴裙。

这是一首七言绝句。武后既杀太子弘,立章怀太子贤。不久贤又恐被祸,因命乐工歌着他自己所作的《黄台瓜辞》:

> 种瓜黄台下,瓜熟子离离。一摘使瓜好,再摘使瓜稀。三摘犹自可,摘绝抱蔓归!

这却是一首五言古体。武后表侄杨廷玉做嘉兴令,贪猥无厌。御史某推奏断死,敕免,令作《回波词》:

> 回波尔时廷玉,打獠取钱未足。阿姑婆见作天子,傍人不得枨触。

这一个倚势作恶的贪官就以一首谐谑的词免罪了。孟棨《本事诗》记中宗宴侍臣,酒酣,命各作《回波乐》。大家都说谄佞的话,及自求荣位。轮到谏议大夫李景伯,他就歌道:

> 回波尔时酒卮,微臣职在箴规。侍宴既过三爵,喧哗窃恐非仪!

沈佺期以罪流放岭表,得赦归朝,但牙绯未复。因亦歌道:

> 回波尔时佺期,流向岭外生归。身名已蒙齿录,袍笏未复牙绯。

同时御史大夫裴谈之妻悍妒,中宗也渐怕韦后,优人因而唱道:

> 回波尔时栲栳,怕妇也是不好。外边只有裴谈,内里无过李老。

这种《回波乐》原是欢宴时候酣恣取笑的乐曲。词用六言四句,或称六言绝句。这是我们如今可以考见的最初的唐人依曲填词。又《唐诗纪事》载中宗时候,张仁亶自朔方入朝,宴于桃花园,李峤等各赋绝句。明日,宴承庆殿上,令宫中善讴者唱之,词既婉媚,歌仍妙绝。乐府号《桃花行》。李峤的这首诗尚存：

  岁去无言忽憔悴，时来含笑吐氤氲。不能拥路迷仙客，故欲开蹊待圣君。

李峤还有一首《汾阴行》，虽不是这样的绝句体，却也被伶工谱取入乐，这首诗颇长，结束一段还好：

  ……山川满目泪沾衣，富贵荣华能几时？不见只今汾水上，唯有年年秋雁飞！

据《明皇传信记》说，玄宗将幸蜀，登花萼楼，使楼前善水调者登楼而歌，其辞为宰相李峤的《汾阴行》。唱到"山川满目……"，玄宗不禁凄然泪下，不待歌者唱完，他就走了。

  玄宗(李隆基)本来是一个音乐的天才，听政之暇，亲自教太常乐工子弟三百人的丝竹各乐，号为皇帝弟子，又称梨园弟子。尤其是他改作了从印度而来的西凉乐《婆罗门曲》为《霓裳羽衣曲》最有名。他自己作的曲辞很多，今仅存有《好时光》一词：

  宝髻偏宜宫样，莲脸嫩体红香。眉黛不须张敞画，天教入鬓长。 莫倚倾国貌，嫁取个有情郎。彼此当年少，莫负好时光。

这已经是长短句的词了；但不知可靠否？按当时张说所作《破阵乐》(六言八句二首)，《舞马词》(六言四句六首)，《舞马千秋万岁乐府词》(五言六句二首)，《苏摩遮》(泼胡寒戏所歌七绝五首)，崔液所作《踏歌词》(五言六句二首)，都不出律绝的形式。还有杨贵妃所作《阿那曲》"罗袖动香香不已"一首，李白奉诏而作的《清平调》"云想衣裳花想容"等三首，也都是七绝。《全唐诗》收李白词十四首,除《清平调》外,不仅《桂殿秋》二首,《连理枝》二首,《清平乐》五首,显然不可靠。便是《菩萨蛮》一首:

平林漠漠烟如织,寒山一带伤心碧。暝色入高楼,有人楼上愁。　玉阶空伫立,宿鸟归飞急。何处是归程?长亭更短亭!

和《忆秦娥》一首:

箫声咽,秦娥梦断秦楼月。年年柳色,灞陵伤别!　乐游原上清秋节,咸阳古道音尘绝。西风残照,汉家陵阙!

有许多人认为可靠的,也都成疑问。可是从来论词的人都推李白为第一个大词人,称为"百代词曲之祖"。自然,推举这样一个伟大的诗人做开山祖师,一般词曲家都有面子。

再考玄宗时候,王维的诗多被伶官谱取入乐,供奉诸王贵主。如他的《送元二使安西》一诗:

渭城朝雨浥轻尘,客舍青青杨柳春。劝君更尽一杯酒,西出阳关无故人!

这首七绝被谱取入乐后,称为《渭城曲》,又称《阳关曲》,流行一时。所以刘禹锡的《与歌者》诗云:"旧人唯有何戡在,更与殷勤唱《渭城》。"又白居易的《对酒》诗云:"相逢且莫推辞醉,听唱《阳关》第四声。"据说当安禄山之乱,伶官李龟年流落江汉,曾于湘中采访使筵上唱云:

红豆生南国,秋来发几枝?愿君多采撷,此物最相思!

又唱云：

> 秋风明月共相思，荡子从戎十载余。征人去日殷勤嘱：归从来时数附书！

两诗都是王维所制，而梨园谱入歌曲。又据薛用弱《集异记》所载高适、王昌龄、王之涣三人旗亭饮酒，窃听伶官妓女唱诗的故事。所唱王昌龄的"寒雨连江夜入吴"、"奉帚平明金殿开"二诗，王之涣的"黄河远上白云间"一诗，也都是七绝。只有高适的诗似是五绝：

> 开箧泪沾臆，见君前日书。夜台今寂寞，犹是子云居！

这是截取高适的《哭单父梁九少府》一诗起头四句来唱的。

以上所说，可证初唐以至盛唐——玄宗时候，继乐府古曲而起的可歌的诗大都是整齐的五言六言七言，尤以绝句为最多；长短句绝少，就是有，也不甚可靠。

稍后一点，元结做道州刺史，曾仿湘江船歌作《欸乃曲》，令舟子歌唱：

> 湘江二月春水平，满月和风宜夜行。唱桡欲过平阳戍，守吏相呼问姓名。
>
> 千里枫林烟雨深，无朝无暮有猿吟。倚桡静听曲中意，好似云山韶濩音。（五首录二）

同时顾况有《竹枝词》：

> 帝子苍梧不复归，洞庭叶下荆云飞。巴人夜唱《竹枝》后，肠断晓猿声渐稀。

这也都是绝句。刘长卿的《谪仙怨曲》，则为六言律诗。只有张志和的《渔父词》：

西塞山前白鹭飞，桃花流水鳜鱼肥。青箬笠，绿蓑衣，斜风细雨不须归。

这就像长短句的词了。其兄松龄怕他这位"烟波钓叟"从此放浪不返，替他筑屋越州东郭，和他的词，招他回来：

乐是风波钓是闲，草堂松桧已胜攀。太湖水，洞庭山，狂风浪起且须还。

这好像都是依调而填的词，或许竟是摹仿民间的渔歌。还有韩翊于乱离中题寄他的爱姬柳氏的《章台柳》一首：

章台柳，章台柳！昔日青青今在否？纵使长条似旧垂，亦应攀折他人手！

柳氏答他一首：

杨柳枝，芳菲节，所恨年年离别。一叶随风忽报秋，纵使君来岂堪折！

现在我们不妨以为这是长短句的词；实则他们当时一唱一和，也好像是依调填词。这个时候，长短句的词渐渐出来了。比如《三台调笑》就始见于《韦江州集》。《三台》还是六言绝句，和张说的《舞马词》相同。另有《上皇三台》、《突厥三台》，一为五绝，一为七绝，都还不算创体。只有《调啸》

一名《调笑令》,或名《宫中调笑》,一名《转应曲》,一名《三台令》,就是长短句的词:

> 胡马,胡马!远放燕支山下。跑沙跑雪独嘶,东望西望路迷。迷路,迷路!边草无穷,日暮!(二首之一)

同时王建、戴叔伦作的《调笑令》,调子正和"性晓音律"的韦应物所作相同,当然都是依调而填的词。而且这时候,作者自己明白说是依调而填的词也有了。例如刘禹锡的《春去也》词:

> 春去也,共惜艳阳年。犹有桃花流水上,无辞竹叶醉尊前,惟待见青天。(二首之一)

他自己标题:"和乐天春词,依《忆江南》曲拍为句"。原来白居易曾有《忆江南》词:

> 江南好,风景旧曾谙。日出江花红胜火,春来江水绿如蓝。能不忆江南?(三首之一)

刘、白集中都有许多首《竹枝》、《杨柳枝》、《浪淘沙》等词,大约都是彼此唱和之作。不过这些词都是七言绝句,并非创体。最使我们注意的,他们宦游南方,摹仿长江流域的民间歌曲作词,民间又取他们的新词来歌唱。

> 春江月出大堤平,堤上女郎连袂行。唱尽新词看不见,红霞映树鹧鸪鸣。
> 新词宛转递相传,振袖倾鬟风露前。月落乌啼云雨散,游童陌上拾花钿。

> 日暮江头闻《竹枝》，南人行乐北人悲。自从雪里唱新曲，直到三春花尽时。
>
> 刘禹锡《踏歌词》

不仅刘禹锡在建平摹仿巴渝俗歌"作《竹枝》九篇，俾善歌者扬之"，元稹的诗也曾被民间歌入《竹枝》。

> 江畔谁人唱《竹枝》？前声断咽后声连。怪来调苦缘词苦，多是通州司马诗。

刘、白所作《杨柳枝》虽说是由旧曲《折杨柳》新翻的曲子，好像也是为着民间歌唱而作的。

> 《六幺》水调家家唱，《白雪》《梅花》处处吹。只歌旧曲君休听，听取新翻《杨柳枝》。
>
> 塞北《梅花》羌笛吹，淮南《桂树》小山词。请君莫奏前朝曲，听唱新翻《杨柳枝》。
>
> 刘禹锡《杨柳枝》九首之一

同时他们自己也能歌唱自己所作的新词。如白居易《忆梦得》诗说："几时红烛下，闻唱《竹枝》歌。"自注："梦得能唱《竹枝》，听者愁绝。"相传为白居易所作长短句的词，还有《如梦令》、《长相思》，都不见于他的《长庆集》。"若集内无，而假名流传者，皆谬为耳。"他自己已经声明过了的。《如梦令》二首，宋杨偍《古今词话》以为后唐庄宗作。《长相思》二首：

> 汴水流，泗水流，流到瓜洲古渡头，吴山点点愁。　思悠悠，恨悠悠，恨到归时方始休，月明人倚楼。

深画眉,浅画眉,蝉鬓鬅鬙云满衣,阳台行雨回。　　巫山高,巫山低,暮雨潇潇郎不归,空房独守时。

这词疑为当时名妓吴二娘所作。白居易《寄殷协律诗》说:"吴娘暮雨潇潇曲,自别江南更不闻。"自注:"江南吴二娘曲词云,暮雨潇潇郎不归。"这就是一个好证。至于刘禹锡的《清湘词》,一名《潇湘神》,也有人疑为伪作,我看这两首词:

　　湘水流,湘水流,九疑云物至今愁。若问二妃何处所,零陵芳草露中秋。
　　斑竹枝,斑竹枝,泪痕点点寄相思。楚客欲听瑶瑟怨,潇湘深夜月明时。

当是刘禹锡摹仿潇湘一带民间迎神的曲子而作。还有他自己作的《浪淘沙》可证:

　　流水淘沙不暂停,前波未灭后波生。令人忽忆潇湘渚,回唱迎神三两声。

白居易的《夜招晦叔》诗说:"为君更奏《神湘曲》,夜就依来能不能?"又有《夜闻筝中弹潇湘送神曲感旧》诗。可见刘、白当日对于潇湘神曲的欣赏。刘禹锡当有作《潇湘神》那两首词的可能。而且《潇湘神》的体式正和《章台柳》相同,但用仄韵。刘禹锡的诗以词命题的很多,都是整齐的五、七言。便是后人认作词的《抛球乐》、《纥那曲》也是整齐的五言律绝。大约他诗也和元、白的诗一样,在当时是可歌的。

　　这一时期元、白、刘禹锡诸人的诗大都为知音者协律作歌。元稹《赠白乐天》诗说:"休遣玲珑唱我诗,我诗多是别君辞。"自注:"乐人高玲珑能歌,歌予数十诗。"又《见人咏韩舍人新律诗戏赠》云:"轻新便妓唱,凝妙入僧禅。"宣宗《吊白居易》诗说:"童子解吟《长恨》曲,胡儿能唱《琵琶》篇。"白居易《戏赠诸妓诗》云:"席上争飞使君醉,歌中能唱舍人诗。"又《闻歌妓唱前郡守严郎中诗》云:"已留旧政布中和,又付新诗与艳歌。"因为他们这班风流自赏的诗人,当贬谪失意的时候,不免有些感伤和颓废的气氛,欢喜和妓女乐人接触,又能赏鉴当地的民间歌曲,所以多有作诗即唱,依曲作词的机会。他如《唐书》称李贺有乐府数十篇,云韶诸工合之管弦。又称李益诗名与贺相埒,每一篇成,乐工争以赂求取之,被之歌声,供奉天子。又称武士衡工五言诗,好事者传之,往往被于管弦。这也可以看出当时以诗人乐的风气。总之,长短句的词到了这个时候已经渐渐起来了,尤其是韦应物、刘禹锡、白居易三个人做了这种新文学的创始者。不过当时诗词的界限未分,同样可歌,诗词结集混在一起。

以上所说,可证长短句的词实起于中唐时候。

自从刘、白开了词人的一条新路,长短句的词越见发展起来。郑符、段成式、张希复三人所作《闲中好》:

闲中好,尽日松为侣。此趣人不知,轻风度僧语。

——郑

闲中好,尘务不萦心。坐对当窗木,看移三面阴。

——段

闲中好,幽磬度声迟。卷上论题肇,画中僧姓支。

——张

这还像是偶然唱和之作。只有皇甫松——韩愈弟子皇甫湜之子——作词稍多。近人王国维从《花间》、《尊前》二集及《全唐诗》辑得松词二十二首,收入《唐五代二十一家词辑》,因松自称檀栾子,就称为《檀栾子词》。最令人注意的是《竹枝》、《采莲子》两词:

木棉花尽^{竹枝}荔枝垂^{女儿},千花万花^{竹枝}待郎归^{女儿}。斜江风起^{竹枝}动横波^{女儿},劈开莲子^{竹枝}苦心多^{女儿}。

——《竹枝》,六首录二。

菡萏香连十顷陂^{举棹},小姑贪戏采莲迟^{年少},晚来弄水船头湿^{举棹},更脱红裙裹鸭儿^{年少}。

——《采莲子》,二首录一。

于整齐的七言句中或句尾附有二字旁注,大概就是所谓"和声"罢,但不知怎样歌法。其《忆江南》二阕:

兰烬落,屏上暗红蕉。闲梦江南梅熟日,夜船吹笛雨潇潇,人语驿边桥。

楼上寝,残月下帘旌。梦见秣陵惆怅事,桃花柳絮满江城,双髻坐吹笙。

王国维以为情味深长,在乐天、梦得上。我看皇甫松的成就不大,可称为刘、白以后第一个大词人的当然是那位"能逐弦吹之音为侧艳之词"的温庭筠。《花间集》录他的词六十六首,王国维补辑为《金荃词》,共七十首。他是最初一个自觉地努力依调作词的。就现存的词,计所用过不同的调,有《南歌子》、《荷叶杯》、《忆江南》、《杨柳枝》、《蕃女怨》、《遐方怨》、《诉衷情》、《定西番》、《思帝乡》、《酒泉子》、《玉蝴蝶》、《女冠杯》、《归国遥》、《菩萨蛮》、《清平乐》、《更漏子》、《河传》、《木兰花》、《河渎神》等十九种。我曾论过他的诗有少爷小姐气,他的词更是如此。须知词在最初是成于诗人之手,而歌于教坊伶宦倡家妓女之口的,充分地表现公子佳人的姿态,适应贵族官僚以及智识分子过着优裕生活的艺术上的需要。温词《菩萨蛮》在当时最有名,因为宰相令狐绹假为己作,进献宣宗,他把这件事泄漏了出来,很被当局忌刻,以至终身潦倒。今存《菩萨蛮》十六首,录两首于此：

    玉楼明月长相忆，柳丝袅娜春无力。门外草萋萋，送君闻马嘶。
    画罗金翡翠，香烛销成泪。花落子规啼，绿窗残梦迷。
    南园满地堆轻絮，愁闻一霎清明雨。雨后却斜阳，杏花零落香。
    无言匀睡脸，枕上屏山掩。时节欲黄昏，无聊独倚门。

《苕溪渔隐丛话》里说他的词"工于造语，极为绮靡。"我很欢喜他的《更漏子》一词：

    玉炉香，红蜡泪，偏照画堂秋思。眉翠薄，鬓云残，夜长衾枕寒。
    梧桐树，三更雨，不道离情正苦。一叶叶，一声声，空阶滴到明！

《忆江南》两首也是词家传诵的名作：

    千万恨，恨极在天涯。山月不知心里事，水风空落眼前花，摇曳碧云斜。
    梳洗罢，独倚望江楼。过尽千帆皆不是，斜晖脉脉水悠悠，肠断白蘋洲。

清朝《御选历代诗余》里说是唐自大中（按大中系宣宗年号八四七——八五九）后，诗衰而倚声作，至庭筠始有专集，名《握兰》、《金荃》。王国维以为宋时飞卿词止有一卷，《握兰》、《金荃》当是诗文集，非词集。其实晚唐时候诗词的界限还是未分。比如《草堂诗余》所录温词《木兰花》原是《春晓曲》一诗。同时司空图仅有的《酒泉子》一词也在诗集里。韩偓的词《尊前集》仅录《浣溪沙》二首，但《香奁集》中还有不少可认为长短句的词。故王国维辑为《香奁词》,共得十三首,而且他也是承认唐人诗词尚未分界限的。

以上所说,可证长短句的词实成立于晚唐时候。

关于词的发展情形,我们虽不必很机械地坚持由四言而五、七言而长短句的形式论,却也不愿苟同于诗词绝缘论,以为诗和词绝不相蒙,像今人郑振铎氏《中国文学史》中世卷第三篇里所说。因为自初唐乐府古曲沦缺而后,继之而起的可歌的诗是先有整齐的五、七言律绝,后来才有长短句的词,这是谁也不能否认的事实。要考察由诗到词的发展,是不能不考察诗歌与音乐之关系的。因此我很重视隔唐代不远的宋人所见的词的起源之说。北宋沈括《梦溪笔谈》云:

> 诗之外又有和声,则所谓曲也。古乐府皆有声有词,连属书之。如曰"贺贺贺"、"何何何"之类,皆和声也。今筦弦之中,缠声亦其遗法也。唐人乃以词填入曲中不复用和声。

这可称为"词起于填实和声说"。清康熙时候,编辑《全唐诗》的人于词的部分加以小注道:

> 唐人乐府元用律绝等诗,杂和声歌之。其并和声作实字,长短其句以就曲拍者为填词。开元、天宝肇其端,元和、太和衍其流。大中、咸通以后,迄于南唐二蜀,尤家工户习,以尽其变。凡有五音二十八调,各有分属,今皆失传。

这好像是就沈括所说而加以补充的,这是关于词的起源最有势力的一说。南宋朱熹《朱子语类》论诗云:

> 古乐府只是诗,中间却添许多泛声。后来的人怕失了那泛声,逐

> 一声添个实字,遂成长短句,今曲子便是。

这可称为"词起于添实泛声说"。何谓"泛声"？我想就是宋末沈义父在《乐府指迷》里说的"教师唱家有衬字"。沈氏还说：

> 古曲谱多有异同,至一腔有两二字多少者,或句法长短不等。盖被教师改换,亦有嘌唱一家多添了字。

这当然可用作词有泛声的一种解释。还有比朱熹稍前一点,胡仔的《苕溪渔隐丛话》里也说：

> 唐初歌舞多是五、七言诗,后渐变为长短句。今止存《瑞鹧鸪》七言绝句,必须杂以虚声乃可歌耳。

我看所谓"虚声"和"泛声"惟字面不同,而意义则一,都是说,为着顺应乐句的音数拍子,歌者自己添上些无甚意义的字,以补歌辞的不足。至于所谓"和声",它的正确的意义倘若真是歌时群相随和之声,那就和泛声显然不同。除了上文所举皇甫松的《竹枝》、《采莲子》两首可以作为歌辞附有和声的例以外,把和声填着实字变为本辞的例,在唐人作品中不可得见只有五代张泌的《柳枝》一首：

> 腻粉琼妆透碧纱,雪休夸。金凤搔头堕鬓斜,发交加。倚着云屏新睡觉,思梦笑。红腮隐出枕菡花,有些些。

同时顾敻也有这样一首《柳枝》,这就像是由七绝而填实和声的歌词。但如《全唐诗》的编者所谓和声,意思含混,大概包括了泛声而说的。我想将和声或泛声填著实字加入本辞,于是就由整齐的五言六言七言的诗而形成了长短句的词,并非完全出于沈括、胡仔、朱熹、沈义父一班人无根据的臆说。因为不仅他们生在宋代,去唐未远,传闻比较可靠。而且词在当时正是一种盛行的活文学,他们当然经验或考察过词的歌唱的实际。我们须知唐代可歌的诗虽是整齐的五言六言七言律绝,乐曲却是可以因着旋律的进行而伸缩变化的。我们虽不确信《北词广正谱》所载王维的《渭城曲》——《阳关三叠》——于本辞外添加了那么多的字,那就是唐人绝句原来的一种歌法,却不难推想当初乐人谱诗入乐而填实和声或泛声是可有的事,而且是很不方便的事。所以后来一般懂得音乐的诗人,如韦应物、王建、刘禹锡、白居易之流,为了顺应乐曲的伸缩变化,就开始试作长短句的词。温庭筠比较韦、王、刘、白为后进,承受了先进者宝贵的经验,顺应社会环境的需要,加以个人的天才、兴趣和努力,依曲而作的词更多,所以他就成了词的初期一个大作家;而且给了继起的作家以莫大的影响,所谓"花间派"的词人要出来了。

(原载《读书杂志》第三卷第七期,一九三三年)

大众语与诗歌

（一）

什么叫作大众语？

"这里所谓大众语，包括大众说得出，听得懂，看得明白的语言文字。"

这是我最初在《申报·自由谈》上提出大众语问题的一篇文章里说的。随后陈望道先生发表《关于大众语文学的建设》一篇文章，其中说到大众语的性质方面，以为还有商量研究的余地。他说：

子展先生只提出说听看三样来做标准，我想是不够的，写也一定要顾到。

所以他就加上了一个"写得顺手"的条件，这当然是对的。什么叫作大众语？他把我的答案修正了。他说：

要不违背大众说得出、听得懂、写得顺手、看得明白的条件，才能说是大众语。

（二）

大众语的性质，我们已经知道了；大众语诗歌的创作应该怎么样？我在上面引过的我的那篇文章里说：

> 据我个人的愚见，大众语文学在诗歌、小说、戏曲三类，说听看三样都须顾到，尤其是诗歌要注重听，听人听得懂。因为诗歌朗读也好，唱奏也好，听得懂就是深入大众层的一个必要的条件。为什么白居易的诗在当时社会特别流行？为什么黎锦晖的歌曲如今特别流行？除了其他的条件以外，听得懂，也怕是一个重要原因。

听得懂，是大众语诗歌创作的第一个条件。第二个条件又是什么？我想就是音节好，或是说声调好，也可以说是节奏好。要是音节真正好的诗歌，才可以朗读或徒歌，才可以入乐，谱成曲子。我相信一种新诗歌的建设，得到音乐方面的帮助，成功一定是更有把握的。最近我在《中华日报·动向》上发表的《新诗乱谈》里说：

> 十多年来的新文学运动，成绩比较还好的要算散文和小说，其次是戏剧，诗歌的成绩最坏。这是什么原因呢？自然，诗歌离开了音乐，这是许多原因中的一个大原因。你看中国诗歌史上，从《诗经》，楚辞，两汉魏晋南北朝乐府，唐人律绝，五代宋词，元之杂剧，明之传奇，哪一种新的韵文起来，不是和音乐有密切关系，随音乐的变迁发展而来的呢？

想是因为我曾写过两本关于近代中国文学的东西,常常有人问我:"现代中国最伟大的一个诗人是谁?"我只好笑着说:"你如果承认现代中国已经产生了伟大的诗人,第一个我就推荐黎锦晖。"当我每每这样说出黎先生的时候,大家都觉得好笑。其实,黎先生作的歌曲总在千篇以上,产量这么多,同时的诗人数不出第二个。《毛毛雨》、《桃花江》一类的歌曲,除了舞女歌姬以外,从小学生到大学教授,乃至像上海的黄包车夫,也都能够听得惯,或是哼得出,流行这么广,说起来真是吓人。并不是黎先生所作歌曲的文字特别好,只因他的调调儿能够迎合一般社会心理,有钢琴或风琴的地方,就是黎氏歌曲势力所到的地方,要禁止也禁止不绝,就音乐这一点说,实在是值得我们的新诗人注意的。

大众语诗歌创作的第三个条件是采用固有的大众的歌唱形式,同时创造适合于这个新时代大众歌唱的新形式。什么叫做固有的大众的歌唱形式?例如各地的歌谣,各地的时调小曲,以及鼓词弹词之类都是。至于适合于这个新时代大众歌唱的新形式,如大众合唱诗,在某一种工作时唱的劳动歌,以及战歌等,具有一种魔力,能够把一个集体的动作协调起来,能够把一个集体的力量组织起来,这是要等待我们的大众语诗人出来了才有的。还有旧诗词的形式可不可用呢?我以为故意要采用这种旧形式,那是可以不必的。如果遇着了某一种题材、内容,非用某一种旧形式表现出来不可,也就不妨采用。我们要知道这种新诗歌正在胚胎时期,胎儿的营养应该给他充分,因此不妨承认过去时代的诗歌做母体,吸收母体里一切最优美最有用的东西,来帮助长成这个新生命。最近我在连环半月刊发表的《打油诗论》里说道:

相传唐朝有过一个这样的诗人,姓张,名甚么不知道,怕是因为他的职业是打油罢,所以人家叫他张打油。他也欢喜哼几句诗,不过他的诗就是说的话一样,不用典,不掉文。他这种诗说得出,听得懂,看得明白,自然不在话下,实在可说就是那时候的大众语诗歌。可是自从有了他这样的一个诗人以后,一般自命高雅尊贵的文人看他这种诗不起,凡是遇着不用典不掉文的白话诗。这叫做打油诗,拿他的诗做笑柄,如今还是这样。究竟打油诗可笑到什么样子呢?相传张打油有一首咏雪的诗道:

江山一笼统,井上黑窟窿。黄狗身上白,白狗身上肿。

这很像一首五言绝句。我以为旧体诗即算今后都要废绝,但我相信绝句该是最后废绝的一种。目前我们主张大众语文学,在诗歌里面,我以为可以有纯粹的白话绝句,或者像白话绝句的小诗,这比摹仿太戈尔的小诗,冰心派的小诗,更有它的存在的道理。现代世界文坛上,短篇小说,独幕剧,抒情小诗,小品散文之类,特别流行。在这样生存竞争剧烈的世界,生活繁忙的社会,自然需要这种文字经济,手段扼要的文学。这似乎也可以作为绝句暂时不至于废绝的一种理由。何况七绝一样的歌谣,在民间还是生气勃勃的一种歌唱呢?

大众语诗歌可不可以采用旧诗词的形式?这一问题,在我目前所能够想到的,不过如此。总之,形式往往是被内容规定的,是随时代的推移而有变迁的,新的内容要求装进新的形式。要从诗歌里表现这一个大时代的新现象新想念,就不可不求之于陈言腐套的旧诗型以外,所以就有反对旧体诗歌的白话新诗现出。现在白话新诗又有回到陈言腐套旧路的趋势,所以就会有救正白话诗歌的大众语诗歌出现,换句话说,就会有采用适合于大众的语言文字,表达大众的生活意识感觉情绪做中心的一种新诗歌出现,那是无疑的。

（三）

我在上文已经提出关于大众语诗歌创作的三个条件了。逼着而来的一个问题：究竟谁配创作大众语诗歌呢？

我以为大众语诗歌的创作，最好出于大众里面最前进的分子，用大众自己的意识，用大众自己的语言，用大众自己便于歌唱的形式。而且这种诗歌不是带有农村里泥土的气息，就是带有工厂里烟油的气味，这是从来诗歌里所没有的。

大约一年以前罢，我在《矿业周报》第一号录出《萍乡矿工山歌》一首：

> 听得喂子放一声，半夜五更要起身。
> 白的进去黑的出，一天到晚力用尽。
> 受得骂来挨得打，才能弄得米半升。
> 可怜可怜真可怜，归来要养一家人。

还录出了一首，题目叫做《萍矿工人歌》，见于该报第二号：

> 外国人，讲不清，不分皂白爱打人。
> 那洋奴，当翻译，也司也司一吗司。
> 管工们，怕洋人，站在旁边不敢声。
> 做苦工，真伤心，打得我们血淋淋。

我们读了这两首歌，可以想见萍乡矿工是过的怎样一种生活。歌的字面虽没有美丽高贵的装点修饰，可是诗里根据的生活经验是真的，表现出来的情感是真的。又该报第八十号载有署名"厂"的《开滦活埋矿工哀诗》一首：

> 只为黄金不为人，
> 雷霆自古本皇仁。
> 秦皇岛畔黄泉路，
> 多少三良尽殉秦！

"活埋矿工"是何等惨酷的一桩事实！作为诗的题材，如实写出，不加夸大，也够动人。不料"厂"先生这首诗里所表现出来的只是猫哭老鼠似的一种假慈悲，而且实在说起来，诗还不通。因为作者要用旧体诗，用文言是一隔阂，用典故又是一隔阂，这样隔阂不通，难怪表现出来的情感就不真挚动人了。同报第一百三十号，有署名"子"的一首诗，题目是《二十年二月八日抚顺煤矿三千矿工死事哀诗》：

> 春到江南万虑空，
> 黄泉劫火向谁红！
> 三千焦烂缘何事？
> 为点黄金献海东！
>
> 海东孙子正开疆，
> 万世争如一世长？
> 大地满天风雨日，
> 帝辇宁问无何乡！
>
> 何乡欢笑何乡哭？
> 地下人间本异途。

> 壮士美人天上坐,
> 九原有事九重无。

> 无计乐生死味甘,
> 且生未死何喃喃!
> 矿人生死他人手,
> 不道他人不自惭!

"子"先生的这几首诗,比"厂"先生的那一首更坏,更不通。虽然叫做"哀诗",其实一点哀悼的情感也没有表现出来。在日本帝国主义者的暴力之下,公然把我们三千矿工封在一个矿穴烧死,这是何等残酷悲惨的事?又是何等令人痛心愤恨的事?这位"哀诗"的作者未免辜负了这样一个严重的题材了!

上面所述的两种诗歌,一出于矿工,一出于文人;一用纯粹的白话,一用似通不通的文言;一用歌谣的形式,一用旧体七言绝句的形式;一写矿工日常的生活,一写矿工非常的惨祸;究竟是哪一种最写得有力,最感动人?可知大众诗歌的创作最好出于大众自己,用大众自己的生活经验,用大众自己的意识感情,用大众自己的语言文字,用大众自己的歌唱形式。

倘若有人希望目前文坛上的新诗人创作大众语诗歌,自然不妨有这样一种希望。不过我们的新诗人,仅就已经成家的而说,不是没有天才,只是天才太高,高得高不可攀;不是作品不妙,只是太妙,妙得莫名其妙;因此,他们离大众实在太远了。自己住在高雅的一个世界,不肯站在大众的一群里,甚至不肯和卑俗的大众接近,又要学点时髦,高喊大众化,那是没有用处的。只有同情大众,理解大众,投身到大众的一群里,和大众同呼吸,共痛痒,携手前进,取得大众的意识,学得大众的语言,才能创作大众的诗歌。倘若说大众语诗歌的建设要靠我们的诗人,一定是靠这样的一种诗人。

（四）

我不能做诗，却欢喜谈诗，所以在上面写了一大堆，这真是只能算作个人的愚见，不好算是关于诗的理论。何况大众语诗歌还没有产生出来，没有现成的事实可做根据，理论的探讨，多少有些冒险。现在我想来说一说我从"九一八"事件以来写诗的经验了。去年我在《蓬庐絮语》里说道：

> 友人老芝××最爱听莲花落。××且能戛指作响，出口成诗，如唱莲花，朋辈资为谐笑。五六年来，吾人皆衣食于奔走，蓬转四方，长沙莲花落无复入耳。九一八事变以后，吾见《申报·自由谈》所载不除庭草斋夫谈荟，常夹咏叹时事之白话诗，颇有莲花落韵味。吾亦窃取唐代诗人张祜诗句"等闲缉缀闲言语，夸向时人唤作诗"之意，尝作《国事谣》等诗数十首，载于《涛声周刊》，即事狂吟，以摅忧愤，无殊莲花落，但不曾持此乞钱换米耳。
>
> 莲花落不知起于何时，在元杂剧及明传奇中皆见乞儿唱莲花落事。《五灯会元》载俞道婆随众参琅琊，一日闻丐者唱莲花乐，大悟。似宋时已有莲花落矣。又《全唐诗》引《侯鲭录》，唐时有一白衫举子，作舞歌唱云："执板狂歌乞个钱，尘中流浪且随缘。直饶到老常如此，犹胜危时弄化权。"自诩如此生涯，胜于乱世宰相，此殆为最早之莲花落诗人欤？

当时我那种像莲花落一样的白话诗，在新诗中很觉异样，因为既不摹仿外来诗歌上的某种主义，又不用文言词藻，从一般新诗人看来，或许不承认这是诗。后来"幽默文选"录了几首进去，实则并不幽默，我不过狂歌当哭而已。现在我用一首原来注明是"仿莲花落"的诗做例，题目是"革

命公式":

满清政府何卤莽！宪政民权空口讲。
请愿代表驱出京,反诬他们革命党！

（甲唱）

武昌兵变闹沉沉,床下拖出黎元洪。
革命党人尽杀戮,只好举你做都督！

（乙唱）

老袁居心不可测,却骂元勋是国贼。
二次革命不成功,可怜民党大流血！

（甲唱）

云南忽来一个电,洪宪皇帝龙颜变。
杀尽乱党不留种,独留蔡锷一何蠢！

（乙唱）

交椅轮到段执政,此老居然号革命。
执政府前杀一场,倒骂学生是反动！

（甲唱）

广州北伐刚出兵,执政早已遁空门。
南京战罢北京来,北洋军阀齐坍台！

（乙唱）

二十年来过的快,几见兴亡几成败。

（甲唱）

革命公式君记取,屠刀放在旧套里。

（乙唱）

他拿杀我我杀你,冤冤相报何时已？
但看惨惨阴风起！

（合唱）

这首诗只取了大众的歌唱形式,还不是纯粹的白话,还有近于文言的地方,不一定大众都听得懂。再举《孔夫子选女婿》一首为例,这是摹仿弹词的:

孔夫子没事往后堂,
他夫人找他论家常。
提起来女儿婚姻事,
埋怨:"老爷,您太欠思量!
四科十哲甚贤良。
难道没一个学生中您的意?
为什么把女儿许配公冶长?
他不学人话学鸟话,
不管肚皮里闹饥荒。
有一天一只雀子飞来报个信,
大声叫道:'公冶长!公冶长!
　　南山有只虎驮羊。
　　你吃肉,
　　我吃肠;
　　赶快拿来莫彷徨!'
公冶长这时饿的紧,
拿回羊肉好做汤。
忽然门外有人喊捉贼,
一根绳子套住了公冶长。
骂一声:'你这贼子还抵赖!
　　锅里羊肉就是赃!'
到如今还下在南牢内,
脚镣手梏响叮当。

看俺侄女的丈夫多么好,
那南容每日三复白圭章。
拿俺的女婿和他比,
怎不教我老泪汪汪!"
孔夫子连忙起身把话答:
"夫人,你有所不知,细听端详。
女儿本是我们亲生的一块肉,
她婚姻大事,难道我好荒唐?
四科十哲里的弟子我都想过,
并没有一个好的可以招东床。
我看那颜回将来必短命,
闵子骞又是个后娘。
曾参的天性太迟钝,
子路的脾气太刚强。
冉伯牛不讲卫生理,
久后定然生大疮。
仲弓本来是犁牛子,
两亲家门户不相当。
子游终日好唱戏,
子贡仅仅会经商。
宰予终日好睡觉,
子夏后来目必盲。
看起来,再没有公冶长好,
虽坐在南牢内有何妨?
须知道,牢狱就是研究室,
有人说,牢狱就是大学堂。
何况是,他说鸟话来头大,

>   洋奴卖国贼也要人当。
>   倘若一天官运到,
>   做个外交官儿好不排场!
>   我说这话你若不相信,
>   等到二千几百年以后,
>   你才佩服我的好眼光!"
> 说的老太太笑出了一把辛酸泪,
> 老头子把胡子一撅又到了前堂。

这也是用了大众的歌唱形式,除了一点点历史的事实如四科十哲等,没有详细写出以外,我想唱了出来,大众是可以听得懂的。这首诗不是我一个人的创作,原稿从开封杜子劲先生寄我,说是"间接从张逸民先生得来"。我本想把它作为《孔子与戏剧》一部书的附录,后来我把它增加了三分之一,从"他不学人话学鸟话"到"到如今下在南牢内"的一段,就完全是我的拙笔,其余还增加了好些句子,原文字句也略有修改。

当我把《诗经》用比较接近大众的白话译好了以后,我读到傅东华先生所译荷马的《奥德赛》。《奥德赛》这部史诗原来是由行吟诗人歌唱的东西,傅先生想拿元曲的调子译出,结果,他把元曲和弹词二者的音节醇化了,成为一种新的节奏谐美的韵文。自然,原诗在当日唱起来本有感动人的魔力,由傅先生译出的这种韵文,读起来也很有感动人的力量,那么厚的一部译诗,不由得你不一气读完。要是傅先生在目前来译这部史诗,我想他在取了大众的歌唱形式以外,还会减少比较近于文言的字句,成为说得出,听得懂,看得明白三个条件具备的译诗了。我读完了他的《奥德赛》之后,做了一首《西瓜》诗:

>   一个个人头一样的西瓜,
>   一担担送到享福的人家。

把西瓜冻在冰箱的底下,
电扇的风好像冷北风刮。
汗滴滴的侍女捧出西瓜,
杀西瓜总比杀人头好杀。
老爷太太少爷小姐齐来,
大家吃着西瓜靠着沙发。

倘若西瓜也有一把嘴巴,
他可说出许多诉苦的话:
"农村给我生命,
都市把我压榨。
给我生命的,一年年,
不知道出过了多少血汗;
把我压榨的,大热天,
我看他一颗汗珠也不挂。
我们一个个的好像人头,
杀我们的比杀人头可怕。"

又做了一首《蝉儿曲》:

一

"知了,知了!"
你甚么也不知,
你甚么也知道。
宇宙究竟有多大?
苍蝇究竟怎么小?
人间是什么世界?

做人要怎样才好？
你可看不起凡人，
莫说凡人都不晓。
你要叫时尽管大叫，
我也爱听"知了，知了！"

二

"知了，知了！"
你究竟知道甚么？
你知道的有多少？
你有本领可以飞，
飞上树枝难道巧？
你有本领可以夸，
难道一生夸到老？
看看秋天就要到，
西风把你吹个饱。
你也没有力气再叫
我也厌听"知了，知了！"

自然，像我这样的诗还不好算是大众语诗歌。只因我是一个智识分子，没有站在大众的一群里，成为这一群里的一个细胞，取得大众的意识，学得大众的语言，怎么做得出大众语诗歌？两三年来，我做了几十首诗，既不有意摹仿外来诗歌，也不故意堆砌旧有词藻，总想朝着说得出，听得懂，看得明白的一条路走去；毕竟因为力量薄弱，没有走到我预料的那个地步，这是无可如何的！不过我对于大众语诗歌的前途，抱有一个这样的希望：

除非大众语文学的建设，简直不可能；在最近的将来，总会有人能够熟悉大众的生活，他的灵魂能够和大众的融合一块，取得大众的意识，学

得大众的语言,成为大众语诗人。同时我对于国内新诗坛上的既成作家,有一个恳切的要求,也可以说是一个紧急的提议:

你们最好宝贵你的在诗坛上已经取得的地位,和社会上对于你们的信仰;宝贵你们独特的才力,熟练的技巧;从今以后,你们立志从艺术上为大众服务,创作说得出、听得懂、写得顺手、看得明白的诗歌。能够做到这样,你们就可以说是大众的诗人,或可以说是先驱者的大众语诗人。做了这样的诗人,也够伟大了。中唐时代,元、白的诗最接近大众的语言,白居易的诗有"老妪都解"的传说。当时他们所作最多,流传也最广。白居易说:"自长安抵江西,三四千里,凡乡校佛寺逆旅行舟之中,往往有题仆诗者,士庶僧徒孀妇处女之口每每有咏仆诗者。"元稹也说他们两人的诗:"二十年间禁省观寺邮候墙壁之上无不书,王公妾妇牛童马走之口无不道。至于缮写模勒,衒卖于市井,或持以交酒茗者,处处皆是。"他们的诗为大众所歌唱,他们也可以说是那个时代大众的诗人。我们现代的新诗人呵!假使你们做到这样的一个诗人,还不够伟大吗?

(原载《社会月报》第一卷第三期,一九三四年)

关于折扇考及其他

望道先生：

  我不愿意把我的"一种浪费的笔墨"，占去"宝贵短小的篇幅"，成为《太白》的"缺憾"，所以打算不再来无甚意义的考证文章。不过我的《晋人小帖》折扇考两篇东西，既然引起了一个读者兼批评家的不满，好汉做事好汉当，我是应该自己认过，不应该连累到别的方向的。

  《折扇考》诚然是"一种浪费的笔墨"，所以我也不曾仔细的做考证。倘若我说在许多"有意义的东西"里面来一点无意义的东西，并不失为有意义，似《庄子》说的"无用之用"，这当然是诡辩。倘若我说我们想要知道在"日常生活"里所见的一种物事的起源或历史，这也是出于一种求知的欲望，还可以算我强辩。倘若再就折扇本身说，我是想指出"文雅之士的一种御用物"原是奴仆使用的东西，并不"文雅"，雅俗的谬见是可笑的，也还可以算是我替自己解嘲。不料批评者正在非难我，却另有两个考证家要修正补充我的考证了。陈先生，我们的考证我已看到，他们都以为折扇起源于宋朝，这里我只简单地申说我的一点意见。因为在我浪费笔墨是小事，连累《太白》有"缺憾"这个罪责我可担受不起了！

  在《折扇》考里我已经说过折扇是在元明时代由高丽进贡中国，后来中国人自己仿造，才渐渐流行起来的。我没有说到宋朝有没有折扇，因为我是以为宋朝，至少北宋，那时中国没有折扇。宋徐兢的《宣和奉使高丽图经》第二十九卷"供张二"里有"画折扇"一条：

> 画折扇金银涂饰，复绘其国山林人马女子之形，丽人不能之，云是日本所作，观其所馈衣物，信然。

前人有称折扇做倭扇的，寻他最早的根据，这就是一种。（仿佛记得是在宋人郭若虚的《图画见闻志》里也有此说。）徐老先生做这部书，自己说是"简汰其同于中国者，而取其异焉。"意思是说凡高丽的东西和中国相同的，他就不记载。可见北宋时代中国没有折扇了。同书同卷又有"白折扇"一条：

> 白折扇编竹为骨，而裁藤纸挽之，间用银铜钉，饰以竹数者为贵，供给趋事之人，藏于怀袖之间，其用甚便。

大约那个时候，在高丽，有的用画折扇，阶级是很显然的。虽然同一时候在中国还没有折扇，但是中国人有的已经知道有折扇了，就有徐老先生这部书为证。是不是那个时候，高丽就曾把折扇进贡到中国来呢？或者有商把这种扇子贩到中国呢？或者中国去的使臣把这种扇子带回，自己仿造呢？我还没有发见这样的文献，只好阙疑了。就是根据郭若虚的记载，记得是说高丽使臣到中国，携有折扇，不是说中国已流行折扇。再如《山樵暇语》引宋人朱新仲的《折叠扇》词，说的是宫中用的折扇，或许如《云麓漫钞》说的一样，"盖出于高丽"，稀而且贵，不算流行。总之，折扇怎样在中国渐渐的流行起来，当然明朝人说本朝事，是最可靠的了。宋朱弁《曲洧旧闻》卷二有这么一条：

> 哲宗御讲筵，诵读毕，赐坐，例赐扇。潞公见帝手中独用纸扇，率群臣降阶称贺。宣仁闻之，喜曰："老成大臣用心，终是与人不同。"是

日晚,问哲宗曰:"官家知大臣称贺之意乎?用纸扇,是人君俭德也。君俭则国丰,国丰则民富而寿,大臣不独贺官家,又为百姓贺也。"

南宋时候哲宗皇帝用的这种纸扇是不是折扇?朱老先生不曾明白记出来,我们就不便瞎说了。

任他是一个怎样的渊博君子,见闻还是有限,考证总有遗漏,甚至错误。我很欢喜渊博的人把我的考证文章加以补充、修正。何况考证这一部门并不是有出息的学问。我是一个家无长物,蓄笔一枝的人,在考证上没有什么出息,更是活该。纵令我有家藏万卷,坐拥百城的福气,偶然留心找到一点材料,也算不了什么大学问,我是不会自视不凡,瞧人不起的。

末了,我要说到我的《晋人小帖》一文了。倘若批评者说:"晋人小帖,较袁中郎尺牍不会是更有意义的东西。"是的,这个还待你说?"抬出晋人小帖"代替袁中郎尺牍,不但我没有此野心,也没有此闲情逸致,这在我的文章里是可以看得出来的。我的主要意思原在头段,说明公安竟陵的东西值不得标榜,就是周作人先生所说"中国新文学的源流",以为新文学继承公安竟陵的文统,毫无根据。这在北平的新公安竟陵派想要拿"充满绅士阶级幽默气味的小品文",垄断文坛,给他们一个反省的机会,未尝没有意义。不料作为反对"充满绅士阶级幽默气味的小品文"的批评者,不是抱了一种成见不读我的文章,就是读了,竟忽略这一点,这真是叫我十分抱歉的!

陈先生,我希望你把我这封信公开,作为过去我替《太白》所以写那类文章的一个表白。

陈子展十一月一日

(原载《太白》第一卷第五期,一九三四年。此据誊清稿整理)

谈花鼓戏

一 发　　端

"咒诅诸毒药,所欲害身者,念彼观音力,还着于本人。"

　　这是不是出在《观音经》,我已经记不大清楚。我并不妄想诅咒人,人家诅咒来了,我也想还他一点诅咒。可是我只能用我个人的小力量试一试,不会虔诵《观音经》,妄想借着观音菩萨的大力报复那些诅咒我的人。

　　为了大众语问题的提出,我也混在"南方学者"(暂且杜撰一个"南方学者"的名词,因为先有"北方学者"存在也。记得《社会月报》载有《北方学者对于大众语问题的意见》一文)的后面受到所谓"北方学者"的一点诅咒了,附骥尾而名益彰,挨优骂而名益显,真是不胜荣幸之至!

　　作为"北方学者"的原是我们湖南人的黎锦熙先生,诅咒大众语总算够了。自然,诅咒大众语由你诅咒,学术乃天下之公器,那和我不相干。何况自从大众语运动起来,多少要损失一点所谓国语学者在学术界的权威,黎先生那种单枪匹马、奋勇争先的抵抗精神,我倒蛮佩服。无奈你抵抗不得,只好诅咒了,诅咒尽管你诅咒,应时而起的大众语运动不会被你诅咒而死的。好了,黎先生也不得不承认有大众语工具了,不得不承认有大众语文学了,既说到三千年大众语文学小史,又说到现在大众语文学的调查和评判。(他的这些议论对不对,当然会有人批判,并不因为他既承认了大众语及其文学存在,就放松了他不合理的部分。)可是黎先生在面子上还不肯服输,对于"讨论并提倡大众语文学的人",一律加以轻蔑,好像要这样,才于自居学者的精神上得到些舒服,这种精神上的自卫作用,我虽不是心理学专家,也稍微懂得一点的。你看他,从他的《大众语真诠》一文起,一直说到《现在大众语文学的调查和评判》一文止,无处不流露他那种轻蔑他人的语气,他似乎不知道这于学者的态度不是十分相宜的,不无令人惋惜之处。暂且先拿他的《现在大众语文学的调查和评判》一文(见《人间世》第十四期)来说罢。打头一句就是:

中国现在的大众语文学,可算丰富极了,其数量之多,种类之繁,大约是此刻讨论并提倡大众语文学的人未必想得到的。

你看他抹煞一切,何等气焰!好,只有你黎先生想得到,就请你说罢。但是不幸得很,黎先生在这篇文章里并没有说出他人意想不到的东西。他虽然搬出《歌谣周刊》、《中国俗曲总目稿》三巨册、《定县秧歌选》二巨册三四种东西,但这都是由"学术机关"不知道总共费了若干本钱,才得到的一额额成绩,原来不过如此,黎先生"未必想得到!"再如黎先生拿作他这篇文章主要资料的是《北平俗曲略·序目》,可是《北平俗曲略》似乎也曾由中央研究院历史语言研究所费过一点本钱,而且这部书并不是孤本秘籍,黎先生何所见得人家"未必想得到?"至于他搬出"私人之搜采和编录"如顾氏《吴歌甲集》,钟氏重编《粤风》两书,还是容易看得到的东西,也不好挖苦人家"未必想得到"。把寻常的东西看作宝贝,把依靠公家的财力才做到的一点点学术成绩看作某一个人或者是某一派了不起的工夫,信口夸张,自鸣得意,在我这样"额外愚蠢"的人,真是"未必想得到"了!

不过，黎先生也有他的独得之秘，就是花鼓戏。他在这篇文章里有一段夹注说：

> 关于俗曲我还可报告一回经验：北方的嘣嘣戏我欠研究；我们家乡湘潭南境十都咬柴一带的花鼓戏，那真可算是 Massrecitation（大众表演）了，搭草台在山谷间，农夫土工们自由扮演，其乐曲之引人入胜，大非阳春白雪所能及。约当三十年前，我和舍弟锦晖均在髫龄，常秘召小生罗十二瞎来家吃茶，尽传其歌词乐谱……他们绝对只能口授，由我们笔之于书，谱之于管弦。不久，我出门，不研究了，而吾家锦晖后来却以编排歌舞为业。我们现在还能够判别的，他那流行最广的几种儿童歌剧，如《葡萄仙子》就包含着《呆子吃醋》和《卷珠帘》，《月明之夜》就包含着《铜钱歌》和《老十杯酒》，《三蝴蝶》便包含着《出台子》和《采茶歌》，《麻雀与小孩》是他的最早作品，就包含着一支最村俗的《打铁歌》，而外间欣赏的人却有以为是从德国歌曲里出来的。

失敬得很！我们读了黎老先生这段文章，才知道他原是花鼓戏的学者，三十年前就作过专门的研究。可是又不幸得很！黎先生在这篇三千字长的文章里，不惜把三分之二的篇幅给别人的《北平俗曲略·序目》占去，说到自己独得之秘的花鼓戏，却不肯放在正文，只给它一两百字的夹注。到底是想先卖关子然后将把戏拿出来呢？还是不肯把独得之秘轻易示人呢？这又叫人家"未必想得到"了！

我不曾得过花鼓名师的"口授"，自己"笔之于书，谱之于管弦"，"尽传其歌词乐谱"，作过"研究"的工夫，我只是一个花鼓戏本子的偶然搜集者，也曾经在"髫龄"的时候偶然欢喜看看花鼓戏。现在因为黎先生说到花鼓戏，我就把我从前所作关于花鼓戏的废稿理出一点，随便谈谈，但是我不敢妄说我谈到的花鼓"……丰富极了，其数量之多，种类之繁，大约是此刻……的人未必想得到的"。我只想由我的随便胡说，叫人家忍不住，搬出他的专门研究，不朽之作。我一下笔就有这个念头。

二　说到花鼓戏

何谓花鼓戏？花鼓戏的起源怎样？

关于这两个问题，去年我曾几次用何如的笔名，古文的调子，在《申报·自由谈》发表过的一点意见，这里不重说了。听说今年《申报月刊》（或许还是《东方杂志》）载有一篇关于花鼓戏的考证文章很详赡，容许我掉一句文，算我"抛砖引玉"了。

这里只摘出我在六七年前所作关于花鼓戏一篇长到三万字的论文一部分。

花鼓戏是流行于各地农村而由农民自己创造自己享乐的一种戏曲。这种戏曲的最大部分自然是属于所谓花鼓淫戏，而演唱这种戏曲的叫作花鼓班子，因此，其他不属于所谓淫戏的一部分也就通通被称为花鼓了。这种戏曲既不能供奉宫廷衙署讨赏赐，又不能巡行各地城市讨欢喜，就是在农村出演，不是通过有钱有势的人，也要给自命正人君子的送官惩办。这种戏曲真可以说是一种野生的艺术了。

花鼓戏究竟是怎样起源的呢？

因为从来没有学者注意到这个问题，绝少关于这个问题的文献，我们就很不容易找出它发展的历史，对它作充分的研究。我们只看到欧阳予倩有过一个这样的意见。他说：

> 从前宋朝就有所谓迓腔戏，曲牌中也有所谓村里迓鼓，花鼓戏大约就是迓腔戏之遗也未可知。我听见迓腔这个名字就不免联想到迓鼓上去，但没有事实和记载的证明，不敢断定。可惜我实在没有余暇

去作这番考据的功夫，只好俟诸异日。(《汉口的戏剧》)

欧阳先生说是宋朝就有所谓迓腔戏，关于这个我却不知道。或者他一时记错了，原来是讶鼓戏罢。据《续墨客挥犀》卷七说：

> 王子醇初平熙河，边陲宁静，讲武之暇，因教军士为讶鼓戏，数年间，遂盛行于世。其举动舞装之状，与优人之词，皆子醇初制也。或云子醇初与西人对阵，兵未交，子醇命军士百余人，装为讶鼓队，绕出军前，虏见皆愕眙，进兵奋击，大破之。

又《朱子语录》卷一百三十九说：

> 如舞讶鼓，其间男子妇人、僧道杂色，无所不有，但都是假的。

我们可以想见宋朝讶鼓戏的起来和它的流行了。究竟现在的花鼓戏是不是由讶鼓戏蜕化而来？单凭这点证据，似乎还不好十分确定。我还以为宋朝的打夜胡，也极像现在的花鼓，像那游行乡村，乃至城市，唱演讨钱的地花鼓。《东京梦华录》卷十说：

> 十二月，即有贫者三数人为一火，装妇人神鬼，敲锣击鼓，巡门乞钱，俗呼为打夜胡。

又《云麓漫钞》里也有"几将除，乡人相率为傩，俚语谓之打野胡"的记载。这不很像地花鼓么？

总之，纵令我们不能明明白白考出花鼓戏是起源于宋朝，可是我们已经知道宋朝是各种戏剧逐渐发展快到成熟的时代。因为从殷周时代就有歌舞的巫，戏谑的优，秦汉时代又有了角抵百戏，或角力竞技，或化装假面，或敷衍故事。魏时百戏,有男优扮饰女人的。晋朝石勒使俳优戏扮参军,耻笑贪赃的馆陶令周延,成为后来的参军戏。北齐有戴假面的兰陵王入阵曲,又有丈夫着妇人衣的踏摇娘。这个时候西域、龟兹、天竺等四夷之乐输入了,西域胡人的拨头戏也输入了。北齐北周都曾盛行过百戏,隋炀帝的百戏规模更大了,百戏已经登峰造极了。(参看拙作《汉唐间之百戏》,曾载《涛声周刊》)到了唐朝,除了代面、拨头、踏摇娘、参军戏等因袭前代外,更有了脱离歌舞,注重语言动作的滑稽杂戏。中国戏剧的发展到了这个时期,关于构成戏剧的各种基本要素大致完成了。到了宋朝,戏曲杂艺更加发达起来,这是我们从宋人笔记如《东京梦华录》、《都城纪胜》、《武林旧事》等书里可以看得到的。那时的戏曲有大曲、队舞、官本杂剧、滑稽杂戏、小说、演史、傀儡、影戏等种。因为凭借前代已有的基础,各种戏曲都已发展快到成熟的时期了。现今中国固有的戏曲或类似戏剧的东西,要是笼统的说,都和宋朝的那些戏曲杂艺有直系或旁系的亲属关系,自然没有什么不可;可是年代久远,变化复杂,一定通通要明明白白找出他们的这种关系,如修家谱,世系井然,那就不免困难了。因此,我们要说现今的花鼓戏出于宋朝的讶鼓戏或是打夜胡,虽然是顶难证明的假设,究竟不失为一种假设。

记不清楚在一部什么笔记里看得花鼓一条,说是清初时候,江北遭水,凤阳人民逃难,借打花鼓漂流四方,可惜此刻无从查考原书了。我曾在好几年前的《申报·自由谈》,剪下这么一条:

> 凤城北门外三里许,田野间有硕大无朋之大铁镬五。相传昔遭兵燹,荒歉连年,皖北饥馑,明帝眷念民困,乃饬吏于此施粥赈灾,铁镬即前时用以煮粥者。据云每一镬粥足供五百人果腹,可见其容积之巨矣。

凤阳曾遭严重的灾荒,好像历史上确有其事。不过这里说在明朝,和前面说是清初,时代更要提前了。又据《缀白裘》上《花鼓》一出里说:

〔凤阳歌〕说凤阳,话凤阳,凤阳原是好地方。自从出了朱皇帝,十年倒有九年荒。(打锣鼓介)大户人家卖田地,小户人家卖儿郎。惟有我家没有得卖,肩背锣鼓走街坊。(打锣鼓介)

凤阳遭荒,似乎确在明朝了,假如"自从出了朱皇帝,十年倒有九年荒"的话,不是作曲者不敢直指当今皇帝的托古说谎。何况在《明史》里,明明载着武宗时候,江皖以北一带迭遭灾荒呢。这么说来,我们说是花鼓戏在四百年前就有了,那是不会错的。《花鼓》又说:

〔仙花调〕身背着花鼓,(净持锣跳上)(旦)手提着锣,夫妻恩爱并不离他。(合)咱也会唱歌,穿州过府,两脚走如梭。逢人开口笑,宛转接讴歌。(贴)风流子弟瞧着我,戏要场中那怕人多,这是为钱财没奈何!(净)咚咚搭鼓上长街,引动风流子弟来。(贴)看得他人心欢喜,银钱铜子滚出来!

花鼓戏最初发生的地域是不是凤阳,我以为纵然不能十分确定,但是要说凤阳也是花鼓戏的一个有名的产地,这是无疑的了。在《糊涂关》一剧里,卖唱的婊子要表白她们是由凤阳来的。在《王三卖肉》一剧里的花鼓大姐,也说"家住凤阳府,学得唱歌文"。这剧的作者是湖南人,剧本的曲白带有很多的湘潭土话,可见花鼓戏在湖南虽是一种有名的顽意儿,作曲的人寻根溯源,却不能不说是凤阳。

三 花鼓戏的特色

花鼓戏和别种戏曲不同的地方在哪里?花鼓戏的特色是什么?我把我所搜集的三百多种花鼓戏本翻看以后,得到的一点意见写在这里:

第一，花鼓戏是来自田间的，是带有极浓厚的土气息、泥滋味的。它既不到宫廷里去供奉，又不希望到城市里出风头，剧中人物固然是土头土脑的姿态，蛮有土气的；语言文字呢，又是土话土白；唱法呢，也是土腔土调；只因农民真是所谓"地之子"，他们是彻头彻尾忠于地的。他们真像照着上帝的吩咐："汝由泥土而生，死后仍归泥土。"总之，他们不避免也许避免不掉泥土的气味，所以土气息泥滋味透过了他们的血管，直表现在他们的戏曲上。

第二，花鼓戏反映农民最低廉的生活，是农民不自觉的最真实的自己表现。在这里表现出他们的意识感情，表现出他们潜伏的力和美，和道德的观念。他们不会做关心民瘼、勤求民隐的官样文章；不会做赞美园林风景、歌颂农家快乐的田园文学；不会演述历史上的圣君贤相、忠臣孝子。他们只是情不自禁的为自己做戏，为自己享乐；只是并不自觉的为自己写照，为自己呐喊。

第三，花鼓戏大半是由山歌复杂化、组织化、音乐化而成的，仍然保存不少山歌原来的形式。每句的音数虽然也有长短不同，三言、四言、五言、七言、字数不定的都有，可是七言的最多，大都和山歌一样，唱起来，有些调子也和山歌差不多，虽说它已经是由山歌变化而来的新声了，和伴奏的乐器——锣鼓、二胡相配合。关于这个，欧阳予倩氏说得好。他说：

> 花鼓戏起源于一种牧歌，但是与其说牧歌，不如说山歌。牧歌是牧者唱的歌，山歌不限于牧。我们那边的山歌只有秧歌和采茶歌两种，牧歌从来没有听过。采茶种秧都是在春夏之交，那个时候男男女女大家唱着恋歌，互相吸引以求安慰。唱来唱去，唱成一种新调，加以戏剧的组织便变成了花鼓。

花鼓戏是由山歌加以戏剧的组织而成的，那是无疑的了，至少在湖南流行的花歌戏是这样的。山歌有牧歌秧歌采茶歌等种。欧阳先生说，我们那边没有牧歌,难道没有听见过看牛的牧童对唱的歌?牧童对唱,每每看谁先唱尽所有,便算谁输。对唱的歌,有的是随人胡唱,有的是叙谈歌,有的是问答歌,有的叫做盘歌,或称谜歌,但不尽为猜谜,许多是彼此盘问民间传说故事或古典的。从这种对唱的歌变为花鼓戏,在花鼓戏本里还有显然的痕迹可找的,如《李三娘过江》是问答歌,《白牡丹对药》是谜歌。再如《小放牛》盘问古典传说《小尼姑下山》除了《五更调》之外,盘问菩萨,是盘歌《山伯访友山伯送友》互谈情话,是叙谈歌。

第四,花鼓戏被认为淫戏,只因它的剧材大半属于民间男女相悦的风流事件。不过这种风流不是肉麻的才子佳人所谓风流,只是平凡的农夫农妇找"皮绊""轧姘头"而已。从来一班圣人之德,以为一说到男女间床笫之事,中冓之言,就是非礼,就是不道德。但在民间,虽然也是隶属于这个礼义之邦的领土,一说到男女相悦之事,就觉得没有什么稀奇。只因生在这个礼教的社会,弄得男女间的关系不圆满,就不能不别求反礼教的解决方法。这种方法在老百姓用之,并不觉得其不道德,不过不自觉的扔开圣贤的道德——礼教,代以"百姓的道德"而已。这里再引欧阳予倩氏的一段话:

> 花鼓戏的剧材大半是描写乡下人原始的恋爱和野合一类的事情。有许多就是演一种村女爱城中人,譬如《十打——》《十条手巾》之类都是说在城里做工的伙夫一类人,他们往往夸其见闻之广,或是提起些都会的珍品来打动村女的心。演的时候异常偏于肉感的,粗俗在所不免,真挚痛快也深有可取。譬如"郎脱布衫姐垫背,姐攀竹叶郎遮阴",这是何等浓艳的情景!又如"郎坐东来妹坐西,二人好像是夫妻。唉,——只要是相好的!"意谓只要相好,不定要作夫妻。诸如此类恋歌,不无可采。

第五,花鼓戏里的宗教思想或鬼神观念,与其说是佛教的,不如说是道教的。他们的所谓神不是纯灵性的,超人间的,而是具有人性的,富于人间味的,这可以叫做"百姓的神"。例如常常变化下凡的太白金星,贪酒好色的吕纯阳,九度妻子的韩湘子,戏蟾耍金钱的刘海,都是这种神的代表。

第六,花鼓戏有许多是肉口传授,也有些是由演者凭着朴素的天才,乘着偶然的高兴,随意胡诌而成的,并没有写定的剧本。有了写定的剧本,又都找不出它的真正创作者为谁,有的或者出自无名的不文的民间作家,我疑心这种戏曲的大部分并非个人的创作,而是经过许多时候许多人展转拼凑成功的。这些作者不贪求文名,不卖弄风雅,不故意咬文嚼字,不存心卫道宗经,既没有腐儒的酸气,也没有文人的滥调,作品里所有的是他们的真面目,他们的真精神。虽然使用当地的方言谚语,常用别字简体,那是他们应该有的权利。虽然常有不通畅不圆熟的字句,但我们可以从这里直接听取大众的心声,欣赏简单朴素的大众文学。虽然板本印刷不免粗劣,但定价不过铜元几枚,甚至制钱几文。说到板本,这真要使所谓板本学者笑脱肠子。因为这些戏曲用木板刻的极少,铅印的我还没有看见,有许多只是豆腐干板、粘土板。我所藏的花鼓戏本,十之八九是湖南湘潭、衡阳、长沙三县地方出版的,其中也有几种是湖北、江西出版,还有好些无从查考它的出处。

四　花鼓戏的演出

花鼓戏是怎样演出的?

我们已经知道花鼓戏是被认为淫戏而禁止演唱的了。它的演出的先决问题当然是如何逃避这种压迫。它的逃避方法有好几种:(一)是利用时间的,就是要逢过年过节,尤其是新年,大家有暇娱乐的时候才来演这种戏。因为在这一时期,照例平日犯禁的如赌博、龙灯、花鼓,都可以说是"金吾不禁"了。至于平时,也有利用晚间秘密演戏的。(二)是利用地点的,就是躲在偏僻地方,或是利用两不管三不管的交界地方,瞒着乡绅——官府的耳目,来演一回戏。(三)是利用金钱的,就是买通有钱有势的人,在他们庇护之下演戏。但是遇着正绅,要出来维持风化,不是罚钱、罚酒席,就是送官惩办,结果总是戏子吃亏。如果得到绅士的许可而公开演戏,那吗,照例要特为他们跳几回加官,高呼"某某老爷加官"的。实则所谓维持风化的绅士老爷,没有几个不欢喜看这种戏。就是自己装正经不看,家里男女大小是无法禁止去看的。有些青年男女真是看得流连忘返,欢喜发狂。记得我幼时看过这种戏,听说那次某家姑娘看戏因为坐湿了凳子,不敢起身,传为笑柄。又有一个道学先生背着梭镖找到戏场要杀掉他自己的儿女,结果他把梭镖做了手杖,扶着身子,饱看花鼓而回。欧阳予倩先生说有女子看戏看疯了的,煮饭的时候口里唱着,拿油倒在饭锅里;有的拔下自己的簪环掷到台上去赠给旦角,可以想见花鼓戏的魔力了。

出演这种戏曲的所谓花鼓班子,都是临时组合的,没有把演戏看作一种职业,因此没有正式装备的行头和道具。男的行头大半不消借用,女的就全然要借用了,好在一般妇女都是争先恐后的愿借。他们的化装术也极简单扼要,只要有了粉墨,敷上几笔,就可登场。旦角要搽胭脂,乡下难找,就是几文钱一张的上圣纸(一种红纸)浸湿了也可代替。演者的姿势与动作,有时在某种意义上不免要说他粗鄙、过火,可是自然、真实、痛快、深刻,却也是他们常有的长处。他们唱的腔调,我已经说过和山歌差不多,不过山歌是徒歌,花鼓有伴奏的简单的乐器。腔调许多,有的我说不出名字,有名字的如《阳雀歌》的清锐,《十匹绸》的柔曼,都很好听。此外如《十条手巾》《十把洋伞》《十杯酒》《十送郎》之类,都别有一种韵味。再有一种叫做《扇子调》的,摇曳飘荡,更有一种魅惑人性的魔力。据说湖北的花鼓调,腔调和湖南的不同,音乐也不同。湖南的花鼓戏用锣鼓和一个二胡,有时还杂着唢呐笛子;湖北的除一套锣鼓外,没有别的乐器。在湖北,唱的时候有如高腔似的,一个人唱到逢断的地方,场面上的人齐声和一个尾腔;在湖南,往往不用帮腔,但宁乡湘阴的花鼓是有帮腔的。又湖北的花鼓戏腔调分四平、纽丝、悲腔、迓腔四种,每种又都有紧唱慢唱的不同。总之,湖南的花鼓戏虽然加了些大戏的排场,还没有脱尽山歌的形式,没有完成一个整然的结构;湖北的花鼓戏却已经有独立的资格了。

这里要说到花鼓戏的舞台装置方面。乡间演戏,在寺庙里演唱敬神的大戏,大半是有现成戏台的。即是临时建造的戏台,也还坚实、宽大,还有相当的装潢。这个固然因为要媚神邀福,实则也因寺庙大都积有土地财产,同时那些管庙的值年首祀、总管、绅董之类,每每藉着酬神演戏,挨家按户,摊派钱文,所以他们对于这种戏台的装置,一方面要表示神权的威严,一方面要表示神权之下献纳者的敬畏心理。那演唱花鼓戏的舞台就不然了,因为这是民众自己创造、自己享乐的东西,既不要讨神明的保佑,也不要讨阔人的欢喜,所以不妨本色。他们是最低廉工资的取得者,演起戏来也只能用最低廉的舞台,这个正反映他们最低廉的生活。这种舞台固然离开宫殿庙堂太远,也不会和公馆别墅相配。这是建造在野外的,或在山坡之上,或在树林之中,每每利用隆起的山墩作台基,利用自然的树木作台柱。台顶大抵盖着晒谷用的竹簟,台面大抵铺以尚未刮光的木板,不用布景,也无幕布。夜间演戏,光用火把油蜡。总之,这种舞台的装置,材料极其单纯,构造极其简陋,不过在这种单纯简陋之中,虽然说不到美幻的理想,修饰的写实,却自有其质朴自然之美。而且这种利用自然的背景之舞台,是三面可以给观众看的,和观众的接触面很大,这也是它的一种优点。

有人说,戏剧是综合的艺术,这一说推论到花鼓戏,也是说得通的。因为花鼓戏正是由民间的文学、音乐、舞踊、绘画、建筑等综合而成的一种艺术。不过这种艺术不曾供奉到象牙之塔里,还是生长在田野之间罢了。

五　煞　尾

　　花鼓戏虽然可以说是农民自己创造自己享乐的一种艺术,但这种艺术几乎全以娱乐为目的,还谈不到认识生活,创造生活。

(原载《太白》第一卷第五期,一九三四年)

中国人吸烟考（上）

（一）

去年我在《申报·自由谈》做过好几篇关于鸦片烟的小考证，连带的说到烟草。吸烟从什么时候起？烟草从哪里来？略略的说了一点。后来遇着林语堂先生谈到吸烟，他嘱我为他主编的刊物再做一篇关于吸烟的考证文章，我答应了。光阴易过，快要一年，我还没有交卷。因为我仿佛记得在厉鹗的《樊榭山房集》里，他为一个朋友咏烟唱和的诗集做了一篇序文，大意说古代没有吸烟的习惯，吸烟不见经传，也就没有咏烟的诗，如今咏烟的诗居然成了集子，这就不能不令人惊异，而且可贵了。这篇文章很可参考，可恨我没有力量找得到《樊榭山房集》，所以预定要做的关于吸烟掌故的一篇文章，好久不愿动笔。如今想动笔了，还是可恨不曾找到那篇可以参考的文章，还有好几部要找的参考书，如日本人著的关于烟与咖啡的一本书，也没有法子找到，暂时只好凭我贫弱的记忆，同已经找得到的材料作为满足，而且我从前在自由谈里说过的，手边没有底稿，无从找起，这里也就不再说了。

（二）

中国人有吸烟这个习惯，并不算古，大约起于明朝中叶以后，最初吸烟的止有南方沿海福建广东的人，或者福建人还在广东人之先。据《清稗类钞》说：

> 烟草初来自吕宋国，名淡巴菰，明季始入内地，又名金丝薰，或曰相思草。辛温有毒，治风寒痹湿、滞气停积、山岚瘴雾。其气入口，不循常度，顷刻而周一身，令人通体俱快。《续本草》云："醒能使醉，醉能使醒；饥能使饱，饱能使饥。人以代酒代茶，终身不厌，与槟榔同功。然火气薰灼，耗血损年，人每不觉。"第一数闽产，浦城最著。康熙时，彼土之酷嗜者，连吸不过一二筒，筒不过三四呼吸。或先含凉水，口然后吸之，云可解毒。

最初烟草是从吕宋传到中国的，这一说，我看见的各种记载都相同，烟草的来路似乎可以确定了。但是从什么时候传来的呢？有的说是明朝中叶，有的说是明朝末年。据《明史》所载，明朝和吕宋的关系，洪武五年吕宋遣使来贡，永乐三年明帝遣官赍诏抚谕其国，八年入贡。从此以后，直到万历初年，中国才又和吕宋相通，而且交涉很麻烦了。因为葡萄牙（《明史》称佛郎机）入占了吕宋，常常虐杀中国侨民，那时中国政府竟莫可如何，于是侨居吕宋的几万福建人就倒霉了！后来葡人还敢进攻中国，占据广东香山澳，即如今的澳门，筑城防守，强迫通商。这样说来，如果烟草真是初从吕宋传到中国的话，那吗，应该是从明朝中叶开始，明朝末年才渐渐流行；福建、广东的人吸起头，别省的人才仿效；而且种植烟草也从福建人起头。中国烟草"第一数闽产，浦城最著"，现在还是不是这样的？

我是不知道了。至于《续本草》所说烟草的功效和害处对不对呢？不必管它。已经有了药学家的化验，医学家的证明，烟草很有害于健康，许多国家禁止未成年的人吸烟了。

（三）

烟有旱烟、鼻烟、水烟、纸烟、雪茄等种。如今吸烟，在都市只有纸烟、雪茄最时髦，在乡村只有水烟、旱烟最普遍，鼻烟和鼻烟壶都成了古董，鼻烟早已没有人吸了。论到这几种烟兴起来的迟早，我想怕是旱烟、鼻烟最早，水烟次之，纸烟、雪茄较后罢。据《清稗类钞》说：

> 鼻烟，以鼻吸取之烟也。屑叶为末，杂以花露，一器值数十金，贵人馈遗以为重礼。置于小瓶，取之以匙，入鼻则嚏辄随之，久则相习矣。有红色者，玫瑰露所和也；有绿色者，葡萄露所和也；有白色者，梅花露所和也；来自欧洲之意大利亚国。明万历辛巳（西元一五八一），利玛窦泛海入广东，旋至京师献方物，始通我国。国初，西洋人屡以入贡；朝廷颁赐大臣，率用此。其品以飞烟为上，鸭头绿次之，旧传有明目去疾之功，故嗜之者颇多，亦谓之士拿。

大约鼻烟这东西，明朝末年就输入中国。这是从意大利教士带来的，那时算是稀奇的东西，不像吕宋烟来得容易。清朝初年还很贵重，西洋人拿到中国做贡品，皇帝拿得赐大臣，贵人拿得做礼物，当时一壶烟要值数十金，可见比鸦片还贵重了。清印光任、张汝霖合著《澳门纪略》下卷里说：

> 有鼻烟，上品曰飞烟，稍次则为鸭头绿色。厥味微酸，谓之豆烟；

红者为下。

印光任、张汝霖是乾隆初人，所记澳门西洋人吸的鼻烟虽止有这二十多字，可是很有文献上的价值。又《清稗类钞》说：

  同治时，有裕某者，由粤督调两江，所役女仆，以粤东顺德之梳头妈为多，常侍左右。梳头妈貌姣好，且柔婉解人意。其脚之后跟，日用细石净水相摩擦，以是洁白而光润。平时惟趿拖鞋，露其水磨之脚跟，以为勾引之具。行路时，玉痕宛宛，略如织月。至粤者每谓见此令人之意也消，有过于柳眉樱唇者。裕素嗜鼻烟，其闻烟时，必以各妇之脚罗列于前，以其脚跟为盛烟之碟，谓其远胜于象牙、翡翠之各碟也。有人微讥其近秽者，裕笑曰"昔杨铁崖鞋杯行酒，千古美谈。吾之此事，风流蕴藉，开千古未有之创举，想铁崖闻之，犹当欣羡，尔辈俗人不足以语此"云云，言者谓系闻之恩厚也。

这位爱闻鼻烟的裕老总，要把女人的脚跟做盛烟的碟子，这种怪癖，可以叫做"拜脚狂"罢。《清稗类钞》里又说：

  光绪中叶，雪茄烟、卷烟盛行，而鼻烟一物，势将处于消极之极点矣。然烟愈贵，而讲求之者愈专，往往有以百金千缗购一甄半瓮者。禾人王步云大令甲荣酷嗜之，见之者每谓其鼻观中常日如积尘也。

道光、咸丰时候，北京官僚还把鼻烟作为日常的嗜好品，鼻烟为五烟之一。甚么叫做五烟？水、旱、潮、鼻、大。那时曾国藩正做京官，一面哼桐城派古文，一面讲宋明理学，对于五烟，差不多样样上瘾，真是习俗移人，贤者不免。他曾用了最大的努力，最后连水烟也曾戒绝了一个时期，这且不在话下。却说从此以后，没有几多时候，吸鼻烟的就少了。到了光绪中叶,纸烟、雪茄烟盛行,鼻烟成为古董。只有光绪皇帝还是好闻鼻烟,他死了,鼻烟再也攀不上这样一个阔人了,岂不哀哉!

(四)

说到旱烟,虽然至今还有人吸,可是把旱烟看作时髦的东西,盛行一时,那就远在康熙时候。《清稗类钞》里说:

> 康熙时,士大夫无不嗜吸旱烟,乃至妇人孺子,亦皆手执一管。酒食可阙也,而烟决不可阙,宾主酬酢,先以此为敬。光绪以前,北方妇女吸者尤多,且有步行于市,而口衔烟管者。

上自士大夫,下至民间的妇人孺子,都要手拿一管旱烟,可以想见那时吸旱烟的盛况。尤其是女人吸这种时髦东西,惹人注意。经过顺治、康熙两朝皇帝鉴定的"真才子"、"老名士"尤侗老先生,有《咏美人吸旱烟》六绝句:

> 起卷珠帘怯晓寒,侍儿吹火镜台前。朝云暮雨寻常事,又化巫山一段烟。
> 乌丝金缨赛香荃,细口樱桃红欲然。生小妆楼谁教得,前身合是步非烟。
> 蔿结同心花可怜,玉唇含吐亦嫣然。分明楼上吹箫女,彩凤声中引紫烟。
> 天生小草醉婵娟,低晕春山髻半偏。还倩檀郎轻约住,只愁紫玉去如烟。
> 斗帐薰篝薄雪天,泥郎同醉伴郎眠。殷勤寄信天台女,莫种桃花

只种烟。

彤管题残银管然,香查破碎薛涛笺。更教婢学夫人惯,伏侍云鬟有袅烟。

你看！这种肉麻诗,只有国货老牌真才子才做得出。《清稗类钞》又说：

韩文懿公菼嗜烟草及酒,康熙戊午,与王文简同典顺天武闱。在闱日,酒杯烟筒,不离于手。文简戏问之曰："二者乃公熊鱼之嗜,则知之矣。必不得已而去,二者何先？"文懿俯首思之,良久,答曰："去酒。"众为一笑。

这位韩老相,真不愧称为"烟精"！同书又说：

其后文简偶阅姚旅《露书》,知烟草产吕宋,本名淡巴菰,以告文懿。时文懿掌翰林院,教习庶吉士,乃以淡巴菰为题,令庶吉士赋淡巴菰,作者如林,颇多佳卷。时海宁陈文贞公亦有五律四首,诗云：

神农不及见,博物几曾闻？似吐仙翁火,初疑异草薰。充肠无滓浊,出口有氤氲。妙趣偏相忆,萦喉一朵云。

异种来西域,流传入汉家。醉人无藉酒,款客未输茶。茎合名承露,囊应号辟邪。闲来频吐纳,摄卫比餐霞。

细管通呼吸,微嘘一缕烟。味从无味得,情岂有情牵。益气驱朝雾,清心却昼眠。谁知饮食外,别有意中缘。

清气涤昏憨,精华任咀含。吸虚能化实,尝苦有余甘。爝火寒能却,长吁意似酣。良宵人寂寞,藉尔助高谈。

这样高华典切,当然算是试帖诗的上上品。阮葵生《茶余客话》卷九也说到这首诗是一时传诵之作。他还说：

烟近日无人不用,虽青闺稚女,金管锦囊,与镜奁牙尺并陈矣。家笠亭叔诗云:"味浓于酒思公瑾,气吐成云忆马卿。"人推佳句。陆青来耀作烟草歌,形容尽致。

陆耀的烟草歌,可惜我找不来。陈其元《庸闲斋笔记》(卷三)说:

圣祖不饮酒,尤恶吸烟。先文简相国时为侍郎,与溧阳史文靖相国酷嗜淡巴菰,不能释手。圣祖南巡,驻跸德州,闻二公之嗜也,赐以水晶烟管一,呼吸之,火星直达唇际。二公惧而不敢食,遂传旨禁天下吸烟。蒋学士陈锡《恭记诗》云:碧碗琼浆潋滟开,肆筵先已戒深杯。瑶池宴罢云屏敞,不许人间烟火来。

根据以上所说,康熙时候吸旱烟的风气最盛。康熙皇帝还曾和最爱吸烟的近臣开过一次顽笑,赐给他们水晶烟管,火灼嘴唇,他们再也不敢吸烟,因此他们传旨,下过不准吸烟的禁令。禁烟的理由怎样?可惜如今不得而知了。到了雍正时候,又曾禁止吸烟。许仲元《三异笔谈》(卷二)里说:

有所谓潮烟者,所谓水烟者,所谓生烟者,半皆游手之徒自戕自贼者也,而其根总起于淡巴菰一物。藉称辟瘴,而辟瘴远逊槟榔;藉称御寒,而御寒莫如火酒。世宗有"毫无裨益,尤为妨农"之论,方学士灵皋先生陈之尤力。无如朝臣多耽之者,陈相元龙、史相贻直尤嗜。即贤如韩尚书菼,亦复不免。故阳奉阴违,终不能绝。合计寰中土地种烟草者几及十之二,一种利倍他植,然三年之后,即成废土,非数年不复。蠹国病农,莫此为厉。且士农工商均以此旷其日力,今且染及闺阁,江浙尤甚。予有句云:习化全家怜绿鬓,离难片刻笑华颠。财消功耗犹闲可,忍变膏腴再易田!

这个时候,站在吸烟方面的理由是"辟瘴御寒",禁止吸烟一面的理由是"毫无裨益,尤为妨农"。古文家方望溪也条陈皇帝禁烟。老实说,我的师友有好几个是烟不离手的。"要得文章通,须把烟来薰。"这句话常常说在一般朋友的口里。我也吸烟多年,却不曾上瘾,想是因为自己不常备烟,仅仅"人烟苏哉"的缘故。许仲元是嘉庆、道光时候的人,他说"寰中工地种烟草者几及十之二",不知道他何所根据。至于说是种烟三年,即成废土,非数年不能恢复,却是事实,因为我的家乡也有种烟的,我曾看过听过。这位许老先生很叹息从雍正以来旱烟不能禁绝,其实,吸吸旱烟,不算什么大过,办罪也很轻微,做宰相的还不能戒除,怎么责备老百姓?鸦片总算是一种毒物了,雍正皇帝还曾公布吸用鸦片烟的禁令,贩者枷杖,再犯边远充军,办罪不为不严了,可是有什么效果呢?禁吸旱烟的没有结果,那是当然的了。

到了乾隆时候,一般阔人吸烟,要算纪晓岚最有名。《清稗类钞》里说道:

> 河间纪文达公昀,嗜旱烟,斗最大,能容烟叶一两许。烟草之中,有黄烟者,产于闽,文达亦嗜之。其味香而韵,惟不易燃,呼吸稍缓即息,谚以"红""松""通"三字为吸烟诀。嘉庆以前有所谓大号抖丝、抖绒者,每斤价一二百文。继有顶高、上高、超高之别,后又易为头印、二印、三印、四印。最贵之价,每斤至钱一千六百文。

一个烟斗能够容得下一两烟叶,只有纪昀才有这种大烟斗。那时烟药最高的价不过每斤一千六百文,现在烟价比起从前不止十倍了。诸晦香《明斋小识》卷五黄烟条所记,和这个差不多。再引一段《清稗类钞》:

> 文达有戚王某,喜吸兰花烟。兰花烟者,入珠兰花于中,吸时甚香,然王之烟斗甚小。一日,访文达,自诩烟量之宏。文达笑而语之

曰:"吾之斗与君之斗奚若?"乃以一小时赛吸,于是文达吸七斗,王亦仅得九斗也。

这段记载,也在夸张纪晓岚的烟斗最大,烟量最大。纪晓岚欢喜吸的是黄烟,他的亲戚王某欢喜吸的是兰花烟,这个时候还有浙江文人欢喜吸金丝薰。这个人是仁和陈澜,字文江。提起此人并不大大有名。乾隆末年,他还存在。他有咏烟的诗道:

霏霏湘竹管,呼吸起云涛。嗜不因饥渴,清能散郁陶。含香胜鸡舌,取醉敌醇醪。千缕千丝细,非同涧沚毛。

纪晓岚而后,阔人吸旱烟的故事,我再从《清稗类钞》里寻出两则,一则记的是彭玉麟,一则记的是张之洞:

彭刚直公玉麐喜吸旱烟而痛恶鸦片烟,部下有犯此者立死。有一亲信奴颇好之,惧死,遂潜于刚直所吸旱烟中杂以鸦片烟膏,后遂成瘾,烟非此奴所置不合意。后觉之,欲杀奴,奴求救于人,始释。

彭大人的这个听差还不错。再看张大人的听差:

张文襄素嗜旱烟,其烟管粗而且巨。每见客,一仆侍于旁,为之装烟,随吸随装,烟云喷薄,满室氤氲,而文襄之谈兴,因以愈畅。

这个听差就太老实了。张大人的那枝烟管不知道是竹制的还是木制的,烟嘴烟斗是美玉宝石金银之类罢。据说旱烟具的种类很多,大约说起来,有什么元奇、吴奇、紫玉秋等种,杭州宓大昌制的最有名,吸的时候香透鼻头。究竟是不是这样?就要问一问吸旱烟的老门槛了。

（五）

现在，我们要谈到水烟了。

说也奇怪，纪晓岚不但喜吸旱烟，好像他还爱吸水烟。假如他不吸水烟，那时也已经有人吸水烟了。黄钧宰的《金壶浪墨》卷一云：

> 烟草初出吕宋，继产关东。自国初通行以来，烟量之宏，烟具之大，以纪河间为第一。尝自京邸赴海淀，携烟一管，徜徉车中，比至，而余灰犹未烬也。乾隆中，兰州别产烟种，范铜为管，贮水而吸之，谓之水烟。

照黄钧宰的这段记载，把纪晓岚的吸烟嗜好和水烟叙在一起，好像纪晓岚吸的就是水烟了。又载水烟起于乾隆时候，好像还是从甘肃兰州起头的。总之黄老先生这段笔记写得不甚明白。又陈其元《庸闲斋笔记》（卷五）里说：

> 河间纪文达公酷嗜淡巴菰，顷刻不能离，基烟房最大，人呼为纪大烟袋。一日当直，正吸烟，忽闻召见，亟将烟袋插入靴筒中。趋入，奏对良久，火炽于袜，痛甚，不觉呜咽流涕。上惊问之，则对曰：臣靴筒内走水。盖北人谓失火为走水也。乃急挥之出，比至门外脱靴，则烟焰蓬勃，肌肤焦灼矣。先是公行路甚疾，南昌彭文勤相国戏呼为神行太保。比遭此厄，不良于行者累日，相国又嘲之为李铁拐云。

"纪大烟袋"吸的是水烟？还是旱烟？平常叫吸水烟的烟具做烟袋，叫吸旱烟的做烟管或烟杆。但是在纪老先生的靴筒里走水的烟袋，还是

吸旱烟用的罢。纵令纪老先生不吸水烟,水烟在纪老先生的时候已经有了,却是事实。现在且引舒铁云的《兰州水烟》篇作证:

兰州水烟天下无,五泉所产尤绝殊。居民业此利三倍,耕烟绝胜耕田夫。有时官禁不能止,贾舶捆载行江湖。盐官酒胡各有税,此独无吏来催租。南人食烟别其品,风味乃出淡巴菰。迩来兼得供宾客,千钱争买青铜壶。贮以清水及扶寸,有声隐隐相吸呼。不知嗜者作何味,酸咸之外云模糊。吁嗟世人溺所好,宁食无肉此不疏。青霞一口吐深夜,那知屋底炊烟孤。且勿呼龙耕瑶草,转缘南亩勤春锄。

舒铁云,名位,字立人,大兴人,乾隆举人,他是乾隆、嘉庆间诗坛上的一只怪物,这篇水烟诗却很平凡,不见怪气。到了道光时候,钱塘知县黄菊人也做了《水烟诗》七律五首:

蜀青滇白出镕时,也比湘筠截几枝。三字相需金水火,一窗留伴酒茶诗。垂来象鼻弯真肖,篆作龙纹润可知。晨夕帘栊借消遣,炉烟挽破碧丝丝。

时勤拂拭发精华,冰雪玲珑制器夸。趁好未除炎气息,癖耽爱结冷烟霞。纸如蕉卷频频引,香作兰烧屑屑加。携向春风对红碧,年来消受雾中花。

桯几无尘位置平,文囊钿合配逾精。氤氲常觉弥壶谷,灌注何愁没管城。入手略如燃井法,回肠中有转珠声。朝来换取泉清冽,催得莲花舌底生。

高斋留客试周遭,补漏犹烦冶匠劳。犀点圆灵通暗穴,鲸分呿吸走轻涛。流芬气带微辛好,画字形钩曲乙高。那得有人亲炙奉,可儿觅个郑樱桃!

浓淡相思小草凭,兰州嘉种近时称。宛填钱孔疑无底,密积膏腴转不澄。个个心熏铜臭味,番番性变水淄渑。深防损肺同椒麝,一例删除得未能!

吸水烟用的烟袋,最阔的是银质的,其次是紫铜的,白铜的最普通。形式略如骨牌的湾七,麻将的七筒。广东制的最好,底下称为座子的一部分,有雕花的皮套包着。水烟有皮丝、净丝、青条之别,皮丝产福建,净丝产广东,青条产陕西。在湖南长沙,烟业十之八九是福建人。皮丝最贵,条丝次之,白建又次之,金兰最下。吸金兰、白建的引火用线香,吸条丝、皮丝的引火用纸煝。有些地方叫做煤头,又叫纸吹。清朝末年,诗人程子大曾和姚寿慈联句为词,咏纸煝,调寄《一萼红》。词云:

捻春纤,燕芳心半点,红得到侬边。(子大)藕臂初抬,兰魂乍瞥,茜丝低褒微烟。(寿慈)记擘向阿娘双手,凭玉案搓作并头圆。(子大)拈傍樱唇,嘘从檀口,两意相怜。(寿慈)走近碧纱橱里,有银荷未上,还倩伊然。(子大)卷欲同蕉,化还如粉,未须分裂蛮笺。(寿慈)笑郎心较渠还热,裹相思一寸一缠绵。(子大)却怕尖风损焰,背过帘前。(寿慈)

"龙阳才子"易实甫、叔由兄弟也联句相和:

一痕纤,费春尖几个,卷向镜台边。(实甫)钏响偎灯,衫纹叠袖,和玉先种秋烟。(叔由)算终是成灰化粉,又底用搓到十分圆。(实甫)束比葱多,裹同蕉小,身世堪怜!(叔由)曾蒸卿卿胆吓,记檀郎狡狯,口内能然。(实甫)一寸相思,几重心事,谁耐焚着吟笺。(叔由)看销尽残红半霎,化香雾双缕细如绵。(实甫)最是兰魂易冷,偏在花前。(叔由)

说也可怜,我在这篇文章里引据清朝有名文人关于吸烟的诗词不少,不是迂腐就是肉麻,不是有头巾气就是有伧俗气,值得称为诗人之作,有诗味的东西,简直没有,什么"才子"、"真才子",原来不过这样！只有舒铁云的一篇,要算这些东西里的"白眉"了。

(《人间世》第十六、十七、十八期连载,一九三四年)

唐代女诗人

听说陆晶清女士根据她所得唯物史观的见地著有关于唐代女诗人的一本书，我却没有看见，想必总有可观罢。近来翻读《全唐诗》，一查唐代妇女所作诗歌的部分，觉得唐代虽是中国诗歌发展臻于极盛的一个时期，那时女子能够作诗的实在极少。女子绝少享受书本教育的机会，这当然是一个大原因，何况女子重德不重才，久已成了一种牢不可破的偏见。例如进士孟昌期妻孙氏，本是一个女诗人，每每替她丈夫代笔，作品很多，居然可以成集了。不料有一天，忽然想道："才思非妇人事。"她就把她的诗集烧掉了，如今仅存三首。这样说来，当时女子既然读书的极少，读书又未必能够作诗，作诗又未必流传下来，难怪我们要感觉到唐代女诗人太少，而且她们的成绩也不佳了。

《全唐诗》凡九百卷，属于妇女所作的诗，仅有后妃一卷，公主女学士一卷，宫人一卷，花蕊夫人一卷，名媛二卷，无考女子一卷，妓女一卷，薛涛、鱼玄机各一卷，女道士尼姑一卷，共得十一卷。约占全数百分之一而强，不过每卷诗有多少不等，实际不到百分之一。又全书著录二千二百余人，妇女不到一百三十八人，不过女仙、女神、女鬼、女怪不在此数。总之，从向来文学者的见地看来，在唐代诗人中，女诗人不占重要的地位，在《全唐诗》中，女子诗不占重要的地位，换句话说，他们以为论唐人诗，不论到唐代女诗人，是无损于唐诗灿烂的光辉的。

倘若我们要从中国妇女文学的历史上一为观察，那唐代女诗人就实比任何代女诗人为多，而且她们的成绩也比较算好。因此，我们谈谈唐代女诗人，并不是没有意义的了。

我们首先要谈到的是唐代贵族妇女，包括后妃、公主、女官。

太宗后长孙氏，称为文德皇后，河南洛阳人，隋左骁卫将军晟之女。她是一个特别尊重礼教的贵妇人，曾搜集古代贵人事，作《女则》一篇。她的诗虽只存《春游曲》一首，我们却可从这首诗里探出当日贵族妇女春日出游的一点消息。诗云：

> 上苑桃花朝日明，兰闺艳妾动春情。井上新桃偷面色，檐边嫩柳学身轻。花中来去看舞蝶，树上长短听啼莺。林下何须远借问，出众风流旧有名。

太宗才人徐惠，湖州长城人，生五月能言，四岁通《论语》、《诗》，八岁自晓作文，不愧女才子。太宗召她为才人，再迁充容。她常上疏论时政，太宗很称许她，赏赐她不少。高宗永徽元年赠贤妃。今存诗五首。相传长安崇圣寺有徐贤妃妆殿，太宗有一次召她，久候不到，大怒，她就献一首诗道：

> 朝来临镜台，妆罢暂徘徊。千金始一笑，一召讵能来！

可见，女子被作为男子的玩物，便是贵妇人也不容易做了。

高宗后武氏，称为则天皇后，并州文水人，荆州都督士彟之女。中宗时候，她以皇太后临朝，自称皇帝。她是一个女英雄。她著有《垂拱集》百卷，《金轮集》六卷，今存诗四十六篇，她可以算是唐代产量最多的一位女作家。不过有人说，她的诗文都是元万顷、崔融等代作。天授二年（西元六九一），也就是她称皇帝的第二年。正当腊日，朝中卿相诈称花开，请她

出游上苑,她知道他们不怀好意,于是遣使宣诏道:

> 明朝游上苑,火急报春知。花须连夜发,莫待晓风吹。

据说次日早晨,满苑名花怒放,群臣莫不惊服,异谋不敢发动。这当然是一种传说,未必可靠。不过武后是一个善于阴谋的女英雄,她想夺得政权,是用了许多权谋术数的。她称皇帝的第三年改元如意。她有《如意娘》一曲道:

> 看朱成碧思纷纷,憔悴支离为忆君。不信比来长下泪,开箱验取石榴裙。

她能做出这样狂热的情诗,我们不要忘记她是一个渴乱宫廷,公然挑选情人的女皇帝。她生平淫秽的故事,我们不便在这里写出来。我疑心她犯了色情狂。她说"看朱成碧思纷纷",我们可以想见她发狂的徵候了。

和武后同时有上官婉儿,本是西台侍郎上官仪的孙女,因事配入掖庭,做宫人。她天性机警,又会做文章,所以很得武后信任,叫她内掌诏命。中宗即位,进拜昭容。她劝中宗扩大书馆,增加学士员额,引大臣名儒充选,屡屡赐宴赋诗,君臣赓和。她常常替皇帝、皇后及长宁、安乐二公主代作诗篇,又替皇帝评定群臣诗篇的高下。她是当时宫廷文坛的重镇。后来临淄王起兵,她被杀了。玄宗开元初,搜集她的文章,诏张说题篇,集三十卷,今失传,仅存诗二十二首。不过这些诗都是奉和应制之作,没有什么好的。

杨太真,蒲州永乐人,勾籍女官,善歌舞,晓音律。天宝初,进册贵妃。玄宗西幸,缢死马嵬。这位很有音乐天才的妃子,今存诗一首,题为《赠张云容舞》:

罗袖动香香不已,红蕖袅袅秋烟里。轻云岭上乍摇风,嫩柳池边初拂水。

张云容是贵妃的侍儿,善为霓裳舞。这首诗大约是描写张云容作霓裳舞时的姿态的。但未知比较今时舞女何如!

杨贵妃虽曾宠极一时,临到末了却是不幸。先说江妃失宠不幸,究竟还算幸运的。江妃名采蘋,莆田人。开元初高力士选归侍玄宗,大见宠爱,善作文,自比谢女,所居悉植梅花,玄宗因而戏呼她为梅妃。自从玄宗宠爱杨贵妃之后,这位梅妃便被放入冷宫。有一天,玄宗在花萼楼,封珍珠一斛,密赐梅妃,梅妃不受,且献诗道:

桂叶双眉久不描,残妆和泪污红绡。长门尽日无梳洗,何必珍珠慰寂寥!

原来她所需要的不是珍珠。女子的富贵做到皇帝的妃嫔也不算薄,但因皇帝特别多妻的结果,这种女子没有几个算得幸运的,富贵了又有什么用处?梅妃的遭遇未免可怜了。

这一朝代的公主,没有一个真正会做诗的。至于女官,德宗贞元时候,宋氏五女,若华、若昭、若伦、若宪、若荀,号为五宋,她们都持独身主义,想以学问名家。她们被召入宫,呼为女学士。皇帝与侍臣赓和,她们都得参加。贞元七年,秘禁图籍,诏若华总领,可以说她做了皇家图书馆馆长。可是她们的诗今存三首,奉和应制之作,没有一首好的。只有和她们同时以文学供奉宫廷,而又齐名的鲍君徽,她有《惜花吟》一首,比较还好。诗云:

枝上花,花下人,可怜颜色俱青春。昨日看花花灼灼,今朝看花花欲落,不如尽此花下欢,莫待春风总吹却。莺歌蝶舞韶光长,红炉煮茗松花香。妆成曲罢恣游后,独把花枝归洞房。

到了残唐五代,贵族妇人能够作诗的当推蜀主孟昶的妃子花蕊夫人。她姓徐,一说姓费,青城人,尤长于宫词,今存百六七十首。但这种描写宫中行乐的诗,只有当时他们那一阶级能够欣赏,我们是无缘领略其中诗趣的。倒是她那首述国亡诗,至今我们读了还不免和她有同情。诗云:

君王城上竖降旗,妾在深宫那得知!十四万人齐解甲,宁无一个是男儿?

以上所说的都是宫廷里的贵妇人,现在我们要谈到那些服侍宫廷的不幸的女子,她们是被称为宫人宫女的。她们都是被迫入宫,有的因犯罪配入掖庭,有的因才色横被挑选。自然其中也有超升为贵妇人的,但这是极难得的幸运,最大多数是终身过的骄奢淫佚旁边的辛勤孤寂的苦生涯。

相传武后朝,有士人陷冤狱,妻配掖庭,善吹觱篥,因撰《离别难》一曲道:

此别难重陈,花飞复恋人。来时梅覆雪,去日柳含春。物候催行客,归途淑气新。剡川今已远,魂梦暗相亲。

在这些不幸的女子中,她们往往拾着宫苑中的落叶,就在上面题诗,一诉她们的深情至恨。这种落叶又随御沟流出,被人拾起,她们的悲苦生活的消息一部分才得透露于人间,有时也幸得皇帝的垂怜,给这一题诗的女子独自解放。例如天宝末,洛苑宫娥题诗梧叶道:

一入深宫里,年年不见春。聊题一片叶,寄与有情人。

这首诗随御沟流出,为诗人顾况所得,他也题诗叶上,泛于御沟,恰巧被那题诗的宫娥看见,又题一诗道:

> 一叶题诗出禁城,谁人酬和独含情。自嗟不及波中叶,荡漾乘春取次行。

这件事闹到皇帝也知道了,不料明皇并不圣明,仅仅把这一题诗的宫娥解放出去。后来德宗时候,有奉恩院王才人养女凤儿也不耐那种非人的宫女生活,她就套着上面说的那一位宫娥的诗,在花叶上题诗道:

> 一入深宫里,无由得见春。题诗花叶上,寄与接流人。

这首诗从御沟流出之后,为进士贾全虚所得,看入了魔,徘徊沟上,为警察似的街吏捕去。警察总监似的金吾卫,把这件事奏明皇帝,这位皇帝也看不见整个的不人道的宫女制度,只看见这个宫女的不幸,仅仅把她解放,嫁给贾全虚,而且给了贾全虚一个金吾卫兵曹的官。

又宣宗时候,宫人韩氏在红叶上题诗道:

> 流水何太急,深宫尽日闲。殷勤谢红叶,好去到人间。

这首诗被举子卢偓从御沟拾得,置于巾箱。后来这一宫人被放出宫,恰好嫁给卢偓。她在他的那只小箱子里看见了自己题诗的红叶,叹息了许久,说道:"当时偶然题诗,不意被你拾了。"

还有僖宗时候,曾从大内制出战袍千领颁赐塞外吏士,神策军马真在一领战袍里得到一把金锁和一首诗,主将把这件事上奏皇帝,皇帝就叫马真来朝,并把作诗的宫人嫁了他。那首诗道:

> 玉烛制袍衣,金刀呵手裁。锁寄千里客,锁心终不开。

能够作诗的宫人,幸而有因题诗得到解放的,那些不能作诗的宫人,虽受尽了非人生活的苦楚,也就无从宣泄了。

说到战袍题诗的故事,在唐朝是很多的,原不止上面说的一件。我们知道唐朝是中国民族声威远播四夷的时代,同时所患边祸也最深,即人民为这种战争而死的不知多少。当时诗人做起边塞诗来,多少都带一点非战思想,便是为民族光荣而歌唱的诗人如高适、岑参也不能算是例外。自然在天性慈祥和平的女子,尤其是有丈夫或儿子从军边塞的女子,她们是要反对这种战争的。吴人王驾妻陈兰有《寄夫》诗道:

> 夫戍边关妾在吴,西风吹妾妾忧夫。一行书信千行泪,寒到君边衣到无?

又廉氏《寄征人》一诗道:

> 凄凄北风吹鸳被,娟娟西月生蛾眉。谁知独夜相思处,泪滴塞塘蕙草时。

又有一女子,叫作裴羽仙,因丈夫征戎被掳,音信断绝,作哭夫诗两绝道:

> 风卷平沙日欲曛,狼烟遥认犬羊群。李陵一战无归日,望断胡天哭塞云。
> 良人平昔逐蕃浑,力战轻行出塞门。从此不归成万古,空留贱妾怨黄昏。

还有长孙佐转妻,因佐转戍边不归,寄书与妻,妻作诗答他道:

征人去年戍边水,夜得边书字盈纸。挥刀就烛裁红绮,结作同心答千里。君寄边书书莫绝,妾答同心心自结。同心再解不心离,离字频看字愁灭。结成一衣和泪封,封书只在怀袖中。莫如书故字难久,愿学同心长可同。

再有边将张揆妻侯氏,因为丈夫防戍十余年不归,她作一首回文诗,绣作龟形,含希望丈夫速归的意思,诣阙上进,武宗皇帝看了,不觉感动,敕令张揆还乡,并赐侯氏绢三百匹。那道绣成龟形的诗道:

睽离已是十年强,对镜那堪重理妆。闻雁几回修尺素,见霜先为制衣裳。开箱叠练先垂泪,拂杵调砧更断肠。绣作龟形献天子,愿教征客早还乡。

这一时代的女子虽然不愿意她的丈夫从军出塞,却极祈求她的丈夫入都登第,自然唐人看重科第,并不限于女子,甚至做了皇帝还想过一过进士瘾的,例如宣宗皇帝就每每自署"乡贡进士李道龙"。不过女人希望她丈夫登第的心思比任何人尤切,这却是事实。例如窦梁宾《喜卢郎及第》一诗云:

晓妆初罢眼初睍,小玉惊人踏破群。手把红笺书一纸,上头名字有郎君。

相传洹水杜羔妻赵氏,因夫下第,气急了,作诗寄夫道:

良人的的有奇才,何事年年被放回。如今妾面羞君面,君若来时近夜来。

后来听说杜羔登第了,她又寄诗道:

   长安此去无多地,郁郁葱葱佳气浮。良人得意正年少,今夕醉眠何处楼?

丈夫登第,又怕丈夫别有所欢,只怪男子多不可靠,莫笑女子太多心了。又袁州彭伉于贞元中登第,辟江西幕,不归,其妻张氏寄诗道:

   久无音信到罗帏,路远迢迢遣问谁?闻君折得东堂桂,折罢那能不暂归!
   驿使今朝过五湖,殷勤为我报狂夫。从来夸有龙泉剑,试割相思得断无!

这位彭太太也和那位杜太太同一心理。爱情,荣誉,金钱,本是人人所追求的,不过爱情一事,似乎女子更为认真罢了。

说到爱情,当时女子并不能得到恋爱自由。社会上不承认女子有独立的人格。只因她们是男子经济上的俘虏,稍为夸张一点说,她们是男子所有的货财之一种,还谈得到什么婚姻自主,恋爱自由?便是有名的恋爱故事,如崔莺莺和张生的结合,纵使实有其事,虽是喜剧的,其间也经过了许多波折。至如晁采和文生的恋爱,晁母公然承认"才子佳人,自应有此"。那是不可多得的事罢。

倘若当时那些女子不幸而所依附的男子,无论父兄丈夫,贫穷无以自存,犯罪不能自保,她们就有被卖被迫做人姬妾的悲哀,或是流入乐籍,沦为娼妓。姬妾生活,究竟不是她们愿意的,所以步非烟做了武功曹的淫奔之妾,李节度也有逃姬。而且当时有以自己姬妾任情赠人的恶习,如李生赠爱姬柳氏于韩翃,李愿赠眷妓于杜牧。又邺都罗绍威辟韦洵美为从事,逼洵美以美妾崔素娥相赠。南唐仆射韩续请韩熙载撰其父之神道碑,至赠一歌妓为润笔之资。以上所举几个不幸为人姬妾的女子,她们都有诗为证,传到如今。可是我们在这里不能一一写出来。至于娼妓生活,更不是她们所愿的。她们的肉体虽然因被压迫而出卖,她们的灵魂还是有不因被压迫而失掉的。例如江淮间妓女徐月英的《叙怀》一诗道:

为失三从泣泪频,此身何用处人伦。虽然日逐笙歌乐,长羡荆钗与布裙。

又有断句道:

枕前泪与阶前雨,隔个窗儿滴到明。

我们可以想见当时这一类被压迫被损害被侮辱的女子是具有怎样深挚痛切的悲哀了。

说也奇怪在唐朝三百年间,至今存书较多,在女诗人中够得上称为大家的,并不是地位优越、生活丰裕、教养充分的贵族妇女,却是落在被压迫被损害被侮辱的女子之中的薛涛与鱼玄机。

薛涛字洪度,本长安良家女,随父宦流落蜀中,遂入乐籍,辩慧工诗,有林下风致。韦皋镇蜀,召令侍酒赋诗,称为女校书,出入幕府。历事十一镇,皆以诗受知。暮年屏居浣花溪,着女冠服。好制松花小笺,时号薛涛笺。有《洪度集》一卷,《全唐诗》编为一卷。

从上面所录薛涛的小传里,我们知道她原是一个小官人家的小姐,因流落才当娼妓,晚年无依,做了女道士。相传她八九岁的时候就会做诗。有一天,她的父亲指着井边的梧桐吟道:

> 庭除一古桐,耸干入云中。

她听了,应声接吟道:

> 枝迎南北鸟,叶送往来风。

她的父亲听了,愀然不乐。这一传说意在证明她后来过着送旧迎新的妓女生活,是命里注定的,这种玄之又玄的宿命论,在如今思想进步的人看来,仅堪一笑。现在从她的诗里,我们还可窥见她心之深处的悲哀,如《乡思》一绝道:

> 峨嵋山下水如油,怜我心同不系舟。何日片帆离锦浦,棹声齐唱发中流!

她何尝不想回到她的故乡长安去?可是流落蜀中没有办法呀!又《柳絮》一诗云:

> 二月杨花轻复微,春风摇荡惹人衣。他家本是无情物,一任南飞又北飞。

她因流落而为娼妓,还想找得一个有情的人,教她度出苦海。不料她的这种心愿竟成梦想,真是可怜极了!便是号称爱她的韦令公,也不过叫她侍酒赋诗,寻寻开心而已。有一次他不开心,竟仗大官的权势,要罚她一个可怜的弱女子赴边充军。可是她还有诗上韦令公云:

> 闻道边城苦,而今到始知。羞将门下曲,唱与陇头儿。黠虏犹违命,烽烟直北愁。却将严谴妾,不敢向松州。

她不怨恨,她只陈情,愈显出她的无限悲哀。她回蜀了。后来又遇到元稹使蜀,严司空遣她前往服侍,不料又因事得罪,把她下狱。她作《十离诗》,即《犬离主》《笔离手》《马离厩》《鹦鹉离笼》《燕离巢》《珠离掌》《鱼离池》《鹰离鞲》《竹离亭》,凡十首。象征她这一苦海无依的女子,虽含羞忍垢地依人,终于无所依归的悲哀。元稹得了她这种从血泪写出的东西,才被感动,算饶恕了她。

以下要谈到鱼玄机了。

鱼玄机,字幼微,一字蕙兰,长安里家女。喜读书,有才思。补阙李亿纳为妾,爱衰,遂从冠帔于咸宜观。后以笞杀女童绿翘事,为京兆温璋所戮。《全唐诗》编诗一卷。

从鱼玄机的一生看来,她原是贫家小户的女子,嫁给一个小京官做姨太太,后因失宠,做了女道士。最后因打死小丫头被杀。她的诗是很热情的,情诗写得很好,可惜她嫁的那位李老爷,似乎根本不懂得爱情,不曾接受她的那种热烘烘的爱。她要出家做女道士,并不是由于宗教的狂热,而是由于爱情的狂热无所寄托,心理上起了反动,有所激而出家的。她的《寄李亿员外》一诗道:

羞日遮罗袖,愁春懒起妆。易求无价宝,难得有情郎。枕上潜垂泪,花间暗断肠。自能窥宋玉,何必恨王昌。

此诗颈联,"易求无价宝,难得有情郎"。这真是大胆的热情的女子才写得出来的话。再录她的《寓言》一首:

红桃处处春色,碧柳家家月明。楼上新妆待夜,闺中独坐含情。芙蓉月下鱼戏,蟏蛸天边鹤声。人世悲欢一梦,如何作得双成!

可知她的人生观是恋爱至上主义的人生观。不幸她只能嫁做姨太太,又不幸而所嫁的那位李老爷,似乎得了爱情麻木症,她的爱情无所寄托,情诗无人领会,只好索性出家做女道士。似乎她在这种不幸的一生中,尝尽了人间不可忍受的痛苦悲哀,生理上心理上得不到性爱的满足与安慰,精神起了变态,患了歇斯特里(Hysteria)一类的征候,所以才在盛怒之下打死了一个小丫头,结果以杀人抵死罪了结她的生命。她曾和温飞卿有诗唱酬,她是晚唐最有名的一位女诗人,她发出了唐代女诗人最后的光辉。

(原载《女青年月刊》第十三卷第三期,一九三四年)

诗经语译序

一

为什么要翻译《诗经》呢?

这一个问题我自己还没有提出,已经有一位署名少问的,不嫌多问,他替我提出了。

记得那是今年三月的时候,我把《国风》试译了几篇,寄给《申报·自由谈》发表,随后还寄给林语堂先生主编的《人间世》发表,这位少问先生就做了一篇《为文章而文章》的文章,刊在上海《大美晚报》。他说:

> 大约是从去年开始的吧,极左和极右这两派思想在中国文化界的冲突就日渐尖锐了起来。这中间原来既不属左也不属右的"第三种人"当然早就表示了超然的态度,就是那些直接参加这个冲突的文人也因为种种关系而不得不在文章中减少甚至完全消去自己固有的色彩了,于是不左不右的文章便几乎独据了整个的中国文坛。这种不左不右的文章底形式虽然有幽默的、讽刺的、正经的、长的、短的之不同,但其实质却是一样,那便是回避现实。因为只有回避现实,才不致与左边和右边发生直接的冲突呀!

> 回避了现实之后的文人当然还要继续写文章，否则便不能解决肚子问题。但是写什么呢？首先是谈女人，其次是写风景和天气；如果女人谈得太多了，风景和天气也不能写了，那便开始讲俏皮话，去引诱那些贵妇人的暗笑；或者翻译古书，譬如《诗经》之类，以显示自己底喜故厌新。这样，既不涉及国家大事，又不关系生存斗争，而文章却是一批一批地产生了，文人的地位依然可以保存，肚子问题也就随之解决，岂不妙哉？……

不多几时，这位少问先生又在同一刊物上发表一篇《难为了编辑先生》的文章。他说：

> 一般依靠卖文章生活的文人，当然是很注意编辑先生的态度的。因为许多编辑先生采取了不左不右的态度，所以许多文人也就著起不左不右的文章来了。于是考古、谈女人、说俏皮话、翻译《诗经》、写游记、弄小诗——所有这类不左不右的文章，便成为了一九三四年最摩登的文章样式。
>
> 这些不左不右的文章之特点，当然是在超越现实。因为只有不谈现实的问题，只有远远地离开现实，才不至于与左右两极端的思想发生正面冲突。

少问先生这两篇文章虽然不是专为我一个人写的，可是他把翻译《诗经》看作谈女人、说俏皮话、写游记、弄小诗、考古等等一类，他以为同样是回避现实或超越现实、不左不右的文章，这是一九三四年最摩登的文章样式。他这些话究竟对不对呢？我以为他说到别人，或许完全是对的；说到我，我就要不很郑重的声明一点异议了。

那么，我为什么要翻译《诗经》呢？

在我有一个偶然的、突发的原因。记得是今年三月初头的一天，我独自步行到霞飞路生活书店、商务印书馆分店去看有没有新书,顺便溜进女子书店,看到了陈溅琴女士编的薄薄一本《诗经情诗今译》。在这本书里面,除了陈女士自己翻译的八篇以外,她还搜集了刘大白、顾颉刚、魏建功、钟敬文、汪静之、储皖峰诸先生的译文二十五篇,合为三十三篇,这当然要算是郭沫若先生《卷耳集》以后国内作家翻译《诗经》的一部总集了,虽说篇数不多。

我把《诗经情诗今译》翻看了一过,觉得这和《卷耳集》都是零零星星选译的,心里忽然发生一个奇怪的想念道:"《诗经》怕是可以完全用如今口语来译的,我为什么不把它全部译出呢?"

这就是直接引起我来翻译诗经的一个原因。

自然,少问先生说我是和其他的所谓"第三种人"一样,为了"远远地离开现实",才来翻译《诗经》,我并不说他完全不对,不过在我当时是不自觉的。何况我的平日做学问的经历,以及目前的生活境遇等等,都有凑成我来翻译这部书的可能。不过少问先生不曾过问到这些,自然也有可原谅的地方!

二

《诗经》是不是值得翻译,需要翻译?翻译它的目的在哪里?

关于这样的问题,我想先把他人的意见引到这里,然后再说一说自己的意见。郭沫若先生的《卷耳集》序说:

> 我国的民族原来是极自由极优美的民族,可惜束缚在几千年来礼教的桎梏之下,简直成了一头死象的木乃伊了。可怜,可怜!可怜我最古的优美的平民文学也早变成了化石,我要向这化石中吹嘘些生命进去,我想把这木乃伊的死象苏活转来,这也是我译这几十首诗

的最终目的,也可以说是我的一个小小的野心。

原来郭先生是反礼教的,所以他才选译《国风》里"男女间相爱恋的情歌";他是反封建的,所以他才选译这"最古的优美的平民文学"。至于他想藉着他选译的四十首诗,就可把我们这个好像没有生气了的民族复活起来,他的"野心"也就算是不小了罢!再有顾颉刚先生的《诗经情诗今译序》说:

> 《国风》中的诗篇所以值得翻译,为的是有真性情。这些诗和唐人的绝句,宋人的词,近代的民间小曲,虽遣辞有工拙的不同,而敢于赤裸裸地抒写情感则无异。中华民族的文化苦于礼法的成分太重,而情感的成分太少,似乎中庸而实是无非无刺的乡愿,似乎和平而实是麻木不仁的病夫。我们要救起我们的民族,首须激起其情感,使在快乐时敢于快乐,悲哀时敢于悲哀,打破假中庸假和平等毒害我们的旧训。而情感最集中最深入的是男女之情,故以打破家法的家族制度下的障壁为第一义。这些吐露真性情的诗篇,使人读了发生共鸣,感到其可宝贵,从而想到自己性情的可宝贵,就是打破这种遏抑自然的障壁的好工具。

在反封建的一点上,顾先生的意见似乎和郭先生差不多。顾先生反对旧文化,尤其是旧道德,所以他以为翻译那有真性情的《国风》,叫人读了,发生共鸣,激起情感,可以从礼法的枷锁里解放出来,这也是救起我们民族的一个法子。可惜顾先生不像郭沫若先生一样有一点"野心",自己动手把《诗经》多翻译几篇,仅翻译一两篇,未必于救起民族有功的!又陆侃如先生的《诗经情诗今译序》说:

> 《诗经》之需要翻译,是无容讨论的。《诗经》是中国文学史上最

古的杰作,用的是三千年前的白话。我们生在三千年后,要去了解和欣赏原文,那是古文学专家的事。要使这些古诗公之大众,便非翻成今语不为功。

陆先生是专从文学上立论的。他以为要使现代的大众都能够读得懂《诗经》,就非翻成现代的白话不可。但现代的大众是否都有读《诗经》的必要?陆先生似乎没有想到这一层。

现在,我要把这部《诗经》整个儿翻译出来了。不是幻想把它译出以后,对于挽救国家或复兴民族以及对于世道人心之类有什么帮助,也不是妄想大众都能够读它,或作为青年必读书,我只尽我最善之力,尽可能地使用比较接近大众的语言文字,翻译一部上古的诗歌总集,决不故意摹仿外国诗歌,也不存心夸耀古典词藻,但要看看大众语是不是可以创作诗歌,先由我这个没有创作天才的凡人,从翻译古诗来实验实验。自然,三千年以前的诗歌,无论它在当时用的是雅言是俗话,其中所包含的社会意识,以及当时当地所有的自然物和人工的器物,虽是用了现代的大众语勉强译出。未必现代的人都能够说得出、听得懂、看得明白,因此就可作为大众的诗歌。那么,我的这个工作究竟会有若干成功呢?连我自己也没有什么把握。仅就《国风》一百六十篇来说,倘若贤明的读者认为我的译文也有一两篇甚至只有一两句可以勉强算得像样,一定是比较接近大众语,那是无疑的!

最近有一个朋友对我说:"你把《诗经》翻译出来,对于读原文不懂的人有不少的帮助。"我是不曾抱有这种奢望的。本来我的译文为了想要顾到忠实于原文的关系,有时没有办法,像是一种有韵的注释,和王逸的《楚辞章句》一样,不能说这于读原文不懂的朋友没有一点用处,不过这用处也就有限得很,你看从毛公以来,《诗经》的注释不知有若干家了,关于《诗经》的著作不知有几屋子,至今看起来,究竟有哪一家最对,又最满人意呢?难怪胡适之先生要发愤做一部《诗经新解》,然而"善于做上卷书"

的胡先生,恐怕至今这部书还没有做好上部。而且他老先生是自己承认有"历史癖""考据癖"的人,"谈谈《诗经》"应该是没有问题的了,可是他的朋友周作人先生竟禁不住要说他"太新"、"武断"、"大胆"。前人说过"诗无达诂",这话不错,我以为不仅《诗经》如此,凡诗都可作如是观,字面解释只是皮毛,要真切地了解一首诗,须凭各个读者各个一瞬间的直觉和感兴。一首诗果然能够引起读者的直觉和感兴,一定这诗的本身具有诉于人的感情之力。感情是瞬间的,容易消失的,常有变化的,正因为如此,所以甚至连自己做的诗,过了一些时候,每读一回,就可有一回不同的感兴。这样说来,诗的注释,诗的翻译,压根儿就是不必有的事,真像嚼饭哺人,自己固然嚼不饱,人家嚼你嚼过的东西,要惹出一场恶吐,那也是可以发生的事了。

记得好几年以前,顾颉刚先生为了要扫除从汉朝以来《诗经》学者的胡闹瞎说,做了一篇文章,题目叫做"瞎子断扁的一例——《静女》"。自然,仅就《静女》一篇而说,汉朝经师所下的解释,就本有迂谬难通之处。所以顾先生要说:

> 我们现在抨击汉代的经学,并不是要自命不凡,标新立异,也不是为时势所趋,疑经蔑古,即成通人;实因我们有眼睛而他们没有眼睛,我们有理性而他们没有理性,所以他们可以盲目盲心的随意乱断,而我们不能如此。

自从顾先生在学术上放了这样一个大炮之后,引起了一场关于《静女》的论战,就《古史辨》第三册里收辑的文献而论,参加这个讨论的学者至十人之多,往复讨论的时期延长至四五年之久,讨论的文字将近十万言,似乎还没有一个定论;又《静女》这篇的译文,至今怕在十篇以上罢,也似乎还没有一篇人人点头、个个心服的定译。仅仅解释和翻译《诗经》里面的一篇就够这么麻烦,倘若要把《诗经》三百篇通通注出译出,这工作的麻烦可想而知;而且自己这样麻烦透了之后,一定还有人家来和你麻烦也可想而知;"瞎子断扁",怕是这么永远继续下去的罢,因此,我也就决定把《诗经》全部译了。

三

我要说到翻译《诗经》的方法了。

我很惭愧的,无论国家社会,连我自己也没有给自己一个读通一种外国文的机会,而且平日阅读他人翻译外国人的东西极少,因此不曾接触过关于翻译的问题。

如今我在翻译《诗经》了,究竟用怎样的一种方法呢?

好在翻译《诗经》而且出过小册子的,最先有郭沫若先生,稍后有陈漱琴女士,他们已经把自己的翻译方法告诉给人,我就不妨从他们学一点乖。郭先生的《卷耳集》序道:

> 我对于各诗的解释是很大胆的。所有一切古代的传统的解释,除略供参考之外,我是纯依我一人的直观,直接在各诗中去追求他的生命。……
> 我译述的方法不是纯粹逐字逐句的直译。我译得非常自由,我也不相信译诗定要限于直译。太戈儿把他自己的诗从本加儿讲译成英文,在他《园丁集》的短序上说过:"这些译品不必是字字直译,原文有时有被省略处,有时有被义译处。"他这种译法,我觉得是译诗的正宗。我这几十首译诗,我承认是受了些《园丁集》的暗示。

郭先生纯依个人的直观去领会诗意,主张自由意译的方法,这当然不算怎么错。因为便是有人自己做一首诗,再由他自己用另一种语言文字译出来,也未必能够纯粹逐字逐句的直译,和原文的字句或意思一点也没有出入的。至于郭先生运用他的意译方法有没有做得最好的地步,我想他自己会比别人更要知道清楚一些,似乎他人不好说得。

只有陈湫琴女士可对郭先生不甚客气了。她的《诗经情诗今译序》说:

> 我压根儿不喜欢"臆译"的诗歌,凭空送上了许多废话。我更不喜欢毫无韵味的诗,竟直和散文没有分别。同时我对于郭沫若先生的《卷耳集》,也还有些不满意的地方:
>
> (一)语句间的增减,如《女曰鸡鸣》、《鸡鸣》、《东方之日》之类,虽然他自序说过不是纯粹逐字逐句的直译。
>
> (二)把一些摇曳生姿的"兴"诗,改译成质直的索然寡味的"赋"诗,如《野有死麕》之类。因此,我的译法是尊重直译的,除非万不得已时,采取一点意译。
>
> (三)韵律本是诗歌的要素,自诗体解放以后,韵律的形式完全打破了,在我译诗的句尾大半还保留一点自然的音节。

陈女士批评郭先生译文的地方也许不算怎么错,可惜她自己只译得八篇。郭先生已译,陈女士重译的占了六篇,或许为了她的方法更好的缘故,译文更要胜过郭先生译的罢。至于郭先生所译,最被陈女士指摘的《野有死麕》一篇,说是"摇曳生姿的'兴'诗,改译成质直的索然寡味的'赋'诗"。不知道她为什么没有重译,不然,我们倒可以从她看一看"兴"诗究竟要怎样译法了。

现在,我要说到我自己关于翻译《诗经》的意见和经过:

郭先生偏重意译的方法,陈女士偏重直译的方法,我用的又是哪一种方法呢?老实说,他们说的方法都对,我都很佩服,可惜我没有本领充分运用这两种方法中的一种,使我的译文能够自己满意,并使一切的才子佳人文豪学者看了也都满意。记得有一个朋友,说起话来,两眼朝天,鼻孔嗤嗤地响,满口的甲也低能,乙也低能。我只老实告诉他,我是无能,因为所谓"低能儿",还是有能,不过低而已矣,倘若我是大言不惭地自夸天才,我就会拿出一点伟大的创作给人家赏识赏识,不会想到翻译,便是翻译也只作为副业,而且决不翻译一点本国的古书,会要翻译几种外国名著,尽一尽介绍西洋文学的责任,以报答国帑、家产,或是个人团体的资助,给我一个有外国文学素养的机会。倘若真是一个天才的文学家,而又愿意降格翻译古文学,像这部《诗经》,当然要把所有一切古代的传统的解释通通踹在脚板底下,不妨别创新解,自成一家,意译的方法就顶用得着了。倘若真是一个渊博的学者,翻译《诗经》这样的书,当然要把关于《诗经》学各派各种的著述通通搜集起来;要把各派《诗经》学家关于《诗经》的见解、训诂、音韵、校勘各方面已经得到的结果,通通参考研究一过;这样,无论他专用一派的学说,兼采众家的长处,都没有什么不可,于是字字有来历,句句有根据,逐字逐句的直译方法就顶好用了。

我不是一个生而知之的天才诗人,也不是一个渊博绝伦的《诗经》学者,我只是一个无能的人,爱读《诗经》的人。我来翻译《诗经》,未尝不想十分忠实的直译;直译没有办法,未尝不想非常自由的意译;意译没有办法,为了要全部译出的关系,也只得采取没有办法的办法了。好在《诗经》是一部中国书,同是中国人,大家都可对照古本去读,因此,我的译文既不会妨碍古本,也不会贻误今人,这是我可以睡得落枕的。

总而言之,除非他根本认定翻译《诗经》不可能,或者认定《诗经》没有翻译的必要。我抱有一个非分的希望,希望有天才的诗人,或是渊博的学者、严酷的批评家,乃至一个贤明的读者,对于我的译文非常失望、不满,甚至深恶痛绝,拉杂摧烧,当风扬灰,然后他自己发愤重译一过,至少改译几篇给大家看看。我虽至愚不肖,起码的虚心是有的,我当然诚诚恳恳,虚心采纳,为了学术的尊严,这并不算是我的一种耻辱,我是知道的,而且我实在抱有一个极其诚恳的希望,希望有人能够很严肃的指出一字之差，一句之误，做我的严师益友。倘若他超出了这个范围，这样的人别有用心，就值不得理会了！

至于有人读了我的这部《诗经语译》，觉得其中偶然有一字一句可取的地方，不免恭维几句，我除了诚惶诚恐，且感且愧之外，还得郑重声明一番，这种可取的地方，也不是我的好处，恐怕是从古人著述里面得来的，不敢掠美。因为二十年以前，我曾读过朱子《诗经集传》，以及《毛传》、《郑笺》、《孔疏》，后来又从兑园徐氏和风树亭易氏借读过陈启源、陈鱼、马瑞辰关于《毛诗》的著述，魏源、陈乔枞、王先谦关于齐、鲁、韩三家遗说的著述。此外，崔述《东壁遗书》、王引之《经传释词》、俞樾《古书疑义举例》，对于《诗经》有关的部分，我也曾留意过。不过在这上面举出的书，目前除了从字纸篓中拾得一部《朱子集传》残本以外，其余都不曾摆在案头，以便参考，这是无可如何的。还有最被胡适之先生称道的姚际恒《诗经通论》、方玉润《诗经原始》，本来是容易得到的书，我却至今懒得去看，并去采取他们一点什么有用的见解；这在胡先生一流的学者，或许要替我引为遗憾了罢，反正世界上遗憾的事太多，一生都说不完，就在这里停笔了！

闲话少说，是为序文。

（原载《文学》第三卷第二号，一九三四年）

湖南的民间戏曲

民间戏曲有好些是由演者凭着天才,凭着高兴,一时随意胡诌而成的,并没有写定的剧本,那是无从介绍的。我要介绍的是那些有了写定的剧本:流传民间的。这些剧本都找不出他的真正作者为谁,大都出自无名的不文的民众作家,甚至非个人的创作,而是大众的辗转拼凑的东西。他们不自命风雅,不贪求文名,也不知道言之不文,行之不远。所以他们不故意咬文嚼字,也不存心卫道宗经,既没有腐儒的酸气,也没有文人的滥调,所有的是泥滋味,土气息,他们的真面目,他们的真精神。虽然板本印刷不免粗劣,但定价不过铜元几枚,甚至制钱几文。虽然使用当地的方言谚语,或者常有别字、省体,但很可以供语言文字学者的研究参考。虽然常有不通畅的或不圆满的文句,但我们可以从这里直接听取民众的心声,或认识道地的民间文学。

我看见的这种书本凡三百六十多种,十分之八九是湖南湘潭、长沙、衡阳三县地方出版的。其余有几种是湖北出版,或者无从查考他的出处。现在我就从这里面抽取几个剧本来介绍。

一　糊涂关(一题婊子过关)

老爷为官清到底,只要银子不要米,要了白米挑不起,得了银子放在荷包里。

这是那位糊涂关关官(新名词就是关监督)的自白。这个要比那些一面喊着"建设廉洁政府"、"打倒贪官污吏",一面直接或间接尽刮民脂民膏的银子,放在自己荷包里,或存放外国银行里的所谓革命官吏,来得诚实多了。他不喊骗人的革命口号,他直言不讳的要银子,这才可算得真正老牌的忠实同志!

这一日,天气晴和。有好几个妓女,呼做"一枝花"、"赛仙香"、"步步姣"、"人人爱"的来到关上了。她们说是要到芜湖县内赶趁生意的。她们从灵魂的深处发出她们一种上天下地无所控诉的"生之悲哀":

新鸟唧唧旧鸟归,老羊羸瘦小羊肥;人生衣食真难事,不及鸳鸯处处飞。

这是她们姊妹共同的一种告哀的歌声。可是因为这种歌声出自美人的朱唇皓齿,飞进了大人老爷们的耳朵里,恰足满足他们的一种"生之欲望",添加他们的"生之享乐"。所以那位关官听得她们是冲州过府,弹琴唱曲的,又听得她们没有银子缴纳关税,只得说道:

也罢。既然如此,你们将那上好的调调儿唱几个与老爷听听,老爷就免了你们的关税。

便是穷得依靠弹唱卖艺,流浪过活的弱女子们,也须破费一点工夫,唱些个调调儿代替关税,你可以想见关税之苛,无所不征,自古如斯,于今为烈了。于是那几个妓女们,也只得说"小女子下面唱,大老爷上面听"了。她们唱到煞尾,也就毫不客气的把大老爷的心上的黑幕揭开:

你面上黑来有了须,一心只想别人妻。哎哟,好一个做官的!哎——好一个做官的!

既贪银子,又贪美色,现在你所看见的这种官僚习气,原来是封建时代官僚的传统呀!

关官贪污,关卒那里会不舞弊?老爷要寻开心,大爷那里就不想作耍?关官听曲之后,一个关卒竟直向一个妓女搂抱着亲嘴了。自古道:"只许官放火,不准百姓点灯。"——这却是关官所不许的,打起官腔骂道:

呸!好大胆的狗才!你老爷未曾与他作耍,你敢与他作耍,回到衙中,定要打断你这狗才的狗腿。还不与老爷带马来!

偏偏这个狗才不肯照例的驯服了,他要反抗起来。他敢大胆的说:

呀!我只与那婊子亲得一个嘴。老爷就要打断我的腿,又要我与他带马回衙,还要受他一顿打。罢,罢,罢!这个衙门不做他,一心去把河水挑,那个还与他来带马呀!

这虽然还是消极的反抗,但是态度已经很坚决了。同伴都受了他这一段话的煽动,一个个也要走了。气得老爷没有办法,想用温情主义来代替高压政策,赶紧改腔换调的说道:

小的们!你与老爷带马回衙,老爷不打你就是。

可是那些离叛的小的们,谁还肯受他的这种欺骗呢!老爷只好懊丧地自己上马回衙了。全剧于是结束。这个剧本比较算是含有一点革命思想的,在民间戏曲中可说是绝无仅有的一出。

二　蔡昆山犁田（一题正德遇饭）

一个由贫苦的雇农（长工）出身爬到佃农地位的蔡昆山，亏着他妻子把送给他田中充饥的麦米干饭，施与正在饥饿着的微服潜行的当今皇帝——明武宗充饥，因此得邀皇帝的宠眷，不但把他田主王汉卿的三十亩良田夺得赐给他，还命他做了宛平知县。这当然是一幕喜剧。本来一个劳力的农夫偶然的意外的得邀皇帝的宠眷，爬上了所谓劳心的统治阶级，不能不说是一种奇遇。可是这种个人的机会的幸运，究竟值不得吾人若何的健羡。实则这个剧本引起吾人兴趣或注意的，却是那位微服潜行的皇帝。我们看过京戏《梅龙戏凤》的，总该记得那位皇帝，和他怎样的获得一个民间女子李凤姐。做了皇帝，贵为天子，富有四海，又操着生杀予夺之权，还不足以满足他的欲望，还要亲自到民间劫掠女子。这并不是民间不识皇帝的尊严，故意编造一个故事，和他开顽笑，这在正史里面也有记载的。《明史·江彬传》里说道：

（彬导帝武宗微行）数言宣府乐工多美妇人……帝然之。十二年八月，急装微服……幸宣府。彬为建镇国府第，悉辇豹房珍玩，女御实其中。彬从帝数夜入人家索妇女，帝大乐之，忘归，称曰"家里"。……十三年……彬复导帝往，因幸大同……掠良家女数十车，日载以随，有死者。……

彬又导帝由大同渡黄河，次榆林，至绥德，幸总兵官戴钦第，纳其女。还由西安历偏头关抵太原，大征女乐，纳晋府乐工杨腾妻刘氏以归。彬与诸近幸皆母事之，称曰刘娘娘。

所以在《梅龙戏凤》和《蔡昆山做官》两剧里的朱武宗，都曾说道：

大明一统整山河,思想为君多快乐!离了北京燕都地,闻听大同景致多。

他要来到大同,看看景致,快乐快乐了。"山东出骡马,梅龙出娇娥",李凤姐就是梅龙镇所出娇娥之一,大约也就是他在大同所"掠良家女数十车"中之一罢。劫掠民间女子以充宫闱,夺取人民田产以赐臣仆,(这个似乎比较那逼拆民房以壮观胆,去欢迎外国太子,还算合理一点。)他哪里会知道民间疾苦呢!在《蔡昆山做官》一剧里,写他饥饿着,正在吃着蔡昆山妻子给他的麦米干饭,说道:

为王的下了龙车马,一个盘坐地埃尘。一双龙爪接过了娘子茶和饭,扒一口吞不下,扒两口梗在喉咙,扒几口吞不下,梗梗格格在心中。先只想黎民百姓把我的太平享,又谁知黎民百姓受苦情?倘若是为王的打马回朝转,要把钱粮——钱粮免几分。

明武宗何曾真的免过几分钱粮,表示他的皇恩浩荡?豁免钱粮,是从来农民求之不得的一种渴望。所谓钱粮乃国家之正供,还希望豁免,那吗,倘若还有什么苛捐杂税,更是农民禁受不起的一种重担。只要有人喊出"废除苛捐杂税"的口号,虽明知这是骗人的,一般农民也就决不拒绝听取这种叫声了。农民的日常食物,统治者在偶然的饥饿里,试吃一餐,还觉得梗梗格格,吃不下去。但在贫苦的农民,忽被一个不速之客,吃去一餐饱饭——"粒粒皆辛苦"的饭,却是何等的一种损失呵!(至于被夺去一个女儿或是一个妻子,乃至如《正德游龙宝卷》里周玄视为妻子的一只鸡,更不待说。)蔡昆山的责打妻子,不是全无理的。可是蔡昆山虽偶然的损失一顿饭,却也偶然的得着一个官,这又是何等的一种幸运呢。封建社会里的农民,不能用自己的力量从斗争里推翻已然的大众的厄运,要走幸运,就只有靠老天爷给与偶然的个人的幸运,但这是何等难得的机会呀!

三　山伯送友与山伯访友

关于梁山伯、祝英台那件奇幻的凄艳的恋爱故事,我在湖南方面看见的弹词、宝卷、小曲戏本总在七八种以上,将来我想再找别处关于这件故事的小书,作个系统的叙述,或详晰的考证。假如有机会的话,我还想跑到宁波去,瞻仰"梁圣君庙"和"晋封英台义妇冢"。现在这里只谈谈《山伯送友》和《山伯访友》两个剧本。这两个剧本当然不是一个人作的,因为二者间看不出前后文的连贯。

先谈《山伯送友》:

女扮男装的祝英台在杭州攻书,看看已是三年了。一天夜里,梦见白马坐在中堂,疑是一种凶兆,关心到父母的生死存亡。因此,要辞别结拜的兄弟梁山伯,独自归家省亲。梁山伯为着一种说不出的离愁别绪的牵引,不得不送她几程。只是三年之间,两人虽日间同席,夜里同床,形影不离,异常亲密,俨然一对极幸福的小情侣,实则梁山伯并不知道祝英台是一个女的。在祝英台呢,直到这一天要分离了,还不愿明明白白地说出实情,又想要透漏一点消息给他。他们一路上,"说话如同唱山歌",而祝英台的这种山歌,又好像希腊神话里人首狮身的 Sphinx,拿来决定一个人的生死吉凶的谜语一样。在剧本里是这么写着的:

〔生唱〕弟兄双双跪埃尘,拜别山东孔圣人。又拜师父和师母,又辞七十二贤人。我送九弟出学堂——

〔旦唱〕梁兄送我出学堂,学堂门外粉壁墙,粉壁墙上画月亮。有纱帽,和圆领,梁兄戴上;有凤冠,和霞帔,是我承当。

〔生唱〕九弟说话不思量,为甚么在此比粉墙?有纱帽,和圆领,读书人想;有凤冠,与霞帔,付与九娘。我送九弟到墙头——

〔旦唱〕梁兄送我到墙头,墙头一树好石榴,青的青来绿的绿,黄的黄来熟的熟。心想摘个梁兄吃,恐怕你不够又来偷。

〔生唱〕九弟说话没来由,为甚么墙头摘石榴?九弟要吃只管吃,为兄不吃酸石榴。我送九弟到大街——

〔旦唱〕梁兄送我到大街,大街一座好花台,蜜蜂见花把花采,花见蜜蜂要抱怀,回头我把梁兄问,见花不采你好呆!

〔生唱〕九弟说话大不该,为甚么大街比花台?蜜蜂他把鲜花采,为兄不采未为呆,我送九弟到井边——

〔旦唱〕梁兄送我到井边,二人挽手照容颜。男子照出桃红脸,女子照出石榴鲜。水内也有桃红脸,水内也有石榴鲜。有福姻缘似线牵,无福那怕面对面!

〔生唱〕九弟说话言语颠,为甚么井边照容颜?杭州攻书长对面,水内那有石榴鲜?我送九弟土地堂——

〔旦唱〕梁兄送我土地堂,庙内一对好神像,左边坐的土地公,右边坐的土地娘。公公不把婆婆想,枉在世间做神像!

〔生唱〕九弟说话太猖狂,为甚么在此欺神像?手带着,祝九弟把礼奉上;神圣爷,休怪他,年幼儿郎。我送九弟到山林——

〔旦唱〕梁兄送我到山林,只见松林一新坟,新坟内面有棺材,棺材内面有死人,我把梁兄好一比,好比坟中一死人。

〔生唱〕听罢言来怒气生,为何把兄比死人?我和你结拜恩情重,为甚么破口伤为兄?我送九弟到山叉——

〔旦唱〕梁兄送我到山叉,山叉一片好庄稼,高的原来是芝麻,矮的看来是棉花。棉花地面秧绿豆,绿豆内面秧西瓜,牵出藤来开黄花,结一个西瓜这样大。心想摘个梁兄吃,怕的你回学堂长挂心下。

〔生唱〕九弟说话言语差,为甚么在此比西瓜?人家三月把种下。一家大小望着他,九弟那里摘了瓜,又恐怕种瓜人将你来骂。我送九弟到山岩——

〔旦唱〕梁兄送我到山岩,见一老者砍枯柴。老者砍柴为妻子,梁兄送我为何来?

〔生唱〕九弟说话大不该,为甚么山岩比枯柴?老者砍柴为妻子,我送九弟为结拜。我送九弟到田坡——

〔旦唱〕梁兄送我到田坡,田坡一对好娇鹅。公鹅他在前面走,母鹅后面紧跟着。拖又拖来拖不动,口口声声叫哥哥。我把梁兄好一比,好比公鹅送母鹅。

〔生唱〕九弟说话太喽嗦,为甚么田坡比娇鹅?三篇文章如花朵,"说话如同唱山歌"。

原来梁山伯、祝英台是天上的金童玉女,为着打破了玻璃盏,这已经是三次被谪下凡,还是要叫他们饱尝恋爱的苦味,却不许他们成为夫妇团圆的。他们这次人间的离别,早惊动天宫的玉皇大帝了,忙差太白金星下凡,将梁山伯的真魂摄去,换了呆魂。所以祝英台接二连三的用语言的暗示力去挑动梁山伯,梁山伯竟一直呆呆不懂。

他们走到河边了,这里是上无桥来下无船。梁山伯受了祝英台之绐,跑到一个村庄的所在,借竹杖量水,祝英台又不曾把女身露给梁山伯看见,浮水过去了。梁山伯转来,问她河水的深浅。她道:

梁兄若问水深浅,把个哑谜你猜穿,也不深来也不浅,刚刚淹齐可字边。

梁山伯真是换了呆魂似的,依然没有领悟。最后他们要分手了,祝英台只好托言有妹相许,约日来会。"悲莫悲兮生别离",这出送别的剧完场,很使人有黯然消魂之感。

再谈《山伯访友》:

梁山伯为着要践百日相会之约,欣然来到祝家了。祝英台听见他来，赶忙改扮男子装束，出门相迎。梁山伯于酒酣耳热、畅叙情怀之际，说明此行，除了访友会文之外，是为求亲来的，因为祝英台曾以妹子相许。这时祝英台却埋怨他来迟了，她托词邀三妹来陪，离席而去，实则她自己要以女身本来面目相见。梁山伯重见之下，模糊迷离，几于不能相信自己的眼睛。三年之谜，一旦解破，其喜可知。但那位叫人猜谜，像 Sphinx 似的祝英台，也就真像 Sphinx 似的，结果自己也投下了不可救的危崖。因为此时梁山伯已知前此祝英台以妹相许者，为耻于自媒，乃即以婚约相要。祝英台不得不告以已由父母之命，媒约之言，许与马家，以绝其念。这在梁山伯骤聆之下，是一种何等不幸的消息，足以震撼他的心灵呵！

〔生唱〕听他言来吃一惊，冷水淋头怀抱冰。若无此事倒还罢，许了马家悔不成。马公子他有钱悬灯挂彩，梁山伯穷秀才骑马来临。许了马家不该先许我，马梁二家齐求亲。看你家中有几个祝九红！管他马门不马门，无有亲事不回程。

〔旦唱〕千劝万劝劝不转，听天由命不尤人。低下头来自思想，奴有包纱为证凭。日间带在身旁走，晚些带到枕边存。见了包纱如见我，海枯石烂莫忘情。

他们两人便在这种花落人往，无可奈何似的凄绝情形之下，终于分离了！

四　四郎反情与李四覆情

倘若我们要知道《四郎反情》这个剧，同时还得知道同以四郎为主角的而又性质相类似的《四郎算账》和《四郎拜年》。因此，我在介绍《四郎反情》这个剧,就不免涉及那两个剧,也就好像同时附带介绍那两个剧了。

四郎是一个怎么样的人物呢?

四郎姓喻,名德春,有时又被人叫做喻老四。他是一个单身汉子。在《四郎拜年》一剧里,他的干妹恭维他的衣服蓝白漂亮之后,他是这样答她的:

> 二贤妹,切莫提,我的衣裳。提起了,这衣裳,大哭一场。蓝的脱下无人洗,白的换了无人浆。清早起,有谁人,与我谈讲;出门去,又无人,看守卧房。到晚来,有谁人,点个灯亮;无奈何,黑凄凄,摸进卧房。进房去,又无人,把被铺上;可怜我,独一人,倒在牙床。一夜晚,睡至在,五更天亮;只冻得,喻老四,眼泪汪汪。二贤妹,你与我,想上一想,你看我,单身汉,好不惨伤!

他这种单身汉子的凄凉生活,真不易过,无怪他有时要说:"回头我把爹妈来埋怨,何不与我娶房亲了。"他在经济地位上又是穷得"田无升合,地无寸土",不得不当雇农的。在《四郎反情》一剧里,他责备他的情妇说:

> ……怎不记你爹爹亡故了命,接我到你家中来做长工。每年的工价钱三串六百整,到腊月那看见你的半毫分?一屋人吃饭我收碗,不是筛茶便装烟。睡得半晚黄犬咬,口口声声喊长年。我本当不起来端残了碗,下床时,好一比,黄犬一般。清早起,下床来,一条扁担,只压得喻老四,要喊黄天。……

他说的这种雇农生活也就够可怜了。不过他也贪求官能的刺激,他也有幻影的追求,虽然,他所贪求的或追求的是如何的低廉呵。在《四郎反情》一剧里,他自述说:

老四本是长工汉,嫖赌逍遥四字全。嫖赌逍遥且不说,还吃几口鸦片烟。

又他对他的二妹说:

怎不记城隍庙内把戏唱,一张轿子抬你戏厂边。糯米汤圆你不吃,羊肉鲜面端几遍。瓜子槟榔你不吃,死鸦头要吃条丝烟。可怜可怜真可怜,当掉小衣才有钱。……

这么说来,他真够得上□一个贫苦的农民阶级里浪漫的典型的人物。所以许多民间恋爱的罗曼司 Romance,要把他做主人公了。

《四郎反情》的剧情是这样的:

喻老四和他的情妇叫二妹的吵了一回架子。一个深春的晚上,二妹为着十分迫切地思念他,已经卧病了。这种情热的病,她自己也知道只须与四郎重续旧欢就会好的。已经敲了二更的鼓了,还看不见四郎的情影,她不免更加烦苦起来,发出如患狂热一般的言语:

奴是开坛酒,缺少四哥尝;今晚哥不来,怎得到天光! ……
我四哥,他好比,甘草作引! 甘露水,点花心,病体除根。……
喻老四,好一比,绵羊一只;二八女,比猛虎,来下山林。眼前若有喻德春,连皮带肉一口吞。

这是多么肉感的话! 她把自己比做一只猛虎,把情人比做一只绵羊,她想把他连皮带肉的一口吞吃。你看这又是何等的情热呵!

这时已经三更了。在床上翻来覆去的四郎,还也是忘不了他的情妇。结果为情热所逼,要起床去找他的情妇了。他冒着星月无光的黑夜,走到一带黑魆魆的松林。虎豹发出饥饿的凶猛的叫喊。冷静的理智已经警告

他不好前进了,但火一般的情热还是逼着他走上幽会之途。他说:

> 前山听得猛虎叫,后山又听豹子哼。蛇不咬我贪花子,鬼不迷我善心人。郎有意来姐有心,那怕山高水又深,山高自有人开路,水深自有船渡人。

他凭着天大的胆子,闯过可怕的松林,来到他二妹的住房了。此时相思成病的二妹,看见求之不得的情人居然来了,却不表示意外的欢悦,倒还恼恨他。他赔上许多的小心,送上许多礼物,但都得不到美人之一盼。他惶急了,拿出仅有的一锭银子,果然"银子打动他(她)的心"了。因为此时二妹的态度是这样的:

> 人说四牙子穷得很,今晚还有雪花银。常言道,瞎子见钱开了眼,哑子见钱开了声,和尚见钱把经念,尼姑见钱念观音。三岁孩童也要钱,奴家见钱软如棉。四哥银子交还我,夫妻还是旧姻缘。

不过他们的情爱并不就是这么恢复。男的还恃着"男的有钱到处留,不愁无处下金钩",去激动女的;女的也就不肯老实相让,因此还是经过许多曲折,才达到重续旧欢的目的。末了,女的说:"四哥哥银子交与我。"男的说:"我的银子会买货。"在这里,显示吾人以从来男女间关系的基本条件。

再谈《李四覆情》:

《李四覆情》的情节大致也和《四郎反情》差不多,唱句也有好些相同。不过李四的所以覆情,系因听得旁人说他相交的妹子另有新欢,才起酸意。在女的方面,她是曾经和人有过桑间濮上的顽意而不讳言的。她还以多有情人自豪。她说:

> 一个鸡蛋两个黄,一个姣莲十个郎。大哥哥衙内当衙役,二哥哥

衙内做刑房,三哥哥桥头卖生姜,四哥哥桥尾卖白糖,五哥哥街上开铁铺,六哥哥乡里当教头,七哥街上做裁缝,八哥乡里做皮匠,九哥庙内做道士,十哥寺内做和尚。人人说我命也好,自己看来也平常。

于是李四被说服了,在无可奈何之中,也只好恭维她的命好。他说:

一个鸡蛋两个黄,贤妹妹偷人有名堂;打官司有衙役;做状纸有刑房;伤风头痛有生姜;口中无味有白糖;打成刀枪有铁匠;行凶打架有教头;衣裳烂了有裁缝;鞋子烂了有皮匠;做文疏有道士;念经拜忏有和尚;妹妹说你命不好,何不相交一帝王?

结果,他们都搬出许多民间相传的恋爱古典,以为"前朝古人皆如此,姊妹相交莫认真",他们也就真不认真,而重续旧欢了。

五　小尼姑下山

我在这里介绍民间戏曲里的《小尼姑下山》一剧,倘若诸位曾经看过京戏或汉戏里的《思凡》,和《小尼姑下山》,就会联想到这怕是同一或类似的东西。不错,我们只要看看这一剧的情节和唱句,就可以说得那个猜想是对的。或者这个还是原始的东西罢。

这个剧是反宗教的,说得更逼近一点,是反佛教的,反佛教的出世思想,禁欲生活。

一个舍入禅房的小姑娘——小尼姑,春心动了。这一夜!她凭着个人的自觉,决心要下山来。她要从灵的禁欲的世界回到肉的本能的世界来。有火一般的情热燃烧着她狂叫:

一更里,小尼僧,进禅房。手捧素珠,两眼泪汪汪。痴呆寂寞真个苦,幼女们怎不配年少才郎?怨了一声爷,恨了一声娘,大不该将奴舍入禅房。是这等寂寞真个苦,一心只想配才郎。

　　二更里,小尼姑,坐禅房。想起姊妹,两眼泪汪汪。穿红着绿堂前站,怀抱婴孩,口叫亲娘。愿自己,得成双:头上青丝巧梳妆;如意金钗头上戴,好花斜插到鬓旁。

　　三更里,小尼姑,好惨凄!一轮明月又转西,忽听钟鼓齐声发,烧香换水念阿弥。南无观世音,大发慈悲心,念弟子,自幼在空门,早把才郎配,满斗焚香谢神恩。

　　四更里,小尼僧,睡蒙眬。见一书生入房中,用手儿扯住袍和袖,口对香腮诉衷情,说不尽的苦,诉不尽的情。檐前铁马响丁东,铁马儿惊醒南柯梦,醒来依旧一场空。

　　五更里,小尼僧,睡到天明。忽听金鸡报晓声,手拿木鱼一声响,口念阿弥眼看经。念甚么佛,看甚么经?木鱼丢到九霄云。从今要把才郎配,一心收拾下山林。

她竟下山了。恰巧遇着一个和尚也"下山来,造化施主"。他们谈来谈去,归结于彼此都谋肉的解放。和尚说:

　　来此一座土地堂,土地公婆坐两厢,中间却少做媒郎。不如你做我的妻,我做你的郎,光头夫妻又何妨?

这是多迫切的要求!但曾熏陶在礼教与宗教之下已久的小尼姑,表面上初不肯坦率承认。那和尚只好和她来从头数菩萨了。数到结局,他们的结论是:

　　这菩萨,那菩萨,菩萨菩萨摩诃萨,尽都是娘生下。你我一对鸳鸳鸟,难道老死空门下?郎有心,姐有心,那怕山高水又深。山高自有人开路,水深自有船渡人。

于是他们便开始计画相偕下山之后,怎样建设他们的新生活,得到自我的满足,更具体点说:他们计画着怎样蓄起头发,埋了袈裟,成户人家,有了娃娃,直到娃娃长大。计画定了,他们就开始新生活了。

六 关于吕洞宾之剧本

湖南方面间最流行的神仙故事,要算关于"八仙"的,而在"八仙"里面最为人所称道的,就要推"吕洞宾"和"韩湘子"。相传刘海那位仙人是湖南的土产。他住在常德府武陵县丝瓜井。武陵县北三十里太阳山有刘海采樵处。他的仙诞是六月初十日,旧的历书是要记载的。但他总不及韩湘子的故事,(韩湘子有"三度文公九度妻"的传说,见于剧本的,我看见有《湘子卖药》、《花园烧香》、《湘子化斋》、《卖镜度妻》、《茅庵度妻》五种。)尤其吕洞宾的故事,来得多而有趣。本来吕洞宾这位仙人,他的故事到处都有流传的。我们只要看看林兰编的《吕洞宾故事》,和书坊出售的《吕祖全书》,就可知道,现在,我也来谈一谈人家还没有注意到的关于吕洞宾的民间剧本。

吕洞宾好像和湖南人特别有缘似的,相传他替湖南人监造了费尽人间之力所不能修好的岳阳楼。他在那里题过两句这样的诗:

三过岳阳人不识,朗吟飞过洞庭湖。

现在民间还有吕洞宾《三醉岳阳楼》的剧本。剧中的情节是这样的:

吕洞宾,名岩,道号纯阳,乃大唐人氏,咸通举人。尝应进士,值黄巢为乱,隐居终南山。因访钟离老祖,授以度世法,丹成,跨鹤上升。引见上帝,敕封"玉清内相,金阙选仙,孚佑帝君"。一日,奉玉帝敕旨,岳阳楼前,龙王三太子有难,命他前去搭救。他就驾起祥云而往。来到岳阳楼前一所酒店,饮酒题壁。恰巧一位渔翁来了。这位渔翁姓李,名青莲,三楚人,博通今古,隐居岳州内河大沙洲上,垂钓取乐。

  渔翁家住江之隈,傍水柴扉斜半开。昨夜滩头新雨足,鸬鹚一棹唱歌来。

这一日,他网得一只金丝鲤鱼,来到此地发卖。吕洞宾瞥开仙眼,看见这只金丝鲤鱼即是龙王三太子,便向那位渔翁说道:

  我这里正要买鱼放生。你将鱼儿放了,我赠你官宝一锭,一醉而归。

渔翁应许了。可是他还舍不得那只鲤鱼,两次拿下楼去藏了,都被吕洞宾晓得。第三次才真的放起走了。他们同在楼上饮酒猜谜。谈笑甚乐,要临别了,渔翁才问起吕洞宾的姓名。吕洞宾道:

  串字去中心,铜将水换金,八眉添宝盖,申示旁山人。

渔翁想了一想,说道:

  头戴飘飘一字巾,身穿五色绣花新。别等人儿都不是,尔是神仙吕洞宾。

吕洞宾道:

>渔翁,你好猜,你好猜!为何认我做仙来!我赐你发白又转青,齿落又发生,点石化为金!将身且把云端上,永学长生不老人。

说毕,不见。渔翁临流自照,果然已经变为少年了。

还有《白牡丹对乐》,也是关于吕洞宾的一个剧本。这个剧本很特别,因为全剧是以谜语组成的。我们固然知道在民间戏曲里,常常可以看见不少的"搬古"(搬民间相传的古典,其中以属于神话的为多。正所谓"十口相传谓之古"。)或"猜谜",可是像这样通体是谜语,可以叫作"谜语剧"的,就少见了。

白员外开了一个药店。这一天无事,招的又把"万药俱全"牌悬挂在外,等候顾客光降。恰巧吕洞宾这一天也无事,他知道白员外生有一女,叫做白牡丹,他想前去度她一番。他就化做一个道人模样:

>头戴道巾绣带飘,身穿八卦百衲袍,手执云帚遮日月,要到凡间走一遭。

他来到这"万药俱全"的药店了,他要买四味药方:

>一要买个假父子,二要买个七宝丹,三要买个长来往,四要买个永不归。

亏着白员外东楼寻到西楼,寻不出这四味药方,只好谢绝他,说是没有。他说:

>你家招牌上面写的"万药俱全",为何又无?好好检起四味药方便罢。如若不然,打烂你的招牌,毁坏你的房子,那时却怪不得我呢!

白员外为难了,跑到楼上,去告诉他聪明的女儿,女儿出来,对那买药的道人说道:

此乃有名无药,就是口对——十崽十女假父子,五男二女七宝丹,亲戚朋友长来往,水流东海永不归。

道人看见这个难不倒她,再要给她为难了,说道:

一要买个硬如铁,二要买个苦似黄连,三要买个甜如蜜,四要买个软如棉。

那女郎却仍不慌不忙地答道:

兄弟不和硬似铁,老来无子苦似黄连,生男育女甜如蜜,少年夫妻岂不是软如棉。

道人又给她难题,说道:

一要买个天上三分白,二要买个天上一点红,三要买个天上灯倒挂,四要买个天上层层节节紧包龙。

那女郎又解答道:

风吹雪来三分白,太阳一出一点红,八斗七星灯倒挂,乌云盖雪岂不是层层节节紧包龙?

道人再用和上一个同型的许多谜(水上,山中,古人,娘子房中。)来难她,

但她都解答了。末了,道人还是用这个同型的谜来难她,说道:

一要买个娘子身上三分白,二要买个娘子身上一点红,三要买个娘子身上灯倒挂,四要买个娘子身上层层节节紧包龙。

那女郎还是解答道:

水粉搽脸三分白,胭脂搽脸一点红,一对奶子灯倒挂,十月怀胎岂不是层层节节紧包龙?若还十月怀胎满,一肚生下两个儿,大儿子生下做和尚,二儿子生下做道人;我今在此说闲话,我的亲儿你是出家人!

她也就毕竟不客气,要给他吃一点小亏。吕洞宾看见调谑的谜都给她猜穿了,但他并不像希腊谜神 Sphinx 似的投下不测的高崖,他却驾起祥云回到天上去了。

再看《八仙庆寿》一剧里的吕洞宾:

王母寿期,众仙命吕洞宾采办寿字,前往庆寿。吕洞宾于斗牛宫中借得寿字。于是八仙一道同赴瑶池祝寿。王母设筵款待,因命金童玉女肴酒。吕洞宾喝得大醉,对着侍女般的玉女,见她眼动眉骚,娇态可掬,不免动心:

开口便把王母怪,命什么仙女送酒来。此仙女生得多娇态,眼动眉骚送情来。这一回打动相思害,缺乏月老事难谐。闻着酒气破仙戒(戏旦介),王母娘娘坐宝台。

众仙见他酒醉失礼,都责备他道:

洞宾吃不得酒，少吃一杯，为何吃得这样大醉？

他却岸然答道：

你们醉了，我倒不醉。

又道：

你们醉了，才说我醉。

王母知道吕洞宾醉了，因命众仙扶他回去。一场欢乐之酒，如此结局。

又在《韩湘子茅庵度妻》一剧里，也说吕洞宾去替韩湘子化身的王小生做媒，来调笑林英小姐，一向自称为"贫道"的吕仙，这次却被人骂做"骚道"了。

吕洞宾虽是一位骑鹤上升的神仙罢，但看他遇酒必醉，见色动心，还是尘根未净，很富于人间味的。所以他离人间不远，他常为百姓所称道，他还潜伏于所谓善男信女的"下意识域"里，显其作用于乩坛沙盘。他真是"百姓的神"！

（原载《湘声月刊》第一卷第一期，一九三五年）

谈"古文与八股之关系"

知堂先生谈韩退之与桐城派(见本刊二十一期),谈到"古文与八股之关系"很有新的意思,他人不曾谈过。

现在,我也想来谈谈古文与八股之关系了。

知堂先生欢喜谈明末公安、竟陵的小品散文。老实说公安、竟陵一派,除了他们对于文学的见解很有可取以外,他们自己的诗文并不能代表他们自己的见解。

谈到明代文学,我们知道这一时代最占优胜的是传奇,继续前一时代而发展的杂剧、散曲也还在文坛上保有相当的余势,新起来的章回小说在民间极其流行,也引起了文人学士的注意。这样说来,这一时代的文学既然只有戏曲、小说占了优势,难怪传统的文学——诗和古文,还像前一时代(元朝)一样,依然不振。何况当时政府用八股文取士,也足以影响到古文和诗的发展呢。黄宗羲的《明文案序》里说:

> 议者以震川(归有光)为明文第一,似矣。试除去其叙事之合作,时文(八股)境界,间或阑入,较之宋景濂尚不能及。此无他,三百年人士之精神,专注于场屋之业,割其余以为古文,其不能尽如前代之盛者,无足怪也。

这是说八股文发达起来是古文发展上的一大障碍。再有袁枚的《随园诗话》里也说：

程鱼门云："时文之学，有害于古文；词曲之学，有害于诗。"余谓时文之学，不宜过深，深则兼有害于诗。前明一代，能时文又能诗者，有几人哉？金正希、陈大士与江西五家可称时文之圣，其于诗，一字无传。陈卧子、黄陶庵不过时文之豪，其诗便有可传。《荀子》曰"艺之精者不两能"也。

这也是说八股文有害于古文和诗的。又有焦循在《易余籥录》里说：

有明二百七十年，镂心刻骨于八股。如胡思泉、归熙甫、金正希、章大力数十家，洵可继楚骚、汉赋、唐诗、宋词、元曲以立一门户。而李（梦阳）、何（景明）、王（世贞）、李（攀龙）之流，乃沾沾于诗，自命复古，殊可不必者矣。夫一代有一代之所胜，舍其所胜以就其所不胜，皆寄人篱下者耳！

这位焦老先生简直说八股文在这一时代既然占了优胜的地位，勉强作诗，那是很可不必的事了。

这样说来，一代文人都在八股文上用功夫，行有余力，才学诗和古文，这当然可以列为明代诗和古文所以衰颓的一个原因罢。至焦氏所说，明代文学只有八股最好，这可不是笑话，因为清代文人所作八股并不是没有好的，但是八股文在明代已经有了许多登峰造极的作家了。现在我们讲到明代文学，虽然不必说是只有八股文最好，可是要谈到同一时代的古文，就不能不谈到和它大有关系的八股文的起源及其发展。

八股文的起源及其发展是怎样的呢？

这一课题从来就有许多人谈到，然而要推《明史·选举志》里记载的来得扼要些。志中说道：

> 科目者沿唐、宋之旧，而稍变其试士之法，专取四子书及《易》《书》《诗》《春秋》《礼记》五经命题试士，盖太祖与刘基所定，其文略仿宋经义，然代古文语气为之，体用排偶，谓之八股，通谓之制义。

原来八股是略仿宋代经义的，它的来源也很古了。限用《四书》《五经》命题，也是始于宋时。《宋史·哲宗本纪》，元祐二年，诏举人程试，主司毋得于《老》、《庄》、《列子》书命题。至于八股文作者的立场，须用"代古人语气"，也就是所谓"代圣贤立言"，这也是起源于宋人的。梁章钜《制艺丛话》里说：

> 杨诚斋有《国家将兴必有祯祥》文，点题后，用"以为"二字起。又《至于治国家》二句文，点题后，用"谓"字起，似代古人语气，实始于此。

这话是不错的。不过杨氏《国家将兴》二句文只有四股，《至于治国家》二句文只有六股，宋代还没有必须八股的定制，还不曾完成其为制义罢。《明史·选举志》中又说：

> 诸生应试之文，通谓之举业。《四书》义一道，二百字以上；经义一道，三百字以上，取书旨明皙而已，不尚华采也。其后标新领异，益漓厥初。万历十五年，礼部言："唐文初尚靡丽，而士趋浮薄；宋文初尚钩棘，而人习险谲。国初举业有用《六经》语者，其后引《左传》、《国语》矣，又引《史记》《汉书》矣；《史记》穷而用六子，六子穷而用百家，甚至佛经、道藏摘而用之，流弊安穷？……"虽数申诡异险僻之禁，势重难返，卒不能从。

这里说到八股文一篇字数有一定的限制，这也始于宋时。宋高宗十四年（编按：应为宋孝宗淳熙十四年），翰林学士洪迈有"各遵体格，以反浑淳"的奏言，不准士子试卷的字数贪多。元代试卷字数也有规定，详见《元史·选举志》。还有八股文的内容也有一定的限制。宋高宗曾下诏禁止学校分治黄、老、庄、列之书，又申禁程文全用本朝人文集，或歌颂及佛书全句者，皆不考。元代考试经义，于《大学》《论语》《孟子》《中庸》内设问，限用朱氏章句集注。可知明代八股文释经立论，限用朱子集注《四书》，还是仿效前代的成法。朱子集注《四书》以外，引用《六经》还可以，倘若引用《史记》、《汉书》、六子百家，乃至佛经道藏，就被认为"流弊安穷"。可知八股文是何等一种闭塞学者耳目心思的东西了！

总之，所谓八股文，除了上面已经讲过的几种限制以外，关于形式方面还有种种的限制，一时说它不完。所以在刘熙载的《艺概》里，有"未作破题，文章由我，既作破题，我由文章"的笑话。不过我们要知道一篇八股文的构成，必是首先作破题，其次承题，其次起讲，接下才是八股文。八股一称八比，分为起比、首比、中比、后比；末了再有一段作为结尾，或者单称为结。每比自成一段，一平一仄，两两相对。只要对仗工整，声调和谐，无甚意思，也可算是佳作。至于一篇的字，明代定制是"《四书》义一道，二百字以上"。若是作在清代，便不合格。因为顺治初年规定四百五十字成篇，康熙时候改为五百五十，后又改为六百。字数在三百字以下不合格，反之，在七八百字以上也不合格。再如破题的煞脚，在清代照例要用一个虚字，单是硬邦邦的两句也不成。清代虽然还是用八股文取士，可是对于八股文的限制，较之明代就更多更严，其文体有乌龟格、蛇行格、燕尾格等名称，有犯上犯下之禁，有截搭题之制，有用"而"字"之"字"乎"字"者"字做试题的。这样，作出一篇文章，费了许多时间，却毫无价值，浪费精力，闭塞聪明，那就更不待说了。

明代八股文作家最著名的，前有王鏊、唐顺之，后有归有光、胡友信（思泉）。尤其是王鏊，他简直是一代八股之圣，虽乡塾小儿才能诵读八股，就无不知有王守溪。在这八股文四大作家中，唐顺之、归有光又是最著名的古文家。他们的古文，除去一些记叙文，其他都不免"时文境界间或阑入"，正如黄宗羲所说。其实，明代学为古文的人，宋濂、刘基以下，都曾学过八股，不仅唐顺之、归有光才是如此。还有万历时候，东乡艾南英与同郡章世纯（大力）、罗万藻、陈际泰，因当时八股腐烂，他们以兴起斯文为己任，合刻四人所作行世，世称章、罗、陈、艾。其中艾南英也是一个反王（世贞）、李（攀龙）一派的古文家，不过他在古文上的成就也和王鏊差不多。这样说来，有明一代，八股文家不必兼工古文，古文家几乎没有不兼工八股文的，难怪他们的作品虽然号为"古文"，却有"时文"气息，只因八股中毒太深了！

清代第一个古文家方苞也是从八股文里滚出来的。他在一篇八股文选本的序文里，很推崇明代正德、嘉靖间能以古文为时文的作者。以古文为时文则可，以时文为古文则不可，古文家都持这样的见解，不仅方苞一人，即如上文，我就引过黄宗羲评归有光古文的话了。而且明代古文家选辑古文，圈点批抹，也染了八股文人的习气，或许因为要提供一般八股文人阅读，不得不如此。例如唐顺之的《文编》，选辑由周迄宋之文，分体排纂。他所说的古文之法，毋宁说是八股文法。论者却以为标举脉络，批导窾会，使后人得以窥见开阖顺逆、经纬错综之妙。还有茅坤的《唐宋八大家文钞》，选辑韩、柳、欧阳、王、曾、三苏之文，亦为举业而设。所以圈点批抹，把古文看作八股文，八股文的窠臼就变成了古文的窠臼。

以上所说种种，都可以看出八股与古文之关系。古文无害于八股，八股却是有害于古文，这道理可以明白了。为什么明清两代的古文家，笔下总有八股气？也就可以了然了！

（原载《人间世》第二十三期，一九三五年）

六朝之《孝经》学

（一）《孝经》在当时学术上之位置

在这"存文"、"读经"、"中国本位"文化的喧闹声里，我也想趁热闹先来谈一谈六朝的"孝经学"。可是这个题目虽像很小，其实牵涉的范围颇大。因为我们知道六朝时代是"儒""佛""道"三大思潮并流的时代，要谈儒家的《孝经》尽管缩小范围，有些地方也得涉及"佛""道"两家。比如我们要说《孝经》和《论语》《周易》是当时儒家必读之书，同时还须知道《老子》《庄子》是道家必读之书，《法华经》、《观世音经》等是佛家必读之书。要是不然的话，你要谈《孝经》，就不会知道《孝经》在六朝学术上是怎样的重要，发生过怎样的影响。《南史》卷三十二《张融传》里说：

> 建武四年(宋明帝年号，公元四九七年)病卒，遗令建白旐，无疏，不设祭。令人捉麈尾，登屋复魂，曰："吾生平所善，自当凌云一笑。三千买棺，无制新衾。左手执《孝经》、《老子》，右手执小品《法华经》……"

张融是刘宋时候的一个大名士。他临死的时候，还不忘融合三家的理想。他把《孝经》代表儒家,《老子》代表道家,小品《法华经》代表佛家。他遗嘱"左手执《孝经》《老子》,右手执小品《法华经》",可以想见他的"生平所善"了。又《北史》(卷八十八)《隐逸·冯亮传》里说:

> 遗诫兄子综,殓以衣帢,左手持板,右手执《孝经》一卷,置尸盘石上。去人数里外,积十余日,乃焚于山,灰烬处起佛塔经藏。

冯亮也是遗嘱把《孝经》殉葬的人。他和张融同时,不过他生在北朝,又较后死(死于魏宣武帝延昌二年,公元五○一年)。他的生平:"少博览诸书,又笃好佛理","既雅爱山水,又兼工思"。他是那个时候一个有名的隐逸之士。他似乎也有融合三家或仅儒佛两家的意思,有他的遗嘱可证。总之,张融、冯亮可以作为南北朝的儒佛道三家思想之调和论者,他们同是把《孝经》作为代表儒家思想的人,《孝经》在这一时代的学术界上是被视为怎样重要的一部宝典也可以想见其一斑了。

(二)《孝经》与宗教

在胡适之先生著的《中国哲学史大纲》卷上第五篇说过孝的哲学,又说到孝的宗教。他不过以为"儒家的父母和别种宗教的上帝鬼神一般,也有裁制鼓励人生行为的效能",并非说孝就是宗教。但在六朝,《孝经》一书,就被视为一种宗教的经典,至少以为他和别种宗教的经典一样,含有神秘作用,所以就有人把他当做灵物崇拜。这话说来很长,听我慢慢地说罢。

我们知道一切宗教都以为他的经典是含有神秘作用的东西。在中国,最初外来的宗教只有佛教。六朝时代的佛教,总算是很盛行的了。一切佛经,尤其是《法华经》《观世音经》等都是常常被人视为神物的,便在正史里也可找出这种证据。《北史》(卷九十三)《僭伪附庸·甄玄成传》里说：

> 随(萧)詧镇襄阳,转中记室参军,颇参政事。以江陵甲兵殷盛,遂怀二心,密书与元帝,具申诚款。或有得其书,送于詧,詧深信佛法,常愿不杀诵《法华经》人。玄成素诵《法华经》,遂以此获免。詧后见之,常曰:"甄公好得《法华经》力!"

又,《宗如周传》说：

> 如周面狭长,詧以《法华经》云:"闻经随喜,面不狭长。"尝戏之曰:"卿何为谤经?"如周踧踖,自陈不谤,詧又谓之如初。如周惧,出告蔡大宝,大宝知其旨,笑谓之曰:"君当不谤余经,正应不信《法华》耳。"如周乃悟。

萧詧因深信佛法,常愿不杀诵《法华经》人。便是他的僚属甄玄成叛他,但因玄成素诵《法华经》,他也就放过了玄成不杀。还有宗如周不敢谤经,可以想见佛经是神圣不可侵犯的了。《北史》(卷八十四)《孝行·张元传》里说：

> 及元年十六,其祖丧明三年,元恒忧泣,昼夜读佛经,礼拜以祈福佑。后读《药师经》,见"盲者得视"之言,遂请七僧,然七灯,七日七夜,转《药师经》行道。每言:"天人师乎!元为孙不孝,使祖丧明。今以灯光普施法界,愿祖目见明,元求代闇。"如此经七日,其夜梦见一老翁,以金镂疗其祖目,于梦中喜跃,遂即惊觉,乃遍告家人,三日,祖目果明。

我想"读佛经,礼拜以祈福佑"大约在那个时候就已经成了一种普遍的迷信,不仅张元替他的瞎祖父求疗眼病才如此。张元因"请七僧然七灯七日七夜,转《药师经》",祖父的瞎眼再见光明,佛经——《药师经》,果然是有这样的神力么?同书卷九十《艺术下·徐之才传》里说:

> 之才医术最高,偏被命召。武成酒色过度,恍忽不恒。曾病发,自云:"初见空中有五色物,稍近,变成一美妇人,去地数丈,亭亭而立,食顷,变为观世音。"之才云:"此色欲多,大虚所致。"即处汤方,服一剂,便觉稍远;又服,还变成五色物;数剂汤,疾竟愈。

北齐武成皇帝在病里所见的美妇人观世音,是他精神恍惚时候的幻觉呢?还是真有所谓观世音现身,救度或惩罚这个皇帝的酒色过度呢?虽然据说波斯顿美术馆藏有北周时候的单身观音石造像,是一位满身披着璎珞的女菩萨,但观世音究竟是男是女,似乎还是成为问题。因为同时在南朝方面,有人梦见的观世音,不是尼姑,乃是一个僧人。据《南史》卷四十九《刘霁传》说:

> 母明氏寝疾,霁年已五十,衣不解带者七旬,诵《观世音经》数万遍。夜中感梦,见一僧谓曰:"夫人算尽,君精诚笃志,当相为申延。"后六十余日乃亡。

刘霁因诵《观世音经》数万遍,得延母寿六十余日。《观世音经》的神通可算不小了。又据同书卷十六《王玄谟传》里说:

> 玄谟始将见杀,梦人告曰:"诵《观世音》千遍则免。"玄谟梦中曰:"何可竟也?"仍见授。既觉,诵之,且得千遍。明日将刑,诵之不辍,忽传唱停刑。

王玄谟诵《观世音》千遍,竟免死刑,真可以说一声"王公好得观世音力"!观世音菩萨真可以说是"大慈大悲,救苦救难""有求必应,无感不通"的活菩萨了!

说也奇怪,《孝经》竟可以代替《观世音经》,也有救苦救难的神秘作用。据《南史》卷七十一《儒林·皇侃传》说:

> 侃性至孝,常日限诵《孝经》二十遍,以拟《观世音经》。

皇侃把《孝经》当《观世音经》去诵,每日限二十遍,想替他的母亲祈福,但不知道《孝经》果能代替《观世音经》,而为慈亲增福消灾否?同书卷六十二《徐份传》说:

> (份)性孝弟。(父)陵,尝疾笃,份烧香泣涕,跪诵《孝经》日夜不息,如是者三日,陵疾豁然而愈。亲戚皆谓份孝感所致。

徐份为了父亲大病,烧香跪诵《孝经》三日,父亲的病果就好了,谁说《孝经》不敌《观世音经》的神力呢,假如你要承认经典果有神力的话。同书卷七十五《隐逸上·顾欢传》说:

> 有病邪者问欢,欢曰:"家有何书?"答曰:"唯有《孝经》而已。"欢曰:"可取《仲尼居》置病人枕边,恭敬之,自差也。"而后病者果愈。后人问其故,答曰:"善禳恶,正胜邪,此病者所以差也。"

这位在当时有大名的隐逸之士,顾欢他也居然教人拿《孝经》作为驱邪治病的神物了。他的传中又说:

> 山阴白石村多邪病,村人告诉求哀。欢往村中为讲《老子》,规地

作狱。有顷,见狐狸鼋鼍自入狱中者甚多,即命杀之,病者皆愈。

顾老先生还能讲《老子》除妖,可见《老子》这部书也是被视为大有神秘作用的一种经典了。不过我们要知道顾欢原是讲求阴阳数术的人。难免他不故意造出些灵迹骗人。再看他的传中说:

> 晚节服食,不与人通。每旦出户,山鸟集其掌取食。好黄、老,通解阴阳书,为数术多效验。初以元嘉中出都,寄住东府,忽题柱云"三十年二月二十一日",因东归,后元凶弑逆,是其年月日也。弟子鲍灵绶门前有一株树,大十余围,上有精魅,数见影。欢印树,树即枯死。

同时我们还得知道顾欢是一个排斥佛教的人。他曾因为当时"佛""道"二家之教不同,学者互相非毁,著了一篇《夷夏论》,袒护国粹的"道教",痛斥洋货的"佛教"。因此我很疑心他是故意捏造《孝经》、《老子》的神秘作用,拿这灵迹对抗佛经的灵迹欺骗一般愚民。何况那个时代的儒家摹仿佛道两家,把经书当做灵物崇拜,原是常有的事。《南史》卷七十六《隐逸下·臧荣绪传》里说:

> 荣绪惇爱《五经》。谓人曰:"昔吕尚奉丹书,武王致斋降位;李、释教诫,并有礼敬之仪,因甄明至道。"乃著《拜五经序论》。常以宣尼庚子日生,其日陈《五经》拜之。

臧荣绪的拜《五经》,明明说出是因为"李、释教诫,并有礼敬之仪",所以他才以儒家的立场摹仿佛道两家礼敬经典的仪式,礼拜《五经》了。除了故意作伪骗人的以外,无论心灵的现象也好,宗教的魔术也好,一种的事,你聚精会神的,极其虔诚的,把他当做灵物崇拜,他就会显灵给你看，其实，只是催眠一类的作用而已，或者只是幻觉错觉，总之是你自己骗自己，虽说在你并不自觉的，究竟不是真有这么一回事。《北史》卷八十一《儒林上·权会传》里说：

> 会本贫生，无僮仆。初任助教日，恒乘驴。其职事处多，非晚不归。曾夜出城东门，会独乘一驴，忽有二人，一人牵头，一人随后，有似相助，其回动轻漂，有异生人，渐失路，不由本道，心甚怪之。遂诵《易经》上篇第一卷不尽，前后二人忽然离散。会亦不觉堕驴，迷闷，至明始觉，方知堕处乃是郭外，才去家数里。

权会是号称明白"风角玄象"的人，夜行迷路，就以为是鬼迷，只好拿出他的看家本领，诵《易经》了，未必诵《易经》真正可以退鬼。鬼来鬼去，只是他自己某一种的心灵现象罢。又同书同卷《刘兰传》里说：

> 兰学徒前后数千，成业者众。而排毁《公羊》，又非董仲舒，由是见讥于世。为国子助教，静坐读书，有人叩门，兰命引入，葛巾单衣，入与兰坐。谓曰："君自是学士，何为每见毁辱？理义长短竟在谁，而过无礼见陵也？今欲相召，当与君正之。"言终而出，兰少时患死。

刘兰的死，究竟是被公羊氏的鬼找去，还是被董仲舒的鬼找去？谁也不知道。但看史家的记载，似乎肯定二者必居其一了。其实，鬼的有无，还是问题。刘兰生前读《左氏》五日一遍，兼通《五经》，并没有得罪所谓先贤先圣，只是排毁《公羊》，非难董仲舒，得罪了今文派两个经师而已。结果，他被这两个经师的鬼（其实止一个鬼，据史书上说）找他同去算账。可见连一派经师的学说，附在一种经书里的东西，都是神圣不可侵犯的了。

我们知道汉代经师自伏生、董仲舒以下今文学一派，相信阴阳五行,相信天人感应之说,相信图谶纬候之学,以至所谓经学,成了方士派的经学。又所谓纬书,并非孔子之书。纬书假托孔子所作,其中含有不少的神秘分子。这个时候,孔子也就成了一位先知的神,只有东汉末年出了一个伟大的思想家王充他不相信谶纬,痛辟孔子先知的胡说。至今我们翻看《隋书·经籍志》、郑氏《通志》、马氏《通考》、朱氏《经义考》所载纬书目,可以想像原来纬书是怎样的多。虽说这些纬书如今不是全然存在,但就《玉函山房丛书》所辑谶纬佚书一看,还可以看到纬书里曾经有过些什么样的鬼话。原来在两汉时代,自从汉武帝罢黜百家,尊崇孔子,儒家学说就成了当时学术界至高无上的权威。一般儒者经师,曲学阿世,更附会了方士的谶纬之说。于是儒家的经典就渐渐神秘化,孔子就差不多成了一种宗教的神了。加以魏晋以来,佛教渐渐深入中国,上自君主士大夫,下至匹夫匹妇,大都相信佛法,发挥了五六世纪的中国人的宗教狂热,于是有人想用儒家对抗佛家,或是想用道家对抗佛家,因此,六朝时代常有儒释之争和释老之争,三教的争论不休。老子、孔子各都被视为一种教主了,和孔子有关系的经典,当然也成为一种宗教的经典。《孝经》是这种经典中的一部,那时有人相信诵《孝经》可以祈福,延寿,治病,驱邪,那是当然的了。何况自汉朝以来,以孝治天下,惠帝以下,谥号上都加个"孝"字,又惠帝、武帝先后开了选举"孝弟力田"和"孝廉"的定例,《孝经》已经作为一部修身实践的教科书,方士派的"孝经学者"还曾替孔子编造"吾志在《春秋》,行在《孝经》"的话,到了汉朝末年,向栩、宋枭(见《后汉书·向栩传》,《盖勋传》)一流人还想教人读《孝经》弭盗退贼。可以想见汉朝以孝治国之盛,"《孝经》学"是很讲究的了。六朝时代的君主,继续汉朝以孝治天下的盛业,把《孝经》作为教忠教孝的教科书,在另一方面,既有人把《孝经》当做一种宗教的经典,同时《孝经》更普遍的做了初学入门的书,社会上出了不少的孝子,这就是我在上面所不曾说过的,下面要继续来说的话了。

（三）《孝经》与政治

记得我在题目叫作《〈孝经〉述疑》的一篇文章里说过这样的话："孝之为德，据谓始于事亲，终于事君，君之重孝，别具深意。蔡邕《明堂论》引魏文侯《孝经传》，君人者而传注《孝经》，此其嚆矢。自是而后，晋元帝有《孝经传》，晋孝武帝有《总明馆孝经讲义》，梁武帝有《孝经义疏》，今皆不存。惟唐玄宗御注列《十三经注疏》，流传于世。……盖在人主南面以孝治天下之世，劝孝即以劝忠。矧孝莫大于严父，严父莫大于配天，惟人主极尽人间之富贵，始能极尽人子之孝道，劝孝殆以自炫其权威，是则《孝经》亦为君人南面之术之一。"这里已经略略把君主所以特别注重孝道，倡读《孝经》的理由说穿一点了。《南史》卷五十《刘瓛传》中说：

> 齐高帝践阼，召瓛入华林园谈语，问以政道。答曰："政在《孝经》。宋氏所以亡，陛下所以得之是也。"帝咨嗟曰："儒者之言，可宝万世。"

刘宋宗室自相残杀，以至亡国，刘瓛以为宋氏不知道政在《孝经》，所以他劝齐高帝以孝治国。齐高帝果然听进了刘瓛的话，以为"儒者之言，可宝万世"。《南史》卷四十三《齐高帝诸子·江夏王锋传》里说：

> 武帝时，藩邸严急，诸王不得读异书，《五经》之外，唯得看《孝子图》而已。锋乃密遣人于市里街巷买图籍，期月之间，殆将备矣。

同书卷四十四《齐武帝诸子·文惠皇太子传》里说：

永明三年,于崇正殿讲《孝经》,少傅王俭令太子仆周颙撰为义疏。

南齐武帝继承高帝的遗策,对于诸子派人讲《孝经》,使看《孝子图》,《五经》之外,不准读旁的书。那时诸王因为君父教忠教孝,防有异志,虽生在帝王家,读书竟不自由。同时高帝、武帝为诸王置典签师,诸王言行举动,也不得自由,甚至征求衣食,也必须问过签师,说是"欲移五步亦不得"。后来明帝诛锄异己,诸王被害,都是典签所杀。可见南齐实行"政在《孝经》"的结果,宗室诸王就算是顶倒霉的了。至于诸王可看的《孝子图》,大约像如今的《二十四孝图说》以及《百孝图》之类。《北史》卷八十六《循吏·梁彦光传》里说:

复为相州刺史。……有滏阳人焦通,性酗酒,事亲礼阙,为从弟所讼,彦光弗之罪,将至州学,令观孔子庙中韩伯瑜母杖不痛,哀母力衰,对母悲泣之像。通遂感悟,悲愧若无容者。彦光训喻而遣之,后改过励行,卒为善士。

相州孔庙的《孝子图》,当然是壁画。大约在那个时代,无论南朝北朝,《孝子图像》正如《释老图像》一样,都是普遍流行的东西,但不知道《孝子像》有没有金石造的?

我在《〈孝经〉述疑》一文中说过这样的话:"《孝经》亦如他经,有今文古文之别。今文称郑玄注,其说传自荀昶,而郑志不载其名。古文称孔安国注,其书出自刘炫,而《隋书》已言其伪。是则孔、郑本身,尚成疑案,分朋角胜,笑煞古人。……"现在我们说到的齐梁时代,列在帝典的《孝经》,一时通行的《孝经》,究竟是郑玄注的?孔安国注的?据《南史》卷四十八《陆澄传》里说:

与(王)俭书。……"世有一《孝经》,题为郑玄注。观其用辞,不与注书相类。案玄自序所注众书,亦无《孝经》,且为'小学'之类,不宜列在'帝典'。"俭答曰,"……疑《孝经》非郑所注,仆以此书明百行之首,实人伦所先。《七略》、《艺文》,并陈之'六艺',不与《苍颉》、《凡将》之流也。郑注虚实,前代不嫌。意谓可安,仍旧立置。"

这里所记陆澄、王俭关于《孝经》的争论有两点:一、陆澄疑郑玄注《孝经》为伪,王俭说郑注真伪不成问题。二、陆澄疑《孝经》是小学,小孩子读的书,值不得大人物读,而列在帝典,王俭说《孝经》列在"六艺",并非"小学","小学"原是指《苍颉》篇、《凡将》篇那一类字书。总之,王俭以为《孝经》是一部说教之书,"明百行之首,实人伦所先",对于郑注《孝经》确信不疑,他是代表当时一般人的见解。

到了萧梁时候,梁武帝自著《孝经义疏》。大通四年三月,侍中、领国子博士萧子显,表置《孝经》助教一人,生十人,专通帝所释《孝经》义。又那时在殿堂参与讲《孝经》的,如沈约、徐勉、张充、朱异之流,都很有名。据《南史》卷六十《徐勉传》里说:

　　为左卫将军,领太子中庶子,侍东宫。昭明太子尚幼,敕知宫事。太子礼之甚重,每事询谋。尝于殿讲《孝经》,临川王宏、尚书令沈约备二傅。勉与国子祭酒张充为执经,王莹、张稷、柳憕、王暕为侍讲。时选极亲贤,妙尽人誉。勉陈让数四,又与沈约书,求换侍讲,诏弗许,然后就焉。

梁武帝还曾召见朱异,使说《孝经》,听了高兴,有"朱异实异!"的话。他又曾自己讲《孝经》,使朱异执读。这个时候在殿堂上讲《孝经》,几乎成了常课,而且用《孝经》取士,岑之敬就是因试《孝经》义,擢为高第的一人。《南史》卷七十二《文学·岑之敬传》里说:

之敬年五岁,读《孝经》,每烧香正坐,亲戚咸加叹异。十六,策《春秋左氏》、《制旨孝经义》,擢为高第。御史奏曰:"皇朝多士,例止明经。若颜、闵之流,乃应高第。"武帝省其策曰:"何妨我复有颜、闵耶!"因召入面试,令之敬升讲坐,敕中书舍人朱异执《孝经》,唱《士孝章》。武帝亲自论难,之敬剖释从横,左右莫不嗟服。仍除童子奉车郎。

梁武帝自己原是对于《孝经》学有著述的,却叫一个十六岁的童子岑之敬升讲座,讲《孝经》,亲自和他辩论。固然这位童子能够剖释纵横,辩才无碍,值得叹服;同时那位深信佛法的皇帝又特别注重儒家的《孝经》,也很耐人玩味了。这个时候还有因实行孝道被举擢官的,如沈崇傃得举至孝,擢补太子洗马,吉翂也由州郡荐举纯孝,荀匠得擢豫章王国左常侍(均见《南史》卷七十四),梁武帝真是如史书所记,他是"以孝临天下"的了。

上面说了一些关于《孝经》在政治上的应用,是在南朝方面的,下面要说到北朝方面的了。北朝学术界的倾向,总是依南朝方面为转移的。北朝方面自然也有讲《孝经》的盛事。太子诸王起始求学就得读《孝经》,自然,贵族读的《孝经》要比平民读的来得装璜富丽。如魏明帝读的《孝经》是金字的,史书上就有记载(《北史》卷十九)。同时他们因为阶级的优越,讲《孝经》也得尽择名师。如齐后主武平中,皇太子将讲《孝经》,有司请择师,后主说是"马元熙,朕师之子,文学不恶"。于是马元熙就得拿《孝经》入授皇太子了(《北史》卷八十一)。又如周文帝曾亲临太学释奠,叫十八岁的杨尚希讲《孝经》。隋文帝曾亲临太学释奠,叫国子祭酒元善讲《孝经》,又有孝子之名的王颁和他辩论。大约北朝时候,太学释奠是要讲授或辩论《孝经》的。为什么在儒家经典中只拿出一部薄薄的《孝经》,特别注重呢?当然是因为《孝经》是一部关于忠孝的教科书。《北史》卷八十二《儒林·何妥传》里说:

妥性劲急,有口才,好是非人物。纳言苏威尝言于上曰:"臣先人每诫臣云,唯读《孝经》一卷,足可立身经国,何用多为?"上亦然之。妥进曰:"苏威所学,非止《孝经》。厥父若信有此言,威不从训,是其不孝;若无此言,面欺陛下,是其不诚。不诚不孝,何以事君?且夫子又云:'不读诗无以言,不读礼无以立。'岂容苏绰教子,独反圣人之训乎?"威时兼领五职,上甚亲重之,妥因奏威不可信任。

其实,隋文帝信任苏威,未必听从何妥的话。何况他原是一个"以孝理天下"的皇帝,正要借重《孝经》;他听了苏威说及《孝经》的话,真是"正合孤意"。同书卷七十二《李德林传》中说:

初,德林称其父为太尉谘议,以取赠官。李元操等阴奏之曰:"德林父终于校书,妄称谘议。"上甚衔之。至是复庭议忤意,因数之曰:"公为内史,典朕机密,比不预计议者,以公不弘耳。朕方以孝理天下,故立五教以弘之。公言孝由天性,何须设教,然则孔子不当说《孝经》也?……"

何妥以为《孝经》以外,别有学问;李德林以为孝由天性,不须设教。这似乎都是由于把《孝经》滥用在政治的意义上激起的反动罢。

(四)《孝经》与教育

我在上面已经附带的说及六朝时代把《孝经》作为小学始读的书,太子诸王须郑重其事的读《孝经》,太学释奠须讲《孝经》,虽然我们不要忘记这是有政治作用的,同时也得承认他含有教育上的意义。大约在这个时代,儿童开始读书就读《孝经》。《孝经》是一部关于忠孝的教科书,所以君主提倡读《孝经》作为臣民教育。《孝经》是一部儿童初学的教科书，所以许多士大夫儿时就读《孝经》。《南史》(卷五十九)《王僧孺传》说：

> 僧孺幼聪慧，年五岁，便机警。初读《孝经》，问授者曰："此书何所述？"曰："论忠孝二事。"僧孺曰："若尔，便常读之。"

同书(卷五十六)《庾子舆传》说：

> 幼而岐嶷。五岁读《孝经》，手不释卷。或曰："此书文句不多，何用自苦？"答曰："孝德之本，何谓不多？"

又《北史》(卷六十四)《韦师传》说：

> 师字公颖，少沉谨，有至性。初就学，始读《孝经》，舍书而叹曰："名教之极，其在兹乎！"

同书(卷八十三)《文苑·颜之仪传》说：

> 幼颖悟，三岁能读《孝经》。

同书(卷九十)《艺术·徐之才传》说：

> 幼而隽发，五岁诵《孝经》，八岁略通义旨。

同书(卷八十四)《孝行·王颁传》说：

> 少好游侠，年二十尚不知书，为其兄颙所责怒，于是感激，始读

《孝经》、《论语》,昼夜不倦。

同书(卷五十八)《周室诸王·齐炀王宪传》,说到他的儿子乾福:

> 少聪敏,尤便骑射。始读《孝经》,便谓人曰:"读此一经,足为立身之本。"

同书(卷七十一)《隋宗室诸王·蔡景王整传》,说到他的儿子智积:

> 或劝智积为产业。智积曰:"昔平原露朽财帛,苦其多也。吾幸无可露,何更营乎?"有五男,止教读《论语》、《孝经》而已,亦不令交通宾客。或问其故。智积曰:"恐儿子有才能以致祸也!"

在南北史里关于初学读《孝经》的记载,当然不止这几条。仅就这几条看,《孝经》所以在当时教育上是一部重要的教科书,一则因为此书"论忠孝二事","名教之极","立身之本"。二则因为"此书文句不多",便于初学记诵。总之,在实质上,在形式上,那个时代还没有一部比《孝经》更适合于作为小学教科书的东西,只有《论语》勉强可以和《孝经》成为兄弟读物。虽说有《千字文》《万字文》继《凡将》《苍颉》一类的字书而起,究竟不比《孝经》含有维系伦常的大教训,可作为人人必读书。何况六朝是一个华夷大混战的时代,同时又是一个篡夺纷争的时代,一般君主想利用《孝经》教忠教孝,御侮止乱,原是"事出有因";只可惜一部《孝经》未必有如许大力量,算是"查无实据",仅仅在南朝方面出了几个号为"曾子"的人物,如谢蔺、蔡昙智、宋元卿之流,在南北史里多见几种居丧哀毁的非人的行为,多见几段夸张神秘的"孝感"的故事,也许孝义或孝行传里多几个姓名。我们从历史上观察,只有六朝的《孝经》学最盛,而所收的实际效果却不过如此,这就是我们要特别提出来一讲的理由。至于现在学校应否读经？读经在现代教育上有什么意义？有什么价值？好在商务印书馆发行的《教育杂志》，最近出了一本读经问题专号，"专家"的意见很多，我就不必涉及这一问题了。

(原载《通俗文化半月刊》第二卷第一、二号，一九三五年)

六朝的裸体运动

记得正在去年（一九三四）这个时候，上海各报载着本埠将有裸体运动会支部成立的消息，我曾做了"裸体运动"一文，刊在乐嗣炳先生主编的《连环半月刊》。文中略略说了裸体运动首倡于德国，英、美也继起有了，连英属香港，也有一个"裸体圣地"在香粉寮。而且从洋货的裸体运动谈到国粹的裸体运动，把魏晋之际，刘伶、阮籍之徒"露头散发，裸袒箕踞"的情形说了一些。现在我想再来补充一下。实在的说，我想再从史书里抄下一点关于裸体的材料，以见当时风气之一斑。

只要我们知道当时的清谈派"去巾帻，脱衣服，露丑恶，固禽兽"，认为这样做得彻底的叫作通，其次叫作远，就会知道六朝的裸体运动原是自命通达的清谈之士弄起来的。《南史·颜延之传》说："文帝尝召延之，传诏频不见。常日但酒店裸袒挽歌，了不应对。"颜延之的狂态于此可见，真是"其狂不可及"了。不过对于礼法不惜毁弃，对于人生只有悲观，原是魏晋南北朝清谈之士共同的思想倾向。把这倾向具体的表现在日常生活，如饮酒、裸体、挽歌、狂傲等等上面，并不只颜延之一人，在文学上和他齐名的谢灵运也是这样的一个。《谢灵运传》说：

（灵运）与王弘之诸人出千秋亭，饮酒，倮身大呼。（会稽太守孟）颛深不堪，遣信相闻。灵运大怒曰："身自大呼，何关痴人事！"

这样说来,颜、谢不是一样通达的人儿么?谢灵运的曾孙幾卿也大有祖风。《南史·谢幾卿传》说:

> 幾卿免官,居白杨石井巷,朝中交好者载酒从之,客恒满座。时左丞庚仲容亦免归,二人意相得,并肆情诞纵。或乘露车,历游郊野,醉则执铎挽歌,不屑物议。……又尝于阁省裸袒酣饮,及醉小遗,下沾令史,为南司所弹,幾卿亦不介意。

谢幾卿这么"肆情诞纵",真是能够"绳其祖武"了。

那时君主贵族也同样放纵,却又是一种意义,不是通达,乃是淫佚。《宋前废帝本纪》说:

> 帝好游华林园竹林堂,使妇人裸身相逐。有一妇人不从命,斩之。

宋前废帝强迫妇人裸体游戏,似乎犯了所谓淫虐狂。又《袁粲传》说:

> 愍孙(粲字)峻于仪范,废帝裸之迫使走,愍孙雅步如常。顾而言曰:"风雨如晦,鸡鸣不已!"

这个做皇帝的,强迫害羞的妇人倮身相逐,强迫讲礼节的臣下倮体而行,这样寻开心,恶作剧,真是岂有此理。又《宋宗室及诸王传》:

> (武昌王)浑,少而凶戾,尝忿左右,拔防身刀斫之。元凶弑立,以为中书令。山陵夕,裸身露头,往散骑省戏,因弯弓射通直郎周郎,中枕,以为笑乐。

这位王爷裸体射箭,把人做靶来打,虽说是玩笑,也不能不说是一种恶作剧。又《后妃传》:

> 上尝宫内大集,而裸妇人观之,以为欢笑。后(明恭王皇后)以扇障面,独无所言。帝怒曰,"外舍家寒乞,今共作笑乐,何独不视?"后曰:"为乐之事,其方自多。岂有姑姊妹集聚,而裸妇人形体,以此为乐?外舍之为欢适,实与此不同。"

宋明帝也好看裸体妇人,作为欢笑,明帝并不见得怎样明罢。《南史·齐本纪》,载废帝郁林王常裸袒。又载废帝东昏侯在诸楼壁上画男女私亵之像,这当然就是所谓春宫。又《齐宗室临汝侯坦之传》说:

> 少帝以坦之文惠旧人,亲信不离,得入内见皇后。帝于宫中及出后堂,杂狡狯,坦之皆得在侧。或遇醉后裸袒,坦之辄扶持谏喻。见帝不可奉,乃改附明帝,密为耳目。

再,《梁武帝诸子传》说:

> (豫章王综)年十五,尚裸袒嬉戏于前,昼夜无别。

这一时代的贵族好裸体嬉戏,可以想见。他如吉士瞻的好赌博,穷得没有裤穿;焦度守郢城,裸体辱骂敌人;王僧辩破侯景,军人掳掠,俘虏只得裸体;这都不在话下。便是北朝的裸体风气也留待有机会再说了。

(原载《芒种》第九、十期,一九三五年)

青年读经与中国文化

一年以来，国内大学生大半在失业恐慌中过活，有的做贼，有的自杀，有的发狂，有的铤而走险，所谓误入歧途。这些事实正在考问我们：这是什么缘故？说句迂腐的话，不妨说是"青年堕落"！

说也奇怪，中国有臭虫，西洋也有臭虫，一九三四年还是美国历史上青年最恶劣之一年！

据报载世界新闻社纽约讯，纽约基督教青年会秘书长棣爱克氏，在他所造一九三四年该会工件年报中声称，是年系美国青年在美国史上最恶劣之一年，因彼等自觉"不见需于世"故也。又说，彼等之惨剧之凶恶性之全量，殆永远不克判明。盖精神的道德的质性之衰落，微妙无形，难作统计，神圣的瘢痕非显露于衣袖上也。然而人类之统烂使人震惊，则为事实。又云，此项道德的衰微，系青年时代在一个战乱的世界中过度，继之以世界重造，不健康的繁荣及不景气之结果。然青年继鲁莽灭裂，当至不负责任，吾人亦不能不接受一大部分之指责。今后吾人必须速谋补救，以免后悔莫及。虽然，吾人在此黑暗氛围之中，仍可希望否运已达极点，以后可望多多转好。

原来现世界现社会的末运快到，经济恐慌一天天深刻，大战危机一天天迫近，虽在资本主义高度发展的金元国家，一般青年也要为了"在一个战乱的世界过度"，"不健康的繁荣及不景气之结果"，而感受"不见需于世"的生活压迫,以致"道德衰微"。那么,落在半殖民地国家的一般青年头上的厄运,更不待说了!

在美国,为了速谋补救一般青年"精神的道德的质性之衰落",已有基督教青年会负责者的大声疾呼,想靠上帝挽回人心,逃过否运。中国呢,也有人翻印基督教的《新旧约圣经》,以便广为传布,希望它能予吾人以新生命之活力,这是基督教徒。也有人发愿铸造重二万八千斤的净铜质巨钟,想藉梵音以促众生觉悟,这是佛教徒。也有人发起祈祷世界和平大会,想藉先圣大同的学说,挽救人心,挽回世界末运,这是孔教徒。只因孔教是国粹,提倡的人信仰的人更多,有的人不免主张国内学校要普遍的读经了。

学校读经,是否可以挽救青年的堕落,挽救国家的危亡呢?

这是一个专门的问题,须待经学专家的解答。听说某大书店发行的《教育杂志》,不久会出一个"读经专号",这倒是一个好消息。说也可怜,我在故纸堆中钻来钻去,快要三十年了,其间也曾做过经生的梦。如今学校要读经,一名经学教师,我可勉强去得,读经运动,至少于我个人是有利益的,或许我也不至终于饿死。

最近又由读经运动扩大而为存文运动了。存文会诸先生吁请普及文言教育。说是"中国为文化古国,五千年来,文物灿烂,在世界文化史上具有高尚不朽之价值,此为世界所公认,而此高尚不朽之文化皆寄托于文言中"。我以为无论主张读经也好,主张存文也好,诸公想要这样挽救中国文化,是于封建文化特别有缘的。

好了,目前日本有一部分人也主张提高中国文化的水准了。据报载日本财界金融界的发言人说:"……所谓物品借款者,日本以借款形式输出机械器具等工业制品,而由中国输入棉花及其他原料品,作为偿还。此项办法,即使日本工业旺盛,同时使中国原料输出贸易发达,其购买力扩大,能提高中国文化的标准。"

请问日本工业旺盛,中国购买力扩大,中国文化水准便能提高,这样的中国文化是属于哪种性质的文化?

唉！中国有人想死守封建文化的壁垒,强邻日本对于中国却想提高殖民地文化,这就是所谓半封建半殖民地的中国文化之前途！

(原载《现代》第六卷第三期,一九三五年)

《孝经》存疑

梁任公先生尝谓:"《孝经》自汉以来,已与《论语》并视,今且列为十三经之一。共传孔子'志在《春秋》,行在《孝经》',以为孔子手著书即此两种。其实此二语出自纬书,纯属汉人附会。经之名,孔子时并未曾有,专就命名论,已足征其妄。其书发端云'仲尼居,曾子侍',安有孔子著书而作此称谓也?书中文义皆极肤浅,置诸戴记四十九篇中犹为下乘,虽不读可也。"

今距梁任公之逝世,曾无几时,而《孝经》忽走红运。曾见报载某省主席春丁祀孔,典礼极为隆重。复载其提倡读经,且为《孝经》作序而刊行之。此其在目前政治上或社会上之意义维何?予以侧陋小儒,不谙政治,理合盲从,未便瞎说。惟经生结习,苦未能忘,一谈《孝经》,以凑热闹。予非敢妄为持"非孝"之说者张目,姑与读《孝经》者,乃至一尊孔读经者,稍稍商略云尔。

《孝经》一书为孔子所作欤?曾子所作欤?抑孔子所传而曾子述之欤?或者七十子之徒之遗书,而莫知其人为谁何欤?亦或竟为汉儒杜撰欤?此书成自何手?来历不明。其可疑者一也。

《孝经》亦如他经,有今文古文之别。今文称郑玄注,其说传自荀昶,而郑志不载其名。古文称孔安国注,其书出自刘炫,而《隋书》已言其伪。是则孔、郑本身,尚成疑案;分朋角胜,笑煞古人。自唐玄宗御注用今文,经生类皆从郑。及宋朱熹为《孝经刊误》用古文,讲学家又转而从孔。此书之真伪是非,纠纷莫释。其可疑者二也。

孝之为德,据谓始于事亲,终于事君。君之重孝,别具深意。蔡邕《明堂论》引魏文侯《孝经传》,君人者传注《孝经》,似以此为嚆矢。自是而后,晋元帝亦有《孝经传》,晋孝武帝有《总明馆孝经讲义》,梁武帝有《孝经义疏》,今皆不存。惟唐玄宗御注列《十三经注疏》,流传于世。满清世祖入关,干戈未戢,首撰《御注孝经》一卷。世宗又撰《御纂孝经集注》一卷。盖在人主南面以孝治天下之世,劝孝即以劝忠,使人不为犯上作乱之事。矧孝莫大于严父,严父莫大于配天。惟人主极尽人间之富贵,始能极尽人子之孝道,劝孝殆以自炫其权威。是则《孝经》亦为君人南面之术之一,无怪今之当路在势者,犹欲利用之。顾推严父配天之说,则愈富贵愈足以尽孝,愈贫贱愈不足以为子。诚恐孝弟之道愈张,贫富之竞愈烈。长阶级斗争之意识,启非分觊觎之野心,倡孝止乱,适得其反。其可疑者三也。

《后汉书·盖勋传》:"(陇右刺史宋)枭患多寇叛,谓勋曰:'凉州寡于学术,故屡致反暴。今欲多写《孝经》,令家家习之,庶或使人知义。'勋谏曰:'昔太公封齐,崔杼弑君;伯禽侯鲁,庆父篡位。此二国岂乏学者?今不急静难之术,遽为非常之事,既足结怨一州,又当取笑朝廷,勋不知其可也。'枭不从。遂奏行之。果被诏书诘责,坐以虚慢征。"又《向栩传》:"张角作乱,栩上便宜,颇讥刺左右,不欲国家兴兵,但遣将于河上,北向读《孝经》,贼自当消灭。中常侍张让逸栩,不欲令国家命将出师,疑与角同心,欲为内应,收送黄门北寺狱杀之。"惜乎宋枭、向栩《孝经》退贼之计,沮于朝廷,未能一试。两汉为经学昌明时代,竟有此失,读史至此,能无慨然!或谓今日国难严重,万倍后汉。内有共党,剧于张角;外有倭寇,酷于羌胡;惟有倡读《孝经》以遏之。宋枭、向栩之计,得大行于今日,宁非盛典?顾不急静难之术,遽行非常之事,即不取笑"友邦",结怨民众,其于救国,所裨几何?亦疑莫能明也。

《南史·顾欢传》:"山阴白石村多邪病,村人告诉求哀,欢往村中为讲《老子》,规地作狱。有顷,见狐狸、鼍鼋自入狱中者甚多,即命杀之。病者皆愈。又有邪病者问欢。欢曰:'家有何书?'答曰:'唯有《孝经》而已。'欢曰:'可取《仲尼居》置病人枕边,恭敬之,自差也。'而后病者果愈。后人问其故。答曰:'善禳恶,正胜邪,此病所以差也。'"向栩虽恒读《老子》,状如学道,但止称《孝经》可以退贼,似犹未知老子之神秘作用。至于顾欢,则以为《孝经》《老子》皆可驱邪灭怪,居然一试便灵。《孝经》果具有如许妙用邪?又《南史·张融传》:"建武四年,病卒,遗令建白旐,无旒,不设祭。令人捉麈尾,登屋复魂,曰:'吾生平所善,自当凌云一笑。三千买棺,无制新衾。左手执《孝经》、《老子》,右手执小品《法华经》。'"《北史·隐逸·冯亮传》:"遗诫兄子综,殓以衣帢,左手持板,右手执《孝经》一卷,置尸盘石上,去人数里外。积十余日,乃焚于山,灰烬处起佛塔经藏。"观南北朝人,有死亦不离《孝经》、《老子》、佛经者。《孝经》与《老子》、佛经果同具有宗教性耶?此亦大可疑者也。

据《北史·儒林传》,权会夜行诵《易》而却鬼迷,刘兰非毁《公羊》而召神谴。又《南史·臧荣绪传》:"荣绪惇爱《五经》,谓人曰:'昔吕尚奉丹书,武王致斋降位。李、释教诫,并有礼敬之仪,因甄明至道。'乃著《拜五经序论》。常以宣尼庚子日生,其日陈《五经》拜之。"是则南北朝时代,经书视为神物,仿自释、老,臧荣绪已明言之。惟彼止拜《五经》,《孝经》未在其列,尚为缺典。顾欢而后,以神物视《孝经》,有可考者,尚有皇侃、徐份。《南史·皇侃传》:"侃性至孝,常日限诵《孝经》二十遍,以拟《观世音经》。"又《徐份传》:"性孝弟,(父)陵尝疾笃,份烧香泣涕,跪诵《孝经》,日夜不息。如是者三日,陵疾豁然而愈。亲戚皆谓份孝感所致。"夫《孝经》为国货,为国粹,有以异于《观世音经》,此固灼然无疑者。惟日诵《观世音经》,果能救苦救难否?他如王玄谟以诵《观世音》千遍而获停刑,刘霽诵《观世音经》数万遍而延母寿,均见《南史》,又《北史》亦载有人因诵《高王观世音经》而临刑刀折,卒邀赦免者。其事果可信否?日诵《孝经》,果能代替《观世音经》,而为慈亲增福消灾否?是皆在存疑之列也。

附记:

予尝为《〈孝经〉述疑》一文,又尝为《六朝之〈孝经〉学》一文,都万许字。今约为此文,仅及二千字,意存肃括。有未惬当,以俟有道君子正之。一九三六年五月十九日,子展灯下记。

(原载《天籁》第二十五卷第一期,一九三六年)

关于中国文学起源诸说

　　周作人先生在北京辅仁大学讲授《中国新文学的源流》，讲话记录下来，就成了名著。这部书第一讲，关于文学之诸问题，说到文学是什么，文学的范围，研究的对象，研究文学的预备知识，文学的起源，文学的用处。除了关于文学的起源一个问题，我想略略参加一点意思以外，其余我倒不想多谈，实在周先生也讲的好，只是关于文学的用处，也还有大可商量的地方。至于他在那本书里大谈晚明公安、竟陵两派的文学，我曾先后提出不敢和他苟同的意见。一篇是《不要再上知堂老人的当》，登在《新语林》半月刊，后来收入北新书局出版的《周作人论》里。一篇是论公安、竟陵小品文的，登在太白社特刊《小品文和漫画》里。一篇是论公安、竟陵的作风和影响的，登在文学社特刊《文学百题》里。还有一篇《晋人小帖》也谈到了公安、竟陵，登在刚出的《太白》半月刊里。这里我就不再谈公安、竟陵，只就文学的起源问题来说几句，兼以请教于周作人先生。

　　中国文学究竟是怎样起源的？

　　最早触到这个问题的，当然要推《毛诗大序》，《大序》的作者相传是孔子弟子卜商，即子夏。序云：

　　　　诗者，志之所之也，在心为志，发言为诗。情动于中而形于言，言之不足故嗟叹之，嗟叹之不足故永歌之，永歌之不足，不知手之舞之，足之蹈之也。

细看这段序文的意思,好像是说人类有语言就有诗歌的,因为语言叹息表现情志的不足,才有诗歌来弥补这种缺憾。还像是说诗歌、音乐、舞蹈三者是同时存在的。关于前一点,南朝大文豪沈约说是"歌咏所兴,自生民始",俄国社会学家波格达诺夫说是"诗歌开始于人类语言开始之处",可以相互发明。而且论到艺术的起源,不,文学的起源,诗总是首先发生的,韵文发生总是在散文之先,久已成了定论,有各国的文学史可以查考。这是研究文学的人已经周知的事了。

其次,郑玄《诗谱序》,很鲜明的提出诗的起源问题。他说:

> 诗之兴也,谅不于上皇之世?大庭轩辕,逮于高辛,其时有亡,载籍亦蔑云焉。《虞书》曰,诗言志、歌永言、声依永、律和声,然则诗之道放于此乎?

他不过提出诗的起源究在什么时代的问题,只就有文字记载的来说,认定唐虞时代才有诗。至于《虞书》是不是唐虞时代的记载,他却没有提及。后来孔颖达的《毛诗正义》,解释郑玄的意思,并加一点补充的话。他说:

> 上皇谓伏羲,三皇之最先者,故谓之上皇。郑知于时信无诗者,上皇之时,举代淳朴……故知尔时未有诗咏。……大庭,神农之别号。大庭轩辕疑其有诗者,大庭以还,渐有乐器。乐器之音,逐人为辞,则是为诗之渐,故疑有之也。……《郊特牲》云:"伊耆氏始为蜡。"蜡者,为田报祭。神农始作耒耜以教天下,则蜡起神农矣。二者相推,伊耆、神农,并与大庭为一。大庭有鼓籥之器,黄帝有《云门》之乐。至周尚有《云门》,明其声音和集。既能和集,必不空弦,弦之所歌,即是诗也。

郑玄只认唐虞时代有诗,孔颖达更进一步,认神农、黄帝时代已经有诗,理由是神农、黄帝既然有了音乐,那就"必不空弦",一定有诗歌。说是诗歌和音乐同时存在,固然不错。不过神农,甚至黄帝,究竟有没有这个人,恐怕还是疑问。那么,神农有没有鼓籥之器,黄帝有没有《云门》之乐,更是可疑的了。

再次,刘勰的《文心雕龙》第一篇《原道》,也就是讲的文学起源问题。他说:

> 文之为德也大矣,与天地并生者何哉?夫玄黄色杂,方圆体分。日月叠璧,以垂丽天之象;山川焕绮,以铺理地之形;此盖道之文也。
>
> 仰观吐曜,俯察含章,高卑定位,故两仪既生矣;惟人参之,性灵所钟,是谓三才。为五行之秀,实天地之心,心生而言立,言立而文明,自然之道也。
>
> 傍及万品,动植皆文。龙凤以藻绘呈瑞,虎豹以炳蔚凝姿。云霞雕色,有逾画工之妙。草木贲华,无待锦匠之奇。夫岂外饰,盖自然耳。至于林籁结响,调如竽瑟;泉石激韵,和若球锽;故形立则章成矣,声发则文生矣。夫以无识之物,郁然有彩,有心之器其无文欤?
>
> 人文之元,肇自太极。幽赞神明,《易》象惟先。庖牺画其始,仲尼翼其终。而《乾》《坤》两位,独制《文言》,言之文也,天地之心哉!若乃《河图》孕乎八卦,《洛书》韫乎九畴,玉版金镂之实,丹文绿牒之华,谁其尸之?亦神理而已。
>
> 自鸟迹代绳,文字始炳。炎皞遗事,纪在《三坟》,而年世渺邈,声采靡追。唐虞文章,则焕乎始盛。……

我把刘勰这段文章分做几个小节,我以为每一小节都有一点很重要的意思。第一,他说文是"与天地并生"的,那么,有天地就有文了,他把这个叫作"道之文",换用如今的一句话说,就是"天地自然之文"。第二,他以为有天地才有人类,有人类就有性灵,有性灵就有表达性灵的语言,有语言就有表达语言的文字。这是"自然之道"。第三,他以为自然界无识之物都有文彩,人是有心之器,当然有文。他在《明诗》篇里说的更明白。他以为"人禀七情,应物斯感,感物吟志,莫非自然"。换用如今的话说,就是人有心灵才能感受,有感受才有反应,文学正是人的心灵感受了刺激的一种反应。这是出于"自然"。第四,他以为最古的文学是易象,从伏羲作八卦开始,到孔子作十翼才完成。于《易经》里特别提出《文言》作代表,以为文言就是"言之文"的意思,也就是"天地之心"。《易经》的其他部分也都有"神理"作主宰。好像他说的"天地之心"和"神理",原是同一物事,也就是他的所谓"道"。人先天就具有"天地之心",就具有"道",文是从"道"发生的。第五,他以为有了文字,文学才有表现,如今最古最好的文学就只有尚书,也就是他说的"唐虞文章"。至于《尚书》是否唐虞时代的作品,他却没有虑到。总之,我把他上面那段文章分做五节来说,只算是推论他的意思,未必和他的原意丝毫不差。因为他的原文,不甚明晰准确,比如什么"道",什么"两仪",什么"三才""五行",什么"天地之心",什么"太极""神理",都是些玄虚的话头,含有神秘的意味,我们不易捉摸。再如他说"文",也有两个解释,一是自然之文,自然界的一切文彩;一是人为之文,人的文章。他以为前者"与天地并生",即有自然界就有文;后者有了具有性灵的人类,就有语言,也就有文,这也和自然界的文彩一样,是"自然"的,不是"外饰"的,所以说是"自然之道"。不过这是人类心理的自然状态,和物类外面的自然状态不同。这是他的文学自然发生说。好像他是以为文学的发生,既是摹仿外物的自然界,又是根据人类心灵发展的自然。又他说"道"也像含有两个意义,一是自然的法则,一是"圣贤之道"。他以为"文"和"道""与天地并生","文"由自然发生而不离"道",那是因为人"为五行之秀,实天地之心",先天上就具有"性灵",具有"道"的缘故。后来论文的人,就把"性灵"和"道"分而为二,注重"道"的就忘记了"性灵",注重"性灵"的就偏废了"道",而且把"道"专看作

"圣贤之道",又以为"道"在《六经》。其实,刘勰论文,虽然首先就讲"原道""宗经""征圣",他却不忘记"性灵",他所以"宗经",正因为经是"洞性灵之奥区,极文章之骨髓"的东西。可是后来论文的人,只知道经里有"道",不知道有"性灵",又那里晓得"性灵"里有"道","道"也离不了"性灵"呢?难怪周作人先生要把"载道派""言志派"(即性灵派)看作对立而互相消长的东西了。

我们的话要说回来了。从《毛诗大序》,郑玄《诗谱》,孔颖达《毛诗正义》,直到刘勰的《文心雕龙》,所触到的文学起源问题,古人关于这个问题的重要说来,我们都略略考察过了。周作人先生的文学起源说又是怎样的呢?他说:

> 大家都知道,文学本是宗教的一部分,只因二者性质不同,所以到后来又从宗教里分化了出来。宗教和政治组织相同,原为帮助人类去好好地生存的方法之一。如在中国古代的迎春仪式,其最初的目的就是要将春天迎接了来,以利五谷和牲畜的生长。当时是以为若没有这种仪式,则冬天怕将永住不去,而春天也怕永不再来了。在明末刘侗所著《帝京景物略》内,我们可找到对这种仪式很详细的说明。大体是在立春之前一日,扎些春牛芒神之类,去将春神迎接了来。在希腊也如是,时候也是在冬春之交,在迎春的一天,有人化装为春之神,另外有五十个扮演侍从的人。春之神代表善人,先被恶神所害,造成一段悲剧,后又复活过来,这是用以代表春去而又复来的意思。当时扮演春神的人都要身被羊皮,其用意大概在表示易于生长。英文中之 Tragedy(悲剧),原为希腊文中之 Tragoidia,其意义本为羊歌,后来才以此字专作悲剧解释的。

> 在化装迎春的这一天,有很多很多的国民都去参加,其参加的用意,在最初并不是为看热闹,而是作为举行这仪式的一份子而去的。其后一般国民的文化程度渐高,知道无论迎春与否,春天总是每年都

要来的。于是仪式虽还照旧举行,而参加者的态度却有了变更,不再是去参加仪式,而是作为旁观者去看热闹了。这时候所演的戏剧不只一出,迎春成为最后一幕,主脚也逐渐加多,侍从者从此也变为后场了。更后来,将末出取消,单剩前面的几出悲剧,从此戏剧便从宗教仪式里脱化出来了。

原来周作人先生是主张文学起源于宗教一说的。如今的一般写中国文学史的人,大半不肯提出这个问题,就是提出了也不曾有个完满的解答。周先生虽是讲的新文学的源流,却要追索远源,直到文学起源的这个问题。他以为文学本是宗教的一部分,只因二者的性质不同,所以到后来又从宗教里化分了出来。这一说,我们不妨让它存在,至少在我个人是相当地同意的。不过周先生"单就希腊的戏剧说一说",这是不够说明中国文学的起源的。固然周先生在说希腊戏剧从"化装迎春"的宗教仪式里脱化出来的时候,也提到中国古代的"迎春"仪式,然而中国的戏剧是否就从这仪式里脱化出来?还欠说明。何况中国的戏剧起来虽可追溯到上古的巫舞,然而要找略可相当于古代希腊的戏剧,却不能不从金元杂剧数起,中国的戏剧的发展是这么迟的。它在中国文学里,只和小说同辈,是很卑幼的,不能不让诗歌散文做尊长。这且不说。现在要问周先生主张的文学起源于宗教一说,究竟可不可以成立?我以为是可以成立的。在刘师培的《左盦文集》里,有《中国文学出于巫祝之官说》的一篇文章。他说:

> 《说文》祠字下云,"多文词也"。盖祠从司声,兼从文词之词得义。古代祠祀之官惟祝及巫。《说文》祝字下云:"祭主赞词者,从示,从儿口。"一曰从兑省,《易》曰,"兑为口为巫"。巫字下云:"巫,祝也。又曰🈳,古文巫如此。"案古文巫字盖从两口,即《周易》"兑为口为巫"之义。……盖古代文词恒施于祈祀,故巫祝之职,文词特工。今即周礼祝官职掌考之,若六祝六词之属,文章各体,多出于斯。

> 又颂以成功告神明,铭以功烈扬先祖,亦与祠祀相联。是则韵语之文虽匪一体,综其大要,恒由祀礼而生。欲考文章流别者,曷溯源于清庙之守乎?

可惜刘先生在这篇文章里拿出的证据还嫌薄弱,他不曾找出殷墟卜辞以及《周易》和巫祝的关系,使他自己的主张更为充实,更为有力。我以为卜辞固然是出于殷代巫祝之手,而《周易》是殷周之际巫祝所掌的卜筮之书,也是毫无疑义的事,这都是中国最古又最可靠的文字。原来最初文字的创造,就是由于巫祝用作神秘的符号或记录而起始的。即如八卦,说是发生在文字之先,它就不必算做文字,只好算做一种神秘的符号或记录。再如相传仓颉造字,有"天雨粟,鬼夜哭"的神话,可知文字创造之初,原是被视为神秘的一种东西。我想当时文字的使用传授,以及图籍的典守保存,都是僧侣一般的巫祝和史官的特权。至今在中国称为西南蛮夷的猡猡民族,他们的文字和教育还是掌于巫觋之手。好几年以前,广州中山大学派人前往云南调查猡猡民族的风俗,要先学猡猡的语言文字,还是不得不找猡猡的巫师觋爸,请教于他们的经典。我们要研究中国文学的起源,尤其是相信文学起源于宗教说的人,须得考察上古时代巫祝与文字或文学的关系,须得研究殷墟卜辞和《周易》,乃至《诗经》里《颂》的那一部分,须得承认这是殷周时代巫祝卜筮祭祀所用的东西,这是巫祝文学。倘若周作人先生认为我说的话有几分对,那吗,他的中国文学起源于宗教之说,算我替他略略有些引申,然而不敢说是订正。

说到这里,我记起了日人青木正儿的《中国古代文艺思潮论》,他是主张文学起源于快感说的。他以为文艺发生的渊源,一定是由于有了美的意识发露以后。美的意识与快感有密切的关系,意识若以为美,于是才发生快感。达到觉着快感的境地,那就是美的意识。如果文艺是基于美感,那就不难想到文艺发生的原始时代是以供给人类的快感为目的了。他还推论到人智发达的过程,以为最先是有口腹之欲,其次才有视听之欲,在一个赤子发育的期间,我们可以亲眼看到这样的现象。因此他说太古的人民,与其说他先有美感的视觉,不如说他先有美感的味觉。他根据这个观念,以为"美""善"等字都是象征一个"羊"字。"美"字在殷代的卜辞之中已经见到。根据许慎的《说文解字》来说,"美"字是羊大二字结合成的,有甘美的意思,因为羊在六畜之中是最美的食料。可见美字原来的意思,是羊为大物,为上古人民最美的食品,从这个味的快感,终于转变出美的意义来。在味觉后边发达的美感,才是听觉和视觉。这两种若从文字上去看,是听觉的美发达在先。如关于"善""乐"等快感的字,它的语源都与音乐有关系。"喜"字见于殷代的卜辞,段氏《说文解字注》,说是听到鼓乐的声音,开口喜笑的意思。现今存在的殷代卜辞文字,里边有一个"鼓"字,察看它的字形,它的左偏如段氏所说是象形一个大鼓,右旁是象形手中持枹。但无论如何,"喜"这个字的观念与音乐有密切的关系,是用不着说的。其次"乐"字也见于殷代的卜辞,其字形原来是木的上边仅写着两个"系"字,其间没有"白"字,这是一个象形弦乐器的文字。(据罗振玉说,这个"白"字是后世加上的,用以表示是弹弦的乐器。)弦乐器代表音乐,音乐的音义转变,于是用成快乐的意思。其次表示视觉美感的文字,以"文"字为最古。这个字也见于殷卜辞。《易·系辞传》说:"物相杂,故曰文。"《说文》:"错画也,交文之象也。"可见"文"这个字原来是"纹样"的意思,渐次转变,至于用成文辞的意义。用这个意义的例子,如《论语》中有"文献""文学"等,可是再靠前一点,就没有见过文献等的字句。《释名》上有"集合众经以成锦绣,集合众字以成辞意,如文绣是也"这样的说法。缀合言语如织物似的,遂结合成文章。言语被修饰的就是"文"。从这个观念可以看到文学是从美术演变而成的。

上面很简略地介绍了青木正儿的中国文学起源说。他是根据人类快感的发达进程而说的,他以为先有味觉的快感,其次才有听觉的快感,又其次才有视觉的快感,而视觉的快感又是先有绘绣等美术,才有文学的。他这种快感说的根据,是从中国文字的构成上推测来的。自然,研究上古的社会状况,在资料缺乏的时候,根据文字的构成去推测当时社会的情形,也不失为一个方法。不过这种推测也终于推测而已,虽然是可喜的新论,却不一定可作定论的了。何况人类快感发达的先后,就如青木正儿所说,但从那些个文字的构成上去考察,未必真能够分出先后来。何尝见得"羊""喜""文"等字不是同时构成的呢?

现在综括来说,倘若我们承认从来关于艺术起源或文学起源的学说,可以大别为艺术冲动说和实际需要说两大类,那吗,关于中国文学起源诸说,如上面所述的,《毛诗大序》、刘勰《文心雕龙》,以及青木正儿之说,可以归到艺术冲动说一类,刘师培、周作人两家之说,可以归到实际需要说一类。在实际需要说里又可分为宗教说、劳动说二者,还缺少了劳动说。倘若我们勉强要拿《韩诗外传》上说的"劳者歌其事,饥者歌其食"来代表劳动说,那似乎也是可以的罢。

(此为拙作《中国文学批评》讲稿之一章,子展附记。)

(原载《逸经》第十六期,一九三六年)

两宋外祸史料

《中国内乱外祸历史丛书》还没有出齐,我看了第三册,系李季先生辑录的,共四种,关于南北宋的外祸,在正史里遮瞒过的,这里却可以见到不少。

第一种,《大金吊伐录》四卷,录金太祖、太宗用兵侵宋时代金宋两国往来的文书。我们可以看到当时强弱异势的外交词令。金国文书,间有白话。至于宋朝两个被掳的皇帝,一个降封昏德公,一个降封重昏侯,还亏他们写得出那样的谢表,真是昏得可观。

第二种,《避戎夜话》上下两卷,记靖康金兵破汴京事。有鸿胪主簿邓肃作《靖康行》一诗,说:"雪花一日故蒙蒙,皂帜登城吹朔风。我师举头不敢视,脱兔放豚一扫空。夜起火光迷凤阙,钲鼓砰轰地欲裂。斯民嗷嗷将何之?相顾无言惟泣血。"有武器的将士不抵抗而逃,遭难的只有徒手的小百姓,写来真是令人气愤。议和了,金兵退去了,政府当局又粉饰太平,做些不必做的事。《避戎夜话》有一段记得很好:

> 金人今春既出境,朝廷措置多不急之务,如复春秋科,太学生免解,改舒王从祀之类。时为语曰:"不管肃王,却管舒王。不管燕山,却管聂山。不管山东,却管陈东。不管东京,却管蔡京。不管河北界,却管秀才解。"

道路之言,切中时弊如此。

要他管的他不管,不要他管的他偏要管,国事就坏在这种掌管人的手中。不管正事,爱管闲事。不管大事,爱管小事。不管急事,爱管缓事。不管自己分内的事,爱管他人分内的事。事的大小轻重,缓急先后,他不能分别清楚,也许他不肯分别清楚,所以倒行逆施,不顾一切。自然,他要管的他管不了,他想掩饰他的无能,只好拣不要管的来干,表示他无所不能的材智,同时夸耀他无所不管的威权,总之,他为了内疚神明,外惭清议,才戴上了隐藏自己面目的假面具,才放出了蒙蔽他人耳目的烟幕弹,这样,他的精神才觉舒服,这可以说是心理上的自卫作用罢。

第三种,《南渡录》四卷,内分《南烬纪闻录》上下卷,《窃愤录》、《窃愤续录》各一卷,记徽、钦二帝被掳在金的事。二帝的被侮辱,受虐待,写来历历如画。二帝却卑污苟贱,忍死偷生,可笑亦复可怜。描写生动,情绪激昂,在四种中,这一种最有文学价值。作者相传为辛弃疾,未知是否。总之不愧为一个作手。他在起头就告诉我们一个故事:

> 靖康元年正月初六日,京师立春节。先一日,太史局造土牛,陈于迎春殿。至是日,太常寺备乐,迎而鞭碎之,此常仪也。是月初五日夜,守殿人闻殿中哭声甚哀,且闻击扑之声,移更乃止。洎明观之,勾芒神面有泪痕,土牛损坏,乃白有司,更为修补,以终其事。识者已知其非吉兆。

这好像是作者故意编造一段鬼话。当时金兵久屯河朔,动员南来,已有警报,当局竟糊涂昏聩,不知所措。难怪连草扎泥塑的勾芒神也要掉下泪来了!又当徽、钦二帝被移往均州,路过李将军庙,李将军石像也显灵起来:

> 或日,至一古庙,无藩篱之类,惟有石像数身,皆若胡中酋长,其镌刻甚工。有一人曰:"此春秋赵将李牧祠也。"……二帝视神祝曰:

"金国灾祥,井水可卜。传闻九哥(高宗)已被执缚,吾国已灭,未见的耗,若神有灵,容我一卜。"乃向神曰:"吾国若复兴,望神起立。"帝意中国不能复兴,如神之不能立也。良久,石像忽有声如雷,身更摇摇如踊跃之状。众视之,已起立于室中,纹理接续如故。

难道李牧石像真可起立?想是作者借此暴露二帝的昏愚,因为"帝意中国不能复兴,如神之不能立",神竟立起来,何况这个李将军生前是打过胡人的猛将呢!

第四种,《平宋录》三卷,记至元十三年巴颜下临安,宋幼主北迁事。相传出于刘敏中,未知是否。总之,汉儿学得胡儿语,还向胡儿骂汉儿,出于事胡的汉人的手笔,却是无疑。

册首有辑录者李季先生的序言,他以进步的经济学家来治历史,对于"有宋一代,外患的长久与剧烈,君主的昏庸与屈辱,汉奸的为虎作伥,伪组织的挟敌肆虐,降将军的遍布国中,义勇军的蜂起南北",都有很扼要的评述,很正确的分析。他以为宋代受外族侵凌的时代,下层的民众始终不甘受外族的压迫,以坚决的态度加以反抗。不过当时地主集团的妥协派(政府当局)畏惧民众的抬头,多方加以阻挠、压迫。虽说这个集团中的强硬派,如李纲、岳飞、韩世忠之流,颇有远识大略,急思利用或实行利用下层民众这种反抗的心理,借以联成共同对外的阵线,却因力量薄弱,始终为妥协派所厄,而宋室的江山也因此不能保存了。例证的丰富,见解的透辟,都足以使人首肯。何况从历史上得来的教训是最可宝贵的教训,这是我们目前的志士仁人应该知道的呢!

(原载《中流》第一卷第二期,一九三六年)

唐 人 木 刻

唐代是中国文化史上一个光华灿烂的时代。仅就艺术的一个部门而说，文艺、音乐、歌舞、绘画、雕塑、建筑各方面，在同一水准上，凑成缤纷奇诡的大观，各到绚烂成熟的境界。昨理旧时读书札记，有从唐人说部录下关于唐人木刻的许多条，当然原文不免有夸大的地方，不过唐人对于木刻方面有很高度的进步，有很普遍的兴趣，甚至于殉葬用的俑，无论是石刻木刻都很精致，却是事实。而且因为木刻技巧的进步，雕刻书籍才能成功，才能流行起来。五代宋时的木板书就是这样起来的，这也是事实。

刻木为人形，唐人有此绝技的不少。张鷟《朝野佥载》里说：

洛州殷文亮曾为县令，性巧，好酒。刻木为人，衣以缯彩，酌酒行觞，皆有次第。又作妓女，唱歌吹笙，皆能应节。饮不尽，即木小儿不肯把；饮未竟，则木妓女歌管连催。此亦莫测其神妙也。

不知道果有这样的事么？如果有，那就真是"莫测其神妙"了。只怕和《列子》上所说的偃师那个故事一样，是寓言，或是谎话。至于王仁裕《开元天宝遗事》所载：

宁王宫中，每夜于帐前罗列木雕矮婢。饰以彩绘，各执华灯，自昏达旦,故目之为灯婢。

这倒似乎可靠,因为这种木刻灯婢不像上文所讲木刻侍者歌妓一样,能够自由动作,宛如生人。又《朝野佥载》里说:

> 将作大匠杨务廉甚有巧思,常于杭州市内刻木作僧,手执一碗,自能行乞。碗中钱满,关键忽发。自然作声,行布施。市人竞观,欲其作声,施者日盈数千。

这个木和尚也做得巧,我总疑当时还做不出。同书又载:

> 郴州刺史王琚刻木为獭,沉于水中,取鱼引首而出。盖獭口中安饵为转关,以石缒之则沉,鱼取其饵,关即发。口合则衔鱼,石发则浮出。

这样的木獭,当时做得出来,我们并不诧异。同书还载:

> 则天如意中,海州进一匠,造十二辰车,回辕正南则午门开,马头人出。四方回转,不爽毫厘。又作木火通铁盏盛灰,晨转不翻。

这一段记载不甚明白,十二辰车好像如今的时钟之类罢。苏鹗《杜阳杂编》里说:

> 飞龙卫士韩志和,本倭国人也,善雕木,作鸾鹤鸦鹊之状,饮啄悲鸣,与真无异。以关捩置于腹内,发之则凌云奋飞,可高百尺,至一二百步外,方始却下。兼刻木作猫儿以捕鼠雀,飞龙使异其机巧,遂以事奏,上睹而悦之。志和更雕踏床高数尺,其上饰之以金银彩绘,谓

之见龙床，置之则不见龙形，踏之则鳞鬣爪牙俱出，乃始进，上以足履之，而龙夭矫若得云雨。上怖畏，遂令撤去。

原来当时奇技淫巧，多从外国输入。我曾作《汉唐之间百戏考》，考得百戏多杂胡伎，尤以隋唐时代的百戏最为显著。此外，薛用弱《集异记》里说：

> 玄宗好斗鸡，贵臣外戚皆尚之。贫者或弄木鸡。

在唐人说部里，还记着有弄木麒麟的，有弄木老人的。总之，傀儡子戏，在唐代最为流行。相传玄宗做太上皇的时候，被李国辅迫搬西内，他有《傀儡吟》一诗道：

> 刻木牵丝作老翁，鸡皮鹤发与真同。须臾弄罢寂无事，还似人生一梦中。

此外，段安节《乐府杂录》也有关于傀儡子的记载。还有，章绚《刘宾客嘉话录》里说：

> 大司徒杜公在维扬也，尝召宾幕闲语："我致政之后，必买一小驷八九千者，饱食讫而跨之，着一粗布襕衫，入市看盘铃傀儡足矣。"……司徒深旨不在傀儡，盖自污耳。

其他，唐人关于傀儡的记载，这里不能详引。不过我们谈到唐人木刻，木刻的傀儡也不能不略略提到。假如当时木刻技术不是到了相当的程度，像那样的傀儡戏也不会有了。

至于今人所说木刻，大都是属于版书，前次在上海青年会举行的苏联版画展览会，曾给了我们很好的印象。记得当时摊在这个展览会的休息室里的一本批评簿上，写着一致恭维赞美的话。尤其使我们注意的，要算一位好像是正统派的国画家黄宾虹先生的一句"锲刀是柔毫之祖"，字体是铁画银钩样的篆隶兼行体，古拙可爱。还有一位好像是"思想纯正"的青年教授全某先生，也说出了"可见苏联之伟大"的话来。据说苏联版画艺术正如其他的苏联艺术一样，一年一年的更坚实的证明了新的写实的体裁，在"社会主义者的写实主义"的名称下著名。苏联版画作风，以及整个苏联艺术作风，逐渐变成了写实的，其程度到了使苏联艺术家更明了苏联的时代，苏联的生动的现实，新的工业建筑的烟囱与棚架，集体农民耕种的田地，及其新的人民，乃至历史的景色。史塔林曾经说过苏联文化的特点："形式是民族的，内容是社会的。"不错，从他们的版画就可以看出来。他们的版画从社会主义的社会建设人的观点出发，达到了大的光明与美丽，凡是看过苏联版画展览会或者看过苏联版画集的，总该感觉到了。

有人说，版画这东西，也以我国出世的为最早，又最完美。如十竹斋的木刊彩印，可称为人类文化史上稀有的杰作。此外，如元明戏曲小说一类书上的插图也很精美。约当于欧洲文艺复兴初期，中国就有这种技巧进步的艺术，当然值得夸耀。后来的如芥子园画谱之类的版画也很不错。只可惜这个文明古国到了如今，老不长进。虽说中国古物刚在伦敦出过风头，徐悲鸿教授的画，梅兰芳博士的戏，也说是在苏联获得了成功载誉归来，究竟他们能不能代表目前这个民族这个社会，而且表现这个民族这个社会的光明与伟大呢？不错，在历史上，在对外上，我们有过大汉的光荣，又有过大唐的光荣，如今我们自称"汉人"，人家称我们为"唐人"，拿古时朝代的名字加在我们的头上，我们并不惭愧。我们更相信我们会有光明与伟大的前途，这前途是历史上所没有的。我们的艺术家呵，艺术的创造还在其次！

（原载《中流》第一卷第三期，一九三六年）

《孝经》在两汉六朝所生之影响

一 "《孝经》虽好莫退贼"

书满壁,图满壁,陷其中,不能出。大炮飞机现代物,《孝经》虽好莫退贼;我已前车后莫覆。不学炼铁,当学纺织;何以尚有许多咬文嚼字的文字虱?无怪当年鬼夜哭!

今天,我从《立报》上看到胡朴安先生近作《自题朴学斋读书图》的一首诗(见一九三六年十一月十二日上海《立报》的第二张)。细玩诗意,似乎他以为我们生在现代,就应当做现代人,担负起对于现代文化的责任。倘若大家老是读经,读古书,咬文嚼字,做文字虱,他是以为没有多大用处的,而且他是带着愤懑的神气写出了他的意见,不难看出来。"《孝经》虽好莫退贼"这一句话也含了一点讽刺的意味。按《后汉书》卷八十八,《盖勋传》里说:

（宋）枭患多寇叛,谓勋曰:"凉州寡于学术,故屡致反暴。今欲多写《孝经》,令家家习之,庶或使人知义。"勋谏曰:"昔太公封齐,崔杼杀君;伯禽侯鲁,庆父篡位。此二国岂乏学者?今不急静难之术,遽为非常之事,既足结怨一州,又当取笑朝廷,勋不知其可也。"枭不从,果被诏书诘责,坐以虚慢征。

原来后汉灵帝中平元年(西元一八四),内而有所谓"黄巾贼"起,外而有北地羌胡和边章等作乱。陇右刺史宋枭主张多写《孝经》,教家家诵读,以免他们附和叛乱,虽说这不能不算为"非常"盛典,却未免太迂了些,难怪他的部下从事盖勋要说他"不急静难之术"了。这是关于"《孝经》退贼"的第一个笑话。再,同书卷一百十一,《独行·向栩传》里说:

> 会张角作乱,栩上便宜,颇讥刺左右,不欲国家兴兵,但遣将于河上,北向读《孝经》,贼自当消灭。中常侍张让谗栩不欲令国家命将出师,疑与角同心,欲为内应,收送黄门北寺狱,杀之。

在同一个时候,弄出两个同一样的笑话,可见这笑话发生的由来并非偶然。这是老早就刺激我想从历史上探讨这个由来的原因,当我十年以前读《后汉书》的时候。

如今这个笑话翻新,更加刺激我,我曾做了《〈孝经〉存疑》一篇短文,文中说:

> 曾见报载西南某省主席于春丁祀孔,典礼极为隆重。复载其提倡读经,且为《孝经》作序而刊行之。此其在目前政治上或社会上之意义维何?予以侧陋小儒,不谙政治,理合盲从,未便瞎说。惟经生结习,苦未能忘,一谈《孝经》,以凑热闹。予非敢妄为持"非孝"之说者张目,姑与读《孝经》者,稍稍商略云尔。

这是我在两年前所以做那篇文章的动机。文中又说:

惜乎后汉宋枭、向栩"《孝经》退贼"之计，沮于朝廷，未能一试。两汉号为"经学昌明时代"，竟有此失，读史至此，能无慨然！或谓今日国难严重，万倍后汉。内有共党，剧于张角；外有倭寇，酷于羌胡，惟有倡读《孝经》以遏之。果使宋枭、向栩之计，得大行于今日，宁非盛典？顾不急静难之术，而遽行非常之事，即不取笑"友邦"，结怨民众，其于救国所裨几何？固亦疑莫能明也。

这是我对于目前"《孝经》救国论"所发生的疑问之一。今天，又看到了胡老先生的这首诗，我当然和他有同感。我老早就想做的《〈孝经〉在两汉六朝所生之影响》一篇文章，就从今天起头了。

二 《孝经》作者及其年代

现在我们想就《孝经》这部书的本身略加考察。首先我们要问：《孝经》是谁作的？这在汉儒好像就成了问题。《史记·仲尼弟子列传》里说：

> 曾参，南武城人，字子舆，少孔子四十六岁。孔子以为能通孝道，故授之业，作《孝经》。

这是曾子作《孝经》一说最早的根据。司马迁的这一说，当日他是根据了什么，我们无从查考。又《汉书·艺文志》里说：

> 《孝经》者，孔子为曾子陈孝道也。

班固说孔子作《孝经》，也不知道他有何根据。不过在汉时纬书《孝经钩命决》里有"孔子曰：吾志在《春秋》，行在《孝经》"的话。这俨然是孔子口吻。所以汉末儒者，《春秋》公羊学派大师何休，就公然相信《孝经》是"孔子自著"的书。(见《春秋公羊传序》)从两汉到六朝，关于《孝经》的作者，不出上文所举司马迁、班固那两说；宋、元以来，就异说纷纷了。因为要顾到本文题目的范围，这里不便详说。总之，除了司马迁、班固两说而外，无论后人主张《孝经》是孔子门人记录的也好，曾子门人记录的也好，子思作的也好，乃至孟子门人作的也好，汉初齐鲁间陋儒伪托的也好，可是《孝经》和孔子、曾子都脱不了关系，因为这是托为孔子给曾子说孝道的书。

原来在《论语》中，记着孔子许多说及孝道或答复弟子"问孝"的话，曾子也是欢喜谈孝道的。《孟子·离娄》篇载有曾子养曾皙的故事，孟子很称扬曾子能够"养志"。又《尽心》篇记孟子答公孙丑问，解释"曾皙嗜羊枣，而曾子不忍食羊枣"的话。可以想见曾子是一个孝道的实行者，真是一个孝子。《孝经钩命决》里说孔子"以《春秋》属商，以《孝经》属参"的话，这话不为无因，虽然未必就是孔子的话。即算孔子把《春秋》传给子夏，未必有《孝经》传给曾子。又《礼记·祭义》记着曾子弟子乐正子春从曾子间接闻得孔子说孝道的话。《大戴礼记》还有《曾子本孝》、《曾子立孝》、《曾子大孝》、《曾子事父母》四篇，专记曾子说的孝道。这样说来，把一部《孝经》托为孔子给曾子说孝道的书，疑为孔子所作，或疑为曾子所作，都是"事出有因"，尽管"查无实据"。

《孝经》的作者既不能确指为谁，再来查考它成书的年代。不过查考起来，也不容易得到明确的结论。比如我们相信蔡邕《明堂论》里引的魏文侯《孝经传》，那么，魏文侯既是孔子弟子子夏的弟子，可见《孝经》成书的早，有孔子或曾子所作的可能。可是魏文侯《孝经传》何以不见列于《汉书·艺文志》？这不能不令人怀疑。康有为《新学伪经考》断定魏文侯《孝经传》和子夏《易传》同是伪书，也像很有道理。再查《吕氏春秋》，引过《孝经》里的话。如《孝行览》说：

> 故爱其亲不敢恶于人，敬其亲不敢慢于人。爱敬尽于事亲，而德教加于百姓，容于四海，此天子之孝也。

这和今文《孝经·天子章》里的一段话只有几个字不同。还有《察微》篇已经明明载出引用《孝经》了。你看：

> 《孝经》曰："高而不危，所以长守贵也；满而不溢，所以长守富也。富贵不离其身，然后能保其社稷，而和其民人。"

这正和今文《孝经·诸侯章》里的话相同。因此，近人王正己先生的《孝经今考》，根据《吕氏春秋》引用过《孝经》，又根据《庄子·天运》篇始称《六经》的话，就"推定《孝经》的成书是在庄子以后，《吕氏春秋》以前"（见《古史辨》第四册）。但黄云眉先生的《古今伪书考补证》却说：

> 《吕览》亦不可全靠。且高诱注《孝行览》，亦引《孝经》语，则《察微》篇所引《孝经》，安知非高诱之注而误入正文耶？

原来他是相信《孝经》为汉人所作一说的，所以他还说：

> 后汉苟慈明对策，有"汉制，使天下诵《孝经》"之语。（《后汉书》本传）而汉代诸帝又始以"孝"为谥，可知《孝经》之产生必与汉代最有关。

他说"《孝经》之产生必与汉代最有关"，这话对不对？现在，我们再来查考：《孝经》在汉代是怎样发见的？怎样传布的？据《汉书·艺文志》说：

> 汉兴，长孙氏、博士江翁、少府后苍、谏大夫翼奉、安昌侯张禹传

之。各自名家,经文皆同。唯孔氏壁中古文为异。"父母生之,续莫大焉","故亲生之膝下",诸家说不安处,古文字读皆异。

当秦焚书,《孝经》不在例外。那么,长孙氏、江翁、后苍、翼奉、张禹之流的《孝经》是从那里来的? 或者说,是那个传给他们的呢? 据《隋书·经籍志》说:

> 孔子既叙《六经》,题目不同,指意差别,恐斯道离散,故作《孝经》,以总会之,明其枝流虽分,本萌于孝者也。遭秦焚书,为河间人颜芝所藏。汉初,芝子贞出之,凡十八章。而长孙氏、博士江翁、少府后苍、谏议大夫翼奉、安昌侯张禹,皆名其学。又有古文《孝经》与古文《尚书》同出,而长孙有《闺门》一章,其余经文大较相似,篇简缺解,又有衍出三章,并前合为二十二章,孔安国为之传。至刘向典校经籍,以颜本比古文,除其繁惑,以十八章为定,郑众、马融并为之注。又有郑氏注,相传或云郑玄,其立义与玄所注余书不同,故疑之。梁代,安国及郑氏二家并立国学,而安国之本亡于梁乱。陈及周、齐,唯传郑氏。至隋,秘书监王劭于京师访得孔《传》,送至河间刘炫,炫因序其得丧,述其议疏,讲于人间,渐闻朝廷,后遂著令,与郑氏并立。儒者喧喧,皆云炫自作之,非孔旧本,而秘府又先无其书。

今文《孝经》传自颜芝父子,古文《孝经》传自孔安国。从两汉到六朝今古文《孝经》的传布情形,《隋志》很扼要地说出来了。钱玄同先生在他的《重论经今古文学问题》一文里论《孝经》道:

> 这书自身既是伪书;而伪中又有伪,伪本最多,过于他经。第一次伪古文本出于汉之刘歆,第二次伪古文本出于隋之刘炫(唐刘知幾所议行,及宋司马光所指解的,皆即此伪本),第三次伪古文本出于日

本之太宰纯（刻入《知不足斋丛书》第一集中）。郑玄注《孝经》，用的是今文本，因唐玄宗新注出而渐微，至宋初已亡，于是又有伪郑注，出于日本之冈田挺之（刻入《知不足斋丛书》第二十一集中）。又宋真宗时，日本僧奝然以郑注《孝经》来献，此本不传，是真是伪，今不可知。（据国立北京大学《国学季刊》第三卷第二号）

古文《孝经》固然是"伪中又有伪"了，如今通行的《孝经》本子是《十三经注疏》本，是今文《孝经》。这也是一部可疑的书，钱玄同先生直认为"伪书"，已如上面所说。总之：现存今古文《孝经》除了《闺门》一章今文没有，章数次序稍有不同以外，今古所不同的，只是字的改换加减而已，大义还是一样；古文《孝经》似是依今文伪造的。而且尽管《孝经》本身既是"伪书"，"伪中又有伪"，不知原作者为谁，也不知成书年代究在先秦，抑在汉初，但它在汉代"发生过重大的影响"，这是实在，不难从历史上找出一些迹象，这就是我们要进一步来讨论的了。

三　汉代之"孝治"与《孝经》

要说是"《孝经》之产生必与汉代最有关"，我以为单从《孝经》的本身，即从《孝经》的作者及其成书年代，还不容易看出它"必与汉代最有关"的地方。倘若我们肯从《孝经》这部书或孝道这东西在汉代的政治上社会上有过怎样的作用，发生过怎样的影响来看，或许可以看出此中消息。汉从高帝开国，他原是流氓出身，不知敬重儒者，有时还把儒者的帽子撒尿。可是他从马上得了天下以后，很能引用儒者，也像很懂得儒者所说的孝道。《汉书·高帝纪》，六年夏五月下诏道：

人之至亲莫亲于父子。故父有天下，传归于子，子有天下，尊归于父;此人道之极也。前日天下大乱,兵革并起,万民苦殃。朕亲被坚执锐,自帅士卒,犯危难,平暴乱,立诸侯,偃兵息民,天下大安,此皆太公之教训也。诸王、通侯、将军、群卿、大夫已尊朕为皇帝,而太公未有号,今上尊太公曰太上皇。

汉高帝不但会讲孝道,当他过鲁的时候,还曾用太牢祭祀孔子,为以后汉诸帝提倡孝道,尊重儒者的先声。他的儿子惠帝谥号特加一个"孝"字,据《汉书·惠帝纪》颜师古注说:

孝子善述父之志,故汉家之谥,自惠帝已下,皆称孝也。

《高后纪》,太后临朝称制,元年二月,"初置孝弟、力田二千石者一人"。颜师古注说:

特置孝弟、力田官而尊其秩,欲以劝厉天下,令各敦行务本。

《文帝纪》,十二年下诏道:

孝悌,天下之大顺也;力田,为生之本也;三老,众民之师也;廉吏,民之表也;朕甚嘉此二三大夫之行。今万家之县,云无应令,岂实人情?是吏举贤之道未备也。其遣谒者劳赐三老;孝者帛人五匹;悌者、力田,二匹;廉吏二百石以上,率百石者三匹;及问民所不便安。而以户口率置三老孝悌力田常员,令各率其意以道民焉。

从中央政府置孝弟力田二千石一人,到万家之县,以户口率置孝悌力田常员,宛然形成了一种选举制度。据《武帝纪》既载,"复孝敬",免了所谓孝子的徭役,又诏"兴廉举孝"。有司奏议:

> 今诏书昭先帝圣绪，令二千石举孝廉，所以化元元，移风易俗也。不举孝，不奉诏，当以不敬论；不察廉，不胜任也，当免。

当时邀得"奏可"。武帝还曾遣谒者巡行天下，对于孝弟力田，存问致赐，又"谕三老孝弟以为民师"。提倡孝道，奖励孝弟，可说很周到了。自然，这种政策出自"卓然罢黜百家，表章《六经》"的汉武帝，是无怪其然的。这种"以孝治天下"的政策，两汉四百年间都在推行，不过从高帝到武帝，才算确立，成为尊孔政策的第一项要目。西汉末年，哀帝还要诏举"孝弟惇厚"；东汉末年，平帝还要诏举"至孝卓异"。皇帝既躬行孝道，又激励人民孝弟，有"举孝"的制度，有"赐复""赐帛""赐级"等赏赉，有为"民师"的名誉奖。还有我们要知道的，至少从武帝以后，皇帝必读《孝经》，同必读《论语》、《尚书》一样，有昭帝的诏书可证。同时人民也得读《孝经》。《平帝纪》，元始三年定学官制，"郡国曰学，县道邑侯国曰校，校学置经师一人。乡曰庠，聚曰序，序庠置《孝经》师一人"。可见序庠是当时国民教育的基础，相当于如今的小学校；《孝经》师相当于如今的小学教师；那末，《孝经》是当时的一种小学教科书。钱玄同先生在《重论经今古文问题》一文里说：

> 《孝经》是汉代教学童之书，用现在的话来说，是一部"小学修身教科书"。姚际恒《古今伪书考》，及杨椿《读孝经》（见《孟邻堂文钞》卷六），皆谓是汉人所作，谅矣。……不满二千字的《孝经》而分为十八章，正与不满二千字的《急就篇》而分为三十一章相同。《孝经》是一整篇文章而切断为十八章，亦与《急就篇》是一整篇文章而切断为三十一章相同；此不但与《乐记》分篇之性质不同，亦与《论语》分章之性质不同也。这样短短的一章一章，各章字数的多少大致差不多，正是适合于教科之用的体裁。

有一个朋友说这是钱先生"疑古的谣言",我却认为钱先生的话实有根据,我在上面举出的"序庠置《孝经》师一人"的学制,就是一个很坚强的证据。他把《孝经》和《急就篇》的性质比较,也是一种新颖可喜之论。不过他一定说《孝经》是汉人所作,当然还有问题。因为分章便于诵读,未必是原作者的意思。固然钱先生也知道开宗明义等章名,始见于郑玄注本,邢昺、严可均、皮锡瑞都如此说,故章名非西汉时所固有。我以为就是《汉书·艺文志》说《孝经》分为十八章,也许是出于西汉章句之儒的把戏,说不定真是刘歆弄出来的,然而不能说一部书经过他们的窜乱,就全部否认。固然,我们也承认《孝经》不是孔子或曾子所作而是"伪书",却未必就是汉人所作,在司马迁的《史记》里,早就提到了《孝经》的名。至于说《孝经》在汉代作为一种小学教科书,那倒是确切不移的事实。总之,"汉制,使天下诵《孝经》",《孝经》是当时一般人民的必读书。《后汉书·儒林列传序》说是"自期门羽林之士,悉令通《孝经》",那是因为皇帝讲经,诸儒执经问难,连宫禁警卫的军士起码也得学习《孝经》了。

四　汉代重视孝道之故

汉代诸帝为什么这样重视孝道,倡读《孝经》呢?这在汉儒有一种可笑的解释。如《后汉书·荀爽传》载爽举"至孝",拜郎中,对策陈便宜道:

> 臣闻之于师曰:"汉为火德,火生于木,木盛于火,故其德为孝,其象在《周易》之《离》。"夫在地为火,在天为日。在天者用其精,在地者用其形。夏则火王,其精在天,温暖之气,养生百木,是其孝也。冬时则废,其形在地,酷烈之气,焚烧山林,是其不孝也。故汉制使天下诵《孝经》,选吏,举孝廉。……

荀爽从五行的道理解释汉为火德，火德为孝，以为汉代所以"增崇孝道"，在于"克称火德"，真是玄虚妄诞，可笑已极。我想，荀爽这些话，说是"闻之于师"不是说谎，一定是有来历的。我们知道汉代有方士化的经师，有方士派的经学。所谓"纬书"一派方士话头，就是这个时代的产物。据《孝经纬》说，孔子作《孝经》原是为汉代制作的，《宋书·符瑞志》引《孝经援神契》说：

> 孔子作《春秋》，制《孝经》，既成，使七十二弟子向北辰星罄折而立。使曾子抱《河》、《洛》，事北向。孔子斋戒向北辰而拜，告备于天，曰："《孝经》四卷，《春秋》、《河》、《洛》凡八十一卷，谨已备。"天乃洪郁起白雾摩地。赤虹自上下，化为黄玉，长三尺，上有刻文。孔子跪受而读之，曰："宝文出，刘季握。卯金刀，在轸北。字禾子，天下服。"

孔子作《孝经》，竟是因为预知刘邦要做皇帝才作的，真是鬼话。我们知道战国之世已有阴阳家者流，秦皇、汉武笃好神仙之术，谶纬之学因而渐盛。于是有经师化的方士，而有经书式的纬书；有方士化的经师，而有纬书式的经学。孔子也就变成了一个先知的神，不可思议的神了。还有《孝经中契》(《太平御览》卷六百十引)说是：

> 丘作《孝经》，文成道立。斋以白天，则玄作踊。北紫宫开北门，角亢是北落。司命天使书题号，云《孝经》云云。

孔子作《孝经》，竟有这么多鬼话，连书名也是"司命天使"题的。难怪有许多实事求是的《孝经》学者要说《孝经》是汉儒伪作的了。我所以在这里要引出这些话，只在说明荀爽以为汉代所以"增崇孝道"，在于"克称火德"，并不是他一个人捏造的谣言，当日实有这种方士化的经师，他就是

"闻之于师",从这种经师得来的。自然,我们不能拿这些鬼话来解释汉代的"孝治"。只有文帝诏说是"孝悌,天下之大顺也;力田,为生之本也",算是简单扼要地解释了提倡孝弟力田的理由,也就是颜师古注说的"欲以劝厉天下,令各敦行务本"。倘再进一步要问这个理由的背后的意义,那就是《论语》上孔子说的"君君臣臣,父父子子",忠君和孝亲有微妙的联系作用。也就是孔门大弟子有子说的:

> 其为人也,孝弟而好犯上者鲜矣;不好犯上而好作乱者,未之有也。君子务本,本立而道生。孝弟也者,其为仁之本与?

原来提倡孝弟,目的只在从家庭养成孝弟的习惯,将来在社会不至"犯上""作乱",这当然是"天下之大顺",是在上的人应该"劝励"的了。不然就会如齐景公回答孔子的话:

> 信如君不君,臣不臣;父不父,子不子;虽有粟,吾得而食诸?

这样,在上的人那碗饭还吃得牢吗? 孟德斯鸠说:

> 支那立法为政者之所图,有正鹄焉。曰:四封宁谧,民物相安而已。彼谓求宁谧而相安矣,则其术无他,必严等衰,必设分位,故其教必谛于最早,而始于最近共有之家庭。是故孝之为义,不自事亲而止也,盖资于事亲,而百行作始。彼惟孝敬其所生,而一切有近于所生,表其年德者,将皆为孝敬之所存。则长年也,主人也,官长也,君上也,且从此而有报施之义焉;以其子之孝也,故其亲不可以不慈,而长年之于稚幼,主人之于奴婢,君上之于臣民,皆对待而起义。凡此之谓伦理,凡此之谓礼经,伦理礼经,而支那之所以立国者胥在此。
>
> (严复译《法意》第十九卷)

孟德斯鸠算是懂得了中国古代所谓孝道的精义。他说，"资于事亲而百行作始"就是《孝经》上孔子说的"夫孝，德之本也，教之所由生也。"他说："彼惟孝敬其所生，而一切有近于所生，表其年德者，将皆为孝敬之所存。"不错，在宗法观念极重的封建制度里面稚幼对于长年，奴婢对于主人，臣民对于君主，都有孝敬的必要，都是由孝敬的道理扩充而来的，正是汉文帝诏说的"孝悌，天下之大顺"。最近周予同先生的《孝经新论》一文里说：

> 在小农经济组织的社会基础上建筑着阶级的各安其分的"孝悌论"，如《孝经》的"天子之孝"，"诸侯之孝"，"卿大夫之孝"，"士之孝"，"庶人之孝"，不是对于帝王万世之业很有利的政治理论吗？……秦始皇想用法家独裁的手腕建筑他的万世子孙帝王之业，汉朝初期的帝王想用儒家孝道的理论建筑他的万世子孙帝王之业，一样的为了他自己的私产，一样的为了他自己的子孙，不过汉朝的统治者比秦朝的统治者更聪明些，更习黠些。然而，你要清楚，这决不是为了什么伦常道德或大众的福利！

他还说：

> 人类一切道德律的产生和滋长，实和它的社会基础层的经济组织有关系，甚或建筑在这基层上面。古代以及现代留存的野蛮民族和游牧民族没有敬老的习俗，也没有孝的理论，有些民族甚至于不让老人们好好地终其天年。现代欧美资本主义的国家，仅有养老安老的物质的设备，没有以家族为本位的这样详密的孝的理论和习惯。只有中国，一切道德以孝为起点，一切行为以家族为归宿。这三种道德律不同的根原是为了什么呢？简单地说一句，就是为了社会经济组织的差异。野蛮民族和游牧民族以渔猎牲畜为主，所需要的是旺健的体力，所困难的是食粮的获取。老人在这一社会里，只是一种拖累而不是生产者。现

代资本主义的社会以机械工业为主,所需要的是日新月异的自然科学和应用科学,所表现的是一切高速度的前进和扩张。人们在这一社会里易成落伍者,所以仅有高龄而没有劳力提供给社会的,并不能得社会的尊崇。只有中国,从西汉以来,就停留在小农社会的范畴里。在小农社会里,天时的考察,水利的改善,以及耕种的方法,都以经验的传授为主,所以长老取得了社会的最高地位,和政治制度的封建制度相结合,形成了宗法社会,而产生了"孝"的道德律。

(《中学生》第六十九号)

这算是从新史学家的见地,给中国古代的所谓孝道,汉代的所谓"孝治",尝试了一个新的解释。不过,两汉诸帝虽然想用"孝治"维护子孙帝王之业,结果,还是"《孝经》退贼"弗灵,汉代也就完了。

五 《孝经》与释老之关系

我们已经知道汉代因重"孝治"的缘故,至于有人相信朗读《孝经》有"退贼"的魔力。但在相反的一方面,却有人对于孝道发生疑问,而且这个人好像真是首倡孝弟之道的孔子的二十世孙孔融。据《后汉书》卷一百《孔融传》说:

> 父之于子,当有何亲?论其本意,实为情欲发耳。子之于母,亦复奚为?譬如寄物瓶中,出则离矣。

这虽然是出于曹操的走狗,所谓丞相军谋祭酒路粹诬枉孔融的话,我想当时一定有这种反对孝道的议论,不是路粹临时杜撰出来的,不过不一定出于孔融。魏晋开国之主,都因篡夺而来,不免自觉"惭德",尽管曾以"不孝"的罪名杀士，却还不曾强调孝弟之道。而且魏武帝不惜破坏名节，奖励偏短无行之士。乱世的统治阶级不大讲"孝治"，也是替自己的利害打算；不然，自己就犯了不孝不忠的罪名。渐渐至于士大夫想要苟全性命于乱世，相率遁入老庄思想，旷达放纵，蔑视礼法，这就是魏晋清谈的风习所以起来了。《晋书·儒林传序》说：

> 有晋始自中朝，迄于江左，莫不崇饰华竞，祖尚虚玄，摈阙里之典经，习正始之余论，指礼法为流俗，目纵诞以清高。遂使宪章弛废，名教颓毁。

《宋书》卷五十五《臧焘徐广傅隆列传论》说：

> 自魏氏膺命，主爱雕虫，家弃章句，人重异术。……自黄初至于晋末，百余年中，儒教尽矣。

可以略略想见魏晋百年之间，玄风大振，名教颓毁的情况。这个时候有的是"异术"，即玄学；"雕虫"即文学，也很发展。当时玄学据《高僧传》等书说，实包括老庄和佛学。直到南朝刘宋时候，"儒""玄""文""史"才有同等的地位。然而自从魏晋之际，何晏、王弼诸人以老庄说经，儒学渐渐玄学化，儒家同时兼治玄学。但看《南史》、《北史》、《儒林传》，《周书·儒林传》，《宋书·隐逸传》等记载，就可以看出当时儒者经生不少兼治老庄佛理。总而言之，可以说南北朝——较广泛一点说，可以说六朝——是儒释老三大思潮并流的时代。懂得这一点，我们来谈这一时代儒家的《孝经》，尽管缩小范围，有些地方也得涉及释老两家，即佛道两家。比如我们要说《孝经》、《论语》和《周易》是当时儒家必读之书，同时还须知道《老子》、《庄子》是道家必读之书，《法华经》、《观世音经》等是佛家必读之书。要是不然的话，你要谈《孝经》，就不会知道《孝经》在六朝学术上是怎样的

重要,在政治上发生过怎样的作用,在社会上发生过怎样的影响。《南史》卷三十二《张融传》里说:

> 建武四年(宋明帝年号,公元四九七年)病卒,遗令建白旗,无疏,不设祭。令人捉麈尾,登尾复魂,曰:"吾生平所善,自当凌云一笑。三千买棺,无制新衾。左手执《孝经》、《老子》,右手执小品《法华经》。"

张融是刘宋时候的一个大名士。他临死的时候,还不忘融合三家的理想。他把《孝经》代表儒家,《老子》代表道家,小品《法华经》代表佛家。他遗嘱"左手执《孝经》、《老子》,右手执小品《法华经》",可以想见他的"生平所善",原在三教合一。又《北史·隐逸·冯亮传》里说:

> 遗诫兄子综,殓以衣帢,左手持板,右手执《孝经》一卷。置尸盘石上,去人数里外,积十余日,乃焚于山,灰烬处起佛塔经藏。

冯亮也是遗嘱把《孝经》殉葬的人。他和张融同时,不过他生在北朝,又迟死几年。(死于魏宣武帝延昌二年,公元五〇一年)他的生平:"少博览诸书,又笃好佛理。""既雅爱山水,又兼工思。"他是那个时候一个挺有名的隐逸之士。他似乎也有融合三家或仅儒佛两家的意思,有他的遗嘱可证。总之,张融、冯亮可以作为南北朝的儒佛道三家思想之调和论者。他们同是把《孝经》作为代表儒家思想的人,《孝经》在这一时代的学术界上是被视为怎样重要的一部宝典,也就可以想见其一斑了。

六 《孝经》之神秘作用

在胡适之先生著的《中国哲学史大纲》卷上第五篇说过"孝的哲学",

又说到"孝的宗教"。他不过以为"儒家的父母和别种宗教上的上帝鬼神一般,也有裁制鼓励人生行为的效能"。并非说孝就是宗教。但在六朝,《孝经》一书就真被视为一种宗教的经典,至少也被人以为它和别种宗教的经典一样含有神秘作用,所以就有人把它当作灵物崇拜。这话说来很长,待我慢慢地说罢。

我们知道一切宗教都以为它的经典是含有神秘作用的东西。在中国,最初外来的宗教只有佛教。六朝时代的佛教总算是很盛行的了。一切佛经,尤其《法华经》、《观世音经》等都是常常被人视为神物的,便在正史里也可以找出这种证据。《北史·僭伪附庸·甄玄成传》里说:

> 随(萧)詧镇襄阳,转中记室参军,颇参政事。以江陵甲兵殷盛,遂怀贰心,密书与元帝,具申诚款。或有得其书,送于詧。詧深信佛者,常愿不杀诵《法华经》人。玄成素诵《法华经》,遂以此获免。詧后见之,常曰:"甄公好得《法华经》力!"

又《宗如周传》里说:

> 如周面狭长,詧以《法华经》云:"闻经随喜,面不狭长。"尝戏之曰:"卿何为谤经?"如周踧踖,自陈不谤,詧又谓之如初。如周惧,出告蔡大宝,大宝知其旨,笑谓之曰:"君当不谤余经,正应不信《法华》耳。"如周乃悟。

萧詧因深信佛法,常愿不杀诵《法华经》人,便是他的部属甄玄成叛他,但因玄成素诵《法华经》,他也就放过了玄成不杀。还有宗如周不敢谤经,可以想见当时佛经是神圣不可侵犯的了。《北史·孝行·张元传》里说:

> 及元年十六,其祖丧明三年,元恒忧泣,昼夜读佛经,礼拜以祈福

佑。后读《药师经》,见盲者得视之言,遂请七僧然七灯七日七夜,转《药师经》行道。每言:"天人师乎!元为孙不孝,使祖丧明,今以灯光普施法界,愿祖目见明,元求代闇。"如此经七日,其夜梦见一老翁,以金鎞疗其祖目,于梦中喜跃,遂即惊觉,乃遍告家人,三日,祖目果明。

我想"读佛经,礼拜以祈福佑",大约在那个时候久已成了一种普遍的迷信,不仅张元替他的瞎祖父求疗眼病才如此。张元因"请七僧然七灯七日七夜,转《药师经》,他祖父的瞎眼竟再见光明,佛经——《药师经》果然有这样的神力么?同书卷九十,《艺术下·徐之才传》里说:

之才医术最高,偏被命召。武成酒色过度,恍忽不恒,曾病发,自云:"初见空中有五色物,稍近,变成一美妇人,去地数丈,亭亭而立,食顷,变为观世音。"之才云:"此色欲多,大虚所致。"即处汤方,服一剂,便觉稍远;又服,还变成五色物;数剂汤,疾竟愈。

北齐武成帝在病里所见的美妇人观世音,究竟是他精神恍惚时候的幻觉呢?还是真有所谓观世音现身,她来救度或惩罚这个酒色过度的皇帝呢?虽然据说波士顿美术馆藏有北周时候的单身观世音石造像,是一位满身披着璎珞的女菩萨,但观世音本身究竟是男是女,似乎还是成为问题。因为同时在南朝方面,有人梦见的观世音不是尼姑,乃是一个僧人。据《南史》卷四十九《刘霁传》里说:

母明氏寝疾,霁年已五十,衣不解带者七旬,诵《观世音经》数万遍。夜中感梦,见一僧谓曰:"夫人算尽,君精诚笃志,当相为申延。"后六十余日乃亡。

刘霁因诵《观世音经》数万遍，得延母寿六十余日。《观世音经》的神通可算不小了。同书卷十六《王玄谟传》里说：

> 玄谟始将见杀，梦人告曰："诵《观世音》千遍则免。"玄谟梦中曰："何可竟也？"仍见授。既觉，诵之，且得千遍。明日将刑，诵之不辍，忽传唱停刑。

又《北史》卷三十《卢景裕传》里说：

> 景裕虽不聚徒教授，所注《易》大行于世。又好释氏，通其大义。天竺胡沙门道悕每译诸经论，辄托景裕为之序。景裕之败也，系晋阳狱，至心诵经，枷锁自脱。是时又有人负罪当死，梦沙门教讲经，觉时如所梦，谓诵千遍，临刑刀折。主者以闻，赦之。此经遂行，号曰《高王观世音经》。

又明人徐应秋《玉芝堂谈荟》卷五说：

> 东魏孙敬德，天平中常造观世音像。后为劫贼所引，梦一沙门令诵《救生观世音》千遍，临刑刀折为三段，三易其刀，落折如故，丞相马欢表请免死。及归，睹其家观音像，项有刀迹三。

根据上文所引数事，可以想见南北朝人相信佛经，尤其是《观世音经》的神力。从他们看来，观世音菩萨真可以说是"大慈大悲，救苦救难"的活菩萨了。我所以要引出这么多关于佛经尤其是《观世音经》的神秘传说，只在说明在同一时代，有人相信《孝经》也可以代替佛经——《观世音经》，具有宗教上的神秘作用。据《南史·儒林·皇侃传》里说：

侃性至孝,常日限诵《孝经》二十遍,以拟《观世音经》。

皇侃把《孝经》当《观世音经》去诵,每日限二十遍,想替他的母亲祈福,但不知道《孝经》果能代替《观世音经》,而为他的堂上增福消灾否?同书卷六十二《徐份传》说:

(份)性孝弟,(父)陵尝疾笃,份烧香泣涕,跪诵《孝经》日夜不息,如是者三日,陵疾豁然而愈。亲戚皆谓份孝感所致。

徐份为了父亲大病,烧香跪诵《孝经》三日,他父亲的病果然好了。谁说诵《孝经》不敌《观世音经》的神力呢?假如他要迷信什么经典果有神力的话。同书卷七十五《隐逸上·顾欢传》说:

有病邪者问欢,欢曰:"家有何书?"答曰:"唯有《孝经》而已。"欢曰:"可取《仲尼居》置病人枕边,恭敬之,自差也。"而后病者果愈。后人问其故,答曰:"善禳恶,正胜邪,此病者所以差也。"

这位在当时有大名的隐逸之士顾欢,他也居然教人拿《孝经》作为驱邪治病的神物。他的传中还说:

山阴白石村多邪病,村人告诉求哀。欢往村中为讲《老子》,规地作狱。有顷,见狐狸鼋鼍自入狱中者甚多,即命杀之,病者皆愈。

顾欢还能讲《老子》除妖,可见《老子》这部书也是被视为大有神秘作用的一种经典了。不过我们要知道顾欢原是讲求阴阳术数的人,难免他不造出些灵迹骗人。同时我们还得知道顾欢原是一个排斥佛教的人,他因为当时佛道二家之教不同,学者不免互相非毁,著了一篇《夷夏论》,袒护国粹的道教，痛斥洋货的佛教。因此我很疑心他是故意捏造《孝经》、《老子》的神秘作用，拿这灵迹对抗佛经的灵迹来欺骗一般愚民。何况那个时代的儒家摹仿佛道两家，把经书当做灵物崇拜，原是常有的事。再看《南史·隐逸下·臧荣绪传》说：

> 荣绪惇爱《五经》，谓人曰："昔吕尚奉丹书，武王致斋降位；李、释教诫，并有礼敬之仪，因甄明至道。"乃著《拜五经序论》。常以宣尼庚子日生，其日陈《五经》拜之。

臧荣绪的拜《五经》，明明说出是因为"李、释教诫，并有礼敬之仪"，所以他才以儒家的立场摹仿佛道两家礼敬经典的仪式来礼拜《五经》了。除了故意作伪骗人的以外，无论心灵的现象也好，宗教的魔术或幻想也好，一种物事，你如果聚精会神的，极其虔诚的，把它当做灵物崇拜，说不定它就显灵给你看，其实，只是催眠一类的作用而已，或者只是幻觉错觉，总之是你自己欺骗自己，虽说在你是并不自觉的，竟不是真有那么一回事。《北史·儒林上·权会传》里说：

> 会本贫生，无僮仆。初任助教日，恒乘驴。其职事处多，非晚不归。曾夜出城东门，会独乘一驴，忽有二人，一人牵头，一人随后，有似相助，其回动轻漂，有异生人。渐失路，不由本道，心甚怪之。遂诵《易经》上篇第一卷不尽，前二人忽然离散。会亦不觉堕驴迷闷，至明始觉，方知堕处乃是郭外，才去家数里。

权会是号称明白"风角玄象"的人，夜行迷路，就以为是鬼迷，只好拿出他的看家本领诵《易经》了，未必诵《易经》真正可以退鬼，鬼来鬼去，只是他自己某一种的心灵现象或精神变态罢。又同书同卷《刘兰传》说：

兰学徒前后数千，成业者众，而排毁《公羊》，又非董仲舒，由是见讥于世。为国子助教，静坐读书，有人叩门，兰命引入，葛巾单衣，入与兰坐。谓曰："君自是学士，何为每见毁辱？理义长短竟在谁，而过无礼见陵也？今欲相召，当与君正之。"言终而出，兰少时患死。

刘兰的死，究竟是被公羊氏的鬼找去，还是被董仲舒的鬼找去？谁也不知道。但看史家的记载，似乎肯定二者必居其一个了。其实，未必有鬼。刘兰生前读《左氏》五日一遍，兼通《五经》，并没有得罪所谓先圣先贤，只是排毁《公羊》，非难董仲舒，得罪了今文派两个经师而已。结果，他被这两个之中的一个经师的鬼找他同去算账。可见连一派经师的学说，附在一种经书里的东西，都是神圣不可侵犯的了。

我们知道汉代经师自伏生、董仲舒以下今文学一派，相信阴阳五行，相信天人感应，相信图谶纬候，以至所谓经学渐渐成了方士派的经学。又所谓纬书假托孔子所作，其中一派鬼话，含有不少的神秘分子。这个时候，孔子已经成了一位先知的神。只有东汉末年出了一个伟大的思想家王充，他不相信谶纬，在他的《论衡》里痛辟过关于孔子先知的胡说。至今我们翻看《隋书·经籍志》、郑氏《通志》、马氏《通考》、朱氏《经义考》所载纬书目录，可以想像纬书原来是怎样的多。虽说这些纬书如今不是全然存在，但就清儒所辑谶纬佚书一看，还可以看到纬书里曾经有过些什么样的鬼话。本来在两汉时代，自从汉武帝罢黜百家，尊崇孔子，儒家学说就成了当时学术界至高无上的权威。一般儒者经师，曲学阿世，更附会了方士的谶纬之说，于是儒家的经典就渐渐神秘化，孔子就差不多成了一种宗教的神了。加以魏晋以来，佛教渐渐深入中国，上自君主士大夫，下至匹夫匹妇，大都相信佛法，发挥了五六世纪的中国人的宗教狂热。于是有人想用儒家对抗佛家，或是想用道家对抗佛家，因此六朝时代除了儒道之争继续汉初以外，常有儒佛之争，佛老之争，三教的争论不休。老子、孔子各都被视为一种教主了，和孔子有关系的经典当然要成为一种宗教的经典。《孝经》是这种经典中的一部，孝道又被视为人人必当遵守的最高的道德，那时有人相信诵《孝经》可以祈福、延寿、治病、驱邪，那是当然的了。

七　南北朝之"孝治"

在六朝时代，固然有人把《孝经》当做一种宗教的经典，同时这个时代的君主还是继续汉代"以孝治天下"的盛业，把《孝经》作为教孝教忠的教科书。关于汉代诸帝所以提倡孝道的缘故，前面已经下了较详的解释批评，这里不再赘述。我的《〈孝经〉存疑》一文里说：

> 孝之为德，据谓始于事亲，终于事君，君之重孝，别具深意。蔡邕《明堂论》引魏文侯《孝经传》，如其可信，则君人而传注《孝经》，此其嚆矢。自是而后，晋元帝有《孝经传》，晋孝武帝有《总明馆孝经讲义》，梁武帝有《孝经义疏》，今皆不存。……盖在人主南面以孝治天下之世，劝孝即以劝忠。矧孝莫大于严父，严父莫大于配天，惟人主极尽人间之富贵，始能极尽人子之孝道，劝孝殆以自炫其权威，是则《孝经》实为君人南面之术之一。顾推严父配天之说，则愈富贵愈足以尽孝，愈贫贱愈不足以为孝子。孝弟之道愈张，贫富之竞愈烈。挑拨阶级斗争之意识，启发非分觊觎之野心，倡孝止乱，适得其反。

这里已经略略地把从来君主所以特别注重孝道，倡谈《孝经》的理由说穿一点了，可以补前面论到汉代"治孝"所说的不足。同时，也指出了目前倡读《孝经》者的矛盾，这且不提。这里要论的是南北朝的"孝治"。据《南史》卷五十《刘瓛传》说：

> 齐高帝践阼，召瓛入华林园谈语，问以政道。答曰："政在《孝

经》。宋氏所以亡,陛下所以得之,是也。"帝咨嗟曰:"儒者之言,可宝万世。"

刘宋宗室自相残杀,以至亡国。刘瓛以为由于宋氏不知道"政在《孝经》",所以他劝齐高帝以孝治国。齐高帝果然听进了他的话,以为"儒者之言,可宝万世。"《南史》卷四十三《江夏王锋传》里说:

> 武帝时,藩邸严急,诸王不得读异书,《五经》之外,唯得看《孝子图》而已。锋乃密遣人于市里街巷买图籍,期月之间,殆将备矣。

同书卷四十四《文惠皇太子传》里说:

> 永明三年,于崇正殿讲《孝经》,少傅王俭令太子仆周颙撰为义疏。

南齐帝继承高帝的遗策,对于诸子派人讲《孝经》,除了使他们看《孝子图》、《五经》之外,不准读异书。那时宗室诸王因为君父教忠教孝,防有异志,虽生在帝王家,读书竟不自由。同时高帝、武帝为诸王置典签师,诸王言行举动也不得自由。甚至征求衣食,也得问过典签师,说是"欲移五步亦不得"。后来明帝诛锄异己,诸王被害,都是典签所杀。可见南齐实行"政在《孝经》"的结果,宗室诸王就算是顶倒霉的了。至于诸王可看《孝子图》,大约像如今的《二十四孝图说》以及《百孝图》之类。《北史·循吏·梁彦光传》里说:

> 复为相州刺史。……有滏阳人焦通,性酗酒,事亲礼阙,为从弟所讼,彦光弗之罪。将至州学,令观孔子庙韩伯瑜母杖不痛,哀母力衰,对母悲泣之像。通遂感悟,悲愧若无容者。彦光训喻而遣之,后

改过励行,卒为善士。

相州孔庙的孝子图,当然是壁画。大约在那个时代,无论南朝北朝,孝子图像正如释老图像一样,都是普遍流行的东西。但不知孝子像有没有金石造的?

说到这里,记起我在《〈孝经〉存疑》一文里说过这样的话:

> 《孝经》亦如他经,有今文古文之别。今文称郑玄注,其说传自荀昶,而郑志不载其名。古文称孔安国注,其书出自刘炫,而《隋书》已言其伪。是则孔、郑本身,尚成疑案,分朋争胜,笑煞古人。

现在我们说到的齐梁时代,列在"帝典"的《孝经》,一时通行的《孝经》,究竟是今文,还是古文? 郑玄注的,孔安国注的?据《南史》卷四十八《陆澄传》里说:

> 与〔王〕俭书。……"世有一《孝经》,题为郑玄注,观其用辞,不与注书相类。案玄自序所注众书,亦无《孝经》。且为小学之类,不宜列在帝典。"俭答曰,"……疑《孝经》非郑所注,仆以此书明百行之首,实人伦所先。《七略》、《艺文》并陈之《六艺》,不应与《苍颉》、《凡将》之流也。郑注虚实,前代不嫌,意谓可安,仍旧立置。"

这里所记陆澄、王俭关于《孝经》的争论有两点:一、陆澄疑郑玄注《孝经》为伪,王俭说郑注行之已久,真伪不成问题,二、陆澄疑《孝经》是"小学",即小孩读的书,值不得大人物读而列在"帝典"。王俭却说《孝经》列在《六艺》,并非"小学","小学"原是指《苍颉》篇、《凡将》篇那一类字书。总之,王俭以为《孝经》是一部说教之书,"明百行之首,实人伦所先"。对于郑注《孝经》确信不疑,他是代表当时一般人的见解。到了萧梁时候,武帝自著《孝经义疏》。大通四年三月,侍中、领国子博士萧子显表置《孝经》助教一人,生十人,专通帝所释《孝经》义。又那时在殿堂参与讲《孝经》的,如沈约、徐勉、张充、朱异之流,都很有名。《南史》卷六十《徐勉传》里说:

> 为左卫将军,领太子中庶子,侍东宫。昭明太子尚幼,敕知宫事。……尝于殿讲《孝经》,临川王宏、尚书令沈约备二傅。勉与国子祭酒张充为执经,王莹、张稷、柳憕、王暕为侍讲。时选极亲贤,妙尽人誉。勉陈让数四,又与沈约书,求换侍讲,诏弗许,然后就焉。

梁武帝还曾召见朱异使说《孝经》,听了高兴,有"朱异实异"的话。他又曾自己讲《孝经》,使朱异执读。这个时候,在殿堂上讲《孝经》,几乎成了常课。而且用《孝经》取士,岑之敬就是因试《孝经》义擢为高第的一人。《南史·文学·岑之敬传》里说:

> 之敬年五岁,读《孝经》,每烧香正坐,亲戚咸加叹异。十六,策《春秋左氏》、《制旨孝经义》,擢为高第。御史奏曰:"皇朝多士,例止明经。若颜、闵之流,乃应高第。"武帝省其策曰:"何妨我复有颜、闵耶?"因召入面试。令之敬升讲坐,敕中书舍人朱异执《孝经》,唱《士孝章》。武帝亲自论难,之敬剖释从横,左右莫不嗟服。

梁武帝自己原是对于《孝经》有著述的,却叫一个十六岁的童子岑之敬升讲座讲《孝经》,亲自和他辩论。固然这位童子能够剖释纵横,辩才无碍,值得叹赏;同时那位深信佛法的皇帝,他又特别注重儒家的《孝经》,也很耐人玩味了。这个时候,还有因实行孝道被擢举的,如沈崇傃得举至孝,擢补太子洗马。吉翂也由州郡荐举纯孝。荀匠因居丧哀毁,擢为豫章王国左常侍。以上诸人,仅据《南史》卷七十四所载。梁武帝真是如史书所记,他是"以孝临天下"的了。所可惜的,是《孝经》并不能退贼,佛法并不能免灾,他竟饿死台城。

上面说了一些关于《孝经》在政治上的应用,是在南朝方面的,下面要说到北朝方面的了。北朝学术界的倾向,总是依南朝方面为转移的。据《隋志》说:"魏氏迁洛,未达华语,孝文帝命候伏侯可悉陵以夷言译《孝经》之旨教于国人,谓之《国语孝经》。"连未曾华化的胡人,也得读《孝经》了。北朝方面,自然也有在殿堂讲《孝经》的盛事。太子诸王起始求学就得读《孝经》。自然,贵族读的《孝经》要比平民读的来得装潢富丽。如魏明帝读的《孝经》就是金字的,见《北史》卷十九。同时他们因为阶级的优越,讲《孝经》也得尽择名师,像南朝的统治阶级一样。齐后主武平中,皇太子将讲《孝经》,有司请择师,后主说是"马元熙,朕师之子,文学不恶"。于是马元熙就得拿《孝经》入授皇太子了。又如周文帝曾亲临太学释奠,叫十八岁的杨尚希讲《孝经》。隋文帝曾亲临太学释奠,叫国子祭酒元善讲《孝经》,又有一个有孝子之名的王颁和他辩论。可见北朝时候,太学释奠,照例要讲论《孝经》的。为什么在儒家经典中只拿出一部薄薄的《孝经》特别注重呢?当然因为《孝经》是一部关于忠孝的教科书。《北史·儒林·何妥传》里说:

> 妥性劲急,有口才,好是非人物。纳言苏威尝言于上曰:"臣先人每诫臣云,唯读《孝经》一卷,足可立身经国,何用多为?"上亦然之。妥进曰:"苏威所学,止《孝经》。厥父若信有此言,威不从训,是非不孝;若无此言,面欺陛下,是其不诚;不诚不孝,何以事君?且夫子又云:'不读诗无以言,不读礼无以立。'岂容苏绰教子,独反圣人之训乎?"威时兼领五职,上甚亲重之,妥因奏威不可信任。

其实,隋文帝信任苏威,未必听从何妥的话。何况他原是"以孝理天下"的皇帝,正要借重《孝经》。他听了苏威说及《孝经》的话,真是"正合朕意"。

同书卷七十二《李德林传》中说:

> 初,德林称其父为太尉谘议,以取赠官。李元操等阴奏之曰:"德林父终于校书,妄称谘议。"上甚衔之。至是复庭议忤意,因数之曰:"公为内史,典朕机密,比不预计议者,以公不弘耳。朕方以孝理天下,故立五教以弘之。公言孝由天性,何须设教,然则孔子不当说《孝经》也?"

何妥以为《孝经》以外,别有学问;李德林以为孝由天性,不须设教。似乎都是由于当时强调《孝经》在政治上的作用而激起的反动罢。

八 《孝经》犹是"小学"书

我在上文已经触及六朝时代把《孝经》作为小学初读的书,太子诸王须郑重其事的读《孝经》,太学释奠须讲《孝经》,虽然我们不会忘记这是有政治作用的,同时也得承认还含有教育上的意义。大约在这个时代,儿童开始读书还是读《孝经》。《孝经》是一部教忠教孝的"小学"书,所以提倡读《孝经》,作为臣民教育,六朝和两汉的君主并非两样,虽说在方法上程度上尽管有些不同。《孝经》既然还是一部儿童初学的教科书,所以当时许多士大夫儿时就读《孝经》,史书上不少这个例子。《南史》卷五十九《王僧孺传》说:

> 僧孺幼聪慧,年五岁,便机警。初读《孝经》,问授者曰:"此书何所述?"曰:"论忠孝二事。"僧孺曰:"若尔,便常读之。"

同书卷五十六《庚子舆传》说:

> 幼而歧嶷。五岁读《孝经》，手不释卷，或曰："此书文句不多，何用自苦？"答曰："孝德之本，何谓不多？"

又《北史》卷六十四《韦师传》说：

> 师字公颖，少沉谨，有至性。初就学，始读《孝经》，舍书而叹曰："名教之极，其在兹乎！"

同书卷八十三《文苑·颜之仪传》说：

> 幼颖悟，三岁能读《孝经》。

同书卷九十《艺术·徐之才传》说：

> 幼而隽发，五岁诵《孝经》，八岁略通义旨。

同书卷八十四《孝行·王颁传》说：

> 少好游侠，年二十尚不知书，为其兄颙所责怒，于是感激，始读《孝经》、《论语》，昼夜不倦。

同书卷五十八《周室诸王·齐炀王宪传》说到他的儿子乾福：

> 少聪敏，尤便骑射。始读《孝经》，便谓人曰："读此一经，足为立身之本。"

同书卷七十一《隋宗室诸王·蔡景王整传》说到他的儿子智积：

或劝智积为产业。智积曰："昔平原露朽财帛,苦其多也。吾幸无可露,何更营乎?"有五男,止教《论语》、《孝经》而已,亦不令交通宾客。或问其故,智积曰："恐儿子有才能以致祸也。"

在南北史里关于初学读《孝经》的记载,当然不止这几条。仅就这几条看,《孝经》所以在当时教育上是一部重要的教科书,一则因为此书"论忠孝二事",是"名教之极","立身之本";二则因为"此书文句不多",便于初学记诵。总之,无论在实质上,在形式上,这个时代还没有一部比《孝经》更适合于作为小学教科书一样的东西。只有《论语》勉强可以和《孝经》算作兄弟读物。虽说有《千字文》、《万字文》继《凡将》、《苍颉》一类的字书而起,究竟比不上《孝经》含有维系伦常的大教训,可作为人人必读书。何况自晋代"八王之乱"以后,竟成一个华胡大混战的时代,同时又是一个篡夺纷争的时代,一般君主想利用《孝经》御侮止乱,原是"事出有因";只可惜《孝经》未必果有如许力量,算是"查无实据"。仅仅在南朝方面出了几个号为"曾子"的人物,如谢蔺、蔡昙智、宋元卿之流;在南北史里多见几种居丧哀毁的非人的生活;多见几件夸张神秘的所谓"孝感"的故事;也许《孝义传》或《孝行传》里多添几个姓名。我们从历史上观察,只有六朝的《孝经》学最盛,所收的效果却不过如此,这是我们讲《孝经》在政治上在学术上所生之影响,除了最初两汉时代以外,再特别提出六朝来讲的一个理由。

九 《孝经》何以失其权威

唐、宋以来,虽说有唐玄宗御注《孝经》列在《十三经》里面,至今行世,然而"孝治"终不能回到两汉、六朝之盛;《孝经》所生之影响,无论从那方面看,都觉得赶不上两汉、六朝。这是什么缘故? 周予同先生在他的

《孝经新论》里说：

> 《孝经》在汉初是一种统治的武器，为了统治阶级自身的利益在施用着。宋代以后，"礼教"早已成为一种不成文的严刑峻法，在保护着统治阶级和男子们的利益；《孝经》也早已处于"功成身退"的地位，在统治策略上变成锈钝了的武器，所以哲学家的朱熹和考证学家的姚际恒，毫不徇情地加以排诋，而社会也居然能够容忍下去了。

这当然可以作为宋、元以来《孝经》从政治上从社会上失其权威的一个理由。不过我们须知道：从宋淳熙间朱熹编成了《四书》，元延祐间复科举，用《四书》取士，《四书》就从此成为初学必读书，取《孝经》的地位而代之，这是六七百年来《孝经》从学术上从教育上失其权威的一个理由。总之，我们还该知道：亲子之爱，兄弟之爱，原是根于天性的一种美德。不必揭橥"孝治"，不必通令诵读《孝经》；虚伪的孝子不须奖励，偏畸的孝道不用提倡。只有隋初李德林说的"孝由天性，何须设教？"这话最为明达。惜乎唐、宋、元、明、清五朝的学者尚见不及此，更不必谴责到两汉、六朝迷信孝道和《孝经》的人们了！

一九三六年十一月十二——二十日写毕

（原载《复旦学报》一九三七年第四期）

我为什么写文言文
(《蘧庐语业》序)

我把古时候我作的文言体的散文随笔之类搜集得到的编在一起,称为《蘧庐语业》。

已经算是古时候的事了,还在《申报》有《自由谈》,而且是由黎烈文先生主编的年代,我在《自由谈》发表过《蘧庐语业》,共四十个小篇,这就是如今我编成《语业》的三种之一。其余两种称为《枝语》、《漫语》的,也十之八九刊在《自由谈》,因为那时候不便再署真姓名,再称《絮语》了,只得常换笔名,古文调子却还是一样的。

虽说这是古时候的事,我已经从鲁迅先生的《伪自由书》上查出实在的年代,说也不久,就在一九三三年。据《伪自由书后记》里说:

> 到五月初,对于《自由谈》的压迫逐日严紧起来了。……这时正值禁谈时事。……这时的压迫,凡非官办的刊物,所受之度大概是一样的。但这时候,最适宜的文章是鸳鸯蝴蝶的游泳和飞舞,而《自由谈》可就难了。

到五月廿五日,终于刊出了这样的启事——

> 这年头,说话难,摇笔杆尤难。这并不是说"祸福无门,惟人自召",实在是"天下有道",庶人相应不议。编者谨掬一瓣心香,吁请海内文豪,从兹多谈风月,少发牢骚,庶作者编者,两蒙其休。若必论长议短,妄谈大事,则塞之字篓既有所不忍,布之报端又有所不能,陷编者于两难之境,未免有失恕道。语云:识时务者为俊杰。编者敢以此为海内文豪告。区区苦衷,伏乞矜鉴。编者……

而以前的五月十四日午后一时,还有了丁玲和潘梓年的失踪的事,大家多猜测为遭了暗算,而这猜测也日益证实了。谣言也因此非常多,传说某某也将同遭暗算的也有,接到警告或恐吓信的也有。……但倘有人怕麻烦,这小玩意是也能发生些效力,六月九日《自由谈》上《蓬庐絮语》之后有一条下列的文章,我看便是那些鬼把戏见效的证据了。

> 编者附告:昨得子展先生来信,现以全力从事某项著作,无暇旁骛,《蓬庐絮语》就此完结。

《自由谈》编者说我"从事某项著作",固是实情,因为我那时正在为北新书局编著《中国文学史讲话》。但我虽在口头上告诉了他,记得不曾去过信。鲁迅先生说是我"怕麻烦","便是那些鬼把戏的见效",也是实在。那时我正住在拉都路敦和里五十三号,因为听到杨幸之兄的话,我就离开了家,独自移居雷米路东兴顺里十三号楼上。我的女人正患着肠病,我也没工夫厮守着她。同时有一个遭难的朋友从安徽来,登在八仙桥的一个小旅馆里,看见《自由谈》上有我的文章,他就由申报馆转信给我,嘱我去找他。不料我去找他,他已经搬了。明明知道他想找我帮忙,我也因为"怕麻烦",不敢再去找。那时我刚刚从医院里养好盲肠炎出来,不但生活上感到极大的困难,我的女人的肠病又到了一个生死的关头,结果不得不在七月六日把她送到海格路中国红十字会总医院,就在那一天下午三时由纪长庚医师替她开刀。我在这样无可奈何的情境里,还是不得不写一点零稿投给《自由谈》,自然还是老调子,不过不再署名子展,不再题为《蓬庐絮语》了。

其实那时我为了"怕麻烦",不敢自居"前进",宁肯以"落伍"自污,写一点文言。去年我在《中流》半月刊上发表的《我们所以哀悼鲁迅先生》,说是"我有一个时期在《申报·自由谈》上写稿,怕人家把我看作鲁迅派,故意打起古文调子"也是实话。至今还使我衷心感激的,便是那时的《自由谈》编者独以广博的胸襟容许我写那样的文字,并不嫌我"落伍",而鲁迅先生于我的"怕麻烦",还是有一种同情寄与。虽说我不是鲁迅先生的同志,更不是"鲁门"中人,乃至不算同走一条路,但我于鲁迅先生的死,却不自主地感到一种徬徨,怅惘,若有所失的悲哀。

当一九三四年六月,徐懋庸先生主编《新语林》半月刊,我写了一篇《蓬庐絮语》给他,序文中也曾提到了我为什么要写文言的问题。

原来那个时候,恰已有人喊出"文言复兴"或"存文"的口号,虽说他们不曾抬举我做文言复兴大师,但在正相反的一方面,几乎要把引起文言复兴的这个责任归在我一个人的身上。有文为证,便是当时《大晚报·火炬》载有穆木天先生作的《开玩笑与发牢骚》一篇文章,其中说道:

> 人是有开玩笑的本能的。平时规矩地生活着,有时开一开玩笑,幽默一下,游戏一下,亦倒可以。人遇到不痛快的时候,总是想发一发牢骚的。牢骚是一种排泄作用,发出来是可以痛快痛快的。……
>
> 然而发牢骚开玩笑时,是不能不顾一顾前前后后的。人是社会的动物,无论你的玩笑和牢骚是如何地无足轻重,它总是多少会有社会的影响的。假使所发的牢骚和所开的玩笑可以遗害于社会的话,则是大可顾虑一下了。……
>
> 而且有些人一言出口是会生很大的影响的。一开玩笑,天下应和;一发牢骚,多少人感到志气沮丧。有时动机甚善,意图甚善,亦可

得所期相反的结果。有时随随便便,闹了很大的乱子。……

年来此类之事甚多。如《新师说》一文(按指拙作,登在《自由谈》者)出世,文言文就乘时机走了幸运,之乎也者竟又成了商品,充斥于市场了。于是玩凤凰砖者有人,抄明人尺牍者有人。(按指刘半农、周作人所作小品,刊于《人间世》者)如果刘大白还在的话,将不知道他会说什么了。可是在"五四"时是新诗人,新的国语学者的大先生,居然能否定自己的过去,扔了鞭子,玩起凤凰砖来,这确是大可注意的。用意堪佳的《新师说》,自然是不能不多少负一点责任。自从《五秩自寿诗》(按指周作人所作,刊在《人间世》者)从象牙之塔到了十字街头,铜版的功用引起海上油贵,青年学子争相应和,此点又是不可以轻忽视之的。虽作者戏拟无心,自以为与人无涉,然而结果家传户诵,而其坏的影响确为不小。自然,在助长封建意识的复活之点,一篇《新师说》两首打油诗,确是值得受指摘的。

当时穆先生这种善意的批评,在我只有很感谢的接受,但不知刘半农、周作人两位先生看到了他的批评以为如何。我想"玩凤凰砖"的刘半农,"抄明人尺牍"的周作人,像他们那样的作古文,做旧诗,似乎不是受了我的《新师说》一文的影响。呜呼!其作始也简,其将毕也巨。倘若我写的那些劳什子,真如穆先生所说,"遗害于社会","闹了很大的乱子",那就真是出于我的意料之外呵!

并不是因为我怕挨穆木天先生一流批评家的骂,他们的文章还没有鲜明地批评到我,我已被许多朋友为了针对当时的文言复兴运动,推举做了陈涉,首先揭出了"大众语"的大旗,反对文言文的运动已经开始了。《申报·自由谈》载有徐懋庸先生做的"关于文言文"一篇。为什么在当时,文言文会渐渐抬头起来的呢?徐先生却不曾详细地指出这种事实的社会的原因,不过他已经告诉我们有些什么人在弄文言文这套鬼把戏了。他说:

今日的学校之所以教学文言文,就是拘束学生的思想的自由活动,这是很容易奏效的。

至于有些作家,则因身处富裕悠闲的阶级,做的是吟风弄月的文章,他们的生活决定他们的作品的题材,他们的作品的题材决定他们的作品的形式,所以他们爱写文言文。

然而也有一类人,则自知思想凌厉,用白话直抒胸臆,易致麻烦,所以故意用文言作文,使他的思想披上一件不甚显明的外衣,免得十分惹眼。

倘若真像徐先生所说,当日只有这三种人弄文言文,我不晓得他会把我列在那一种人里,这倒使我诚惶诚恐的。仿佛记得写白话文的文学家有所谓"第三种人",传为文坛笑柄。如果徐先生把我列在写文言文的"第三种人"里,那真是使我却之不恭,受之有愧的了。

在那两年里,我做的文言小品将近两百篇,字数在三十万以上。因为借着报纸杂志销路的宽广,阅读的人当然不在少数,就不能说这些文章毫无社会的影响,至于这影响是好是坏,那就很难说了。倘若真像穆先生所说,"遗害社会无穷",或像徐先生所说,"这是无意地替某种不良的倾向推波助澜",那我的罪过可就真不小啦!

说到这里,我记起《墨子》书上的一个故事:

墨子是抱定他的主义去救世的。有一次,他的门弟子问他道:"行义救世,那一件最要紧最重大?"墨子说:"譬如筑墙一样,能够筑土的就筑土,能够挑土的就挑土,能够挖土的就挖土,然后这版墙就筑成了。行义救世也像这样。能够演说的就演说,能够著书的就著书,能够实行的就实行,然后行义救世的大事业就告成了。"

我在上面引出的墨子说的这个道理,未必十分对,不过暂且作为我有一个时期要写文言而让人家写白话的一种辩词,似乎未为不可。

总之,在这个社会里的人们注意到我的,以为我是文学中人,实则这个社会给我文学教养的机会并不充分,我只能写一点不古不今的文言,南腔北调的白话,在文学上没有出息,那是活该。虽然,这个社会给我个人的恩惠似乎也算不小了,因此我对于这个社会的报答,总想竭尽我的最善之力,至于能力办不到,那是无可如何的事,我只得向这个社会的一切人们告歉了。

(原载《宇宙风》第四十四期,一九三七年)

湖南的戊戌维新运动
（近代史话）

顷读梁任公的《三十自述》一文，读到他自述在湖南的一段，觉得他述的太简略。我以为他和湖南的戊戌维新运动有绝大的关系，而且他和守旧派叶焕彬（德辉）、王益吾（先谦）的对抗，有详叙的价值，很想替他写个专篇，无奈一时没有多余工夫，现在只好先把想到了的写起，或者因此可以引起研究近代史的专家，以及需要了解现实由来的青年，对于湖南的戊戌维新运动那段政治斗争史，学术斗争史，即新旧思想斗争史，加以注意，加以研究。在还是继续那种斗争，而有新的发展的今日，批评过去，推测将来，我想不是没有意义的事情罢。

梁任公到湖南，是光绪二十三年冬十月的事。据他自述：

> 丁酉……十月，湖南陈中丞宝箴，江督学标，聘主湖南时务学堂讲席，就之。时公度（黄遵宪）官湖南按察使，复生（谭嗣同）亦归湘助乡治，湘中同志称极盛。未几德国割据胶州湾事起，瓜分之忧震动全国。而湖南始创南学会，将以为地方自治之基础，余颇有所赞画，而时务学堂于精神教育亦三致意焉。……明年戊戌，年二十六，春，大病几死，出就医上海……

梁任公到湖南,他自己只知道是由于陈中丞、江督学的延聘,不知道提议延聘的却是黄公度观察。据熊秉三(希龄)的《上陈中丞书》说:

> 延聘梁卓如为教习,发端于公度观察(时为湖南盐法道),邹沉帆及龄与伯严(陈三立,陈中丞的儿子)皆赞成之。

原来梁任公到湖南主讲时务学堂,提议的有人,赞成的有人,出面延聘的才是陈中丞、江督学。那个时候湖南的维新运动是官绅合作起来的,陈中丞代表官方,熊庶常(希龄)代表绅方。就整个的这一运动而说,康、梁自是主要人物。康长素(有为)在北京得到光绪皇帝的信任,所以北京闹的很凶;梁任公在湖南,得到陈中丞的信任,所以湖南也闹的很凶。梁任公既做了时务学堂的总教习,同时还引进韩文举、叶觉迈做了分教习,湖南的康派势力,一时极盛。而且全堂师生,互相标榜,不说"今日教学诸人,即是兴朝佐命";即说:"异日出任时艰,皆学堂十六龄之童子。"气焰炎炎,不可响迩。这真是要叫当地一般八股文人——守旧派的士大夫——眼珠里冒出火来的。何况时务学堂日记,课艺评语,《南学会讲义》,以及《湘报》,《湘学报》所刊的文章,惟恐不新,不嫌过激,都是守旧派目为异端邪说的康派议论呢?自然,当日那些被目为异端邪说的议论,在四十年后的今日看来,觉得平常,浅薄,甚至有些荒谬,糊涂,可笑之至,但在当日就不免觉得翻江倒海,石破天惊了。例如梁任公评日记云:

> 二十四朝,其足当孔子王号者无人焉,间有数霸者生于其间,其余皆民贼也。

斥一切帝王为民贼,只承认其中有几个霸者,这不能不叫腐儒大吃一惊。又评答问云:

> 臣也者，与君同办民事者也。如开一铺子，君则其铺之总管，臣则其铺之掌柜等也。

梁先生虽然还没有说出人民是这一铺子的大股东，可是他已经不承认向来腐儒所说的"君臣之义"了。又评课艺云：

> 《春秋》大同之学，无不言民权者，盍取《六经》中所言民权者编辑成书，亦大观也。

梁任公倡言民权，发论颇多，却从《六经》中取材料，这自然是经今文学家"通经致用""托古改制"的一种伎俩。又如评日记云：

> 公法欲取人之国，亦必其民心大顺，然后其国可为我有也。故能兴民权者，断无可亡之理。

又云：

> 议院虽创于泰西，实吾《五经》诸子传记随举一义多有其意者，惜君统太长，无人敢言耳。

梁任公开始主张议会政治了，他倡民权议会之说，却不能不乞灵于什么《五经》《六经》，现在我们或许要笑他迂谬，但想到他在当时那样的社会环境里，却又不能不原谅他的苦心了。他评课艺云：

> 今日欲求变法，必自朱子降尊始。不先变去拜跪之礼，上下仍习虚文，所以动为外国笑也。

梁任公竟大胆的主张天子降尊,废跪拜之礼了。又评日记云:

> 中国荏苒甚炽,上无礼,下无学,贼民兴,丧无日矣。今日变政,所以必先改律例。
>
> 衣服虽末事,然切于人身最近,故变法未有不先变衣服者,此能变,无不可变矣。

梁任公主张改订法律,变更衣服,这在当日不能不算是大胆之言,也都是要受湖南守旧派攻击的了。

说也奇怪,湖南人的气质好走极端,远的不说,即从戊戌维新运动起,一直到现在,政治上每一变动,在对抗的两极端,总是湖南人做先锋。戊戌年代,站在维新派尖端的有谭复生、唐绂丞(才常)、皮鹿门(锡瑞)、熊秉三诸人;站在守旧派尖端的有叶焕彬、王益吾及一般八股文人。辛亥武昌起义,湖南焦达峰、陈作新等首先响应,但第一个为满清死节的将官黄忠浩,也是湖南人。袁世凯称帝,筹安会领袖杨度是湖南人;站在护国军最前线讨袁的蔡锷,也是湖南人。国共分家之役,代表国方而首先揭出铲共大旗的何芸樵、许克祥等是湖南人;代表共方而从事暴动的郭靖笳、彭公达等也是湖南人。并不是我过分的夸张湖南人的性格,但就一般的湖南人的性格而说,但就四十年来湖南人参加中国大势的变动而说,谁也不能否认这种事实,可不是么?

戊戌维新运动,梁任公在湖南讲学时,引起学术界思想界的轩然大波,即新旧两派拼个你死我活的大斗争了。究竟当日旧派攻击梁任公怎样措词呢?

自然,欲加之罪,何患无辞!在旧派的眼光中,梁任公是败坏湖南学风的罪魁,是邪说异端的恶魔。苏舆《翼教丛编序》中说:

> 梁启超主讲时务学堂,张其师说,一时衣冠之伦,罔顾名义,奉为

教宗。其言以康之《新学伪经考》、《孔子改制考》为主;而平等,民权,孔子纪年诸谬说辅之。伪六籍,灭圣经也;托改制,乱成宪也;倡平等,堕纲纪也;伸民权,无君上也;孔子纪年,欲人不知有本朝也。

这里宣布了梁任公在湘讲学的五大罪。又旧派的《湘省学约》里说:

> 自新会梁启超来湘,为学堂总教习,大张其师康有为之邪说,蛊惑湘人,无识之徒,翕然从之。其始随声附和,意在趋时,其后迷惑既深,心肠顿易。考其为说,或推尊摩西,主张民权。或效耶苏纪年,言素王改制。甚谓合种以保种,中国非中国,且有君民平等,君统太长等语,见于学堂评语,学会讲义,及《湘报》、《湘学报》者,不胜缕指。似此背叛君父,诬及经传,化日光天之下,魑魅横行,非吾学中之大患哉?

这里旧派骂梁任公"化日光天之下,魑魅横行",真是白昼见鬼!但在当时,他们是自以为骂得痛快的。现在我们从这类文章中还可以看到梁任公在湖南讲学的影响之大!如岳麓书院学生宾凤阳等《上王益吾院长书》中云:

> 窃我省民风素朴,自去夏以前固一安静世界也。自黄公度观察来,而有主张民权之说;自徐砚夫学使到,而多崇奉康学之人;自熊秉三庶常邀请梁启超主讲时务学堂,以康有为之弟子大畅师说,而党与翕张,根基盘固,我省民心顿为一变。……戴德诚、樊锥、唐才常、易鼐等承其流风,肆行狂煽,直欲死中国之人心,翻亘古之学案,上自衡、永,下至岳、常,邪说浸淫,观听迷惑。不解熊、谭、戴、樊、唐、易诸人是何肺肝,必欲倾覆我邦家也!

一则曰"我省民心,顿为一变",再则曰"上自衡、永,下至岳、常,邪说浸淫,观听迷惑"。虽然这些话出自敌人笔下,不免有些夸张,而梁任公讲学的魔力真是不小,也可以想见。其实,当日这位思想界的新英雄,正是时势造成的,旧派又何尝不知?所以梁鼎芬《与王祭酒书》中说:

> 马关约定数年,又有胶州之事。四夷交侵,群奸放恣,于是崇奉邪说之康有为、梁启超乘机煽乱,昌言变教。

平心论之:当时满清政府既不能抵御外侮,又太箝制人民,内政外交,差不多无一是处。从鸦片之役到甲午之役,以工商业经济为基础的帝国主义的势力已经深入堂奥,向来以农业经济为基础的封建主义的中国,已经沦为殖民地,而且形势十分危急,有被瓜分被灭亡的危险。有觉悟的中国的智识分子,感到非维新变法,中国便会没有前途。康、梁昌言改革政治有什么罪过呢?可惜当时旧派不知,稍后知道了,已经没有办法,满清也就亡了。

戊戌年代,梁任公体的文章也曾在湖南发生了大影响,而受到很激烈的攻击。《时务报》的文章哪个不欢喜读,便是旧派也无甚异词。但因梁任公到湖南讲学,湖南新派人物也刊行了《湘学报》《湘报》,这就遭了湖南旧派人物的大忌了。所以,皮鹿门《覆叶焕彬书》中说:

> 文人相轻,自古已然。湘人无乡谊,好自相攻击。见《时务报》则誉之,见《湘学报》则毁之,《湘报》訾议尤甚,湘人结习,本不足怪。

原来叶焕彬是攻击新派的旧派领袖,攻击了康、梁一派的思想还不够,还要进攻康、梁一派的文章。他在《致皮鹿门》书中说:

> 时文久为通人所诟病。通人多不能时文,高才博学坐是困于场

屋,而揣摩之士乃捷足得之。然易之以策论,其弊等耳。不见今日之试卷,满纸只有起点、压力、热力等字乎? 同一空谈,何不顾溺人之笑!

叶焕彬攻击新文体的策论徒砌新名词,甚至砌的不得当,这一点或许是他说对了的。何况策论同八股同样是"空谈"呢! 叶焕彬又在《与友人书》中说:

——最可笑者,笔舌掉罄,自称支那;初哉首基,必曰起点。不思支那乃释氏之称唐土,起点乃舌人之解算文。论其语,则翻译而成词;按其文,则拼音而得字。非文非质,不中不西。东施效颦,得毋为邻女窃笑耶?

这也是攻击使用新名词的文章。又《湘省学约》中《辨文体》一条说:

朝廷以时文积弊太深,改试策论。然试场策论非有学术,能文章者主持之,其弊殆比时文更甚。观《湘报》所刻诸作,如热力、涨力、爱力、吸力、摄力、压力、支那、震旦、起点、成线、血轮、脑筋、灵魂、以太、黄种、白种、四万万人等字眼,摇笔即来,或者好为一切幽渺怪僻之言,阅不终篇,令人气逆。

可见四十年前新派文人用新名词入文章,那是旧派文人最为痛恨的事,当时这种新文体流行湖南,可以说是梁任公带来的。徐学使居然用这种文章取士,难怪湖南一批由八股出身的旧派文人又嫉妒又愤慨了。

梁任公曾经说他自己的文章"笔端常带情感",那是不错的,他是一个政论家,他的政论所以能够风行天下,笔端情感正是其中要素之一。他这种富有煽动性的文章带到湖南,有一个贡生学得极像,这人姓樊名锥,邵

阳人氏,在《湘报》上发表了一些文章。其中最被旧派攻击的一篇,题为《开诚》,有这样的一节话:

> 自民之愚也久矣,不复见天日也亦已甚矣!其上以是愚之,其下复以是受之,二千年沦肌浸髓,梏梦桎魂,酣嬉怡悦于苦海地狱之中,纵横驰逐于醉生蘦死之地,束之缚之,践之踏之,若牛马然,若莓苔然。

这是痛骂二千多年来的愚民政策,思想已够不稳了。又说:

> 今宜上自百僚,下至群丑,俱如此类,网罗净尽,聚之一室,幽而闭之,使其不见日月,不与覆载。

如此对付贪污腐败的官僚,何等彻底,纵然做不到,便是议论也够激烈了。"国家之败,由官邪也。"对付"官邪",真该不必客气。又说:

> 是故愿吾皇操五寸之管,半池之墨,不问于人,不谋于众,下一纸诏书,断断必行。曰,今事已至此,危迫日极,虽有目前,一无所用。与其肢剖节解,寸寸与人,税驾何所,蹜天无路,不如趁其未烂,公之天下。朕其已矣!

替皇帝出个退位的主意,实行天下为公,这真是大逆不道之言,岂有此理!现在,我们虽然未必会是这样骂他,当时的旧派人物看了,却真了不起!所以他们要说:

> 天子诏命,岂臣下所敢戏拟,况此等大逆无道之言乎!国典具在,商割寸磔,处以极刑,似尚未足以蔽其辜。

樊锥还在那篇文章中说：

> 洗旧习，从公道，则一切繁礼细故，猥尊鄙贵，文武名场，恶例劣范，铨选档册，谬条乱章，大政鸿法，普宪均律，四民学校，风情土俗，一革从前，搜索无剩，唯泰西是效，用孔子纪年。

这是最早的"全盘西化论"。这样的变法维新，当时怎么能够做得到？他却不能不如此主张。他是湖南的走极端的维新派。他比梁任公的主张更彻底，他比梁任公的议论更激烈，他充分表现了湖南人好走极端的特性，然而他是受梁任公的文章影响最深的人。

说起来真可笑！"戊戌"前后，梁任公太新；"辛亥"前后，梁任公又旧了；"五四"前后，梁任公想"跟着后生跑"，还赶不上；梁任公死了，还有人判定他是个"没落的政客"。这一个伟大的时代真有点捉弄人。虽然，时代是向前迈进的，人不站在时代之前，就落在时代之后，这又有什么稀奇呢！

一九三六年五月一日写定

（原载《生活学校》第一卷第三期，一九三七年）

鲁迅与章太炎

鲁迅先生遗著《关于章太炎先生的二三事》在《工作与学习丛刊》之一里发表了。鲁迅是章太炎的弟子，却不因为晚年的不同道而"谢本师"，颇有青胜于蓝之处。但鲁迅与章太炎因为所代表的时代不同，自对于章氏的学问有不满的地方，章太炎的《狱中赠邹容》一诗："邹容吾小弟，被发下瀛洲。快剪刀除辫，干牛肉作餱。英雄一入狱，天地亦悲秋。临命须掺手，乾坤只两头。"我想这首诗不曾收入《章氏丛书诗录》，正和太炎的其他近体诗一样，以其体制非古，故不收入。原来太炎对于文学上一贯的主张，是"文学之业，穷于天监"，他不甚读梁天监以后书。当然唐宋近体诗他是不屑学的，偶然写写，正如唐宋以来诗人做打油诗，不会把这些东西收入正式的集子。吾乡王壬秋的《湘绮楼诗集》不收近体诗，也正是这个意思。我看王壬秋和章太炎同是一样，即是近体诗有时还要作的。不肯割爱，只好摆在日记里面，或别自成卷，如绝句之类。所不同的，王壬秋对于文学主张"反复八代之盛"，可称选学派；章太炎却是反选学派，兼反桐城派，主张文章须学魏晋的。"五四运动"时候，太炎弟子钱玄同痛骂"选学妖孽，桐城谬种"，正是继承师说，而变本加厉的。鲁迅说是《章氏丛书诗录》不收那类之近体诗，因为是"战斗的文章"，这自然由于见解不同之故。

我于这位三十年前以革命的战士姿态出现的章太炎先生，曾在报上不惮再三谈到,颇有点叹息他晚年的"颓唐",同时恐怕青年士子因见他晚年的"颓唐"而忘记了他早年"革命之志"。《工作与学习丛刊》的编者也说:"(鲁迅)先生回念旧事,情不自已,特为画出章太炎氏底革命的,然而却正是他底读者,门人,以及他自己所掩蔽没却的一面。不但可以看见作者底胸怀博大,在历史大流上阔步的姿态,同时也可以感觉到在这里面隐伏着的对于当前现实的热烈的反抗。单从这一篇也可以看到先生对于求生存的中华民族具有怎样伟大的引导力量。"鲁迅写这篇文章时的心情和动机或许如此。但历史先生不免惨酷已把晚年的章太炎的面貌揭示给人,是:一个在进步路上早已完结的人物。这话说来很长,但就最后"接收馈赠"一件事而说,不惜以曾在学术上反孔砭儒,有卓见闳识的学者退而提倡经,不惜以曾在语言文字学上有深湛研究,而有进步见解的学者退而反对白话文,即不说是"利令智昏",也不免有"曲学阿世"之嫌。固然,当他"以大勋章作扇坠,临总统府之门,大诟袁世凯的包藏祸心者,并世无第二人;七被追捕,三入牢狱,而革命之志,终不屈挠者,并世亦无第二人;这才是先哲的精神,后生的模范。"但到了曲学阿世的晚节,就无复"先哲的精神",不堪为"后生的模范"了。何况章太炎的所谓革命,只是对"建虏""满清"而言,"排满"的工作完成,即所谓"种族革命"完成,更无余事,这只是狭隘的民族主义者。虽说他也谈过什么社会主义,那只是国粹的社会主义,不如说是国粹的社会政策,来得较为近是。总之关于他的革命思想,我已再四谈过,这里无暇详谈。倘若强调他的革命的"业绩",虽说志在提倡"先哲的精神",作为"后生的模范",实在是不免歪曲事实,贻误"后生"的。

不过章太炎也有可以骄傲的地方,就算"后来的参与投壶,接收馈赠",不免贻"被收买"之讥,却抵死不肯"自首",自己认为不错的,任何威吓、劝诱不顾,真是做到"富贵不能淫,贫贱不能移,威武不能屈"。抵死也不肯更正他所认为记述正确的那件事实,却替正统的史学家留下了最后的光辉。总之,章太炎在过去,他的革命思想有不足取的地方,革命行动有错误可笑的地方,却生而具有革命家的感情,极强烈的正义感,这是无疑的,他攻击满清如此,指摘袁世凯如此,便是在他临死不久之前,电劝北方某将军爱护青年学生也是如此。可是一个革命家没有明敏的头脑、正确的思想,仅具有热情、正义感,这当然是不够的,甚至反而因此容易走到相反的路上。

我想:以章太炎代表进步的封建知识分子,作为其中一个殿后的人物;以鲁迅代表激进的新兴知识分子,作为其中一个先驱的人物;师弟两人各代表过渡时代的一端,可以看出时代承前启后的关系,好像历史先生有意如此安排,这倒是很有意味的事情。

(转载《申报》)

(原载《好文章》第十期,一九三七年)

宋学之先驱
（《宋元学术史稿》之一章）

一 道学与儒林

宋元学术以道学为主潮，有元学术则宋学之闰余也。

《宋史》表章道学，特于《儒林》之前别立《道学》一门，以位置周、程、张、邵、朱、张以及程、朱之弟子，非故与十七史立异，实有其不可强同者在也。夫一时代有一时代之背景，即一时代有一时代之精神。基础不同，建筑斯异。学术之发展恒随时代之嬗变而夐然有殊，虽不能外乎历史继续性要亦有其时代创造性。水与水相续而流以长，火与火交辉而光益大。试即全部学术之史的发展而分为各个时代，第就其显著之迹而察之，以谓上古为巫史王官时代，周秦为诸子时代，两汉为经学时代，魏晋南北朝乃至隋唐五季为玄学时代，宋元迄明为道学时代，清为朴学时代，虽时代与时代相衔，而一时代显有一时代之所胜，分而论之，固未为不可也。盖周秦之儒与诸子角立，至秦皇而六艺几全遭燔灭。两汉以百家罢黜，经立学官，儒始为盛。魏晋南北朝未始无儒，但以佛法东来，与《易》、老冥合，而玄学大显。隋唐之儒虽稍之起，亦仅够与佛老鼎峙而行。盖儒术实至宋而复盛，儒学亦至宋而始歧。史家据事直书，乃分儒林、道学为二。儒林非必不闻道,而显然以稽古为长;道学非必不稽古,而翘然以闻道自重。语其同也,道学或可统于儒林,语其异也,儒林不嫌歧为道学。理以愈析而愈细密,学以愈研而愈专精。殊途而同归,一致而百虑。变之中有不变,不分之中有可分。变复分合,若环无端。大化流行,人文与应。黄宗羲以大一统之义论学,未见其确乎有当也。其事本无,则如画马自然不应有角。实有其事,则如枝指不必断,而兀足不必伸。章学诚谓宜适如当日途辙分歧之实迹以载之,是固史家之通识也。

二　道　学　之　道

《道学传序》谓三代盛时,天子以是道为政教,大臣百官有司以是道为职业,党庠术序师弟子以是道为讲习,四方百姓日用是道而不知。是故盈覆载之间,无一民一物不被是道之泽以遂其性。以为斯时虽无道学之名,而有道学之实。道固可谓无乎不在,而与宇宙同其始终,顾不知三代盛时果已知行是道,而是道之实效亦果已臻此否也。至谓凡诗书六艺之文,与夫孔孟之遗言,颠错于秦火,支离于汉儒,幽沉于魏晋六朝者,至宋皆焕然而大明,秩然而各得其所,此宋儒之所以度越诸子,而上接孟氏。其言稍邻于夸,而亦违实不远。借以知其所谓道学之道乃《诗》《书》六艺之道,孔孟之道,韩愈《原道》所谓孟轲之死不得其传焉者是也。吾尝以为《淮南鸿烈》之原道,就思想言,重在自然之道,而颇宗道家者也。刘勰《文心雕龙》之原道,就文学言,重在自然之文,而颇有玄思者也。韩愈之《原道》,则就学术言,重在先王圣贤之道,纯然儒者也。愈也尊孔孟,反佛老。以有道统观念,而排斥异端邪说,佛老二氏皆为所不容。以有民族观念,而排斥外来学术,佛氏被目为夷狄之道。若谓孟子辟杨、墨,其功不在大禹下;则愈之辟佛老,其功又岂在孟子下乎。是故宋儒莫不尊韩:或以道,或以文,甚或兼其文与道而尊之,并道统与文统而归之,尊之至也。即谓宋儒之传道,实韩愈有以启之,实孟、韩之道统观念有以启之,亦无不可也。

三　宋学先驱者之祈向

A　尊孟韩以立道统

宋学之先驱者为胡瑗、孙复、石介：

孙复论学,常称孟、韩,而学者亦以孟、韩拟之。复之言曰,孔子而下,称大儒者曰孟轲、荀卿、扬雄(《睢阳子集·董仲舒》),是以孔子后第一大儒尊孟也。又曰,文者,道之用也;道者,教之本也;故必得之于心而后成之于言。自汉至唐以文垂世者多矣,然多杨墨佛老虚无报应之事,沈谢徐庾妖艳邪侈之辞。始终仁义,不叛不离者,惟董仲舒、扬雄、王通、韩愈。(《与张洞书》)是以大儒尊韩也。胡瑗同调陈襄于其答友人书曰,去圣日远,聃、周、杨、墨之说衣被天下,故后之习孔子者多闻见则易,慎择之则难。自韩退之来,六百年有余矣。季甫(陈烈)比日于吾儒为有功,足下慎折衷之。(《古灵先生文集·答周公辟》)是亦以韩愈于吾儒为有大功而尊韩也。石介则更显然揭櫫尊韩。其言曰,孔子为圣人之至,吏部为贤之卓。孔子之《易》、《春秋》,自圣人来未有也。吏部《原道》、《原仁》、《原毁》、《行难》、《禹问》、《佛骨表》、《诤臣论》,自诸子以来未有也。呜呼至矣。(《徂徕文集·尊韩》)石介尝以获师孙复为幸。曰,生幸而值如孔子、孟轲者同其时,居幸而遭如孔子、孟轲者同其里。则是坐遇孔、孟,亲见圣贤,不隔数千百年得其人而师之,不走万数千里获其师而学之也。(《上孙少傅书》)彼视孙复如孔、孟,尊师所以重道也。又曰,今天下大道榛塞,吾常思得韩孟大贤人出,为芟去其荆棘,逐去其狐狸,道大辟而无荒磎。往年官在汶上,始得士熙道。今春来南郡,又逢孙明复。韩孟兹遂生矣。(《与裴员外书》)彼以韩、孟复生视孙复,喜有大贤者出,而吾道大辟也。又曰,自周以上观之,贤人之达者皋陶、傅说、伊尹、吕望、召公、毕公是也。自周以下观之,贤人之穷者孟子、扬子、文中子、韩吏部是也。然较其功业德行,穷不易达。吏部后三百年,贤人之穷者又有泰山先生。又曰,先生述作,上宗周、孔,下拟韩、孟。(《泰山书院记》)盖石介以孔、孟并称而尊孟,以韩、孟并称而尊韩,以孙复拟韩、孟而尊师,观于其所尊尚,而其祈向可见矣。又胡瑗同调王开祖曰,由孟子以来,道学不明。今将述尧舜之道,论文武之治,杜淫邪之路,开皇极之门。吾畏天者也,岂得已哉。藉知欲明道学,舍尊孟莫由。据赵岐《孟子题辞》,汉文帝时立传记博士,《孟子》实与《论语》、《孝经》、《尔雅》同立,殆以其旋罢,故史不载。唐陆元朗《经典释文》宁列老、庄于经典,顾独不取《孟子》。自汉迄唐,《孟子》不号为经,马总《意林》以与诸子之书并列。韩愈《原道》始以为孟轲得孔子之传。晚唐之际,林慎思作《续孟子》,固然意在尊孟;而陆龟蒙之大儒评,尊孟尤属显然。皮日休则毅然请以孟子立学科,请以韩愈配享太学。至宋真宗大中祥符间,孙奭奉敕撰《孟子音义》以补《经典释文》之阙,始以经典视《孟子》矣。夫尊韩,所以示道统之说有所据;尊孟,所以示道统之传有所归。尊孟、韩,所以立道统也。孟、韩相去千有余年,其间儒者何可胜数。惟有董仲舒、扬雄、王通二三子或为论孟、韩者所及,以尊孟、韩者类皆薄视汉、唐训诂之儒也。故孙复曰,专守王弼、韩康伯之说而求于《大易》,吾未见其能尽于《大易》也。专守《左氏》、《公羊》、《穀梁》何、范之说而求于《春秋》,吾未见能尽于《春秋》也。专守毛苌、郑康成之说而求于《诗》,吾未见能尽于《诗》也。专守孔氏之说而求于《书》,吾未见能尽于《书》也。(《与范天章书》)其于汉唐诸儒注疏未能尽信,殆以其徒能稽古而未能闻道欤。石介曰,郑康成注《文王世子》,云文王以忧勤损寿之说,大非也。文王享年九十有七,岂为损寿乎。夫忧勤天下者,圣人之心也。安乐一身者,匹夫之情也。后世人君皆耽于逸乐,寿命不长,康成之罪也。(《忧勤非损寿说》)夫以郑君集古今文经学之大成,而摘其一疵大非之,殆亦以其未闻道也。唐之明经科,宋之学究科,拘于前儒注疏,不敢有违功令,致尧、舜、禹、汤、文、武、周、孔之道闇而不章,郁而未发。薄汉、唐诸儒而疑注疏,尊孟、韩以立道统,此宋学先驱者之祈向一也。

B 辟佛老以明正学

孟、韩有卫道之功,尊孟、韩而宋儒之卫道精神可见。盖以杨、墨之道已息,佛老之焰犹张,是诚吾道大忧也,亦吾儒之大辱也。孙复曰,传曰四郊多垒,此卿大夫之辱也。地广土荒而不治,此亦士之辱也。噫,仁义不行,礼乐不作,儒者之辱与。夫仁义礼乐,治世之本也,王道所由兴,人伦所由正,扣其本则知何所为。噫,儒者之辱始于战国。杨、墨乱之于前,申、韩杂之于后。汉魏而下,则又甚焉,佛老之徒,横于中国。彼以死生祸福、虚无报应为事,千万其端,绐我生民,绝灭仁义,屏弃礼乐,以涂塞天下之耳目。天下之人愚众贤寡,惧其死生祸福报应人之若彼也,莫不争奉而竞趋之。观其相与为群,纷纷扰扰周乎天下,于是其教与儒齐驱并驾,峙而为三。吁,可怪也。去君臣之礼,绝父子之戚,灭夫妇之义。儒者不以仁义礼乐为心则已,若以为心,得不鸣鼓而攻之乎。凡今之人,与人争鬩,小有所不胜,尚以为辱,矧以夷狄诸子之法乱我圣人之教,其为辱也大矣。噫,圣人不生,怪乱不平。章甫其冠,逢掖其衣,不知其辱,反从而尊之,得不为罪人乎。由汉魏而下千余岁,其源流既深,其本支既固,不得其位不翦其类,其将奈何,其将奈何。(《儒辱》)孙复如此大声疾呼,欲以仁义礼乐之教易吏夷狄诸子之法,辟佛老而明正学,深以不在其位,不翦其类为憾,其卫道之精神为何如也。石介与人辩论天人感应之说曰,辱书谓士熙道言天人感应为失。至乃谓人自人,天自天,天人不相与。断然以行乎大中之道;行之则有福,异之则有祸,非有感应也。夫能行大中之道,则是为善,善降之福。是人以善感天,天以福应善。人不能行大中之道,则是为恶,恶则降之祸。是人以恶感天,天以祸应恶也。此所谓感应者也;而曰非感应,吾所未达也。人亦天,天亦人,天人相去,其间不容发。但天阴骘下人,不如国家昭昭然设爵赏刑罚以示人祸福。《书》曰,天工人其代之。《易》曰,兼三才而两之。文中子曰,三才之道不相离。又乾卦曰,先天而天弗远,后天而奉天时。扬雄曰,天辟乎上,地辟乎下,人辟乎中。天人果不相与乎。熙道通天地人者,故言人必言天,言天必言人。文中子曰,《春秋》其以天道终乎,《玄经》其以人事终乎。天人相与之际,甚可畏也,故君子备之。言人而遗乎天,言天而遗乎人,未尽天人之道也。(《与范奉礼书》)石介盖受汉儒天人感应说之影响,而不惑于其机祥神秘者,故为人亦天,天亦人,天工人其代之之说,同时亦予佛老死生祸福虚无报应之说以合理之驳斥也。石介又断言天下无佛、仙、黄金术。曰,天地间必然无有者有三,无神仙,无黄金术,无佛。大凡穷天下而奉之者一人也,莫贵于一人。天地两间苟所有者,求之莫不得也。秦始皇求为仙,汉武帝求为黄金,梁武帝求为佛,勤亦至矣。而始皇远游死,梁武饿死,汉武铸黄金不成,故吾知三者之必无也。(《辨惑》)石介不敢直陈时君之惑,而借秦皇、汉武、梁武之事以发之。夫下惑人民,上惑帝王,佛老之势力至此,自卫道者视之,殊可怪也。故石介又曰,尧、舜、禹、汤、文、武、周、孔之道,万世常行,不可易之道也。佛老以妖妄怪诞之教坏乱之,杨亿以淫巧浮伪之言破碎之。(《怪说》)要之彼欲复尧、舜、禹、汤、文、武、周、孔之道,则不得不斥妖妄怪诞之说。辟佛老以明正学,此宋学先驱者之祈向二也。

C 抑词赋以救文敝

又当时学者以词赋为吾道之大患,视同佛老而非之不遗余力。孙复曰,国家踵隋唐之制,专以词赋取人,故天下之士皆致力于声病对偶之间,探索圣贤之阃奥者百无一二。而非挺然特出不徇世俗之士,孰克舍彼而取此。(《与范天章书》)殆以士习词赋,止于干禄,其所求者声之宫商,语之骈俪,而无益于其所谓道,明之不如已也。孙氏又曰,文者道之生也,道者教之本也。《诗》《书》《礼》《乐》《大易》《春秋》皆文也,总而谓之经者也。以其修于孔子之手,尊而异之尔,斯圣人之文也。后人力薄不克以嗣,但当左右名教,夹辅圣人而已。必皆临事摭实,有感而作,为论,为议,为书疏歌诗赞颂箴铭解说之类,虽其道甚多,同归于道,皆谓之文也。(《答张洞书》)此则阐明文与道之关系。陈襄曰,常患近世之士溺于章句之学，而不知先王礼义之大。上自王公，下逮士人，其取人也莫不以善词章者为能，守经行者为迂阔。天下之士习固已涂聩其耳目而莫之能正矣。(《与顾临》)因溺词章而昧礼义，轻经行，正石介之所谓悖理害教者也。石介尝与人书曰，频见仆所为文。仆文字实不足动人，然仆之心能专正道，不敢跬步叛去圣人，其文则无悖理害教者，斯亦鄙夫硁硁然有一节之长也。书中又言仆书字怪且异，古亦无，今亦无，为天下非之，此诚仆之病也，此为之不能也。然永叔谓我特异于人，似不知我也。仆诚亦有自异于众者，则非永叔之所谓也。今天下为佛老，其徒嚣嚣乎声，附合响应，仆独挺然自持吾圣人之道。今天下为杨亿，其众哓哓乎口，一唱百和，仆独确然自守吾圣人之经。兹是仆有异乎众者，然非特为取高于人，道适当然也。(《答欧阳永叔书》)彼以杨亿淫巧浮伪之言，视同佛老妖妄怪诞之教。或谓杨亿不过文词浮靡，其害本不至与佛老等，而亦辟之峻如此，盖宋兴八十年，浮靡之习方开，为所怪也。其实石介正以杨亿、刘筠一派浮靡之文，其悖理害教与佛老同。故其言又曰，周公、孔子、孟轲、扬雄、文中子、吏部之道，尧、舜、禹、汤、文、武之道也，三才、九畴、五常之道也，反厥常则为怪矣。夫《书》则有《尧》、《舜典》、《皋陶谟》、《益稷》、《禹贡》、箕子之《洪范》；诗则有大、小雅，《周颂》、《商颂》；《春秋》则有圣人之经；《易》则有文王之繇，周公之爻，夫子之十翼。今杨亿穷妍极态，缀风月，弄花草，淫巧侈丽，浮华纂组。刓镂圣人之经，破碎圣人之言，离析圣人之意，蠹伤圣人之道。使天下不为《书》之典、谟，《禹贡》、《洪范》，《诗》之雅、颂，《春秋》之经，《易》之繇爻十翼；而为杨亿之穷妍极态，缀风月，弄花草，淫巧侈丽，浮华纂组；其为怪大矣。(《怪说下》)其时真宗尝下禁文体浮艳之诏。《吕氏家塾记》曰，天圣以来，穆伯长、尹师鲁、苏子美、欧阳永叔始创为古文，以变西昆体，学者翕然从之。有为杨、刘体者，守道尤嫉之，以为孔门之大害，作《怪说》三篇，以排佛老及杨亿。于是新进后学不敢为杨、刘体，亦不敢谈佛老。吾人于以知当时之卫道运动与古文运动实有分途并进之关系。石介门人何群上书，言三代取士，皆举于乡里，而先行义;后世专以文辞就。文辞中害道者莫甚于赋,请罢去。石介赞美其说。会谏官御史亦言以赋取士无益治道,下两制议,皆以为进士科始隋历唐,数百年将相多出于此,不为不得人,且祖宗行之已久,不可废也。何群闻其说不行,乃恸哭,取平生所为赋八百余篇焚之。讲官视其赋既多且工,以为不情,绌出太学。何群径归,遂不复举进士。何群可谓不愧于其师,而能殉其道者,其实文不必赖道以存,道则恒赖文而显。顾推当时诸儒之意,以为文与道有依存莫分之关系,即道丧而文益敝,文敝而道益丧。卫道运动适与古文运动同时并起,从事卫道运动之人同时亦为从事古文运动之人,此为至堪耐人寻味者。抑词赋以救文敝,此宋学先驱者之祈向三也。

D 重事功以备世急

《宋史·艺文志》曰,宋有天下先后三百余年。考其治化之隆污,风气之离合,虽不足以拟伦三代,然其时君汲汲于道义,辅治之臣莫不以经术为先务,学士缙绅先生谈道德性命之学不绝于口,岂不彬彬乎进于周之文哉。宋之不竞,或以为文胜之弊,遂归咎焉,此以功利为言,未必知道者之论也。吾谓此虽出自表章道学之史笔,亦尚切近事理。宋之不竞,厥因多端,何独归狱文胜。且宋儒亦未尝不重事功,尤其先驱人物莫不视扶翼政教为己任。孙复曰,史固称汉孝元少而好儒,及即位,登用儒生,委之以政。故贡、薛之徒,迭为宰相。而上牵制文义,优游不断,孝宣之业衰焉。噫,昔宣帝尝怒元帝,言用儒生将乱其家者也,亦不思之甚矣。向使元帝能纳萧望之、刘更生之谋,安有衰灭,盖用儒而不能委之以政尔。(《书汉元帝赞后》)孙复为西汉末叶儒者辩,实亦为古今儒者辩。如为真儒,于从政乎何有。真儒未有不留心政事者也。石介曰,道大坏,由一人存之。天下国家大乱,由一人扶之。古言大厦将颠,非一木所支,是弃道而忘天下国家也。颠而不支,坐而视其颠,斯亦为不智者矣。曰见可而进,量力而动,其全身苟生者欤。(《救说》)是以救道与救乱并重,而以为一二先知先觉之士尤不能逃其责焉者也。救道所以明体,救乱所以达用,胡瑗正以明体达用之学教诸生。神宗尝问刘彝曰,胡瑗与王安石孰优？对曰,臣师胡瑗以道德仁义教东南诸生时,王安石方在场屋中修进士业。臣闻圣人之道有体,有用,有文。君臣父子仁义礼乐历世不可变者其体也；《诗》、《书》史传子集垂法后世者其文也；举而措之天下,能润泽斯民归于皇极者其用也。国家累朝取士,不以体用为本,而尚声律浮华之词,是以风俗偷薄。臣师当宝元、明道之间,尤病其失,遂以明体达用之学授诸生。夙夜勤瘁,二十余年,专力学校,始于苏湖,终于太学,出其门者无虑数千余人。故今学者明夫圣人体用以为政教之本,皆臣师之功,非安石比也。帝曰,其门人今在朝者为谁？对曰,若钱藻之渊笃,孙觉之纯明,范纯仁之直温,钱公辅之简谅,皆陛下之所知也。其在外以明体达用之学教于四方之民者殆数十辈。其余政事文学粗出于人者不可胜数。此天下四方之所共知也。帝悦。按刘彝为胡瑗在湖学时高第弟子。其时胡瑗教学,立经义、治事二斋。经义则选择其心性疏通,有器局可任大事者,使之讲明六经。治事则一人各治一事,又兼摄一事。如治民以安其生,讲武以御其寇,堰水以利田,算历以明数,是也。又胡瑗初为直讲,有旨专掌一学之政。遂推诚教育多士,亦甄别人物。故好尚经术者,好谈兵战者,好为文艺者,好尚节义者,使之以类群居讲习。胡瑗亦时时召之,使论其所学,为定其理。或自出一义,使人人以对,为可否之。或即当时政事俾之折衷。故人人皆乐从之而有成就,朝廷名臣,往往皆胡瑗之徒也。据此可知胡瑗以明体达用为学,以经义治事分教,既折衷时政,亦甄别人物。最可注意者,为经义与治事等视而分途。汉儒好言通经致用,如云以《洪范》察变,以《禹贡》治河,以《三百篇》当谏书,以《春秋》折狱,甚或欲以《孝经》退贼,皆胶求实用于经之中,不免有时代错误,或迂阔无当于事理之处。胡瑗则分经与事为二,又以体与用为一。道艺与事功并重,理论与现实相维。是以体为经常,用有权变,通古今之故,酌经权之宜,殆真所谓明体达用者。此宋儒与汉儒经术最大不同之一点也。胡瑗门人以经义著者,如孙觉、顾临、朱临、吕希哲、翁仲通、杜汝霖、张坚、祝常、游烈、徐唐、盛侨、翁升、吴孜、陈高、倪天隐、田述古之俦。中以倪天隐为尤长于《大易》，孙觉为尤长于《春秋》。至如程颐当别为论列。其以治事著者，如范纯仁、钱公辅、莫表深，长于政事；安焘，长于外交；范纯祐、苗授、卢秉，长于兵战；刘彝，长于治水。其他如滕元发、潘及甫、钱藻，皆在当时以文艺名；如徐积、林晟、陈舜俞、周颖、江致，一以节义显。而徐积之学行尤卓然有所树立，论者谓其宛有安定风格，胡氏之门有徐积，犹孙氏之门有石介也。徐积之言曰，《艮》言思不出其位，正以戒在位者也。若夫学者则无所不思，以其无责可以行其志也。若云思不出其位，是自弃于浅陋之学也。(《语录》)彼以为学者无官守责任，可以无所不思，以行其志。此学者言论思想贵有自由之精义也。若有官守，有责任，则仍以思不出位为宜。服从为负责之本，其语亦自有理。石介曰，夷王下堂，乱是以作；宣公税亩，乱是以作；秦开阡陌，乱是以作；秦襄王太后临轩，乱是以作；秦始皇罢封建，置郡县，乱是以作；秦汉美人之号凡四十等，乱是以作；汉武帝数宴后宫，奏请多以宦官主之，乱是以作；不及其始，其乱不止。(《原乱》)彼以为历史上之乱源，大抵由于政治有失。又曰，狗当我户，猫捕我鼠，鸡知天时，有功于人，食人之食，可矣。彼素餐尸禄，将狗猫鸡之不若乎。(《责素餐》)此以狗猫鸡不若责素餐，盖亦有激而发，词何严也。素餐尸禄者之多，或由当路在势者用人以私不以公，而失天下为公，选贤与能之义，故彼又曰，合天下之公也，虽其亲昵，人不谓之私；用一人之私也，虽其疏远，人不谓之公。(《上王沂公书》)当时政府用人颇有问题，朋党之论实已萌生。石介又尝著《唐鉴》以戒奸臣、宦官、宫女，指切当时，无所忌避。庆历三年，吕夷简罢相，夏竦罢枢密使。而杜衍、章得象、晏殊、贾昌朝、范仲淹、富弼、韩琦，同时执政。欧阳修、余靖、王素、蔡襄，并为谏官。石介喜曰，此盛事也。歌颂吾职，其可已乎。作《庆历圣德诗》。略曰，众贤之进，如茅斯拔。大奸之去，如距斯脱。为小人所嫉恶，几挤之死。彼安然不惑不变。曰，吾道固如是，吾勇过孟轲矣。其没也，欧阳修为志其墓，称其遇事发愤。作为文章，极陈古今治乱成败，以指切当世贤愚善恶，是是非非，无所讳忌。可谓能得石介之论政态度,救时精神者也。胡瑗曰,公叔文子与大夫僎同升诸公,孔子曰可以为文。臧文仲知柳下惠之贤而不举,孔子谓之窃位。由此观之,君子以荐贤为己任。(《论语说·臧文仲窃位》)此与石介责素餐同为有感而发。又同时陈襄最留心天下之人材,亦最好荐贤。其《与韩丞相荐士书》,论荐十七人;《与陈安抚荐士书》,论荐九人;又《与蔡舍人荐士书》,论荐八人。如胡瑗、陈烈、王安石诸时贤皆在荐中。而其最后在熙宁经筵论荐三十三人则最为人所称道,以其所荐者如司马光、吕公著、韩维、范纯仁诸大臣;程颢、张载诸学者;苏轼、苏辙、曾巩诸文人;无不当其性行也。又彼之言曰,学校之设,非以教人为词章取利禄而已,当教学者首明《周官》三物之要,使有以自得于心,而形于事业,然后可以言仕。(《杭州劝学文》)盖陈襄之意,以为当时学校所教之词章无当于政事,学者须留心有关政治之学问,以备从政。又其言曰,隐居求志,古人尚之。然有圣人之隐,有贤人之隐,有介夫之隐。圣人之隐,乐天以俟命,时未可而潜,时可跃者,蜿蜿蜒蜒,莫知其神,舜、伊尹是也。贤人之隐,养气以蓄德,庸言庸行,居贫贱而乐,颜、曾是也。介夫之隐,但洁其身,而不累乎世;足以自牧,而不足与忧天下;长沮、桀溺是也。是则君子不为也。(《与章表民》)如此显然反对洁身自牧之隐士,而以俟命待时者为圣人之隐,其萦怀政治,崇尚事功可知。重事功以备世急,此宋学先驱者之祈向四也。

E 倡师道以崇教化

黄震《日钞》论胡瑗曰,先生明体用之学,师道之立自先生始。然其始读书泰山,十年不归。及既教授,夙夜勤瘁,二十余年,人始信服。立己立人之难如此。是宋代师道之立,肇自胡瑗也。欧阳修志孙复之墓曰,鲁多学者,其尤贤而有道者石介。自介而下,皆以弟子事之。孔给事道辅为人刚直严重,不妄与人,闻先生之风就见之。介执杖履,侍左右,先生坐则立,升降拜则扶之,及其往谢也亦然。鲁人既素高此二人,由是始识师弟子之礼,莫不嗟叹之。可见师道之立实始自孙复也。全祖望《庆历五先生书院记》曰,有宋真、仁二宗之际,儒林之草昧也。当时濂洛之徒,方萌芽而未出。而睢阳戚氏在宋，泰山孙氏在齐，安定胡氏在吴，相与讲明正学，自拔于尘俗之中。亦会值贤者在朝，安阳韩忠献公、高平范文正公、乐安欧阳文忠公，皆卓然有见于道之大概，左提右挈，于是学校遍于四方，师儒之道以立。是以一代师道之立，胡瑗、孙复、戚同文实为之权舆也。戚同文，字文约，宋之楚邱人，隐居不仕，筑室聚徒，请益之人不远千里而至，登第者五十六人。宗度、许骧、陈象舆、高象先、郭成范、滕涉、王砺，皆践台阁；而范仲淹亦由之出；于以知戚氏在当时亦为名儒硕师，足与胡瑗、孙复相颉颃者也。全祖望谓宋仁之世，安定先生起于南，泰山先生起于北，天下之士从者如云，而正学自此造端矣。闽海古灵先生于安定盖稍后，其孜孜讲道则与之相垺。安定之门先后至一千七百余弟子，泰山弗逮也；而古灵亦过千人。安定之门如孙莘老（觉）、管卧云（师复）辈，皆兼师古灵者也。于时濂溪已起于南，涑水、横渠、康节、明道兄弟亦起于北，直登圣人之堂；古灵所得虽逊，然其倡道之功固安定、泰山之亚，较之程、张为前茅焉。(《古灵四先生学案》)是陈襄亦可厕于宋学先驱人物之次。其弟子盈千，亦可见其为岿然大师也。陈襄，字述古，侯官人，学者称为古灵先生。与其同里陈烈（季烈）、郑穆（闳中）、周希孟（公辟）为友，闽海间有四先生之目。以进士为浦城簿，仙居令。又从富弼于河阳，所至兴学宫，谋诸生，讲学不辍，可谓能以师道倡者也。上述诸儒或为学校教授，或以私人讲学。讲学之风气既开，书院之制度以起。孙氏之于泰山书院，戚氏之于睢阳书院，皆以其人讲学而名，师道赖之以立。唐初虽有所谓书院，顾为朝省修书之地，儒臣养望之场，并非士子肄业之所。宋初有六大书院，曰石鼓、白鹿、应天、嵩阳、岳麓、茅山。石鼓、茅山之名不著，人但知天下有四大书院。白鹿原为南唐国学，创始为早。嵩阳建自五代周时。应天一名睢阳，始自五代晋时。或谓戚同文讲学睢阳，生徒即其居为肄业之地，祥符三年赐额，是为睢阳书院之始。岳麓书院建置较迟，创自宋开宝中郡守朱洞，祥符八年赐额。宋之官立学校，在中央有国学，在地方有府县学，书院则大率为私立，而受政府之奖助。宋之学制较为自由，故自由讲学之风亦最盛。日本稻叶君山曰,书院之立,实为中国学术文化筑坚实之基础。盖自此而真正之学问研究所不在学校,乃在书院。于是教育独立,渐成民众化。学术进步因而臻于可惊之突飞进步。(《东方文库·中国社会文化》)总之上古学术出于巫史,守在王官。自孔子设教洙泗之间,而开私人讲学之风,而有弟子三千之盛。两汉经师蔚起,弟子盈千逾万。陵夷至于李唐,儒风不振,师道益衰。韩愈作《师说》,不顾流俗人之非笑,至欲悍然为天下师。迨北宋诸儒胡瑗、孙复出,讲习成风,士知向学,用彰菁莪之化,而弘丽泽之功,师道复渐以盛。倡师道以崇教化,此宋学先驱者之祈向五也。

F　务笃行以重以实践

黄震《日钞》曰,师道之废,正学之不明久矣。宋兴八十年,安定胡先生、泰山孙先生、徂徕石先生,始以其学教授,而安定之徒最盛,继而伊洛之学兴矣。本朝理学至伊洛而精,实自三先生而始。故晦庵有伊川不敢忘三先生之语。震既读伊洛书,钞其要,继及其流之或同或异,而终之以徂徕、安定笃实之学,以推发源之自,以示归根复命之意。使为吾子孙,毋蹈或者末流虚谈之失,而反之笃行之实。(《读本朝诸儒理学书》)是宋儒注重笃实践履亦自胡、孙、石三先生始。躬行体验,身心交修。其修为方法似受异教影响,此与经明修行之汉儒大有不同者。胡瑗在学时,每公私试罢,掌仪率诸生会于肯善堂,各雅乐歌《诗》,至夜乃散。诸斋亦自歌《诗》奏乐,琴瑟之声彻于外。又尝召对,例须就阁门习仪。曰,吾平生所读书,即事君之礼也,何以习为。阁门奏上,人皆谓山野之人必失仪。及登对,乃大称旨。上谓左右曰,胡瑗进退周旋皆合古礼。可知胡瑗之于礼乐,不惟读其书而已也。山阳徐积,三岁而孤。以父名石,终身不用石器。初见胡瑗从学,头容少偏。瑗厉声曰,头容直。积猛然自省,不特头容要直,心亦要直,自是不敢有邪心。薛季宣与朱晦翁书曰,尝谓翼之先生教人,得于古之洒扫应对进退,知其说者徐仲车耳。是胡瑗以何者始教,徐积以何者初学,可知也。积事母笃孝。一日具公裳见贵官。忽自思云,见贵官尚必用公裳,岂有朝夕见母而不具公裳者乎。遂裹幞头,服公裳,晨省其母。外氏诸妇大笑之。积则弥恪,久而亦不复笑。积尝曰,吾之持敬自此始也。又一日为母置膳,先过一卖肉家,将买之,遂向市中买他物。而归途有便道稍近,且亦有卖肉家,将买之。自念吾已有所许,而忽他之,将无欺其初心乎。卒迂道就故所卖肉家。积尝曰,吾之行信自此始也。吕本中曰,徐仲车教门人多于空中书一正字。且云于安定处得此一字,用不尽。《童蒙训》自后人观之,徐积之笃行或稍近于迂执也。或云范文正在睢阳掌学,有孙秀才来索游,上谒文正,赠钱一千。明年孙生复过睢阳,谒文正,又赠一千。因问何为汲汲于道路。生戚然动色曰,母老无以为养,若日得百钱,甘旨足矣。文正曰,吾观子辞气,非乞客也。二年仆仆,所得几何,而废学多矣。吾今补子学职,月可得三千以供养,子能安于学乎。生大喜。于是授以春秋,而孙生笃学不舍昼夜。明年文正去睢阳,孙生亦辞归。后十年,闻泰山下有孙明复先生以春秋教授学者,道德高迈。朝廷召至,乃昔日索游孙秀才也。(《杨公笔录》)孙复之固穷苦学如此,卒能以笃实而发其光辉焉。或云石守道为举子时,寓学于南都,其固穷苦学,世无比者。王渎闻其穷约,因会客以盘餐遗之。石谢曰,甘脆者,亦介之愿也。但日餐之则可,若止一餐,则明日无继。朝餐膏粱,暮厌粗粝,人之常情也。介所以不敢当赐。便以食还。王咨重之。(《倦游录》)石介之固穷苦学有甚于其师孙复者,固一艰苦卓绝之笃实君子也。务笃行以重实践,此宋学先驱者之祈向六也。

四　先驱者之精神及其代表人物

综此六者,曰尊孟、韩以立道统,辟佛老以明正学,抑词赋以救文敝,重事功以备世急,倡师道以崇教化,务笃行以重实践,宋学先驱者之精神亦于焉见之。欧阳修《读徂徕集》一诗云,子生诚多难,忧患靡不罹。宦学三十年,六经老研摩。问胡所专心,仁义丘与轲。扬雄韩愈氏,此外岂知他。尤勇攻佛老,奋笔如挥戈。不量敌众寡,胆大身么么。诚以石介之攘臂欲操万丈戈,力与熙道攻浮诡,(《上孙先生书》)最能代表先驱者之战斗姿态,革命精神。石介与士建中(熙道)极为孙复所推重,盖先驱人物中之尤勇敢者也。全祖望曰,庆历之间,学统四起。齐鲁则有士建中、刘颜夹辅泰山而兴。浙东则有明州杨、杜五子(杨适、杜醇、王致、楼郁、王说)。永嘉之儒志(王开祖)、经行(丁昌期)二子。浙西则有杭之吴师仁,皆与安定湖学相应。闽中又有章望之、黄晞,亦古灵一辈人也。关中之申(申颜)、侯(侯可)二子,实开横渠之先。蜀有宇文止止(之邵),实开范正献公(祖禹)之先。筚路蓝缕,用启山林。(《士刘诸儒学案》)是则士、刘诸儒亦可附于先驱者之次。顾以其著述无称,抑或影响不大,今惟论列胡瑗、孙复、石介三先生作为先驱者之代表人物焉。

胡 瑗

胡瑗(九九三——一〇五九)字翼之,泰州如皋人。七岁善属文,十三通五经,即以圣贤自期许。家贫无以自给,往泰山与孙复、石介同学,攻苦食淡,终夜不寐,一坐十年不归。得家书,见上有平安二字,即投之涧中,不复展,恐扰心也。以经术教授吴中,范仲淹聘为苏州教授,诸子从学焉。景祐初,更定雅乐,诏求知音者,范仲淹荐瑗,白衣对崇政殿,授试秘书省校书郎。范仲淹经略陕西,辟丹州军事推官,以保宁节度推官教授湖州。其教人也有法,科条纤悉备具,以身先之,虽盛暑必公服坐堂上,严师弟子之礼。视诸生如其子弟,诸生亦信爱如其父兄,从之游者常数百人。庆历中,兴太学,下湖州取其法,著为令。召为诸王宫教授,辞疾不行。为太子中舍,以殿中丞致仕。皇祐中,更铸太常钟磬,召瑗与近臣太常官议于秘阁,遂典作乐事,复以大理评事兼太常寺主簿,辞不就。岁余授光禄寺丞,国子监直讲。乐成,迁大理寺丞,赐绯衣银鱼袋。瑗既居太学,其徒益众,太学至不能容,旁拓军居以广之。礼部所得士,瑗弟子十常居四五。随材高下,喜自修饰,衣服容止,往往相类,人遇之,虽不识,皆知其瑗弟子也。嘉祐初,擢太子中允、天章阁侍讲,仍居太学。既而疾不能朝,以太常博士致仕,归老于家。诸生与朝士祖饯东门外,百里不绝,时以为荣。卒年六十七,谥文昭,诏赙其家。所著有《周易口义》十二卷,弟子倪天隐述(收入《四库全书》),其说《易》以义理为宗。《洪范口义》二卷(亦收入《四库》),盖亦门人编录,发明天人合一之旨,而不囿于谶纬术数。《中庸义》、《景祐乐议》,已佚。学者称为安定先生。明嘉靖中从祀孔庙,称先儒胡子。

孙　复

孙复(九九二——一○五七)字明复,晋州平阳人。四举进士不第,退居泰山,学《春秋》,著《尊王发微》十二篇,大约本于陆淳而增新意。明于诸侯大夫功罪,以考时之盛衰,而推见王道之治乱。石介有名山东,自介而下,皆以先生事复。介既为学官,作《明隐篇》,以语于朝曰,孙明复先生畜周、孔之道,非独善一身,而兼利天下者也。四举而不得一官,筑居泰山之阳,聚徒著书,种竹树桑,盖有所待也。古之贤人有隐者,皆避乱世而隐者也。彼所谓隐者,有匹夫之志,守硁硁之节之所为也,圣人之所不与也。先生非隐者也。于是范仲淹、富弼皆言复有经术,宜在朝廷。除国子监直讲。召为迩英殿祗候说书。杨安国言其讲说多异先儒,罢之。徐州人孔直温以狂谋捕治,得所遗复诗,坐贬。久之,翰林学士赵槩等言孙复行为世法,经为人师,不宜使佐州县。乃复为直讲,稍迁殿中丞。年六十六卒,赐赙钱十万。复病时,韩琦言于仁宗,选书吏,给纸笔,命其门人祖无择就其家得书十五万言,录藏秘阁,盖即今所传《春秋尊王发微》(收入《四库》)。彼以为凡经所书,皆以其变古乱常,殆袭穀梁子常事不书之说。故谓《春秋》有贬无褒,好为深文锻炼,遂使孔庭笔削变为罗织之经。岂二百四十二年中无人非乱臣贼子,由天王以及诸侯大夫无一人一事不宜加诛绝者乎。晁公武《读书志》载常秩之言曰,明复为《春秋》,犹商鞅之法,弃灰于道者有刑,步过六尺者有诛,亦议其过求深刻也。复之《睢阳子集》十卷久佚,今存《孙明复小集》一卷(收入《四库》),仅文十九篇,诗三篇,附以欧阳修所作墓志一篇,当系从《宋文鉴》《宋文选》诸书钞辑而成。宋初承五代之敝,文体卑靡,穆修、柳开始追古格,尹洙、孙复起而继之。孙复亦北宋古文运动中先驱人物之一也。

石 介

石介(一〇〇五——一〇四五)字守道,兖州奉符人。进士及第,历郓州、南京推官。笃学有志尚,乐善疾恶,喜声名,遇事奋然敢为。以论赦书不当求五代及诸伪国后,罢为镇南掌书记。代父丙远官,为嘉州军事判官。丁父母艰,垢面跣足,耕徂徕山下。葬五世之未葬者七十丧。以《易》教授于家,鲁人称之为徂徕先生。入为国子监直讲,学者从之甚众,太学由此益盛。介为文有气。尝患文章之弊,佛老为蠹,著《怪说》、《中国论》,言去此三者乃可以有为。又其言曰,学者学为仁义也,惟忠能忘其身,惟笃于自信者,乃可以有为也。所谓尧、舜、禹、汤、文、武、周公、孔子、孟轲、扬雄、韩愈氏者,未尝一日去诸口。杜衍、韩琦荐擢太子中允,直集贤院。作《庆历盛德诗》,斥夏竦为大奸。孙复曰,子祸始此矣。介不蓄马,借马而乘,出入大臣之门。颇招宾客,预政事,人多指目。不自安,求出为通判濮州,未赴卒。年四十一。会孔直温谋畔,搜其家,得介书。夏竦衔介甚,且欲中伤杜衍等,因言介诈死,北走契丹,请发棺以验。诏下东京,访其存亡,以杜衍奏保,及亲属门生众数百具保介已死,以免斫棺。子弟羁管他州,久之得还。介家故贫,妻子几冻馁,富弼、韩琦共分奉买田以赡养之。所著《徂徕易解》,已佚。今存《徂徕集》十二卷(收入《四库》)。介恶五代以来文格卑靡,故深推柳开,而力排杨亿。王士祯称其文倔强劲质,有唐人风,较胜柳(开)、穆(修)二家,而终未脱草昧之气。(《池北偶谈》)可知石介与孙复于北宋古文运动中固亦同在先驱人物之列也。

(原载《复旦学报》一九四四年第一期)

八代的文字游戏

一 引 论

提起八代的文字游戏,渊博的读者首先就会想到六朝的杂体诗。吾湘王湘绮先生撰集《八代诗选》,末了一卷便是汉至隋的杂体诗。内有汉武帝与群臣柏梁台联句诗;孔融《离合作郡姓名字诗》;无名人《五杂俎》、《两头纤纤》;吴孙皓《尔汝诗》;晋傅咸《孝经》、《论语》、《毛诗》、《周易》、《周官》、《左传》集句诗;陆机《百年歌》;谢道韫咏雪七言联句;前秦苏蕙《璇玑图回文诗》;宋孝武帝《四时诗》;鲍照《数名诗》、《建除诗》、连句诗;齐王融《奉和竟陵王郡县名》诗、《药名》诗、《星名》诗、《四色咏》、《离合赋物为咏》、《双声诗》;梁昭明太子萧统《大言》诗、《细言》诗;简文帝萧纲《卦名诗》、《咏雪·颠倒使韵》诗、《和湘东王后园回文诗》;元帝萧绎《宫殿名诗》、《县名诗》、《将军名诗》、《屋名诗》、《车名诗》、《船名诗》、《歌曲名诗》、《针穴名诗》、《龟兆诗》、《兽名诗》、《鸟名诗》、《树名诗》、《相名诗》;沈约《和陆慧晓百姓名》诗;陈沈炯《六府诗》、《八音诗》、《六甲诗》、《十二属诗》;北魏节闵帝拓跋恭限韵联句诗;隋释昙延《戏题方圆动静四字》诗等等。我在《中国文学史讲话》里论到晚唐诗人皮日休、陆龟蒙一派的杂体诗,大意说:诗的发展到了晚唐,真是各体各派都已有了。于是皮、陆一流诗人因他们怪僻的癖性要和前人立异,好像走路一样,不肯走前人走过的旧路,所以就拣偏僻窄狭的小路来走,实则这样的小路也是许多前人偶尔玩玩走过的。这里所谓小路,就是皮、陆爱做的杂体诗。凡汉魏六朝以来的杂体诗如联句、离合、反覆、风人、回文、咏物、县名、药名、人名、杂言、六言、问答、次韵、叠韵、双声、四声、短韵、强韵等等,他们差不多无体不作:夸示他们的多能。皮日休有《杂体诗序》一文,叙述杂体诗的起源,和他们所以作杂体诗的缘故。他们以为诗体的演进由古体而律体,由律体而杂体,诗之道尽乎此,所以他们就拣着杂体诗最后的这条路来走,不管此路通不通。他们以为"近代作杂体,唯《刘宾客集》中有回文、离合、双声、叠韵。如联句莫若孟东野与韩文公之多,他集罕见,足知为之之难。"他们窃慕韩、孟之为人,想要因难见巧,以奇矫俗,就都成了杂体诗——游戏诗的作者。我们知道杂体诗就是游戏诗,起于汉魏,盛于南北朝,尤其是在南朝。现在我要说的八代的文字游戏虽不能说与杂体诗完全无关,却不就是杂体诗,因为我不是从八代诗文集部或子部里取材,几乎完全是根据史籍得来的资料。不过仅凭个人记忆所及录出,容有疏漏,倘有渊博的学者不吝予以指示,那就是我写本文最大的收获了。

二 姓 名 嘲 弄

南北史里关于姓名嘲弄的故事很多,先举见于《南史》的三则:

(《张敷传》)敷小名楂,父邵小名梨。文帝戏之曰:"楂(查)何如梨?"答曰:"梨是百果之宗,楂何敢比也!"

(《虞寄传》)寄字次安,少聪敏。年数岁,客有造其父,遇寄于门,嘲曰:"郎子姓虞(愚),必当无智。"寄应声曰:"文字不辨,岂得非愚!"客大惭,入谓其父:"此子非常人,文举之对,不是过也。"

（《谢朓传》）先是,朓常轻(江)祏为人。祏尝诣朓,朓因言有一诗,呼左右取,既而便停。祏问其故,云:"定复不急。"祏以为轻已。后祏及弟祀、刘沨、刘宴,俱候朓。朓谓祏曰:"可谓带二江之双流(刘)。"以嘲弄之。祏转不堪,至是构而害之。诏暴其过恶,收付廷尉。又使御史中丞范岫奏收朓,下狱死。

上面三个故事都是属于修辞学上所谓双关的例。六朝乐府吴声歌曲惯用双关辞,这是当时最流行的风气。这里再举《北史》里面的两个故事:

（《麦铁杖传》）考功郎窦威嘲之曰:"麦是何姓?"铁杖应声曰:"麦豆(窦)不停,何忽相怪?"威赧然无以应。时人以为敏捷。

（《儒林传》）（何妥）少机警。八岁游国子学。助教顾良戏之曰:"汝姓何,是荷叶之荷?为河水之河?"妥应声答曰:"先生姓顾,是眷顾之顾?为新故之故?"众咸异之。

这也是属于双关的笑话。后一则故意说得转弯抹角,修辞上又可叫做周折辞。下面再抄《北史》两则:

（《柳机传》）初,机在周,与族人文城公昂俱历显要。及此,昂、机并为外职,杨素时为纳言,方用事。因上赐宴,素戏曰:"二柳俱摧,孤杨独耸。"

（《文苑传》）魏郡侯白,字君素,好学,有捷才。性滑稽,尤辩俊。举秀才,为儒林郎。通悦不持威严,好为俳谐杂说,人多爱狎之。所在处观者如市。杨素甚狎之。素尝与牛弘退朝,白谓素曰:"日之夕矣!"素大笑曰:"以我为牛羊(杨)下来邪?"

这两则在修辞上也可以属于双关,也可以属于拟物,后一则还是恰到好处的属于歇后藏辞。又《北史·艺术传》:

> (徐)之才聪辩强识,有兼人之敏,尤好剧谈体语,公私言聚,多相嘲戏。郑道育尝戏之才为师公。之才曰:"既为汝师,又为汝公,在三之义,顿居其两。"又嘲王昕姓云:"有言则証,近犬便狂。加颈足而为马,施角尾而成羊。"卢元明因戏之才云:"卿姓(徐)是未入人,名(才)是字之误,之当为乏也。"即答云:"卿姓在上为虐,在丘为虚,生男则为虏,配马则为驴。"

这在修辞上我以为可称为离合辞,离合辞在本分析字形,如徐字是;王卢二字是增损字形,也可算作离合辞的一种。至于当时谓为"体语",想就是如今谜语或字谜的意思。再录《北史》一则:

> 〔刘昉传〕(昉)常云姓是"卯金刀",名是"一万日",刘氏应王,为万日天子。"

这也是分析字形的笑话。分析字形,尤其是析刘字为卯金刀,这是汉代谶纬上常见的。如《尚书纬·考灵曜》说:

> 卯金出轸,握命孔符。郑玄注:"卯金,刘字之别;轸,楚分野之星;符,图书;刘所握天命,孔子制图书。"

《宋书·符瑞志上》,说:

> 孔子作《春秋》,制《孝经》,既成,使七十二弟子向北辰星磐折而立,使曾子抱《河》、《洛》事北向。孔子斋戒,向北辰而拜,告备于天。

曰:"《孝经》四卷,《春秋》《河》《洛》凡八十一卷,谨已备。"天乃洪郁起白雾摩地,赤虹自上下化为黄玉,长三尺,上有刻文。孔子跪受而读之,曰:"宝文出,刘季握:卯金刀,在轸北;字禾子,天下服。"

这也是出自汉人所传《孝经右契》、《孝经援神契》一类的纬书罢。可惜如今只有辑佚的纬书,不够完备。不然,不但我们研究文字游戏要借重它,研究文字魔术的就更靠它了。又《北史·僭伪附庸列传》还有一个很好的关于姓名嘲弄的故事:

〔宗如周传〕尝有人诉事于如周,谓为经作如州官也。乃曰:"某有屈滞,故来诉如州官。"如周曰:"尔何小人,敢呼我名?"其人惭谢曰:"只言如周官作如州,不知如州官名如周。早知如州官名如周,则不敢唤如周官作如州。"如周乃笑曰:"令卿自责,见侮反深。"众咸服其宽雅。

这里如州、如周反复错杂的说,很像急口令,又称拗口令,在修辞上我以为可称为缴绕辞。以上所举许多关于姓名嘲弄的故事都很有趣。那一时代的人好把这个当作说话时候的玩意儿,借以夸示才辩敏捷,不难想见。不过像这样嘲弄人家,有时也闹麻烦,召侮启羞是小事,得罪惹祸就受不起了。

三 才语酬对

与人对话,有意掉书袋,搬典故和咬文嚼字的风气,后汉三国时候就已流行。我们只要稍稍记起边韶昼寝,以及郑康成诗婢,秦宓谈天等故事就了然了。到了魏晋之际,老庄思想弥漫于士大夫之间,清谈派像狂飙一样的起来。有文学意味的才语和有哲学意味的妙语,同时在人口齿间流行。《世说新语》所记的玄思妙语最多,《晋书》里也不少,自然,在南北史里还是继续甚至增高这一风气。不过我在这里所说的,大都只是取自史籍里属于才语的一部分,即是故意逞文辩、作才语的一部分,含有机巧游戏的意味,而无严肃深远的思理。例如《晋书·陆云传》:

云与荀隐素未相识,尝会华座。华曰:"今日相遇,可勿为常谈。"云因抗手曰:"云间陆士龙。"隐曰:"日下荀鸣鹤。"鸣鹤,隐字也。云又曰:"既开青云,睹白雉,何不张尔弓,挟尔矢?"隐曰:"本谓是云龙騤騤,乃是山鹿野麋。兽微弩强,是以发迟。"华抚手大笑。

这个故事本来也可以看作姓名嘲弄,不过因为他们酬对的话是联语,是韵语,不是"常谈",所以就把它归在才语一类也。又《习凿齿传》:

桑门释道安俊辩有高才。自北至荆州,与(习)凿齿初相见。道安曰:"弥天释道安。"释齿曰:"四海习凿齿。"时人以为佳对。

这也不是常谈。王弼、何晏、郑飏之流厌薄"老生常谈"的风气在那时已形成了。再看《顾恺之传》:

桓玄时与恺之同在仲堪坐,共作了语。恺之先曰:"火烧平原无遗燎。"玄曰:"白布缠根树颠挑。"仲堪曰:"投鱼深泉放飞鸟。"复作危语。玄曰:"矛头淅米剑头炊。"仲堪曰:"百岁老翁攀枯枝。"有一参军云:"盲人骑瞎马临深地。"仲堪眇目,惊曰:"此太逼人!"因罢。

所谓"了语"、"危语",也不是常谈。这倒和联句相似,谢道韫咏雪正如此。《南史·宋武帝诸子彭城王义康传》中说道:

> 义康素无术学,待文义者甚薄。袁淑尝诣义康,义康问其年。答曰:"邓仲华拜衮之岁。"义康曰:"身不识也。"淑又曰:"陆机入洛之年。"义康曰:"身不读书,君无为作才语见问。"其浅陋若此。

"才语"一词见于此。魏晋清谈派好作才语的风气到了南朝更甚,因为此时文学愈见崇尚骈语,非隶事数典不成;同时影响到口语,也要数典,愈重才语了。袁淑本来三十岁,偏不肯口说三十岁,要用典故,在今人看来,或许觉得肉麻;但在那一时代的人,就偏把肉麻当有趣;不能同样肉麻的人,反受"浅陋"的讥笑了。又《宋宗室及诸王传》,说到长沙王道怜的孙——刘述:

> 述字彦思,亦甚庸劣,从子俣疾危笃。父彦节,母萧,对之泣。述尝候之,便命左右取酒肉,令俣进之。皆莫知其意,或问焉。答曰:"礼云,有疾饮酒食肉。"述又尝新有缌惨,或诣之,问其母安否。述曰:"惟有愁悁。"次访其子。对曰:"所谓父子聚麀。"盖谓麀为忧也。

这位贵族公子说话不肯老实,也学时髦作才语。不料掉书袋掉错了,成为笑柄。又《沈文季传》:

> 文季虽不学,发言必有辞采。武帝谓文季曰:"南士无仆射,多历年所。"文季对曰:"南风不竞,非复一日。"当世善其对。

发言"浅陋"的人如刘义康,被人讥笑;有"辞采"的人如沈文季,被人称赞,生在那个文字注重辞采的时代,无怪其然。就辞采渊懿说,中国文学以八代为盛,我很同意王壬秋的议论。又《周舍传》:

> 舍占对辩捷,尝居直庐,语及嗜好。裴子野言:"从来不尝食姜。"舍应声曰:"孔称不彻,裴乃不尝。"一坐皆悦。

周舍占对辩捷,恰到好处,所以得到"一坐皆悦"的效果。又梁武帝问他"何谓四声?"他说:"天子圣哲。"这也是名语。再看《萧琛传》:

> 琛经预御筵,醉伏。上以枣投琛,琛乃取栗掷上,正中面。御史中丞在坐。帝动色曰:"此中有人,不得如此。岂有说邪?"琛即答曰:"陛下投臣以赤心,臣敢不报以战栗。"上笑悦。

只要调文(二字出王充《论衡》,俗作掉文,亦可)调得好,连对皇帝也可以开玩笑,可以想见那个时代真是调文极盛的时代了。不仅南朝如此,北朝也是一样。《北史·袁充传》:

> 充少警悟。年十余岁。其父党至门,时冬初,充尚衣葛衫。客戏充曰:"袁郎子,纮兮绔兮,凄其以风。"充应声答曰:"唯绔与纮,服之无斁。"以是大见称赏。

这位袁大少爷善于运用《诗经》上的语句,并不弱于郑康成的那两个丫头。丫头称"诗婢",他也可以称"诗郎"了。

四 隶事竞赛

在笔头贵用骈语,口头贵用才语的时代,有许多文字游戏发生,那是自然的。隶事只是其中的一种,在南朝最流行。下面从《南史》录出几段关于隶事的故事,以见那时风气之一斑:

> (《陆澄传》)(王)俭自以博闻多识,读书过澄。澄谓曰:"仆少来无事,唯以读书为业,且年位已高。今君少,便鞅掌王务,虽复一览便

谱,然见卷轴未必多仆。"俭集学士何宪等盛自商略。澄待俭语毕,然后谈所遗漏数百千条,皆俭所未睹。俭乃叹服。俭在尚书省,出巾箱,几案杂服饰,令学士隶事,事多者与之,人人各得一两物。澄后来,更出诸人所不知事,复各数条。并旧物夺将去。

〔王谌传〕谌从叔摛,以博学见知。尚书令王俭尝集才学之士,总校虚实,类物隶之,谓之隶事,自此始也。俭尝使宾客隶事,多者赏之,事皆穷,唯庐江何宪为胜,乃赏以五花簟、白团扇。坐簟执扇,容气甚自得。摛后至,俭以所隶示之,曰:"卿能夺之乎?"摛操笔便成,文章既奥,辞亦华美,举坐击赏。摛乃命左右抽宪簟,手自掣取扇,登车而去。俭笑曰:"所谓大力者负之而趋。"竟陵王子良校试诸学士,唯摛问无不对。

原来所谓隶事的玩意始于王俭。在王俭的门下才学之士最能隶事的要数陆澄、王摛为第一流,何宪还只算第二流。

(《刘显传》)(沈)约为丹阳尹,命驾造焉。于坐策显经史十事,显对其九。约曰:"老夫昏忘,不可受策。虽然,聊试数事,不可至十。"显问其五,约对其二。陆倕闻之,击席喜曰:"刘郎子可谓差人!虽吾家平原诣张壮武,王粲谒伯喈,必无此对。"其为名流推赏如此。

沈约与刘显相见,互相策试经史中事,也属隶事玩意。又《沈约传》:

约尝侍宴,会豫州献栗径寸半,帝奇之,问栗事多少。与约各疏所忆,少帝三事。约出,谓人曰:"此公护前,不让即羞死。"帝以其言不逊,欲抵其罪,徐勉固谏乃止。

君臣之间也用隶事较短长,相嫉忌,沈约几乎因此获罪。本来把隶事

当玩意,弄得不好,隶事变成坏事了。《北史·艺术·徐之才传》有云:

> 尝与朝士出游,遥望群犬竞走,诸人试令目之。之才即应声云:"为是宋鹊,为是韩卢。为逐李斯东走,为负帝女南徂。"

这也是隶事,应声而出,煞是难得。要不是他有"兼人之敏",又平日"尤好戏谈体语,公私言聚,多相嘲戏",已成习惯,未必能应声数典。同时也要在那一时代士大夫作文说话大都以隶事相尚,他才容易有名。何况他是一个神童,八岁时候在周舍家听讲《老子》,吃饭,周舍戏问他:"徐郎不用心思义,而但事食乎?"他即用《老子》中语作答:"盖闻圣人虚其心而实其腹。"周舍大赏叹。他从少就和南朝士大夫周舍、张嵊、裴子野、刘孝绰一流人相往还,隶事的玩意儿早就学会了。

五 谜 语 讽 刺

先秦时代已有隐语庾辞,汉魏时代又有射覆离合,到了南朝刘宋才有谜语之名。鲍照有字谜三首,凡井字、龟字、土字三谜。现存谜语中,这算是最早的了。何谓谜?《文心雕龙·谐隐》篇说:"谜也者,回在其辞,使昏迷也。"谜有何用?同书又说:"隐语之用,被于纪传,大者兴治济身,其后弥违晓惑。盖意出于权谲,而事出于机急,与夫谐辞可相表里者也。"谜语被史籍采入的理由就在这里了。《南史·文学·卞彬》:

> 孙抱为延陵县,(高)爽又诣之,抱了无故人之怀。爽出,从县阁下过,取笔书鼓云:"徒有八尺围,腹无一寸肠。面皮如许厚,受打未诓央。"爽机悟多如此。……抱,东莞人。父廉,吴兴太守。抱善吏职,形体肥壮,腰带十围,爽故以此激之。

这显然是一首鼓谜,作为讽刺之用,也可以说是一首讽刺的咏物。又《循吏·孙廉传》:

> 廉便辟巧宦……凡贵要每食,廉必日进滋旨,手自煎调,不辞勤剧,遂得为列卿。……广陵高爽有险薄才,客于廉,廉委以文记。爽尝有求不遂,乃为展谜以喻廉曰:"刺鼻不知嚏,蹋面不知嗔,啮齿作步数,持此得胜人。"讥其不计耻辱,以此取名位。

原来高爽是一位惯为谜语的讽刺诗人,孙家父子得罪了他,就活该受他讽刺了。人要不计耻辱才能取得名位,展谜可以说是千古做官秘诀。《北史·魏献文六王·咸阳王禧传》:

> 帝既览政,禧意不安。遂与其妃兄兼给事黄门侍郎李伯尚谋反。……禧是夜宿于洪池,不知事露。其夜将士所在追禧,禧自洪池东南走,左右从禧者唯兼防阁尹龙武。禧忧迫,谓曰:"试作一谜,当思解之,以释毒闷。"龙武欻忆旧谜云:"眠则同眠,起则同起。贪如豺狼,赃不入己。"都不有心于规刺也,禧亦不以为讽己,因解之曰:"此是眼也。"而龙武谓之是箸。

解谜释闷,大约是那时人们的常事,谜语的游戏性质即可于此见之。总之,南北朝时代谜语流行,见于正史的不少,我只能就记忆到的举出罢了。

六 作诗课限

什么叫做"作诗课限"?

倘若柏梁联句,七步成诗,都真有其事,那么,这都可以说是作诗课限,不过前者是属于喜剧的,后者是恶作剧。曹丕除了迫害他的弟弟子建七步成诗以外,他曾自叙:"为太子时,北园及东阁讲堂并赋诗,令王粲、刘桢、阮瑀、应玚等同作。"不错,我们现在读他们的诗赋还可看见许多同题的作品。曹丕以太子以尊,命令僚属同题作诗赋,也好像于课限之中寓有游戏之意。到了南朝,作诗课限就真成为当时的一种玩意了。裴子野《雕虫论序》说:

> 宋明帝博好文章,才思朗捷,常读书奏,号为七行俱下。每有祯祥,及行幸宴集,辄陈诗展义,且以命朝臣。其戎士武士,则请托不暇,困于课限,或买以应诏焉。于是天下向风,人自藻饰,雕虫之艺,盛于时矣。

这一段文章有几点可注意。一为靠它知道那时君主臣僚为了庆祝巡游宴会等事,作诗有课限。应诏之作那么多,是在甚么情境之下产生的。二是军官做诗不出,也得买诗应诏,可见课限之严了。三是宫廷间作诗有课限,诗人们有此玩意,自是当然的了。梁武帝时候有一个关于军官做诗的趣话,据《南史·曹景宗传》说:

> 帝于华光殿宴饮连句,令左仆射沈约赋诗。景宗不得韵,意色不平,启求赋诗。帝曰:"卿伎能甚多,人才英拔,何必止在一诗?"景宗已醉,求作不已。诏令约赋韵,时韵已尽,唯余竞、病二字。景宗便操笔,斯须而成。其诗曰:"去时儿女悲,归来笳鼓竞。借问行路人,何如霍去病?"帝叹不已。约及朝贵惊嗟竟日。

这里所谓赋韵,就是后来的所谓分韵或拈韵。引论里述及的北魏节闵帝拓跋恭限韵联句诗,也属赋韵这一类。这种课限在韵,比课限在题者更难。曹景宗分韵独后,得竞、病二字,这当然是所谓"戏韵",人以为难,他偏做得好，所以要使那时的文豪沈约惊叹一天了。又《王僧孺传》里说：

> 竟陵王子良，尝夜集学士，刻烛为诗。四限者则刻一寸，以此为率。萧文琰曰："顿烧一寸烛，而成四韵诗，何难之有？"乃与丘令楷、江洪等共打铜钵，立韵响灭则诗成，皆可观览。

这显然是一种饶有游戏趣味的作诗课限。这一课限于限题限韵之外，还限时间，有人在敲铜钵催促，真是难得很。清初福建文人喜玩的诗钟，正属于这一类玩意。所以有人说：诗钟是击钵之遗意。又有人说：诗钟是仿制艺截搭题而作，不过一称八股文，一称两句诗。截搭合两题以制一文，诗钟合两题以制一联，正相仿佛。诗钟题目有咏一事一物的，有咏两物的，总以咏一事一物，且咏不伦不类的事物为此体正宗。愤时嫉俗之士，每于诗钟出题时寓其嬉笑怒骂。如天子与兽，官与狗，司法与傀儡，科举与溺器，选举与彩票，两两相形，足见微意。诗钟体制大别为嵌字格，分咏格。虽然是七言两句，配成一联，可也不容易。据说："昔贤作此，社规甚严。拈题时缀钱于缕，系香寸许，承以铜盘。香焚缕断，钱落盘鸣，其声铿然，以为构思之限，故名诗钟。"这正和六朝人的刻烛击钵，大相近似。这种文字游戏只是在封建社会里有闲阶级的文人才能玩弄的，今后怕要绝迹了罢。

以上述八代的文字游戏，凡分姓名嘲弄、才语酬对、隶事竞赛、谜语讽刺、作诗课限五项，材料都取自正史。自然，即在正史上和这题目有关的材料也并不止此。不过个人一时记忆所及录出，已就不少了。总之，在崇尚清谈、盛行骈语的这一时代，即在魏晋丧乱以后，所谓五胡乱华、南北分立的一个时代。一般文人寄沉痛于悠闲，以文字为游戏，无论就文学的发展说，或就社会的背景说，我们都不难试求一个解答，这里，我就不再写下去了。（一九四四，三，二十八）

(原载《真理杂志》第一卷第四期，一九四四年)

由周作人谈到辽金时代的汉奸文人

说也奇怪,我和周作人没见过面,他也不曾得罪过我,我总不欢喜这个人。并不是因为他做了汉奸,如今关在牢里,我也人云亦云,或者随着人家打落水狗。早从五四以来,我就不欢喜读他的文章,也不欢喜人家提到他的姓名,破了我一向不因私愤不张公道的惯例,我总常常无情的批判他,厌恶他虚伪、做作。我和过他的《五十自寿》,两首七律,讥讽他"不赶热场孤似鹤,自甘凉血懒如蛇"。指出他的凉血,这是大家知道的了。又做过一篇题目叫做《不要再上知堂老人的当》的批评文章,后来被人收在北新书局出版的《周作人论》一本小书里。还有批评他提倡什么公安派、竟陵派的两篇,一刊在《文学百题》,一刊在《小品文和漫画》,都是生活书店出版。还有几篇用文言作的小文,收入我的一部笔记集子。两年前,翁达藻先生想为我出版,送官检查,不料检查老爷把我这部集子凌迟碎斩,就连战前批评周作人的几篇发表过,同时也被检查过的小文也被检查去,这真是很奇怪的一件事。我的文章原想警告人小心落井,并不想落井下石,出乎意外的检查老爷却好像想从井中救人,我们还得佩服检查老爷的笔下留情,虽说他们是奉命笔削的。最近因为周作人被判十几年徒刑,他不服上诉。有人问我:"周作人该不该受罪?"我说:"活该。"又问:"他该死不该死?"我说:"不该死,所以法官只判他徒刑。"再问:"他该放不该放!"我答:"该放。"问:"为什么?"答:"如果有拿枪杆的汉奸可以不死,那么,拿笔杆的汉奸也就可以不死,这才算公道。"问:"周作人究竟算不算汉奸?"答:"难说,目前要让法官去判决,将来要让历史家去批评。"问:"您不能批判他么?"答:"目前我要批判的是古人。最近我正在研究辽金文学,我就把辽金时代的汉奸文人说给你听罢。"

以下是我说的辽金时代的汉奸文人:

当辽金偏霸时代,中原文士出仕辽金的极多,这都可以算是汉奸文人。就中却有几个眷怀祖国的诗人,不能完全把他们看作汉奸,先提一提。

马植,燕人,世为辽国大族,仕至光禄卿。宋政和初,童贯使辽,他和童贯南来,易姓名为赵良嗣,献结金灭辽之策。宣和二年,他以右文殿修撰由登州泛海使金,因祖宗朝故事买马为名,与议夹攻辽人,取燕、蓟、云、朔等旧汉州复归于宋。四月与金主相见于龙冈,致议和之意,金主许之。他复同入上京,看辽大内居室。相与上马并辔由西偏门入,过五銮、宣政等殿,置酒于延和殿。作诗云:

  建国旧碑明月暗,兴王故地野风干。回头笑向王公子,骑马随军上五銮。

宣和四年十一月,金主见良嗣,许割燕、云、蓟、景、涿、易六州二十四县,每岁要以所赂契丹银绢。良嗣归有喜色,作诗云:

  朔风吹雪下鸡山,灯暗穹庐夜色寒。闻道燕然好消息,晓来驿骑报平安。

赵良嗣可以代表身为辽臣还是不忘祖国的一位诗人。

至金臣中像这样的诗人则可以宇文虚中为代表。

宇文虚中,字叔通,益州广都人,宋大观二年进士。建炎之初,以资政殿学士充祈请使,被留仕金,为翰林学士承旨,号为国郎。南北讲和,大母得归,颇赖其力。皇统初,上京诸虏俘谋奉他为帅,夺兵仗,挟钦宗南归。前五日事泄,虚中急发兵,直至金主帐下,金主几不能脱,不幸结果力绌事败,遂为所擒,全家皆死,时在宋绍兴十五年(一一四五)。淳熙初,赠开府仪同三司,谥肃愍。开禧中,又赐姓赵氏。今从《金诗记事》录他的诗三首:

在 金 日 作

满腹诗书漫古今,频年流落易伤心。南冠终日囚军府,北雁何时到上林。开口摧颓空抱璞,胁肩奔走尚联金。莫邪利剑今安在,不斩奸邪恨最深。

遥夜沉沉满幕霜,有时归梦到家乡。传闻已筑西河馆,自许能肥北海羊。回首两朝俱草莽,驰心万里绝农桑。人生一死浑闲事,裂眦穿胸不汝忘。

不堪垂老尚蹉跎,有口无辞可奈何。强食小儿犹解事,学妆娇女最怜他。故衾愧见沾秋雨,短褐宁忘拆海波。倚仗循环如可待,未愁来日苦无多。

《中州集》既称其死之冤,却置此诗不录。我们读此诗,不难知道李陵所谓一效范蠡、曹沫之事,他确实有此苦心壮志,事竟不成真可痛惜了。当他系狱时,狱官以他家多藏中国图书为谋反的证据。他说:"死自吾分,至于图书,南来士大夫家家有之。高士谈图籍尤多于我,岂亦反耶?"因此高士谈也被杀了。

高士谈,字子文,宋韩武昭王琼之后。宣和末,任忻州户曹,仕金为翰林学士。《中州集》录其诗三十首。尝作《禹庙》诗,有句道:

可怜风雨胼胝苦,后世山河属外人。

其他诗句如:

> 自叹不如华表鹤,故乡长在白云中。(《晚登辽海亭》)
> 泪眼倚南斗,难忘故国情。(《不眠》)
> 旅迹何时定,归心不厌南。(《次韵东坡定州立春日诗》)

都可以见其不忘祖国的心情,又有《杨花》一诗道:

> 来时官柳万绿黄,去日飞毬满路旁。我比杨花更飘荡,杨花只是一春忙。

这也是一种苦语。

再要提到施宜生。

施宜生,字明望,浦成人。宣和末为颍州教官;曾在伪齐,又仕金,官至翰林学士;自号三住老人。当他被命为宋正旦使,自以得罪北走,耻见宋人,力辞,不许。宋命张焘馆之都亭,因间以首丘讽之。宜生顾其介不在旁,为廋语曰:"今日北风甚劲。"又取几间笔扣之曰:"笔来,笔来。"(意谓金人必来。)于是宋始警。其副使耶律辟离刺使还以闻,坐是烹死。《中州集》录其诗四首,他曾有《题壁》诗云:

> 君子虽穷道不穷,人生自古有飘蓬。文章笔下千堆锦,志气胸中万丈虹。大抵养龙须是海,算来栖凤莫非桐。山东宰相山西将,莫把前功论后功。

他为什么叫三住?又为什么使宋泄漏金主亮南侵消息?想是初因怀才不遇,愤而投敌;后来又拟重回祖国罢。他有《赠道人》一首道:

休论道骨与仙风,自许平生义与忠。千古已尝窥治乱,一身何足计穷通。仰天只觉心如铁,览镜犹欣发未蓬。尘世纷纷千百辈,只君双眼识英雄。

这是他游乡校不利时所作。非必他真是"面有反相,须眉皆逆生,他时决背畔,不终臣节"(《夷坚志》),只是那时当路在势的人不能如这位道人善风鉴,认识英雄,所以他的平生义与忠就无从我现,弄得他仕齐仕金,又为宋谋,结果受烹刑了。所谓齐,乃是金人卵翼之下的伪国,刘豫的国号。《北盟会编》载刘豫初僭立,奔附者众,识者讥之云:

浓磨一铤两铤墨,画出千年万年树。误得百鸟尽飞来,踏枝不著空飞去。

施宜生便是飞到这里又飞去的一个。既已飞到北国,还是不忘南方父母之邦,不失为一位有几分良心的诗人,这就是他和张元、左企弓之流不同的地方了。

张元是一个怀叵测的狂怪人物。据《桯史》说:

景祐末,有二狂生曰张曰吴,皆华州人。薄游塞上,觇览山川风俗,慨然有志于经略。耻于自害,放意诗酒。语皆绝豪崄惊人,而边帅泰安,皆莫之知,伥无所适。闻夏酋有意窥中国,遂叛而往。二人自念不力出奇,无以动其听,乃自更其名,即其都门之酒家,剧饮终日,引笔书壁曰:"张元,吴昊,来饮此楼。"逻者见之,知非其国人也,迹其所憩,执之。夏酋诘以入国问讳之义。二人大言曰:"姓尚不理会,乃理会名耶?"时曩霄未更名,且用中国赐姓也。于是竦然异之。日尊宠用事,宝元西事(宋仁宗宝元元年,西夏王叛称帝)盖始此。其事国史不书,诗文杂见于《田承君集》、沈存中《笔谈》、洪文敏《容斋三笔》,其为人概可想见。

我们读此可以知道张元的为人了。他的《鹦鹉诗》卒章云:

> 好着金笼收拾取,莫教飞去别人家。

他就是一只不曾被人好好用金笼收拾,而让他飞去别人家的鹦鹉。他的《咏雪》云:

> 五丁仗剑决云霓,直取银河下帝畿。战退玉龙三百万,败鳞残甲满空飞。

这就可以想见他的豪崄惊人的风格。他的《将入夏州吟》云:

> 太公年登八十余,文王一见便同车。如今若向江边钓,也被官中配看鱼。

这位阴谋家果然投入西夏,教元昊为边患了。他的《题好水川界上诗》云:

> 夏竦何曾耸,韩琦未是奇。满川龙虎辈,犹自说兵机。

他真是一个怪谲的人物,诗也怪谲不经。周煇《清波杂志》载:

> 韩魏公领四路招讨,驻延安,忽夜有携匕首至卧内者,乃夏人所遣也。公语之:"汝取我首去。"其人曰:"不忍,得谏议金带足矣。"明日,公不治此事。俄有守陴者以元带来纳,留之。或曰:"初不治此事为得体;卒受其带,则堕奸人计中矣。"公叹非所及。……延安刺客,

乃张元所遣。元本华阴布衣，使气自负，尝再以诗干魏公，公不纳，遂投西夏而用事。迨王师失律于好水川，元题诗于界上僧寺云……其不逊如此。

他因不得志于边帅，就教敌人为祸于祖国，边帅固当负不知待士用贤之咎，他自己也难逃汉奸之名了。

左企弓，也是一个汉奸文人。

左企弓，字君财，蓟州人。辽进士，官至同中书门下平章事，知枢密院事。辽亡降金，俾复旧职。据《金史》，太祖既定燕，从初约，以与宋人，企弓献诗略云：

君王莫听捐燕议，一寸山河一寸金。

虽说当时太祖佯为不听，没来败盟，不能不说是受了他们这一些忘了祖国而甘心事敌的汉奸献议的影响。左企弓真可作为辽金时代一群最无心肝的汉奸文人的代表了。

这类人的作品绝少好的。《金诗纪事》引刘祁《游林虑西山记》云：

崖北转，有大石方丈余，雪莹，掌平，枕溪，号石席，上刻杜相公美所作铭：溪石齿齿，溪水潺潺。鸣玉跳珠，水流石间。娟娟溪月，泠泠溪风。风吟松梢，月湛林中。欲醉而歌，既醉而卧。悠悠千古，浮云之过。

这不失为一首好诗，算得魏晋以后一首最成功的四言诗。可惜作为这诗的内容的只是出自汉奸降臣的苟且生活，并不是根于高士或大儒的超旷思想，玷污了溪石风月。按杜充字公美，桐州人，仕金，知沧州，归宋拜尚书右丞相。又《桯史》载：

> 景祐以后,羌人叛。或有无名氏题关西驿舍:孤星荧荧照寒野,汉马萧萧五陵下。庙堂不肯用奇谋,天子徒劳聘贤者。万里危机入燕蓟,八方杀气冲灵夏。逢时还似不逢时,已矣吾生真苟且!

这首诗可以用作代表一些自命不凡的汉奸降臣的苟且心理。

这一类智识分子为了个人的利害打算,民族国家的观念远不如一般民众的坚强。据《诗话总龟》说:

> 幽、蓟数州自石晋赂戎,怀中华不已。有使北者,见燕京传舍壁,画墨鸦甚工,旁题诗云:要识涂鸦意,栖迟未得归。星稀月明夜,皆欲向南飞。

这首诗可以代表辽金时代沦陷于辽金的一般民众眷恋祖国的情感。辽金元以边陲部落统治中国的不能太顺利,不能太长久,虽可指出许多原因,却不能不说是主要的因为中原大多数民众的祖国观念太强了。

(原载《论语》第一百二十九期,一九四七年)

谈到联语文学

一 联语与文学

联语文学连为一词,这是我杜撰的。联语原是文字游戏之一种,不成其为文学。假若依照章太炎关于文学之定义那样广泛的说法,只要写在纸上,印在书里,而有意义,不论其有韵无韵,成句读不成句读,都可以称为文学,那末,联语之得称为文学,虽是杜撰也未尝不可以了。

联语或称楹帖,一称楹联。这在应用文字中可以算得需要最多的一种。新年要用春联,居家要用楹帖,贺婚要用婚联,吊丧要用挽联,祝寿要用寿联,他如新屋落成商店开张等事也往往用联语作为应酬或装饰的东西。刘大白先生《白屋联语》说:"联语是律体的文字,是备具外形的声律的文字。它备具整齐律、参差律、次第律、抑扬律、反复律、当对律和重叠律;凡是中国诗篇底多形律,它无一不可以备具。所以单就外形而论,它实在可以说完全是诗的。至于它底内容,虽然一部分是教训式的格言和颂扬式的谀词等,但是大部是写景的和抒情的,和诗篇底内容一致;所以它总不出诗篇底范围,可以说是诗篇底一种。"他这段语是很精当的。我们可以知道联语是什么一种东西了。

二　联语的起源和发展

联语起于什么时候呢？

追溯它的远源，我以为起于魏晋间人不肯作"老生常谈"，爱说才语，爱作佳对。《晋书》（五十四）《陆云传》说：

> 陆云，字士龙……与荀隐素未相识，尝会（张）华坐，华曰："今日相遇，可勿为常谈。"云因抗手曰："云间陆士龙。"隐曰："日下荀鸣鹤。"鸣鹤：隐字也。

又《晋书》（八十二）《习凿齿传》说：

> 时有桑门释道安俊辩有高才，自北至荆州，与凿齿初相见，道安曰："弥天释道安。"凿齿曰："四海习凿齿。"时人以为佳对。

原来中国的语言是孤立语，没有语尾的变化；文字是单音节，一音一形态，恰好作成齐对称的型式。但于语言对答中故意使用联语，争奇斗胜，可以说是在骈俪文体初起，又恰在崇尚玄学，盛行清谈的时代才有的。换言之，这是要在社会的文化达到了某一阶段，美学修辞学等艺术也达到了相当的水准才有的。关于骈文的起源，其说不一。清孙梅《四六丛话》叙总论篇说：

> 夫一画开先，有奇必有偶。三统递嬗，尚质亦尚文。翦彩为花，色香自别；惟白受采，真宰犹存。西汉之初，追踪三古，而终军有"奇木白麟"之对，兒宽撰"奉觞上寿"之辞，胎息微萌，俪形已具。迨乎

东汉,更为整赡,岂识其为四六而造端欤？踵事而增,自然之势耳。

孙梅以为骈文萌芽于西汉,成长于东汉。可是他的高足弟子如阮元、程杲之流,就更进一步,以为在《易》有《文言》,在《书》有"满招损,谦受益",在《诗》有"觏闵既多,受侮才少",这就是文尚骈偶的滥觞。其实,在刘勰《文心雕龙》里早已说过这话的。我们要探索联语的远源,关于骈俪文体的起源也就不可不知道了。

追溯它的近源,就有一些人说是起于五代之末,宋朝之初的桃符题词。据《山海经》,黄帝于门户上立桃人,画神荼、郁垒等物以御鬼。经汉至宋,此俗还存,不过在桃符板上已用文字,不一定用图画了。《茅亭客话》说:

孟蜀太子善书札,自题策勋府桃符曰:
天垂余庆,
地接长春。

又《洛中记异录》云:

孟昶岁末自书桃符曰:
天隆余庆,
圣祚长春。
赐子喆,喆拜受致于寝门之左右。

又《蜀梼杌》说:

蜀未归宋之前一年,岁除日,昶令学士辛寅逊题桃符板于寝门,以其词非工,自命笔云:

> 新年纳余庆,
> 嘉节贺长春。
> 后蜀平,朝廷以吕余庆知成都,而长春乃太祖诞节名也。

《宋史·五行志四》所记略同。又《宋史·西蜀孟氏世家》说:

> 昶在蜀专务奢靡,为七宝溺器,他物称是。每岁除,命学士为词题桃符,置寝门左右。末年辛寅逊撰词,昶以其词非工,自命笔题云:
> 新年纳余庆,
> 嘉节号长春。
> 以其年正月十一日降,太祖命吕余庆知成都府,而长春乃圣节名也。

这在当时不过视为语谶,以为天命真有所归,实则后来的联语就起源于此了。

宋初联语都还是用桃符的。《墨庄漫录》载苏东坡在黄州的时候,戏题王文甫桃符云:

> 门大要容千骑入,
> 堂深不觉百男欢。

赵庚夫《岁除即事诗》云:

> 桃符诗句好,
> 恐动往来人。

可见宋人已很讲究题桃符了。据说宋朝宫廷里面所用的春帖子,有用绝句的,也有用联语的,由翰林书写,于立春日翦帖于禁中门帐,可惜没有传句。不过从此以后,联语的用途就渐渐推广了,有用联语祝寿的。如孙弈(季昭)《示儿编》所载,黄耕叟夫人三月十四日生,吴叔经作寿联道:

> 天边将满一轮月,
> 世上还钟百岁人。

这是现存的最早的一首寿联。又有用联语吊丧的,如《石林燕语》所载,韩康公得解,过省、殿试,皆第三人。后为相四迁,皆在熙宁中。苏子容挽云:

> 三登庆历三入第,
> 四入熙宁四辅中。

这是现存的最早的一首挽联。韩康公死了,得到这样一首好的联语,在他生时也得过一首十分恭维他的联语的。蒋平仲《山房随笔》说:

> 韩康公宣抚陕右,太守具宴,委蔡司理持正作候馆一联云:
> > 文价早归韩吏部,
> > 将坛今拜汉淮阴。
> 韩极喜之。

更有用联语讲学的。如真西山题浦城粤山学易斋的联语云:

> 坐看吴粤两山色,
> 默契羲文千古心。

朱子题沧州精舍的联语云:

> 道迷前圣统,
> 朋误远方来。

又云:

> 日月两轮天地眼,
> 诗书万卷圣贤心。

又题赠一漳州士子的联语云:

> 东墙倒,西墙倒,窥见室家之好,
> 前巷深,后巷深,不闻车马之音。

他这种联语还很多。宋朝的儒者有用诗来讲学的,别成所谓理学诗,还有理学词,那末,这种理学联语的起来也是自然的趋势,后来的格言联语正是这种联语的嫡派。元朝人的联语传下来的不多。赵子昂有几首是颂圣的,不录它。只见杨瑀(元诚)《山居新话》载他自己做奎章阁属官的时候,题所寓春帖云:

> 光依东壁图书府,
> 心在西湖山水间。

这个时候的所谓春帖似乎就是后来的所谓春联了。宋元时代联语发展的历史略如上面所记。写到这里,又记得俞正燮《癸巳存稿》有关于宋元联语史发展的记载,录下备考:

> 北宋春帖子,皇帝太后贵妃阁皆由词臣拟进,南宋则臣民家门对

亦见记载。《困学纪闻》云：楼钥桃符："门前有约频来客，座上同看未见书。"《随隐漫录》云：京红妓韩香家桃符："有客如擒虎，无钱请退之。"《稗史》云：洪平斋桃符曰："未得之乎一字力，只因而已十年间。"洪第后上史浩书，自宰相至州县，各摭其短，一一云如此而已，因十年不调也。《鹤林玉露》云：洪舜俞诗曰："不得之乎成一事，却因而已失三官。"盖传闻异词。《癸辛杂识续集》云：盐官教谕黄谦之题桃符曰："宜入新年怎生呵，百事大吉那般者。"《后集》云：寥药州门符："喜有宽闲为小隐，粗将止足报明时。""直将云影天光里，便作柳边花下看。"包恢南城园门符："日短暂居犹旅舍，夜长宜就作祠堂。"又贾似道桃符曰："笑迎珠履三千客，坐拥金铤百万兵。"又曰："威行塞北几千里，春满淮南第一州。"又曰："阳春膏雨三千里，明月香风十二楼。"……张羽《贞居词》和周文璞云："醉写桃符都不记，明日新年。"依其言，是家家有春联矣。……

可是我在这里还要补充几句。据说广州真武庙，在宋朝时候就有的，有苏东坡题的一副联语云：

逞披发仗剑威风，仙佛为耳矣；
有降龙伏虎手段，龟蛇云乎哉。

如果这首联语真是苏东坡题的，那末，这就算是祠庙联语最早的一首了。

联语的发展，到了明朝就更进步了。明朝第一个皇帝朱元璋就是会做联语的，他常做联语赐给他的臣下。他曾赐给学士陶安的门帖道：

国朝谋算无双士，
翰苑文章第一家。

又据《簪云楼杂记》说：

> 春联之设，自明孝陵昉也。时太祖都金陵，于除夕忽传旨：公卿士庶门上须加春联一首。太祖亲微行出观，以为笑乐。偶见一家独无之，询知为阉豕苗者，尚未倩人耳。太祖为大书曰：
>
> 双手劈开生死路，
> 一刀割断是非根。

本来这位做皇帝的朱和尚不但有政治的天才，也有一点文学的天才。他可以亲制碑文，夸耀自己的功德；也可以仿作骚赋，赐给臣下以示恩荣。在他作几首联语，自然不算什么，并不是我要故意捧一个能文的和尚才算时髦，也不是要捧一个冢中枯骨的主子才有权势。明太祖既曾传旨公卿士庶门上须加春联，从此以后，爆竹一声除旧，桃符万户更新，家家门上都要换贴春联了。有明一代，有很多文人是讲究做联语的。直到要亡国了，福州有一个屠者徐五的春联还做得很惊人的。他的柱联云：

> 问如何过日，
> 但即此是天。

他的厅联云：

> 仗义半从屠狗辈，
> 负心多是读书人。

又一首云：

> 金欲两千酬漂母，

鞭须六百挞平王。

又一首云：

鼠因粮绝潜踪去，
犬为家贫放胆眠。

据说这位屠者后来竟因亡国而投水死了。还有一位教士归玄恭（庄），他和顾炎武并称为"归奇顾怪"。顾炎武的楹帖云：

行己有耻，
博学于文。

这是正正经经的话。归老先生的楹帖云：

入其室，空空如也；
问其人，嚻嚻然曰。

又一首云：

两口居安乐之窝，妻太聪明夫太怪；
四邻接幽冥之地，人何寥落鬼何多。

相传他还有一首这样的春联：

一枪戳出穷鬼去，
双钩搭进富神来。

这样的联语就真算奇怪,真堪玩味了。明朝末年,有不少的怪人,这位归老先生便是其中一个。他的联语如此,那是无怪其然的。还有要知道的,元明两代是白话戏曲小说成长的时代,联语的使用白话,那也是自然的趋势。

现在,要略说明清四五百年间长联发展的一段历史,原来五代之末,孟蜀的桃符只是四言五言的,后来渐渐发展,七言八言乃至数十百言的长联都有了。相传明初的中山王徐达,曾经自己做了一组前组的长联悬赏征求后组,大约长联的起源就是在这个时候,或者还在前一点的时候。明代中叶,嘉靖年间,那位皇帝奉道教,斋醮焚修的事不时举行。当时那些词臣争着迎合皇帝的意思,来做颂扬祈祷的青词,有骈语的青词,有联语的青词,各极其妙。据说严嵩、徐阶之流,都是因善作青词而得宠的。这种联语的青词,据沈德符《野获编》和钮玉樵《觚剩》所载,有这样的一首,而字句略有不同。今录其一如下:

洛水灵龟初献瑞,阳数九,阴数九,九九八十一数,数通乎道,道合元始天尊,一诚有感。

岐山威凤两呈祥,雄声六,雌声六,六六三十六声,声闻于天,天生嘉靖皇帝,万寿无疆。

这种联语在当时是传诵一时之作,而且说是曾邀皇帝的什么赏赐的,可是在我们现在看起来,实在不值一文光绪通宝。相传北京圆明园里的戏台上有一首这样的长联:

尧舜生,汤武净,五霸七雄五末耳!伊尹太公便算一只耍争。其余拜将封侯,不过摇旗呐喊称奴婢。

四书白,五经引,诸子百家杂说乎?杜甫李白会唱几句乱谈。此外咬文嚼字,大都缘街乞食闹莲花。

这首联语有人说是明朝人做的,有人说是清初那个皇帝的手笔,现在且不管它。总之,在那种八股文人代圣贤立言的时代,居然有这样的东西,不能不说它是大议论、大见识。长联很不容易做好,四五百年间,好的长联难逢几首。相传云南大观楼有一副对联长到一百八十字,是康熙时候滇人孙髯翁做的,喧传南北,推为绝作。现在把它录在下面:

五百里滇池,奔来眼底。披襟岸帻,喜茫茫空阔无边。看东骧神骏,西翥灵仪,北走蜿蜒,南翔缟素,骚人韵士,何妨选胜登临。趁蟹屿螺洲,梳裹就风鬟雾鬓;更蘋天苇地,点缀些翠羽丹霞。莫孤负四围香稻,万顷晴沙,九夏芙蓉,三春杨柳。

数千年往事,注到心头。把酒临风,叹滚滚英雄安在!想汉习楼船,唐标铁柱,宋挥玉斧,元跨革囊,伟烈丰功,费尽移山气力。尽朱帘画栋,卷不及暮雨朝云;便断碣残碑,都付与苍烟落照。只赢得几杵霜钟,半江渔火,两行鸿雁,一片沧桑。

他这首长联虽然气象阔大,究不免有松懈的地方。即如好用替代字也是一病。本来是金马山、碧鸡山、蛇山、鹤山,他却改为神骏、灵仪、蜿蜒、缟素,以便妆点。后来阮芸台来到云南做官,看了这首长联,觉到美中不足,不免技痒起来,把它改削了挂上。下面是他的改笔:

五百里滇池,奔走眼底。凭栏向远,喜茫茫波浪无边。看东骧金马,西翥碧鸡,北倚盘龙,南驯宝象,高人韵士,惜抛流水光阴。趁蟹屿螺洲,衬将起苍崖翠壁,更蘋天苇地,早收回薄雾残霞,莫孤负四围香稻,万顷鸥沙,九夏芙蓉,三春杨柳。

数千年往事,注到心头。把酒凌虚,叹滚滚英雄谁在!想汉习楼船,唐标铁柱,宋择玉斧,元跨革囊,爨长蒙酋,费尽移山气力。尽朱帘画栋,卷不及暮雨朝云;便藓碣苔碑,都付与荒烟落照。只赢得几杵疏钟，半江渔火，两行秋雁，一枕清霜。

阮老先生这种改笔，除了"看东骧金马，西翥碧鸡，北倚盘龙，南驯宝象"一句比较原作沉实一点以外，其他未必就胜过原作。所以当他改削了挂上之后，云南士绅大哗，直逼得他再把原作挂上，风潮才息。我所以要把这段逸话重提，就是要说明长联不容易作，更不容易好。我曾看见郑板桥六十自寿的一首长联，那是很好的。录之如下：

  常如作客，何问康宁？但使囊有余钱，瓮有余酿，釜有余粮，取数叶赏心旧纸，放浪吟哦，兴要阔，皮要顽，五官灵动胜千官，过到六旬犹少。
  定欲成仙，空生烦恼。只令耳无俗声，眼无俗物，胸无俗事；将几枝随意新花，纵横穿插，睡得迟，起得早，一日清闲似两日，算来百岁已多。

我还看见俞曲园题西湖彭刚直公祠一首长联：

  伟哉！斯真河岳精灵乎？自壮年请缨投笔，佐曾文正创建师船，青幨一片，直下长江，向贼巢夺转小孤山去。东防歙婺，西障溢浔，日日争命于锋镝丛中；百战功高，仍是秀才本色。外授疆臣辞，内授廷臣又辞。强林泉猿鹤，作宵汉夔龙。尚书剑履，回翔上接星辰；少保旌旗，飞舞远临海澨。虎门开绝壁，巉崖突兀，力扼重洋。千载后，过大角炮台，寻求遗迹，见者犹肃然动容；谓规模宏阔，布置谨严，中国诚知有人在。
  悲夫！今已旂常俎豆矣！忆畴昔倾旧班荆，藉阮太傅留遗讲舍，明镜三潭，劝营别墅，从珂里移将退省庵来。南访云楼，北游花坞，岁岁追陪到烟霞深处；两翁契合，遂联儿辈因缘。吾家童孙幼，君家女孙亦幼。对桃李秾华，感桑榆暮景。粤峤初还，举步早怜蹩躠；吴阊七至，发言益觉喁唔。鸳水遇归榇，俄顷流连，便成永诀。数日前，于右台仙馆,传报噩音,闻之为潸焉出涕;念感物不殊,琴歌顿杳,老夫何忍拜公祠!

这首联语共有三百一十四字,是我看见的第一首长联。刘大白先生以为:长联的形成虽然由于联语自身的演进,但是和八股文也有多少的关系。不错,因为明清两代,都以八股文取士,这种文体是以每两股两两对称的,又是相当地使用声律的,不过不十分严格罢了。一般的八股大家,拿着做八股文的手段,移用到联语上来,长联就自然很容易地形成了。

现在我想在这里略略谈到清朝文人的集句联语或集字联语。这种联语似可混称为集联。清朝以前有没有人做过这种联语,我还找不出关于这种东西的文献,不过这是由集句诗摹做得来,可以断言的。集句诗起于什么时候?有人说始于王荆公;有人说宋初已有之,到石曼卿而大著;又有人说始于晋人,因为晋人傅咸曾集《诗经》句子成诗。现在不管那一说对,总之,集句诗的起来是很早的。有了集句诗的风气和技巧,因而产生了集句联语和集字联语,这种历史上的线索是很明显的。集句诗没有几首好的,集句联语好的却很多。有集经语(包括《四书》)成联的,或半用经语半用别的成句为联的。例如——

齐梅麓题宗祠联
凡今之人,不如我同姓。
聿修厥德,无忝尔所生。

某题诸葛武侯庙
自任以天下之重如此,
是知其不可而为之与?

又
可托六尺之孤,可寄百里之命,君子人与? 君子人也。

隐居以求其志,行义以达其道,吾闻其语,吾见其人。

张謇南通博物苑
设庠序学校以教,
多识草木鸟兽之名。

某题乡村戏台联
闻弦歌之声,贤者亦乐此;
兔羽毛之美,乡人皆好之。

翁同龢自挽
朝闻道,夕死可矣,
今而后,吾知免夫!

刘金门义冢
掩之诚是也,
逝者知斯夫!

李培因题随园
此地有崇山峻岭,茂林修竹;
是能读三坟五典,八索九丘。

某题典肆
以其所有,易其所无,四海之内,万物皆备于我;
或曰取之,或曰无取,三年无改,一介不以与人。

这类集句,或全用原句,或就原句略加隐括翦裁。还有集唐人诗句成联的。例如——

某题酒家楼
劝君更进一杯酒

与尔同销万古愁

一用王维句,一用李白句。有集传奇中语成联的。例如——

某题西湖月老祠
愿天下有情的,都成了眷属;
是前生注定事,莫错过姻缘。

一用《西厢记》中语,一用《琵琶记》中语。至于集字一体更为书家所喜用,看他临习那家字帖或那种古碑,即用这种碑帖里面的字集成联语。例如石鼓文、《绎山碑》、《泰山碑》、《礼器碑》、《孔宙碑》、《曹全碑》、《禊帖》,乃至《流沙坠简》、居延汉简、《争坐位帖》等等都好集字成联。最近还有人集金文和甲骨文为联语的了。今选何子贞、俞曲园两人的集字联语为例:

野烟有路知依寺,
明月无心也进城。

入座香如海,
开门月满天。

——何集《争坐位帖》

有万夫不当之气,
无一事自足于怀。

怀古人若不可及,
生今世岂能无情。

流水悟将天下事,
春风老尽世间人。

> 尝将闻日观当世,
> 又抱春风坐一年。
>
> ——何集《禊帖》
>
> 园乃甚小,山亦不深,颇得真意;
> 食尚有肉,衣则以布,自称老人。
>
> 不解事汉,
> 真读书人。
>
> 欲无尔我见,不养生而寿;
> 须有老庄书,处尘世亦仙。
>
> ——俞集《石峪金刚经》
>
> 家居好水好山地,不出门庭,全收野景;
> 人在不夷不惠间,相从里巷,大有高人。
>
> ——俞集《曹全碑》

集字联语很见拘束,难得做好。我最爱何子贞这一首:

> 行路有何难?我曾从天柱,九疑,三涂,太白,紫阁,终南,直到上京王者地。
> 得师真不易!所愿与高堂,二戴,安国,子长,相如,正则,同依东鲁圣人家。

他这是集颜鲁公《争坐位帖》的。我们看了他这一首联语,略略可以想见他的生平。至于他的思想如何,他是前一时代的人,没有跳出前一时代的环境影响,又当别论。此外有集宋词或宋诗的,有集《史》《汉》《晋书》或《南史》《北史》中隽语的,有集谚语格言的,有杂集古书或古人诗文语句的。这种联语好的也很多,不再繁征博引了。其中有我所喜爱的,如梁任公晚年病中所集的宋词联语,几乎没一首不佳,见《饮冰室合集》。丁辅之所集甲骨文联语也有几首好的。梁、丁两书均中华书局出版,容易见到,此地不录。我要选录的是难见到的王观国的《吴下谚联》。其五言如——

虎头上捉虱,
猫口里挖鳅。

描金石卵子,
黑漆皮灯笼。

钟馗捉小鬼,
罗汉请弥陀。

眼饥肚里饿,
嘴硬骨头酥。

热气换冷气,
大虫欺小虫。

坑缸前土地,
座台上乡绅。

眼睛红盼盼,
肚里白条条。

笔管里煨鳅,
床底下摸蚌。

七言如:

带累乡邻吃薄粥,
撺掇老爷煨沙锅。

羊去吃草鹅去赶,
鸡来讨债鸭来愁。

铜钱眼内穿斤斗,
螺蛳壳里做道场。

东手接钱西手送,
南天落雨北天晴。

八、九、十言,如:

小囡吃萝卜逐橛剥,
和尚无头发乐得推。

娘要嫁人,天要落雨;
富不教学,穷不读书。

老寿星吃砒霜,活厌了;
阎罗王开饭店,鬼不来。

养媳妇做媒人,自也难保;
老和尚看狗恋,我不如他。

止顾羊卵子,弗顾羊性命;
单见羊吃水,不见羊撒尿。

总之,集句联语要做得出色,宜自然,忌牵强;宜贴切,忌空套。须具神工鬼斧之妙技,有天造地设之奇观。虽是借用旧的躯壳,须赋予新的生命。没有集成联语以前固然是古人的,可是集成了联语以后就像是自己的。这样,也就可以算是一种创作了。

有清一代,联语的作家很多,如纪晓岚、阮芸台以典切胜,郑板桥、俞曲园以质实胜(他们还好用白话做联语),曾国藩、左宗棠、彭玉麟以魄力胜,何子贞、王壬秋、李篁仙以才气胜。他们都是著名的人物,联语是他们的余事。(只有李篁仙就像专以联语名家。除了这里所举出的诸人以外,联语做得多而且的确好的很不少,不过他们大都不是十分著名的人物罢了,此地不能一一絮说。)可是他们都是很用气力做联语的,而且做的又很多。从曾国藩以来,有把联语附在集子里,或者把它另刻单行本的。但就联语而论,要说他们是一代联语的作家,想来没有什么不可罢。

最后要说到临湘吴獬的《一法通》,这本书不易见到,其中录有许多湖南民间相传的俗联巧对,不妨选录一些:

数茎头发,无发可施;
满脸胡须,何须如此。

檐下蜘蛛,一腔诗意;
沟中蚯蚓,满腹泥心。

七里山塘,行到半塘三里半;
五溪蛮洞,过来中洞两溪中。

冢上烧钱,灰逐微风成粉蝶;
池边洗砚,墨随流水化乌龙。

一个美人映月,人间天上两嫦娥;
五百罗汉渡江,岸畔江心千佛子。

北斗七星,水底连天十四点;
南山孤雁,月中带影一双飞。

雪塑观音,一片冰心难救苦;
雨淋罗汉,两行珠泪假含悲。

开关迟,关关早,怕过客过关;

出对易,对对难,求先生先对。

两猿截木山中,又猴子也能对锯;
匹马陷身泥内,这畜生怎得出蹄。

美女现花,仿佛两枝红芍药;
渔翁钓雪,分明一领玉蓑衣。

炒豆炸开,抛下一双金圣筶;
甜瓜切破,分成两盏碧琉璃。

和尚撑船,篙打江心罗汉;
佳人汲水,绳牵井底观音。

风摆棕榈,千手佛摇折叠扇;
雨淋荷叶,独脚鬼戴逍遥巾。

擘破石榴,红门中几多酸子;
咬开银杏,白衣内一个小人。

二镜悬窗,一女梳头三对面;
孤灯挂壁,两人作揖四弓身。

新月如弓,残月如弓,上弦弓,下弦弓;
朝霞似锦,晚霞似锦,东川锦,西川锦。

桃片衔来燕子窝,火烧丹灶;
杨花飞落蜘蛛网,雪点鱼罾。

诗书易,礼春秋,五部圣经,未闻老子;
稻粱菽,麦黍稷,一伙杂种,什么先生。

日出雪消,檐滴无云之雨;
风吹尘起,地生大火之烟。

雨里筑墙,捣一堵,倒一堵;
风前点烛,流半边,留半边。

塔顶葫芦,尖捏拳头冲白日;
城墙垛把,倒生牙齿咬青天。

醉汉骑驴,簸脑颠头算酒账;
艄公荡桨,打恭作揖讨船钱。

桔堆书丹,千秋贤圣并头;
扇画山河,一统乾坤在手。

柳絮成团,平地上滚将卷去;
梧桐脱叶,半空中撇下秋来。

冻雨洒窗,东两点,西两点;
切瓜分片,横七刀,竖八刀。

水面文苇,桨打连圈篙着点;
山头鼓乐,枚敲拍板竹吹箫。

夫子天尊大士,头上不同;
官员宦者宫娥,腰间各别。

星为夜象,却从日下而生;
花本木形,偏自草头而化。

金刚怒目,所以降伏四魔;
菩萨低眉,所以慈悲六道。

小学生袖里携花,暗藏春色;
老大人堂前秉鉴,明察秋毫。

看花亭上看花回,看看(平声)看到;

分水桥边分水吃,分分(去声)分开。

大雨沉沉,二沈伸头不出;
狂风阵阵,两陈缩脚难开。

人立断桥,形影不随流水去;
客眠孤馆,梦魂常到故乡来。

天井里砍树,倒不下;
床脚下弄斧,展不开。

叔子灰多呼嫂扫;
侄儿桶散要姑箍。

人曾为僧,人弗可以为佛;
女卑称婢,女又不妨称奴。

吴獬的《一法通》是《太公家教》和《增广昔时贤文》一类的书,作于清末。他作此书似乎不仅为了用作教训的目的,同时还想满足他个人欣赏的趣味。因此他可以算是一个爱好民俗文学的学者。他恰死在五四运动之后,我就把他作为清代最后一个特别能够欣赏联语的人,而且作为最先一个有意提倡白话联语的人了。

以上略说联语的起源及其发展:关于联语从五代直到清朝的一段小史,暂时于此结束。

三 属对的方法

最先论到属对方法的是刘勰。他在《文心雕龙·丽辞篇》上说道:

> 丽辞之体,凡有四对:言对为易,事对为难,反对为优,正对为劣。
>
> 言对者,双比空辞者也;事对者,并举人验者也;反对者,理殊趣合者也;正对者,事异义同者也。
>
> 长卿《上林赋》云:"修容乎礼园,翱翔乎书圃。"此言对之类也。宋玉《神女赋》云:"毛嫱鄣袂,不足程式;西施掩面,比之无色。"此事对之类也。仲宣《登楼》云:"钟仪幽而楚奏,庄舄显而越吟。"此反对之类也。孟阳《七哀》云:"汉祖想枌榆,光武思白水。"此正对之类也。
>
> 凡偶辞胸臆,言对所以为易也;征人之学,事对所以为难也;幽显同志,反对所以为优也。并贵共心,正对所以为劣也。……

这是论的骈文属对之法。自刘勰以后,关于骈文对法,说的人不少,对法也说了很多,《四六丛话》搜辑很详。

有所谓借对。——若骆宾王《冒雨寻菊序》"白帝徂秋,黄金胜友"之类是也。

有所谓巧对。——若骆宾王《上太常启》"……抟羊角而高骞,浩若无津;坿骥尾以上驰,邈为难托"之类是也。

有流水对。——若欧阳修《谢赐汉书表》"惟汉室上能三代之盛,而班史自成一家之书"之类是也。

有虚实对。——若柳宗元《为裴中丞贺东平表》"愧无横草之功,坐见覆盂之泰"之类是也。

有各句自对,一名就对或称串对。——若王勃《滕王阁序》"物华天宝,龙光射牛斗之墟;人杰地灵,徐孺下陈蕃之榻"之类是也。

又有所谓长偶对,实则可称为散文对。——若苏轼《乞常州居住表》"臣闻圣人之行,如父母之谴子孙,鞭挞虽严,而不忍致之死"之类是也。

总之,属对不难,要使百炼千锤,句斟字酌,阅之有璧合珠联之采,读之有敲金戛玉之声,乃为能手。联语的作法也正当如此。

论到律诗属对之法,最早只有初唐上官仪。他说:

> 诗有六对:一曰正名对,天地日月是也;二曰同类对,花叶草芽是也;三曰连珠对,萧萧赫赫是也;四曰双声对,黄槐绿柳是也;五曰叠韵对,彷徨放旷是也;六曰双拟对,春树秋池是也。

他又说:

> 诗有八对:一曰的名对,"送酒东南去,迎琴西北来",是也。二曰异类对,"风识池间树,虫穿草上文",是也。三曰双声对,"秋露香佳菊,春风馥丽兰",是也。四曰叠韵对,"放荡千般意,迁延一介心",是也。五曰联绵对,"残河若带,初月如眉",是也。六曰双拟对,"议月眉欺月,论花颊胜花",是也。七曰回文对,"情新因意得,意得逐情新",是也。八曰隔句对,"相思复相忆,夜夜泪沾衣,空叹复空泣,朝朝君未归",是也。

此外昔人论到诗的对法,还有种种:

有所谓借对,一称假对。——如杜甫诗:"枸杞因吾有,鸡栖奈汝何。"孟浩然诗:"厨人具鸡黍,稚子摘杨梅。"韩愈诗:"眼穿常讶双鱼断,耳热何辞数爵频。"贾岛诗:"卷帘黄叶落,开户子规啼。"崔峒诗:"因寻樵子径,偶到葛洪家。"王安石诗:"自喜田园归五柳,最嫌尸祝扰庚桑。"以枸(狗)对鸡,以杨(羊)对鸡,以爵(雀)对鱼,以子(紫)对黄,以子(紫)对洪(红),以五柳对庚桑(庚字干数),都属借对。

有所谓扇对,实即隔句对。——如杜甫《哭台州司户苏少监》诗:"得罪台州去,时危弃硕儒;移官蓬阁后,谷贵殁前夫。"苏轼《和郁孤台诗》:"解后(邂逅)陪车马,寻芳谢朓洲;凄凉望乡国,得句仲宣楼。"又唐人绝句亦用此格,如:"去年花下留连饮,暖日夭桃莺乱啼;今日江边容易别,淡烟衰草马频嘶。"

有所谓蹉对,其实应称交叉对。——如李商隐诗:"裙拖六幅湘江水,髻挽巫山一段云。"这是移动句中位置,交叉相对,以就平仄的对法。如王安石诗:"春残叶密花枝少,睡起茶多酒盏疏。"以密字对疏,以多字对少,交叉相对,这也是移动句中位置的对法。

有所谓轻重对,虚实对。——如杜甫诗:"麻桑深雨露,燕雀半生成。""三分割据纡筹策,万古云霄一羽毛。"李嘉祐诗:"门临莽苍经年闭,身远嫖姚几日归。"又王维诗:"江流天地外,山色有无中。"以生成对雨露,以割据对云霄,以莽苍对嫖姚,以有无对天地,都是以轻对重,以虚对实。

有所谓巧对。——如杜甫诗云:"本无丹灶术,那免白头翁。"又九日诗云:"竹叶于人既无分,菊花从此不须开。"苏轼得章质夫书,遗酒六瓶,书至而酒亡,因作诗寄之云:"岂意青州六从事,化为乌有一先生。"又诗句云:"见说骑鲸游汗漫,亦曾扪虱话辛酸。"此四例亦可称为流水对。王安石诗云:"平昔离愁宽带眼,迄今归思满琴心。"带眼、琴心,对得恰巧。又诗云:"草深留翠碧,花远没黄鹂。"人只知他翠碧、黄鹂对得精切,不知同时又是四色相对,如此之巧。又以武丘对文鷃,杀青对生白,苦吟对甘饮,飞琼对弄玉,旁人都不及他工巧。

骈文、律诗属对之法,为一般文人常常拈出的,不过上举种种,联语对法正和这种种对法相通。不过联语对于四声平仄不及四六文,尤其是律诗那么严守而已。还有联语为世俗应用文字,须求雅俗共赏,与其失之雅,毋宁失之俗,所以从来不避白话方言。骈文、律诗往往是文人学者的名山事业,特重创造,最忌用现成的老话熟语、旧文古句;联语则无所不宜,只要你能翻陈出新,化腐臭为神奇,又用得十分贴切。这是联语和骈文、律诗作法大不相同的地方。

联语的对法除了和上文所举联文律诗的对法相同以外,还有所谓析字对。——如《苕溪渔隐丛话》(前集二十一)所载唐人酒令:

令：钼麂触槐，死作木边之鬼；
答：豫让吞炭，终为山下之灰。

这就是析字相对的。同时也可说是离合对，因离则为木鬼、山灰，合则为槐、炭，不仅徒有离析而已。长沙相传的一个笑话，巡抚陈本钦倡修城南书院楼房，向士绅募捐，落成之日，有人题一联道：

一木焉能支大厦？
欠金何必起高楼。

这也是析字属对的。

有所谓嵌字对。——嵌字的对法用嵌字的位置上下，分为若干格，莫详于诗钟，今不具述。程颂万题岳麓书院门联云：

纳于大麓，
藏之名山。

此联一用《书经》语，一用《史记》语，而尾嵌麓山二字。有人挽秋瑾女士云：

悲哉秋之为气，
惨矣瑾其可怀！

中嵌秋瑾二字。筹安分会会长某先生生日，有人赠一联云：

海屋添筹，安期分果，
香山盛会，长乐永康。

中嵌筹安分会长五字。起初某先生还不自觉,经我告诉,他才知道。王闿运在元二之际,南北纷争的时代,赠袁世凯一联云:

> 民犹是也,国犹是也;
> 总而言之,统而言之。

分嵌民国总统四字。有人问他:"这是什么意思?"他笑道:"一边是无分南北,一边说不是东西。"又可说是歇后对。其他名士投赠应酬,留连风景,即以人名、地名嵌作联语者,不胜枚举。戊戌政变时,叶德辉潜题南学会门联云:

> 四脚朝天,看你有何能干!
> 一耳偏听,到底不是东西!

这也是析字对。当时在湖南主持新学的是熊希龄,主持新政的是巡抚陈宝箴。又赠康有为一联云:

> 国家将亡必有,
> 老而不死是为。

这也是嵌字,也是歇后。他骂康有为是妖孽,是老贼,太刻毒了!

自从白话文流行,就多有人用白话作联语了,好的却不多。这类文字不论文言白话,对仗要工稳、平仄要协调、意思要贴切、语言要妥惬,有均齐对称之美,有自然蕴藉之妙,果能如此,乃为上乘。

上文论联语作法已够详细了。这里再拈出两点来说:

第一要注意对称。联语是十分注重对称之美的,是很严格地使用整齐律和当对律的。关于这一点刘大白先生说的很好。他以为:"联语的特性是形态腔调和意义的两两对称,这是中国所独有的。因为中国的语言是孤立语,没有语尾的变化;中国的文字是单音节,而一个音只有一个形态的;所以可以作成整齐地对称的型式。在形态上,两停或两组相对,两停或两组的字数一定是整齐的。在腔调上,两停或两组相与间,相当的各个字,大体是用抑音和扬音两两相对:至少是各停或各组末一字的抑扬,是严格地必须相对的。在意义上,两停或两组相与间,相当的各个位置上,常常是取意义相同的,或相类的,或相反的字,使它两两相对。如果不是这样,那末,一定是在一停或一组中间,自己具备了相对的型式,所以有此例外了。还有一个禁例,是在相对的两停或两组间,不准有一个重出的字。说得明白点,就是前停或组已经用过的字,后停或后组不准再用。(除有时前后两停或两组在相当的同一位置上同用"之"字之类。)至于一停或一组的本身,可以用重出的字。但是前停或前组既然用了重出的字,后停或后组在相当的同一个位置上,必须也用另一个重出的字去和它相对。不过有些特别的联语,两停或两组间在相当的同一位置上交互地使用重出的字:例如前停或前组的第二个字,重出于后停或后组的第四个字的位置上,同时使后停或后组的第二个字也重出于前停或前组的第四个字的位置上;这样交互地重出,也是许可的。总之,联语是严格地使用整齐律和当对律的。"

第二要力求精彩。联语本来是雅俗共赏的一种文字,读破万卷的要欣赏,组织文字的也要能够欣赏,欣赏的普遍性愈大,就愈见精彩,愈有生命。不然,就是具有对称之美,也如笨匠人的雕塑,只有外观略像,还不能算做一件真正艺术品的。据说唐人有最讲究做五言律诗的,说五律四十个字是四十个贤人,不容一个有屠沽气。我也曾以为七言绝句二十八个字是二十八个猛将,不容一个有孱懦气。质言之,就是说这种诗须要字字精彩。联语这东西,也正须如此精彩。联语要做得怎样才算精彩呢?我的最简单的解答,是事实要贴切、意思要丰富、字句要自然。相传有一个人找何子贞写一幅寿联,说是十一月十一日就要用,因为那天就是寿期。

何子贞恰在写字,就在联纸上大书"十一月,十一日",那个人气呆了,又不好做声。何子贞忙问这做寿的人几十岁,那个人说是八十岁。何子贞就把下联写做"八千春,八千秋"。那个人才非常欢喜,佩服何老先生了不得。这首联语本来不算什么妙,它的顶巧妙的地方就在只有这个"十一月十一日"诞生的人才用得着。还有一个这样的笑话:有一个人请一位老先生写一幅挽联,说是他的亲家翁死了。老先生便随手从应酬书上写下一首说:"宝婺光沉天上宿,莲花香现佛前身。"那个人看了一看,说道:"先生,你写错了,这是挽女的,不好做男挽联。"这位老先生还勃然回答道:"挽联并没有写错,这是有书为证的,怕是他家死错了人!"我们看了上面这两个故事,就可以知道联语是要贴切的了。联语的字句虽少,意思却要含得丰富。《维摩经·不可思议品》中有"芥子纳须弥"的话。须弥山何等高大,芥子何等微小,怎么一颗芥子里面装得进一座须弥山?这不过是一个寓言。我们很可以拿来比喻简单的联语,包含很丰富的意思。总之,字句有尽,而意思要不尽,这个和古人论诗,所谓含蓄,所谓酝藉之说有相合的地方。那末,就要知道怎样利用语言的暗示力了。至于字句要自然,本来凡做文章都得如此,不过联语更为着重些。因为最着重自然,所以就不忌用现成的语句,全用经语也可以,全用古人诗句词句也可以,全用古人文句也可以,杂用古书或古人的句子都可以。就是戏曲上的话,白话谣谚,又要你用得恰当,用得自然,无不可以点铁成金,化腐臭为神奇。这是联语和诗文造句遣辞上大不同的地方。

以上所说,第一要注意对称,是偏就形式而说;第二要力求精彩,是偏就内容而说。这是作联语的两个基本的条件。

(原载《论语》第一百四十四至一百四十七期,一九四八年)

中编

杂文与旧诗

孔子与戏剧

代序："寄愁天上，埋忧地下；叛散五经，灭弃风雅。"

录仲长统《述志诗》句，堃于海上狂歌当哭之日。一九二九，除夕。

一　孔子与优人女乐

现在又是秋天到来了。不论秋丁祀孔也罢，孔子诞日也罢，总之秋天到来，好像就是报告中国人崇拜孔子举行仪式的时候到了。皇帝时代如此，总统时代如此，主席时代亦如此。猗欤盛哉！孔子圣之时者也！

现在我不愿谈到孔子问题的大处，有人注意的大处。我想从它的小处下手，便谈"孔子与戏剧"罢。

这是自然的，在孔子时代还没有近代所谓戏剧之一物；可是在那时候的所谓优人女乐，我们要认它是戏剧的或一先代，似乎是可能的。好，我们就先谈孔子与优人，与女乐。

齐大夫黎鉏言于景公曰："鲁用孔丘，其势危齐。"乃使使告鲁为好会，会于夹谷。鲁定公且以乘车好往。孔子摄相事，曰："臣闻有文事者必有武备，有武事者必有文备。古者诸侯出疆，必具官以从。请具左右司马。"定公曰:"诺。"具左右司马。会齐侯夹谷,为坛位,土阶三等,以会遇之礼相见。揖让而登。献酬之礼毕,齐有司趋而进曰:"请奏四方之乐。"景公曰:"诺。"于是旍旄羽袚矛戟剑拨鼓噪而至。孔子趋而进,历阶而登,不尽一等,举袂而言曰:"吾两君为好会,夷狄之乐何为于此?请命有司——"有司却之不去,则左右视晏子与景公,景公心怍,麾而去之。有顷,齐有司趋而进曰:"请奏宫中之乐。"景公曰:"诺。"优倡侏儒为戏而前。孔子趋而进,历阶而登,不尽一等,曰:"匹夫而荧惑诸侯者罪当诛。请命有司——"有司加法焉,手足异处。景公惧而动……(《史记·孔子世家》,下同。)

两国君主相见,命优倡侏儒为戏奏乐,以尽宾主之欢,想是当时极寻常的事。孔子既拒绝"四方之乐",说是"夷狄之乐",又要说什么"匹夫而荧惑诸侯者罪当诛",竟加法于优倡侏儒,手足异处;虽然替鲁国争得了一点面子,这只能算是一种外交策略;可是他于"奏乐""为戏"的本身似乎不懂得什么,也于它没有什么损失的。只可惜几个优倡侏儒白白地为他牺牲了。

孔子年五十六,由大司寇行摄相事。……齐人闻而惧曰:"孔子为政必霸,霸则吾地近焉,我之为先并矣。盍致地焉?"黎鉏曰:"请先尝沮之,沮之而不可,则致地庸迟乎?"于是选齐国中女子好者八十人皆衣文衣而舞《康乐》,文马三十驷,遗鲁君。陈女乐文马于鲁城南高门外。季桓子微服往观再三,将受,乃语鲁君为周道游,往观终日,怠于政事。子路曰:"夫子可以行矣!"孔子曰:"鲁今且郊,如致膰乎大夫,则吾犹可以止。"桓子卒受齐女乐,三日不听政,郊又不致膰俎于大夫。孔子遂行,宿乎屯。而师己送曰:"夫子则非罪?"孔子曰:"吾歌可夫?"歌曰:"彼妇之口,可以出走。彼妇之谒,可以死败。盖优哉游哉,维以卒岁!"师己反,桓子曰:"孔子亦何言?"师己以实告。桓子喟然叹曰："夫子罪我以群婢故也夫！"

倘若我们说"夹谷之会"是一出戏，孔子只算做了丑脚；那末，在"齐人馈女乐"那出戏里，孔子就算做了正生。当然这两件故事都是很有戏剧味儿的，孔子算是其间的一个重要脚色，孔子既是这么样子的一个人物，我们不必再读《乡党第十》，就可以想象他要画的是什么脸谱，走的是什么台步了。

孔子还有一件故事也是很戏剧的。便是他老先生有一次高兴起来跑到卫国，北面稽首去拜见卫灵公的夫人南子，还要陪着灵公和南子同坐一车，招摇过市；气得他的门人子路粗气发作，直逼得他老先生赌咒发誓起来。可是孔子在这出戏中算做什么脚色？是"丑末"呢，不是？这就成了问题。直到今日，还是很新鲜的问题，还要累着他的子孙打官司呢！

二　关于"子见南子"的一场官司

孔子见南子，怕真是一件不甚荣誉的事情罢？不然，在当时，他的门人子路为什么会气得他赌咒发誓？后来他自己为什么也觉得"丑"，定要离开卫国？又为什么事情过了两千几百年，他的子孙还为着人家排演"子见南子"要出来打官司呢？这是一个有趣味的问题，也就是一场有趣味的官司。我们要晓得他们这场官司的始末，和他们的是非曲直，就不得不看他们打官司的文章。我可十分担保地包你读完了这些文章要比读完了"半部《论语》"乃至全部《论语》还有益得多哩！

A. 孔氏族人呈教育部文

呈为公然侮辱宗祖孔子，群情不平，恳请查办，明令昭示事。窃以山东省立第二师范校长宋还吾，系山东曹州府人，北京大学毕业。

赋性乖僻,学术不纯。因有奥援,滥长该校。任事以来,言行均涉过激,绝非民党本色,早为有识者所共见。其尤属背谬,令敝族人难堪者,为该校常贴之标语及游行时所呼之口号,如孔丘为中国第一罪人,打倒孔老二,打倒旧道德,打倒旧礼教,打破民可使由之不可使知之的愚民政策,打倒衍圣公府输资设立的明德学校。兼以粉铅笔涂写各处,孔林、孔庙,时有发见。防无可防,擦不胜擦。人多势强,暴力堪虞。钧部笕持全国教育,方针所在,施行划一,对于孔子从未有发表侮辱之明文。该校长如此放纵,究系采取何种教育？禀承何项意旨？抑或别开生面,另有主义？传埥等既属孔氏,数典固不敢忘祖,劝告徒遭其面斥。隐忍至今,已成司空见惯。讵于本年八月六日该校演戏,大肆散票,招人参观,竟有"子见南子"一出。学生抹作孔子,丑末脚色;女教员装成南子,冶艳出神;其扮子路者具有绿林气概;而南子所唱歌词,则《诗经·鄘风·桑中》篇也。丑态百出,亵渎备至,虽旧剧中之《大锯缸》、《小寡妇上坟》,亦不是过。凡有血气,孰无祖先？敝族南北宗六十户,居曲阜者人尚繁夥,目见耳闻,难再忍受。加以日宾犬养毅等昨日来曲,致祭林庙,侮辱条语,竟被瞥见。幸同时伴来之张继先生立促曲阜县政府饬差揭擦,并到该校讲演,指示谬误。乃该校训育主任李灿埠大肆恼怒,即日招集学生训话。谓犬养毅为帝国主义之代表,张继为西山会议派腐化份子,孔子为古今中外之罪人。似此荒谬绝伦,任意谩骂,士可杀不可辱,孔子在今日应如何处置,系属全国重大问题,钧部自有权衡,传埥等不敢过问。第对于此非法侮辱,愿以全体六十户生命负罪渎恳,迅将该校长宋还吾查明严办,昭示大众,感盛德者,当不止敝族已也。激愤陈词,无任悚惶待命之至。除另呈蒋主席暨内政部外,谨呈国民政府教育部长蒋。具呈孔氏六十户族人,孔传埥,孔继选,孔广璩,孔宪钧,孔继伦,孔继珍,孔传均,孔广珣,孔昭蓉,孔传诗,孔昭清,孔昭坤,孔广霖,孔繁蓉,孔广梅,孔昭昶,孔宪剑,孔广成,孔昭栋,孔昭锽,孔宪兰。

B. 教育部训令第八五五号（令山东教育厅）六月廿六日

据孔氏六十户族人孔传堉等控告山东省立第二师范学校校长宋还吾侮辱宗祖孔子呈请查办等情前来。查孔子诞日全国学校应各停课，讲演孔子事迹以作纪念。又是项纪念日奉行政院第八次会议决定为现行历八月二十七日。复于颁定学校学年学期及休假日期规程时，遵照编入，先后通令遵行各在案。原呈所称各节如果属实，殊与院部纪念孔子本旨大相违反。据呈前情，除以"呈悉。原呈所称各节是否属实，仰令行山东教育厅查明核办具报"等语批示外，合行抄发原呈，令仰该厅查明，核办，具报。此令。

C. 教育部朱参事及山东教育厅会衔呈复文

呈为会衔呈复事。案奉钧部训令，以据孔氏六十户族人孔传堉等以山东省立第二师范校长宋还吾侮辱宗祖孔子呈请查办等情，饬厅查明核办，并派葆勤来鲁会同教育厅查办具报等因，奉此，遵由职厅饬派省督学张郁光随同葆勤驰赴曲阜实地调查，对于本案经过情形备悉梗概。查原呈所控各节，计有三点，一为发布侮辱孔子标语及口号，二为表演《子见南子》戏剧，三为该校训育主任李灿埻召集学生训话，辱骂犬养毅、张继及孔子。就第一点言之，除"打破民可使由之不可使知之的愚民政策"之标语该校学生会确曾写贴外，其他如"孔子为中国第一罪人""打倒孔老二"等标语均查无实据。就第二点言之，《子见南子》一剧确曾表演。惟查该剧本并非该校自撰，完全根据《奔流》月刊第一卷第六号内林语堂所编成本。至扮演孔子脚色，衣冠端正，确非"丑末"。又查学生演剧之时，该校校长宋还吾正因公在省。就第三点言之，据由学生方面调查所得，该校早晚例有训话一次。当时欢迎犬养毅、张继二先生散会后，该校训育主任于训话时曾述及犬养氏之为人及其来华任务，并无辱骂张氏，更无孔子为古今罪人之语。再原呈署名人据查多系乡居，孔子族人之城居者对于所控各节多漠视之。总计调查所得情形，该校职教员似无故意侮辱孔子事实。只因地居阙里，数千年来曾无人敢在该地对于孔子有出乎敬礼崇拜之外者，一旦编入戏曲，摹拟容声，骇诧愤激，亦无足怪。惟对于该校校长宋还吾究应若何处分之处，职等未敢擅拟。谨根据原呈所控各节，将调查所得情形，连同《子见南子》剧本，会衔呈复，恭请钧部鉴核，批示祗遵，实为公便。谨呈教育部部长蒋。附呈《奔流》月刊一册。参事朱葆勤，兼山东教育厅厅长何思源。

D. 山东省立第二师范学校校长宋还吾答辩书

孔氏六十户族人孔传堉等控告山东省立第二师范校长宋还吾侮辱孔子一案，业经教育部派朱参事葆勤及山东教育厅派张督学郁光来曲查办。所控各节是否属实，该员等自能相当报告。惟兹事原委，还吾亦有不能已于言者，特缕析陈之。

原呈所称"该校常贴之标语及游行时所呼之口号"等语，查各纪念日之群众大会均系曲阜县党部招集，标语口号多由党部发给，如"孔丘为中国第一罪人"、"打倒孔老二"等标语及口号，向未见闻。至"打倒旧道德"、"打倒旧礼教"等标语，其他民众团体所张贴者容或有之，与本校无干。"打破可使由之不可使知之的愚民政策"，当是本校学生会所张贴之标语。姑无论学生会在党部指挥之下，还吾不能横加干涉；纵使还吾能干涉，亦不能谓为有辱孔门，而强使不贴。至云"打倒衍圣公府输资设立之明德中学"，更属无稽。他如原呈所称"兼以粉铅笔涂写各处，孔林、孔庙时有发见，防无可防，擦不胜擦"等语，粉铅笔等物何地蔑有？果何所据而指控本校？继云"人多势强，暴力堪虞"，更无事实可指。本校纵云学生人多，较之孔氏六十户,相差何啻百倍?且赤手空拳,何得谓强?读书学生,更难称暴。本校学生平日与社会民众向无牴牾,又何堪虞之可言?

至称本校演《子见南子》一剧,事诚有之。查"《子见南子》"见于《论语》。《论语》者七十子后学者所记,群伦奉为圣经,历代未加删节,述者无罪,演者被控,无乃太冤乎?且原剧见北新书局《奔流》月刊第一卷第六号,系语堂所编,流播甚广,人所共见。本校所以排演此剧者,在使观众明了礼教与艺术之冲突,在艺术之中认取人生真义。演时务求逼真。扮孔子者衣深衣,冠冕旒,貌极庄严。扮南子者古装秀雅,举止大方。扮子路者雄冠剑佩,颇有好勇之致。原呈所称"学生抹作孔子,丑末脚色;女教员装成南子,淫冶出神;其扮子路者具有绿林气概",真是信口胡云。若夫所唱歌词,均系"三百篇"旧文,亦原剧本所有。如谓《桑中》一篇有渎圣明,则各本《诗经》均存而不废,能受于庭下,吟于堂上,独不得高歌于大庭广众之中乎?原呈以《桑中》之篇,比之于《小寡妇上坟》及《大锯缸》,是否孔氏庭训之真义,异姓不得而知也。又据原呈所称犬养毅、张继来本校演讲一节,系本校欢迎而来,并非秉承孔氏意旨,来校指斥谬误。本校训育主任招集学生训话,系校内例行之事,并非偶然。关于犬养毅来中国之意义,应向学生说明。至谓"张继先生为西山会议派,腐化份子",云云,系张氏讲演时所自言之。至云"孔子为古今中外之罪人",此类荒谬绝伦,不合逻辑之语,本校职员纵使学识浅薄,亦不至如此不通。况本校训育主任李灿埠系本党忠实同志,历任南京特别市党部训练部指导科主任,绥远省党务指导委员会宣传部秘书,向来站在本党的立场上,发言谨慎,无可疵议。山东教育厅训令第六九三号,曾谓"训育主任李灿埠对于党义有深切的研究,对于工作有丰富的经验,平时与学生接近,指导学生得法,能溶化学生思想归于党、义教育之正轨,训育可谓得人矣"。该孔氏等随意诬蔑,是何居心?查犬养毅、张继来曲,寓居衍圣公府,出入皆乘八抬大轿。校人传言,每馔价至二十六元。又云馈以古玩玉器等物，每人十数色。张继先生等一行离曲之翌日，而控还吾之呈文即已置邮，此中线索，大可玩味。

总观原呈，满纸谎言，毫无实据。谓为"侮辱孔子"，欲加之罪，何患无辞。纵使所控属实，亦不出言论思想之范围，尽可公开讨论，无须小题大做。且"确定人民有集会结社言论出版居住信仰之完全自由权"，载在党纲，谁敢违背？该孔传堉等捏辞诬陷，越级呈控，不获罪戾，而教部竟派参事来曲查办，似非民主政治之下所应有之现象。

又据原呈所称全体六十户云云，查六十户者实孔氏特殊之封建组织。孔氏族人别为六十户，每户有户首，户首之上有家长。家长户首处理各户之诉讼，每升堂，例陈红黑鸭嘴棍，诉讼者则跪陈事由，口称大老爷，且动遭肉刑，俨然专制时代之小朝廷。听讼则以情不以理，所谓情者大抵由金钱交易而来。案经判决，虽至冤屈亦不敢诉诸公堂。曲阜县知事对于孔族及其所属之诉讼，向来不敢过问。家长户首又可以勒捐功名。例如捐庙员者每职三十千至五十千文。而勒捐之事又层出不绝。户下孔氏含冤忍屈，不见天日，已有年矣。衍圣公府又有百户官职，虽异姓平民，一为百户，即杀人凶犯亦可逍遥法外。以致一般土劣争出巨赀乞求是职。虽邻县邻省，认捐者亦不乏人。公府又有号丧户条帚户等名称，尤属离奇。是等官员大都狐假虎威，欺压良善；不仅害及户下孔氏，直害及异姓民众；又不仅害及一县，且害及邻封。户下孔氏受其殃咎，犹可说也！异姓民众，独何辜欤？青天白日旗下，尚容有是制乎？

本校设在曲阜，历任皆感困难。前校长孔祥桐以开罪同族，至被控去职，衔恨远引，发病而死。继任校长范炳辰，莅任一年之初，被控至十数次。本省教育厅设计委员会主将本校迁至济宁，远避封建势力，不为无因。还吾到校以来，对于孔氏族人向无不恭。又曾倡议重印孔氏遗书，如《微波榭丛书》以及《仪郑堂集》等，表扬先哲之思，不为无征。本校学生三百余人，隶曲阜县籍者将及十分之二。附属小学四百余人，除外县一二十人外，余尽属曲阜县籍。民众学校妇女部，完全为曲阜县学生。所谓曲阜县籍之学生，孔氏子女殆居半数。本年经费困难万分，因曲阜县教育局取缔私塾，学校无处就学，本校附小本七班经费，又特开两班以资收容。对于地方社会及孔子后裔不谓不厚。本校常年经费五六万元，除薪俸支去半数外，余多消费于曲阜县内。学生每人每年率各消费七八十元。曲阜县商业所以尚能如今者，本校不为无力。此次署名控还吾者并非六十户户首，多系乡居之人，对于所控各节未必知情，有无冒签假借等事亦难确定，且有土劣混厕其中。经还吾询问，凡孔氏稍明事理者，类未参加此事。且谓孔传埍等此种举动实为有识者所窃笑。纵能如彼等之意将校长查明严办，昭示大众；后来者将难乎为继，势非将本校迁移济宁或兖州，无法办理。若然，则本校附小四百学生将为之失学，曲阜商业将为之萧条矣。前津浦路开修时，原议以曲阜县城为车站，衍圣公府迷信风水，力加反对，遂改道离城十八里外之姚村，至使商贾行旅均感不便。驯至曲阜县城内社会仍保持其中古状态，未能进化。由今视昔，事同一例。曲阜民众何负于孔传埍等，必使常在半开化之境，不能吸收近代之文明？即孔氏子弟亦何乐而为此？孔氏六十户中不乏开明之士，当不能坐视该孔传埍等之胡作非为而瞑然无睹也。

更有进者：还吾自加入本党，信奉总理遗教，向未违背党纪。在武汉时，曾被共产党逮捕下狱两月有余，分共之后，方被释出。原呈所谓"言行均涉过激，绝非民党本色"云云者，不知果何据而云然？该孔传埍等并非本党同志，所谓过激本色之意义恐未必深晓。今竟诬告本党同志，本党应有所以处置之法；不然效尤者接踵而起，不将从此多事乎？还吾自在北京大学毕业之后，从事教育历有年所。十五年秋又入广州中国国民党学术院，受五个月之严格训练。此次任职，抱定三民主义教育宗旨，遵守上级机关法令。凡有例假，无不执行。对于院部功令向未违背。且北伐成功以还,中央长教育行政者,前为蔡孑民先生,今为蒋梦麟先生,在山东则为教育厅何仙槎厅长,均系十年前林琴南所视为"覆孔孟,铲伦常"者也。蔡先生复林琴南书犹在《言行录》中,蒋先生主编《新教育》,何厅长著文《新潮》,还吾在当时景佩实深,追随十年,旧志未改。至于今日,对于院部本旨所在,亦不愿稍有出入。原呈"钧部管持全国教育,方针所在,施行划一,对于孔子从未有鄙夷侮辱之明文,该校长如此放纵,究系采取何种教育?禀承何项意旨?抑或别开生面,另有主义?"云云,显系有意陷害,无所不用其极。

还吾未尝出入孔教会之门,亦未尝至衍圣公府专诚拜谒,可谓赋性乖僻。又未尝日日读经,当然学术不纯。而本省教厅训令第六九三号内开:"校长宋还吾态度和蔼,与教职员学生精神融洽,作事颇具热诚,校务支配,均甚适当,对于教员之聘请尤为尽心"云云,不虞之誉,竟临菲躬,清夜自思,良不敢任。还吾籍隶山东旧曹州府城武县,确在北京大学毕业,与本省教育厅何厅长不无同乡同学之嫌,所谓"因有奥援"者殆以此耶?但因与厅长有同乡同学之嫌,即不得充校长,不知依据何种法典,院部有无明令?至于是否滥长,官厅自可考查,社会亦有公论,无俟还吾喋喋矣。还吾奉职无状,得罪巨室,至使孔传埙等夤缘权要,越级呈控,混乱法规之程序;教育无法进行,学生因之彷徨,午夜疚心,莫知所从。本宜躬候裁处,静默无言,但恐社会不明真相,评判无所根据,故撮述大概如右,邦人君子,其共鉴之!七月八日

E. 教育部训令第九五二号(令山东教育厅)

查该省省立第二师范校长宋还吾被控侮辱孔子一案,业令行该厅查办,加派本部参事朱葆勤,会同该厅严行查办各在案。兹据该参事厅长等将查明各情会同呈复前来,查该校校长宋还吾既据该参事

厅长等会同查明尚无侮辱孔子情事,自应免予置议。惟该校校长以后须对学生严加训诲,并对孔子极端尊崇,以符政府纪念及尊崇孔子本旨。除据情并将本部处办情形呈请行政院鉴核转呈暨指令外,合行令仰该厅知照,并转饬该校校长遵照。此令。

F. 山东省立第二师范学校校长宋还吾呈山东教育厅文

呈为呈请事。案据山东《民国日报》、《山东党报》二十八日登载教育部训令九五二号内开云云。查办以来,引咎待罪,二十余日,竟蒙教育部昭鉴下情,免予置议,感激之余,亟思图报。惟关于训诲学生,尊崇孔子两点,尚无明文详细规定,恐再有不符政府纪念及尊崇孔子本旨,致重罪戾。又以八月二十七日孔子诞辰纪念为期已迫,是以未及等候教厅载令到校,提前呈请。查孔家哲学之出发点,约略言之,不过一部《易经》:"上天下泽,履:君子以辨上下,定民志。"类此乾坤定位,贵贱陈列,以明君臣之大义,以立万世之常经的宇宙观,何等整齐!自民国肇造以来,由君主专制之政体一变而为民主民治,由孔家哲学之观点论之,实不啻翻天倒泽,加履首上,上下不辨,民志不定,乾坤毁灭,阴阳错乱。"乾坤毁则无以见易,易不可见,则乾坤或几乎息矣。"如此则孔家全部哲学尚何所根据乎?此后校长对学生有所训诲,如不阐明孔子尊君之义,则训诲不严,难免违反部令之罪;如阐明孔子尊君之义,则又抵触国体,将违犯刑法第一百零三条及第一百六十条。校长在武汉被共党逮捕入狱八十余日,饱尝铁窗风味,至今思之,犹觉寒心;何敢再触法网,重入囹圄?校长效力党国,如有罪戾,应请明令处置;如无罪戾,何为故使进退维谷?校长怀刑畏法,只此一端,已无以自处。窃谓应呈请部院删除刑法第一百零三条及第一百六十条;或明令解释讲演孔子尊君之义为不抵触国体,则校长将有遵循,能不获罪。又查尊崇孔子最显著者莫过于祭孔典礼。民国以来,祭孔率行鞠躬礼,惟袁世凯筹备帝制时,则定为服祭天服,行跪拜礼;张宗昌在山东时亦用跪拜礼。至曲阜孔裔告祭林庙时,自袁世凯以来,以至今日,均系服祭天服,行跪拜礼,未尝稍改。本校设在曲阜,数年前全校师生赴孔庙参加祭孔典礼,曾因不随同跪拜,大受孔裔斥责,几起冲突。刻距现行历八月二十七日孔子诞辰为期不足一月,若不预制祭天服,定行跪拜礼,倘被孔裔控告为尊崇孔子未能极端,则校长罪戾加重,当何词以自解?若预制祭天服,则限于预算,款无所出。实行跪拜礼,则院部尚无功令,冒然随同,当然获罪。且查曲阜衍圣公府输资设立明德中学向无所谓星期,每旧历庚日则休息一日,名曰旬休。旧历朔望例须拜孔,行三跪九叩礼。又每祭孔之时,齐集庙内,执八佾舞于两阶。本校学生如不从同,则尊崇不能极端;如须从同,是否违背院部功令?凡此种种,均请钧厅转院部,明令示遵。临呈不胜迫切待命之至。谨呈山东省政府教育厅厅长何。山东省立第二师范校长宋还吾。七月二十八日

G. 山东教育厅训令第一二〇四号 八月一日

省立第二师范校长宋还吾调厅另有任用,遗缺以张敦讷接充。此令。

附记:

右关于"子见南子"控案文书凡七件。ABC 三件均见本年七月十六日《申报》,我曾把它录在《孔子与优人女乐》那章里,发表于《南国周刊》第四期。其他则后来录自《语丝》第五卷第二十四期鲁迅先生所编《关于子见南子》。尚有《山东省立第二师范学生会通电》、《济南通信》、《子见南子案内幕》、《小题大做》、宋还吾《为辱孔问题答大公报记者》等篇未录。

三 读《子见南子》

"行年五十六，到今日才明白艺术与认识人生。是的，这才是真正的诗，真正的礼，真正的乐。别种的雅颂及别种的揖让都是无谓的，虚饰的。"

这是谨守周公之礼的孔子会见了南子，看了她和几个歌女的"桑中"的乐舞而发的赞声。所谓礼教也者，似已暂时在艺术空气之中被屈服了。如果我们承认《诗经》真正经过孔子之手的删定，那末，他不删去郑、卫、鄘、邶诸国的许多诗，——属于所谓淫亵的诗，似乎也可以说他认识了真正的诗。同时似乎还可以说他明白了艺术，认识了人生。

"我想饮食男女，就是人生的真义，就是生命之河的活源，得着这河源滚滚不绝的灌溉，然后能畅茂向荣。男女关系是人之至情，至情动，然后发为诗歌，有诗歌然后有文学。"

这是南子对着孔子说的。原来"男女有别，这是三代相传，周公制定的"。孔子既是谨守周公之礼，常常梦见周公的人，但是他到卫国偏要去拜见卫灵公夫人南子；删诗的时候，又要存留"桑中"之会，"城隅"之盟，"蔓草"之乐一类淫奔野合的诗，孔子何尝一点也不懂得"饮食男女就是人生的真义？"只因为周公的礼和南子的礼根本不同；他相信周公太过了，他就不能相信南子；他感到周公主义和南子主义根本不能相容，结果，他就不能不离开卫国，离开他所谓当今之贤君卫灵公，及其贤臣公子渠牟、林国、庆足、蘧伯玉、史鳅一班人了。

> 子路　夫子不行道救天下百姓了吗？
> 孔丘　我不知道。我先要救我自己。

孔子虽然一生栖栖皇皇，是一个急于救世的人，但他先要救出他自己。他一生救世的奋斗只成了他救自己的奋斗。他一生政治的活动几乎一幕一幕地都是悲剧。不过我们可以从他这种奋斗的悲剧之中看出他的伟大，如果我们承认这是他的伟大的话。

以上是我最初读过了林语堂先生《子见南子》一剧之后所感到的。排演这样的剧本，何以见得一定侮辱了孔子？我以为不是这个剧本的问题，《旧唐书》里面载有一回这样的事：

> 太和六年二月己丑寒食节，上宴群臣于麟德殿。是日杂戏人弄孔子。帝曰："孔子古今之师，安得侮黩？"亟命驱出。（《文宗纪》）

又《宋史》里面有一回这样的事：

> 孔道辅奉使契丹，契丹宴使者。优人以文宣王为戏，道辅艴然径出。（《孔道辅传》）

唐文宗不许杂戏人弄孔子，是以孔子为圣人。孔道辅怒契丹优人以文宣王为戏，大约是以为侮辱了他的宗祖。武圣关、岳是可以入戏的，何以文圣孔丘就不可以入戏？曹操、秦桧是常常入戏的，何以曹姓、秦姓的人不会要打官司，说是侮辱了宗祖？这都是值得我们注意的。至于孔子入戏可以扮些什么脚色，在《子见南子》一剧中是否扮作丑角；又《桑中》之诗是否淫诗而不可以歌唱，这也值得我们无事谈谈的了。

四　圣人与偶像

——为什么不能把孔子扮戏?
——因为他是圣人。
——为什么不能把圣人扮戏?
——因为唐突了圣人,亵渎了圣人,侮辱了圣人。

倘若我们不惮烦地再进一步发问:为什么把圣人扮戏就会唐突了他,亵渎了他,或侮辱了他呢? 皇帝也称圣人,各朝皇帝是可以把他扮戏的;关羽、岳飞也称圣人,虽然说是武圣,究竟文圣、武圣其揆一也;而武剧中总少不了关、岳的,为什么孔子这位圣人就不可以把他扮戏呢? 我的答案是:孔子为中国古今以来第一个偶像,自从汉高帝杀牛祭孔,汉武帝提倡孔教以来,孔子隐然为一国之教主,所谓"大成至圣","万世师表","德配天地,道贯古今",国人崇拜之诚,殆有过于基督教徒之于耶稣基督,回回教徒之于摩罕默德,佛教徒之于释迦牟尼。偶像是只许人家崇拜顶礼的;最大的偶像须用最大的尊敬;倘有超于尊敬崇拜以外之举动,便是"大不敬"。何况把他扮戏,最足以损失他的尊严呢!

人家从来只把戏剧看为玩弄的,谐谑的,不庄重的,无益的一种东西;不曾把它视为一种高贵的,严肃的艺术。那末,你要把人家最崇拜顶礼的对象,所谓圣人——孔子来扮戏,自然要引起人家的怪诧,以为你敢大胆地把圣人玩弄谐谑,就要说你是唐突,侮辱,或亵渎圣人了。

圣人是大如天的,所以要用祭天之礼祭孔子;圣人是贵如皇帝的,所以要用八佾之乐享孔子,孔子是所谓集群圣之大成,而为万世师表的,所以于群圣之中独尊孔子。这是出自中国封建政治的基本思想,——政教合一的思想,即所谓"君师主义"。"天降下民,作之君,作之师。"封建社会是以君师与天地先祖合为所谓礼之"三本"的。于是我"大成至圣先师孔子"就得与天地君主先祖同尊并列了。而"君师者治人之本",所以孔子治人之学首在尊君,君主治人之术重在尊孔。汉高祖改正溺儒冠之旧习,岂徒然哉?哀皇帝穿起祭天服以祀孔,良有以也!在封建势力还在挣扎它的最后一息的时代,它所依赖以为护符的"大成至圣先师孔子"自然是不许你犯着大不敬地来把他扮戏,而拉下他最后的尊严的。

再有一种理由:

戏剧可以说是人生相,社会相的再现。我们从这样的戏剧里才得以省识社会的真,人生的真。俗言道:"人生不过一台戏",在这一意义上,这话似乎说的不错。不过凡是叫人崇拜的偶像,是不许人家暴露他的"真"的,除非宣传他的所谓"圣迹"。倘若这种偶像原来也不过是一个平常的人,扮起戏来,使人看到他的真相的再现,说道:"呵!原来如此。"那末,这个偶像便要失其威严了。孔子最初也不过是一个寻常的人,在当时还是常常被人家作为开玩笑的人物。到了汉以后,他才一朝一代地愈觉"圣"起来,他才好像成了一个箭靶,被一些圣人之徒把人类许多"圣"的地方都向他射去,所以说他"集群圣之大成",恭维他是"大成至圣","万世师表"!可是我们只须懂得"纣之不善不如是之甚,天下之恶皆归之",这个道理,同样,就会懂得"孔丘之圣不如是之甚,天下之圣皆归之",是何道理了。在这宗道理尚未家喻户晓的时候,孔子还在作为至高无上的偶像去崇拜的时候,你要把他的真相如实地扮演出来,那末,自然会有人说你"大不敬",他的子孙还要和你打官司的。

五　孔子——孙中山

一九二九年的中国戏剧运动上最值得大家注意的:不是南国社在南京、上海的第二次公演,及其排演王尔德的《莎乐美》;不是北平大学艺术学院戏剧系第一届毕业同学在天津的公演;也不是欧阳予倩、唐槐秋诸人在南方主持广东省立戏剧研究所;也不是赵太侔、王泊生夫妇以及万籁天诸人在北方主持山东省立实验剧院;更不是几个书店老板不怕赔本,肯印几种关于戏剧的杂志;乃是《子见南子》因在曲阜排演而闹官司,《孙中山之死》想在南京排演而被"婉为制止"。前者可以说是艺术与道德或宗教(倘若我们承认孔子是一个教主。)的冲突,后者可以说是艺术与政治的冲突。本来那是两件事,却也不妨看作一件事,而相提并论。何况据说孔子与孙中山有什么关联呢。

> 去年(按指民国十三年)有一个俄国的革命家去广东问先生(孙中山先生):"你的革命思想基础是什么?"先生答复他说:"中国有一个正统的道德思想,自尧、舜、禹、汤、文、武、周公至孔子而绝。我的思想就是继承这一个正统思想来发扬光大的。"
> 先生的基本思想完全渊源于中国正统思想的"中庸之道"。先生实在是孔子以后中国道德文化上继往开来的大圣。(戴季陶,《孙文主义之哲学的基础》,见《中山丛书》。)

照上面这么说,原来孙中山先生是继承尧、舜、禹、汤、文、武、周公、孔子这个"道统"的人物。他和孔子有先圣后圣的关系。事情真来得凑巧,北方刚有人演过孔子的戏,南方又有人想演孙中山的戏;孔子的戏不好上演,自然孙中山的戏也就不能上演了。下面是中国国民党中央执行委员会宣传部致南国社的一封公函。

> 径启者:送来油印剧本《孙中山之死》一册,细加审阅,在贵社视之,当然为苦心经营之作;但本部为蕲求总理之伟大人格毕肖表现,及贵社尊崇总理计,以为尚未至公开表演绝无遗憾之时期。本部深信此剧之说白动作宜加长时间之研究,多方面之体会,绝非三数人一时揣摩所能尽善尽美。若曰不妨尝试,则以总理伟大崇高之人格为

艺术家尝试之资,当亦为贵社与本部所不忍。本部对于总理平生之写演,愿与贵社长为共同之努力,以求心安理得之成功。此时在贵社固不宜仓卒公演,在本部亦不敢仓卒允许也。(见南国社第二次公演时赠送之《南国周刊》创刊号。)

《孙中山之死》不能上演的理由如此。所以田汉先生只得说:"……这次新作《孙中山之死》,颇信是以十分虔敬与理解写成的,而在南京不能演,颇为这次南征的遗憾。中央党部许供给材料,俾成完璧,却是我们所感激的。……"(田汉讲,敬舆记,《南国社的事业及其政治态度》。下同。)当时戴季陶先生在招待席上和田汉先生洪深先生大家辩论艺术和政治的话,我没有去听得,我想一定有很多值得我们倾听的地方。现在,我再把田汉先生的演词,钞录一点在这里,介绍给未曾听过这个演讲,或未曾看过这个演讲笔记的,似乎不是全无意义的事罢。

  ……前几天戴季陶先生在招待我们的宴会上,说他先前虽与春柳社新舞台作过朋友,现在又与南国社作朋友。当时我说希望他允许我们做他的诤友。因为艺术同政治,有时是朋友,有时是敌人。贤明的政治势力能助他滋长,像 Pericles 时代的希腊艺术之隆盛。但政治时常是维持现状的,而艺术时常是对于将要停滞,将要固定的现状之冲破力。……总理说过一句话,当同志反对她与孙夫人结婚的时候:"我是人,不是神。"现在我们几乎把中山先生当作至高无上的神,但我终觉得倒不如当中山先生是一个普通的人好。希腊的神许多是半人半神的,所谓 Semi-Gods,和人们一般的饮食男女,也会欢喜,也会发怒。……总理至少也像这样吧。总理并非完全无缺的。完全无缺的,那就是全智全能的基督教的神了。因为是有缺憾的人,所以与我们特别亲近,因为是完全无缺憾神,便要一天天与我们隔得远了。因为是有缺憾的人,所以有发展;因为是全智全能的,所以一切是决定的,没有发展。而社会的情况和舞台装置一样,随时变迁的。国民党要有发展,当把总理看成希腊的半神,而不可当他是全智全能的基督。这是我们感谢之余,想希望于党部诸先生的。

附录　挽联一首

孙中山先生

继往开来,道统直承孔子。
吊民伐罪,功业并美列宁。

受业戴传贤

六　无可无不可主义

"我则异于是,无可无不可。"

孔子说伯夷、叔齐是不肯降志辱身的了,柳下惠、少连则肯降志辱身,虞仲、夷逸就只隐居放言:他自己呢,他说:"我则异于是,无可无不可。"

因为他是无可无不可的,所以他才能一车两马,周游列国,"至于是邦,必闻其政"。

因为他是无可无不可的,所以佛肸据中牟作乱,使人找他,他也想去;子路责问他,他说:"我岂匏瓜也哉,焉能系而不食!"

因为他是无可无不可的,所以孟子说:"孔子圣之时者也!""可以速而速,可以久而久,可以处而处,可以仕而仕。"

因为他是无可无不可的,所以他才肯北面稽首去见南子。卫灵公和南子出游,宦官雍渠坐"大车"(参乘),叫他坐"二车"(次乘),招摇过市,他也肯去。

他见南子,子路不大悦服,这是子路还不懂得他的"无可无不可主义"。但他却只说:"予所否者,天厌之!天厌之!"其实他于这件事也可以教训子路说:"由也升堂矣,未入于室也!"

我以为我们要懂得孔子的"无可无不可主义",才可以懂得《子见南子》那个剧本写孔子的性格态度是很成功的。你看他写孔子和南子初见面的时候:

  南子 寡小君渴慕先生令名已久,以不获一睹丰仪为怅。今日叨蒙赐顾,寡小君心中欣喜不胜,只恨相见太晚。今奉白璧一双,聊表企慕之忱。(将一对白璧递与雍渠。)
  孔丘 (急伏地稽首)君赐不敢不受。(伸手受玉,又回原座。)
  南子 夫子喜欢玉不喜欢?
  孔丘 当然喜欢的。
  南子 我也很喜欢的,孔夫子喜欢哪一种,是白璧呢,是翠玉呢,还是琅玕翡翠?
  孔丘 (一时答不出来,茫无头绪似的。)白璧好。
  南子 我倒以为翠玉色泽最美,做耳环,做璪瑹,都璘然光彩可爱。
  孔丘 是的!是的。白璧有白璧的好,翠玉有翠玉的好。总而言之,两样都好。凡是玉都是好,都可爱。
  南子 这怎么讲?
  孔丘 (从容地)玉的可爱,因为他比君子的德。温润而泽,这是仁;缜栗而理,这是智;坚刚而不屈,这是义;廉而不刿,这是礼;折而不挠,这是勇。有此五德,所以可爱。

孔子拜见南子的时候,是否曾赐孔子白璧一双?我们用不着费力去考证。这种添加的情节,只要不十分违背历史的事实,是可以由作者逞其运用之妙品。何况孔子说玉有君子之德,是本有其语的呢。(见《荀子·法行篇》，又见《孔子家语·问玉篇》。)作者把这个材料放在这里，很深刻地画出孔子无可无不可的态度，自是十分巧妙的了。

"无可无不可"的精义，本来是应该无所"执"，即是孔子所说的"四绝"，——毋意，毋必，毋固，毋我。但是你定要说他全无所"执"吗？又不是。你最好也是用"无可无不可"的态度去对付他。可以把他看作有所"执"，可以把他看作无所"执"。他所"执"的是什么？你可以毫不迟疑地回答是"中"。换一句话说，他是"执中"。据说这"执中"是出自尧、舜、禹、汤、文、武、周公直到孔子圣圣相传的"心法"，也即是"中庸之道"。大约老庄杨墨申韩之流，理有独到，言有过激，都不是"中庸之道"，所以不曾列入这个"道统"。自从孟子辟杨、墨，汉武黜百家，孔子之道独霸中国，"中庸之道"就像铸定了中国民族的性格。从此折衷，中正，稳健，调和，乃至圆滑，漂亮……一切"中庸之道"成为中国人认为做人处世的至高无上的美德。施之于政治学术，即有所谓巍巍、荡荡、平平的"王道"、"圣功"。这是中国民族性唯一的最高的理想。关于政治学术方面，我可没有那样大的野心和勇气去谈，我只来谈谈做人处世罢。

有人说："现在中国的所以乱，由于正气消沉。"我不知他所谓"正气"所含的意义是什么，却也不妨高举一只手说一声"附议"。我以为我们如果真要提倡"正气"的话，首先就要反对所谓自古以来圣圣相传的"心法"——"执中"，"中庸之道"。因为叫人"执中"，叫人"中庸"，似乎无异于叫人"滑头"，叫人"骑墙"。"墙上一堆草，风吹两边倒"，这是滑头人物的象征，也就是骑墙主义的妙谛。一个人只要懂得这种道理，使会这个法宝，他可以像孙猴子一样，摇身一变，无数毫毛无数身，使你猜他不着。他可以像 Lon Chaney 化装一样，化出几十个面孔，乃至无数面孔，使你不晓得他哪个面孔是真。这样的人，你说他是新吗？他却旧。你说他旧吗？他似新。你说他真吗？他很假。你说他假吗？他似真。他今日要你向左来吗？你须提防他明白又要你向右去。他可左可右。他今日骂你是反动吗？你可以听到他明日喊你做同志。他时反时复。……你说他这样是无羞耻吗？他以为这样才有福气。你骂他这样是不要脸吗？他以为这样才有面子。……总而言之，统而言之，他简直不成什么东西，但他又什么东西都是的。他的雅号只是"长乐老"，他的混名只是"不倒翁"。他的哲学只是一以贯之的"执中"，"中庸之道"，"无可无不可主义"！这样的人真堪"与孔子同寿"了！

《子见南子》那个剧本，描写孔子的"无可无不可"——去见南子：描写孔子的"择善而固执之"——毕竟离开卫国，直把孔子的全人格都表现出来了。从这里我们才可以看见真的孔子。因为自从孟子赞颂了一声"孔子圣之时者也"以来，大家都以为孔子只是所谓"时中之圣"，孔子之道只是所谓"中庸之道"，孔子主义只是"无可无不可主义"！

七 "丑末脚色"与"丧家之狗"

山东省立第二师范学校学生排演《子见南子》的时候，究竟把孔子扮作什么脚色？

> 告状者说："学生抹作孔子，丑末脚色。"
> 调查者说："扮演孔子脚色，衣冠端正，确非丑末。"
> 辩诉者说："扮孔子者，衣深衣，冠冕旒，貌极庄严。"又说："在筹备演《子见南子》的时候，我曾教学生到孔庙去看孔子及子路的塑像，而且要过细地看一下。对于《论语》，尤其《乡党》一篇，要着实地研究一下。单为要演戏，还详细地讨论过'温良恭俭让'五个字的意味。我们研究的固然不算怎样彻底，但已尽其最善之努力了。"（这一段话见宋还吾《为辱孔问题答大公报记者书》。）

这自然是一个很有趣味的问题。其实"形状末也"，便是扮做"丑末脚色"，也不见得什么大不了。即如孔子曾"由大司寇行摄相事"，就未见得算做一种了不起的光荣，曾做账房师爷或小老爷一类的"乘田""委吏"，又何尝就算做一种不可说的耻辱？假使扮演"乘田""委吏"的孔子，就难保"衣冠端正"了。至于宋校长说是演剧之先，曾教学生到孔庙参观孔子塑像，还曾着实地研究过《论语·乡党篇》，可见他对于艺术的忠实。可是我以为要把孔子编入戏剧，"摹拟容声"，对于孔子的形貌似乎还有应加考究的地方。古书说到孔子形貌的真不少，兹据孙星衍《孔子集语》所引，转录于下。

[《御览》二百七十七引《演孔图》] 孔子长十尺，大九围。坐如蹲龙，立如牵牛。就之如昂，望之如斗。

[《御览》三百六十七引《孝经援神契》] 孔子海口，言若含泽。

[《御览》三百六十八引《孝经钩命决》] 仲尼斗唇吐教，陈机授变。

[《御览》三百六十八引《钩命决》] 夫子骈齿。

[《御览》三百七十引《钩命决》] 仲尼虎掌，是谓威射。

[《御览》三百七十一引《钩命决》] 仲尼龟脊。

[《御览》三百七十一引《论语摘辅象》] 孔子胸应矩，是谓仪古。

[《荀子·非相》] 仲尼长。又云：仲尼之状，面如蒙倛。

[《白虎通·姓名》] 孔子首类鲁国尼丘山，故名为丘。

[《论衡·骨相》] 孔子反羽。（又《讲瑞篇》，孔子反宇。展按反宇指头，谓如屋宇之反，中低而四旁高也。）

[《御览》六百九十八引《论语隐义》注] 孔子至蔡，解于客舍。夜有人取孔子一只履去，盗者置履于受盗家。孔子履长一尺四寸，与凡人履异。

[《路史》后纪十注引《世本》] 圩顶，反首，张面。

[《路史》后纪十]　　生而颙顶,故名丘而字仲尼。四十有九表。堤眉谷窍,参臂骈胁。要大十围。长九尺有六寸,时谓长人。

据上面各书所载,孔子的仪表真是非凡!第一,孔子的躯干特别魁伟,代表北方人的魁伟,这是不待说的了。第二,孔子的头像尼丘山,中间低而四旁高。第三,孔子面如蒙倛。据说蒙倛是一种神,骗疫的神,驱厉鬼的神,也就是方相神。古代傩祭,则设其像。《周礼》夏官之属有方相氏,注:"方相犹言放想,可畏怖之貌。"那末,孔子的面貌怪得可怕,就可以想见了。他如斗唇,骈齿,虎掌,龟脊,似乎还不算孔子形貌的特征。倘若孔子的形貌真是这样的话,把他扮饰出来,自然够得上一个大花脸了,我们不好委屈他做小花脸,不过这也并不是怕他的子孙出来打官司。至于曲阜师范学生扮演孔子,说是"衣冠端正","貌极庄严";在孔氏族人看来,又说是"丑末脚色";这到底是扮演者的不正确?还是孔氏族人看花了眼,或者是说谎?如果真是扮演者之过,我以为最好拖下这个扮饰的孔子,当着孔子的子孙打他一顿板子。(请那次演剧去孔子一角的不必恐慌!)因为这是有例可援的。你看下面所说:

自广南际海十数州,多不立文宣王庙。有刺史不知礼,将释奠,即署一胥史为文宣王,亚圣,鞠躬候于门外。或进止不如仪,即判云:文宣亚圣,决若干下。(《太平广记》二百六十一引《岭南异物志》。)

这个扮饰孔子的真倒楣!这也只怪得他自己表演的不好。我以为似乎不妨援这个例,判《子见南子》一剧中的孔子道:"孔子见南子,丑末脚色,决若干下。"可惜这件案子,军法机关未便干预,法庭又不公然打板子,教育部也不是"遵古法制","扑作教刑"。最好还是孔氏族人无须告状,即由孔氏家长户首把这扮饰的孔子拿下,赏他一顿"红黑鸭嘴棍",好在他们的这种刑具,据说还是现成的!

再,《史记·孔子世家》也有说到孔子形状的:

> 孔子适郑,与弟子相失。孔子独立郭东门。郑人或谓子贡曰:"东门有人,其颡似尧,其项类皋陶,其肩类子产,然自腰以下不及禹三寸。累累若丧家之狗。"子贡以实告孔子。孔子欣然笑曰:"形状,末也。而谓似丧家之狗,然哉!然哉!"

孔子"三月无君,则皇皇如也",说他像一匹皇皇无主的"丧家之狗",到也恰切;所以他老先生听见了,并不曾提出"公然侮辱"的诉讼,反而欣然笑道:"然哉!然哉!"记得《说文》狗字下引有"孔子曰:狗,叩也;叩气吠以守"。狗是这么一种动物,它被人家所豢养,不是无因的。孔子在当时"周流海内。再干世主,如齐至卫,所见八十余君"(《吕氏春秋·孝行览·遇合》),都不见用,弄得像"丧家之狗"似的。但到后来,自汉高祖起,他就很得到君主的宠眷了,何患乎无家?居然"世家"起来了。他和他的许多信徒都被请入庙庭,享受冷牛肉和冷猪肉。他的子孙也因祖先之余荫而享受一种特权,直到最近的衍圣公。只因他的学说是极端尊君的,所以就被君主利用。这是不足怪的。狗能替主人"叩气吠以守",做主人的就投一片肉或一根骨给它,这有什么稀奇呢?除非它的主人昏蛋糊涂,不肯赏收它的这种忠顺,那末,它就只合做一匹"丧家之狗"了。《淮南子·泰族训》道:

> 孔子欲行王道,东西南北,七十说而无所偶,故因卫夫人弥子瑕而欲通其道。

孔子见南子似乎不是所谓"不得已",而是所谓"欲通其道"的。你只看他"次乘"以求人主之欢,"击磬"以抒失意之闷,就可看出他的"皇皇然"了。表演《子见南子》把孔子扮成"丑末脚色",不算什么大不了的问题,假如不能演出孔子的"皇皇然","累累然",那种患得患失的样子,那就要算大失败了。

八　从八股文说到宋杂剧中之孔子

从前科举时代用八股文取士，八股文是"代圣贤立言"的。于是遂有人说八股文实剧曲之变体，八股文系俳优之文，八股先生系俳优之类。你看刘师培说：

> 明人袭宋、元八比之体，用以取士；律以曲剧，虽有有韵无韵之分，然实曲剧之变体也。如破题小讲，犹曲剧之有引子也；提比中比后比，犹曲剧之有套数也；领题出题段落，犹曲剧之有宾白也。而描摹口吻，以逼肖为能，尤与曲剧相符。乃习之既久，遂诩为代圣贤立言。然金、元曲剧之中其推为生旦者，曷尝非忠臣孝子贞妇义夫耶？故曲剧者又八比之先导也。昔人既以传奇曲剧为进身之媒，则后世以八比为取士之用者，曷足异乎！故知八比之出于曲剧，即知八比之文皆俳优之文矣。乃近数百年之间，视八比为至尊，而视曲剧为至卑，谓非一代之功令使之然耶？（《论文杂记》）

八比演述孔子，又酸又腐，偏要说是代圣贤立言；剧曲表演孔子，活形活现，就要说是侮辱孔子。只因为做好八比，能够骗得官做，"一代之功令使之然"，刘师培真是说的痛快极了！

宋朝是一个理学时代，对于孔子应该是特别尊崇，毫无遗憾的了。可是不然；其时既用经义取士，开后来八股"侮圣言"之渐；又准优人扮演孔子，讽刺当时党国要人，（注意！此指当时所谓行新法的新党。）而不曾引起官司。宋儒中虽不少不明事理的顽固书生，但是对于此等地方却肯轻轻放过，你还得佩服他们的容忍的态度。现在我且把宋代优人扮演孔子的故事抄在这里：

蔡京作宰，弟下为元枢；卞乃王安石婿，尊崇妇翁，当孔庙释奠时，跻于配享而封舒王。优人设孔子正座，颜、孟与安石侍侧，孔子命之坐，安石揖孟子居上。孟辞曰："天下达尊，爵居其一。轲近蒙公爵，相公贵为真王，何必谦光如此！"遂揖颜。曰："回也陋巷匹夫，生平无分毫事业。公命世真儒，位貌有间，辞之过矣。"安石遂处其上。夫子不能安席，亦避位。安石惶惧拱手，云不敢。往复未决。子路在外，情愤不能堪，径趋从礼室，挽公冶长臂而出。公冶为窘迫之状，谢曰："长何罪？"乃责数之曰："汝全不救护丈人，看取别人家女婿！"其意以讥下也。时方议欲升安石于孟子之上，为此而止。（洪迈《夷坚志》）

或许因为这是替孔、孟帮忙的戏，当时圣人之徒才不出来说话，也未可知。不然，孔道辅之流，在宋朝未必会是稀有的人物罢。

九 关于孔子的神话或传说

关于孔子的神话或传说，大都出于谶纬，而谶纬之书又大都假托孔子所作的。《庄子·天道篇》说：

孔子……往见老聃，而老聃不许，于是翻"十二经"以说。《释文》：说者云，《诗》《书》《礼》《乐》《易》《春秋》"六经"，又加"六纬"，合为"十二经"也。

《史记·伯夷列传》，《索隐》说：

《书纬》称孔子求得黄帝玄孙帝魁之书，迄秦穆公，凡三千三百三十篇,乃删以一百篇为《尚书》,十八篇为《中候》。

《论衡·实知篇》说:

> 孔子将死,遗《谶书》曰:"不知何一男子,自谓秦始皇,上我之堂,踞我之床,颠倒我衣裳,至沙邱而亡。"……又曰:"董仲舒,乱我书。"……又书曰:"亡秦者,胡也。"

《后汉书·钟离意传》载意"出为鲁相",章怀太子注云:

> 意《别传》曰:"意为鲁相,到官出私钱万三千文付户曹孔䜣,修夫子车,身入庙拭几席剑履。男子张伯除堂下草,土中得玉璧七枚,伯怀其一,以六枚白意。意令主簿安置几前。孔子教授堂下床首有悬瓮,意召孔䜣,问其何瓮也。对曰:'夫子瓮也。背有丹书,人莫敢发也。'意曰:'夫子圣人,所以遗瓮,欲以悬示后贤。'因发之,中得素书,文曰:"后世修吾书,董仲舒。护吾车,拭吾履,发吾笥,会稽钟离意。璧有七,张伯藏其一。"意即召问,伯果服焉。

这里所谓"丹书"、"素书",也就是所谓"谶书"。《礼记》孔疏引郑玄说:

> 孔子虽有圣德,不敢显然改先王之法以教授后世;若其所欲改,阴书于纬藏之,以传后王。

郑玄已说到孔子所以要作纬书了。又《隋书·经籍志》说:

> 孔子既叙六经,以明天人之道,知后世不能稽同其意,故必立纬及谶,以遗来世。其书出于前汉,有《河图》九篇,《洛书》六篇,云自

黄帝至周文王所受本文。又别为三十篇,云自初起至于孔子,九圣之所增演,以广其意。又有《七经纬》三十六篇,并云孔子所作,并前合为八十一篇。

还有说孔子作纬书或图谶,直是为汉帝制法的。《春秋纬汉含孳》说:

> 孔子曰:"丘览史记,援引古图,推集天变,为汉帝制法,陈叙图录。"

《尚书中候》说:

> 夫子素案图录,知庶人刘季当代周。见薪采者获麟,知为其出何者。麟者木精,薪采者庶人燃火之意,此赤帝将代周。

《尚书纬考灵曜》说:

> 卯金出轸,握命孔符。郑玄注:"卯金,刘字之别。轸,楚分野之星。符,图书。刘所握天命,孔子制图书。"

《春秋纬演孔图》说:

> 孔子论经,有鸟化为书。孔子奉以告天。赤爵集书上,化为黄玉,刻曰:"孔提命,作应法,为赤制。"(见《御览》引)

这里所谓"为赤制",即《后汉书·郅恽传》恽上书王莽所说:

> 汉历久长,孔为赤制。章怀太子注:"言孔丘作纬,著历运之期,

为汉家之制,汉火德,尚赤,故云为赤制。即《春秋感精符》云:'墨孔生,为赤制',是也。"

又《宋书·符瑞志》说:

> 孔子作《春秋》,制《孝经》既成,使七十二弟子向北辰星磬折而立,使曾子抱《河洛》事北向,孔子斋戒向北辰而拜,告备于天曰:"《孝经》四卷,《春秋河洛》凡八十一卷,谨已备。"天乃洪郁起白雾摩地;赤虹自上下,化为黄玉,长三尺,上有刻文,孔子跪受而读之,曰:"宝文出,刘季握。卯金刀,在轸北。字禾子,天下服。"

这也是出自于汉人所传《孝经右契》、《孝经援神契》一类的纬书的。战国之世,已有阴阳家者流;秦皇、汉武,尤笃好神仙之术;谶纬之学因而渐盛。于是有儒者化的方士,而有经书式的纬书;有方士化的儒者,而有纬书式的经学。同时,孔子也就变成一个"先知"的神,(《论衡·实知篇》驳孔子先知之说,可看。)不可思议的神了。

《史记·孔子世家》不过说叔梁纥与颜氏女"野合"而生孔子;到了谶纬书里就直说孔子是"感生"的了。如说——

> 叔梁纥与徵在祷尼丘山,感黑龙之精以生仲尼。(《礼记·檀弓》疏引《论语撰考谶》。)
>
> 孔子母徵在游大冢(《御览》作大泽)之陂,睡梦黑帝使请与己交,语曰:"女乳必于空桑之中。"觉则若感,生丘于空桑之中。(《艺文类聚》八十八引《春秋演孔图》。)
>
> 孔子母徵在梦感黑帝而生,故曰元圣。(《后汉书·班固传》注引《春秋演孔图》。)
>
> 周灵王立二十一年,孔子生于鲁襄公之世。夜有二苍龙,自天而

下,来附徵在之旁,因梦而生孔子。有二神女擎香露于空中而来,以沐浴徵在。天帝下奏《钧天》之乐,列于颜氏之房,空中有声,言天感生圣子,故降以和乐,笙镛之音异于俗世也。又有五老列于徵在之庭,则五星之精也。夫子未生时,有麟吐玉书于阙里人家,文云:"水精之子孙,衰周而素王。"故二龙绕室,五星降庭,徵在贤明,知为神异,乃以绣绂系麟角,信宿而麟去。相者云:"夫子系殷汤,水德而素王。"至敬王之末,鲁定公十四年,鲁人锄商田得麟,以示夫子。系角之绂,尚犹在焉。夫子知命之将终,乃抱麟解绂,涕泗滂沱。且麟出之时,及解绂之岁,垂百年矣。(《拾遗记》三。)

记得《说文》里面有"古之神圣母感天而生子,谓之天子"的话。孔子既是"素王",那末,他和古代所传感生的天子一样,那是当然的了!孔子本来是一个人,汉儒要把他变成神。孔子本来不过做过陪臣,汉儒却把他抬做天子。于是乎"中庸"的平凡的孔子,就披上了一件怪诞的神秘的外衣了!从此孔子一方被人尊之为神,一方却被人拉作妖妄的方士一起。例如《魏书·高祖纪》云:

太和九年正月诏曰:"图谶之兴,起于三季;既非经国之典,徒为妖邪所凭;自今图谶、秘纬及名为《孔子闭房记》者,一皆焚之,留者以大辟论。

又《隋书·王充传》云:

有道士桓法嗣者,自言解图谶,充昵之。法嗣乃以《孔子闭房记》画作丈夫持一干以驱羊。法嗣云:"杨,隋姓也。干一者,王字也。居杨(羊)后,明相国代隋为帝也。"

《孔子闭房记》直是《推背图》、《烧饼歌》一类东西,孔子真成了预言者的方士了!

十　唱本或鼓词中之孔子

现在我要谈谈唱本或鼓词中的孔子。

孔子的真面目,被汉以来皇帝经学家道学家八股先生一班人穿凿、傅会、涂饰、挦撦的结果,真是腐臭不堪,中人欲呕了。倒是我们读一读民间文艺中关于孔子的故事,还觉得孔子有生气些。下面引用的是《在陈绝粮》:

> 有一回孔子去卫在陈邦,
> 也是他时运不至绝了粮。
> 算起来一时待了七天整,
> 并无有蔬食菜羹入腹肠。
> 孔夫子孤身遭难还犹可,
> 众徒弟一齐受困实难当。
> 只见那从者皆病莫能兴,
> 众门人饿的愁眉难展放。
> 只饿的颜回好学无气力,
> 只饿的闵子侍侧意仓皇。
> 只饿的宰予昼寝扒不起,
> 只饿的仲弓为人心里慌。
> 只饿的伯牛有疾命难保,
> 只饿的子贡能言口难张。
> 只饿的冉有为仆难执辔,

只饿的子游弦歌声不扬。
只饿的子夏问孝色战战,
只饿的子张容貌少堂堂。
只饿的曾点鼓瑟弹不响,
只饿的曾子省身依着墙。
只饿的子华不能骑肥马,
只饿的南容懒复《白圭》章。
这一时樊迟未暇请学稼,
这一时开也不得仕家邦。
这一时高柴原思难为宰,
这一时琴张牧皮不敢狂。
还有那堪称君子宓子贱,
还有那虽在缧绁公冶长。
还有那澹台灭明和有子,
还有那司马犁耕与秦商。
说不尽个个徒弟和小子,
又只见子路冲冲志气刚。
不由的愠见于色向前问,
　　——君子亦有穷乎?——
尊了声"夫子容我诉其详。
咱从无瞒心昧己将人害,
咱从无伤天越理灭穹苍。
夫子你老安少怀朋友信,
弟子愿轻裘肥马共无妨。
是怎么好心好意无好报?
是怎么再三再四受饥荒?"
孔夫子闻听由言莞尔笑,

说道是:"居,吾语汝,论短长。
你须知:'君子固穷,小人穷斯滥矣;'
这才是,知命安贫该内当。
倘若是,小人处穷再难忍,
他就要无所不至求富粮。
我终日讲道论德心荡荡,
你不必怨天尤人气昂昂!"
正是他师徒二人细谈论,
来了个九丈大汉道刚强。
只见他皂衣高冠多威武,
又听的喊声如雷震耳旁。
近前来,望着子路要动手。
勇子路也不慌来也不忙。
他这里伸手拔出七星剑,
和那个九丈大汉战一场。
他两个战来战去多一会,
分不出谁胜谁败谁高强。
孔夫子在旁参透其中意,
叫子路抓住腮巴是良方。
勇子路勇而奋登,仆于地,
原是个金色鲤鱼放毫光。
都只为夫子在陈遭了困,
这原是天赐鲤鱼救素王。
孔夫子弦歌不辍奏悲乐,
勇子路当时烹鱼众人尝。
众师徒一齐出了陈蔡地,
不久夫子得见那楚昭王。

这才是老天无有绝人路,
"二三子明日遂行"脱灾殃。

这篇东西写孔子和子路等一班门弟子在陈绝粮的故事,很生动有致,很诙谐有趣。这岂是《四书备旨》或《四书味根录》之类的东西所能讲解得来的?"礼失而求诸野",真的孔子,有时须求之于民间文艺。我们不得不慨叹于一般圣人之徒,有时竟替孔子帮倒忙了!再举《孔子去齐》为例:

自古大道属文宣,
他把那天下担子一担肩。
十八处刀兵滚滚民遭难,
愁的他早不睡来晚不眠。
他说道:"花花世界谁是圣主?
闻听说姜太公的子孙还好贤。"
分付声:"仲由与我套马车,
咱上那海岱雄邦走一番。
那一日气暖天长来的好快,
到了那鸡鸣镇上打过早尖。
齐景公除道远迎预备公馆,
倒叫他君臣大伙儿犯了难。
"待照着鲁国待季桓子,
咱没有人家那些便宜钱。
待说是草草席地待过去,
又怕他师父徒弟作笑谈。……"
商议着封他尼谿为令尹,
旁边跪倒个矮子动本参。
他说道:"这个老儿铺排大,

比不得昔日管仲相齐桓。
君纵有气概凌霄三千丈,
恐不能寿活彭祖八百年。"
齐景公听罢奏启心欢喜,
"你这话正合我的六十三。
俺如今晚上脱了鞋和袜,
谁管保明日里穿不穿!
好歹的占撮几日叫他去,
那里有水磨工夫和他缠!"
老夫子闻听此言是不能行道,
叫众徒弟收拾行李好转家园。……
谁料想,时来运转官星儿现,
到原籍就得了个中都邑宰官。
不消一月升到了刑部大司寇,
赫赫岩岩操了生杀权。
他开刀先杀了少正卯,
把一个季氏桓子气炸了肝。……
一封书暗暗的到了青州府,
吓得那齐国君臣心胆儿寒。……
快把美女选上几十对,
请戏师打上一伙女儿班。……
选了些净走不颠的桃花马,
鞍桥上驮着一班女婵娟。
出西门一直到了兖州府,
喜得个季氏桓子跳钻钻。……
暗地里花言巧语奏一本,
霎时间金銮殿内做了梨园。

君臣们一齐跌入迷魂阵,
终日里和几个戏子老婆耍笑顽。
老夫子见此光景要上本,
无奈何朝门虽设日常关。
好歹的捱了几天也看不惯,
他师徒少魂失魄奔了西南。……
一路上观不尽的"潇湘景",
猝然间遇着个疯子到车前。
他那里一边走着一边唱,
唱的是"双凤齐鸣"天下传。
他说道:"虞舜已没文王死,
汉阳郡那有韶乐共岐山。
你从前栖遑道路且莫论,
到而今羽翼困倦也该知还。
你看这郢中那有梧桐树,
何不去寻个高冈把身安?
你只想高叫一声天下晓,
全不念那屈死龙逢和比干!"
他那里口里唱着扬长去,
倒把个孔子听的心痛酸。……
老夫子走向前来待开口,
他赶着提起腿来一溜烟。
弄的没滋搭味把车上,
猛抬头波浪滚滚在面前。
师徒们勒马停骖过不去,
看了看两个农夫在那里耕里。
分付声:"仲由你去问一问,

你问问那里水浅好渡船?"
仲夫子闻听此言不急慢,
迈开大步走到了近前。
他说道:"我问老哥一条路,
告诉俺那是道口那是湾?"
长沮说:"车上坐的是那一位?"
子路说:"孔老夫子天下传。"
长沮说:"莫不是家住兖州府?"
子路回答:"然,然,然!"
长沮说:"他走遍天下十三省,
教的那些门徒都是圣贤。"
他说罢竟将黄牛儿向前赶,
你看他达达嚱嚱紧加鞭。
闪的个好勇子路瞪着眼,
无奈何又向桀溺问一番。
桀溺说:"看你不像本地客,
你把那家乡姓氏对我言。"
子路说:"家住泗水本姓仲。"
桀溺说:"你是圣人门徒好打拳。"
子路说:"你既知名可为知己,
你何不快把道口指点俺?"
桀溺说:"夜短天长你发什么躁,
慢慢的听我从头向你言。
你不见沧海变田田变海,
你不见碧天连水水连天!
你纵有摘星换月好手段,
也不能翻过天来倒个乾。

> 与其你跟着游学到处创,
> 你何不弃文去武学种田?
> 白日里家中吃碗现成饭,
> 强于你在陈饿的眼珠蓝。
> 夜晚间关门睡些安稳觉,
> 强于你在匡吓的心胆寒。
> 这都是金石良言将你劝,
> 从不从由你自便与我何干!"
> 说着回头把地种,
> 二农夫一个后来一个先。
> 仲夫子从来未占个没体面,
> 被两个耕地农夫气炸了肝。
> "若照我昔年那个孟浪性,
> 定要踢顿脚来打顿拳。"……

这篇东西共有二百八十多句,三千多字。这里不过节录它一部分,真是有趣得很。本来《论语》上面所记"楚狂接舆《凤兮》歌""子路问津",以及"孔子击磬""丈人"诸断片,都是很有文学趣味的。而且我们从这里面才可以看出孔子的真性格,真精神。例如——

> 子路宿于石门。晨门曰:"奚自?"子路曰:"自孔氏。"曰:"是知其不可而为之者与?"

又如孔子听得长沮桀溺的话,叹息道:

> 鸟兽不可与同群,吾非斯人之徒与而谁与? 天下有道,丘不与易也!

"知其不可而为之",要把天下无道变为有道,这是救世者的精神!这是革命家的精神!倘若说是孔子真有其伟大之处,这便是他的伟大。《孔子去齐》一篇开端便说"……他把那天下担子一担肩……愁的他早不睡来晚不眠……"我们不能不说这已经懂得孔子的精神。又何必腐儒经义,高头讲章,才算宣扬了孔教,尊崇了孔子? 我们真可以大胆地说:说书者讲说孔子,戏台上扮演孔子,是无损于所谓孔子的伟大、圣人的尊严的。倒是说教者宣传孔教,讲坛上讲读孔经,对把孔子偶像化、酸腐化了。从李贽以至吴虞,四五百年来的"反孔运动",固然因为孔子本身真有不少可议的地方,实则也是由于汉宋以来一班腐儒把孔子偶像化、酸腐化而引起的一种反响呀!

十一　石盘(拟狂言)

时代　春秋鲁×公时候
地方　鲁国郊外某山
人物　孔子、子路师徒两人

孔子　今天走得太累了,疲倦得很。我是向来不晓得自己会老的,今朝倒有点觉得。子路,你可觉得走累了么?

子路　夫子,我不觉得累,只觉得天气有点热。这样大太阳的天,夫子为什么不打伞呢? 子贡不是有一把新买的好伞吗?

孔子　子路,谁像你的什么贵重东西都是肯借的,便是用破了也不在乎呢! 子夏是一个小器的人,下雨的天,我都不肯开口向他借,何况今朝是晴天呢。

子路　夫子晓得今朝是要上山的,为什么手杖也不拿一根呢? 有一根手杖在手,上山下岭不也方便些么?

孔子　手杖吗？你怕还不知道。昨天打原壤那老头儿的腿子打断了。

子路　夫子常常说我粗蛮无礼，惯好动拳动腿的。您为什么也要动手打人呢？

孔子　子路，我懒得和你多说。我现在口渴得很，你可下山去找点清水来喝喝罢。你须快去快来，不要贪着玩耍，我在这里等着哩。

子路　噢，快来的。我也口渴哩。（说完，匆匆下。）

孔子　这孩子惯好招惹是非的。我倒不放心，走去瞧瞧看。（下。）

子路　（上。）吓！吃粗饭，喝白水，睡午觉，这是我们夫子每天的老功课。今朝他却要游山了。喝完了开水，又要喝冷水。这个地方有不有清洁的水呢？（四面张望。）呃，前面不是一个水池吗？对了，对了。（走上前去，刚待转弯，忽见跳出一只老虎，大吃一惊。）呔！呔！呔！……（老虎怒吼，张爪扑去。子路闪身一躲，照着虎背，便是几脚几拳。老虎负痛逃走，子路快步赶去。）畜生！你这只畜生！你走到哪儿去？……（赶到虎后，扣着尾巴，尾巴断了，虎却逃去。）妈的！你要性命，就不要尾巴了吗？……慢着，这条尾巴怪好顽的。我要把它藏在怀里，带回家去，倒看夫子晓得不晓得。……呵呀！来得太久了，说不定夫子又要骂人的。赶快舀水回去罢。（从身旁取下水瓶汲水，忙步回去。）

孔子　（皱眉上。）这个孩子还不见回来，说不定又要闹出什么岔子的。

子路　（上。）夫子，水来了。

孔子　你为什么去这么久呢？累得我等久了。（忙接水瓶喝水。）

子路　夫子，对不起！刚才正想到一个问题。

孔子　什么问题呢？

子路　（像说不出来似的。）

孔子　什么问题，你都可以说的。你不要因为在师长面前就不肯说。你尽管说来好啦。

子路　夫子,大人杀虎如之何?

孔子　大人杀虎捉虎头。

子路　君子杀虎如之何?

孔子　君子杀虎捉虎耳。

子路　小人杀虎如之何?

孔子　小人杀虎捉虎尾。

子路　(瞪目,咋舌,不知所云。孔子喝水,佯作不见。)

孔子　子路,前面风景,想必更佳。你可先走一步,看那里有没有山路可通哩。

子路　噢,夫子,我去了。(下。)

孔子　(再取瓶倒水,喝完而下。)

子路　(上。)奇怪,奇怪! 夫子怎么会知道这回事的呢? 他既知道水边有虎,为什么又要我去找水呢? 明知山有虎,偏叫虎边行,这不是明明白白要把我喂老虎吗? ……岂有此理! 你这没良心的老头子! 您既要把我喂老虎,使我不得其死然,您就要莫怪我子路粗汉,勇而无礼了! 好,您晓得我怀里有条虎尾巴,我就把这东西丢掉罢。(瞥见路旁有一个人家遗下的石盘。)这里有一个石盘,好极了! 我要把它捡起藏在怀里,回头打死您这个没良心的老头子! (捡起石盘,藏在怀里。)但是如何下手呢? ……

孔子　(上。)子路,这里上去,有没有山路可通呢?

子路　(似乎没有听见,还在痴立出神。)

孔子　喂! 子路,你站呆了吗?

子路　(回头一望。)夫子,您来了,对不起,我刚刚想到一个问题。

孔子　你又有什么问题呢? 你可说来。

子路　夫子,大人杀人如之何?

孔子　大人杀人用笔尖。

子路　君子杀人如之何?

孔子　君子杀人用语言。

子路　小人杀人如之何？
孔子　小人杀人用石盘。
子路　（大惊失色，连退几步。石盘从怀里滚下来！）

附记：

上次所谈《在陈绝粮》那个唱本中，说是子路和一条九丈大汉——鲤鱼精，大战一场。结果，他把鲤鱼精杀了，师徒们饱啖一顿，才救了绝粮之难。考它的来源，出自《搜神记》。

> 孔子厄于陈，弦歌于馆。中夜，有一人，长九尺余，着皂衣高冠，大咤，声动左右。子贡进问："何人邪？"便提子贡而挟之。子路引出，与战于庭。有顷未胜。孔子察之，见其甲车间时开如掌。孔子曰："何不探其甲车，引而奋登？"子路引之，没手，仆于地，乃是大鳀鱼也。长九尺余。孔子曰："此物也，何为来哉？吾闻物老则群精依之。因衰而至。此其来也，岂以吾遇厄绝粮，从者病乎？夫六畜之物及龟蛇鱼鳖草木之属久者，神皆凭依，能为妖怪，故谓之五酉。五酉者，五行之方，皆有其物。酉者老也。物老则为怪，杀之则已，夫何患焉？或者天之未丧斯文，以是系予之命乎？不然，何为至于斯也！"弦歌不辍。子路烹之，其味滋，病者兴。明日遂行。（《搜神记》十九）

子路在孔门弟子中真是一个顶有趣味的人物。我以为他好似旧小说或旧戏剧里面的张飞、程咬金、猪八戒、牛皋、李逵之流的人物。他死的时候那段故事是悲剧，但他活的时候许多故事大都是喜剧。《金楼子·杂记上》载的一段子路"石盘杀师"的故事，这固然和上面《搜神记》那段故事一样，未必实有其事，但拿来说明子路的性格，似乎是相宜的。我曾读过周作人先生所译日本《狂言十番》，觉得很有味儿，所以我就把这段"石盘杀师"的故事，演成狂言体的东西罢。

十二 孔门弟子

孔子这位圣人,请他粉墨登场,似乎是自李唐以来,才偶然有之。可是在孔子的生前死后,他的弟子模仿他的行动就不算是希奇的事了。说到这个,我们首先就会想到他的高足弟子颜回。据说颜回追随夫子,是"夫子步亦步,夫子趋亦趋,夫子驰亦驰"的。至于夫子"奔逸绝尘",才觉得"瞠乎若后",有点儿赶不上。只可惜颜回"不幸短命死矣!"孔夫子也只得痛哭一场,说是"天丧予!天丧予!"其次就要算到那位有若了。有若比孔子只小十三岁,自颜回、仲由死后,论他的年龄、学问,似乎都可以算得孔门的"门生长"。何况他天生一副面孔恰像孔子,一班同学哪有不恭敬他的呢!所以孔子死后,他便被同学们"共立为师"了。这一段故事,《孟子》、《论衡》都曾涉及,我以为还是《史记·仲尼弟子列传》所记,来得较详而又有趣些。

孔子既没,弟子思慕。有若状似孔子,弟子相与共立为师,师之如夫子时也。

他日,弟子进问曰:"昔夫子当行,使弟子持雨具,已而果雨。弟子问曰:'夫子何以知之?'夫子曰:'《诗》不云乎?"月离于毕,俾滂沱矣。"昨暮月不宿于毕乎?'他日,月宿毕,竟不雨。

"商瞿年长无子,其母为取室。孔子使之齐,瞿母请之。孔子曰:'无忧,瞿年四十后,当有五丈夫子。'已而果然。敢问夫子何以知此?"有若默然无以应。

弟子起曰:"有子避之,此非子之座也!"

有若可算是第一次表演孔子者。本来这一段故事是很戏剧的,也可以说是"A One-act Tragicomedy"。据说孔门弟子是有三千之多的,够得上称为贤人的,也就有七十多个。(不管七十二也好,七十七也好。)他们师生在那天下滔滔的狂潮里,挣扎,浮沉,悲欢聚散,是很可以在小说上在戏剧上表现其不朽的生命之力的。可是不幸得很!他们被尊为先圣先贤,走到了礼教的殿堂,就离开了艺术的殿堂了。只有宋代的滑稽杂剧,有涉及孔门弟子的。例如:

> 蜀伶多能文,俳语率杂以经史,凡制帅幕府之燕集多用之。嘉定中,吴畏斋帅成都,从行者多选人,类以京削系念。伶知其然。一日,为古衣冠服数人,游于庭,自称孔门弟子。交质以姓氏,或曰常,或曰于,或曰吾。问其所莅官,则合而应曰:"皆选人也。"固请析之。居首者率然对曰:"子乃不我知,《论语》所谓'常从事于斯矣',即某其人也。"官为从事而系以姓,固理之然。问其次,曰:"亦出《论语》,'于从政乎何有?'盖即某官氏之称。"又问其次,曰:"某又《论语》十七篇所谓'吾将仕者'。"遂相与叹诧,以选调为淹抑。有愍恧其旁者曰:"子之名不见于七十子,固圣门下弟,盍叩十哲而请教焉?"如其言,见颜、闵方在堂,群而请益。子蹙蹙额曰:"如之何?何必改?"究公应之曰:"然,回也不改。"众怃然不怡,曰:"无已,质诸夫子。"如之,夫子不答,久而曰:"钻燧改火急可已矣。"坐客皆愧而笑。闻者至今启颜。优流侮圣言,直可诛绝,特记一时之戏语如此。(岳珂《桯史》十三)

蜀优尤能涉猎古经,援引经史,以佐口吻,资笑谈。当史丞相弥远用事,选人改官,多出其门。制阃大宴,有优为衣冠者数辈,皆称为孔门弟子,相与言吾侪皆选人,遂各言其姓,曰:

> "吾为常从事。"
> "吾为於从政。"

> "吾为吾将仕。"
> "吾为路文学。"
>
> 别有二人出,曰:"吾宰予也。夫子曰,于予与改,可谓侥幸。"其一曰:"吾颜回也。夫子曰,回也不改。吾为四科之首而不改,汝为何独改?"曰:"吾钻故。汝何不钻?"曰:"吾非不钻,而钻弥坚耳。"曰:"汝之不改宜也,何不钻弥远乎?"其离析文义,可谓侮圣言。而巧发微中,有足称者焉。(周密《齐东野语》十三)

这当然不好算是扮演孔门弟子的故事,只是借以谐谑打诨,讽刺时人而已。不过这已经是很有趣味的了,虽然记载的人说是"侮圣言"。末了,我还要选录孔门弟子中一个很有趣味的故事于下,以助余兴。

> 公冶长贫而闲居,无以给食。有雀飞鸣其舍,呼之曰:
> 　公冶长,公冶长!
> 　南山有个虎驮羊;
> 　尔食肉,我食肠,
> 　当亟取之勿彷徨!
>
> 子长如其言,往取食之。及亡羊者迹之,得其角,乃以为偷,讼之鲁君。鲁君不信鸟语,逮系之狱。孔子素知之,为之白于鲁君,亦不解也。于是叹曰:"虽在缧绁之中,非其罪也!"未几,子长在狱舍,雀复飞鸣其上,呼之曰:
> 　公冶长,公冶长!
> 　齐人出师侵我疆。
> 　沂水上,峄山旁,
> 　当亟御之勿彷徨!
>
> 子长介狱吏白之鲁君,鲁君亦勿信也。姑如其言往迹之,则齐师果将及矣。急发兵应敌,遂获大胜。因释公冶长而厚赐之,欲爵为大

夫;辞不受,盖耻因禽语以得禄也。后世遂废其学。(《绎史》九十五引《留青日札》)

十三　孔子与女人

咸通中,优人李可及滑稽谐戏,独出辈流。虽不能托讽匡正,然智巧敏捷,亦不可多得。尝因延庆节缁黄讲论毕,次及倡优为戏。可及乃儒服险巾,褒衣博带,摄齐以升讲座,自称三教论衡。其隅坐者问曰:"既言博通三教,释迦如来是何人?"对曰:"是妇人。"问者惊曰:"何也?"对曰:"《金刚经》云'敷座而坐',或非妇人,何烦夫坐而后儿坐也?"上为之启齿。又问曰:"太上老君何人也?"对曰:"亦妇人也。"问者益所不喻。乃曰:"《道德经》云:'吾有大患,为吾有身;及吾无身,吾复何患?'倘非妇人,何患乎有娠乎?"上大悦。又问:"文宣王何人也?"对曰:"妇人也。"问者曰:"何以知之?"对曰:"《论语》云:'沽之哉,沽之哉!我待贾者也。'向非妇人,待嫁奚为?"上意极欢,宠锡甚厚。翌日,授环卫之员外职。(《太平广记》卷二百五十二引《唐阙史》)

"文宣王妇人也",优人竟把圣人来开顽笑,不知出自何典?"放屁,放屁,真正岂有此理!"《大戴礼·本命》云:"妇人者,伏于人者也。"《白虎通·三纲六纪》云:"妇者,服也;服于家事,事人者也。"说圣人为妇人,未免侮辱圣人了。何况孔圣人自己也看女人不起的呢!记得他曾说过:"惟女子与小人为难养也,近之则不逊,远之则怨。"这已经和女人过不去了,倒还不算什么。据说孔家哲学是渊源于一部《易经》的。孔子又是赞《易》作"十翼"的。《易·系辞》云:"天尊地卑,乾坤定矣;卑高以陈,贵贱位矣。……乾道成男,坤道成女。"他直以为男女有尊卑贵贱之别，就是把女子看成卑贱的人。孔子的男女观念见于《易经》的，大要如此。其他如《诗》《礼》《春秋》所说，似乎都是出于《易经》。中国人的侮蔑女性，原来是有其哲学的根据的。可是古书上有说到孔子与女人的故事。似乎是和孔子这种男女观念，开一点小顽笑，那是极"幽默"的。我把他录在下面：

  孔子南游适楚，至于阿谷之隧。有处子佩瑱而浣者。孔子曰："彼妇人其可与言矣乎？"抽觞以授子贡，曰："善为之辞，以观其语。"子贡曰："吾北鄙之人也，将南之楚。逢天之暑，思心潭潭，愿乞一饮，以表我心。"女人对曰："阿谷之隧，隐曲之汜，其水载清载浊，流而趋海，欲饮则饮，何问妇人乎！"受子贡觞，迎流而挹之，奂然而弃之；促流而挹之，奂然而溢之；坐置之沙上。曰："礼固不亲授。"子贡以告。孔子曰："丘知之矣。"抽琴去其轸，以授子贡，曰："善为之辞，以观其语。"子贡曰："向子之言，穆如清风，不悖我语，和畅我心。于此有琴而无轸，愿借子以调其音。"妇人对曰："吾野鄙之人也，僻陋而无心，五音不知，安能调琴！"子贡以告。孔子曰："丘知之矣。"抽缔绤五两，以授子贡，曰："善为之辞，以观其语。"子贡曰："吾北鄙之人也，将南之楚。于此有缔绤五两，吾不敢以当子身，敢置之水浦。"妇人对曰："客之行，差迟乖人。分其资财，弃之野鄙。吾年甚少，何敢受子？子不早去，今窃有狂夫守之者矣！"（《韩诗外传》一。又见《列女传·辨通》，字句略有不同。）

这种再三借故和一个不认识的女郎麻烦，末了还要加以财物的诱惑，假若不是出自主张"男女有别"，谨守周公之礼的孔子，恐怕会有人骂他是登徒子之流，"吊膀子"之辈了。还有一个和这个相类似的故事：

  孔子去卫适陈，途中见二女采桑。子曰："南枝窈窕北枝长。"答曰："夫子游陈必绝粮。九曲明珠穿不得,著来问我采桑娘。"夫子至陈,大夫发兵围之,令穿九曲珠,乃释其厄。夫子不能。使回赐返问之。其家谬言其女出外,以一瓜献二子。子贡曰："瓜,子在内也。"女乃出,语曰："用蜜涂珠,丝将系蚁,蚁将系丝,如不肯过,用烟熏之。"子依其言,乃能穿之。于是绝粮七日。(《绎史·孔子类记》一,引《冲波传》。)

"南枝窈窕北枝长",这也是评头品足的轻薄口吻。再有一个这样的故事:

路妇,不知何处人也,孔子游行见之,头戴象牙枇,谓诸弟子曰:"谁能得之?"颜渊曰:"回能得之。"即至妇人前,跪而曰:"吾有徘徊之山,百草生其上,有枝而无叶,万兽集其里,有饮而无食,故从夫人借罗网而捕之。"妇人即取枇与之。颜渊曰:"夫人不问由委,乃取枇与回,何也?"妇人答曰:"徘徊之山者,是君头也;百草生其上,有枝而无叶者,是君发也;万兽集其里者,是君虱也;借网捕之者,是吾枇也。以故取枇与君,何怪之有!"颜渊默然而退。孔子闻之曰:"妇人之智尚尔,况于学士者乎?"(唐无名氏《珮玉集》十二)

桑女圣于孔子,路妇贤于颜渊,固然孔、颜当时未必有这样的事;但如编造这样的故事来和孔夫圣人开顽笑,说得像煞有介事,而又不露机锋,这种"骂人的艺术",也就很值得恭维的了。

十四　孔子时代的"蜡"与"傩"

孔子时代的"优人"与"女乐",他们的乐舞,都是近似戏剧的一种艺术,我已经说过我们不妨认它为戏剧或一的先代了。还有孔子时代的"蜡"与"傩",我们也不妨认它都是近似戏剧的一种艺术。不过"优人"与"女乐"那种艺术是贵族的艺术,因为只有当时的贵族——诸侯大夫,才养得起这班"女乐"与"优人",至于"蜡"与"傩",才是那时代的平民艺术,带宗教性的民间艺术,孔子对于前一种艺术取排斥的态度,对于后一种艺术就似有相当的理解了。先看他论"蜡"。

子贡观于蜡。
孔子曰:"赐也乐乎?"
对曰:"一国之人皆若狂,赐未知其为乐也!"
孔子曰:"百日之劳,一日之乐;一日之泽,非尔所知也。张而不弛,文武弗能;弛而不张,文武弗为;一张一弛,文武之道也。"(《孔子家语·观乡射篇》)

甚么叫做"蜡"?王肃注:"蜡,索也。岁十有二月,索群神而祀之,今之腊也。""蜡"是那时候的一种祭礼。这种祭礼仪式究竟如何,现在无从确切知道。不过古代祭礼是须用巫祝以舞降神的。"蜡"是岁终大祭群神,说不定是有乐舞的。这种乐舞也许是很通俗而又很能引起大众的快感的。倘若没有这种乐舞,单止酒食而已,何至于叫"一国之人皆若狂"的欢娱呢?孔子懂得劳乐张弛之道,所以就懂得蜡祭的宗教以外的一种妙用。甚至因此而赋与他一种灵感,他想到"大道之行,天下为公";想到共同生活,共同享乐的一种理想社会。——"是谓大同"(姑且不妨承认《礼运》一篇是可靠的史料和上面引用《孔子家语》一样。)可是他的门人子贡、言偃之流却不曾懂得。要是子贡不是遇着孔子,而是遇着墨子,就得了一个同调的知己了。墨子是主张"非乐"的,甚至排斥一切艺术。当时也有一个人——程繁,拿劳乐张弛之道来反驳他。程繁说:

> 昔者诸侯倦于听治，息于钟鼓之乐。大夫倦于听治，息于竽瑟之乐。农夫春耕夏耘，秋敛冬藏，息于聆缶之乐。今夫子曰："圣王不为乐，"此譬之犹马驾而不税，弓张而不弛，无乃非有血气者之所不能至邪？"（《墨子·三辩》）

这也是儒墨之道不同的一点。其次，我们要谈到孔子时代的所谓"傩"。"傩"也和"蜡"一样，是当时的一种"礼"。这种"礼"是怎样的一种形式？《周官》上说：

> 方相氏掌蒙熊皮，黄金四目，玄衣朱裳，执戈扬盾，帅百隶而时难，（傩）以索室驱疫。

又《论语》上说：

> 乡人傩，朝服而立于阼阶。

所谓"傩"，似乎就像现在乡里人顽龙灯，跳狮子，乃至打清醮，或迎神赛会一类的把戏。孔子为什么要说"朝服而立于阼阶"？朱熹注："傩虽古礼而近于戏，亦必朝服而临之者，无所不用其诚敬也"。"蜡"和"傩"在孔子看来，都只是一种"礼"。在宋人看来"八蜡是三代之戏礼"（《东坡志林》），"傩虽古礼而近于戏"。在我们看来，这种"礼"不妨把它看作现在民间流行的各种迎神赛会一类的顽意儿；都可以看作一种带宗教性的民间艺术。我以为孔子对于"蜡"与"傩"的态度，只是出于宗教的虔诚心理，不是出于艺术的欣赏心理。因为古代的所谓"礼"，大之宗庙祭祀，朝廷聘享，小之处世接物，揖让进退，实包括一切宗教的仪式，行为的轨范，朝野的娱乐，种种繁文缛节。那时的艺术只是隶属于"礼"的很恭顺的臣仆。现在艺术不甘为臣仆了，礼教还想继续维持向来的权威。所以就有艺术和礼教的冲突。"子见南子"引起来的反响,正是最近显示这种冲突的一幕。他如浙江某女校排演"卓文君",上海美术学校及西湖艺术学院的"模特儿";先后都曾引起过一些反响,又何尝不是显示艺术与礼教的冲突呢?

附　　录

一　矮奴、侏儒、小丑之类

　　道州民,多侏儒,长者不过三尺余。市作矮奴年进奉,号为道州任土贡。任土贡,宁若斯,不闻使人生别离,老翁哭孙母哭儿。一自阳城来守郡,不进矮奴频诏问。城云:"臣按《六典》书,任土贡有不贡无。道州水土生所者,只有矮民无矮奴。"吾君感悟玺书下,岁贡矮奴宜悉罢。道州民,老者幼者何欣欣!父兄子弟始相保,从此得作良人身。道州民,民到于今受其赐,欲说使君先下泪。仍恐儿孙忘使君,生男多以"阳"为字。

这是白居易《新乐府》里面的《道州民》一首,说是"美圣主得贤臣"的。所谓贤臣,即是阳城。他在唐德宗时,作官道州。据《旧唐书·阳城传》说:

　　道州土地产民多矮,每年常配乡户贡其男,号为"矮奴"。城下车,禁以良为贱。又悯其编甿,岁有离异之苦,乃抗疏论而免之。自是乃停其贡,民皆赖之,无不泣荷。

又据《新唐书·阳城传》说：

> 州产侏儒，岁贡诸朝，城哀其生离无所进。帝使求之，城奏曰："州民尽短，若以贡，不知何者可供。"自是罢，州人感之，以阳名子。

这种"矮奴贡"并不是起于唐朝的，隋朝就已经有了。《隋炀帝海山记下》说：

> 大业四年，道州贡矮民王义，眉目清秀，应对甚敏。帝尤爱之。常从帝游，终不得入宫。……义乃自宫，帝由是愈加怜爱，得出入。帝卧内寝，义多卧榻下；帝游湖海回，义多宿十六院。……义上书云："臣本出南楚卑薄之地，逢圣明为治之时，不爱此身，愿从入贡。臣本侏儒，性尤蒙滞。出入金马，积有岁华。浓被圣私，皆逾素望。侍从乘舆，周旋台阁。臣虽至鄙，酷好穷经。颇知善恶之本源，少识兴亡之所自。……"

这个矮奴也就非凡了。又《迷楼记》也说：

> 矮民王义上奏曰："臣田野废民，作事皆不胜人。生于辽旷薄绝远之域。幸因入贡，得备后宫扫除之役。陛下特加爱遇，臣尝自宫以侍陛下。自兹出入卧内，周旋宫室，方今亲信，无如臣者。……"

我们读了上面引用的两节文字，就可以知道矮奴原来是被贡入宫廷里面供役使的人。还得知道矮奴也可以叫作侏儒。或许因为春秋战国以至秦汉宫廷里面有供玩弄的侏儒，后来才渐渐转变到宫廷里面用供役使的矮奴，也未可知。不过他们二者之间的历史关系，我们现在很不容易寻找罢了。只见《汉书·东方朔传》有这么一回事：

朔绐驺朱儒曰："上以若曹无益于县官。耕田力作,固不及人;临众处官,不能治民;从军击虏,不任兵事;无益于国用,徒索衣食;今欲尽杀若曹。"朱儒大恐啼泣。朔教曰:"上即过,叩头请罪。"居有顷,闻上过。朱儒皆号泣顿首。上问:"何为?"对曰:"东方朔言上欲尽诛臣等。"上知朔多端,召问朔:"何恐侏儒为?"对曰:"臣朔生亦言,死亦言。朱儒长三尺余,奉一囊粟,钱二百四十。臣朔长九尺余,亦奉一囊粟,钱二百四十。朱儒饱欲死,臣朔饥欲死。臣言可用,幸异其体;不可用,罢之;无令但索长安米。"上大笑。

何谓"驺朱儒"?文颖曰:"朱儒之为驺者也。"师古曰:"朱儒,短人也。本厩之御驺也。后以为骑,谓之驺骑。"这么说来,这种侏儒不是优人,乃是矮奴了。他们的身分只是驺卒驺从之流。那末,侏儒不仅用以供玩弄,还要用以供役使,已从汉朝开始了。

古代供玩弄的侏儒即叫倡优。所以《乐记》有"优侏儒"的话。又《史记·李斯列传》说:"侏儒倡优之好,不列于前。"《滑稽列传》说:"优旃者,秦倡侏儒也。"再,《孔子世家》记齐景公会鲁定公于夹谷,齐有司"使优倡侏儒为戏而前",孔子请命有司把他杀了。《孔子家语》、何休《公羊解诂》同述这件事,都说孔子所杀的是侏儒;只有《穀梁传》就说是优,而且这个优人叫做优施了。大约古代优人常用侏儒为之,所以称优人或称侏儒。(参看王国维《宋元戏曲史》页四至五)也间有用巨人为优的,所以李尤《平乐观赋》有"侏儒巨人,戏谑为偶"的话(《艺文类聚》六十三)。不过古代巨人为优的记载,究是很少见的了。

无论倡优也罢,侏儒也罢,他们主要的职能只在谐谑,供人玩弄而已。他们都是"滑稽列传"里面的人物。倡优之常用侏儒为之,也不过因他矮小或臃肿,具有滑稽的天然姿态罢。

现在戏剧里面滑稽脚色系小花脸,也或叫做丑,所谓丑脚或小丑是也。有许多人不懂剧情,也不懂唱,但对于小丑那种滑稽的插科打诨,却是十分欣赏得来的。据说这种专门的滑稽脚色之起源是这样的：宋徽宗的时候，有爨国人来朝，使优人扮爨国人为戏，开一点顽笑；后来就把这种开顽笑的滑稽脚色叫做爨。只因丑爨双声，爨字笔画麻烦，就省写作丑了。其实古代的所谓俳优，几乎都是以谐谑为其职能的。直到后来戏剧进步达于某一程度的时候，不能不扮演许多不同身分性格的人物了，才有分扮各种人物的专门脚色。例如宋杂剧中有所谓"末泥色主张，引戏色分付，副净色发乔，副末色打诨"。还有装旦，装孤等名色。到了元杂剧，名色更多，就有所谓正末、副末、狚（旦）、狐（孤）、靓（净）、鸨、猱、捷讥、引戏等等了。所谓小丑似乎就是远承宋元杂剧中发乔，打诨，捷讥，那种脚色而来的。再远一点，就会要上推到原始的戏剧所谓优倡侏儒了。因此我们要说：戏剧里面最初就有的脚色只有小丑，或说扮演戏剧起于小丑，都无不可。

二　文人与俳优

所谓文人，自然是属于从来所谓四民之首的"士"。所谓俳优，俗称"戏子"，自然是属于从来看作贱民之类的，所谓倡优皂隶是也。从来文人看不起戏子，戏子自外于文人，中国戏剧文学之不发达，可不是无因的罢。实则中国历史上有一个时代，文人俳优是常常相提并论的。这一个时代便是西汉。为什么文人俳优得相提并论？文人和俳优有什么关系？现在根据《汉书》所载加以论述。《司马迁传》里说：

> 仆之先人非有剖符丹书之功，文史星历近乎卜祝之间，固主上所戏弄，倡优畜之，流俗之所轻也。

文人和俳优在那个时候都不过是供皇帝戏弄的弄臣，（说得好听一点，便是清

客。)都为流俗所轻视,关于这点,司马迁也很有些愤懑不平的意思了。不过那个时候究竟还是重用文人的。《严助传》说:

> 是时征伐四夷,开置边郡,军旅数发,内改制度,朝廷多事,娄举贤良文学之士。公孙弘起徒步,数年至丞相。开东阁,延贤人与谋议,朝觐奏事,因言国家便宜。上令助等与大臣辩论,中外相应以义理之文,大臣数诎。其尤亲幸者,东方朔、枚皋、严助、吾丘寿王、司马相如。相如常称疾避事,朔、皋不根持论,上颇俳优畜之。

这么说来,只有"不根持论"的文人如东方朔、枚皋之流,才被皇帝"俳优畜之"的。什么叫做"不根持论"?《东方朔传》说:

> 朔尝至太中大夫,后常为郎,与枚皋、郭舍人俱在左右,诙啁而已。

又《枚乘传》附载枚乘的儿子枚皋,说:

> 皋不通经术,诙笑类俳倡,为赋颂,好嫚戏,以故得媟黩贵幸,比东方朔、郭舍人等,而不得比严助等得尊官。……从行至甘泉、雍、河东,东巡狩,封泰山,塞决河宣房,游观三辅离宫馆,临山泽,弋猎,射驭,狗马,蹴鞠,刻镂,上有所感,辄使赋之。……皋辞赋中自言为赋不如相如,又言为赋乃俳,见视如倡,自悔类倡也。故其赋有诋娸东方朔,又自诋娸其文骫骳,曲随其事,皆得其意。颇诙笑,不甚闲靡。……

上文里面所谓"诙啁","诙笑","嫚戏",所谓"其文骫骳,曲随其事,皆得其意",想来就是"不根持论"的意思罢。那时皇帝的豢养这班文人正如豢养俳优一样,因为他们都是可以供戏弄的弄臣,不过文人用文字来诙调,嫚戏;俳优用语言或动作来诙调,嫚戏而已。《王褒传》说:

> 宣帝时,修武帝故事,讲论六艺群书,博尽奇异之好。征能为《楚辞》,九江被公召见诵读。……上令褒与张子侨等并待诏,数从褒等放猎。所幸宫馆,辄为歌颂,第其高下,以差赐帛。议者多以为淫靡不急。上曰:"'不有博弈者乎?为之犹贤乎已。'辞赋大者与古诗同义,小者辨丽可喜。辟如女工有绮縠,音乐有郑卫,今世俗犹皆以此虞说耳目。辞赋比之,尚有仁义讽谕,草木鸟兽多闻之观,贤于倡优博弈远矣。"……
>
> 其后,太子体不安,苦忽忽善忘,不乐。诏使褒等皆之太子宫,虞侍太子,朝夕诵读奇文及所自造作。疾平复,乃归。太子喜褒所为《甘泉》及《洞箫颂》,令后宫贵人左右皆诵读之。

够了,够了,不必再引书了。我们基于这些材料,似乎不妨作一个这样的结论:

那时的所谓文人——辞赋家,他们所作的辞赋,大都是为着君主贵族娱悦耳目的。他们或替君主歌功颂德,或陪君主打猎出游,都是要用这种辞赋来铺张扬厉的。有时遇着君主无事,或是太子有病,也要为着他们诵读这种侈丽闳衍的辞赋来慰藉愁苦、娱乐心神的。这班文人真是和俳优一样的做着弄臣,他们的作品真是徒为供着最少数人娱乐或消遣的贵族文学!至于他们借着辞赋来到君主贵族面前讽谕,谲谏,那也是和俳优的滑稽谐谑一样,所谓"谈言微中,亦可以解纷"。总之,这种文人,这种俳优,都是封建社会里面的产物,他们的时代早已过去了。

三　打芦花(剧本)(存目)

附记：

此为湖南民间流行剧本之一。因系演述孔门弟子——闵子骞克全孝道事，故录存于此。原本出自长沙小西门外周庆林堂所刻，错字极多，兹惟择其所知者而订正之。

《申报·自由谈》未收录专集之杂文

反　　攻

你们这东洋直脚鬼也太欺负人,
难道给你三省还要四省不成?
好,你要剥我外衣,我把里衣也送你,
你还要批我左颊,我便给你右脸也行。
咱们是,真正老牌堂堂礼让君子国,
拿齿对付齿,拿眼对付眼,那是不成。
你可要气得咱老子拿出机关枪来对打?
黄鼠狼被追急了也会有个救命屁来冲。
咱老子发表了谈话你可曾看见?
这一趟我一定坚决抵抗不容情。
且慢,等我上了飞机你再来放炮,
区区热河守十天,也问得过良心。
何况守土不力,下令通缉了汤玉麟?
你这小子们太得意了简直不识相,

占了热河又古北口喜峰口取长城,
你定要进兵,咱老子有的是长期抵抗,
你不见报纸上说,咱们的军队要反攻?
而且你看,不抵抗将军已经通电下野,
抵抗,抵抗,第三个还是抵抗,下了决心。
你知道咱老子剿办几个毛贼也曾动兵几十万,
对付你这侵略我们的强盗难道说就没有大兵?
我劝你,快把热河收拾好,开一个祝捷会。
待咱老子喘一喘气,好再嚷一阵反攻反攻。

一九三三.三.一八

花鼓戏之起源

予尝观京戏《打花鼓》,又尝读《缀白裘·花鼓》一剧,颇疑花鼓出自凤阳,明初始有之。花鼓凤阳歌云:

说凤阳,话凤阳,凤阳原是好地方。
自从出了朱皇帝,十年倒有九年荒。
大户人家卖田地,小户人家卖儿郎。
惟有我家没有得卖,肩背锣鼓走街坊。

按明初屡有饥荒,见于诸帝本纪。歌中所云,意谓当时凤阳遭饥,贫苦之家,有儿女者出卖儿女,否则即打花鼓,乞食为生也。闻今凤阳城北门外三里许,田野间有硕大无比之大铁锅五。相传昔遭兵灾,荒歉连年,皖北饥馑。明帝眷念民困,乃饬吏于此施粥赈灾,铁锅即前时用以煮粥者。据云每一铁锅足供五百人果腹,可见其容积之大。由是言之,明时凤

阳遭饥,至今尚有铁证不磨也。兹再抄《花鼓》中小曲一支:

（仙花调）身背着花鼓,（净持锣跳上）（旦）手提着锣。夫妻恩爱,并不离他。（合）咱也会唱歌,穿州过府,两脚走如梭。逢人开口笑,宛转接讴歌。（贴）风流子弟瞧着我,戏耍场中那怕人多,这是为钱财没奈何。（净）咚咚搭鼓上长街,引动风流子弟来。（贴）看得他人心欢喜,银钱铜子滚出来。

此等花鼓女郎竟似吉普西 Gypsy 女人,以卖艺糊口于四方也。在湖南流行之花鼓戏曲有王三卖肉一种,其中花鼓大姐云:"家住凤阳府,学得唱歌文。"又有婊子过关一种,其花鼓妓亦来自皖北,路过芜湖,但未明言其为凤阳人耳。予以为花鼓是否始于明初,凤阳是否花鼓最初发生之地,斯固不无可疑;若仅谓自明以来,凤阳即为花鼓有名之产地,是则昭然可证也。

又欧阳予倩于其《汉口的戏剧》一文,论及花鼓。略谓宋朝有所谓迓腔戏,曲牌中亦有所谓村里迓鼓,花鼓戏大约即为迓腔戏之遗,亦未可知。予以为宋时但有讶鼓戏,欧阳所谓迓腔,未知何出。《续墨客挥犀》卷七云:"王子醇初平熙河,边陲宁静。讲武之暇,因教军为讶鼓戏,数年间遂盛行于世。其举动舞装之状,与优人之词,皆子醇初制也。或云子醇初与西人对阵,兵未交,子醇命军士百余人,装为讶鼓队,绕出军前,虏见皆愕眙,进兵奋击,大破之。"以军士装讶鼓,以讶鼓破敌人,是战争也,亦艺术也。王子醇洵何人也哉！又《朱子语录》卷一百三十九云:"如舞讶鼓,其间男子妇人,僧道杂色,无所不有,但都是假的。"可知讶鼓创自北宋王子醇,南渡以后,流行益广也。但今之花鼓是否讶鼓之遗,未易考定。予以为宋时尚有所谓打夜胡,颇与今之地花鼓相似。地花鼓云者,不须舞台,即于地上扮演之花鼓也。孟元老《东京梦华录》云:"十二月,即有贫者三教人,为一火,装妇人鬼神,敲锣击鼓,巡门乞钱,俗呼为打夜胡。"《云麓漫钞》亦有打野胡一则,略谓岁将除,乡人相率为傩,俚语谓之打野胡。要而言之,花鼓之起源甚早,吾人可以假定者,打迓鼓,打夜胡,打花鼓,三者音相近,而事相类,殆因俚语之流转,遂致一事三名,今则通称为花鼓也。

一九三三.六.一一

再论花鼓戏之起源

　　蒙古佟赋敏著《新旧戏曲之研究》,厕花鼓戏于杂剧之列。略谓花鼓戏即系吹腔,创于凤阳。清雍正时,救济泗州水患,注全力于高家堰,而淮水大患,悉集凤阳。人民流离,以唱花鼓戏为生,流转至城市。同光之间,上海城中西园隙地,成为花鼓戏场。演者率三四人,男子击锣,女子打双头鼓,和以胡琴鼓板。所歌者,大抵媟亵之词,然而宛转可听。因此皮黄中有剽窃之打花鼓一出,至今犹流行于大江南北焉。佟君之说,未知何据。信如斯言,则凤阳歌"自从出了朱皇帝,十年倒有九年荒",为作曲者不敢直指当时皇帝之托词,固为有理。然而但能证明此曲作于盛清,尚不能断定花鼓即始于其时也。明清之际,今花鼓皮黄皆有四平,而腔调不类。又同有纽丝,亦异其音色。盖今之皮黄,兼采昆曲花鼓之长,即俗化昆曲,雅化花鼓而成者欤? 要之,花鼓戏为一种野生艺术,实先元明杂剧传奇而有之。他日有暇,当再详为覆论也。

一九三三.六.一五

关于放屁文学

　　"虽则放屁,也是文学。"顷见某刊物载有胡怀琛之《萨坡赛路杂记·十二》,《放屁文学(已见《蘧庐絮语》)校勘记》,谓蒋子正《山房随笔》所载之咏屁诗：

> 视之不见名曰希，
> 听之不闻名曰夷。
> 不啻若自其口出，
> 人皆掩鼻而过之。

前二句出自老子，然略有错误。且谓屁原有声，不能说听之不闻。应依老子原文，改作：

> 视之不见名曰夷，
> 搏之不得名曰微。
> 不啻若自其口出，
> 人皆掩鼻而过之。

按此公尝改《尝试集》内之诗，遭受胡圣人一场奚落。又尝改柳宗元文，大受王云六小风及玄之讥笑。今复师心自用，奋笔以改林神童之转失气诗，是亦不可以已乎？

一九三三.六.一七

旧戏锣鼓论

萧伯讷问梅兰芳博士曰："中国何以须用锣鼓？"博士曰："昆曲中亦有不用锣鼓者。"此虽捷对，犹嫌饰辞也。叶公绰先生问萧翁曰："何故不食肉？"萧曰："我不食肉，所以不食肉。"梅博士盍答萧曰："中国戏须用锣鼓，所以必用锣鼓。"诚能如此，彼以幽默来，我亦以幽默往，此之谓礼尚往来，岂不益见礼仪之邦，未可轻视耶？萧伯讷目无中国，我正可以"毋谓秦无人"折之也。前见《自由谈》内聚仁先生论锣鼓一文，触发予思，颇拟申论；终以偃卧病床，无能为役。今者博士又来上海登台奏技矣，锣鼓之声，洋洋盈耳，焉得默然无言乎？

予谓中国自有戏剧之一物，即不离锣鼓，无论国渣国粹，系乎见仁见智。花部乱弹，固然未免锣鼓喧阗。以昆曲言，曷尝不重锣鼓？清初李笠翁尝有锣鼓忌杂之言矣。彼以为戏场锣鼓，筋节所关。当敲不敲，不当敲而敲，与宜重而轻，宜轻反重者，均足令戏文减价，此中亦具至理，非老于优孟者不知。最忌在要紧关头忽然打断，如说白未了之际，曲调初起之时，横敲乱打，盖却声音，使听白者少听数句，以致前后情事不连，审音者未闻起调，不知以后所唱何曲。打断曲文，罪犹可恕；抹杀宾白，情理难容。又有一出戏文将了，止于数句宾白未完，而此未完之数句又系关键所在，乃戏房锣鼓，早已催促收场，使说与不说同者，殊可痛恨，故急徐轻重之间不可不急讲也。场上之人，将要说白，见锣鼓未敲，宜少停以待之，不则过难专委，曲白锣鼓均分其咎矣。笠翁此论发于昆曲没落之际，当时无人注意。迨乱弹起，锣鼓愈击，且非此不足以使场面热闹，此乱弹之所以为乱弹也。

所谓乱弹，今以二黄为正宗。二黄所用之乐器，如大锣、小锣、小铛锣、大鼓、大钹、小钹、檀板等，仅能发不规则之噪音。或助场面之热闹，或定说唱之起讫，或表情感之张弛，或示动作之疾徐。锣鼓之作用如此，至其音乐上之意义，则无甚可言也。锣鼓之敲法，除牌子外，细分之，大小约在二十种左右。牌子中之水龙吟，将军令等，虽似一种和声组织，其实亦惟用以明节奏，壮声势而已。二十年来之二黄，锣鼓愈响愈妙，武戏不惜敲破大锣，以壮角色之声威。欧阳予倩先生谓此等鼓手之耳较常人为聋，有年老竟成聋虫者，虽似戏言，亦实况也。

总之，予以为中国戏剧之远源出自角抵为戏。秦汉以至隋唐志角抵为戏，一称散乐，散见诸史礼乐志。角抵武术，固须有金鼓以示进退，而壮阵容；音乐之中亦不能不用金革。此我国旧戏所以不废武把子与锣鼓之故欤？未知梅博士以为如何也。

一九三三.六.二二

再 论 锣 鼓

顷见罗复先生《旧剧锣鼓论新解》，既已领教其……矜为独得之新解矣。其中有涉及予之前论者，略为申论，以见予于罗复先生之所疑，未尝不早虑及也。

新解谓"角抵百戏何时才和中国戏剧水乳交融，锣鼓何时才正式阑入我国旧戏里来，何如先生却又不免将这些问题轻易放过了"。宜若罗复先生不至轻放此一问题，别有新解者，但细看下文，不禁失望。盖彼仅引顾起元《客座赘语》之老话为证。其实顾氏此论，予曩尝用以证南北曲之消长；（见最近《青年界》）而不用以论锣鼓者，以其所谓散乐，类于今之所谓清唱，自无须乎锣鼓。其所谓大席打院本，当系正式上演矣，然止言及撮垫圈、舞观音，或百丈旗，或跌队子，不及音乐，非无音乐也，故不能证北曲但有武把子而无锣鼓也。何况北曲久已没落，文献难征，非起金元人于地下，未易有令人心服之证明乎？至顾氏论及南唱，未知言其所谓小集散乐欤？抑所谓大席打院本欤？其举乐器不及锣鼓，或仅言清唱，故不用锣鼓，或仅言主乐，其他未尽列举，均未可知也。且昆曲虽谓成为广陵散，犹非完全绝响，间有知音者。例如《新旧戏曲之研究》著者佟赋敏先生，于论昆曲组织及表演法，谓其"乐队方面，导歌乐以笛子唢呐为主，又由单皮及夹板指导他们。辅助笛子的有弦子、琵琶、笙、月琴、九音锣、怀鼓。辅助唢呐的有堂鼓、大鼓、小锣、大钹、小钹、齐钹、海笛"。又于昆曲改造论，谓"昆曲的原素既然有萧杀的军乐，军乐的燥烦是不宜于爱好和平民族的,就应该分析出来。所以铙、钹、唢呐、大锣等一概不用,必须代以他种乐器。"昆曲用锣鼓之说,非予向壁虚造也。何况李笠翁尝亲见昆曲之存在,已有锣鼓忌杂之评乎?罗复先生谓"南曲最初不用锣鼓",此诚所谓新解矣,其奈顾起元之老话,原意模糊,不足为证何?至谓"笠翁此论发于昆曲没落之际"为予论最大之漏点,予诚不知其漏点何在也?

罗复先生既自承"中国戏剧远源出自角抵,是中国戏剧史的三字经。我国旧戏不废武把子与锣鼓,是由于角抵武术须有金鼓以示进退,而壮阵容,也自是不易之论"。于予前论之基点所在,幸已看明,可勿赘论。至谓"何如先生既承认锣鼓是和武把子同时侵入旧戏,为什么又断言中国戏须用锣鼓,是自有戏剧一物即不离锣鼓,而不察知它的袭来,和它也正和武把子一样是在旧戏里面牵强活动呢?"此则须分别言之。予所谓中国戏须用锣鼓者,系拟梅博士答萧翁之言,盖戏言耳,非为锣鼓辩护其存在者,覆按予论可知也。又予并无"锣鼓是和武把子同时侵入旧戏"之言,不仅在前论中未尝有此荒谬,今亦未便承认,敬以璧还。予但言"自有戏剧一物,即不离锣鼓"。此矣根据旧说,人所尽知之三字经,顾未敢标为新解也。

《旧唐书》卷二十九《音乐志二》首言散乐角抵百戏,次及当时之歌舞戏,有大面、拨头、踏摇娘、窟垒子等戏。大面一云代面。同书云:"代面出于北齐,北齐兰陵王长恭,才武而面美,常着假面以对敌。尝击周师金墉城下,勇冠三军,齐人壮之,为此舞以效其指麾刺击之容,谓之《兰陵王入阵曲》。"王国维先生于《宋元戏曲史》论之曰:"古之俳优,但以歌舞及戏谑为事。自汉以后,则间演故事。而合歌舞以演一事者,实始于北齐。顾其事至简,与其谓之戏,不若谓之舞之为当也。然后世戏剧之源,实自此始。"可知中国乐剧最初之形成,始于北齐以至唐朝代面一类之歌舞剧。代面一曲,演者既著假面,已具脸谱之雏形矣;既效战斗时指麾刺击之容,已类今之所谓武把子矣。所可惜者,史不书其歌舞时所伴奏之乐器。意者其亦用金鼓以示进退而壮阵容,确效古之战争乎?予所谓中国自有戏剧,即不离锣鼓与武把子,角抵百戏而外,此亦予说之一助。但仍不敢标为新解,自矜创获也。

最后有须郑重申言者,予非为锣鼓武把子辩护,但蠡测其历史来源而已。原为玩物丧志,姑作无聊之文,不谓引出罗复先生如许新解,抛砖引玉,获赏已多,故喜而为此再论。至予一论再论,无甚新解,谬占《自由谈》宝贵之篇幅,虚耗读者宝贵之光阴,是则至为惶恐不安,而无可如何者也。

一九三三.六.二七

短视非病说

予患短视,近益加剧,颇以无力得致满剌加国叆䴡为憾。室人笑曰:"如此世界,近视亦佳。眼光远大,转为不妙也。"戏言而颇有思理。《后汉书·独行传》载犨为任永与梓潼冯信,皆托青盲以避世难。永妻淫于前,匿情无言。见子入井,忍而不救。信侍婢亦对信奸通。及闻蜀乱粗平,皆盥洗更视,曰:"世适平,目即清。"又《晋书·阮籍传》言籍能为青白眼,见礼俗之士,以白眼对之。古人或以青盲自污,或以白眼自晦。吾何嫌于短视乎?《金瓶梅》第一回记西门庆、白赉光、常峙节、应伯爵等十人,同赴玉皇庙结拜兄弟。四顾庙堂,瞥见马、赵、温、黄四大元帅。白赉光论马元帅之三双眼,亦殊有理致。

> 白赉光携着常峙节的手儿,从左边看将过来,一到马元帅面前,见这元帅威风凛凛,相貌堂堂,上面画着三只眼睛。便叫常峙节道,"哥,这却怎的说?如今世界,开只眼儿闭只眼儿便好,还经得多出只眼睛看人破绽哩!"应伯爵听见的走过来道:"呆兄弟,他多只眼儿看你,倒不好么?"众人笑了。

古人有言，察见渊鱼者不祥，何况看人破绽！"如今世界，开只眼儿闭只眼儿便好。"此《金瓶梅》之著者开宗明义之微意也。予虽短视，犹愈于开只眼儿闭只眼儿之眇者，短视短视，何足病哉？

一九三三.六.三〇

锣鼓之尾声

予既为《再论锣鼓》一文，顷闻罗复先生，已有驳论，尚未发表，（编者按：即昨日罗复先生之文①）未知其作何语，想有愈多愈妙之新解饷人，是无疑也。惟予俭腹贻羞，又无书袋可掉，复为腼颜为此三论者，一以稍尽前论未竟之意，一以冀得顾曲专家之高论。书生论曲，谬托知音。舞台实情，敢质真赏。

顾予有略须申述者，一则妄虑读者眼花之缭乱，一则预防辩者论点之支离。故于前此二论，要点所在，不惜重提：一曰"以昆曲言，曷尝不重锣鼓？"予引李笠翁佟赋敏之说为证，姑引陈言，非出新解，倘有错误，不代负咎也。二则蠡测我国旧戏中锣鼓愈武把子之历史来源，以为出自秦汉以至隋唐之间角抵百戏，以及代面一类之歌舞戏，因谓中国自有戏剧之一物，即不离锣鼓，即自其起源而言之，亦想言其有锣鼓而已，非谓其锣鼓之种类，敲法，一如今日也。三则予谓顾氏《客座赘语》，所言北曲大四套，中间错以撮垫圈、舞观音，或百丈旗，或跳队子为武把子，以其显为百戏中杂技之遗走。虽然，予于北曲，仅读元剧数十种，于其舞台上之实际情形，则茫然无知，所论止此，不敢强作解人也。

今所欲补论者，罗复先生所谓"明万历前后，北曲南区全都不用锣鼓"。又谓"南曲最初不用锣鼓"。因谓予既引李笠翁论锣鼓之言为证，又言"笠翁此论发于昆曲没落之际"，为予论证最大之漏洞，予已于《再论》中驳之矣。魏良辅《曲律》有言："清唱俗语谓之冷板凳。不比戏场借锣鼓之势,全要闲雅整肃,清俊温润。"魏氏为昆曲之鼻祖,论曲已及锣鼓,安得强谓"明万历前后,北曲南区全都不用锣鼓"乎?此种大胆之新解,惟罗复先生始有之。而又自夸其为正确。又朱竹垞《静志居诗话》谓康对山殁时,家无长物,惟腰鼓多至三百副。陆侃如《诗史》则云大小鼓三百副。按康海为成化嘉靖间人,约与魏良辅同时而较早。彼为当时北曲有名之作者,未闻其兼工南曲。蓄鼓何为?其数尤为惊。但予不敢遽出新解,谓为北曲有锣鼓之证也。

予之立论止此,答辩亦止此。政见之争,居恒鸡虫得失视之。复以文字为戈鋋,予岂犹有蓬之心也夫!

一九三三.七.二

注

① 罗复《敬答何如先生》,《申报·自由谈》1933年7月1日。

谈 温 柔 乡

相传汉成帝得御赵飞燕,觉其竟体如绵,无所不靡,谓为温柔乡。且曰:"吾老是乡矣,不能效武皇帝更求白云乡也。"予幼时尝读《醉乡记》《饿乡记》《睡乡记》诸文,颇以未尝见《温柔乡记》为恨。及读《金瓶梅》卓二姐归阴一段,写卓二姐临危时梦见温柔乡,虽寥寥数语,亦觉可喜,所谓慰情聊胜无也。

卓二姐病在垂危,神思恍惚。西门庆除了大门,她便发起昏来,大声疾呼道:"这是怎的地方?为何我身在此?"月娘李娇儿听得卓二姐狂叫,连忙走到她房里,唤醒了她,问她见些怎的?卓二姐道:"……到一处,楼台金碧,柳暗花明,好鸟临风而驭,作宛转之欢声。阶下海棠娇艳,飘柔丝以撩人,颜曰温柔乡。入其中,但闻笙管齐奏,歌声裂帛。"月娘道:"歌些怎的?"卓二姐道:"只听得首座一人歌曰,美色监中绿,美味鱼中毒。可怜世上人,尽堕销魂狱!第二人歌曰,莲炬融融春风温,迷香洞中尽迷魂,黄金费尽歌舞空,十年一觉扬州梦。"……月娘道:"这也奇怪,想是你神思恍惚,就见了这些。……"

此之所谓温柔乡,何酷似今之所谓跳舞场也!在旧时封建社会中,真能享温柔乡之乐者,上自汉成帝一流之君主,下至西门庆一流之豪绅,而贫苦小民莫与焉。倘今世而有温柔乡存在,则其享乐者又为何许人耶?

一九三三.七.六

道 统 之 梦

呜呼!人心惟危,道心惟微,惟精惟一,允执厥中。是道也,天下之大道也。尧以是传之舜,舜以是传之禹,禹以是传之文武周公,周公传之孔子。孔子祖述尧舜,宪章文武,而尤向慕于周公,周公因而入梦,及其衰也,乃有久不复梦周公之叹。此道统之梦第一幕也。后汉边韶,昼日假卧。弟子私嘲之曰,边孝先,腹便便,懒读书,但欲眠。韶潜闻之,应曰,边为姓,孝为字,腹便便,五经笥。但欲眠,思经事。寐与周公通梦、静与孔子同意。师而可嘲,出何典记?但知昼寝之边胖子,亦以睡梦中与周公通梦、孔子同意自居。此道统之梦第二幕也。明代腐儒最多,讲学之风最盛,门户之见亦最深,人皆以肩此道统自任。于是而做道统之梦者多矣。吴与弼《康斋文集日录》,常记其梦见文王、孔子、朱子。如云:乙巳梦见孔子文王,丙子三月初一日梦访朱子。五月二十五夜梦孔子之孙，奉孔子之命来访。辛巳食后倦寝，梦朱子父子来枉顾。又称新居栽竹夜归，其妻亦梦一老人携二从者，云是孔夫子到此相访。梦欤梦欤？有鬼有鬼。此道统之梦第三幕也。以戏曲结构拟之，已达顶点矣。杨继盛自作《年谱》，记其从韩邦奇学乐律，夜梦虞舜。此道统之梦第四幕也。至罗伦《一峰集·梦稿》二卷①，记梦之词至三四百余首，荒唐悠谬，不可究诘。此道统之梦第五幕也。一部滑稽戏，殆将以此乱弹收煞欤？然而未也。即使今日已无圣人，而此圣圣相传之道统，传贤亦可也。奈何今之新史家必曰尧舜无其人，而禹为爬虫之类，惊破大贤道统之梦也哉？

一九三三.七.一二

注

① 《梦稿》二卷系附于罗伦《一峰集》之后。

谈"昭君变"

尝读唐王建《观蛮妓》一诗云："欲说昭君敛翠娥，清声委曲怨于歌。谁家年少春风里，抛与金钱唱好多。"此一蛮妓以说唱昭君故事为生，其所说所唱，未知取何形式，如苏滩乎？如大鼓弹词乎？抑如花鼓小调乎？又《全唐诗》载一世次爵里皆无可考之诗人吉师老，有《看蜀女转昭君变》一诗云："妖姬未著石榴裙，自道家连锦水汶。檀口解知千载事，清词堪叹九秋文。翠眉颦处楚边月，画卷开时塞外云。说尽绮罗当日恨，昭君传意向文君。"此一蜀女说唱昭君故事，且张昭君出塞画卷矣。诗题所谓转，当然即六朝以来，和尚吟诵佛经，称为转读之略词也。其所谓变，当为变文之意。三十年前，甘肃敦煌石室发见李唐五代人写本，其中有《大目犍连冥间教母变文》、《舜子至孝变文》、《降魔变文》、《佛本生经变文》等三四十种。此种文体，散文韵文夹杂，有说有唱，似以唱为中心。近见刘复《敦煌掇琐》，内有拟题为《昭君出塞》之一种，原题不知云何，其文颇多残缺讹误。今引其描写昭君之死一节于此，以见一斑。

> 从昨夜以来，明妃渐困。应为异物，多不成人。单于重祭山川，再求日月。百计求方，千般求术。……恰至三更，大命方尽。单于脱却天子之眼，还著庶人之裳。披发临丧，魁渠并至。骁夜不离丧侧，部落岂敢东西。日夜哀吟，无由暂辍，恸悲切调。乃明妃哭处，若为陈说——
>
> 昭君昨夜子时亡，突厥今朝发使忙。
> 三边走马传胡命，万里悲书奏汉王。
> 单于是日亲临哭，莫舍须臾守看丧。
> 解剑脱除天子服，披头还着庶人裳
> ……
> 寒风入帐声犹苦，晓日临行哭未殃。
> 昔日同眠夜即短，如今独寝觉天长。
> 何期远远离京兆，不忆冥冥卧朔方。
> 早知死若埋沙里，悔不教君还帝乡。

此种文体，恰似变文，意者此即蛮妓蜀女说唱之昭君变欤？罗振玉称为明妃传固不是，胡适之称为明妃曲亦非，刘复拟题为《昭君出塞》犹未见妥，四年前予作《昭君变考》，载于《南国周刊》，始定名为《昭君变》，发表以后，注意者稀。顷见郑振铎《插图本中国文学史》，则称此文为明妃变文，未知其先见予文否？硁硁之意，仍以正名昭君变，较为有据，质诸有考据癖历史癖之胡圣人（适之），想当以予说为然也。

一九三三.八.八

一场变文官司

最近文坛上有一场变文官司，以不了了之，此一趣闻也，不可不述。

此一场官司，原告为吴世昌。《新月》四卷六期发表吴先生批评郑振铎著《插图本中国文学史》，颇多指摘，尤以论变文起源一节，攻击最凶。郑先生说：

> 最早的变文，我们不知其发生于何时，但总在开元天宝以前吧。（页五八九）
>
> 佛教经典的翻译日多，此新体便为我们的文人学士们所耳濡目染，不期然而然的也会拟仿起来了。（页五八八）

此郑先生关于变文发生时代及其原因之说也。吴先生则反之，以为变文起于佛家之唱导。何谓唱导？梁慧皎《高僧传·唱导》第十跋论云：

> 唱导者，盖以宣唱法理，开导众心也。昔佛法初传，于时齐集，止宣唱佛名，依文致礼。至中宵疲极，事资启悟，乃别请宿德，升座说法。或杂序因缘，或傍引譬喻。……

又云：

> 若夫综习未广，谙究不长，既无临时捷辩，必应遵用旧本。然才非己出，制自他成，吐纳宫商，动见纰缪。其中传写讹误，亦皆依而宣唱，致使鱼鲁淆乱，鼠璞相疑。

揣吴先生之意，以为佛家说法，中宵疲极，事资启悟，而唱导生焉；唱导之时，或杂序因缘，或傍引譬喻，而变文生焉。又据《高僧传》，慧远实为导首，彼生于三三三 A.D.，卒于四一六 A.D.，以为唱导之起，远在第四纪中叶，其唱导之本子，即变文也。

被告方面，郑先生亦提出抗辩，有致叶公超君一函，载《新月》四卷七期。关于变文发生之时代，郑先生仍坚持原说，以为现在所见之变文，大多数是唐末写本，最早之写本，及有著作年月可稽者，皆不出开元天宝时代。关于变文起于唱导之说，郑先生根本否认。以为唱导文是斋后所唱者，变文不在斋后开讲，而为佛寺僧人开讲之正场，并非尾声。且引《广弘明集》卷十五所选梁简文帝《唱导文》，王僧孺《唱导发愿文》等为证，以为是即唱导文，因而断定变文与唱导文为不相同之二物。未知吴先生阅此文后，能心服否。鄙见则以为似未必然。郑先生所举之唱导文，似为唱导伊始，发愿礼佛之文，非即唱导文之本身。至唱导文之本身，或杂序因缘，或傍引譬喻，吴先生释譬喻为故事，未尝不是。且慧皎云：

尔时导师则擎炉慷慨，含吐抑扬，辩出不穷，言应无尽。谈无常则令心形战栗，语地狱则使怖泪交零，征昔因则如见往业，覆当果则已示来报，谈怡乐则情抱畅悦，叙哀戚则洒泪含酸。于是阖众倾心，举堂恻怆，五体输席，碎首陈哀，各各弹指，人人唱佛。

吾人读此，可以想见导师须具若何之才辩态度，唱导须用若何之材料，唱导对于听众可以收到若何之效果。郑先生所举之唱导文，果类是乎？可有是乎？

吾于郑、吴，皆非素识，决无偏袒之见存乎期间。即论此一场变文关系，亦不敢居于裁判者之地位，第略抒拙见，就正方家而已。至吴先生为文态度，似在陵轹他人，轶出讨论学理范围，虽所言未尝无中肯綮之处，亦为客气所掩，无怪乎郑先生不愿针锋相对，以全副精神为有精彩之答辩，致此一场官司,以不了了之,甚矣批评家之易为二实不易为也。

一九三三.八.一一

辞赋与小说

刘复所辑《敦煌掇琐》,列《韩朋赋》《晏子赋》《燕子赋》《茶酒论》等篇于小说,以辞赋入小说自此始,此治目录学者不可不知,而治文学者尤当注意也。予尝论宋玉赋,以为《九辩》之外,见于《文选》《古文苑》者,大抵为汉魏六朝人所伪托。且以为此种趣味浓郁之作,与其称为赋,毋宁称为小说,是为中国小说之鼻祖。盖以韵文小说发生于散文小说之先,在文学发展之进程上可以说得通,而且有线索可寻。三十年前,敦煌石窟发见之李唐五代俗文学,尚有此种韵文小说,即刘复《敦煌掇琐》所收者是也。惟韩朋、晏子非如宋玉为历史上有名之赋家,故无好事之文人,为之采辑修改,题为韩朋、晏子所作,仅得流传民间,与小说齐视而已。严可均辑先唐文,有刘思真《丑妇赋》一篇,似亦民间流传之韵文小说,如《晏子赋》《茶酒论》之类欤?疑非全璧,亦甚可宝。胡适之《白话文学史》亦未加采录,殆未见之也。兹录于此:

人皆得令室,我命独何咎。不遇姜任德,正值丑恶妇。才质陋且俭,资容剧嫫母。鹿头猕猴面,椎额复出口。折颔匾楼鼻,两眼凹如臼。肤如老桑皮,耳如侧两手。头如研米槌,发如掘扫帚。恶观丑仪容,不媚如铺首。暗钝拙梳髻,刻画又更丑。妆颊如狗舐,额上独偏厚。朱唇如踏血,画眉如鼠负。傅粉堆颐下,面中不偏有。领如盐豉囊,袖如常拭釜。履中如和泥,爪甲长有垢。脚鞁可容箸,熟视令人呕。

辞语多不可解，疑为当时俗谚，抑或字误。作者刘思真，爵里未详。梁有刘之遴，字思真，未知即其人否？《北史·杨修之传》，载其弟俊之，多作六言辞赋，淫荡而拙，世俗相传，名为《阳五伴侣》，写而卖之，在市不绝。俊之尝过市，取而改之，言其字误。卖书者曰，阳五古之贤人，作此伴侣，君何所知，轻敢议论。俊之大喜。当南北朝，文尚骈俪，而有《阳五伴侣》及《丑妇赋》一类通俗文学流行民间，胡圣人《白话文学史》遗此材料，是一失也。

一九三三.八.一二

再谈孔乙己

前作《孔乙己》，列入《蘧庐絮语》。谓此描红语诀，在唐宋前即有之。项得若璋先生自其所著《屏俗讨源》钞寄"上大人"一条，益足证予前说之不谬矣。撮要如次：

> 梁章钜《浪迹续谈》引《传灯录》云，或问陈尊宿，如何是一代时教。陈曰，上大人，丘乙己。《五灯会元》载郭功甫谒白云，云曰，夜来枕上作个山颂谢功甫大儒，乃上大人，丘乙己，化三千，七十士。尔小生，八九子，佳作仁，可知礼也。公初疑，后闻小儿诵之，乃有省。据此则唐宋时已有此语矣。祝枝山《猥谈》解其义云，此孔子上其父书也。上大人为一句。孔为一句，乃孔子自称也。一已化三千七十士尔为一句，言一身所化士有如士有如此数也。小生八九子佳为一句，盖八九乃七千二，言三千人中七十二人更佳也。作仁可知礼又为一句，作犹为，仁与礼相为用，七十子善为仁，其于礼可知也。

唐宋塾师之生活未知何似，然自此一训蒙之描红语诀视之，其学蕴俭陋可知,似与鲁迅先生所描写之孔乙己相去不远也。吾乡农民扮演之俗剧有张糊涂一种,一题张先生讨学钱,此亦描写旧时代之蹩脚文人者,张糊涂盖亦孔乙己之流也。张糊涂自述其塾师生活云:

在上辞别孔夫子,两旁又辞众贤人。
为人教书真难事,最不值钱臭斯人。
教书说难真正难,蓝衣坐白背坐弯。
一直教到十月满,好的学东把钱还。
坏的学东反胡说,先生带着学生玩。
读完四书与五经,满腹文章记在心。
虽然不是读书种,也在拿书教学生。
正月里,是新春,家家户户去接灯。
学东接我观灯去,又怕玷辱我斯文。
二月里,是花朝,学东接我把馆教。
他问学钱要多少,我说一百也不多,
八十也不少,升半大米我也要。
三月里,是清明,家家户户上祖坟。
学生接我去踏青,南瓜炖肉待先生。
四月里,四月半,学东接我去吃饭。
酒肉鱼虾吃一餐,还送几只盐鸭蛋。
五月里,是端阳,教书先生回了乡。
个个学东送节茶,送我几条老黄瓜。
六月里,是伏天,教书教得汗涟涟。
学钱只有六十文,倒要先生教一年。
七月里,七月七,教书只有一枝笔。
五经四书我不知,三字经上我第一。
八月里,是中秋,教书先生到了头。

学生个个把节拜,每人带块月饼来。

此剧即借糊涂先生之口,写出塾师之假斯文,寒酸相,苦生活。曲既诙谐有趣,亦于若辈村夫子予以不少之同情。盖塾师农民接近,故在农民剧中犹非十分敌视之人物。当国民革命军初起时,各地农民协会类皆有小学教师参加,亦以小学教师与农民最为接近,同属被支配阶级,其在经济地位上亦略相当也。张糊涂孔乙己一流之塾师时代早已过去,今之小学教师当知所以自勉矣。

一九三三.八.一四

文人与虱

顷读《甲寅周刊》,见孤桐先生一文,有言及陈仲甫者。略谓仲甫原名乾生,一名仲,怀宁旧家子,早岁读书有声。言语峻利,好为断制。性狷急不能容人,亦辄不见容于人。东游不得意,返于沪与愚(孤桐自谓)及沧州张溥泉、南康谢晓石,共立《国民日日报》。吾两人蛰居昌寿里之偏楼,对掌辞笔,足不出户,兴居无节,头面不洗,衣敝无以易,并亦不浣。一日晨起,愚见其黑色袒衣,白物星星,密不可计。愚骇然曰,仲甫,是为何耶?仲甫徐徐自视,平然答曰,虱耳。其苦行类如此。此现代文人之与虱有缘者也。孤桐称为苦行,其在仲甫,视为平平,未必以为苦也。《晋书·王猛传》,言其气度雄远,细事不干其虑。桓温入关,猛被褐而诣之,一面谈当世之事,扪虱而言,旁若无人,温察而异之。桓温以豪杰之士生虱为异,其在王猛,虱固细事,未必以为异也。《南齐书·文学传》,卞彬才操不群,颇好饮酒,摈弃形骸,尝作《蚤虱赋》,序曰,余居贫,布衣十年不制。一袍之缊,有生所托,资其寒暑,无与易之。为人多病,起居甚疏。紫寝败絮,不能自释。兼摄性懒惰,懒事皮肤,澡刷不谨,浣沐失时,四体狞狞,加以臭秽,故苇席蓬缨之间,蚤虱猥流。淫痒渭濩,无时恕肉,探揣护撮,日不替手。虱有谚言,朝生暮孙。若吾之虱者,无汤沐之虑,绝相吊之忧,宴聚乎久襟烂布之裳,服无改换,掐啮不能加,脱略缓懒,复不勤于捕讨,孙孙息息,三十五岁焉。予意卞彬与虱相处,未能相忘,盖摈弃形骸犹有未至,常以贫病为虑,而无远志者也。相传王荆公尝与王禹玉入朝。有虱子自荆公衣领缘至其须,适为皇帝所见,不觉大笑。及退朝,荆公问禹玉曰,皇帝何笑也?禹玉曰,皇帝见相公须上虱子耳。荆公遽令从者去虱。禹玉曰,未可轻去,愿赞一言。荆公曰,公赞云何?禹玉赞曰,屡游相须,曾经御览,未可杀也,或曰放焉。同僚闻之,莫不大笑。荆公以书生而有宏抱,务其远者大者,至于囚首丧面,不暇浣洗,其与虱子有缘,宜也。

一九三三.八.一六

再谈《丑妇赋》

昨见有署名羽屏者,投登《自由谈》一文,以予所引严辑先唐文刘思真《丑妇赋》,与徐坚《初学记》所记载者,字句略有出入,不惮烦琐,校勘一番,与胡怀琛先生校勘予论放屁文学一文同其勤奋,此则弥可感佩者也。虽然,考证难,校勘亦不易。羽屏君校勘《丑妇赋》,仅据《初学记》,而未一查严辑先唐文,并及《艺文类聚》《太平御览》等唐宋类书,一一对勘,博雅犹有未至,得毋欿然遗憾矣乎?且此赋一经校勘改正之后,羽屏君谓难解之语类皆可解,惟折頞齇楼鼻句尚不易晓,仍恐齇字有误。自谓陋如予者视之,所谓可解者,予仍有不敢强作解人者在。所谓不易晓者,亦有一句之多,至少亦有一字之误。汉儒释《尚书》粤若稽古数字,可以长至十万言。羽屏君既有校勘癖或考据癖,何不恢弘汉儒之遗绪,以数十万言笺注此赋,使尽人皆解乎?至羽屏谓《初学记》中《丑妇赋》下,未注词泛不具载,如他篇例,引谓予疑非全篇,殆未必然。实则唐宋类书,每多剪截改窜,初未尝一一注明。即如《丑妇赋》"折颔餍楼鼻,两眼凹如臼"句,《艺文类聚》则作"折颔厌黑面,楼鼻两眼凹"。孰为原本,孰为改本,其谁能知耶?敬谢羽屏,妄谈无状。稿费加倍,请君食酒。酒不可食,得毋须校勘专家改食为饮乎?积闷有日,藉此一笑,羽屏君其能莫逆于心否乎?

一九三三.八.一九

文坛龙头论

　　文坛登龙既有其术,复有其书矣。予谓今日之文人,皆自命为天才,目人为低能。倘以鱼龙喻人,人皆鱼,自视固神龙也,何龙之多乎?群龙无首,适为今日文坛之现象。孰为龙头大哥,似犹有待于货真价实之天才也。天才天才,予诚梦寐以求之,长夏无事,作《文坛龙头论》。

　　东汉末叶,朝廷日乱,纲纪颓弛,李膺独持风裁,以声名自高,士有被其容接者,名为登龙门。唐章怀太子注曰,以鱼为喻也。龙门河水所下之口,在今绛州龙门县。辛氏《三秦记》曰,河津一名龙门,水险不通,鱼鳖之属莫能上。江海大鱼,薄集龙门下数千不得上,上则为龙也。登龙一词,盖出于此。夫李膺之得为龙头,以其忧国忠公,清心忌恶,危言深论,不隐豪强,挺身而出,被祸不辞,为天下之楷模,党人之魁桀也。今日之文坛果有其人乎?其亦有人以此自勉乎?

　　晋当八王、五胡之乱,安内攘外,胥有未能。文人苦闷,清谈是尚。王衍妙善玄言,倾动当世。朝野翕然,谓之一世龙门。后进之士莫不景慕仿效。可知王衍亦尝为文人中之龙头也。窃尝论之,王衍清谈,未为大恶。不得以放屁放屁,真正岂有此理责之也。然以雅好玄虚,信仰无治,而又身居重任,尚言不豫世事。是故山涛叹为误尽苍生,石勒责以破坏天下。今日之文坛果有其人乎?其亦有人可以稍稍相拟乎?

　　齐梁之际,任昉文誉甚隆,好交结奖进,士友得其延誉者,率多升擢,坐上宾客,恒有数十,时人慕之,号曰任君,言如汉之三君也。后进之士如刘孝绰、陆倕、到溉、到洽、张率、刘显、刘苞、殷芸诸人,皆出其门下,时人号为龙门聚,或号兰台聚。所谓聚,犹今言集会,所谓龙门聚兰台聚,则为任昉宅第文人集会之名。犹今言文学茶话之类也。至刘孝绰之流,则希冀任昉为之汲引,假以升官发财者也。任昉既雅善属文,尤长载笔,又能忧人之忧,乐人之乐,差能为一时文坛之龙头。今日之阔人,未尝无附庸风雅,觊觎文坛者,试问今日之文坛果有任昉其人乎?其亦有人可以稍稍相似乎?

呜呼!天才不出,如文坛何!莫谓龙头无人,差喜登龙有术,予亦何幸而为今之文人耶!

一九三三.八.二五

彭家煌挽歌

他对得起贫苦的朋友,
他是同样饿过肚皮的人。
他对得起勇敢的战士,
他是同样坐过监狱的人。

他留下了许多可读的文字,
却不曾自夸为天才。
他参加了许多人间的工作,
却不曾被称为人才。
他卖过了许多精神的劳力,
却不曾出卖自己的人格。

>他是个饿过肚皮的人,
>他可告别贫苦的朋友。
>他是个坐过监狱的人,
>他可告别勇敢的战士。

一九三三.九.一〇

胃　病

　　胃病真是一种可怕的病,尤其是和文人特别有缘。谁都知道苏曼殊是因胃病不治而死,虽说做和尚,却好吃红烧牛肉下酒,不守佛戒,死也是活该,但因他是一个国籍家世都弄不分明的漂泊文人,很引起了几个文人的同情之感。再有罗黑芷,也是有胃病而死的,不过他兼患着心脏的病,所以他走起路来,不是皱眉捧心,便是苦脸捧腹。记得那是一九二八年的初春,一个刚从长沙来到南京的朋友告诉我说,罗黑芷死了!骤然听到这个不幸的消息,使我半晌说不出话来。我写了一首悼他的小诗:

>偷活人间亦苦辛,
>燃将心火转心轮。
>曼殊不作晋思死,
>又是江南春草生。

　　后来我又听得黑芷的死,虽然本来有病,但因为了一篇文章入狱,气愤不过,出狱后不到几天就死了,我再写了一首悼他的小诗:

>愿为文章十万言,
>刳肝沥血诉烦冤。

月如灯火花如笔，
长傍诗魂慰九原。

　　两个月前,在乐嗣炳的病榻前,第一次看到彭家煌,他说盲肠炎很危险,乐先生算平安了,他自己确实常患胃病的。我看他那种憔悴的面容,带着很深的忧郁的样子,很有一点像黑芷,可是不曾料到他会快要死的。自然,湖南人患胃病并不希罕,因为他们没有辣椒,辣得要出眼泪的辣椒,是不能下饭的。十年以前,我犯了一次很严重的胃病,卧在湘雅医院,采用灭食疗法,挨饿差不多一个月,才算饿好的,从此不敢吃辣椒了。两三年来,觉得胃病将近十年不发了,看见同乡的朋友,个个辣得有味,每和他们一道吃饭,总是喉咙痒得怪难熬的,也就试试辣味了。同时因为生活的苦辛,常常买醉忘忧,于是胃病又发作了。如今眼见彭家煌的死,又记起黑芷病中苦恼的情形,还想到朱剑帆胃癌的不可救治,胃病竟是这样可怕的么。

一九三三.九.一七

范成大与刘大白

　　偶然翻读《石湖诗集》,觉得那位"望重百僚,名满四海"的"大参相公"——范成大,好像刘大白一样,虽是官僚,也颇同情于农民,小贩,乞丐,手工业者。不过刘大白生于现代,诗里略添一点点社会思想,似乎在学时髦。而且他的《卖布谣》一类的诗,做官以后,他就不肯下笔,他肯下笔的是想怎样改良打官话的公文,他的美丽的旧梦,给庸俗的官话喝破了！

　　说到刘大白的旧梦,这也和许多新式才子佳人一样,不外恋爱革命之类的东西,人云亦云的新生常谈,——这可不必说是老生常谈。他做到了教育部次长,革命总算成功了罢,却不曾对照古本,和他所憧憬的世界何如。恋爱虽然有诗为证,我还没有看到下文,自然,生在今日,做官而讨小老婆,那是做官须知里应有的文章,何必扭扭捏捏地恋爱呢。

范成大也是一位风雅的官僚,我们读他的《石湖词》,然可略略考见他"少年豪纵""老恐花枝觉"的享乐生活。因为我们已经知道所谓"词"的一种东西,正是那个时代流行的活文学,好像如今"毛毛雨"一类的曲子,应当列在有闲阶级的艺术里一样。无福享受醇酒妇人歌唱的生活,是和这类艺术无缘的。生在现代的刘大白,不肯随着毛毛雨一流诗人去走,却想填着几首白话词,做了"词的解放"的先驱运动,可谓误人子弟了。有谁看见现代的跳舞场中,钢琴声里,歌着解放的词呢?

据说刘大白身后萧条,几乎丧葬也没有法子,倘若这是确实的话,那倒是我们应该深为叹惜的。做了大官,死了还没有钱买棺材,这样的"灾官"似乎少有,虽说教育部是一个比较清淡的衙门,部长次长总不会一寒至此罢!范成大做到宰相一类的官,自然是阔极了。他有别墅叫做石湖,是皇帝替他题上的,他就自号石湖居士。他的朋友杨万里说:"石湖山水之胜,东南绝境。"原来他是大地主。但不知道刘大白居杭州,可有西湖别墅没有?

刘大白反对鬼话文,做白话诗,在五四运动之后,没有什么令人惊异。范成大恰恰生在道学腐儒渐渐抬头的时代,白话语录出来了,近于白话的道学诗出来了,乃至使用时事当典故的江湖诗派也出来了,他的诗要用平易自然的文字,那也是没有什么稀奇的。不过他欢喜歌咏田园山水,不抬着圣经贤传的骸骨来吓活人,那却是他比同时那些有腐儒气的诗人来得高明一点的地方。

我以为范成大的田园诗,很能代表封建地主阶级对于田园美和自然美的欣赏、礼赞、憧憬、感伤。倘用一个譬喻来说,好像吃腻了鸡鸭鱼肉的阔人,却羡慕贫民吃的青菜豆腐。不过从他最小一部分诗里,还可以看出他关心那些困苦颠连而呻吟于黑暗之底的农民。开仓发赈,下令驱蝗,虽说有诗为证,究竟还是当官而行的官样文章一类。《催租行》写里正的苛索"草鞋费",《后催租行》写灾民无力完纳租税,至于卖衣鬻女,这都算是为贫苦农民呼吁的诗。还有小贩那种惨苦的叫卖声音也常常使他听了难过,不免吟诗一首。他说:"墙外卖药者,九年无一日不过,吟唱之声甚适,雪中呼问之,家有十口,一日不出,即饥寒矣。"他作的诗是:

> 十日啼号责望深,宁容安稳坐毡针。
> 长鸣大咤欺风雪,不是甘心是苦心。

这比丰子恺先生一流的艺术家,把老病的乞丐当米勒的名画一般欣赏(见《缘缘堂随笔》),似乎来得高明多了。再录石湖两首小诗:

> 饭箩驱出敢偷闲?雪胫冰须惯忍寒。
> 岂是不能扃户坐,忍寒犹可忍饥难。

> 啼号升斗抵千金,冻雀饥鸦共一音。
> 劳汝以生令至此,悠悠大块一何心?

这是他在雪中闻墙外鬻鱼菜者求售之声甚苦,有感而作。倘他真把这种劳动贫苦的社会现象归之天运,这就要叫现代的革命家失笑的。再录他的《咏河市歌者》一首:

> 岂是从容唱渭城?个中当有不平鸣。
> 可怜日晏忍饥面,强作春深求友声。

范石湖也知道贫苦阶级有他们的不平之鸣了。所以我总觉得近人刘大白一流投机的革命诗,自《卖布谣》以下,没有什么了不起的地方。至多也只能说是他们的思想左得比白居易范石湖稍为进步,还得感谢时代的教训。

一九三三.九.一九

李赤与王观

"李白,吓,你是什么东西?谪仙人!你贵姓李么?咱老子也姓李。你单名一个白字么?咱老子就单名一个赤字。你做了翰林么?咱老子也不失为一个举子。你的诗真是无敌么?咱老子就是你的敌手。"

像李赤这样的人,谁都知道他是犯了夸大狂。并非李白是一位高不可攀的天才,可是你要攀上他,也得拿出一点货色来看看呀,单说大话,究竟是可耻的。

大约因为《李太白集》中收有《菩萨蛮》、《忆秦娥》几首词罢,自宋以来,许多词人都推李白为词曲之祖。自然,他们推出这样一个伟大的诗人做开山祖师,大家都有面子。到了王观老爷,就俨然以李白自命了。他的《清平乐》是拟太白应制的词。词云:

> 黄金殿里,烛影双龙戏,劝得官家真个醉,进酒犹呼万岁。
> 美人舞彻梁州,天恩与整搔头。一夜御前宣住,六宫多少人愁。

这种作品果然可以赶得上李白么?算他能够撒一泡尿照照自己的,他不做李白了。他觉得:本朝的第一大词人是柳永,赶不上古人李白,总可以赛得过近人柳永罢,于是他就居然以"冠柳"自命了,许多凑趣的朋友也就恭维他"冠柳"。可是所谓"冠柳"的词在当时并不曾有名,至今存下

来的又少又坏。只有他的《卜算子》一词,送鲍浩然之浙,算是他的不朽之作。词云:

> 水是眼波横,山是眉峰聚。欲问行人去那边,眉眼盈盈处。
> 才是送春归,又送君归去。若到江南赶上春,千万和春住。

这样的词也许可以说得上冠柳,可惜太少了。夸嘴很容易,动手却很难。还是打嘴巴好?打手心好?

古往今来,文人犯夸大狂的着实不少。不行连李赤、王观也万万赶不上的人也好夸大。君子曰,是亦货真价实之妄人也已矣,文人云乎哉?

一九三三.九.二二

文统之梦

予既为《道统之梦》一文,刊诸《自由谈》矣。或谓儒林传中人物好争道统,固已;文苑传中人物亦争文统,予能言之乎? 予曰,争文统者,自唐宋以来古文家皆优为之,降至有清,骈文复振,阮元注中之流,又几为骈文争得正统矣。倘语其朔,道统适与文统同源,孔圣人两肩,一肩道统,一肩文统,道之未丧,斯文之未丧,系于一人之身,所谓自生民以来,未有如我夫子者也。

文统之梦,盖南北朝文人恒有之。刘勰作《文心雕龙》,其序略云:予齿在逾立,尝夜梦执丹漆之礼器,随仲尼而南行,寤而喜曰,大哉圣人之难见也,乃小子之垂梦欤? 敷赞圣旨,莫若注经,而马郑诸儒,弘之已精,就有深解,未足立家。唯文章之用,实经典枝条,五礼资之以成,六典因之致用。于是搦笔和墨,乃始论文。可知刘勰梦见孔子,隐然以文统自肩,而以道统让之经生腐儒。微惜其攻乎异端,皈依佛氏,正与今之妄以道统自肩者同病，贻羞往圣而不自知也。

江淹少以文章显，晚节才思微退。尝夜梦张景阳谓曰，前以一匹锦相寄，今可见还，淹探怀中，得数尺与之。张大恚曰，那得割截得尽！又尝梦见郭璞谓曰，吾有笔在卿处多年，可以见还。淹乃探怀中，得五色笔一以授之。江郎仅谓梦得晋诗人张景阳、郭璞之传，而不敢远承孔圣人之文统，殆晚年才尽，乃肯为此格外克己之言欤？

纪少瑜幼时，尝梦陆倕，以一束青镂管笔授之云，我以此笔犹可用，卿自择其善者，其文因此遒进。郑灼少时，尝梦与皇侃遇于途，侃谓曰，郑郎开口，侃因唾灼口中，自后义理益进。李广博涉群书，有才思，邢、魏之亚。尝欲早朝，假寐，忽惊觉，谓其妻曰，吾向似睡非睡，忽见一人出吾身中，语云，君用心过苦，非精神所堪，今辞君去。因而恍惚不乐，数日便遇疾，积年不起。梦诗魂出体而诗人死，梦文豪授笔而文思进，梦哲人与唾而义理精，何以此一时代文人辄有奇梦，而梦竟可征乎？盖当时文士，好自夸大，结习已深；托梦表异，以为继承古人或先辈之文统，亦其夸大之一术也。其在未足齿岁之文人，亦有妄为夸大者：吴迈远好自高，而蚩鄙他人。每作诗得称意语，辄掷地呼曰，曹子建何足数哉？檀超闻而笑曰，昔刘季绪才不逮于作者，而好诋诃人文章，季绪琐琐，焉足道哉！至于迈远，何为者乎？又陈郡袁嘏，自重其文，谓人云，我诗应须大才迮之，不尔飞去。此等妄人，非以近代心理学家所谓夸大狂当之，殆无从解释矣。

一九三三．九．二七

鸦片输入中国之始

予于《蓬庐絮语》论四川人与鸦片一文中，已举晚唐蜀人雍陶诗为证，谓远在李唐，中国已有鸦片矣。顷又于《全唐诗》第十二函第八册，见李贞白《咏罂粟子》云：

倒排双陆子,希插碧牙筹。
既似牺牛乳,又如铃马兜。
鼓捶并瀑箭,直是有来由。

予谓唐时中国已有种鸦片者,此亦一证也。武堉干《鸦片战争史》云,中外鸦片贸易,在鸦片战争以前已行之有年。在唐贞元时即有自阿拉伯商人输入罂粟者。萧一山《清代通史》、陈怀《清史要略》,同持此说,未知何据。《旧唐书·西戎传》,拂菻国,乾封二年遣使献底也伽,或疑底也伽即罂粟,亦未知是否。清儒俞正燮《癸巳类稿》引唐译《昆奈耶杂事律》,略谓有病者吸烟,以两碗相合,底上穿孔,中着火置药,以铁管长十二指,置孔吸之。第未知当时印度鸦片是否与佛经同入中国。既以宗教麻醉我中国人之精神,复以鸦片麻醉我中国人之肉体,红头XX之流毒中国,岂仅今之洋场大埠,为虎作伥者流而已哉!

一九三三.九.二九

谈重修孔庙

前一月杪,报载某省某将军,二十七日卯刻,以古乐祀孔,猗欤盛哉!纠纠武夫,尚能尊孔如此,忝在文人,惭悚曷极!因念曲阜孔庙,惨遭兵灾,重修之议,倡自要人,适有倭患,未遑文事,岂天之将丧斯文乎?五教不敷,百礼尽坏。旧居之庙,毁而未修;讲颂之声,辍而莫续。斯诚吾辈宗文仰圣之士,举莫能逃其责者也!

自魏文重儒尊孔,尝令鲁郡修起旧庙,六朝之间,带有补葺;迨郡县立学,庙祀遍于天下。至于李唐,远宗老子,道家者流,于时为盛。释老孔子,教术三分,而孔子之权威稍杀矣。虽中经韩李力排释老,但儒家之颓势为弘,孔之庙祀转替。陵夷至于五代,各地孔庙之残破,益不堪问,是则

有诗为证,略可征言者也。罗隐《谒文宣王庙》诗云:

> 晚来乘兴谒先师,松柏凄凄人不知。
> 九仞萧墙堆瓦砾,三间茅殿走狐狸。
> 雨淋状似嗟麟泣,露滴还同叹凤悲。
> 倘使小儒名稍立,岂教吾道受栖迟!

此诗写孔庙荒芜冷落之状,足令儒者兴嗟,异端失笑。又有代文宣王答一首:

> 三教之中儒最尊,止戈为武武尊文。
> 吾今尚自披蓑笠,你等何须读典坟。
> 释氏宝楼侵碧汉,道家宫殿拂青云。
> 若教颜闵英灵在,终不羞他李老君。

此等打油诗,大可入幽默文选。维时孔庙不及佛寺道观之盛,故赖此诗为证也。

又,冯道典南阳,郡中宣圣庙坏,有酒户十余辈投状乞修,道未及刊,有幕客题状后云:

> 槐影参差覆杏坛,儒门子弟尽高官。
> 却教酒户重修庙,觅我惭惶也不难。

道遽罢酒户之请,出己俸重修。幕客此举,正自幽默,冯道亦可谓知趣者矣。长乐老自谓与孔子同寿,孔子有灵,其亦哂而许之乎?

更有李相谷者,尝为陈州防御,谒夫子庙,见像在破屋之中,叹息久之。伶人李花开趋近,献口号云:

破落三间屋，萧条一旅人。

　　不知负何事，生死厄于陈。

　相谷遽出俸修之。尝考孔子一生行事，若与优人女乐有仇，焉知千有余年以后，其陈州庙祀，绝而复继，尚赖优伶口齿之惠乎？

　乃者黄河尝清，海波不扬。"偃却绳其祖，修来未丧斯。"已见诗人歌咏。庶几曲阜孔庙，复其壮观，全国学宫，亦得轮奂一新矣乎？颜闵有灵，共奏壁中之丝竹；程朱可再，同扬泗水之波澜。海澨腐儒，不胜跂祝。

一九三三.九.三〇

佛教社会主义

　基督教社会主义已经有人讲过了，我想讲一讲佛教社会主义，可是我于佛经无缘，说不出什么佛法大道理，偶然翻读元曲无名氏《来生债》，就根据这一本杂剧来说罢。

　《来生债》演唐襄阳庞蕴弃财成佛事。却说李孝先借庞居士两个银子经商，本利该还四个银子，不幸折本，无钱偿还。一日，他往县衙门首经过，见衙门里门绷扒吊拷的十多人，都是因为欠少那财主的钱物才受这种苦刑的，不觉惊忧成病。庞居士探知病由，因念平日济人之急，本为做善事来，谁想倒做了冤业？当面把孝先的借券烧了，并赠给他两个银子。庞居士回到家来，就将那远年近岁借与人钱的文书烧掉。不想烟焰冲天，惊动了上界增福神，化做秀士，托名曾信实，下凡探问居士。两个人畅论钱的用处，居士以为金钱万恶，约以后会而别。晚上，居士到宅前院后烧香，眼见磨博士罗和打锣驱牛之苦，叫他停止劳动，并给他一个银子谋生。磨博士得银，终夜不能安睡，仍把银子还来。居士又曾因晚上烧香到后槽门首，听见驴子马牛都作人声。驴子云："马哥，你当初为什么来？"马云：

"我当初少庞居士十五两银子,无的还他,我死之后变做马填还他。驴哥,你可为什么来?"驴子云:"我当初少庞居士的十两银子,无钱还他,死后变做个驴儿与他拽磨。牛哥,你可为什么来?"牛云:"你不知道,我在生之时,借了庞居士银子十两,本利该二十两,不曾还他,我如今变一只牛来填还他。"庞居士听了,不觉失惊道:"嗨!兀的不诚杀我也!我当初本做善事来,谁想弄巧成拙,兀的不都放做来生债也!"于是他叫家人都来,告诉了他听得牛马畜生的话。他把家私总历文书都烧了。家中奴仆每人与他一、从良文书,遣发回家。牛羊驴骡马匹,都送鹿门山放生。一切金银宝贝,玉器玩好,都沉于东海。全家入鹿门山,斫竹子,编笊篱为生。最后,全家证果成佛。

这一剧包含高利贷、雇工待遇、牲畜待遇、金钱废止、奴隶解放、劳动神圣等问题,中心思想乃在对于财产私有制度的攻击。但作者找不到正当解决的途径,而归结于佛家因果轮回之说,希望剥削阶级放下屠刀,这种幻想的佛家社会主义,在现代有正确思想的人看来,自然是可笑的。而且剧中以为被地主债主剥削而无力担受的贫苦阶级,死了还要变牛变马来填还,这更是不可饶恕的鬼话。

一九三三.一〇.三

"韦编"出处考

今之新人,从事考据,以治史学闻者有顾颉刚,以治经学闻者有周予同。轻翻周著《群经概论》,刚毕二页,即见一疏忽之处。原文云:

> 古文派与今文派相反,以为经只是一切书籍的通称,不是孔子的六经所能专有。在孔子以前,固然亦有所谓经;在孔子以后的群书也不妨称为经。他们以为经、传、论的不同,不是由于著作者的身份的

区别,而只是由于书籍版本长短的差异。经的本义是线,就是订书的线,也就是《论语》上所谓"韦编三绝"的"韦编"。

按《论语》上虽尝记孔子论《易》,有"加我数年,五十以学《易》,可以无大过矣"之语,实无孔子读《易》、韦编三绝之文。此但凭予记忆所及,并非对照古本。倘予言而不谬,殆因周先生振笔疾书,不查原文,乃有此不必犯之疏忽也。以予所知,孔子读《易》,韦编三绝,始见于《史记·孔子世家》。予亦无暇复查原文,倘有疏忽,周先生得毋笑谓尤而效之,罪又甚焉矣乎?

一九三三.一〇.五

再 谈 鸦 片

昨访赵誉船先生,彼以一八八九年第九册《万国公报》见示。其中录有署名艾约瑟者,关于鸦片之文,此公从希腊、拉丁、大食国说到中国,文长五六千言,引证颇为縶当,疑其为深通汉学之西人,倘为华人,则亦颇通西学也。

中国隋唐之世,亚拉伯人自立为大食国。彼等极重希腊医药,以治诸疾,所用各药,鸦片亦在内。希腊古代医家丢利哥斯低斯所著《万种药料集成》,固尝言鸦片有安神止痛,使人多眠痊愈之功效也。

大食国于唐太宗时已来中国通商,故亚拉伯人航海至广州等处海口,携来象牙、乳香、宾铁、棉花、白龙脑、白沙糖、琉璃器、蔷薇水等货,并各种药材,相与交易,罂粟或亦在药材中。揆厥情形,彼时之先,中国殆未尝有罂粟花也。一称为米囊花者,则以其结实如囊,其子如米,故云然也。

唐明皇时,陈藏器述嵩阳子言曰,罂粟有四叶,红白色,上有浅红晕,子具囊形,髇头箭中有细米。又唐郭橐驼《种树书》云,莺粟九月九日及中秋种之,花必大,子必满。(见《图书集成》博物汇编草木与莺粟部汇考并花部)按柳宗元有《郭橐驼传》,可证郭亦生于盛唐,与陈藏器年代殆相及。自太宗至明皇,时距百年,大食国通商中国久矣,中国已知自种罂粟,是固可有之事业。

宋太祖开宝六年,命尚药奉御刘翰、道士马志等救人,参订《开宝本草》,呼罂粟曰罂子粟,一名米囊子,又名御米。并言其米主治丹石发动,不下饮食,和竹沥煮作粥食极美。又宋仁宗诏天下郡县,图上所产药物,用唐高宗命英国公修成《英公唐本草》故事,专命太常博士苏颂撰述,成《图经本草》。其书中云,罂粟花处处有之,人多时以为饰,种有红白二花,微有腥气,其实形如瓶,子有米粒极细。圃人隔年粪地,九月布子,涉冬至春,始生苗,极繁茂,不尔即不生,生亦不茂。俟瓶焦黄,乃采之。又云,治反胃吐食,有罂粟粥,用白罂粟米三合,人参末三钱,生山芋五寸,细切,研三物,以水二升三合,取六合,入生姜汁,及盐花少许,和匀分服,不计早晚,亦无妨别服汤丸。又宋徽宗政和中,医官通直郎寇宗奭撰《本草衍义》,略云罂粟子性寒,多食利二便。研此水煮,加蜜作汤,饮之甚宜。他如杨士瀛《直指方》、王璆之《百一选方》、王硕《易简方》,均云罂粟壳治痢有特效。根据以上诸说,可证宋人已以罂粟子或其外壳煮汤制丸治疾,且以为治痢之珍品也。至宋诗有咏及罂粟者,于予前录苏轼、苏辙之诗外,尚有谢迈咏罂粟花七绝一首,诗云:

> 铅膏细细点花梢,
> 道是春深雪未消。
> 一斛千囊苍玉粟,
> 东风吹作米长腰。

金刘河间《宣明方》,治咳嗽多年自汗者,用罂粟壳二两半,去蒂膜,醋炒,取一两,乌梅半两,焙为末,每服二钱,卧时白汤下。又李杲云,罂粟壳收敛固气,能入肾,故治骨病尤宜。又《危亦林得效方》,治久泄不止,粟壳去筋,蜜炙为末,每服五分,蜜汤下,即效。又朱震亨曰,今人虚劳咳嗽,多用粟壳,止勤;及湿热泻痢者用之,止涩。其治病之功虽急,杀人如剑,宜深戒之。根据以上诸说,可知金元时代,罂粟壳不仅用以治痢,且有用以治咳嗽、治骨病者。至朱震亨谓其杀人如剑,宜深戒之,可见彼时已有因鸦片中毒而死之人也。至其见于文学者,冯子振《十八赋》云,或簪烘霁之罂粟,或戴凝霜之菊英,则罂粟花尚有观赏之用也。

一九三三.一〇.六

论刘克庄的诗

南宋时代有所谓江湖诗派,这是因为有一个旧书店老板陈起,编刻了《江湖集》而得名的。这派诗人虽然也和同时的四灵派诗人一样,诗学晚唐,但不甚注意字句锻炼。好做讽刺诗,好用近事做诗料。而且有人借诗去干谒钻营,大敲竹杠,如宋谦夫投谒贾似道,得楮币二十万缗,用造华屋之类。这等诗人真够得上"走江湖"!

江湖诗派著名的有刘克庄、乐雷发、戴复古、叶绍翁、刘过、姜夔、方岳诸人,其中以刘克庄的诗名为最大。刘克庄一生作诗很多,数量在陆游、杨万里之间,有他自己的诗为证:

八十吟(十首录一)
诚翁仅有四千首,惟放翁几满万篇。
老子胸中有残锦,问天乞与放翁年。

原来他是极其佩服杨诚斋、陆放翁的,这也有诗为证:

题 放 翁 像

三百篇寂寂久,九千首句句新。
譬宗门中初祖,自过江后一人。

题 诚 斋 像

欧阳公屋畔人,吕东莱派外诗。
海外咸推独步,江西横出一枝。

他到老不忘赶上陆、杨的地位,他的《病起》一诗道:

变风而下世无诗,幼学西昆壮耻为。
老去仅名小家数,向来曾识大宗师。
百年不觉皤双鬓,一字谁能断数髭?
诚斋放翁几曾死,着鞭万一许肩随。

他的诗有两个特点,一是好做六言绝句,一是好用本朝故事。从来诗人录事,以为愈古愈妙,他偏好用当时一般人都熟悉的近事。例如:"每嘲介甫行新法,常恨欧公不读书。""迂叟相邀入真率,乖崖安肯慕轻肥。""康节易传于隐者,濂溪学得自高僧。""野人只识羹芹美,相国安知食笋甘!"(自注,富郑公事。)这类句子都可做例。他曾有诗句道:

忧时元是诗人职,
莫怪吟中感慨多。

这似乎也是他好用近事入诗的一个理由罢。但他已捱受"词病质理,意伤浅露",或是"油腔滑调,江湖末流"的讥评了。

一九三三.一〇.七

黄庭坚与江西诗派

黄庭坚作词不嫌鄙俗,作诗却欢喜用拗句僻典。他的词不避笔墨劝淫之讥,教人作诗却说读经学道。他也和欧阳修一样,似乎在两种文学形式里表现了两种人格。只是他的诗给后来诗人的影响最大。

南渡之初,吕居仁自以为得黄庭坚、陈师道的衣钵,作江西宗派图。列黄、陈而下,谢逸、谢薖、韩驹、李彭、晁冲之等凡二十五人,号为江西诗派。元人方回在《瀛奎律髓》里称杜甫为一祖,黄庭坚、陈师道、陈与义为三宗,江西诗派更确定了。

不过我的意见,与其说黄庭坚的诗学杜甫,毋宁说他学韩愈,他的父亲(黄庶)就是作诗学韩愈的。他自己也不讳言学韩,虽然同时他还说到学杜。我以为韩愈的诗生硬僻涩,是由八代直到盛唐,五七言诗都已达到烂熟而起的一种反动。宋朝诗人除了可以利用词体作为新的一种诗体而外,要做诗,总跳不过唐人范围。要避免唐人烂熟的一条旧路,只好拣生硬的一条路来走。这虽然也是韩愈一派人走过的一条路,究竟没有几个算得走上了路的成功作家,无异乎还是一条新路。黄庭坚正是把握了这个趋势而爬上了成功之路的第一个新作家。陈师道跟着黄庭坚走,也算爬上了成功之路。从此要走这生硬一路的诗人,数典忘祖,只得就近推黄、陈做初祖。恰好黄、陈都生在江西,就号为江西诗派了。

一九三三.一〇.九

谈鱼塞漏舟

予尝读清儒陆陇其《三鱼堂文集》,而谓陆氏自诩为醇儒,实则腐儒之尤。盖儒者无他技，惟日孜孜于天理人欲之辨、程朱陆王之争，甚至拘拘于《功过格》《阴骘文》《感应篇》诸事，虽不谓之腐儒，不可得也。考陆氏以"三鱼堂"名其集，是亦有说。陆溥尝为丰城县丞。督运，夜过采石。舟漏，跪祝曰，舟中一钱非法，愿葬鱼腹，漏忽止。旦视之，则水荇里三鱼塞其罅。溥为陇其之曾祖，以"三鱼"名其堂，所以志奇迹也。陇其以"三鱼堂"名集，所以述祖德也。清官得天之祐，以鱼塞其漏舟，非惑于阴骘感应之说，而谓果有其事乎？自汉儒董仲舒倡天人感应之说以来，腐儒实多，固不必为陆氏咎也。曩者予因不信道学家之神道谬说，乃并其鱼塞漏舟之事，亦以为虚妄矣。

顷见报载三日路透广州通讯，粤沪航线，中国三星（译音）商船，载货二百吨，前来广州。过鱼珠（译音）炮台时触礁，舱底洞穿，水涌入甚速，船将下沉，船员亟抽水图救急，但水忽不入，船仍浮起，继续前进，船员异之。追抵省后，起卸舱底，则见横阻洞口者，有一大鱼，众始恍然，全船生命得以保全者，实赖此鱼塞洞之力。鱼为银鲤，重三十五磅，取至岸上时，鱼已死。船员感其功，为之举行葬礼，并立碑以志之。此讯果确，则鱼塞漏舟，奇事有偶，殆因舟漏入水，鱼随水急入，适塞其罅，顾亦未可传会阴骘感应等荒唐之说也。

一九三三.一〇.一四

陈炯明与致公堂

月前报载陈炯明灵堂，棺上覆以致公堂党旗，以示其为致公堂党魁。旗上为井字形，象征井田以示平均地权、耕者有其田之意。何谓致公堂或致公党？知者不多，兹据同盟会之机关杂志《民报》所载，略述于此。

《致公堂重订新章要义》发端云："原夫致公堂之设，由来已久。本爱国保种之心，立兴汉复仇之志。联盟结义，声应气求。民族主义赖之而昌，秘密社会因之日盛。早已遍布于十八省，与及五洲各国，凡华人所到之地，莫不有之，而尤以美国为隆盛。盖居于自由平等之域，共和民政之邦，结会联盟，皆无所禁，此洪门之发达，固其宜矣。"可知致公堂原为洪门之一种秘密结社，具有民族革命思想，起源于中土，发达于美国。闻当时隶籍致公堂之留美华侨，至数万人至多，可以想见其盛况。其《新章要义》又云："今幸遇爱国志士孙逸仙先生来游美洲，本堂请同黄三德三佬，往游各埠，演说洪门宗旨，发挥中国时事。各埠同人始如大梦初觉，因知中国前途，吾党实有其责。先生更代订立章程，指示办法，以为津导，我旅美同人可以乘时而兴矣。"此则可以考见最初民党与致公堂之结合，而孙中山实为该堂改进之倡导者，凡写革命史之作家不可不知也。其《重订新章纲领》有云：

> 本堂以驱除鞑虏、恢复中华、创立民国、平均地权为宗旨。
> 本堂以协力助成祖国同志施行宗旨为目的。凡新进堂友须遵守洪门香生陈近南先生遗训，行李入闱。

观其纲领，已略具革命党之规模，而孙中山先生"代订立章程，指示办法"，实领导之。陈炯明死后，其亲友为之治丧，但用致公党旗，示与民党异向，孰知致公堂之得以近代政党化，实赖民党先觉提携领导之力乎？

一九三三．一〇．一五

烟草与鸦片

鸦片自何时何地输入中国，至何时流毒始盛，吾人既知之矣。惟烟草是否中国原产，抑由他国输入，又何时成国人嗜好，亦吾人所欲知之事也。

按烟草与鸦片在历史上原有结合之关系。当满清政府第一次禁止吸贩鸦片，时在雍正七年。禁令既布，福建巡抚刘世明奏称：漳州府知府李国治，拿得行户陈远私贩鸦片三十四斤，业轻拟以军罪。及臣提案亲询，则据陈远供称鸦片原系药材,与害人之鸦片烟并非同物。当传药商认验,佥称此系药材,为治痢必需之品,并不能害人。惟加入烟草同熬,始成鸦片烟,李国治妄以鸦片为鸦片烟,甚属乖谬,应照故人入罪例,具本题参。吾人生于今时,闻鸦片与鸦片烟并非同物,不免发笑,其在当日,容有此异同。所谓加入烟草同熬,始成鸦片烟,谅系事实也。

顷从聚仁先生借得《国学论丛》,中有郑宗启先生《鸦片之源流》一文,考证精赡。其述及烟草与鸦片之关系,亦殊有趣。略谓烟草原产于美洲西印度地方,经西班牙人手而传诸斐力宾群岛,明末,复由该群岛传入福建地方。此物一入中国,忽流行士女老幼间,崇祯十二年严禁之而竟不止。不啻中国本部也,即当时满洲,吸烟之风亦甚盛。崇德三年(崇祯十一年)已严颁《出境货买烟草禁条》。同六年,更严令禁烟,然满人亦复不能自休。事有凑巧,英国 James 第一尝劝诱民众戒烟而未果,盖亦当明末时期也。要之,自明末,即当西历十七世纪之初,吸烟之风已披靡中国。同世纪晚年,旅行波斯南洋群岛、日本等处之 Kaemfer 言:波斯人因感烟草之毒质,及不快性,故创水管吸烟法,波斯人以此法传于牵得斯丹之阿剌伯人,牵得人传播之于印度洋及南洋群岛士人间,由是爪哇之巴达维亚 Batavia 亦盛行水管吸烟之风。寻微放烟片于水中,俾调溶而吸烟,遂开鸦片与烟草混吸之恶习焉。然明末清初时,爪哇、台湾之间,常常往来贸易,而此等吸烟风习渐次传入台湾。当时正郑成功占领台湾之前后,国人不乏往来台湾者,以竹管或金属管通过鸦片水中吸烟法,大抵传自爪哇、台湾,溯其源流,实创自波斯人也。

一九三三.一〇.一七

谈"盲肠炎"

《宋春舫论剧》中有自著未来派剧本《盲肠炎》一种。言一病人就医,医士诊断为盲肠炎,为之介绍于某一有名之外科医士,医金可以略减,亦须四五千元。病人怀金去见外科医士,行于荒野,忽遇一盗,劫其金不足,尚搠其小肚一刀。既见外科医士,医士谓盲肠已割,由于盗刀,诧为奇事。而病者反颂盗为恩人,谓可省去四五千冤枉钱,强盗入狱,法官宣判云:

"你并没有犯杀人的罪,但是你行医却没有得到警厅的许可,罚你坐六个月的监牢。"

宋先生谓未来派剧曲完全为一种"没理由"之滑稽剧。自我观之,其所谓没理由,正自有其理由:看似滑稽,亦有其正经者在。即如宋先生此剧,凡曾患盲肠炎而经西医割治,恶其索费甚昂者,真有医生贪酷,过于强盗之感。至谓强盗一刀,恰恰割好盲肠,自是"没理由"之事。而法官判盗,不科其杀人越货之罪,但责其行医未尝向警厅注册,判以半年徒刑,是诚谓滑天下之大稽也。

今年二月二十一日傍晚,予突患急性盲肠炎,初不自知。但觉腹痛如绞,呕吐不止,因吸鸦片烟至醉,痛止而卧。次晨腹痛如故,益以全身作痛,辗转反侧,俱无是处。因托一友,去请张医生。及医生来视,时已下午,云须立即入医院割治,迟则不救。乃同车而去,候医院急诊间,有外科医生数人偕来珍视,并刺血以验。旋入病房,一医生云:"诊断结果,确为盲肠炎,开刀有待。"痛甚,则注射吗啡一针。并不服药,惟绝对禁食,饮水而已。如此者近旬日,热渐减,痛亦渐止,始进流质柔软之食物,再逾一旬,予即归家疗养矣。但据医生事后语予,予病实至危险,倘因盲肠脓溃而成腹膜炎,是必不治也。今者予之盲肠炎虽若已愈,然欲根治,非开刀不可,医生之言,宜若可信。

方予之肠病尚未瘥复也,予妻又以肠病入院开刀。彼因肠结不通,胀破流血,病势极为凶险。幸而开刀之后,经过良好,今兹已满三月,康复有望,是诚不幸中之大幸也。

尝予妻卧病医院时,闻区克宣教授以盲肠炎就诊于倭医,割治而死。

友人乐嗣炳先生亦以盲肠炎开刀,病势初甚危险,后幸痊愈。吁何肠病之险,而患者之多耶!

一九三三.一〇.一八

再论《文选》

为了当时写信的习惯,下笔便须描写月令物色一番,萧统就制作了《十二月启》,以为这种文字的公式。为了当时公牍文字的能手不多,任昉、陆倕就算是这种文章之冠冕,萧统就撰集古今典诰文言,成为《正序》一书,以为公文程式。为了五言诗是当时一种最流行的诗体,萧统就选五言之善者,成为《文章英华》一书,其实,应该叫做模范诗选。倘若说《诗经》《尚书》都是经过孔子之手选辑而成的话,那么,萧统算是孔子第二了。这位孔子第二,也正是圣之时者也,他选辑的几部书,都带有很浓厚的时代色彩,都算是他那一个时代的时髦东西。《正序》和《文章英华》的至今不传,想是时代淘洗的结果罢。只有《文选》在至今,还有一位当代有名的作者施蛰存先生,要推荐给青年,作为文学修养之根基,这不能不算是这部书的好运道了。

谁也知道"文起八代之衰"的是韩愈,可是有一位享尽高手大名的选学家,他想"文复八代之盛"。他"觉得五十年来事事新",《文选》读腻了,也许太旧了罢,他就重新选一部《八代文萃》,又选一部《八代诗选》,去教他的门弟子,果然他的门弟子们就拿这两部书当宝典,这一批文学家,我们应该叫他们做"新选学派"。这派的开山祖师究竟是谁?便是死去还不算久远的吾乡先哲王湘绮先生,他老先生几乎一脚把"旧选学派"踢翻,让"新选学派"独霸文坛。不料他的愿力纵宏,恰和他的再传弟子,提倡"新孔学"的康有为一样,新的还没有站得住脚,倒连旧的给他踢翻了也爬不起来,这岂不是糟天下之大糕吗?

我想，这真是一桩奇怪的事，以施蛰存先生那样有名的现代小说作家，要推荐《文选》这部书给青年，作为"文学修养之根基"，这犹之林语堂先生劝人读《论语》，不过幽默而已，倒没有什么。倘若竟有为文"拙直"，为人也"拙直"的青年，相信施先生的话，想从《文学》"参悟一点做文章的作法"，"扩大一点字汇"，得毋贼夫人之子也夫！但在另一方面说，不仅旧选学派当有文章中兴，吾道不孤之感，就是新选学派也许雀跃三百，希望文复八代之盛，因为同属选学，无论新旧，其揆一也。

虽然，《文选》这部书能够存在到如今，自然也有它的不可磨灭的地方。萧统说：

> 自姬汉以来，眇焉悠邈，时更七代，数逾千祀。词人才子，则名溢于缥囊；飞文染翰，则卷盈乎缃帙。自非略其芜秽，集其清英，盖欲兼功，太半难矣。

可知《文选》是一部七代文之精选。其中诗也有，赋也有，其他各种文体也大半都有。骈文家把它当作宝典，固然不用说；就是看不起八代之文的唐宋古文家，也未尝不要读它。等而下之，至于明清两代的八股文人，也得从《文选》参悟一点作文的方法，扩大一点字汇，所以有"《文选》烂，秀才半；《四书》熟，秀才足"的语诀。不幸时代大变了，文学也大变了，骈文古文同时倒霉，白话文学代之而起。"选学妖孽，桐城谬种"敌不过文学革命先驱者的法宝，久已销声匿迹，从此《文选》就不必列为青年必读书了罢？

一九三三．一〇．二三

文 人 相 轻

赵翼《陔余丛考》有"文人相轻"一篇，述秦汉六朝间文人相轻之故事,亦既夥颐矣。鄙意文人相轻,权舆周秦诸子。孔子曰:"道不同不相为谋。"诸子各持一说,互相訾毁,此相轻者思想上之偏执也。今谚有云:"同行生嫉妒。"毁他以自誉,申己以绌人,此相轻者心理上之恒情也。又有谚云:"三句不离本行。"自道其工作上之甘苦,兼论同业者之得失,此亦相轻者口语上之结习也。杜句云:"不薄今人爱古人。"发思古之幽情,叹来者之不如古,此相轻者史观上之谬见也。昔人所谓好丹非素、论甘忌辛、尊古卑今、贵远贱近,以及党同伐异、入主出奴等语,似皆不越此四者,明乎此,乃明乎文人之所以相轻也。

自李唐以来,文人相轻之故事,何可胜数?今惟略举父子同为文人,而亦相轻者,以见亲如父子,亦不相让。孔圣人但有当仁不让于师之言,不料竟有当文不让于父之事也。唐陆余庆尝由尚书右丞转洛阳长史,论事则大言不惭,判事则文无是处。有人嘲之云:"说事则喙长三寸,判事则手重五斤。"其子亦嘲之云:"陆余庆,笔头无力嘴头硬。一朝受辞讼,十日判不竟。"送案褥下,余庆得而读之,曰:"必是那狗!"遂鞭之。明成化弘治间,李东阳文章爵位为天下最。一子,名兆先,字贞伯,有一目数行之资,时称过父,然每厄于科场,舆情不慊,而主试者多注意寻取,或失或缺,竟弗能中,遂赍志而没。东阳竟绝嗣。兆先好声妓,东阳罪之,特书其精舍之门曰:"今日柳巷,明日花街。诵诗读书,秀才秀才!"兆先回,见之,即续书曰:"今日骤雨,明日狂风。燮理阴阳,相公相公!"他如清龚半伦之于其父定庵,郭焯莹之于其父嵩焘,一则父死涂其书,以笔敲其木主,一则依百分考绩法,仅予其父所作古文五十分,此皆父子同属文人而相轻者也。

或谓予曰,今日之文人所以相轻,有以异乎古。盖时至今日,无话可说,幽默而已矣!未知是否,吾将质诸幽默大家林语堂老先生也。

一九三三.一〇.二七

三论花鼓戏

予既于《自由谈》两论花鼓戏之起源矣。或以为予于花鼓戏具有深嗜笃好,而有若何之研究。实则予不过搜集花鼓戏本三百数十种,曾作民间戏曲研究一文,刊于《社会杂志》,为其研究之发端而已。欧阳予倩氏因幼时爱看花鼓,长而走入戏剧界。彼尝有志改良花鼓,事竟未成。又有乐嗣炳先生者与予同趣,亦搜得两粤流行之花鼓戏本不少。如此僻艺,好者二三,而予以无用之人,谈此无用之艺,尤为相当也。

盛清赵瓯北《陔余丛考》,谓江苏诸郡,每岁冬必有凤阳人来,老幼男妇,成行逐队,散入村落乞食。至明春二三月间始回。其唱歌则曰"家住庐州并凤阳,凤阳原是好地方。自从出了朱皇帝,十年倒有九年荒",以为被荒而逐食也。然年不荒,亦来乞食如故。《蚓庵琐语》云,明太祖时,徙苏松杭嘉湖富民十四万户以实凤阳,逃归者有禁,是以托丐潜回省墓探亲,习以成俗,至今不改。由此而言,凤阳花鼓之所以流行,经济上之原因,与政治上之原因,殆兼而有之也。

一九三三.一〇.三一

小说评点家李卓吾

古代白话小说,自五代变文、宋元平话,大都出于市井里巷说书人之手,似乎当时那些自命博雅的文人都不曾理会到这些。直到明代,才有许多有名的文人注意到小说,或创作,或编定,或评点。例如短篇平话,《三言》《两拍》是冯梦龙、凌濛初编定的,或许还有他们的创作在内。章回小说,《水浒》《三国》相传是施耐庵、罗贯中所作,他们都是元明之际的人。

《西游记》出于吴承恩，《金瓶梅》疑为王世贞手笔。至于小说评点家，最著名的前有李卓吾、钟敬伯，后有金圣叹。周作人先生讲述《新文学的源流》，关于钟敬伯有很明白扼要的介绍。金圣叹则因他所评点的《三国演义》极为流行，差不多妇孺皆知了。现在我要来谈谈李卓吾。

称为李卓吾评点的小说很多，有《水浒》《三国》《西游记》，及《空空幻》，《龙图公案》，《绣榻野史》等书。还有《七十二朝四书人物演义》，也题《李卓吾先生秘本》。他何以特别欢喜小说呢？说起他来，真是一个怪人。他中过举，做过校官和知府等官。他本是泉州晋江人，因与黄安耿子庸友善，罢官后，就寄居黄安。不久，他又移居麻城龙潭湖上，读书讲学。一日，头痒，他便剃发为僧。他说法娓娓不倦，女人也来听法。或说："女人见短，不短学道。"他说："谓人有男女则可，谓见有男女岂可乎？谓见有长短则可，谓男子之见尽长，女人之见尽短可乎？且彼为法来者，男子不如也。"原来李卓吾丰骨孤峻，聪明盖代，快谈雄辩，骇俗惊人。论学宗旨，出入儒佛之间。痛恨腐儒伪君子，往往诋毁孔丘。他说："天生一人自有一人之用，不待取给于孔子而后足也。若必待取足于孔子，则千古以前无孔子，终不得为人乎？"他以为汉唐宋千百余年来无是非，"咸以孔子之是非为是非，故未尝有是非"。他既不肯学孔子，又反以孔子之是非为是非，自然要遭当日那些八股文人、讲学腐儒的痛恨。他是当时思想界一颗光焰万丈的彗星，王充以来，一人而已。焦竑和卓吾同时，是一个读书极博的人，读推崇卓吾。他说：

> 卓吾高迈肃洁，如泰华崇严，不可昵近。听其言，冷冷然，尘土俱尽。众人之疑，不胜贤豪者之信；疑者之恍惚，不胜信者之坚决。虽未必是圣人，可肩一狂字，坐圣人第二席。

卓吾所著书，一焚于万历三十年，为张问达所奏请。再焚于天启五年，为御史王雅量所奏请。只有称为他所评点的许多小说，幸免于这种暴力。他因被张问达目为"妖人",奏劾下狱,自割而死。我们不要忘记他是一个反孔子反传统思想的怪杰,他才不受传统文学的束缚,肯用心力于评点小说。然是人家评点小说要托名于他,也不是无故而然的。周亮工《因树屋书影》,说有"叶文通,名昼,无锡人。多读书,有才情,留心二氏学,故为诡异之行。……当温陵(卓吾)焚藏书盛行时,坊间种种借温陵之名以行者,如《四书第一评》《第二评》《水浒传》《琵琶》《拜月》诸评,皆出文通手"。大约称为李卓吾评点的小说,有卓吾自己的,也有叶文通伪托的罢。

一九三三．一一．一

《新师说异议》之异议

施蛰存先生提出关于拙作《新师说》一文的异议,大有息邪说、正人心之概。予岂好辩哉,予不得已也! 我也对于他的异议要提出异议的。

第一,我说"师固未尽可尊",以明师有可尊者在也。又说"师亦未必可贵",不妨师有可贵者在也。何况这理由还是根据孔孟之说呢。这是提倡读《论语》的施先生所当引为欣慰的,说不定还要莞尔笑曰,德不孤,必有邻也! 至于施先生说拙文"第一段说明师本来并无可尊的性质",想是施先生读《文选》读昏了头罢。其实,我的本意只是说师有可尊的,也有不可尊的,所以有"师固未尽可尊"之言也。

第二,施先生说,"我们可以因思想学说之不同而谢大学教授,但绝不能因自己学问增长而不承认中小学的业师"。这是施先生文章的要点所在,拙文似乎没有触及这层,本来可以不必答覆。就令论及猛克关于师弟之争,如施先生说的"为魏先生张目",然而魏先生所住的学校,招牌上明明有一个"专"字,校中的教员应该是"大师""教授"之流,他所以要批评某社画展,或许正如施先生所说"我们可以因思想学说之不同而谢大学教授"的缘故罢。(果真如此,魏先生正该多谢施先生替他下一个谢其本师的解释。)也许还是魏先生读过《论语》,"道德修养之根基"不错,遵奉"当仁不让于师"的圣训,也未可知。

第三,施先生被尊为"遗少"、"洋场恶少",谦让未遑,不免做出洋洋洒洒之大文来抗辩。人之欲善,谁不如我?我也同情。如今施先生又要恭上魏猛克先生以"轻薄"的尊号了,纵使魏先生不肯出来抗辩,然而己所不欲,勿施于人,孔子的一以贯之的人生哲学是讲忠恕之道的,施先生想必读过《论语》,作为"道德修养之根基",不知作何感想?否则我很怀疑就是有人读了《论语》,而且郑重其事地劝人读《论语》,他的"道德修养"还是成问题的。

老实说,我的《新师说》,主要的意思完全是根据孔、孟、韩愈的老道理,此中没有"新智识",也没有"新思想"。故意题作"新",只是开玩笑,其实只算述而不作而已。因此,也不会引出如今什么了不起的"社会中一个严重的问题",除非说这话的人别有用心。

一九三三.一一.三

到底推荐给谁呢?

施蛰存先生忽发奇想,想到《庄子》与《文选》是"文学修养之根基",似乎自己用不着,只好"推荐"给别人,想了一想,究竟"推荐"给谁好呢?呵,有了,"青年"!"推荐"给青年的大学生吗?怕遇着吴世昌先生。"推荐"给青年的大学教授吗?怕遇着俞平伯先生。"鲁班先师面前夸斧头",多见其不知灯笼火把也!施先生又想了一想,他说:

> 我所谓青年,系指可以读《庄子》与《文选》之青年,并不专指中学生也。若曰中学生,则初中学生不足语此,高中学生应当有几个可

以算在内了。

依施先生的话，青年的中学生也没有几个必须要读《庄子》与《文选》了。究竟施先生所指"可以读《庄子》与《文选》之青年"是那一等青年呢？"遗少"呢？"洋场恶少"呢？我很惭愧没有法子从施先生《突围》那类文章取到一点关于"《庄子》与《文选》"的"新智识"，因此我也"怀疑"到施先生突围的结果了！

一九三三．一一．三

"笔名"与"芳名"

明代文人，喜用别号，一称道号。维时道学方盛，讲学者多，道号之立，哗众取敬，所谓"学者称为某某先生"是也。而谄谀卑佞之流，亦以媚其所尊事之人，自侧陋之腐儒俗士，以至显达之名公贵人，皆莫不有道号矣。尝有人为一诗云：

孟子名轲字未言，如今道号却纷然。
子规本是名阳鸟，更要人称作杜鹃。

至于今日，能文之士，喜用生僻之笔名，有一人而笔名至十数者。予尝妄测其故，非不好名，而逃其文名也；非畏辩言，而逃其言责也。殆以时多忌讳，而有不得不隐姓埋名者在乎？又今日之电影明星，歌场舞女，芳名喜用叠字，不知何人倡始，而和之者弥众。考之唐代美人，芳名用叠字者亦多，如元稹妾名莺莺，张祜妾名燕燕，柳将军爱妓名真真，张建封舞妓名盼盼。又善歌之妓曰好好、端端、灼灼、惜惜，钱塘杨氏曰爱爱，武氏曰赛赛，范氏曰燕燕。天宝中有贵人妾曰盈盈。大历中才人有张红红、薛琼琼。又杨虞卿妾名英英。仅就《七修类稿》所举,实际当不止此。盖一时之风尚使然,五代宋时犹未改也。今则此一风尚又流行于歌场戏院间矣。文人之笔名创新,美人之芳名复古,此采风问俗者所当深长思之也!

一九三三.一一.五

再谈烟草与鸦片

予既为《烟草与鸦片》一文矣,兹有可以续述者。王夫之《船山诗集·七十自定稿》有《罂粟》一诗云:

娇小垂头立,丰盈出面来。
花王休相妒,侬不向春开。

又《杂咏四绝》有句云:"罂粟苗轻翠瓣娇。"用罂粟为观赏,一再见于王氏题咏。予意明代种此花者,不独王氏一人,亦不止湖南一隅也。有明中叶,皇帝不数见群臣。万历之时,神宗深居二十年,未尝一接见大臣。倘为鸦片成瘾所误,则罂粟宜负朱明亡国之责矣。不过当时宫廷所服者,疑皆出南洋诸国所贡之来路货,而非中土所产也。

烟草成瘾,亦始自明代。王肱《枕蚓庵琐语》谓"烟叶出闽中,边上人寒疾非此不治,关外至以一马易一斤。崇祯中下令禁之,民间私种者仍多,利重法轻,民冒禁如故。寻下令,犯者皆斩。然不久因军中病寒不治,遂弛其禁。予儿时尚不识烟为何物,崇祯末,三尺童子莫不吃烟矣"。见《陔余丛考》所引。吸食烟草,罪亦至斩。无怪后来禁吸鸦片,非威以死罪不可也。

一九三三.一一.九

谈汤为牺牲

古史相传,汤自伐桀后,大旱七年。殷史卜曰,当以人祷。汤曰,吾所为请雨者民也,若必以人祷,吾请自当。遂斋戒,剪发断爪,以己为牺牲,祷于桑林之社。古代社会刑人以祭,见于《戴记》者,莫古于汤为牺牲一事。章太炎先生谓"汤为牺牲",牺牲乃义旌之误,殆未必然。盖草昧社会,崇信人神杂糅,人而食人,鬼神同嗜,食人与人祭,固同时存在者也。时至晚近,古道仅存。满清政府尝衅徐锡麟以祭恩铭,洪宪皇帝时亦尝衅王连生以祭郑汝成,犹独存人祭之遗意。

自殷墟卜辞发见,殷代之社会真相渐明,则不能不感谢于王国维、郭沫若二三学者研究之成果。顷有徐吉轩先生著《殷契通释》一书。其于殷代社会之分析,颇觉梨然当理。至谓殷代为食人时期,亦颇有据。盖《山海经》有王亥食人之辞。《韩子》有纣囚文王,翼侯炙,鬼侯腊,比干剖心,梅伯醢语。又《周书》亦言商纣暴虐,脯鬼侯以享诸侯。古史难详,有此亦可证殷代食人之风也。

徐氏疑殷为石器时代,未脱部落社会。彼曾发现卜辞强半为方名平列之辞。何谓方?殷人部落为方,犹周之所谓国,如尔万方有罪是。何谓方名?殷代部落,必有一图或一字为其标识,此种标识,即方名也,如鬼方、徐方等是。旋发现祭辞祖名上下悉为方名,于是始知殷用各方人为祭。当未祭前,先决于卜。所有方名平列之卜辞,均为此类。殷在未组织王朝以前,亦为部落之一,其标识为唐。唐古文旸,汤为旸伪变也。卜辞祭辞庙号有三:一为契,为唐荒古传说之祖;一为王亥,为广大部落之祖;一为太乙,《史记》作王乙,为唐组织王朝之祖。后人不知有唐,竟以汤称之,又依成周例,称为成汤(齐侯镈文曰成唐),经史误以为太乙之名。由徐氏之说,汤应作唐,"汤为牺牲"之说,当有其事。因殷代社会,食人与人祭之风同时存在，有卜辞为证。成汤独不愿以人祭，乃以己为牺牲；又不愿即死，故但剪发断爪以示意也。

一九三三．一一．一四

叶德均《关于"花鼓戏"》按语

打夜胡，亦驱傩之意也，吴自牧的话不错，可是他不曾说此即古之所谓傩也，因为它和傩还是有区别的。但若认傩为打夜胡的或一先代，固无不可，犹之我认打夜胡为花鼓之或一先代亦通也。其实，我说花鼓戏于打夜胡打讶鼓之关系，尚自其近者言之，若溯其远源，固非论及巫舞大傩不止也。虽然，一艺术之成立，取精用宏，错综复杂，若执一以求，有通识之史家殆不如是，吾所谓源于某者，盖辜较之辞亦盖然之辞，以备假想之一说耳。叶先生以鄙见为何如？

一九三三．一一．一九

何谓选学？

选学妖孽，魔力犹弘，当代有名作家，亦有蒙其魅惑者，《自由谈》已论之详矣。

选学维何？吾人初不必发此愚问。但从文学史者之见地一论及之，固亦未为不可。比人搬弄古事陈言，惜无"新智识"以供新人物汲取，是则所当引为歉者也。

隋唐之际，有曹宪者，精诸家文字之学。自汉代杜林、卫宏之后，古文泯绝，由宪此学复兴。唐太宗尝读书有难字，字书所阙者录以问宪，宪皆为之音训，及引证明白，太宗甚奇之。彼以野老百岁之高龄，膺皇帝之读书顾问,其在当时,巍然一精于训诂、富于字汇之学人也。所撰《文选音义》甚为当时所重。初,江淮间为《文选》学者,本之于宪。又有许淹、李善、公孙罗复相继以《文选》教授,由是其学大兴于世。由是言之,选学始于隋唐之际,而盛于唐初,曹宪则此学之开山大师。杜公有诗云,续儿诵《文选》,又训其子熟精《文选》理,盖选学自成一家,终唐之世如此也。

五代之际,江南进士试"天鸡弄和风"诗,以《尔雅》天鸡有二,问于主司张佖,此亦精于选学者。固俗谚曰《文选》烂,秀才半。熙、丰之后,士以穿凿谈经,而选学荒矣。盖当以诗赋取士之世则选学为盛,经义及八股取士之世则选学就衰。今亦有抡才大典,视其取士衡文之趋向,或亦可以卜选学之盛衰也。

一九三三.一一.二二

曲藏与儒藏

明代文人嗜曲,虽理学纯儒亦有同嗜。王守仁固偶然一作散曲,丘濬则竟尽力传奇,所作有《五伦全备》《投笔记》《举鼎记》《罗囊记》四种。或以理学大儒,不宜留心戏曲规之,彼则视之如仇。一日,彼过一寺,见壁画《西厢》故事,不觉诧异。因问一僧,空门安得有此?僧对曰,老僧于此悟禅。理学家假戏曲说教,老和尚从《西厢》悟禅,此诚至堪发噱者也。焦循《剧说》云:"相传明弘治末,泉州府学教授某,南海人,颇立崖岸。一日,设宴明伦堂,搬演《西厢》杂剧。翌日,有无名子书一联于学门云,斯文不幸,明伦堂上除来南海先生;学校无光,教授馆中搬出西厢杂剧。某出见之,赧然自愧,故态顿去。"岂仅理学家如此?即文以载道之古文家亦嗜《西厢》。同书又云:"唐荆川半醉作文,先高唱《西厢》惠明不念《法华经》一出,手舞足蹈,纵笔伸纸,文乃成。见《操觚十六观》。"自命为圣人之徒者尚如此,其他文人嗜曲,或仅观赏,或竟创作,因无怪其然也。明政苛暴,忌讳孔多,隐于戏曲,是亦文人避祸之一法欤?而戏曲一道,明代为盛矣。吕天成《曲品序》云,"予舞象时即嗜曲,弱冠好填词。每入市见传奇,必挟之归,笥渐满。初欲建一曲藏,上自前辈才人之结撰,下至腐儒教习之攒簇,悉搜共眝,作江海大观。既而谓多不胜收,彼攒簇者收之污吾箧,稍稍散失矣。"惜乎明人竟无肯为曲藏者,不然,今人吴梅、郑振铎诸人,不必瘁其心力于旁搜佚曲之一途矣。夸多门博胡为哉?

明季又有曹学佺者,尝谓二氏有藏,吾儒何独无之? 欲修儒藏,与道藏、佛藏鼎立。乃采撷四库书,因类分辑,十有余年,功未及竣,两京继覆。惜乎儒藏,竟无成书。不然,时至今日,道藏、佛藏既有人刊布,今且影印四库全书珍本,可知圣人之徒固未绝迹,固有文化亦待阐扬,安知无人重印儒藏也乎?

一九三三.一一.二六

我也谈金圣叹

《文学》创刊号有鲁迅先生的《谈金圣叹》一文,金圣叹地下有灵,他也当首肯的。不过鲁迅先生只看见金圣叹的坏处一面,其实,他的好处一面却也有不可埋灭的地方。就拿他对于小说的见解来说罢。他生在八股文、传统的古文学方盛的时代,他抬高白话小说在文学上的地位,不以为"那是文学中的一个旁支"。他教他十岁的儿子读《水浒》,他劝初学的人读《水浒》,以为《水浒》之文谨严,读《水浒》即得读一切书之法。他以为《水浒》文章的神理,正如《论语》的一节两节,浏然以清,湛然以明,轩然以轻,濯然以新。又以为《水浒》之文和《庄子》《史记》有同样的谨严。可是他不曾教初学的人读《论语》《庄子》一类的古书,这是何等见识? 岂是仅仅"拾了袁宏道的唾余"? 岂不要叫今日的遗老遗少愧死?

至于他批评《水浒》《西厢》,乃至《庄》,《骚》,《史记》,杜诗,"都硬拖到八股的作法上",诚如鲁迅先生所说。不过我们要知道用八股的作法来量度别的文学,是从明朝中叶以来一般文人的共同习惯,这罪过不能通通记在金圣叹的账上。李卓吾、钟伯敬诸人的评点小说那是不待说了,便是古文大家归有光评点《史记》,以及唐荆川、茅鹿门评点唐宋八大家文,又何尝不是用的八股方法?

再有一点,金圣叹因为痛恨流寇的缘故,除了评语里面常常附会一点春秋笔法以外,"截去《水浒》的后小半,梦想有一个嵇叔夜来杀尽宋江们,也就昏庸得可以",鲁迅先生的评论极正确,我是没有什么拙见参加的。至多我只能说是金圣叹为了参加反抗贪官污吏的合法运动(即所谓哭庙案)而被杀,恰证明了即以某动的方式反抗不良政府的"流寇",也未可厚非。

总之,金圣叹抬高了小说戏曲的文学价值,反抗文学上的传统主义,算他和李渔是明清之际文坛上的两大怪物。而且金圣叹究竟是因反抗贪官污吏而死,似乎也值得有志之士的同情。

一九三三.一一.二七

汤显祖及其《还魂记》

汤显祖是明代第一个伟大的传奇作家,他也兼能作诗作古文。有人劝他讲学,他说:"诸公所讲者性,仆所言者情。"论文以宋濂为宗,斥李梦阳、王世贞之文为伪体。又尝告人:"以举业之耗,道学之牵,不得一意横绝流畅于文赋律吕之事。"好像深自叹息。可见他于当时气焰最盛的假道学家、伪古典派,以及士子必习的八股文,都能抱着不满,或反抗的态度。他酷嗜元人杂剧,收藏不下千本,每本佳处能够一一口诵出来,原来这位天才的传奇作者也是由苦功得来的。所作传奇有《玉茗堂四梦》,《还魂记》为四梦之一,尤有名。杂剧有《西厢记》,传奇有《还魂记》,小说有《红楼梦》,这在中国描写才子佳人的文学中都算是登峰造极之作。

《还魂记》一名《牡丹亭》,以柳梦梅、杜丽娘一男一女为主人公,写他们生死恋爱的悲喜剧。柳春卿因一日梦见园中梅树下有一个妙龄美人向他招呼,就改名梦梅。杜丽娘为南安太守杜宝之女,在一个春日,游览花园,见百花烂漫,紫鸟喈喈,不觉触动怀春之情,倦极而睡。梦见一个书生,手弄柳枝,来到牡丹亭畔,芍药栏前,以巧言相诱幽会。既而梦破人亡,一切俱幻。但丽娘伤春之情更不自禁,明日再独往花园,追寻梦迹,只见一株梅树,因念死后葬此树之下,不觉泣下沾襟。从此日夜沉思,容颜消瘦,写真题诗,以寄所怀,有"他年得傍蟾宫客,不在梅边在柳边"之句。临终时候,她遗嘱须葬后园梅树之下。并以自画像藏亭中太湖石底。恰巧此时杜宝升为安抚使,转任扬州而去。后来柳梦梅以应试路过南安,病倒风雪中,幸赖杜太守家留守的老秀才陈最良瞥见扶救,养病于奉祀丽娘的梅花观中。一日柳生病稍愈,出后园游玩,偶于筑山的石间,见一小匣藏有美人写真,携归供奉。后来丽娘鬼魂出现,和他相聚,誓为夫妇。他开了丽娘的棺,丽娘复生,两人同居一起,拟向扬州进发,得到家庭准予缔婚的许可。梦梅因先赴京应试。遇着兵乱,金国大兵南下,利用土寇李全扰乱江淮,杜安抚适当防卫之任。待乱平后,梦梅已中状元,带了丽娘和她父母相见。全剧便结局于这种意外的遭遇里。

据说此剧初成,即在玉茗堂试演,没有人赏识他的好处。所以作者有《七夕答友人》诗说:

玉茗堂开春翠屏,新词传唱牡丹亭。
伤心拍遍无人会,自掐檀痕教小伶。

待到娄江王相国锡爵叫家乐搬演,才加赞赏。且说:"吾老年人,近颇为此曲惆怅。"从此《牡丹亭》流行于世,又有娄江女子俞二娘酷嗜其词,断肠而死。所以作者有《哭娄江女子》一诗道:

> 昼烛摇金阁，真珠泣绣窗。
> 如何伤此曲，偏只在娄江？

相传杭州女伶商小玲以色艺见称，于《还魂记》尤为擅场。她因失恋而郁郁成疾，每演杜丽娘寻梦闹殇诸出，好像亲历其境，缠绵凄婉，满面泪痕。卒因演寻梦一出，唱到伤心的句子气绝而死。还有内江一女子，以才色自矜，读了《还魂记》，便想嫁于汤显祖，汤辞以年老，一日，汤正宴客西湖，这女子寻去看望他，果然是一老翁，不觉失望，投水而死。又有扬州女史金凤钿，寄书于汤，愿为才子妇。竟因答书迟来，单恋而死，遗嘱须以《还魂记》一部殉葬。后来汤氏因感激知己，为施营葬，并庐墓月余而去。再，西湖女子冯小青有《读牡丹亭》一诗道：

> 冷雨幽窗不可听，挑灯闲读牡丹亭。
> 人间亦有痴于我，岂独伤心是小青。

可见此剧一经流传，就风魔了不少的痴情女子。向来为礼教所压抑的男女之欲，谁都正苦无法宣泄。一旦有人以为深情所至，梦而可以满足愿望，死而可以还魂复生，用戏曲的形式具体地客观地表现出来，足使一般痴情的读者看客，尤其是怨女，平日受着压抑作用，郁积纠结在自己内生活的深处那精神的伤害、悲痛苦闷的感情，到了这绝对自由的创造生活的瞬间，便被解放而宣泄于意识的表面，而生出悲剧的快感来。倘若相信希腊古代哲学家亚里士多德《诗学》上所说悲剧的净化作用，以及近来欧洲精神分析学者所说宣泄潜意识里精神伤害的医治疯狂法，《还魂记》所以在刚刚出来的时候，能够轰动一时，能够风魔一般少年男女，自然是有些理由可说。何况才子佳人原是当时社会里支配阶级所幻想所追求的。所以《还魂记》一出，家传户诵，几使《西厢》减价，虽然有人讥评不合曲谱，用韵任意，却都不成为盛名之累。至于词句丁丽，才情丰富，原是当时支配阶级所需要的,因为只有这样高贵的戏曲文学,才和他们有了优裕的生活,有了相当的教养相适应。这也是《还魂记》所以盛行一时的原因罢。

一九三三.一一.三〇

《水浒传》的作者

《水浒传》的作者,相传为施耐庵。

施耐庵是一个传疑的人物。明郎瑛《七修类稿》中,称《水浒》为《宋江》,既说乃杭人罗本贯中所编,又说是钱塘施耐庵的本。高儒《百川书志》,载《忠义水浒传》一百卷,也说是钱塘施耐庵的本,罗贯中编次。还有李卓吾《忠义水浒传序》,就说《水浒》为施、罗二公发愤之作。只有王圻《续文献通考》把《水浒传》列入经籍,仅题罗贯中著。如今所见明本《水浒》,有不题撰著人的,有题施耐庵编辑的,有题施耐庵集撰、罗贯中纂修的。究竟《水浒》一书是施耐庵所著呢?还是罗贯中所著呢?明朝人已经弄不明白了。

周亮工《因树屋书影》里说:"《水浒》相传为洪武初越人罗贯中作,又传为元人施耐庵作。……近日金圣叹自七十回之后,断为罗贯中所续,极口诋毁,复伪为施序于前,此书遂为施有矣。"可见说施耐庵作《水浒》,直到明清之际,金圣叹才确定,而且他还断定《水浒》七十回之后为罗贯中所续。近人吴梅氏在他的《顾曲麈谈》中,说是"《幽闺》为施君美作,君美名惠,即作《水浒传》之耐庵居士"。他认定施耐庵兼为戏曲家,不知何所根据。到了胡适之作《水浒传考证》,又说施耐庵大概是乌有先生、亡是公一流的人,是一个假设的名字。这真叫我们迷惑了!

是一年前罢,看到某报副刊载有胡瑞亭氏的《施耐庵世籍考》,好像施耐庵确有其人。他说:"瑞亭因奉公调查户口,迤逦长途,按户编籍,至东台属之白驹镇,有施家桥者,见其宗祠中所供十五世祖讳耐庵,心窃疑焉。询其族裔,乃悉即著《水浒》之施耐庵。更索观族谱,得耐庵小史,暨残零之墓志。"耐庵小史、耐庵墓志，这里不录。这样说来，《水浒》确为施耐庵作，施耐庵确有其人，至今还有族谱可证，族裔可询。自认有考据癖有历史癖的胡圣人，要是看到了这消息，岂不是一件快事？

倘若胡瑞亭氏的那篇文章不说谎，果有东台施氏的族谱可考而且可靠，那就自明清以来关于施耐庵的疑案可以解决了。第一，我们知道施耐庵名子安，元朝末年淮安人，曾官钱塘，不得志而去。他曾亲见张士诚的起兵，士诚失败时，他已死了，年七十五。他的生卒，约在西元一二九〇——一三六五之间。第二，施耐庵的著述，不止《水浒》。还有《志余》、《三国志演义》、《隋唐志传》、《三遂平妖传》等书。罗贯中确为施耐庵门人，曾替耐庵做过著述帮手。

一九三三.一二.六

我也谈纳兰成德

多谢陈梁先生介绍了纳兰成德的诗论，因为《渌水亭杂识》是不容易见到的。在这诗论里恰恰证明了纳兰成德的词并没有什么了不起，他的巴掌刚好打在他自己的脸上。

近体起而古诗废，词起而诗废，曲起而词废，纳兰成德是知道了的。当时昆曲还算是保有余势，何以他不作曲而作词？他说"作诗欲以言情耳，法乎今之世，近体足以言情矣"。这话我也认为十分对，何以他提笔言情，不作近体诗，而作废之久矣的词呢？他说，"好古之士，本无其情，而强效其体，以作古乐府，殊觉无谓"。难道好古之士，本无其情，而强效其体以作词，就算殊觉有谓吗？他说，"宋人歌词，而唐人歌诗之法废，元曲起而词废，南曲起而北曲废，今世之歌鹿鸣，尘饭涂羹也"。当日雅乐歌鹿鸣，固然是尘羹涂饭。词已不可歌，也就没有人歌，连尘羹涂饭都不如，何以他偏要把词当饭吃呢？他的诗论是"反模仿主义"的，我也承认，但他自己却是一个十足的模仿主义的词人。虽然,他也有所谓自度曲,恐怕未必可歌,也就未便算是创作罢。

在词的历史上,最初一个偶像是李后主,最后一个偶像是纳兰成德,甚至有人说纳兰成德就是李后主的化身,这真是鬼话。王国维以纳兰成德以后第一人自命,所以他最恭维李后主,又很恭维纳兰成德。在满清一代词人中,王国维只看见一个纳兰成德,其他各家都不在眼的。究竟纳兰成德有什么了不起呢?

他是大学士明珠的儿子,康熙皇帝的侍卫,有了优裕的生活,有了优越的教养,有了优美的环境,倘若他不是天生白痴,而且肯利用他的相当的天才为填词一道,得到相当的成就,本来不算什么。何况词这东西,当其盛时,描写的主要任务,不出特殊阶级化身的公子佳人,描写的实际生活不外乎特殊阶级享乐的醇酒妇人歌唱,以纳兰成德那样风流豪侈的公子哥儿模仿这样的词,自然是可以成功的。恰好他的爱妻死了,悼亡叹逝,不觉流露于字里行间,罩上了很浓厚的感伤气分。恰好他做侍御,常常陪皇帝出游,骑射郊猎,引起了他的边塞悲凉之感。同时他是进士,又自命风雅,得和严绳孙、顾贞观、姜宸英、陈维崧一般大名士往来。因此,他为顾贞观救了一个充军宁古塔的朋友吴兆骞,这种热情侠气,也成了他的词的一部分,《清史列传》说他的词当时传写遍于村校陲壁,或许不是十分溢美之辞罢。倘若我们要说纳兰成德的词有什么了不起的地方,我以为就在这里了。

"开口捉笔,驷马不及,非易事也。"那位以才子自命的公子哥儿,要是没有《渌水亭杂识》论及诗词,"冲口乱骂",他给人骂的资料也许少些。

一九三三.一二.二五

谈《潜书》

"学从悦入,文自怨生",此予十年前初读唐甄《潜书》跋记之语也。

何谓"文自怨生"？先哲有言,作《易》者其有忧患乎！文王囚于羑里,乃演《周易》,《易》自怨生也。《诗》云,君子作歌,维以告哀。《小雅》颇多怨悱之篇,《诗》自怨生也。屈原之作《离骚》,马迁之作《史记》,亦皆自怨而生。读《史记自叙》,可知古之所谓圣贤,垂文章以自见者,莫非发愤有托之作,此予"文自怨生"之说所由来也。

其在唐甄,一为县令而不能行其志。罢官以后,僦居吴市,仅三数椽,萧然四壁。炊烟尝绝,日采废圃中枸杞叶为饭,衣败絮,陶陶然,振笔著书不辍。初名《衡书》,志在权衡天下,后以连蹇不遇,更名《潜书》。其《大命》篇痛论贫富不均苦乐不平之现象,至谓天下之乱者皆从此起,非自己饿过肚皮,而亦不愿人之同饿肚皮者,不能由此深切著明之言也。其《抑尊》《室语》等篇,痛陈专制之罪,非深有恶乎当日之独夫民贼,而彻悟一切圣帝贤王原亦不过尔尔者,亦不能有此深中肯綮之言也。其《室语》篇略谓自秦以来,凡为帝王者皆贼也。今也有负数匹布担数斗粟而行于途者,或杀之而有其布粟,是贼乎？非贼乎？杀一人而取其匹布斗粟犹谓之贼,杀天下之人而尽有其布粟之富,乃反不谓之贼乎？三代以后,有天下之善者莫如汉,然高帝屠城阳屠颍阳,光武屠城三百。过里而墟其里,过市而窜其市,入城而屠其城,此何为者？百姓死于兵,与因兵而死者十五六,暴骨未收,哭声未绝,于是乃服衮冕,乘法驾,坐前殿,受朝贺,高宫室,广苑囿,以贵其妻妾,以肥其子孙,彼诚何心而忍享之？若上帝使我治杀人之狱,我则有以处之矣。盖唐甄生当明季,目击政权代谢之变,屠戮乱离之惨,尝一仕异族新朝,而沉于下位,不能上达,无以自见其才志,故怨悱之意一发于文章,而不自觉其心溃涌,笔手扰也。何况彼时爱新觉罗氏初入中国,务为惨刻之政以威中国,而中国人屈于暴力之下,一时莫可如何,于是士之巧黠者惟日歌颂现状,以取容于胡膻之朝,猎富贵以自适；其耿介自守者,惟有逃避现状,相率遁迹于山巅水涯之间。唐甄生于其时,既不能歌颂现状,自侪于无耻之曲士,又不能逃避现状,自命为胜国之遗民,其始也有志改造现状,拟著《衡书》,其终也发愤攻击现状,而《潜书》

成焉,予谓其文自怨生者此也。

何谓"学从悦入"？唐氏之忍饥耐寒陶陶然从事著述,前既言之矣。《潜书·悦入》篇云:"古人教亦多术矣,不闻以悦教人,而予由此入者何？予蜀人也,生质如其山川,湍急不能容,而恒多忧患,细察病根,皆不悦害之,悦为我门,非众之门。"彼又以为不悦则常怀烦懑,多见不平,多见非理,所以一切怨天尤人,不相亲爱,皆由此生。悦则反是。由是言之,唐氏之所谓悦,实为不悦之悦,盖出于处境之无可如何,伤心者之言也,彼岂真能怡然自悦者哉！如其怡然自悦,而无怨焉者,则固不必发愤著书,《潜书》可以不陈矣。

一九三三·一二·二八

蘧庐诗话

"秦肉六国啖神州,六国之士皆秦雠。"忆为顾炎武之《秦皇行》起句。鄙意士之雠秦者,何止六国？虽谓秦为自并六国以来士人之公敌可也。诅秦之文,至今犹常诵在人口者,以贾生之《过秦论》,杜牧之《阿房宫赋》为尤章章。予幼时亦读此两文成诵。尝作咏史诗,其中一绝云:

> 偶语何妨试一回？
> 相逢圯上霸图开。
> 祖龙鞭石亦流血,
> 黄石姑为挟恨来！

师友既称之,顾不甚自诩,具稿而已。稍长,读书略多,始知前人咏及秦皇事者,佳构不少,余最爱三绝句,一为章碣之《咏焚书坑》:

竹帛烟销帝业虚,
关河空锁祖龙居。
坑灰未冷山东乱,
刘项原来不读书!

一为陈孚之《咏博浪沙》:

一击车中胆气豪,
祖龙社稷已惊摇。
如何十二金人外,
犹有人间铁未销!

一为陈恭尹之《读秦纪》:

谤声易弭怨难除,
秦法虽严亦甚疏。
夜半桥边呼孺子,
人间犹有未烧书!

此诗"人间犹有未烧书",与前诗"犹有人间铁未销",意似相袭,而不嫌其袭者,以一咏焚书,一咏销毁兵器也。北洋军人某公,亦颇能诗,其《咏焚书》一绝云:

稷下群言孰折衷?
祖龙一炬烛天红!
焚书若果论功罪,
也值删书一半功。

此诗颇为焚书一事翻案,祖龙复活,当必龙颜大悦。其于此等文人亦当以李斯之例相待,活埋之坑,岂为若辈而设?孰谓暴秦之世,凡儒皆坑也乎!

一九三四.一.六

说谎与湖南人的笨

湖南有一句俗话,"哄死人不犯罪",含有说谎骗人不算罪过的意思。其实湖南人顶笨,说谎骗人的伎俩并不高明。就拿比较近一点的历史来说罢。

洪杨之役,满清政府快要坍台了,当时"勤王"的口号虽然是由统兵大将、封疆大帅叫出来的,可是实在担负了所谓"勤王"的责任的人,却是湖南几个初无言责、无官守的书憨子。他们拿了"勤王"的空口号,自命所谓"忠义之士",就干,干,干,硬干,实干,快干,不顾一切地大干起来。"扎硬寨,打死仗",是他们干的方略,"拙""诚"两个字是他们干的精神。本来所谓"勤王",只是当时庸懦无能的将帅叫叫骗人的口号,湖南人却认真起来,没有兵权在手,就练团勇也完成了所谓"勤王"的大功。功成以后,于湖南人有什么好处呢?他们是不曾想到的,结果,少数人成了忠臣义士,大多数人上了所谓忠臣义士的大当! 至今长江下游各省还留下不少当年流落的湘军的子孙!"哄死人不犯罪",要是不错的话,满清政府拿君臣之义一类的话骗了曾、左一流人物,曾、左一流人物又拿这类的话骗了他们的部下,谁说不该呢! 而且当时有谁觉得听了谎话,受了大骗呢? 幸而不死的,散伍流落,受尽人间生活的苦辛;不幸而死的,入祀所谓湘军昭忠祠,也只是赚得"拙""诚"两个字的老语。这两个字是曾国藩一篇《湘军昭忠祠祀》里的话。笨拙,诚实,确是湖南人的精神! 曾老先生已经老实告诉人了。

洪杨之役以后,中国政局上每一次大变动,湖南人就有机会表现出他笨拙诚实的真精神。多的不便说,仅说一件罢。戊戌维新运动,康、梁是主要人物,祸变一来,康、梁闻风就逃了,谭嗣同却不肯逃,说是改革政治没有不流血的,流血请从他开始,他不知道维新变法原是当时所谓志士以及政府官僚骗人的口号。

总之,仅就政治来说,七八十年来,中国每一次政治上的大变动,无论正面反面,怎样说谎,湖南人总是把他认真的,结果,充分表现了湖南人的笨!

一九三四.一.一二

略 谈 文 艺

昔王世贞尝作文章九命:一曰贫困,二曰嫌忌,三曰玷缺,四曰偃蹇,五曰流贬,六曰刑辱,七曰夭折,八曰无终,九曰无后。复增加恶疾,合为十命。文章于人,有十大罪恶,人固无罪,罪在文章,此"有笔阶级"不可不知者也!

吾今宣布文艺罪状,仅举大端,约而计之,其罪有三:

士先器识,而后文艺。一为文人,便无足观。人而无用,文艺尸之。此文艺之大罪一也。

德行本也,文艺末也。行有余力,则以学文。人而无行,文艺尸之。此文艺之大罪二也。

颜之推云,文章之体,标举兴会,发引性灵,使人矜伐,故忽于操持,果于进取。今世文士,此患弥切,一事惬当,一句清切,神历九霄,志凌千载,自吟自赏,不觉更有傍人。人而招祸,文艺尸之。此文艺之大罪三也。

吾数文艺罪状,至三已毕。翻阅新闻,又加一罪。厥罪维何?有妨数学。扩而充之,延祸科学。古文已矣,白话代兴。摘录某先生之言如下:

……中国人是向来讨厌数目字的，"大概"、"大约"等笼统副词每每是中国人的口头禅。一般中学生都有讨厌数学的倾向，因为文艺书籍的引诱，常常以"性情不近"为理由，就将数学一笔抹杀，这实在是危险不过的事情。现在的科学是建在数学上面的，数学打进去的学术，才能确定成为科学。譬如数学打进了天文的范围，天文学就成为标准的科学，其他物理学、化学、心理学、经济学等也莫不如是。这几年来，各大学新生入学考试，一千本数学试卷中间，打零分的约在五百本以上。数学程度低劣到这个地步，还谈什么科学的研究？

　　某先生之言，精警透辟。若非文艺书籍引诱，中学生何以不肯深研数学？若非数学程度低劣，何以中国科学上未能进步，以致文化落后，民族倒霉，原是文艺之罪。呜呼文艺，汝之罪恶诚不胜枚举矣！

一九三四.一.二三

皇帝瘾

　　或谓溥仪又做皇帝梦。予则以为彼非做皇帝梦，过皇帝瘾而已；殆石敬瑭之不若，张邦昌、刘豫之类也。张邦昌之伪国仅四十余日，刘豫之伪国亦止七年。溥仪之伪国，纵长于张邦昌，未必不短于刘豫，窃号自喜，能几何时？虽然，如嗜鸦片者，明知其为毒害至烈，但能过瘾，遂不顾一切以求之。有皇帝瘾者，虽臣皇帝、侄皇帝、儿皇帝、孙皇帝，亦乐为之，降而至于土皇帝、匪皇帝，亦可也。

　　新莽之季世，公孙述据蜀，欲为皇帝。梦有人语之曰，八厶子系，十二为期。觉谓其妻曰，虽贵而祚短，若何？妻对曰，朝闻道，夕死尚可，何况十二乎？遂自立为天子，号成家。晋咸康中，李寿据蜀，欲为皇帝，命筮之。占者曰，可数年天子。其属任调喜曰，一日尚为足，而况数年乎？解思明曰,数年天子,孰与百世诸侯?寿曰朝闻道,夕死可矣。任侯之言,策之上也。遂僭即帝位。此过土皇帝瘾者也。

又晋安帝时,王始聚众于太山,自称太平皇帝,号其父为太上皇,兄征东将军,弟征西将军。慕容镇讨擒之,斩于都市,临刑,或问其父及兄弟何在?始答曰,太上皇帝,蒙尘于外。征东征西,乱军所害。惟朕一身,独无聊赖。其妻怒之曰,止坐此口,以至于此!奈何复尔?始曰,皇后!自古岂有不破之家,不亡之国邪?行刑者以刀环筑之,仰视曰,崩即崩矣,终不去帝号!此过匪皇帝瘾者也。

呜呼!石敬瑭之过儿皇帝瘾,石重贵之过孙皇帝瘾,固已丑矣。然南宋自孝宗以下,过侄皇帝瘾而不耻,则于过臣皇帝瘾之张邦昌、刘豫又何讥焉!第未知今之溥仪过皇帝瘾而居于何等也?

一九三四.一.二七

梁任公在湖南

四脚朝天,看你有何能干?
一耳偏听,到底不是东西!

这是戊戌维新运动失败以后,湖南守旧派嘲笑陈宝箴、熊希龄两人的谐联,把熊、陈两个字拆开,倒很有趣。原来湖南的戊戌维新运动,是官绅合办的,陈中丞代表官方,熊庶常代表绅方。这一运动,康、梁是主要人物,康有为在北京,得到光绪帝的信任,所以北京闹得很凶;梁启超在湖南,得到陈中丞的信任,所以湖南也闹得很凶。梁先生为什么来到湖南的呢?据熊希龄上陈中丞书说:

延聘梁卓如为教习,发端于公度(黄遵宪,时为湖南监法道。)观察,邹沅帆及龄与伯严(陈三立,陈中丞之子。)皆赞成之。

梁先生来到湖南,主持时务学堂,做了总教习,同来的韩文举、叶觉迈做了分教习,康派势力,一时极盛。而且全堂师生,互相标榜,不说"今日教学诸人,即是兴朝佐命";即说"异日出任时艰,皆学堂十六龄之童子"。这真是要叫守旧派眼中生出火来的。何况时务学堂日记,课艺评语,南学会讲义,以及《湘报》、《湘学报》所刊之文章,都是守旧派目为邪说异端的康派议论呢!

自然,那些被目为邪说异端的议论,在三十多年以后的今日看来,不免平常,浅薄可笑,但在当日就不免觉得翻江倒海,石破天惊了!例如梁先生评日记云:

二十四朝其足当孔子王号者无人焉,间有数霸者生于其间,其余皆民贼也。

斥一切帝王为民贼,只承认其中有几个霸者,这不能不叫腐儒大吃一惊。又评答问云:

臣也者,与君同办民事者也。如开一铺子,君则其铺之总管,臣则其铺之掌柜等也。

梁先生虽然还没有说出人民是这一铺子的大股东,可是他已经不承认向来腐儒所说的"君臣之义"了。又评课艺云:

《春秋》大同之学,无不言民权者,盍取六经中所言民权者编辑成书,亦大观也。

梁先生倡言民权,发论颇多。又如评日记云:

> 公法欲取人之国,亦必其民心大顺,然后其国可为我有也,故能与民权者,断无可亡之理。

又云:

> 议院虽创于泰西,实吾五经诸子传记随举一义多有其意者,惜君统太长,无人敢言耳!

梁先生要主张议会政治了。他倡民权议院之说,却不能不乞灵于什么五经六经,现在我们或许要笑他迂谬,但想到他在当时环境里,却又不能不原谅他的苦心了。他评课艺云:

> 今日欲求变法,必自天子降尊始。不先变去拜跪之礼,上下仍习虚文,所以动为外国笑也。

梁先生竟大胆的主张天子降尊,废拜跪之礼了。又评日记云::

> 中国雈苻甚炽,上无礼,下无学,贼民兴,丧无日矣。今日变政,所以必先改律例衣服虽末事,然切于人身最近,故变法未有不先变衣服者,此能变,无不可变矣。

梁先生主张改法律,变衣服,这都是大胆之言,也都是要受湖南守旧派攻击的了。

说也奇怪,湖南人的气质,好走极端,从戊戌运动起,一直到现在,政治上每一变动,在对抗的两极端,总是湖南人做先锋。戊戌运动,站在维新派尖端的有谭嗣同、熊希龄诸人；站在守旧派尖端的有叶德辉、王益吾诸人。辛亥武昌起义，湖南首先响应，但第一个为满清死节的将官黄忠浩，也是湖南人。袁世凯称帝，筹安会领袖杨度，是湖南人，站在最前线讨袁的蔡锷，也是湖南人。

懂得了湖南人的气质，就懂得戊戌维新运动，梁任公在湖南，一面要受维新派的热烈欢迎，一面要受守旧派的拼命攻击了。

一九三四.二.四

梁任公在湖南（二）

戊戌维新运动，梁任公在湖南讲学，引起思想界的轩然大波，即新旧两派的大冲突。究竟当日旧派攻击梁先生，怎样措词呢？

自然，欲加之罪，何患无辞！在旧派的眼光中，梁任公是败坏湖南学风的罪魁，是邪说异端的恶魔。苏兴《翼教丛编序》中说：

> 梁启超主讲时务学堂，张其师说，一时衣冠之伦，罔顾名义，奉为教宗。其言以康之《新学伪经考》、《孔子改制考》为主，而平等、民权、孔子纪年诸谬说辅之。伪六籍，灭圣经也；托改制，乱成宪也；倡平等，堕纲常也；伸民权，无君上也；孔子纪年，欲人不知有本朝也。

这里宣布了梁任公在湘讲学的五大罪。又旧派的《湘省学约》里说：

> 自新会梁启超来湘，为学堂总教习，大张其师康有为之邪说，极惑湘人，无识之徒，翕然从之。其始随声附和，意在趋时，其后迷惑既深，心肠顿易。考其为说，或推尊摩西，主张民权。或效耶稣纪年，言素王改制。甚谓合种以保种，中国非中国，且有君民平等、君统太长

等语,见于学堂评语、学会讲义,及《湘报》《湘学报》者,不胜缕指。似此背叛君父,诬及经传,化日光天之下,魑魅横行,非吾学中之大患哉?"

这里旧派骂梁任公"化日光天之下,魑魅横行",真是白昼见鬼!但在当时,他们是自以为骂得痛快的。现在我们从这类文章中,还可以看到梁任公在湖南讲学的影响之大!如岳麓书院学生宾凤阳等上王益吾院长书中云:

> 窃我省民风素朴,自去夏以前,固一安静世界也。自黄公度视察来,而有主张民权之说;自徐观夫学使到,而多崇奉康学之人;自熊秉三庶常邀请梁启超主讲时务学堂,以康有为之弟子,大畅师说,而党与翕张,根基盘固,我省民心顿为一变。……戴德诚、樊锥、唐才常、易鼎等承其流风,肆行狂煽,直欲死中国之人心,翻亘古之学案,上自衡永,下至岳常,邪说浸淫,观听迷惑。不解熊、谭、戴、樊、唐、易诸人是何肺肝,必欲倾覆我邦家也!

一则曰"我省民心,顿为一变",再则曰"上自衡永,下至岳常,邪说浸淫,观听迷惑"。梁任公讲学的魔力真是不小!其实,当时这位思想界的新英雄,正是时势造成的,旧派又何尝不知?所以梁鼎芬《与王祭酒书》中说:

> 马关约定数年,又有胶州之事。四夷交侵,群奸放恣,于是崇奉邪教之康有为、梁启超,乘机煽乱,昌言变教。

平心论之,当时满清政府,内政外交,无一是处。康、梁昌言变法维新,改变政治,有什么罪过?可惜当时旧派不知,稍后知道了,已经没有办法,满清也就亡了!

一九三四.二.五

梁任公在湖南(三)

梁任公体的文章也曾在湖南发生了大影响。当日《时务报》的文章,那个不欢喜读?便是旧派,亦无异词。但因梁任公到湖南讲学,湖南新派人物,也刊行了《湘学报》、《湘报》,这就遭了湖南旧派的大忌了。所以皮锡瑞《复叶德辉书》中说:

> 文人相轻,自古已然。湘人无乡谊,好自相攻击。见《时务报》则誉之,见《湘学报》则毁之,《湘报》訾议尤甚,湘人结习,本不足怪。

原来叶先生是攻击新派的旧派领袖,攻击了康、梁一派的思想还不够,还要攻击康、梁一派的文章。他致皮先生书中说:

> 时文久为通人所诟病,通人多不能时文,高才博学坐是困于场屋,而揣摩之士乃捷足得之。然易之以策论,其弊等耳。不见今日之试卷,满纸只有起点、压力、热力等字乎?同一空谈,何不顾溺人之笑!

他攻击新文体的策论徒用新名词,也是空谈,和八股文一样。他又与友人书说:最可笑者,笔舌掉罄,自称支那;初哉首基,必曰起点。不想支那乃释氏之称唐土,起点乃舌人之解算文,论其语,则翻译而成词;按其文,则拼音而得字。非文非质,不中不西。东施效颦,得毋为邻女窃笑耶?
这也是攻击使用新名词的文章。又《湘省学约》中"辨文体"一条说:

朝廷以时文积弊太深，改试策论。然试场策论非有学术，能文章者主持之，其弊殆比时文更甚。观《湘报》所刻诸作，如热力、涨力、爱力、吸力、摄力、压力、支那、震旦、起点、成线、血轮、脑筋、灵魂、以太、黄种、白种、四万万人等字眼，摇笔即来。或者好为一切幽渺怪僻之言，阅不终篇，令人气逆。

可见三十多年前新派文人用新名词入文章，那是旧派文人最为痛恨的事。当时这种新文体流行湖南，可以说是梁任公带来的。徐学使居然用这种文章取士，难怪湖南一批由八股文出身的旧派文人又嫉妒又愤慨了。

梁任公曾经说他自己的文章，"笔端常带情感"，那是不错的。他是一个政论家，他的政论所以能够风行天下，笔端情感也是其中要素之一。他这种适于煽动的文章带到湖南，有一个贡生学得极像，这人叫做樊锥，邵阳人，在《湘报》上发表了一些文章。最被旧派攻击的一篇，题为《开诚》，其中说道：

自民之愚也久矣，不复见天日也亦已甚矣。其上以是愚之，其下复以是受之。二千年沦肌浸髓，梏梦桎魂，酣嬉怡悦于苦海地狱之中，纵横驰逐于醉生魇死之地，束之缚之，践之踏之，若牛马然，若莓苔然。

这是痛骂两千多年来的愚民政策，思想颇有点不稳了。又说：

今宜上自百寮，下至群丑，俱如此类，网罗净尽，聚之一室，幽而闭之，使其不见日月，不与覆载。

如此对付贪污腐败的官僚，何等彻底！他的议论更激烈了。又说：

> 是故愿吾皇操五寸之管,半池之墨,不问于人,不谋于众,下一纸诏书,断断必行。曰,今事已至此,危迫日极,虽有目前,一无所用。与其肢剖节解,寸寸与人,税驾何所,蹋天无路,不如趁其未烂,公之天下。朕其已矣!

他这种主张,真是大胆。难怪旧派的人驳他道:"天子诏命,岂臣下所敢戏拟,况此等大逆无道之言乎!国典具在,脔割寸磔,处以极刑,似尚未足以蔽其辜。"他在文中又说:

> 洗旧习,从公道,则一切繁礼细故,猥尊鄙贵,文武名场,旧例劣范,铨选档册,谬条乱章,大政鸿法,普宪均律,四民学校,风情土俗,一革从前,搜索无剩,惟泰西者是效,用孔子纪年。

这种彻底的变法维新,当时怎么能够做得到?他却不能不如此主张。他是湖南的走极端的新派。他比梁任公的主张更彻底,他比梁任公的议论更激烈,他充分表现了湖南人走极端的特性。然而他是受梁任公影响最深的人。

说起来真可笑。"戊戌"前后,梁任公太新;"辛亥"前后,梁任公又旧了;"五四"前后,梁任公"跟着后生跑",还赶不上;这一个伟大的时代真有点捉弄人。虽然,时代是一直向前的,人不站在时代之前,就落在时代之后,这又有什么稀奇呢!

一九三四.二.六

蘧庐诗话

予不能为诗,颇好谈诗。偶有所感,亦托吟咏。侪辈或相讥侮,予为诵一诗云：

> 文人自命便无用，此论未公吾不凭。
> 五代若非词世界，一般相斫更堪憎。

此蔡子民先生题仲可《纯飞馆填词图》也。闻者爽然。予更为诵一诗云：

> 爱酒何妨尽酒钱？一朝快活敌千年。
> 凭陵大叫歌今夕，不到天明未肯眠。

此予七年前金陵旅舍除夕大醉题壁之一也。一友更嗤之，以为太俗，予微哂之，姑以白话诗为解。友复赭颜争曰，既用旧体，即宜语有出处。予曰，四句已有三出处矣，顾以为少耶？友曰，一朝快活敌千年，实不成语。予因谓此出《北齐书·和士开传》。和士开尝说世祖云，自古帝王，尽为灰烬，尧舜桀纣，竟复何异？宜及少壮，恣意行乐，纵横行之，即是一日快活敌千年，无为自勤苦也！

顷者旧历除夕复届，贱状犹昔。昨赴润泉兄处吃年夜饭，偶然兴奋，连饮黄酒三杯，今晨如厕，下血可怖，豪气又减当年在金陵时矣。予于晚清诗人独推江弢叔，因忆其《岁除日戏作》云：

> 庭角无梅座不春，门扉虽阖岂遮贫。
> 晚来雪屐鸣深巷，半是吾家索债人。
> 有人来算屋租钱，小住三间月二千。
> 使屋如船撑得动，避喧应到太湖边。

此等诗真可谓之"穷开心"。予境与弢叔差似，而苦愤弥深，其为贤不

肖,岂不判然也乎! 樊樊山《己巳除夕》诗云:

二千余载到今天,不许人过旧历年。
可得不为寒士计,秀才无份卖春联!

予今为下一转语曰,即使旧历不废,而民力已疲,救死不赡,虽落笔如飞,春联万幅,又何所用之哉!

一九三四.二.一七

伪满洲国之留日学生

有一个朋友刚从日本回国,说起留日学生的近况,真是叫人又气又好笑的。

有一次,有一位同学因某种嫌疑被便衣侦探挟入警视厅后,问他那里人?他说:"中华民国人。"给他两记耳光。再问,他说:"辽宁省人。"又是两记耳光。又问,他说:"奉天人。"还是给他两记耳光。他想不愿再吃这种眼前亏了,当他再被审问的时候,只好答道:"满洲国人。"不料又是两记耳光打来。他真不知如何答覆才好。最后问他,他说:"亡国奴。"日警不觉狞笑,他却悲从中来,惨然流泪了。

去年秋季开学,工业大学招考,中国学生应考的十六人,笔试全然录取。不料口试的时候,只取十五人。这位落第的学生去质问学校当局,当局问他那里人?他说:"中华民国人。"又问他是那一省?他说:"辽宁省。"又问他辽宁还属中国么?他惶急,不知如何答覆,但为了入学校,只好违心答道:"满洲国。"学校当局点头微笑,把他录取了。

九一八事变以后,中国留日学生回国的不少,剩下来不过七八百人,目下又增加到两千人,东北学生约占六分之一,其余就算广东、江、浙、川湘几省的学生为多了。

原来在东京有中华民国留学生会的,最近这种组织无形消灭了。东北几省留学生还是称中华民国留学生好？称所谓"满洲国"留学生好？这当然是同学会组织不成的重要原因之一了,何况还有思想派别之不同呢！

自命为所谓"满洲国"的留学生,官费领得较多,至少在一百元以上,日人待遇他们也似乎有意笼络,比较还好。他们里面有些人也就自视好像比中华民国留学生要高一等,这真是不知所云了。

以上记一留学日本的朋友的话。

一九三四.二.二二

蘧庐诗话

有明"眇诗人"谢茂秦尝谓诗忌粗恶字,然用之在人,饰以颜色,不失为佳句。譬诸富家厨中,或得野蔬,以五味调和,而味自别,大异贫家矣。又谓诗中罕用血字,用则流于粗恶。李长吉《白虎行》云,"衮龙衣点荆卿血"。顾遁翁《青竹鞭歌》云,"碧鲜似染苌弘血"。二公妙于句法,不假调和,野蔬何以有味？

予偶为诗,不暇辨其字面之精粗美恶,又好使用血字。尝寄黄芝冈七言律诗一首,载于《涛声》周刊,有句云,"苦语可堪和血写,笑颜几见带愁颙"。又七年前悼小说家罗黑芷,亦有"愿写文章十万言,刳肝沥血诉烦冤"之句。盖黑芷尝以某项嫌疑,限于缧绁之中,凡月有余日,后虽事白得释,终以悲愤而死者也。如此使用血字,使眇诗人见之,得毋谓粗恶不饰颜色,如野蔬之不假调和者乎？

一九二八年春,予与某君同在某艺术学院任事,彼无酒量而好饮黄酒,又无烟瘾而好抽大烟,殆所谓伤心人别有怀抱者欤！一日,彼云将归江阴,余以江阴为前上海大学教授周水平故乡,周氏以某项罪名为北洋军阀孙传芳所杀,吴稚晖氏为作一文以志愤慨,所谓"恐不赤,染血成之欤"?载于《语丝》周刊者是也。感时伤事,为书一绝以送某君,已具稿矣,友人见之,为言某君遄归娶妇,乃又毁弃。其诗云:

赤县无端竟染成?逢春鸟语作哀鸣。
腥风血雨模糊里,归吊江阴周水平!

倘谓文学为发愤告哀之具,就韵文论,当推屈原、杜甫、吴梅村为我国最伟大之三作家,陆游、元遗山之诗犹嫌纤弱。以三公之才之性,诚有过人者,适处艰屯之会,发为悱恻之辞,宜其尤绝千古也。明武宗时,郑善夫为诗规摹杜甫,颇多慷慨感喟之作,林贞恒撰《福州志》,病其时非天宝,地远拾遗,为无病而呻吟。予亦有呻吟之癖,病状若何,尚待诊断。所可自信者,人生有涯,而予力至薄,恐未能以予之血与泪一渗于墨汁之中,而曲达于予之笔端也!

一九三四.二.二七

文言——白话——大众语

现在已经有人喊出"文言复兴"的口号,同时也有人倡言"反对文言复兴",好像久已停止了的文言白话的论战又要重演一番。

其实文言白话的论战早已分过胜负了,并不是林琴南、章行严诸先生的文言文做得不好,他们赶不上古人;只因中国社会已经走到某种程度变革的路上,基础一动,旧文化全般动摇,文学革命只是其中的一种。这种大势所趋,自然还有许多回环曲折,可是站在没落下去的某方面,无论个人或他所属的某一阶层,虽然还能够来几次挣扎,最后的胜利却不会归到他们的，尽管也得佩服他们的勇敢。

总而言之，文言白话的论战早已过去了，目前我们虽然听到"文言复兴"的口号，并不感得怎样的严重。至于个人为了某种必要，做几篇文言文，只要对于社会上不生恶影响，不致毒害大众，暂时似乎不妨容忍。

文言白话之争既已表过不提，现在我以为要提出的是比白话更进一步，提倡大众语文学。这理由并不怎样高深繁重，就极浅薄极简单的说，十多年来的白话虽然比较文言的东西是要和大众接近些儿，可是事实上告诉我们，这个显然还不够。目前的白话文学只是智识分子一个阶层的东西，还不是普遍的大众所需要的。再添上一句简单的话说，只因这种白话还不是大众的语言。

从前为了要补救文言的许多缺陷，不能不提倡白话，现在为了要纠正白话文学的许多缺点，不能不提倡大众语。

这里所谓大众语，包括大众说得出、听得懂、看得明白的语言文字。标准的大众语，似乎还得靠将来大众语文学家的作品来规定，最要紧的还得先看一看目前大众所受的教育程度是怎么样，并须想到将来大众该受怎样程度的教育。

这里所谓大众，固然不妨广泛地说是国民的全体，可是主要的分子还是占全民百分之八十以上的农民，以及手工业者、新式产业工人、小商人、店员、小贩等等。就目前大众的教育程度而论，可惜还没有精密的调查统计可做根据，只能大概地这么说，有的受过号称新式的小学教育，有的只受过旧式的私塾教育，有的只受过年把几个月的补习教育、识字教育。此外，受过新式中等以上学校教育的极少，不识字的倒最多。这样说来，目前大众说得出、听得懂、看得明白的语言文字是怎么样的一种程序就不难想像到了。

自然，我所说的大众语文学，一方面要适合大众用的语言文字，一方面还得提高大众的文化水准。倘若语言文字上有欧化的必要不妨欧化,可是不要只为了个人摆出留学生或懂得洋文的架子。有采用文言字汇的必要不妨采用,可是不要单为了个人摆出国学家或懂得古文的架子。

据我个人的愚见,大众语文学在诗歌、小说、戏曲三类,说、听、看三样都须顾到,尤其要注重听,叫人听得懂。因为诗歌朗读也好,唱奏也好,听得懂就是深入大众的一个必要的条件。为什么白居易的诗在当时社会特别流行?为什么黎锦晖先生的歌曲如今特别流行?除了其他的条件以外,听得懂,也怕是一个重要原因。至于戏曲上演,动作姿势虽能帮助大众了解剧情,重要的还在说白曲词能够叫大众听得懂。还有如今的小说虽然不必由说书的人说给大众去听,但是念起来能够和说话差不多,也是深入大众层的一个条件罢。

我因为看到了徐懋庸、曹聚仁两先生关于文言文的论文,我就跳过白话,更进一步,在文学上主张大众语,姑且这样粗略的提出了,听取大家的高明的意见。

一九三四.六.一八

小星与东方未明

提起"小星"两字,人家就会以为说的姨太太。原来这典故出在《诗经》。《毛诗·召南·小星》篇《小序》道:

> 《小星》,惠及下也。夫人无妬忌之行,惠及贱妾,进御于君,知其命有贵贱,能尽其心矣。

这是汉学家对于《小星》篇的一个解释。宋学家也不曾跳过汉学家这条诗说的范围,所以朱子《诗经集传》里说:

南国夫人承后妃之化,能不妒忌以惠其下,故其众妾美之如此。

新的国学家胡适之先生却很大胆地别创一个新解。他在《谈谈诗经》一文里说:

　　《嘒彼小星》一诗是写妓女生活的最古记载。我们试看《老残游记》,可见黄河流域的妓女送铺盖上店陪客人的情形。再看原文:
　　嘒彼小星,三五在东。肃肃宵征,夙夜在公。实命不同!
　　嘒彼小星,维参与昴。肃肃宵征,抱衾与裯。实命不犹!
　　我们看她抱衾裯以宵征,就可知道她为的何事了。

胡先生这一说,自然新颖可喜。不过原文"夙夜在公"一语作何解释?似乎他没有想到。难道当时的妓女要不论日夜的为公家当差,支配阶级还要揩卖淫女子的油么?如今我也有一个解释:

　　这篇诗是写当时人民为公家行役当差的生活。试译如下:

　　一
　　那微光的小星,
　　有三五个在东。
　　严肃的黑夜也得出行,
　　不论早和晚都要在公。
　　实在是命运和人不同!

　　二
　　那微光的小星,
　　有两个叫参昴。
　　严肃的黑夜也得出行,

连被头帐子一起都抱。
实在是命运不比人好!

在《诗经》里面和这个同一性质的诗,还有《齐风·东方未明》一篇。不过前一篇系说夜里不得休息,后一篇系说起身太早。大约官愈大愈没事,官愈小愈劳苦,衙门小职员更不容易做,尤其是行役当差的小百姓,古今相差不甚远的。现在我把这篇诗的原文写出对照,试译如下:

一
东方没有发光,
颠倒穿上衣裳。
管它颠颠倒倒,
公家叫我赶早!

二
东方没有亮起,
颠倒穿上衣裳。
管它倒倒颠颠,
公家有令难延!

三
折下柳枝围着采圃,
糊涂人不守者秩序。
不能分别日夜早晚,
不早就晚他也不顾!

据《毛诗小序》说:"《东方未明》,刺无节也。朝廷兴居无节,号令不时,挈壶氏不能掌其职焉。"这个解释大致是对的。朱子《集传》也采这一说。可是我不懂《小星》那篇正和这篇诗同一性质,何以《诗序》独释为夫人惠及贱妾之诗?只因前人有这么一个误解,于是后人就大家公认"小星"为姨太太一个代词了。

一九三四.七.七

吊刘复先生

《申报》载十四日中央社电:"文学家刘复月前赴平绥路考察方言,因水土不服,抱病回平,至十二日忽剧,重入协和医院诊治无效,十四日下午二时一刻逝世。据医院诊断,刘系黄疸症,因病根早伏,乃致不起。学术界同人闻讯,均甚惋惜。"

唉!刘复先生死了吗!我读完了这个导电,不觉"悽然者久之"!可要来一个声明,不曾"悽然下泪"。因为中国的语言学者又弱一个,为学术上设想,我们那得不"悽然者久之"!然而我和刘先生从来没有一面之缘,所以听到他死了的消息,并不曾顾念旧情,"悽然下泪"!

大约半个月以前,《大晚报》载着《绥远通信》,写的是刘先生和这位记者的长篇谈话。刘先生谈到了他在五四运动时代为着"文学革命"斗争的旧事,他不甚感慨地说:"现在我没有勇气了!"我们正在希望刘先生再能鼓着勇气,继续奋斗,参加大众语运动。不料刘先生竟一病不起,我们失掉听取一位语言学专家的意见的一个机会,仅仅就大众语这个问题而说,这也是一个顶大的损失呵!何况刘先生这次冒着旅行平绥路沿线,原是为了调查方言,只因水土不服,抱病而死,他的那种尽忠于学术的精神,真可佩服!一个地域的方言虽然不就是大众语,可是我们要建设大众语文学,对于国内各处方言的调查研究,以及大众语中的方言问题的检讨解答,也是一种急需而且重要的工作。像刘先生那样肯用他的生命之力在方言学上的一位学者,竟无法延长他的生命,他不得不放弃他的最宝贵的工作,这不是目前从事大众语运动的人,大家都该痛惜的吗?

前几天我写《新诗乱谈》两则,投登《中华日报》的《动向》,就是因为看了《大晚报》《绥远通信》所记刘先生的谈话才触发来的,我本来预定第三则就要谈到刘先生用江阴方言写的《瓦釜集》,不料手边没有这部书,今天还不能写成。现在就我感触到的而说,自有新诗以来,出版的诗集怕在百种以上,只有《瓦釜集》算是全用方言写诗的第一部,虽然说不到怎样大的成功,但比那些叫人看不懂的欧化诗(例如赵景深先生在《现代诗选序》里认为"简直不通"的象征派诗),以及堆砌许多古典词藻的白话诗,《瓦釜集》自有它的独特的价值。我虽不懂江阴方言,然而每一读《瓦釜集》里"车车夜水也风凉""人比人气煞人"等诗,就受了很大的感动。他不像刘大白先生一样,社会主义和劳动问题,可是他的《瓦釜集》的感人之力是在刘大白先生的《卖布谣》诗集以上的。可惜他还是不肯俯就(?)一个农民诗人的位置,不曾用他的全副生命之力,充分地把农民苦难的生活、农村悲惨的现实从他的诗歌里呐喊出来。不过他已经留给我们一个用方言写新诗的实验报告,这也是可宝贵的。

记得刘复先生在主持女子学院的时候,布告女生相称做"姑娘",不要叫"密丝",因此引起了许多人的讥刺非难。平心论之,倘若刘先生仅仅反对白话文中不必要的欧化成分,那有什么不可?刘先生对于欧化太过的白话文,是常常表现不满的。他在《中国文法通论》里说:

> 我现在只举一个简单的例:
> 　　子曰:"学而时习之,不亦悦乎?"
> 这太老式了,不好!
> 　　"学而时习之,"子曰,"不亦悦乎?"
> 这好!

"学而时习之,不亦悦乎?"子曰。

这更好! 为什么好? 欧化了。但"子曰"终没有能欧化到"曰子"!

刘先生嘲笑欧化太过的白话文,截至最近,还是和从前一样。《大晚报》《绥远通信》,载着他和那位记者谈话:

"提倡白话文是为得使人容易懂得,但是后来弄得比文言还艰深,如欧化得利害,以及无谓的堆砌。"

他(刘先生)对这一点很感慨的说:

"这实在是我们当初所没有料到的!"

不错,"欧化得利害","无谓的堆砌","比文言还艰深",这真是目前流行的白话文(尤其是白话诗)的大毛病。假如白话文不是走到了一条这样的末路,也就会没有人出来提倡大众语了呵! 因此,我们要说刘先生还在世的话,他会有一天参加大众语运动,至少他会以语言学者的见地,给这种运动一个相当的评价,这个假想是有成立的可能。何况刘先生说他"现在没有勇气了":究竟他还是有很大的勇气的。

最近他有一篇论文,题目我忘记了,大约是《南无阿弥陀佛》罢,登在南京的《民生报》,《论语》半月刊也转载了。他这篇文章怕要算是他的绝妙的绝笔,发出了他的生命的最后的光辉,这就足以证明他有生命的一日,并不像自古以来许多曲学阿世的名流学者一样,只是"因尸身难得腐朽,权厝于空气之中"的一条活尸!

我对于刘复先生的死,就在这里表示一点哀悼的意思。我写完这篇文章,真是不觉"凄然者久之"了!

一九三四·七·一七

挥汗读书

"挥汗读书不已,
人皆怪我何求。
我岂更求荣达?
日长聊以销忧。"

这是北宋秦观所作《宁浦书事》之一,大约是他因党案削官,安置横州时候的东西罢,不然,牢骚气味也许不会这样浓厚了。倘若他是个得意的阔人,他可以在"风亭水榭,沉李浮瓜",度过他的伏天。倘若他是个与人无忤与世无争的高人隐士,他可以在"北窗下卧,凉风时至,自谓是羲皇上人",很舒服地逃过这炎热的五六月。无奈他的命运注定他落在士大夫的一个阶层里,却叫他享不到士大夫可以享到的福气,倒叫他担受士大夫不愿担负的重担,在那炎炎的夏日,日子忒长,他只好挥汗读书,销忧遣闷了!

这几天,上海天气特热,我实在禁受不住。一面读书,一面挥汗,为了什么? 我自己也答不出,记起秦观的一首诗,不觉有同感了。

本来这样的大热天,最不宜于读书。有冷气管的电影院倒可以去看看,有电风扇的咖啡馆也可以去谈谈,同样有避暑设备的跳舞厅更可以去耍耍,自然,冰结涟、冰冻汽水果物之类是不可少的。不然,就辜负了这现代的都市文明了。

不过在这样的都市住腻了,也会想到山林郊野的,尤其时在这炎热的夏天。所以庐山、莫干山,以及黄山、鸡公山等处,就成了都市里面的文明人——高等华人,以及外国绅士避暑销夏的"圣地"。

至于最大多数没有福气到这种圣地去避暑的人,又不能不住在都市,住在都市又不能享受避暑的科学文明,原也只是活该。活该又不甘服,如果侥幸识字,读书销夏,倒是一种最好的办法,何况是有什么忧患的人,还可藉此销忧呢!

自然,这个时候并不是读书的季节,各种学校不都是放暑假了么? 然而挥汗读书,比锄禾种菜,拉扯挑担之类劳力的挥汗,究竟是有天堂地狱之别的。可见同是"火伞高张",有的藉此享福,有的因此更见劳苦,只有我们书呆子,挥汗读书,苦中有乐,乐中有苦,还是一种苦乐均衡的生活,最为理想的生活。

汗,并不是可以诅咒的东西。一个人在应当出汗的时候,不出汗,便是有了病,阿司匹林、麻黄桂枝就成了圣药。汗孔闭塞,好像塞了鼻孔,呼吸不灵,那是难过的。汗水分泌不出,好像尿水撒不下来,也是过不下去的。出一点汗,倒不算什么大牺牲,少爷小姐,老爷太太,你们可不要害怕。一般文人,肩不能挑,手不能提,劳力的机会极少,汗水也牺牲不许多。莫说挥汗吃苦,这样的大热天,读书也出汗,不读书也出汗。何况"读书不忘救国,救国不忘读书",读书"有意想不到之效力"。出自己的汗,读自己的书,救自己的国,又何乐而不为呢?

倘若有少爷小姐发宣言,喊口号,反对我的挥汗读书论,我并不坚持我原来的主张,以求贯彻,这一点世故我是清楚了的。这一篇闲话,太说长了,就引相传为顽童逃学的一首诗作为话尾罢。

    春天不是读书天,
    夏日炎炎正好眠。
    秋有蚊来冬有雪,
    一心收拾到明年。

一九三四.七.二〇

西 瓜

一个个人头一样的西瓜,
一担担送到享福的人家。
把西瓜冻在冰箱的底下,
电扇的风好像冷北风刮。
汗滴滴的侍女捧出西瓜,
杀西瓜总比杀人头好杀。
老爷太太小姐少爷齐来,
大家吃着西瓜靠着沙发。

×××

倘若西瓜也有一个嘴巴,
他可说出许多诉苦的话:
"乡村给我生命,
都市把我压榨。
给我生命的,一年半
不知道出过了多少血汗;
把我压榨的,大热天
我看他一颗汗珠也不挂。
我们一个个的好像人头,
杀我们的比杀人头可怕。"

一九三四.七.二五

旧货新谈
——从历史上看大众语文学

任凭你的广告说得好,没有货色给人看,立刻就证明了你的价廉物美的话,原是谎言胡说——这是谁也会说的话。

"拿货色来!"这一句话,就可以塞住空口夸货色的人那把嘴巴。

你提倡大众语么?你赞成建设大众语文学么?就请你给我们一点大众语的东西看看。这要求原来不算怎么过分的。不过这有点像看见了一只鸡蛋,就把它当作雄鸡,希望它喔喔地报晓,未免性急。其实大众,就是大众,不是天上掉下来的神仙,只要你有耳朵你就可以听到大众的声音;只要你有眼睛,你就可以看见大众的面目。每日和你接触的人,发生交涉的人,不都是大众么?你自己也是大众里面的一份子,只要你算得是一个人。这样说来,大众语就是大众的语言,那还待说么?大众说得出,听得懂,写得来,看得下,又能够代表大众进步的意识,像这样的语言文字,叫做大众语,那个说不应当呢?古文不合这个标准,当然不是大众语。白话是不是大众语?这就要分别来说了。

先说古白话文:

古白话文如今存的,应该从唐朝五代的变文、宋朝的平话说起。唐宋的大众语究竟怎么样?我们还不很知道。那时的变文平话既由说书的人说出,大众又听得懂,我们就认这是那时的大众语,不算怎么错的。

其次讲到诗。唐初和尚王梵志、寒山子的诗采用白话,都很流行民间。王梵志的诗有唐人写本,三十年前从敦煌石室里发见了。寒山子的诗自己题在岩石,人家把它写在厅壁。他们用大众的语言做诗,宣传他们从佛家得来的人生哲学。这类诗所以能够在民间流行,因为它像格言,可以从里面得到些教训;要不是接近大众的白话,教训虽好,也没有人理会的。只要是接近大众的白话,又能够抓住大众的心理,迎合大众的趣味,虽然没有教训,甚至相反,不可做教训,还是能够流行民间的。在王梵志、寒山子稍前一点时候,北齐杨俊之做了许多六言诗歌,据说是很淫荡的,有很浅俗的,流行民间,名叫"阳五伴侣"。有人钞写这种歌曲出卖,到处市场都有。有一次,杨俊之从一处市场经过,看见这种歌曲的写本,里面有错字,他想替卖这种写本的人改正。那卖写本的道:"阳五是古代贤人,他做的这种伴侣曲,岂有错的?你知道什么,敢乱发议论么?"可惜阳五伴侣那种歌曲不传,不然的话,我们倒可以看看一千九百年前的黎锦晖的调调儿。目前黎锦晖先生的歌曲所以到处流行,不还是靠了浅俗淫荡两个要素么?这种歌曲虽说用的是接近大众的语言,内容却止迎合了大众的低级趣味,不曾代表大众的进步思想,隔理想的大众语歌曲还是很远的。总之,无论阳五伴侣也好,王梵志、寒山子的诗也好,丢开内容不说,他们肯和同时的文人作对,偏偏要用当时大众的口头语写作,这也是难能可贵的了。

说到使用大众语的诗人,我们就会想到中唐时候的白居易。相传他做一首诗念给老妪听,要老妪都听得懂,他才满意的。他的新乐府十分同情于当时的劳动阶级,痛骂贵族官僚,统治阶级的掠夺,苛暴。他做这种诗,自己定下了四个原则,第一个原则是叫人读了容易懂。第二个原则是叫人读了感动惊醒。第三个原则是题材用现实的材料,当前政治上社会上的问题,叫人读了相信他说的真实。第四个原则是便于作歌曲,配音乐。原来他以为诗这东西,必须具备语言、情感、思想、声韵四个根本要素的,所以他才定下了这写诗的四个原则。果然,他的诗成功了,得到诗的最大的效果,就在他的生前。他看见从长安到江西三四千里,到处都题他的诗,逢人都咏他的诗,有写他的诗卖钱的,赠人的。从都市到乡村,从王公大人到牛童马卒,都有能够哼他的诗的。可以想见他的诗流行到怎样的广了!当时元稹和他是好朋友,刘禹锡也和他是好朋友,他们的诗格差不多。肯使用平常的白话作诗,敢作讽刺当局的诗,能仿效民间歌谣的形式作诗,这是当时白居易一派的特色。总之,他们是欢喜用大众的语言,写大众的生活而作诗,大众也欢喜读他们的诗,或歌唱他们的诗,他们真可以说是那一时代最伟大的大众诗人了。

一九三四.八.一〇

大众语文学史的追溯(上)

作者在八月十日本刊上,已将古代的大众语文学略加讨论,为详尽起见,又有斯篇之作。古代大众语文学,自然不只限于诗。

元明以来的章回小说,还是既成平话家的传统,他们是用当时大众的语言写作的,无非要使大众说得出,听得懂,看得明白。《水浒》《西游》《金瓶梅》几种,就是这样的一种东西。

词的起源或许是与大众的里巷歌曲有关的,但它一登大雅之堂,便为特殊的群所独有,因为他们才有醇酒妇人歌唱的享乐。有井水处,就有人唱柳词,记得这是从宋朝一个敌国使臣所得的印象,或许是指都市而说的。如今柳词具在,并不见得它是大众的东西。就算它流传到了大众,也好像《桃花江》《毛毛雨》一类歌曲,流行到了黄包车夫,不过是听惯了的缘故,然而这种歌曲的真正享乐者,究竟是另一种特殊的群。有一些文学史家以为词是平民文学,那是可笑极了!

现在要说到戏曲。

初民的舞蹈姿态,古代巫舞的情形,我们不甚清楚。从孔子所敬礼的乡人傩,一直到现时代的迎神赛会,这种迷信的野蛮的宗教仪式,多少带有戏剧的意味,在历史上看曾和戏剧的发展演进有过关联的。秦汉的角抵,直到隋唐的百戏,除了供奉君主官僚的娱乐一个意义以外,同时含有夸耀权威的意味。就对外说,这可以威吓四夷,汉武帝、隋炀帝的所以举行角抵百戏,招待归顺来朝的蛮夷使者商贾,就是这个意思。就对内说,这可以威吓百姓,使小百姓看一看威武,同时娱乐一回,泄一泄不平之气,这意味也是有的。何况这一类把戏原有吓鬼驱疫,娱神祈年的意味,我们也可以意味到呢!总之,戏剧的所以起来,是有许多因子助成的,绝不是仅仅为了大众的娱乐,这是我们应该知道的了。

唐宋的大曲、参军、官本杂剧等等,大抵是教坊乐人的东西,供奉宫廷,这和大众不相干。金元的院本,杂剧,当然是由这些东西的发展演进而来。院本怎样,很难考查了。顾名思义,它既是行院之本,妓院里流行的东西,它和大众该有接近的机会罢。再就杂剧说,那是比后来的传奇差不多完全变成特殊的群一种把戏,似乎有点不同,至少它的曲子说白,比较通俗得多,不曾有意注重辞藻骈俪。但据我们已经找得的记载而说,杂剧传奇的演出,是由教坊家伶,有没有流行民间的戏班子,还是疑问。

皮黄继传奇而起,虽由特殊的群提倡,却是和大众有缘。不仅它的曲子说白是用的比较接近大众的语言文字,同时各地通都大邑,乃至乡村市镇,也都有这种戏班子的踪迹,所以我们要说京戏是雅俗共赏的一种艺术了。

一九三四.八.一四

大众语文学史的追溯(下)

章太炎先生在《论国风用韵》的一篇文章里说:"今时戏曲,直隶有京腔,山西有梆子腔,安徽有徽腔,湖北有汉调,四川有渝腔,江西有弋阳腔,虽各省方言,彼此异撰,而戏曲则无不可以相通,大概皆以官音为正,特其节奏有殊,感人亦异,此所以各成其腔调也。"这样说来,在近代中国的统一国语运动史上,戏曲占了首功。几年前有人提倡剧体散文,我也赞成他这一见解,因为剧曲里的说白,自成一体,自然活泼,直捷了当,尤其是丑白一项,滑稽幽默,耐人玩味。原来我们的旧戏所以至今还能支持一下,除了它的调调儿外,就在它的说白能够使大众了解,使大众欣赏。尤其是插科打诨的丑角,出来说说笑话,开人脾胃。我以为真正老牌国货的幽默白话文,还是要从旧戏里面去选。实在说起来,旧戏里面所用的语言文字,原是大众的,不过它所代表的意识却是封建意识。这是提倡大众语文学的人应该知道的。

此外,如花鼓、摊簧、弹词、宝卷、歌谣、谚语,以及其他时调小曲、连环图画、小本小说等等,都是大众的读物,或是歌唱讲说的东西,很值得有人搜集、整理、研究、批判。总之,我们要建设大众语文学,对于过去用大众语写作的东西,以及目前的白话文学作品,各地流行的大众读物歌曲,都有清算的必要。要从许多方面吸收可以帮助自己生存发展的养料,一个新生命才可成长,才不至于短命,这是我们努力建设大众文学的人应该注意的!

一九三四.八.一五

"香港脚"(上)

(一)

"头痛医头,脚痛医脚。"

这一句俗话怕不止流行于湖南。凡事不顾到它的整个联系,只零零碎碎的对付,不从它的根本解决,只枝枝节节的处理,真有点像"头痛医头,脚痛医脚"!

头痛本来是我的老毛病。记得那时十二三岁的时候,我在师范学校读书,一个夏天患了疟疾,一连病了两年多。疟疾在湖南叫做打摆子,民间相传有摆鬼作祟。起初我的摆子是隔天一发,后来隔两三天一发,再后隔十来天一发,最后遇着阴天以及发风下雨的日子就发,没有一定的日期。摆子来了,总是长寒打噤,满身颤抖抖的,盖上两三条棉被还不能止冷。发冷过了,接着发热,热得头昏眼花,委实难过。平时摆子不来,头也觉得很重,又有时觉得很空虚,脚也没有力,所以很少出门。我是这样的体弱多病,同学都以为我是要短命的。谁知道我至今并没有死,在那些怕我短命的人里倒有好几个早已呜呼哀哉了呢!

十多年以来,因为农村经济的总崩溃更加深刻,我们那种小地主的家境,再也不能保持从前一样的小康状态了。我虽然不做动过承袭一笔大遗产的梦,同时我也自愧没有什么出息能够挽回在经济破产的大势之下的一家厄运。加以自己又讨了老婆,生了儿女,负担一天天加重,种种忧患又相逼而来。幸而身体一天天加强,不像从前那样瘦弱,头也不痛了。虽然在这十多年中间,也曾患过几年胃病,去年有曾生过一次顶危险的盲肠炎症,可是病后不久,身体又渐渐复元起来。好像造物小儿有意捉弄我,叫我身体较强一点,好负担这一付惨苦的生活重担。我怎么能够放下这付重担呢?

头是不再痛了,脚却常常大痒小痛起来,我并不曾把这种烂脚当做一种病,但以为这是"湖南脚",湖南人不可免的。

一九三四.九.二一

"香港脚"(下)

"脚痛不是病,牙痛才要命。"

"湖南人冒好脚,江西人冒好脑壳。"

这是我们湖南人口头上常说的俗话,我是记得的,所以把脚痒脚痛不算一回事。有事枯坐无聊,或是洗澡以后,把脚指擦得又痒又痛,倒觉痛快舒服。自以为生在湖南卑湿之地,两脚感受湿气,有什么微菌寄生,作痒作痛,有什么希奇呢?而且给微菌一点地方生存,也无碍于天地之大。只要于我没有什么大妨碍,我也不妨给它生存。妥协,马虎,这本来是我性格上的大毛病,无庸讳言。

不料"湖南脚"到上海以来,痒也更利害,痛也更利害了。今年夏季上海天气最热,我的脚也痒得最凶,没有两三天工夫,两只脚的指头缝里通通擦破了皮,有几处擦得微微出血了。袜底都被那溃烂地方流出来的毒汁脓水浸透,靴子是不能再穿了,穿拖鞋也痛得拖不起,简直不能走动了,渐渐感觉脚指溃烂的严重性来。

"脚烂得这样利害,怎么办呢?"

"不要紧,过几天总会好的。"

"到医院去看看罢?"

"脚痛不是病,到医院干吗?你真是阿木林!"

"对呀,说起阿木林,我又记起阿墨林了。报纸上不是登有阿墨林药水的广告,说是搽脚的妙药吗?我替你买一瓶来。"

"广告每每是骗人的。药房成药也每每靠不住,有许多配制好了的成药,是外国的滑头医师药剂师贩运中国骗钱的,我总不肯轻易去相信。"

我的女人看我不把脚指溃烂当做一回事,她也就不再说什么了。我每天用温水把脚浸洗三四趟,脚痛的程度,虽然不曾减轻,并不见怎么加重。过了三五天,我也懒得一天洗三四趟了,只夜里洗澡时候附带的洗一洗。

这样的办法,过了几天以后,脚痛得更利害了,连脚板都起泡化脓。同时两脚也微微肿起来,全身作痛,头痛的最利害。怎么办呢?

(二)

这一天,晚饭也不能吃了,病势加重起来。

"哎哟!哎哟!……"我在床上断断续续发出呻吟的声音。

"唉!早找医生,怕不会病得这样利害。如今头也要医,脚也要医。"我的女人皱着眉头,独自叹息说道:"这怎么办呢?"

"你去打电话找 C 医生来好啦!"

……

"C医生怎么说呀！"

"他说，他今天伤风，不能出来。他要你今天夜里吃两片阿司匹灵，多喝点开水。脚指不要用手去抓破，他明天替你开个药方，买点药膏来搽，买点药水去敷，只要几天就会好的。"

我听了"多喝开水"那句话，我又记取十多年以前我在一个国立大学里读书时候的事。那一个矮矮的胖胖的校医，据说是校长的妹婿。许多同学找他诊病，他老是给你几片阿斯匹灵，金鸡纳霜一类的东西，再三叮嘱你多喝开水，因此同学们就恭上他一个徽号，"多喝开水"！有些同学每每一看见他就喊"多喝开水！""多喝开水！"在旁边听见的同学就拍掌大笑起来。如今C医生为了伤风不敢出门诊病，叫我多喝开水，开水开水，好灵妙的药呵！

过了好几天，脚快要好了，C医生才跑来。

"我要到K省去了，卫生署派我去的。你的脚好了没有呢？"

"谢谢你，今天好得多呀。"我把脚从床上稍微举起，给他看。"你看我这脚是生什么东西呀？烂得这样利害！"

"呵呵！这叫做香港脚。"C医生指着我的脚说。

"香干脚？豆腐脚呀？"我笑了一笑问他。

"不是，香港是广东海的香港。"他很正经的解释。

"我不是香港人，又没有到过香港，怎么叫做香港脚呢？湖南人冒好脚，怕是湖南脚罢！"我抽了一口气，终于忘记了问C医生"什么叫做香港脚"。C医生也终于不曾告诉我。我想广州是最初和西洋文化接触的一个地方，香港老早就割给英国。西洋医术介绍到中国，大约始自英人。当初英国人住在这里，脚上生了一种这里才有的毛病，所以英国医生，就把它叫做"香港脚"吗？这是我的一种揣想。

唉，"香港脚！"

一九三四.九.二二

谚 语 的 记 录

在各地方言里,最精彩的部分,我以为是谣语、谚语、谜语、谐语四种。谣语就是歌谣,谚语、谜语不待解说,谐语如歇后语酒令语之类。

暂且仅拿谚语一项来说罢。

谚语是口头语里的警句,又是常常用作口头语里的格言。郭绍虞在《谚语研究》里说:

> 谚是人的实际经验之结果,而用美的言词加以表现者,于日常谈话可以公然使用,而规定人的行为之语言。

郭先生下的这个谚语定义是很对的。在现代,谚语的研究,好像是从他开头;谚语的记录,成为单行册子,我还只看见叶德均的《淮安谚语集》。

叶先生的这部谚语集是很薄薄的一本,谚语二百七十五则,农谚四十四则,歇后语二百则。当然作者注意的范围只在一乡一县,而且个人听到的有限,记得出的也有限,能够做到这样的成绩,已经很不容易了。

记得我初进中等学校的时候,看见一部《一法通》,作者是临湘吴獬。提起吴獬,在湖南,此人大大有名,他是一个老名士。听说吴子玉师长驻军岳州的时候,知道这位老名士很穷,赠他大洋几百元。不知道是师长的部下呢,还是落伍的北方散兵,听到老名士居然有一天大进款,就到家里去"打起发",把七十多岁的老名士吓死了。如今还使我们湖南有几个人记得这位老名士的,就靠他有一部叫《一法通》的书。

吴凤荪老先生著的《一法通》是一部什么书呢?

这部书我读过的,有上下两册。著者把古今谚语依诗韵的次序排列下去,从三字一句的起,到许多句的止,好像"声律启蒙"那样的形式。所以书名《一法通》,因起头一篇是一东的韵,第一句是"一法通,万法通"的缘故。这部书在吴老先生的故乡岳阳临湘一带很流行,我想如今总还可以买到。这是从明杨慎《古今谚》等书以来第一部有功于谣俗学的著作。可惜如今我的手边没有这部书,不能作详细的介绍。倘若有人能够替我买来这部书,那就不胜欢跃欣感之至!

在清人诸晦香的《明斋小识》卷八里有《吴下谚联》一条,硕士王观国居乡,蛮多感慨,后来老了,撰集《吴下谚联》四卷,其中有许多做得又好又巧的。五言如——

> 虎头上捉虱,猫口里挖鳅。
> 钟馗捉小鬼,罗汉请弥陀。
> 眼饥肚里饿,嘴硬骨头酥。
> 热气换冷气,大虫欺小虫。
> 描金石卵子,黑添皮灯笼。
> 坑缸前土地,座台上乡绅。
> 笔管里煨鳅,床底下摸蚌。
> 眼睛红盼盼,肚肠白条条。

七言如——

> 带累乡邻吃薄粥,撺掇老爷煨沙锅。
> 铜钱眼内穿筋斗,螺狮壳里做道场。
> 羊去吃草鹅去赶,鸡来讨债鸭来愁。
> 东手接钱西手送,南天落雨北天晴。
> 雌鸡雄鸭短头布,快刀热水干手巾。

八言十言云——

> 小田吃萝卜,逐橛剥;
> 和尚无头发,乐得推。
> 娘要嫁人,天要落雨。
> 富不教学,穷不读书。
> 养媳妇做媒人,自也难保;
> 老和尚看狗练,我不如他。

九言如——

> 老寿星吃砒霜,活厌了;
> 阎罗王开饭店,鬼不来。
> 止顾羊卵子,弗顾羊性命;
> 单见羊吃水,不见羊撒尿。

　　这部《吴下谚联》,组织虽然工整凑巧,我想总不免有改变谚语原来的字句,适合对仗的地方。撰集到四卷之多,不能不佩服他肯费如许的气力,虽说在他不过看作游戏,消遣。但不知道这部书有刻本否？倘若没有刻本,又不知他的后裔或是别的藏书家存有稿本否？这倒是一部在谣俗学上很有用的书,可以和吴獬的《一法通》合刻一起。

　　有人说,白话文里语汇太少,词藻不够,须在《文选》等书里面去找,谁也知道这是可以不必的。

　　实在说,我们肯用接近大众一点的说言文字做文章,除了外来语新造语要用的不算,有事还得必须借重几个浅近一点的字眼以外,尽量从民间口头流行的活言语里去找语汇,词藻,更是必要的。因此我希望各地人士,能够分出一点时间,稍用一点工夫,把本乡本土的言语,用自己认为最好的方法,记录起来,这也是我们实践的工作一部分。

一九三四.九.二五

蚌壳生罗汉

这真是一桩奇事！蚌壳上生罗汉，不是五百个，又不是十八个，却是十九个。

这桩奇事好像是千真万确的。

大前天（九月二十八日）《新闻报》上载着《蚌壳生罗汉之奇闻》。说是绍兴城里方仙桥农民童双喜，前几天到田里工作，偶然在一个小浜里捉得蚌一只，它的壳软得好像棉花，不料出土几分钟以后，壳又硬起来，和平常的蚌一样，壳里出现罗汉十九，一时宣传，无论远远近近，去看的人不知多少，甚至有人愿出千元收买。目前童双喜已经携带这个蚌儿来到上海，想卖一个好价钱。东西华德路四百九十八号上海玉记照相馆把这个蚌壳上的罗汉照片投到《新闻报》制版刊出，不过这张照片不大清楚，究竟这十九个罗汉的真面目怎样，我是看不准了。

上海不少好奇的人，我想蚌壳罗汉一定会被收买到游戏场里陈列，正像前年的蟹壳美人一样。

为什么蚌壳上会生出罗汉来呢？

假如真有这回事，我们不得不希望高明的生物学家或动物学家给我们一个解释，只要他们能够解释的话。

说也奇怪，蚌壳上生罗汉，也是古已有之，而且这桩奇事正是处在浙江，不过不是绍兴城，乃是杭州城。在杨瑀的《山居新话》里，有这么一段记载：

>　　文宗好食蛤蜊，中有碎破不裂者，上焚香祝之，俄顷自开。中有螺髻璎珞，衣履菡萏，谓之菩萨。上置之金粟檀香合，赐与善寺，令致

敬焉。余于杭城故家,见蚌壳二扇,内有十八尊大阿罗像,纤粟悉备。后归之笞里麻思的左丞。欲求其理,又不可强言曲解也。

这样说来,蚌壳上生罗汉,好像真有此事了。还有杨瑀说的文宗吃蛤蜊,蛤蜊壳里有佛菩萨,也是怪事。杨瑀是元朝末年人,他说的文宗,不标出朝代,好像就是元文宗,不知道是不是?据《传灯录》说,唐文宗欢喜吃蛤蜊,也曾看见一个蛤蜊壳里有佛像。总之,蛤蜊壳里出菩萨,也好像真有其事了。

记得没有多久以前,我在江湾一个迎神赛会的热闹里,看过了许多杂耍,又来一个蚌壳美人,一个朋友连忙叫我道:

"咯,蚌壳精!"

"不是,蚌壳观音。"我笑了一笑。

"不要亵渎神明!"他也笑了。

"蚌壳观音是有出典的。"我说。

"何典?"他反问我一句。

"出在宋朝人一部笔记里……"

我并不是造谣言,原来洪迈的《夷坚志》里正有蚌中观音一条:

> 溧水人俞集,宣和中,赴泰州兴化尉,挈家舟行。淮上多蚌蛤,舟人日买以食,集见,必辄买放诸江。他日得一篮,甚重,众欲烹食,倍价偿之,坚不可,遂置诸釜中。忽大声从釜起,光焰相属,舟人大恐。熟食之,一大蚌裂门,现观世音像于壳中,旁有竹两竿挺如生。菩萨相好端严,冠衣璎珞,及竹叶枝干,皆细真珠缀成者。集令舟中皆诵佛经悔罪,而取其壳以归。

真是奇怪,蚌壳上生罗汉,蚌壳里坐观音。前一件是目前就可以去详细调查观察的事,后一件仅据古人一条记载。倘若这两件都不是说谎的事,高明的生物学家或动物学家,总有一个合理的解释。就是有像人面的地方,科学家总不会承认这是罗汉,那是观音罢。

一九三四.一〇.四

跋《蚌壳生罗汉》

昨日写完《蚌壳生罗汉》那篇文章,今天又记起清慵讷居士《尺闻录》卷三有《蚌中珠佛》一条。

《蚌中珠佛》的故事是这样的:

乾隆乙未年五月,江南大旱,巢县巢湖里的水也干了,船都不能行动。一天夜里,月光很好。一个渔夫忽然看见船头有凉风吹来,水深尺多,好像有什么东西在那里呼吸,又寻找不出。他就把穿上的小风帆挂起,趁风走去。直到天光,已经走了一百多里,风息了,水又干了,船还是走不动。他看见一个大蚌,好像木盆那么大,很有光彩,不觉奇怪起来,把蚌壳剖开,里面有珠佛一座,眉目身体,一毫不缺,每到夜里就要发光。他携着这只大蚌到珠宝店子去寄卖,恰好那个时候有西洋某国的入贡使臣,见了非常爱悦,愿拿三万两银子买去。不料渔夫贪心难足,希望更高的价钱,所以迟了许多没有卖出。后来再去问那使臣,使臣说道:"从前你要卖给我,价钱加一倍都可以,如今就是连一文钱都不值了。"渔夫听了,很惊骇的问他道:"你为什么从前肯出高价钱,现在倒说一钱不值呢?"他说:"从前蚌珠很好,又可栽培,用药去养它,还可以长大。如今蚌已死了,不过是一个雕刻的东西,供人赏玩罢了。"渔夫仍然把蚌携到珠宝店子去卖,仅仅得钱五百文。

这当然又是一段神话。

一九三四.一〇.六

蟹 粉 包 子

秋高蟹肥,有蟹子瘾的诗人正好过瘾。

我同一个朋友到南京路上买一点东西,回来的时候,正走冠生园经过。这位朋友忽然发起蟹瘾来了,他说:

"我们到冠生园楼上吃只蟹子吧。"

"吃蟹子非得喝酒不够味,"我告诉他,"我是生过肠胃病的人,吃酒吃蟹子都不相宜,我陪你坐罢。"

"一人喝酒,一人看喝,喝了又有什么味呢?那吗,我们就到知味观去吃一点特制的蟹粉包子,鸡肉包子罢。"这位朋友又来一个提议。

"好的。"我们就走向知味观了。

我想杭州的知味观,点心小吃是很有名的,上海的知味观却没有去过,不妨去试试。

他吃一碗面,我吃一碗馄饨,包子却没有。他说:

"我很喜欢吃包子,长沙曲园的肉包子顶好吃,可惜走遍上海找不着那样好吃的。不过上海好吃的蟹粉包子,长沙又找不到,蟹粉包子真好吃哩!"他说话的时候,几乎把馋涎流下来了。

我笑了一笑说:"蟹粉包子好吃,原是有诗为证的。"

"你近来还有闲情做诗么?"他忙插问一句。

"不是,我没有诗,诗兴早给人家赶走了。"

"诗兴真是可以赶走的呀?"

"是的,北宋时代就有过一个这样的笑话。潘大临是和苏东坡、黄山谷顶要好的朋友,可是只有他最穷,他的诗倒还可以。有一天他有一个朋友写信给他,问他新作的诗。他回信说,秋来景物,件件都是佳句。昨天无事卧下,听了搅动树林的风声雨声,忽然高兴起来,把笔题诗。不料刚刚题完满城风雨近重阳一句,催租的人到了,不觉扫兴,再也写不下去。你问我的新诗,止此一句奉寄。这个故事传播出去,直到如今还是笑话。实在,我近来的生活也太给我为难了。付了房租,又付巡捕捐,付了米钱又付煤账,还有一群儿女读书。加以老婆因肠结核开刀,九死一生,还须疗养;自己有个盲肠炎老毛病,正在等钱开刀。这样的情形,难道止靠一支秃笔可了?何况勉强拿笔写出的东西未必会好,幸而写出的东西通通卖去,有时候又剥削得你有嘴不能喊天。比如有一家杂志最初征稿是一律千字八元,等到生意好了,投稿的多了,改为千字二元至十元,不过那片书店每期付出的稿费总数还是和从前一样。实在呢,本帮的千字拿到十元十五元,外帮的给他二元五元,剜人家的肉,医自己的疮;我是孤家寡人,没有帮口,不敢妄冀非分,原止希望他给我千字八元一个平均数,不料他止给我四元。倘若我的文章不合用,他不曾向我要过稿子,也罢;再不然,我给他投稿子,不合用,他不要,给我退回,那也只好自己打自己的耳光,骂声忘八羔子活该;为什么要了又贬价呢?"

"你又发起牢骚来了!快吃,馄饨冷了就不好吃的。"

"不是爱发牢骚,一直做文学瘪三,不是出路。与其卖身投稿,逃到文阀,那就改投什么阀还不至于饿肚皮,反正文人是要卖身投靠的,不是投到甲阶级,就要投到乙阶级的呀。"

"得了,得了!文坛的黑幕重重,一时要说也说不尽,满腔悲愤也没有用处。"这位朋友怀着同情的好意,好像不忍再听下去,我也就不愿再拿自己的不愉快引起人家的同感。

两个人都喝着茶,相对默默地坐了一会。他从烟匣里抽出两支烟,一个一支,划了洋火,燃着烟支吸起来。他说:

"刚才你道蟹粉包子好吃,有诗为证,究竟是谁的诗呢?"

"记得是陆放翁的诗:蟹供牢九美,鱼煮脍残香。"我用指头把牢九两个字写给他看,再继续的说:

"放翁自注,……饼赋中所谓牢九,今包子也。还记得他有食野味包子诗：叠双初中鹄，牢九已登盘。有人说，牢九应作牢丸，一名蒸饼。宋朝讳丸字，去一点，便成牢九。但沿用已久，不知道是不是。"

"呵呵，牢九，蟹粉包子还有一个这样古雅的名号。蟹供牢九美，鱼煮脍残香，我想那一天请你来吃蟹粉包子，糖醋鳜鱼罢。但有一个条件，蟹粉包子的白话诗那是不可少的。"

"好的，好的。"

两人说着，从知味观出来了。他还叹息今天没有吃蟹喝酒，说是真可惜哩！

一九三四.一〇.一七

再谈《吴下谚联》

（一）

一个月以前，我在《自由谈》发表《谚语的记录》一文，提到《吴下谚联》，随后金祖同君发表《关于〈吴下谚联〉》一文，说是这部稀见(？)的书他有，又过了几天，承他送来借我看，书叶略有虫蛀，另加衬叶裱好，字句不曾残缺。——我真是欢喜极了。

这部书四卷，分装四本。作者王有光，字观国，号北庄，青浦人。又号青浦素史，那是因为他撰集谚联到最后一副：

来得早，洗头汤；来得迟，洗浑汤。
清明前，挂金钱；清明后，挂铜线。

恰在嘉庆四年清明节前十日，太上皇死了，有诏除红，他就换去色联，用素笺题了一门联道：

> 普天率土含悲处,
> 复旦重华仰颂时。

联尾自署青浦素史臣王有光,大约他是由一个翰林出身,得过清朝的好处,感激涕零,那是当然的。于是他"涌泪投笔,自是不复续联"。《吴下谚联》就在这里绝笔了。

王老先生究竟做过什么官呢?我想在青浦县志里总可以找到。在他谚联绝笔的这一年正月初一日,是他的六十生朝。他在自述诗里说道:

> 独子单承依古礼,
> 两房兼继荷皇恩。

原来他是以独子"遵恩例兼继两房宗祧"的,所以他不得不感激皇恩了!因此我们知道他确曾做过官。此外,他的事迹我就不知道。

谚联共分启目、正目、续目、末目四类,约占卷一的篇幅五分之二。从此以下,都是解释这些谚语的意义,故事,来源。他为什么要著这部书呢?他在卷四解释"磨日光"一语时说道:

> 人生无过百年,天有日光,人有工夫,一任过而不留,即果享寿百年,亦安见此百年中有此人哉?惟以吾工夫挨此日光,过一日细细地磨一日,得之耳目,会之心思,形之笔墨,后之览者,估其日光,想见其为人,较之悠悠忽忽而过者,自有记认之处,知某年某月某日,有某某力为之磨也。粉麦之以硙则细,斧斤之磨以石则利,楩楠之磨以水则泽,著述之磨以日光则寿。素史氏集谚联在于嘉庆元年,搁笔年余,然于路上船上枕上,辄难消遣昼夜,仍于街谈巷语,探得人情物理,未尝不记于心,偶或录之,今又成帙矣,亦不放此日光经过也。

呵呀！王老先生撰集《吴下谚联》，原是晚年消遣，借此磨日光的。他说"著述之磨以日光则寿"，究竟他这部书是不是寿世不朽之作呢？据他的曾孙之勋慎容在补刻这部书的序文里说：

> 是书参诗史遗意，以美刺寓劝惩，发人深省。先以俗语开讲，较劝善书更容易亲近，实足备醒世格言一则。刻自嘉庆庚辰，流传颇广。

可见这部书在当时是很流行的，大约真是把它当做"善书""格言"一类书看待。如今我们要从谣俗学上来看，当然又是一番意义了。

（二）

不过王老先生很懂得阅读者的心理，他不只顾教训人，像《劝善书》《醒世格言》一类东西，枯燥无味，迂腐可笑，他的这部书虽是教人的，却很感人，可以起码当得起"开卷有益，掩卷有味"八个字的评语。他的启目三联是：

> 开盘笑，回味甜。
> 十样锦，百丑图。
> 步步高，只只好。

每句下面附有解释，兼以说明他编这部书的宗旨及其技巧。解释开盘笑一语道：

> 吴下婚礼，聘时装潢和合二仙人入盘，诸主人启盘，瞥见欢天喜地，谚称开盘笑。昔人谓小试作文，开讲落题，贵有生趣动人，亦以开盘笑拟之。窃见辑书者先序文，次凡例，继之以目录，正文未入，阅者色倦矣。仆集谚语，一标目即足解颐，是为开盘笑。

可见他编这部书，起头就想要抓住读者的心理。又解释回味甜一语道：

文章最忌一层头，《毛诗》赋兴比岂一览可尽？立说者须引人入胜，如食青子，始而涩口，继如嚼蜡，后且回甘，名之曰谏果，言者无罪，闻者足以戒也。仆注释谚语，使街头巷议多作格言，是为回味甘。

他这部书所以能够引人入胜，是教训和趣味二者兼顾的。至于他说"拟之曰十样锦，集中嘉言懿行似之"，"拟之曰百丑图，集中含讥寓讽者似之"。也很说得实在。又解释步步高一语道：

曰谚，则字或参差；曰联，则文必齐截。本集自二字起，至三字四字五字六字，计至十二字止，由少而多，自短而长，挨次录之，若历阶然，故曰步步高。

这就是他把谚联怎样排列的方法了。又解释只只好一语道：

文曰篇，诗曰首，歌曲曰只，谚歌曲类也，亦曰只，素史氏录而注焉，俗者雅之，腐者新之，有典实者考核之，俾披阅之下，庄者取其醇正，谐者赏其风流，各适其可，故曰只只好。

那些谚语虽然未必真像他说的只只好，好的很多，那是不待说了。

至于他在每只谚语所下的解释，大半是采取民间传说，如钟馗吃小鬼、罗汉请弥陀、天下有空青、来字作去字话、瓦罐不离井上破、牡丹不带娘家土、无事不登三宝地、阴地不如心地好，他的这些解释都是谣俗学上很可宝贵的材料。《吴下谚联》一书的价值就在这里了。

一九三四．一一．一〇

再谈《一法通》

吴獬的《一法通》,最近由岳州陆独步先生寄给我了。吴老先生这部书真是有趣得很。书首有他一篇序文,作于"光绪乙巳年七月",页扉载明"光绪丙午年刻",计算起来,刚近三十年了。

他为什么作这部书呢?

原来他是想拿这个代替蒙学课本的。那个时候新学堂里所用的蒙学课本,大约先认字,后讲字。字是实字,又叫静字。积了几十个字后,才学填字拼句。这当然要比从前私塾呆读四书五经的方法进步。可是吴老先生还认为这个方法不够,以为单字难记,不如一面认字讲字,一面讲句拼句,而且实字虚字理应同授,何苦分别?所以他要另编《一法通》,这部书。在我看来,这果然要比当时蒙学课本如《字课图说》一类的书要好十倍。可惜我在初学的时候不曾得到这部书,不然,我在语言文字的学习上,或许要少吃一点苦头了。

究竟他这部书是不是可以教初学呢?

据吴老先生自己的经验,他说:

"吾家学童讲经三年不通者,讲此一年无不通也。不能作家书者,无不能也。"

这当然是可靠的话。你想,对小孩子讲经书里的圣人之大道,怎么讲得通呢?讲三年也没有用处的。《一法通》是用谚语编成的韵书,既容易读得上口,又容易讲得明白,还容易记得在心,当然读读讲讲,一年就通,而且能够写家信的。吴老先生并不菲薄经书,也不反叛圣人之道。可是为了小孩子学习的幸福,就不主张读经讲经,对于那个时候新学堂的蒙学课本,既有相当的理解,还要自己动手编一部谚语读本。三十年前的老先生有此见解,说起来真叫我们这辈不长进的后生小子愧死!

这部书是按照韵目的次序分韵纂辑的,一共三卷,分订三册,现在我把末了一卷末了一篇"月"韵的谚语节录一点于下,以见本书内容之一斑。

船过得,舵过得。告个曲,唱不得。
不刮风,冷也得。不欠账,穷也得。
上房绝,下房业。上屋叔,下屋伯。
疯要泄,痘要结。包一切,扫一切。
宗有功,祖有德。北走胡,南走越。
不怕胡说,只怕无说。
谷讨八月,钱讨腊月。
中了山客,不中水客。
打金识金,打铁识铁。
凶手一千,苦主八百。
有此贤东,无此恶客。
破衣藏虱,破屋蔽贼。
杀人见血,救人救彻。
娶妻娶德,娶妾娶色。
父子虽亲,财心各别。
会打官司,只打半截。
画水画声,画火画热。
士各有志,何至相迫?
铤而走险,急何能择?
赊一千,不必现八百。
真的假不得,假的真不得。
百货中百客,棉花中絮客。
进门观颜色,出门观天色。

壁上字难贴,席上话难说。
大生意怕折,小生意怕歇。
棋是荒田板,牌是卖田册。
话说眼翻白,此人交不得。
江湖一点诀,莫对妻儿说。
铁匠不落铁,当面夹一截。
卖浆而遇天寒,卖肉而遇天热。
医行三代必发,医行三代必绝。
请客莫请女客,请五十,来一百。
火炉里煨泥鳅,吃一截,煨一截。
起家好似针挑土,败家犹如汤泡雪。
上自顶心泥丸宫,下至脚板涌泉穴。
猴子捡块姜,吃又吃不得,丢又丢不得。
公修公得,婆修婆得。各修各得,不修不得。

上面这些话,都是现在湖南民间流行的俗话,当然其中有许多是各地方共同有的。这种活的语言,很可作为白话文中的词藻,莫说白话的词汇贫乏,要从古典书籍里面去找。依我个人的愚见,这部书可以叫做"谚语读本"。倘若有人把各地的谚语汇集起来,就用吴老先生的这种分韵编法,编成一部《大众语韵府》,供一般新作家寻撺词藻之用,免得到古书堆里去找,以致误入歧途,真是功德无量!

一九三四.一一.二四

再跋《蚌壳生罗汉》

自从我在《自由谈》发表了《蚌壳生罗汉》《跋〈蚌壳生罗汉〉》两文,

随后蒋鸿礼君来一篇《蚌壳生罗汉科学的解释》，我们才知道蚌壳上的罗汉并不是自然生长的，乃是人工赝造的，震旦大学博物馆藏有两片这样的蚌壳。不知道蚌壳生罗汉这个底蕴的，当然觉得稀奇，如今大家都知道了，"那末，又有什么稀奇呢？"蒋君这句话一点也不错。

顷从阿英先生寄来两条笔记，据云出在郑仲夔胃师所著《隽区》第七卷《玩隽》里。一条说：

> 天启丙寅岁，浙江乌程县双林镇桥下，蚌忽出珍。有一人获蚌，剖之，内有珍珠八仙，及珍珠寿星。又一人持二蚌出水，将及岸。忽坠一于水中，再觅不得。取其一剖视，有珍珠象棋子十六枚，与前所落水者必一副也。其人不胜怏怏，事在是年七月望日。

蚌壳里的珍珠八仙，珍珠寿星，以及珍珠象棋子，也都出在浙江地方。大约吴越江淮一带地方从宋元时代就有人爱干这种蚌壳上的把戏，到了明朝，蚌壳上镶珠造象，不限于佛菩萨一种，仙道也有，甚至连玩具一类的象棋子也用珍珠镶在蚌壳上了。但在当时的人对于这种东西总不免觉得稀奇，今如经人道破，半文不值，又有什么稀奇呢？还有一条笔记是这样的：

> 朱幼晋曾于冰溪畔得一片石，紫黄相杂，光润如玉，下有赵松雪题六字云："女娲补天之余。"又在临海水际，得石叶一片，其色紫，殊光彩，可作砚，当是玉树之属。

倘若有人拾得"女娲补天之余"这块美石，就认为这是女娲氏的遗宝，那就不免笑话了。

一九三四.一二.五

谈"钟伯敬"

自有一个从"京派"？文人讲"中国新文学的源流"，以为"五四"以来的新文学运动是继承明末公安、竟陵两派的文学运动而来，于是公安、竟陵在文坛上闹个不休。尤其是公安三袁里的袁中郎，你也谈，我也谈；袁中郎集你也印，我也印；地下有灵，袁中郎真该笑煞！

老实说，有明一代文人，我最佩服李卓吾。公安袁中郎、竟陵钟伯敬，都卑卑不足道。不过钟伯敬为人不像袁中郎那么矫揉造作，似乎有真气些。比如他在福建提学副使任上，要买关节便公然买关节。他想带小老婆游一回武夷山，恰恰要因了丁父忧去职，还是同小老婆游了山才走。这在假道学伪君子占势的时代，他这种行径，谁也不肯拿出来的，他却敢于拿出，他或许要受李卓吾的一点影响，也未可知。李卓吾遇到礼科给事中张问达的上疏弹劾，他也遇到福建巡抚南居益的上疏弹劾。疏中说他：

> 百度逾闲，五经扫地。化子衿为钱树，桃李堪羞；登驵侩于皋比，门墙成市，公然弃名教而不顾，甚至承亲讳而冶游。疑为病狂丧心，诋止文人无无行。

可见钟伯敬是和李卓吾一样反礼教的。只是钟伯敬不曾著书说教，所以也不曾受到焚书辱身的惨祸。

李卓吾死后，袁宏道作《李温陵传》，大加恭维，自然，在文学上反复古的公安派要恭维在思想上反复古的李卓吾。李卓吾又是一个欢喜评点小说的人，作为竟陵派的钟伯敬，经他编订批评的小说也不少，他和李卓吾，可以称做小说评点家。《盘古志传》二卷十四则，《有夏志传》四卷十九则，都题竟陵钟惺伯敬父编辑，篇首都有钟惺序，日本内阁文库藏有明刊本。又《有商志传》四卷十二则，有清嘉庆间稽古堂《夏商合传》本，也题钟惺伯敬父编辑。明周游撰《开辟衍释通俗志传》六卷八十回，有清重刊本，封面也题钟伯敬先生评。其他传为钟伯敬批评的小说，还有《两汉演义》，《三国志演义》，《封神演义》，《水浒传》等书。我们要知道钟伯敬是那个时候一个反复古派的重要份子，他动手批评复古派所看不起的小说或许是真有其事的。

总之，钟伯敬做人有一点反礼教的态度，做文有一点反复古的倾向。我今日谈到他，并不想说明他和现代新文学运动有什么联系，杜撰一个文统，你捧袁中郎，就算公安派；我谈钟伯敬，就算竟陵派。

一九三五.二.一一

现代名家演词

"言语"是孔门四科之一，它和"德行""政事""文学"并列，可见孔子是把"言语"作为很重要的一科了。原来春秋战国时代，是言语的艺术已经达到很高的一个时代，只要你读过《左传》《国语》《战国策》等书，就会知道在这个时代里，不但各国的使臣，所谓"行人之官"，以及游说之士，所谓"纵横家"，他们都要讲究"言语"，其余的人又何尝不会说话？他如记载孔孟言行的《论语》《孟子》，记载墨翟言行的《墨子》，以及晚出的《礼记·檀弓》，其中记载许多问答辩论谈讲的话，虽像传道说教的语录，可是很有文采，不失为古代优美的文学。自然，我们也知道古人相信"言之不文，行之不远"，虽是当时"言语"的记载，免不了有修饰润色的地方，然而孔门把"言语"和"文学"分开，当时"言语"自成一种学问，我们总不能不承认了。

唐宋以来的高僧语录，大篇语录，都是传道说教的话，所重不在"言语"，更不在"文学"。不过他们似乎已经感觉"文以明道"并不能明，"文以载道"并不能载，只好改用口语。他们把讲学的话，把和师友问答辩论的话，都用口语记下来，当然比用古文明白、真实。但论起文学的价值来，除了作为口语行文的尝试，本身实在没有几多文学的意味。所以从来的目录学家总把语录列在"子"类，作为哲学的书；不曾把它放在集类，作为文学的书。我们知道在古代希腊罗马，如狄摩桑士（Demosthenes）西塞罗（Cicero）的演说，早就成为文学中之一类；但在中国，图书目录上关于文学的一个部门里有演说一类，就不能不说是最近的事了。

现在，我来编辑这部名家演词选，除了梁任公先生已经逝世以外，其余的人都很健康的生存。计录十二篇，作者为章太炎、梁任公到杜威十一家。只有杜威先生为外国人，录了两篇。最早的一篇是恰在三十年前章太炎先生的演说录。章先生于一九零三年（清光绪二十九年）因上海苏报倡言"排满""革命"案入狱，在狱三年，一九零五年六月二十九日出狱，即东渡日本，这是他在留日同志欢迎会上的演词，刊在那时民党的机关杂志《民报》第六号，章先生自述生平的历史，这是极可珍贵的材料。最近的一篇，是蒋梦麟的《我们怎样求学？》，这是蒋梦麟先生在天津青年会广播电台演词，刊在今年二月间的天津《大公报》，还没有他书把它辑录过。在这十一家中，有的是国学家或文学家，有的是哲学家或教育家，有的是革命家，有的是科学家。他们的演词，有说到怎样做人的，有说到怎样做革命家的，也有说到怎样做文学家的，还有说到怎样做科学家的。有的说到怎样努力读书，怎样做学问上的修养；有的说到怎样砥砺道德，怎样做人格上的修养。他们的术业有专攻，思想见解也不一致，可是积极向上，努力求进步，却是一致的。我把他们的演词辑录一起，作为青年朋友的一种读物，于学行的修养上或者不无小补罢。

自然，在这样的一部小书里，收罗不尽国内一切名流的演词，何况有些号为名流的，未必都有什么精彩的演词可录。至于外国名流学者来到中国讲演的，还有罗素、杜里舒几个人，这里却只选录了杜威一人的演词，因为他的思想学说，不像罗素的数理逻辑、杜里舒的生机哲学那么难懂。

可是我得声明一下,十年以来,因为中国思想界的进步,杜威的实验主义已在中国渐渐失去它在"五四"时代的权威了。

这里选录杜威的两次讲演,一题《道德与人类本性》,一题《情绪在道德上之地位》。他提倡积极向上的道德,反对消极的束缚本能;主张养成正确的思想观念,引起发扬踔厉的情绪。目前中国,我们青年大部分不是陶然媚世,便是志气颓丧,糊糊涂涂。杜威先生所说那种做人的道理,还有够得我们一顾的价值。比如他说:

现在世界最可痛恨的是什么?就是这种非积极而为消极的道义德行。所以今日所谓良民,就是庸言庸行的乡愿,不是那有创造能力,积极精神,轰轰烈烈去改造世界的人物,这不是很可痛恨的事吗?

我读了他这段话,不觉愧汗欲出,深自痛恨。又如他说:

情绪能激动我们,启发我们,束缚驰骤我们,我们不能不跟他走。情绪如希望、憎恶、喜、怒、爱、欲等,对于人生添上多少色彩,增加多少生趣热力,要是没有他,何等的无生气!即使有理智,能知能行,也像机械造物,算机加数,成不喜,败不忧,索然没有趣了。所以人生有兴趣,有价值,因为有情绪,不然,就生也像死了。

目前在我们青年中间,有许多只是媚世取容,毫无生气的志愿。可是我们不能不看望青年朋友都肯"做那有创造能力,积极精神,轰轰烈烈去改造世界的人物"。杜威先生的这种新道德学说,还不够做我们青年的一种药石吗?这就是我的这部演词选,要把杜威先生的两篇殿后的一个理由了。

一九三五.四.二三

六朝之《汉书》学（一）

我们知道六朝人物的文章好掉文，好作骈语，梁昭明太子撰集的《文选》，就是那个时代的"模范文读本"。可是除了《文选》以外，或是在《文选》之前，一般文人又把什么书作为文章的模范呢？有的，就是班固的《汉书》。本来司马迁的《史记》，就文学上说，实在比《汉书》好。司马迁不仅最会叙述实事而已，对于历史上许多伟大的人物，或是特殊的人物，都描写得栩栩欲活，只要你读过他的《项羽本纪》、《刺客列传》，你就佩服他描写人物的本领，可不是么？然而《史记》的文章，用语造句，奇多于偶，换句话说，这种文章还是语句单行的散文，不是语句整齐的骈体。直到东汉班固的《汉书》出来，他的文章，就要代表那一时代要从散文走到骈文的趋势，语句渐渐整齐起来了。所以从来谈文学的人，以为骈文起于东汉。或者以为骈文起于《易经》的《文言》，到东汉而确立。记得清朝李兆洛的《骈体文钞》，就钞了《汉书》里的一些东西，作为骈体文的先驱。

这样说来，在六朝骈语流行的时代，《汉书》成为文人的必读书，那是当然的了。据《隋书·经籍志》里说：

> 世有著述，皆拟班马，以为正史，作者尤广，一代之史，至数十家。唯《史记》《汉书》，师法相传，并有解释。《三国志》及范晔《后汉》，虽有音注，既近世之作，并读之可知。梁时《汉书》有刘显、韦稜，陈时有姚察，隋代有包恺、萧该，并为名家。《史记》传者甚微。

这一段记载很可注意。第一，《史记》、《汉书》、《后汉书》、《三国志》四者并论，这就是后来合称四史的先声。第二，当日世有著述，皆拟班、马。就史家说，《史记》、《汉书》同样被人尊重，被人模仿，一代之史，至数十家。就文人说，读《汉书》的多，读《史记》的少，所以研究或注释《汉书》的不少名家，研究或注释《史记》的学者竟没有几个。试查《隋书·经籍志·史部》，关于《史记》音义的著述只有三家，关于《汉书》研究的著述共有十八家之多，可以想见《史记》、《汉书》两部书在六朝时代的遭遇有怎样的不同了。

稍前一点，魏晋时代，《史记》、《汉书》似乎是同样被人尊重，没有什么不同的。《三国志·蜀·张裔传》说他博涉《史》、《汉》。《晋书·戴邈传》说他少时好学，尤精《史》、《汉》。同书《孝友传》，说刘殷有七子，五子各授一经，一子授太史公，一子授《汉书》。可见《史》、《汉》是被人看作一种兄弟般的著述。不过注释《汉书》的，在后汉就有应劭《汉书集解》，接着有服虔《汉书音训》、韦昭《汉书音义》。到了晋朝蔡谟又总合应劭以来注《汉书》的成绩，作为新《集解》。至于《史记》，直到南朝刘宋裴骃，才有注释，就这一点看，似乎从魏晋以来，《汉书》比《史记》是更被人重视的了。

一九三五.六.四

六朝之《汉书》学（二）

说也奇怪，经学有今古真伪之分，《汉书》学也有今古真伪之分。据《南史·萧琛传》说：

> 琛为宣城太守，有北僧南度，唯赍一瓠芦，中有《汉书序传》。僧云："三辅旧老，相传，以为班固真本。"琛固求得之。其书多有异今者，而纸墨亦古，文字多如龙举之例，非隶非篆。琛甚秘之。及是以书饷鄱阳王范，献于东宫。

得了一部宝书，不敢自己秘藏，要送给亲王太子，大约这样的书是当时贵族用得着的东西。究竟这部"班固真本"比当日流行的《汉书》有怎样的不同呢？又据同书《刘之遴传》里说：

> 鄱阳嗣王范得班固所撰《汉书》真本献东宫皇太子。令之遴与张缵、到溉、陆襄等参校异同。之遴录其异状数十事。其大略云：案古本《汉书》称永平十六年五月二十一日己酉郎班固上，而今本无上书年月日子。又案古本叙传号为中篇，今本称为叙传，又今本叙传载班彪事行，而古本云，彪自有传。又今本纪及表志列传不相合为次，而古本相合为次，总成三十八卷。又今本外戚在西域后，古本外戚次帝纪下。又今本高五子、文三王、景十三王、孝武六子、宣元六王，杂在诸传表中，古本诸王悉次外戚下，在陈项传上。又今本韩彭英卢吴述云："信惟饿隶，布实黥徒。越亦狗盗，芮尹江湖。云起龙骧，化为侯王。"古本述云："淮阴毅毅，伏剑周章。邦之杰子，实惟彭英。化为侯王，云起龙骧。"又古本第三十七卷解音释义以助雅诂，而今本无此卷也。

可见如今流传的《汉书》并不是古本，所谓"班固真本"，又《南史·谢侨传》说：

> 侨素贵，尝一朝无食，其子启欲以班史质钱，答曰："宁饿死，岂可以此充食乎？"

这个时代，《汉书》竟可以送到尚田氏那里，抵押一点钱，我们可以推测《汉书》在当日是怎样流行的一种值钱的东西。同时也该知道当时不曾发明雕版印书的方法，书籍流传，纯靠钞写，所以书不易得，比今日印出的书更值钱了。

一九三五.六.五

六朝之《汉书》学(三)

六朝的《汉书》学家,据《隋书·经籍志》所举,当日有著述的,是刘显、夏侯咏、萧该、包恺、晋灼、陆澄、韦稜、姚察、项岱、孟康、刘孝标、梁元帝诸人。除此以外,还有没有著名的《汉书》学家,或者爱读《汉书》的名人呢?有的,除了兼通《史》《汉》的,像崔慰祖之流不提以外,先就《南史》所载的来看。《陆倕传》说:

倕字佐公,少勤学,善属文。于宅内起两茅屋,杜绝往来,昼夜读书,如此者数岁。所读一遍,必诵于口。尝借人《汉书》,失《五行志》四卷,乃暗写还之,略无遗脱。

《汉书·五行志》是很不好读的东西,陆倕却能够默写出来,真是难得。又《陆云公传》说:

云公五岁诵《论语》、《毛诗》。九岁读《汉书》,略能记忆。从祖倕与沛国刘显质问十事,云公对无所失,显叹异之。

一个九岁的孩子被一个号为"汉圣"的刘显盘问《汉书》上的十件事,都能够答得出,这个孩子也就不比寻常了。原来这位刘显老先生是一个很欢喜考试孩子们的《汉书》的人,出试题就是十个。答得出他的十个试题的孩子,还有一个。《南史·韦载传》说:

载字德基,少聪慧,笃志好学。年十二,随叔父稜见沛国刘显,显问汉书十事,载随问应无疑滞。

大约《汉书》在那个时候,原是大家"童而习之"的书。还有《臧严传》也说:

> 严字彦威,孤贫勤学,行止书卷不离手。于学多所谙记,尤精《汉书》,讽诵略皆上口。

把《汉书》通通读得背诵出来,真不是容易的事,怕只六朝人才多有此本领。又《虞寄传》里说:

> 陈宝应据有闽中,得寄甚喜。陈武帝平侯景,寄劝令自结,宝应从之,乃遣使归诚。及宝应结婚留异,潜有逆谋,寄微知其意,言说之际,每陈逆顺之理,微以讽谏,宝应辄引说他事以拒之。又尝令左右读《汉书》,卧而听之,至蒯通说韩信曰:"相君之背,贵不可言。"宝应蹶然起曰:"可谓智士。"寄正色曰:"覆郦骄韩,未足称智。岂若班彪《王命》,识所归乎?"寄知宝应不可谏,虑祸及己,乃为居士服以拒绝之。

一个武人也想读《汉书》,自己读不来,便叫左右来读,自己睡着听,《汉书》在当时真可以说是人人必读之书了。又《姚察传》说:

> 沛国刘臻窃于公馆访《汉书》疑事十余条,并为剖析,皆有经据。臻谓所亲曰:"名下定无虚士。"

刘臻就是刘显的儿子,他自己是"汉圣",他的老太爷也有人称为"汉圣"的,两代汉圣,真了不起!姚察被小汉圣恭维一通,当然不胜荣幸之至,所以史家把这件事载在他本传上。刘臻是北朝人,《北史·文苑传》有他的传。他的学生最著名的是杨汪,也在《北史》中有传。据《北史·儒林传》说：

> 萧该，性笃学，《诗》、《书》、《春秋》、《礼记》并通大义，尤精《汉书》，甚为贵游所礼。包恺，大业中为国子助教，于时《汉书》学者，以萧（该）、包二人为宗，远近聚徒教授者数千人。

仅就萧该、包恺两人而说，他们的门下有好几千人，可见他们是当时最大的《汉书》学者，同时也可想见《汉书》是那时士人必读之书了。

一九三五.六.六

我也来谈谈卫生臭豆腐干

知堂老人不满意目前各种刊物上常见的科学小品，他把这类小品文比做卫生臭豆腐干。自然，有些小品文好比臭豆腐干，但未必便是科学小品。说起臭豆腐干，好像是各地都流行的，但我总觉得只有出在长沙的好，我敢发誓，不是替它宣传，何况我也只是偶然买它一点尝尝，自己并不曾把它当饭吃。未必长沙的油炸豆腐便是妙味，只因它和我的脾胃相投，就算好了，卫生不卫生的计较，倒在其次。知堂老人也爱吃臭豆腐干，而且只说公安、竟陵两家的好，各有脾胃，悉听尊便。可是他老人家一定要把公安、竟陵两家的货色介绍给大家，像卖糖的说糖甜，卖酒的说酒好，著成专书，作为广告，就未免犯了推销卫生臭豆腐干的嫌疑了。

还有，知堂老人是相信命运的。他说："我近来很有点相信命运。那么难道我竟去请教某法师某居士，要他指点我的流年或终身的吉凶么？那也未必。这些要知道，我自己都可以知道，因为知道自己无过于自己，我相信命运，所凭的不是吾家易经神课，却是人家的科学术数。我说命，就是个人的先天的质地,今云遗传。我说运,是后天的影响,今云环境。"从来的命运论只是臭豆腐干,以知堂老人之圣且智,难道他还不知道么?他要相信命运论,他得做到西式改良,特别卫生。他把西洋生物学家关于遗传与环境的学说"歪曲"一下,就成了他的新命运论。他倡新命运论要根据"科学术数",这也像卖臭豆腐干的要标榜"卫生"了。我以为可以喻作卫生臭豆腐干的,是所谓"科学术数"的命运论,"科学灵乩",但未必便是科学小品。

一九三五.六.二五

钞　　书

　　中国有刻本书,大约起于隋唐时代,今日可以找得到的最古刻本,还没有早过唐朝的。唐武宗会昌到懿宗咸通(西元八五〇年左右)之间,雕版印书的风气已经盛行,当时印书的地方,有东都、江右、江东、益州等处,继而至于敦煌,可见印书已经是一件通常的事了。从晚唐到五代,刻书的人更多。后唐长兴三年(西元九三二),国子监依石经文字刻九经,这就是监本的开端。因为大宗书籍,不是官力做不到,后来国子监广刻诸书,就是这个缘故。在后唐刻经书以前,有母昭裔在蜀刻《文选》、《初学记》等书,似乎蜀中刻工特多于别处。近年西湖雷峰塔倒掉,塔里藏有吴越刻经,可见当时浙中也曾刻书,或者刻书的种类还不止这个数目,有些历史里说是刻书从五代冯道一人起头,那是不很确当的话。

　　还有我们应该知道的,在有刻本书以前,早就有了刻字的事,不过没有印成书本,或拓成墨本。有人说,文字创造之初,叫做书契,写的叫做书,刻的叫做契,据今日可以找到的最古的文字遗物推测,刻字早于写字,也说不定。邹汉勋《洪崖碑释文》,倘若可以相信的话,那么西元前一千多年以前,中国就有了石刻。近代发见的龟甲兽骨,都是殷商的契刻文字。契刻的精美，今人还不易及，可见甲骨文是较为进步的刻字，不是出自初民之手。他如商彝周鼎秦权汉印的全文，西汉南越五胡墓中的木牍，后汉三国写定诸经的石刻，瓦当砖瓷之类的陶文，都属于镌刻文字，实为刻书是滥觞。不过真有刻本书可读的时代要从隋唐说起罢了。

隋唐五季时代虽然渐渐有了刻本书，还不是各种书都有刻本，也不是刻本书处处有卖，钞本书还是很盛行的。三十多年前，敦煌石室发见了六朝隋唐人的写本。如今所见古人的钞本书，就要算六朝隋唐人所写卷子本为最古了。因为书籍没有刻本，钞书就成了那时一般士人必需的工作。难怪六朝士大夫的欢喜钞书，成为一种风气。固然那时书籍的流通靠钞写，同时崇尚数典掉文的骈语，也靠钞写帮助记诵。现在我把南北史里关于钞书的故事，录出一点来。我们有刻本书读的人，也看看只有钞本书读的时代，一般要读书的人是怎样的辛勤艰苦。《南史》（卷二十二）《王筠传》载着王筠的自序道：

余少好抄书，老而弥笃。虽偶见瞥观，皆即疏记，后重省览，欢兴弥深。习与性成，不觉笔倦。自年十三四，建武二年乙亥至梁大同六年，四十载矣。幼年读五经，皆七八十遍。爱《左氏春秋》，吟讽常为口实。广略去取，凡三周五抄。余经及《周官》、《仪礼》、《国语》、《尔雅》、《山海经》、《本草》，并再抄。子史诸集皆一遍。未尝倩人假手，并躬自抄录，大小百余卷。不足传之好事，盖以备遗忘而已。

王筠一生事业就在钞书。他说出钞书的缘故，一在兴趣，因为"后重省览，欢兴弥深"。一在记诵，因为"以备遗忘"。他的侄儿王泰也欢喜钞书，少时好学，手所钞写，二千多卷。《南史》（卷四十一）《齐宗室·衡阳元王道度继子钧传》里说：

钧常手自细书,写五经,部为一卷,置于巾箱中,以备遗忘。侍读贺玠问曰:"殿下家自有坟素,复何须蝇头细书,别藏巾箱中?"答曰:"巾箱中有五经,于检阅既易,且一更手写,则永不忘。"诸王闻而争效为巾箱五经,巾箱五经,自此始也。

在版本学上称小本书为巾箱本,就是因齐衡阳王钧有巾箱五经,才有这一种书名。这一种书的好处在本子小,便于携带,随时可以翻阅,"以备遗忘"。自宋以来,士子赴试他们携带的"考试必读"一类之书,都是巾箱刻本。据宋人戴直的《鼠璞》一书里说:

今巾箱刻本无所不备。嘉定间从学官杨璘之奏,禁小板,近又盛行,第挟书,非备巾箱之藏也。

原来科举时代,士子赴试,需要夹带,所以巾箱本就特别流行起来了。又因为这种书可以藏在衣袖里面,所以又叫做袖珍本。《南史》(卷五十六)《张缅传》里说:

缅抄《后汉》、《晋书》,抄三十卷。又抄《江左集》未及成。

又《张缵传》里说:

晚颇积聚,多写图书,书万卷。

可见张氏兄弟也是用功钞书的人。《南史》(卷七十二)《文学·袁峻传》里说:

早孤,笃志好学,家贫无书,每从人假借,必皆抄写,自课日五十纸,纸数不登,则不止。

这位袁先生因为家贫没有书,只好向人家借誊,借书未便不还,只好抄写一过,每日限写五十纸。唉!志士多苦心,亏他这么用功了。

以上所说钞书的故事,都属于南朝方面。同时北朝方面,士大夫同样欢喜钞书。《北史》(卷二十)《穆崇传》里说:

(穆)子容,少好学,无所不览,求天下书,逢即写录,所得万余卷。

同书(卷二十四)《崔逞传》里说:

崔愍,字长谦,少与太原王延业俱为著作佐郎,监典校书。后为青州司马。贼围城二百日,长谦读书不废,凡手抄八千余纸。

同书(卷三十八)《裴汉传》里说:

借人异书,必躬自录本,至于疾诊弥年,亦未尝释卷。

又同书(卷六十四)《韦夐传》里说:

少爱文史,留情著述。手自抄录数十万言。

上文所举几个人,有的在病里还要钞书,有的在围城里不废钞书,似乎把钞书比生命还看得要紧,这不能不说是南北朝士大夫间特有的风气。这一风气的养成,当然像我在这篇文章开端说过的:"那时书籍的流通靠钞写,同时崇尚数典掉文的骈语,也靠钞写帮助记诵。"何况在那一时代的社会里,一般士大夫过着悠闲自在的生活,写字钞书正是一种高雅的消遭呢!

　　宋元时代,刻本书盛行,钞本书渐渐减少。明清两代官修大部头的书,如《永乐大典》、《四库全书》,都是钞本,没有刻本。至今藏书家还有把精钞本和宋元刻本同样珍视的,可见钞本书也还有它存在的理由。至于今人著述,十之八九由自己钞写,自然,雇书记,用打字机的著作家,目前并不是绝对没有。然而已有刻本的书,除非是撮要摘抄,就绝少有人抄写的了。

　　　　　　　　　　　　　　　　　一九三五.七.一一

蚊　　子

　　夏季特别繁殖的小虫,最惹人讨厌的,莫过于苍蝇、臭虫、蚊子。蚊子虽没有苍蝇那么肮脏,臭虫那么阴险,可是他们聚在一起,便发声成雷,夜里扰人清梦,讨厌又甚于苍蝇、臭虫。记得在《金楼子》里面,说是"齐桓公卧柏寝,谓仲父曰,白鸟营营,是必饿耳。开碧纱厨进之"。白鸟就是蚊子,语出《大戴礼·夏小正》。大约用纱帐隔开蚊子,由来已久。齐桓公让一群饿嗷嗷的蚊子飞进碧纱厨。这也可以算是仁者的用心了,虽说未免有点迂腐。又记得南宋大诗人范成大有题为《苦蚊》的一首小诗:

　　　白鸟营营夜苦饥,不堪薰燎出窗扉。小虫与我同忧患,口腹驱来敢倦飞?

　　这位"望重百僚,名满四海"的"大参相公",居然关心到蚊子的肚皮饥饿,颇有反对薰蚊子之意。他还说是"小虫与我同忧患",似乎他真有"民胞物与"那么广大的同情心。他这句诗的意思,我曾不伤物主的偷用一次。有一个坐过监狱的小姐告诉我,她在狱中做了一篇祭麻雀文,因为一只麻雀飞入狱中,找不着出路,碰壁死了。我听了很感动,就随手为她写了一首小诗,赠给她。诗云:

> 耻向深林寄一枝,决非控地壮而悲。只应与尔同忧患,不祭皋陶祭雀儿!

这位小姐说我颇有一点人道主义的精神,其实,我不懂得什么叫做主义。据说有些人道主义者连臭虫蚊子之类的小生命都须爱护的,如漫画名家丰子恺先生的《护生画集》就是一例,可是遗忘了人。我却不如此,爱捉臭虫,爱拍苍蝇,爱薰蚊子。倘若青蛙乌龟果然好吃,我又吃得惯,吃不到燕窝鱼翅,吃不到鸡鸭鱼肉,拿青蛙乌龟之类充饥,也未见得残忍,不仁。我在幼小的时候,极其瘦削,真是可说"弱不胜衣",医生说是患的贫血症,因此我就最恨吸我血液的臭虫、蚊子。我生在长沙西乡,乡下人最恨臭虫,那家有臭虫,好像男盗女娼一般的可耻。我进城以后,也还有怕说自己床上有臭虫,捉臭虫定为日课,但在日课表上写作"刘蜑"。有一次,被一个稍懂文学的人,又把我的"刘蜑"传为笑话。至于蚊子呢,乡下太多,夏天傍晚,到处嗡嗡。有时呼吸快了,鼻孔里便吸进蚊子,有时开口说话,蚊子又闯进喉头。城里蚊子较少,但比起上海来,长沙就算是蚊子顶盛的地方了。记得在《南史·后妃传》里,说是梁武丁贵嫔少时和邻近女孩在月光底下一道纺织,那些女孩都被蚊子咬得可怜,只有贵嫔不觉得,大约蚊子早知道她是贵人,所以就不叮她了罢!同书《循吏传》,说是孙谦"自少及老,历二县五郡,所在廉洁。居身俭素,施蘧除屏风,冬则布被莞席,夏日无帱帐,而夜卧未尝有蚊蚋,人多异焉"。蚊子也知道奖励廉洁,这不能不说是一件怪事了。然而我们也不可太老实,信人太过,须知史家所记,未必件件可以当真,不仅蚊子不要廉吏一事而已也!

一九三五·七·一七

素　食

有人以为"中国的菜比外国的好吃",列为中国文化的优点之一。自然,在肉食的一群,吃惯了山珍海味,吃惯了大鱼肥肉,无论西餐、日本料理,他们都觉得吃了不大舒服,那是可想而知的。但是他们不曾吃过树皮、草根、观音土之类,也不曾每日只吃粗米小菜,就不晓得同是生在中国,于他们的世界之外,还有另一世界存在,在这另一世界里,中国的菜不会比外国的好吃,因此他们论到中国文化的优点,就把自己一群吃的好菜作为优点之一了。

说也奇怪,肉食的人,也每每赞美素食。相传乾隆皇帝南巡,在常州天宁寺吃到素菜,不觉笑向住持僧道:"蔬菜殊可口,胜过鹿脯熊掌万万。"然而乾隆皇帝并不因此出家。近代名流如伍老博士,提倡素食卫生,蔡孑民先生也倡素食主义。但是他们未必完全屏绝肉食。藉素食换一换胃口,那倒是好的。尤其是一般肠肥脑满的人,油荤吃腻了,吃点清淡的素菜,再觉爽口惬意。上海的功德林、觉林,几个蔬食处,生意还不错,就靠这一般人支持。但若有人叫他们戒绝肉食,永远茹素,我想他们未必会听从。

好几个月以前,江亢虎博士演讲善生十箴,他的素食箴道,"刀俎生灵,充我口腹。人而不仁,野蛮遗俗。刻于卫生,有祸无福。何如茹素,清洁远毒!咬得菜根,香味具足。"他说,"荤腥食物,有害无益。并且杀害弱小生命,道德上亦属残酷。茹素既属卫生,又属节俭。但专门茹素,亦甚不便,不妨随时变通,希望在座听众痛下决心"云云。江博士的素食论,我并不反对。即是肉食的人也不妨提倡茹素。何况江博士的意思原是茹素不妨吃肉,可以随时变通。说是素食卫生,或许有理,因为乡下老百姓,一年难吃几回肉,身体倒蛮健康。说是素食节俭,也不尽然,比如上海功德林的蔬食,不见得会比大三元的粤菜、陶乐春的川菜、致美楼的京菜,价钱公道。至于说是素食慈善,佛家戒杀,本意如此。然而我们的所谓大善士大居士之流,乃是有了钱才行善,才信佛的。我们没有积下孽钱,吃斋拜佛,都非急事。倘若果有天堂地狱,我们并不希望升入天堂,地狱却未必专为我辈而设。素食不素食,素食是否一桩功德,都不是我们要注意的问题。何况只凭偶然几次的素食,尽管作孽一世,就想修福来生,我佛有灵,未必照应。

固然我们知道素食求福之说,是随着佛教来到中国的。六朝人最信佛,信佛素食的人,也未必获福,梁武帝就是一个好例。这位皇帝为了佞佛的缘故,不但自己刻苦素食,不肯伤生,他曾命令过太医,不得以生类为药。并曾禁止织造仙人鸟兽的花纹,以为亵衣裁剪,有乖仁恕。便是祭祀天地宗庙的大典,要用牺畜,他也只用面制的代替。他总算是虔诚信佛,行善去杀的了,无奈佛菩萨无用,他还是饿死台城。

大约是因为梁武帝曾经用过面制的牺畜祭物罢,后来便有人用面制的猪蹄羊腿,作为素食的珍品。至今蔬食馆子所制素菜,还有点素鸡、素鸭、素火腿、素肉松等名目。记得《孟子》上说过:"孔子曰,始作俑者,其无后乎!为其象人而用之也!"我以为最初创作素肉的人也该无后,因为他模仿荤血之物制造食品,可见食肉之心未忘,还不如爽爽快快的吃肉。禅宗六祖嘴里吃肉,心里无肉之说,倒觉得颇有道理。据王谠的《唐语林》那部书里说,最初制造素肉的人是唐朝崔安潜。说是"崔侍郎安潜崇奉释氏,鲜茹荤血。……镇西川三年,唯多蔬食。宴诸司以面及蒟蒻之类,染作颜色,用象豚肩羊臑脍炙之属,皆逼真也"。这位肉食的官僚,为了崇奉释氏,勉强素食,然而对于肉食,又苦未能忘情,只好用面粉蘑芋之类制造素肉,亏他想得出来。倘用淫欲打比,素肉算是意淫手淫之类,倒还恰切,只是亵渎了素食两字,要算一桩罪过了。总而言之,凡是虔诚素食的人,无论他的动机为了戒杀,为了卫生,为了省钱,我都一律看待,并不一定菲薄。虽说我们知道素食的人,不能不吃植物类的食品,不能不饮含有许多微菌的水,不伤生物是做不通,然而能够去泰去甚,不吃肉类,也自然有他的理由,我也不一定反驳。至于借了素食奉佛掩饰肉食的罪恶,或者骗个大善士大居士之名,那就又当别论了。

一九三五.八.六

再 谈 蚊 子

我已经在《自由谈》里谈过南宋诗人范成大的《苦蚊》一首诗,这首诗里记出了那个时候熏蚊的事实。我想熏蚊决不是起于宋朝,正像蚊厨蚊帐一样,乃是老早就有的事。记得在《庄子·让王篇》里,说是越君逃避王位,躲到一个洞穴里面,人民就用熏穴的法子把他熏出来。至今猎夫寻找洞居的野物,还是每每熏穴。要说熏蚊是老早就有的事,起码一千年以前,人就知道熏蚊,这话想不会怎么大错罢。

在我们的故乡,每当夏秋良夜,豆棚瓜架的旁边,庭前阶下的余地,一家子人都在一起乘凉。蚊子哼哼的飞来,蒲扇拍着,应接不暇。倘用巴掌打去,蚊子早已飞开,倒打痛了自己。你想躺在竹床上安睡一下,蚊子决不会将个人情。便是你有蚊帐,蚊子也会寻间觅缝的飞进来,搅得你一晚睡不落枕。赵瓯北有题为《一蚊》的一首诗道:

六尺匡床障皂罗,偶留微罅失讥诃。一蚊便搅人终夕,宵小原来不在多!

瓯北这首诗虽然是含有教训意味的讽刺诗,可是帐子里钻进一个蚊子,就可以使你一晚不能睡觉,至少这在像我一样患着神经衰弱症的人,竟是事实。我的厌恶蚊子不必平常,不是没有理由的。回想我的幼年时代,住在乡村,热季的晚饭之前,熏蚊子是我的专职。香肠似的锯屑蚊香熏了不够，就用稻草捆把，点火烧了，再用谷糠藿辣子（一种生草）堆上去，一股乌烟像乌龙矫夭一般的飞腾起来，蚊子就毫无抵抗的远扬了。要是在食鳖的时候留下鳖骨，剖鳝的时候留下鳝骨，捣成粉末，掺在谷糠里，熏出烟来，更为有用，蚊子触着就纷纷的坠下。至于锯屑，就算从樟木锯出的拿来熏蚊顶有效力，不过似乎不及除虫菊罢了。

蚊子经过扇扑、烟熏、风吹、雨打、蝙蝠吃，还是不会绝种。据说这是树上结的，这种树叫做蚊母树。又说是从一种鸟的嘴里吐出的，这种鸟叫做虫母鸟。我也懒翻得《尔雅》《本草》之类的书，总之古人曾有这一说。还有《尔雅翼》，说"蚊生草中者，吻尤利而足有花纹，吴兴号豹脚蚊子"。蚊子是不是生在草中，也还待仔细观察。不过豹脚蚊子是蚊子中最凶的一种，身躯比较别的蚊子要小一点，腿脚腰腹都有白色环纹，喙管尖长，刺螫人很利害。阴暗的地方，污秽水边，都是它们的托足之所，我乡俗语叫做粪蚊。据近人的研究，蚊子的幼虫是污水里面的孑孓，才形成为蚊子。所以灭蚊最好的方法，不使有污水囤积，或者杀尽污水中的孑孓。不过又有人说，传染疟疾的那种疟媒蚊，它的幼虫每每生在溪流及新鲜的水里，和普通蚊卵产在污水的不同。这种蚊子触角粗而短，翅有褐色斑纹，头及胸部呈淡灰色，腹部淡绿，栖息的时候，一定要举起它的后脚，斜置它的躯体。人不小心，被这种蚊子叮了，从它的喙管把一种极微小的毒菌注入人的皮肤，不但皮肤立刻红痛起肿，倘若你的抵抗力弱，疟疾的细菌就向你的血脉进攻，叫你患着疟疾了。旧说人患疟疾，是因疟鬼缠人，韩愈有《遣疟鬼诗》。《搜神记》上说是"昔颛顼氏有三子，死而为疫鬼，一居江水为疟鬼，一居若水为魍魉鬼，一居人宫室，善惊人小儿，为小鬼"。谁知道使人患疟疾的疟鬼原是一种蚊子呢！

有人说，叮人吸血的蚊子是雌蚊，雄蚊专吸草木的汁液，是否如此，我没有亲自看过。又有人说，蚊子能鸣的是雄蚊，不鸣的是雌蚊。这一说有诗为证，也是赵瓯北的诗。诗云：

白鸟营营聚成阵,响或如雷满堂震。岂知中有不鸣者,猝不及防巧伺衅。向来只解闻声扑,无声可闻便不觉。一朝扑得不鸣蚊,翅肖中有此阴恶。想当化机亭毒时,二气已自潜分滋。一般形模两般性,有声者雄无声雌。眼前习见孰留意,静观乃识同中异。由来无物无阴肠,此亦格物中一事。却笑读书八十年,格物仅在一虫细!

依赵瓯北说,不鸣的雄蚊也在叮人了。赵老先生自笑读书八十年,才分别出蚊子的雌雄,好像以为格物是琐屑事。其实,他这种分别蚊子雌雄的方法是否可靠,还是疑问。说到格物,岂怕琐屑?琐屑到肉眼不能看见的生物也正要人研究。十九世纪法国科学家巴斯德,毕生研究空中之微生物,或名细菌,建立了微菌学,从此才知道白喉、赤痢、疟疾、肺痨、疹痘、黑死、霍乱、恐水症等传染病,都是由各种病菌作祟,同时他还发明细菌发酵作用,于酿酒造醋上大有贡献。他又在医学上发明了许多治疗新法。科学上这些伟大的功绩,都是从琐屑的微生物研究得来的。从来中国的所谓格物君子,都只肯在书本上用功夫,赵瓯北不肯诚意研究蚊子的雌雄,也就不足怪了。

一九三五.八.一九

谈　"橘"

"行沙渡水刀山隈,
剡棘层枝绕屋栽。
纷有文章园果熟,
此中佳味自天来。"

这是我十年以前做的一首小诗,登在罗黑芷先生主编,长沙出版的一种小品文刊物，名叫《零星》的上面。那个时候，我正在湖南省立第一师范和长沙县立师范教书，黑芷问我移居什么地方，我就写了这首小诗给他。黑芷笑对我说："你的诗并不好，倒是你住的地方好。"我也笑对他说："我所以穿洲渡水的移居岳麓山下，正因为那里有一年常绿的橘树绕着屋子，麓山红橘可以从晚秋吃到初春哩！"

从长沙南门出城，渡河，喘过水陆洲，便到岳麓山下，沿河靠山一带地方都是橘园，水陆洲古时叫做橘洲，正因为种橘得名。杜甫的《岳麓山道林二寺诗》，有句说，"橘洲田土仍膏腴"。因为洲上的田土肥沃，所以产出的橘子又大又甜。据《舆地志》说："潭州橘洲在郡南对南津，常看如在下。及至夏水怀山，洲渚皆后，橘洲独在。"古人以为橘洲能够随水涨落，那就未免是禁欲神话了。

我们知道橘树是湖南特产的一种，从古就有名的。屈原的《橘颂》道："后皇嘉树，橘徕服兮。受命不迁，生南国兮。"好像是说：皇天后土特命橘树生在这个南国。固然屈原所说的南国并不一定就是指的湖南，但是湖南在那个时候是楚国的一部，也恰好是在楚国的南方，却是事实。《橘颂》又说："深固难徙，更壹志兮。绿叶素荣，纷其可喜兮。曾枝剡棘，圆果抟兮。青黄杂糅，文章烂兮。精色内白，类可任道兮。纷缊宜修，姱而不丑兮。"屈原把橘树人格化，说他有三种美德，一是志气坚定，二是文章绚烂，三是本质不丑，其实屈原自己正要拿橘树来象征他自己的人格，所以他的《橘颂》无异乎自颂了。

橘树在植物学上属芸香科，常绿灌木，干高一丈上下，枝很茂密有刺，叶作长卵形，叶端尖的，叶柄有翼状小片。夏开五瓣白花，略和茉莉相似，香气扑鼻。霜降以后，所结的扁圆果实成熟，皮色发红，才可以吃。《王右军贴》说："奉橘三百颗，霜未降，未可多得。"原来橘不见霜，皮不红，那是不好吃的。韦应物有诗句说："书后欲题三百颗，洞庭须待满林霜。"正是用的《王右军贴》里那个典故。（未完）

一九三五.九.九

谈"橘"（中）

在湖南，靠近洞庭湖的一带地方，从来是产橘的名地。然有人说韦应物的诗句"洞庭须待满林霜"，那是说的太湖洞庭山，因为他曾做过苏州刺史，所以诗里说及。同时我们还可以举出一些关于洞庭山产橘的证据，例如王维《送人赴越州》的诗句"风樵若邪路，霜橘洞庭秋"。苏子美的《姑苏诗》也有"洞庭柑熟客分金"的一句。据古地理书说，楚之洞庭湖是有地道通吴之洞庭山的，所以叫做洞庭，附会了一些神话，当然不可靠。不过两地同样产橘，却有古人的记载可考。《山海经》里说的"洞庭之山，其木多橘"，我也记不清在楚在吴。又据《襄阳记》说："李叔平临终敕其子曰，龙阳洲里有千头木奴，及柑橘成，岁得绢数千匹。"龙阳即今湖南汉寿。晋张华诗说："橘在湖水侧，菲陋人莫传。"刘瑾《橘赋》说："寄生于南楚。"谢惠连《柑赋》说："倾予节兮湖之区。"又宋崇宁三年，大辽使《谢赐柑表》说："天香满袖，染湘水之清霜。云液盈盘，挹洞庭之余润。"可见湖南从来就是产橘的，洞庭橘是很名贵的一种果实了。

倘若《禹贡》里说的"淮海惟扬州，厥包橘柚锡贡"，扬州果然包括如今江苏安徽江西浙江福建一块地方，那么，我们可以考见中国古代橘的产地之广。又左思《蜀都赋》里有"户有橘柚之园"，可证四川在古代也是产橘的。《异物志》说："交趾有橘官，秩二百石，主岁贡御橘。"又《述异记》说："越多橘柚，岁有橘税。"自汉以来所说交趾，南越，就是如今的南广地方，还包有安南的一部分。此地在汉时就当然是产橘最多的地方了。原来橘性喜温畏寒，是最宜于南方生长的植物，生在珠江流域的最好，生在长江以南的次之，生在江北就要变种了。记得《晏子春秋》里说过"橘生淮南则为橘，生于淮北则为枳，叶徒相似，其实味不同，所以然者何？水土异也"。《博物志》也说："橘渡江化为枳。"《本草》有枳谷，说是"江左所谓臭橘"。又潘安仁为贾谧作《赠陆机诗》说："在南称柑,渡北称枳。"柑也是不能北渡的。

橘和柑本是两种不同的果物,古人却每每分不清楚。上文所引古人说橘的话,有连带说到柑的。《东坡集》中有《刘景文藏王子敬帖诗》,说是"君家两行十二字,气压邺侯三万签"。东坡居士曾说"世传王子敬帖,有黄柑三百颗之语,此帖在刘季孙景文家,景文死,不知今人谁家矣"。本是王右军羲之帖,东坡误为王大令献之帖;本是奉橘三百颗,东坡误为黄柑三百颗;不过柑橘分不清,并不是只有东坡错了。在湖南,不仅形如手指的佛手柑,甚于碗大的柚子,仅供赏玩的香橼,大家分辨得清清楚楚。橘和柑是有分别的,和橙也是有分别的。柑皮黄而不红,有臭气,或称臭皮柑,味酸不甜。橙子较橘大,较柚小,皮青不红像香橼,却是不香,也不能吃。然而新会橙,温州柑,都是好吃的,当然也可以说是"水土异也!"

温州的柑略带苦味,苦中有甜,味道不坏。宋韩彦直做官温州的时候,著了一部《橘录》,上卷说柑说橙,中卷说橘,下卷说种植的方法。柑是温州的名产,可以说是有书为证了。有人说,新会橙就是柑,因为广东人叫柑做甜橙,叫蜜橘做柑,所以有高身橙、扁身柑的分别。我以为广东蜜橘好过暹罗蜜橘,福建蜜橘却和湖南橘子的味道差不多。南丰蜜橘虽小,味道却不坏。最小的是吉安金橘,比鸽蛋还小,味道在皮。欧阳修的《归田录》里说:"金橘产于江西,以远难致,都人初不识。明道、景祐初,始与竹子俱至京师,竹子味酸,人不甚喜,后遂不至。而金橘香清味美,置之樽俎间,光彩灼烁,如金弹丸,诚珍果也。都人初亦不甚贵,其后因温成皇后尤好食之,由是价重京师。余世家江西,见吉州人甚惜此果,其欲久留者,则于菉豆中藏之,可经时不变。云橘性热而豆性凉,故能久也。"江西金橘到北宋才被视为进御珍果。如今虽是拜金主义盛行的时代,金字放在第一,金橘却不甚贵重,一个铜板两颗,上海小儿也不欢喜吃它。只让出自金元国家的金山蜜橘称雄一时。你看上海水果摊上,一年四季不都有花旗蜜橘出售么?

一九三五.九.一〇

谈"橘"（下）

说到花旗蜜橘，我是和它有缘的。

却说一九三三年七月六日，内子静宜因肠病突然转剧，急投红十会总医院找纪唐医师开刀，九死一生，幸而住院一个月，勉强救了一条命出来。那个时候，我的顶小的一个男孩申儿，刚刚生出来八个月，还没有断奶。母亲进了医院，留下这个吃奶的孩子，怎么办呢？雇来奶妈，他望了一望，有奶不吃。调了奶粉，盛在奶瓶里，他吮了一口，不肯再吮。倒是米汤调糖，他可以喝一小碗。喝了几天，他又不喝了。米汤里搀下一点鸡汤或鱼肉的汤，颇有咸味，他顶欢喜去喝。只有夜里没有东西给他吃，他几乎要哭一个整夜。有一夜，我买了一个花旗橘子，剖开一瓣瓣送到他口里，他高兴极了，把橘瓣当做奶子去吮，一趟可以吃两三瓣。他哭的时候就给他橘子吃，这一夜要算他舒舒服服地过去。从此我就给他每夜吃橘子当奶吃了，一个月他吃八九块钱的花旗橘子，还是差不多花了雇奶妈的钱。因此他就做了美国蜜橘的一个小小的消耗者，我也有吃这种橘子的嗜好了。

十多年以前，我清瘦已极，偶感风寒便要咳嗽，颇有肺病嫌疑。俗说"橘子兜痰"，虽有佳橘，未敢多吃。其实，俗说毫无根据。倘据旧医书说，陈皮橘络都是消食化痰的东西。相传广东化州衙门内有橘树一株，橘皮煮汤吃了，可以立刻化痰止咳。至今化橘皮国药中还是认作化痰止咳的一种特效药。还有一个使我不敢吃橘的原因，我患了十多年的胃病，西医说是胃酸过多症，凡是酸性的东西，我都不敢多吃。有些西医说是"食橘过多者每患酸性病，以致人身之组织俱呈酸性反应，欲医此病，非禁食橘汁不可。"内子静宜的胃病，已忌吃酸的东西，她于橘子绝对不敢尝。后来有个西医劝我们试吃橘子，说是如果吃了橘子以后，肠胃病不加利害，那就最好多吃橘子。据说："橘酸是有机酸，一进肠内，就被分解，失了它的酸性,倒呈碱性反应。橘汁含矿质很多,如钙、磷、铁、钾、钠、氯、硫等,尤以钾为最多,更能增强碱性,所以吃橘虽多,决不致患酸症。再,橘含生活素内很多,橘中糖质易于消化。橘的纤维质又有刺激大便的功用,实为可贵。所以橘宜多吃。"我吃了橘子以后,胃病不生变化,就劝内子同吃。内子起头迟疑,不敢轻试。只因有一次她想吃了,就吃花旗橘子半个,觉得肠胃里满舒服。以后她饭罢不吃橘子,倒觉得不舒服起来。所以橘子成了我们一家的日常果物,占日常消耗上的一大宗。可是为了疗养病患,也就顾不到许多了。

据湖南民间的传说,郴州地方有一个井,四围都是橘树,所以叫橘井。并旁住了一个姓苏的道人和他的老母亲。有一天,苏道人对老母亲说道:"妈妈,我要成仙去了。我看明年天下一定要遭瘟疫。只有我们这里的井水一升,橘叶一枚,煎得吃了,可以医治。"苏道人说完这话,就飞升而去。到了来年,果然发生瘟疫,十病九死。只有苏家老妈妈吩咐吃过井水橘叶汤的,病都好了。至今湖南许多药铺还挂上"橘井流水"或"橘井生春"的市招匾额。湖南人谈到橘子,还有不致忘记这一个故事的。

如今又是秋天了。秋尽冬初,红橘入市。但不知岳麓山下,我的旧万橘园,依旧结实累累,青黄灿烂否?唉,那是十多年前的事了!

一九三五.九.一一

楚狂与孔子

(一)

楚昭王听了子贡求救的话,忙下命令,派人带兵前去打救孔子,并且迎接他到南方来。

这个时候,孔子正在陈国蔡国的边界,被两国大夫派来的喽啰把他团团围住,因为怕他去到楚国,一朝得志,会给邻近的陈蔡两国过不去的。同行的弟子们因为绝粮的缘故,个个都饿病了,爬不起来。孔子还是精神抖抖,给他们讲学弹琴,不曾休歇。孔子似乎故意装着镇静,乐观,好叫弟子们忍着目前的患难,减少对他的埋怨。

幸而子贡从楚国请求到了救兵,师徒们才得突围而走,南来楚国。

这次随着孔子南来的弟子,都是孔门的高足。按照孔门四科的分类:以德行著名的,有颜渊、闵子骞、冉伯牛、仲弓;以言语著名的,有宰我、子贡;以政事著名的,有冉有、季路;以文学著名的,有子游、子夏。人才济济,耸动一时。

楚昭王听得孔子和他的弟子们已经来了,想要传见他,想把一个七百里的地方封他,便召集群臣,商议这事。

这个时候,楚国当朝的一位大官,便是令尹子西,在他听了昭王想封孔子的话,不觉大吃一惊,连忙提出几个麻烦的问题请昭王回答。

"大王的外交人才有像子贡的没有?"

"没有。"

"大王的辅相人才有像颜回的没有?"

"没有。"

"大王的将帅人才有像子路的没有?"

"没有。"

"大王的左右官尹有像宰予的没有?"

"没有。"

"还有我们要知道的。当初我们楚国的祖先受封于周,不过三四等的诸侯之国,所谓子男五十里。如今孔子学得三代明王统治天下的道理,又当得周公召公怎么帮助王室的事业,大王倘若封他七百里,那末,我们楚国怎得叫世世子孙保住这个地方数千里的堂堂大国呢?看那周文王在丰,周武王在镐,当初他们都不过是一个百里之君,结果都为天下之王。如今孔子得到这么大的一块土地,又有许多贤弟子帮助,这恐怕不是楚国之福哩。"

楚昭王听了令尹子西的这一番话,耳朵不觉软了下来。其余的文武臣僚也都默默不响,一场会议,便无结果而散。

(二)

这一年秋天,楚昭王不幸死于城父。孔子满望这次他在楚国能够得志,结果一无所得,他的一副悲酸的眼泪,就在他听到昭王的死耗而流了出来。

正是一个秋高气爽的日子,孔子独自一个,驾着车子出游郊外,想要泄泄满肚皮的闷气。

孔子出得城来,恰在他的车子的前面,大摇大摆第来了一个楚国有名的狂士,叫做接舆的,故意提高嗓子,唱个歌儿道:

"凤呵,凤呵!
为什么衰败了你的德?
(你本是太平祥瑞的鸟,
为什么要生在这乱离的时节?)
过去的话不必提,
将来的事还来得及。
算了罢,算了罢!
如今一般狗官都可怕!"

这个唱歌的老者,歌还没有唱完,已经挨着孔子的车子,头也不回的擦身过去了。

孔子很惊异这个老者的狂态,又很有感于他的歌声,连忙下车,想向这位老者请教,不料老者早已溜开,连一句话也不曾交谈。

孔子眼见这个老者向城里摇摇摆摆地走去,目瞪口呆一会,才没精打采地掉转车头回到家里来。

孔子刚刚下车进门,那个老者的狂态又在他的眼里闪烁出现,老者的歌声又起了:

"凤呵凤呵!
怎么衰败了你的德,
理想的来世等不到,
光荣的古代不必说。
天下有道,
圣人做得成。
天下无道,
圣人也得生。
生在如今的这个时代,
但求免掉无谓的牺牲。
幸福好比一根鸿毛还轻,
却没有一个人晓得拿来受用。
祸害好比一个地球还重,
却没有一个人晓得图个轻松。
算了呀,算了呀!
拿出什么美德来夸人。
好险呀,好险呀!
自己画定圈牢打转身。
生得有刺的迷阳,迷阳咯!
请你不要妨害我行走哟!
我宁肯行走得转弯抹角,
请你不要伤害我的两脚!"

孔子眼望着这个老者走过去的背影,耳听着这个老者唱出来的悲声,好像给他那颗热辣辣的尊王复古的心头浇了一瓢子冷水,不觉很感伤的叹息道:"唉!鸟不见来到,天下太平是没有希望的了,我的这一生就是这样算了罢!"

一九三五.一〇.二八

旧体诗钞

忆岳麓旧居(一九二七)

行沙渡水到山隈,剡棘层枝绕屋栽;
纷有文章圆果熟,我从衡岳一峰来。

酬太如汉口见赠之作即次元韵(一九二七)

伤春无奈抵悲秋,同泛狂涛一叶舟;
满眼山河皆是泪,长歌当哭几时休?

题太如全唐情诗汇钞(一九二七)

乱世时危百不宜,且钞儿女断肠辞;
郑虔三绝皆千古,剩得闺情一首诗。

＊一九二七——一九二八之际,余转徙于湘汉赣皖宁沪之间,举目山河,悲感无已。船头车腹,辄有口占,未遑宁居,迄无定稿,兹就记忆所及,将悉付《涛声》刊布,非敢以诗自鸣,聊写一时告哀之声而已。(一九三一)

＊武汉国民政府反共,而宁汉合流。十月十日前夕,余自长沙至武汉,市面萧条,秩序紊乱,逮捕屠杀惨酷,无异长沙。见到同乡友人熊瑾老(太如,或泰儒)于旅次,此老好整以暇,一如平昔,正摊开袖珍本《全唐诗》,而选钞其中之爱情诗作,余为戏题其钞本扉页。(一九八六,《古代情诗类析》序)

听《搬夫曲》——赠冼星海(一九三六)

试听《搬夫曲》,声从愤薄来。
嗷嗷过秋雁,郁郁起春雷。
劳者歌其事,诗人告厥哀。
曲终如有问:怀抢几时开?

＊在新歌曲作家冼星海家里,看到田寿昌先生的一幅立轴。……冼先生嘱我为他写一幅对联,或者写一个横幅,可惜我不能写。不过我在百代公司听过他的《搬夫曲》,就写了这首五律赠他。(一九三六年八月二四日《立报·言林》)

赠徐懋庸(一九三六)

恨我十年长,输君为少年。
徐陈效古谊,湖海共寥天。
何以施萌隶?无为计苟全!
但容三岛在,宁死不求仙!

再赠懋庸(一九三六)

危机不可越,一九三六年。
备战已多国,相安能几天?
神州莫毁灭,死地得生全。
自有凌云志,吾曹不羡仙!

论冯焕章上将诗(一九三八)

海内论诗胆,冯公应独贤。
将军好纸笔,文字亦戈铤。
深得民间苦,常为天下传。
自称丘八体,浩气薄云天。

* 廿七季(一九三八)古除夕与舍予兄论冯先生诗,诗固先生余事之一也。今仅录此为先生寿。先生其亦哂而许之乎? 卅季(一九四一)子展记。

* 今日为冯焕章上将六旬初度之辰,《大公报·战线》上发表予论冯上将诗一诗,剪贴于此。(见一九四一年一一月一四日残存日记)

赠郭鼎堂二首(一九四一)

遂古之初孰道之? 问天宁自运神思。
五经重估诗书价,三代旁征甲古辞。

哲理原从忧患得,壮心只许蠹鱼知!
史观一变开奇秘,耻抱春秋作饼师!

蜀锦翻奇自湘绮,鼎堂踵事益增华。
六朝伟辞贵创格,百国宝书供后车。
诗境别开新大陆,心花发自故柯芽。
稼轩果令江湖老,南渡词人第一家!

* 晚饭后与二兄(马宗融、姚蓬子)絮谈,均属予为郭鼎堂创作二十五周年纪念写诗。雨止归家,被未解,为赋长句二首(下录上诗,见一九四一年一一月一日残存日记)。

* 四川青年诗人贺远明先生为诗中"蜀锦翻奇自湘绮"句写信给郭,提出不同看法,认为郭之学并非源于王壬秋。郭在其复信中说:"……子展先生'湘绮'句似亦无大毛病。马杨设教,文翁实开其先。近世蜀中之知有朴学,不能不归功南皮与湘绮也。子展乃湘人,故不免言之亲切如此。……"(贺远明《记与郭老的一段文字因缘》)

寿茅盾五十(一九四五)

雄辩固雄哉!要为大众开。
文章关世运,气节愧奴才。
不惜垂垂老,难禁字字哀。
兰台今日聚,百感一时来!

* 十年以来,世变日亟,而茅盾先生艰贞奋斗,不改初志。今逢其五十揽揆之辰,用撰芜句为寿。首句雄辩为小说社名,见周密《武林旧事》。末句兰

台聚为文人聚会之意,见《南史·任昉传》。(一九四五年六月二一日)

贺熊瑾玎六十寿二首(一九四五)

不忘同读《汉书》年,一代兴亡梦里旋。
笑子饰容如好女,让予宰肉亦平权。
天教张楚留儒种,地为椎秦养石坚。
至境赤松黄石在,只今遗恨祖龙鞭!

不朽人生不计年,区区周甲历初旋。
姑将旋历称觞贺,莫遣枯肠笑齿坚。
纵有艰难尝未备,何妨豪侈偶从权?
加餐政为前途远,秣马脂车又拾鞭!

* 瑾兄同学前辈以六十自寿诗见示,即和其韵,戏索寿酒。(熊老当时在重庆《新华日报》社任总经理)

论学诗(三组)

(一) 龟 历 歌
——为鲁实先教授新著《〈殷历谱〉纠诶》而作[①]

我闻陶唐有龟历,秘文献自越裳国。千岁灵龟三尺余,细书科斗记开辟。世间神物那有此,不谓古有今亦得。今人嗜古喜得之,丹甲青文果宝刻。宝刻早摹考古图,辛彝乙鼎亶甲觚。铭文卜辞先后出,地不爱宝显其余。岂独豪佑居奇货,垄断竟亦有鸿儒。龟历史巫神话耳,眼前突兀胡为乎? 快睹赙题蹶然喜,信殷商钦陶唐钦。元龟不自殊方献,甲书千万皆虫鱼。似嫌开辟太荒渺,记王正月自殷虚②。洹水南,殷虚上,椎埋之徒数数往。玉鱼已殁金蚕亡,前王盍卜幽宫敞。既毁不用柙中藏,求遗乃归柱下掌。流沙拾坠未堪夸,汲冢发覆难相仿。君不见一部龟历何瑰奇,万古麟经称绝响。游夏焉能赞一词,初学后生徒惘惘。老夫百读百低回,虽欲沽勇无能为③。精庐未许十年读,破甑还愁半日炊。官家械朴固荧郁,璧池芹藻亦光辉。吓河之鵩汝何巧,有呆不卖我真呆。鲁生磊落嵚奇士,颇许下走为同志。读罢低回始也同,勇可逼沽终与异。巴山夜雨助神思,巴水滩雷宣妙谛。鸡鸣不已劝同声,叶落无边识秋意。以谓读书不读历,网罗贯串失年次。如论年历共和前,马迁取信于雅记。荐绅难言则阙如,史之阙文何必备。夏殷文献不足征,孔子殷人已歔欷。伊训竹书有古今,或晚或伪俱可议。若以尚论殷周年,说有三九宁无二。取巧但论自殷迁,宋人为说纷如沸。诸王祚数各差池,谓信《外纪》抑《经世》。《御览》虽云辑故书,《鬻熊》殆是唐人汇。牵萝补屋圬墁工,断鹤续凫奇幻戏。龟乎汝寿不万年,莫卜疑年真恨事!若稽古历问畴人,上古六术何纷纶。《春秋命历序》犹古,孔修殷历语非真。维时中气未全设,司职蒙讥失闰频。曲技竞呈谶纬杂,世传三统讵云纯。以推经传偶有合,上世历议犹龈龈。今据卜辞推殷术,玉灵块不知天行。年次鲜徵月亦鲜,朔望不具求之旬。孰知旬法既歧出,理闰复难如丝棼。纵穷百术为筹策,古今新旧一一陈。达如瞿昙岂悉达,妄拟鲜于定妄人。鲁生治学疾虚妄,不敢沽名敢沽谤。心溃涌兮笔手劳,纠史正历神为王。乐与曩哲争锱毫,不屑时贤与权量。偶读贾生《鹏鸟赋》,便穷《庚辰元历》状④。又尝推衍《九宫》年,补算积年为首倡⑤。《乾兴》积年与朔实,《宋志》、《玉海》相纠撞。郑恭世子号融通,同价准绳待宗匠⑥。《乙未元历》苦未详,壬申起算说初畅。纵使精博李尚之,甄明度数何多让⑦。术之疏密谱依违,到眼不许一字放⑧。商高以降三百家,拜此殿军为大将。论敌相厄已云颇,老夫所扬语岂诳。吁嗟乎龟乎！霸王洹上受秦降,可得逼降素冯相！武乙好博射天神,敢将矢指占天向！吁嗟乎龟乎！若信历数在汝躬,何恨明夷期待访？君不见、日在地中光明伤,箕子明夷且详狂。成汤以来七百祀,五盛五衰卒不昌,龟生毛兮兔生角,白鱼跃兮赤乌翔。圣人七窍嗟何在,太白灵旗大小张。微子肉袒牵羊恐,箕子披发鼓琴忘。君以彝伦访遗老,天垂《洪范》待新王。天有玄秘何尝秘,地有宝藏终莫藏。吁嗟乎,洛出九畴非渺茫,洹出十谱岂荒唐⑨。三百六旬、旬旬卜,七十二钻、钻钻详。衣不一缝谦曰衲,珠元九曲智为囊。合天之策宁有二,人为之妙信无双⑩。有双自是绝无事,但令有勇何妨试？天遣玄奘为圣僧,怪力乱神徒自颡⑪。日域月蜳何有哉？虽千万人为谁避。老夫蜷伏礼佛陀,鲁阳奋起挥长戈。祸崇殃咎寻常尔,朽骨其奈昌黎何！绝无之事竟有之,不信请验吾长歌。

注

① 《殷历谱》者,中央研究院历史语言研究所研究员董作宾积思十数年之所作也,今夏刊行。友人鲁实先顷为《纠谤》一书,凡五万言,历表六十,附录二万言。于董氏所立论之五期两派,祀统纪系,以及其所依据之历术,所断定之年代,所取证之卜辞、彝器,悉予裁量,而条辨所非。全书有物有序,论证谨严,诚晚近之佳构;方之古人,吴缜《纠谬》不是过也。
② 《殷历谱》始于盘庚十四年正月庚申朔。
③ 傅斯年《殷历谱序》云,"彦堂之甲骨学,并世所尊。后生初学若不挺身以沽勇,将何术以自见。"
④ 实先《史记会注考证驳议》,证《鹏鸟赋》所载岁阴月日,乃据《黄帝庚辰元历》。并谓此历创议于贾生改历之时,颁行于武帝元鼎之际。
⑤ 东魏李业兴《九宫行棋历》术数阙佚。虽博贯如郭守敬,精思若李尚之,他如朱载堉、邢士登、汪曰桢之流,皆能博稽详考,并于此历茫然未知。实先曾为推补其积年,详见方豪编《真理》杂志第一期,于是此历气朔始可得考。千年以来,推补古历之朔余岁实者有之,考定积年者,则自实先始也。

⑥ 宋张奎《乾兴历》之积年朔余，《宋史·历志》及王应麟《玉海》所载不同。阮元《畴人传》所载朔余又复乖异。汪曰桢《长术辑要》，朱文鑫《历法通志》俱未能审其是非。郑世子《律历融通》则谓以丁卯日起算，其说非是。实先亦有考定，说见《东方杂志》第四十卷二十四号。

⑦ 金耶律履《乙未元历》术数残阙，清李尚之曾为推补其岁实朔实。审其所定之数，盖以甲子日命算，然其气朔不符。实先谓此历乃以壬申日命算，以证李氏所推岁实之非。说见《东方杂志》第四十一卷十二号。

⑧ 实先于古历之学，著述甚多。其阐明幽邃，证其疏密者，不一而足。于古今历谱则自《通鉴目录》以次凡数十家，俱诋正其差谬。

⑨《殷历谱》于月日旬朔及日至夕闰祭祀列为十谱。

⑩《殷历谱》下编卷九第一叶论卜辞拼补之法颇详。其警句曰："整理卜辞如缀百衲之衣，如穿九曲之珠，规矩粗备，运用之妙在于人为。"

⑪ 傅氏《殷历谱序》之警句曰："彦堂之甲骨学，并世所尊。后生初学若不挺身以沽勇，将何术以自见？此如话本唐僧取经，到处逢怪力乱神，欲获一脔之割也。必评衡此书之全，则有先决之三条件在：（一）其人必通习甲骨如彦堂；（二）其人必默识历法如彦堂；（三）其人必下几年工夫如彦堂。然此皆绝无之事也。"

一九四五年十月二十日子展记于复旦大学

（二）题鲁实先史记会注考证驳议
——兼寄杨遇夫、潘硈基

驳倒泷川一世惊，奇才雄辩有公评。庐陵少作江河在，不畏先生畏后生。

<blockquote>实先评驳日人泷川资言《史记会注考证》，张季龙诗，郭鼎堂词，皆许实先为奇才。遇夫来书亦称实先为有天才，且谓顾颉刚亦至称许之。吾谓驳议特其少作耳。</blockquote>

注史何如四史难，易王平淡少波澜。敖倪二老开湘派，再凿龙门与

世看。

驳议中于王益吾《汉书补注》、《后汉书集解》,谓为稗贩。其于易寅村《三国志义证》,似未见其书,故置而未论。又于合川张森楷《史记新校注》,亦有微辞。吾劝实先早日完成其《史记广注》,则《四史》之新注皆由吾湘人完成之,史学中宁无湘派之地位乎。且近百年间,吾湘史学为盛。自魏默深、邓湘皋、罗研生、皮鹿门、王壬秋、王益吾以及叶奂彬,易寅村、樾村兄弟皆有著述。吾拟为专文述之,生事卒卒,犹未皇也。

汉圣非刘定属王,分传绝学得潘杨,天声同向人间播,一代威灵万代光。

记《北史》中称刘显刘炫熟精《汉书》,时人称为汉圣。遇夫为王祭酒弟子,邃于《汉书》之学,有著作多种,大氐自《汉书》出发。当部聘教授推选时,吾首推遇夫,谓为今之汉圣,由通《汉书》假借而通六书,而通群经,而通诸子,而通殷契、周金古文字。硌基留美时,尝与美教授戴德骞同译《汉书本纪》,则我《汉书》之学沾溉及于域外矣。吾以为传《汉书》之学,亦可谓播大汉之天声者也。

(三)再题鲁实先驳议仍呈遇夫先生

别本同传固足惊,使无别本著何评。斯人窃疾纷纷说,口业都从磨舌生。

遇夫致实先书,谓夫已氏《三国志义证》,人疑其攘窃。此亦夫已氏平昔好磨舌刺人之极也。

解庄祭酒亦推王,解老探源有潘杨。日月俱悬谁不见,众星仍许有清光。

王益吾祭酒有《庄子集解》,遇夫有《老子古义》,予因论《汉书》学而联想及此。王杨齐名,古已有之。倘以潘杨并论,遇夫亦笑而许之乎。

为注一书多辩难,括苍狂士舌翻澜。好奇我自传嘉话,莫作齐东野语看。

右赠鲁实先教授六绝,系五年前旧作,曾载复旦大学湖南同乡会会刊,外间绝少得见,今发表于此(迄未全文发表)与当代学人共见之,此固论学之诗,非必诗人之诗也。鲁先生年少美才,复傲物扬己,犯庸俗大忌,今稍稍破觚为圜矣。潘先生精于中西史学,谦卑自牧,亦为俗流所忌。可谓俗恶俊异,世訾文雅,今古同慨者已。

一九四五年十一月二日　子展记